dtv

Reinhard Rohn

Die sieben Leben des Anton Busch

Roman

dtv

Ausführliche Informationen über
unsere Autoren und Bücher
www.dtv.de

Von Reinhard Rohn
sind bei dtv außerdem erschienen:
Leise, stirb leise (21600)
Morgen stirbst du (21652)
Engelstod (21756)

Für Alois und Paula

MIX
Papier aus verantwortungsvollen Quellen
FSC® C083411

Originalausgabe 2019

Dieses Werk wurde vermittelt durch die Agentur Petra Eggers, Berlin
Motto S. 5, Textauszug aus: Christa Wolf, Kindheitsmuster.

Satz: Greiner & Reichel, Köln
Gesetzt aus der Aldus 10,25/13,75'
Druck und Bindung: CPI books GmbH, Leck
Gedruckt auf säurefreiem, chlorfrei gebleichtem Papier
Printed in Germany · ISBN 978-3-423-28202-4

»Das Vergangene ist nicht tot; es ist nicht einmal vergangen.
Wir trennen es von uns ab und stellen uns fremd.«
Christa Wolf, Kindheitsmuster

Teil I

1.

Ich war fünf Jahre alt, als ich begriff, dass ich Gedanken lesen konnte. Meine Mutter stand da und schaute mich an. Plötzlich knisterte die Luft, als würde jemand Papier zerreißen, ich zuckte zusammen, ein Frösteln durchfuhr mich wie von einem plötzlich aufkommenden, kalten Wind, und dann hörte ich die Stimme meiner Mutter, obwohl sie ihren Mund nicht bewegte, sondern stumm und ängstlich nach vorn blickte – genau auf die Soldaten vor ihr. Es war jedoch, als würde ein heller Sonnenstrahl über unseren Hof flirren, genau auf mich zu. »Komm zu mir und nimm meine Hand, sonst sterbe ich«, dachte meine Mutter.

Es war ein recht warmer, freundlicher Tag im Mai 1945.

Ein paar Wochen später hatte ich meine Schwester Paula in Verdacht, dass sie dieselbe Fähigkeit besaß. Sie war sieben Jahre älter als ich und pflegte mich ganz oft nicht zu beachten. Manchmal bekam sie einen abwesenden Gesichtsausdruck, als lausche sie fernen Stimmen oder als höre sie heimliche Dinge, die sonst niemand vernahm. Einmal, nach der Flucht, als wir längst im Westen angekommen waren, habe ich sie gefragt: »Hörst du das auch manchmal – die Gedanken anderer Menschen?« Sie hat mich nur angeschaut, die Augen zusammengekniffen, als müsste sie überlegen, ob sie überhaupt antworten solle, und schließlich gesagt: »Was redest du da?« Sie war eine Schweigerin – bis zu ihrem Ende. Auch den hässlichen Krebstod nahm sie stumm und ergeben hin. »Paula frisst alles in sich hinein«, sagte mein Vater oft, aber ihm war es recht. Er mochte Schweiger, die nichts von ihm wollten.

Nur einmal, während unserer Zeit in Schönow, erlebte ich Paula ungewöhnlich gesprächig – als sie von dem Kind erzählte, das auf die Welt gekommen war, während alle zugesehen hatten. »Von welchem Kind sprichst du?«, habe ich sie gefragt. »Na, von dir, Anton

Busch.« Am Heiligabend 1939 hatten bei meiner Mutter plötzlich heftige Wehen eingesetzt – ein paar Wochen vor der Zeit. Sie habe sich sofort ins Bett gelegt, doch die Hebamme aus dem Dorf sei nicht zu Hause gewesen, und Tante Guste, die bei drei der letzten vier Geburten, bei Franz, Jolande und Herrmann, geholfen habe, sei krank in Berlin gewesen und wäre ohnehin so schnell nicht eingetroffen. Meine Mutter habe plötzlich furchtbare Angst gehabt. Zwei Mädchen waren ihr kurz nach der Geburt gestorben, doch um sie zu beruhigen, hätten meine Brüder Heinrich und Johannes auf einmal angefangen zu singen – Weihnachtslieder: »Stille Nacht« und »Macht hoch die Tür« –, und dann habe meine Mutter sich aufgebäumt, und ein schwarzes haariges Etwas habe sich zwischen ihren Beinen gezeigt. Das sei ich gewesen, ein pummeliger Junge mit riesigen Augen, der sie alle stumm angeschaut habe, bevor er endlich begonnen habe loszuschreien. Ich sei also mit Weihnachtsliedern auf die Welt gekommen. »Es ist ein Ross« entsprungen.« Paula lachte, nachdem sie es erzählt hatte. Es war eine der längsten Reden, die sie wohl jemals gehalten hatte.

Später, auf der Flucht, in meiner größten Angst, habe ich mir diese Geschichte oft selbst erzählt – mir und meinem Freund Selim, dem Winzling, den niemand sonst sehen konnte.

Dass Gedankenlesen gewissermaßen in unserer Familie lag, hatte ich wenige Wochen zuvor im Frühling 1945 von meinem Großvater Heinrich Piening erfahren, dem Vater meiner Mutter. Allerdings war er bereits einiges über sechzig Jahre alt gewesen, als er von dieser Fähigkeit gewissermaßen überrumpelt worden war. Eine Gans hatte ihm das Gedankenlesen beigebracht.

Mein Großvater wurde am 15. Mai 1864 in einer kleinen Bauernschaft bei Damme im Oldenburger Münsterland geboren. Seine Eltern hatten eine Heuerstelle und mussten dafür bei einem Bauern Arbeitsstunden leisten. Ihr Haus war sehr klein, ohne Schornstein, ein Rauchhaus mit einer offenen Feuerstelle. Ein Kochtopf wurde da über dem Feuer eingehängt, in dem man Suppe oder Eintopf kochen konnte. Es gab einen Spülstein, aber kein fließendes Wasser. Mit einem kleinen Handwagen, zwei Kannen darauf, wurde das Wasser von einem Brunnen in der Nähe geholt. Geschlafen haben die Eltern und Kinder in einem Alkoven, einer Art Schrankbett, darunter wurden Kartoffeln aufbewahrt. Im Winter war dieser Alkoven oft die einzige frostfreie Stelle im Haus. Die Fleischvorräte hingen von der Decke, dort wurden sie geräuchert und getrocknet. Die Hühner hatten keinen Stall, sondern lebten in Freiheit. Nur zwei Orte durften sie nicht betreten: den Gemüsegarten und den Küchentisch.

Bei feuchter Luft war das Haus beinahe unbewohnbar. Der Ruß löste sich von den Balken und Brettern und tropfte auf den Boden, und durch den Rauch des Feuers konnte man kaum atmen.

Bis zu seiner Einschulung durfte mein Großvater erst tun, was er wollte, wenn er seine Arbeiten erledigt hatte: Hof fegen, Eier suchen, Kühe hüten, Wasser holen, Kartoffeln pflanzen. Am Sonntag um neun Uhr mussten alle Kinder in die Messe, und nachmittags um drei war Christenlehre, vor der sich niemand drücken durfte.

Im Sommer ging es ins Moor, um Torf für den Winter zu stechen und zu trocknen. Man ordnete den Torf im Kreis an, die trockene Seite nach unten, und baute dann kleine Türme, durch die der Wind wehen konnte.

Nach der Schulzeit wurde mein Großvater für den Kaiser zum Militärdienst eingezogen. Es war seine Pflicht, zwei Jahre lang zu dienen, und einen Eid, der ein Leben lang galt, musste er auch schwören, so dass er später noch dem Kaiser nachtrauerte und meinte, mit ihm wäre Deutschland nicht ins Unglück gestürzt.

Vom Gedankenlesen hatte mein Großvater zu dieser Zeit noch nichts gewusst. Vielleicht hatte er auch keine Zeit dafür gehabt. Der Bauer, bei dem er im Dienst war, überließ ihm eine Heuerstelle, als er erfahren hatte, dass mein Großvater heiraten wollte. Doch vorher plante mein Großvater, ein Haus zu bauen – kein Rauchhaus, in dem man krank wurde, sondern eines mit vier Kammern, einem gemauerten Schornstein in der Mitte und richtigen Fenstern und einem Spülbecken, in welches das Wasser über ein Rohr mit einer Schwengelpumpe aus dem Brunnen lief.

Als mein Großvater mir davon erzählte, tat er beinahe so, als würde er von einem Weltwunder sprechen: ein Haus mit fließendem Wasser für seine Braut, meine Großmutter Elisabeth, die leider schon gestorben war, als ich geboren wurde.

Erst als das Haus fertig war, konnte mein Großvater heiraten.

»Stell dir vor, Anton«, erzählte mir mein Großvater kurz vor seinem Tod, »ich hatte noch nie eine nackte Frau gesehen, schon einmal entblößte Waden oder einen halben Rücken, aber nie eine ganze Frau, so wie der liebe Gott sie erschaffen hat.« Dann summte er ein Lied, das wohl ein Hochzeitsmarsch sein sollte. Ich mochte das braune, lederne Gesicht meines Großvaters, wenn er lächelte. Er hatte fast keine Haare mehr, nur noch einen dünnen grauen Kranz, der sich um seinen Schädel zog, aber meistens trug er sowieso eine dunkelblaue Schiffermütze.

Mein Großvater kannte auch Worte, die ich noch nie gehört hatte. »Hochzeitsbitter« etwa – das war ein Mann, trinkfest und gut zu Fuß musste er sein, der in einem dunklen Anzug, ein buntes Tuch in der Brusttasche, und mit einem Zylinder umherzog und die Einladung zu einer Hochzeit aussprach. Sein Hochzeitsbitter sei ein Knecht seines Bauern gewesen, der schließlich am Ende seiner Tour durch das Dorf und die umliegenden Gehöfte so betrunken gewesen sei, dass er fast zwei Tage habe schlafen müssen.

Meine Großeltern bekamen zehn Kinder, von denen nur sieben überlebten. Meine Mutter Emma war die Vorletzte.

Weil ich der Jüngste war, gaben sich meine sechs Geschwister fast nie mit mir ab. Umso mehr liebte ich meinen Großvater. Wenn er Kartoffeln schälte oder Gänse rupfte, saß ich auf seinem Schoß. Manchmal, wenn meine Mutter nicht dabei war, hing eine brennende Zigarre in seinem Mundwinkel. Mein Großvater konnte zugleich rauchen, Qualmwolken zur Decke blasen und erzählen.

Im Frühjahr 1929 war man in der Gemeinde auf die Idee gekommen, auf den Wiesen am Dümmer See, die im Winter überflutet wurden und nicht für die Landwirtschaft taugten, Gänse zu züchten. Irgendjemand kannte einen Ornithologen, der wusste, wie man die Tiere sicher markierte. Dann musste man nur noch einen Hirten finden, der sich bis zum Herbst um die Tiere kümmerte. Mein Großvater war zu dieser Zeit schon Witwer und hatte seine Heuerstelle meinen Eltern übergeben. Außerdem kannte er sich mit Tieren aus – mit Bienen, Kühen, Pferden, Hühnern und natürlich auch mit Gänsen. Ohne lange zu überlegen, sagte er zu, sofern drei Bedingungen erfüllt würden: Er brauchte einen Schäferkarren, in dem er schlafen konnte, einen Hund und genügend Tabak.

Der Karren, in dem er wohnen würde, wurde sofort in Auftrag gegeben; ein Hund mit besonders langen Beinen, damit er durch den Sumpf laufen konnte, wurde auch gefunden, und dann kriegte mein Großvater obendrein noch einen riesigen Beutel Tabak.

Als er mir von diesem Beutel erzählte, lachte er und machte eine Bewegung, als wollte er die Welt umfassen.

An einem Sonntag nach dem Hochamt setzte mein Großvater sich vor die Kirche. Jedermann, der von ihm seine Gänse gehütet haben wollte, konnte sich in eine Liste eintragen. Drei Tage später zog er dann an den See. Jede Familie durfte ihm drei Gänse bringen. Mein Großvater überprüfte die Ringe und schrieb alles in ein Notizbuch hinein, damit, sollte eine Gans einmal sterben, jeder Bescheid wusste, wessen Tier zu Tode gekommen war.

»Anton«, sagte mein Großvater, »du kannst dir nicht vorstellen, wie schön es ist, an einem See zu schlafen. Du riechst das Wasser, der Himmel ist ganz weit und blau wie das Meer, und die Vögel singen früh am Morgen und wecken die Gänse auf. Über dem Feuer habe ich mir den ersten Kaffee gemacht und die erste Zigarre geraucht. Erst dann habe ich gebetet und Nero gefüttert.«

Über dreihundert Gänse hatte mein Großvater schließlich zu hüten. Zwanzig Gösseln gehörten ihm selbst. Die ältesten Gänse übernahmen die Führung, sie waren es auch, die vor dem Hund mitbekamen, wenn sich ihnen ein Fuchs näherte. Doch sobald der Hund Witterung aufgenommen hatte, stürzte er sich mutig auf den Fuchs. Drei dieser Raubtiere hatte er in diesem Sommer der Gänse, wie mein Großvater diese Zeit nannte, erlegt. Leider war das Sommerfell eines Fuchses zu nichts zu gebrauchen.

Am Wochenende kamen mein Vater und meine Mutter vorbei und brachten meinem Großvater frische Wäsche und neue Vorräte und berichteten ihm, was während seiner Abwesenheit im Dorf passiert war. Ansonsten war er fast immer allein.

»Ich habe geangelt, Anton, obwohl ich es nicht durfte. Die Fischer am See passten meistens auf, dass ihnen keiner die Fische wegfing. Abends habe ich mir den Fisch mit dem Hund geteilt. Und geschwommen bin ich, wenn es ganz heiß war. Bis mitten auf den See. So weit hat sich Nero nie hinausgetraut, aber er musste ja auch bei den Gänsen bleiben.«

Nachts redete mein Großvater mit den Sternen. Seinen Lieblingssternen gab er die Namen seiner toten Frau und seiner drei toten Kinder. Heinrich, der Älteste, war gleich in der ersten Woche im Weltkrieg gefallen, Klara war fünf Tage nach der Geburt gestorben, und Waldemar, den sie, weil er der intelligenteste der Söhne gewesen war, als Einzigen auf eine höhere Schule geschickt hatten, damit er Pastor wurde, war mit zwanzig Jahren unter ein Pferdefuhrwerk geraten. Ein Huf hatte ihn so schwer am Brustkorb verletzt, dass er drei Tage später gestorben war. Vorher hatte er noch gesagt, dass er nichts mehr mit der Kirche zu tun haben wolle. Religion sei nichts als Menschenwerk.

Der Tag, an dem mein Großvater begriff, dass er Gedanken lesen konnte, war ein Donnerstag im August. Erst hatten sich Wolken wie aus dem Nichts zusammengeballt, dann war ein schweres Gewitter über den See gezogen. Die Gänse waren schon ein paar Stunden vorher unruhig geworden. Meinem Großvater und seinem Hund hatten diese Gewitter, die im Sommer nicht selten waren, nie etwas ausgemacht. Meistens saß er dann vor seinem Karren, rauchte und besah sich die Blitze.

»Aber weil ich mit den Gänsen um den halben See gegangen war, saß ich bei diesem Gewitter unter einer alten krüppligen Birke. Es gab ja nicht viele Bäume am See, ein paar schiefe Pappeln, eine kleinere Birke und ebendiese ältere, die schon halb abgestorben war. Das Gewitter war nicht mehr sehr heftig und eigentlich schon vorbei. Die letzten Donnerschläge verhallten bereits in der Ferne, so dachte ich zumindest. Die Gänse hatten sich auch schon ziemlich beruhigt, als sich eine Gans, die größte, deren Gefieder dunkelgrau, ja, bei-

nahe schwarz war, sich vor mir aufbaute und mich anschaute. Gänse haben nicht besonders ausdrucksvolle Augen, die Augen dieser Gans waren sogar ein wenig entzündet, passiert bei Hühnern und Gänsen immer wieder. Und dann, während die Gans mich ansieht, höre ich auf einmal ihre Gedanken. Na, meine waren es jedenfalls nicht, denn ich hätte mich ja nie selbst mit Meister angesprochen. ›Meister‹, sagt die Gans in Gedanken zu mir, ›es wäre besser, wenn du unter dem Baum weggehen würdest. Es ist ein Unglücksbaum.‹«
Während er das sagte, hatte mein Großvater mir seine grobe rissige Hand auf den Kopf gelegt, so wie es später ein Priester, allerdings viel sanfter und zarter, bei der Firmung getan hatte.

»Und was hast du gemacht?«, fragte ich meinen Großvater.

Wir saßen in der Küche allein am Tisch. Meine Mutter war im Gemüsegarten. Mein Großvater zog an seiner Zigarre und neigte seinen kahlen Schädel, als hätte er den Gedanken dieser Gans noch immer in seinem Kopf.

»Ich bin aufgestanden und hinter der Gans hergegangen, und einen Moment später hat ein so greller Blitz den Himmel gespalten, wie ich ihn noch nie gesehen hatte. Als wäre der Blitz aus lebendigem Feuer, ist er in die Birke eingeschlagen und hat sie in Flammen gesetzt. Der Baum loderte kurz auf und verkohlte dann vor meinen Augen. Die Gans hat mir mit ihren Gedanken das Leben gerettet.«

Mein Großvater zog seine Hand zurück, sie hatte schwer und mächtig auf mir geruht.

»Hast du später noch einmal Gedanken lesen können?«, fragte ich meinen Großvater.

Er schaute mich an, aber es war, als würde er durch mich hindurchsehen. »Ja«, sagte er abwesend. »Ja, zwei-, dreimal.«

»Und kann ich das auch, wenn ich groß bin – Gedanken lesen?« Ich versuchte, ihm in die Augen zu sehen, um herauszufinden, ob er mich vielleicht anschwindeln würde, wie meine Geschwister es oft taten.

»Ja, Anton«, sagte er viel leiser und immer noch geistesabwesend. »Ich glaube, wenn einer von uns Gedanken lesen kann – dann bist du es.«

2.

Warum erzähle ich das alles – von einer Welt, die seit fast achtzig Jahren vergangen ist? Weil Selim nicht mehr da ist, der Winzling, der mich mein Leben lang begleitet hat, auch später noch, als ich bereits erwachsen war. Weil meine Frau Almut tot ist, ebenso meine Lieblingsschwester Paula. Weil es niemanden mehr gibt, mit dem ich reden kann. Meine Brüder, die noch leben, sind ausgelaugt und todmüde, meine Schwester Jolande ist blind und mürrisch geworden, und sie würde mich nur mit ihren eigenen Geschichten und Ängsten behelligen. Ich glaube, ihr toter Mann erscheint ihr im Traum – Herbert, der Maurer, den sie oft beschimpft und manchmal sogar geschlagen hat.

Oft sitze ich den halben Tag in völliger Stille an meinem schmalen Esstisch und starre auf meine Hände – sie sind alt und rissig, mit braunen Flecken, an den Fingerkuppen ist die Haut runzelig geworden. Meine Hände kommen mir fremd vor. Sie sprechen zu mir. Dein Leben ist schnell vergangen, sagen sie mir, viel zu schnell, schade, sehr schade.

Meinen Vater Bernhard habe ich nie wirklich kennengelernt. Ja, so kommt es mir in der Rückschau vor. Mit zwölf Jahren musste er als Jungknecht bei einem Bauern arbeiten, weil seine Eltern nichts zu essen für ihn hatten. Als 1914 der Krieg ausbrach, war er sechzehn Jahre alt, eigentlich noch ein Kind. Nach einer kurzen Ausbildung fand er sich in Frankreich an der Front wieder. Für Menschen aus dem Südoldenburgischen, die kaum einmal ihr Dorf verließen, lag Frankreich am Ende der Welt. Schon nach einer Woche geriet mein Vater unter Feuer und bekam die Wucht dieses grausamen, stählernen Krieges zu spüren, und kurz vor dem Ende wurde er schwer verwundet. Ein Schuss blieb in seiner Lunge stecken, und ein Schrapnell durchschlug seinen Oberschenkel. Zudem war er mit Kampfgas in Berührung gekommen. Fast zwei Jahre verbrachte er im Lazarett. Mit einer achtzigprozentigen Kriegsbeschädigung wurde er entlassen. Er selbst sprach nie über diesen Krieg, kein einziges Wort, auch später nicht, als seine beiden ältesten Söhne in den Zweiten Weltkrieg ziehen mussten, aber die Kugel, die man aus ihm herausoperiert hatte, stand später jahrelang in einem Glas auf der Anrichte in unserem Wohnzimmer.

Meine Mutter Emma Piening lernte er auf einem Tanzfest kennen. 1923 heirateten sie. Ich habe keine Ahnung, wie mein Vater um meine Mutter geworben haben könnte. So ein Satz wie »Ich liebe dich« oder schlicht »Du gefällst mir« oder ein einfaches Kompliment werden ihm kaum über die Lippen gekommen sein. Nur einmal habe ich gesehen, dass meine Eltern sich geküsst haben. Das war im Jahr 1947, als mein Vater plötzlich, ausgemergelt und mit starren schwarzen Augen, vor unserer Tür auftauchte, wie jemand, der vom Himmel gefallen oder von den Toten auferstanden war.

Das erste Kind – Elisabeth – starb gleich nach der Geburt. 1926 dann wurde mein Bruder Heinrich geboren, danach kamen ein gutes Jahr später Johannes, dann Franz, Paula, Herrmann, Jolande und schließlich ich. Ach nein, Maria, habe ich ausgelassen – sie wurde vor mir geboren und starb, kaum einjährig, an einer Halsentzündung. Maria war das vergessene Kind – über sie sprach meine Mutter nur, wenn sie besonders traurig war.

Nach dem Sommer der Gänse geschah etwas Besonderes mit meinem Vater. Er hatte die Heuerstelle meines Großvaters übernommen. Eigentlich war er kein ehrgeiziger Mann – er tat seine Arbeit und sang im Kirchenchor, doch während mein Großvater auf die Gänse aufgepasst hatte, war ihm etwas zu Ohren gekommen. Im fernen Berlin war eine Siedlungsgesellschaft gegründet worden, die im Osten Deutschlands große Landgüter aufkaufte, um daraus Siedlerstellen von etwa zwanzig Hektar Größe zu machen. Mein Vater und sein Bruder, mein Onkel Fritz, waren mit dem Zug nach Berlin gereist und hatten sich bei der Siedlungsgesellschaft beworben. Und sie waren angenommen worden. Sie hatten beide einen Hof im Osten des Landes, genauer gesagt in Schönow in Pommern, gekauft. In zehn Jahresraten wollten sie den Kaufpreis abtragen.

Mein Großvater war ein mutiger Mann, aber er war gewiss kein

Abenteurer. Bis auf seinen Militärdienst war er nie aus seinem Dorf hinausgekommen, doch war es für ihn keine Frage, dass er mit in den Osten gehen würde, um bei seiner Lieblingstochter zu bleiben.

»Anton, ich bin zu meinen Gänsen gelaufen und habe sie befragt. Sie haben mir zwar keine Gedanken eingegeben, aber sie haben auch nichts dagegen gehabt. Das habe ich genau gespürt. Erst am nächsten Morgen jedoch ist mir eingefallen, dass ich mir den Boden in dieser fremden Gegend, in die dein Vater übersiedeln wollte, selbst einmal ansehen müsste.«

Nur damit mein Großvater seine Hand in die Erde stecken konnte, reiste mein Vater mit ihm bis nach Schönow – mehr als achthundert Kilometer in Richtung Osten. Sie fuhren mit dem Zug über Osnabrück nach Hannover, dann nach Berlin und von da nach Berlinchen, in den größeren Nachbarort von Schönow, weil es in dem winzigen Dorf keine Bahnstation gab. Mein Großvater sah sich erst den Hof an, eine ehemalige Scheune, die man in der Mitte geteilt hatte, um daraus zwei Wohnstellen zu machen, dann den Stall, in dem acht Kühe Platz finden würden. Sogar an eine automatische Tränke und an eine Vorratskammer für Futter hatte man gedacht. Und elektrischen Strom gab es in der Scheune auch.

Der Acker, den mein Vater gekauft hatte, lag zu Fuß etwa zehn Minuten entfernt. Ich kann mir vorstellen, dass mein stoischer, schweigsamer Vater nervös war, als er seinen Schwiegervater zu dem neuen Grund und Boden führte. Langsam nahm mein Großvater einen Klumpen Erde und zerrieb ihn in seiner rechten Hand. Dann schnüffelte er an den zerriebenen Bröckchen. »Ein schwerer Lehmboden«, sagte mein Großvater. »Hier wächst alles, auch Weizen und Zuckerrüben. Aber mit unseren Ackergeräten kannst du hier nichts anfangen – die sollten wir samt und sonders verkaufen. Hier brauchst du einen neuen Pflug und ein Gespann starker Pferde.«

Fast alle Siedler, etwa sechzig Familien, die im Frühjahr 1931 nach Schönow zogen, kamen aus dem Oldenburger Münsterland. Sie waren ausnahmslos katholisch und sprachen Plattdeutsch. Seit dem Dreißigjährigen Krieg, als der Bischof von Münster seine Truppen rund um Vechta aufgestellt hatte, war dieser Landstrich immer katholisch geblieben, während etwa das nicht so ferne Osnabrück fünfmal den Glauben gewechselt hatte.

Nachdem mein Großvater den Boden geprüft und für gut befunden hatte, musste lediglich noch meine Mutter überzeugt werden, ihre Heimat aufzugeben. Sie hatte erst einmal ihr Dorf verlassen, als sie im Ruhrgebiet nach Arbeit gesucht hatte. Doch hatte sie da zwischen Menschen, die ganz anders gesprochen hatten als sie, so sehr an Heimweh gelitten, dass sie bereits nach zwei Wochen zurückgekehrt war. Nun machte sie sich Sorgen um das Grab ihres ältesten Kindes. Mindestens einmal in der Woche ging sie auf den Friedhof, um es zu pflegen. Sie überlegte sogar, ob man den Sarg vielleicht ausgraben und mitnehmen könne, aber nein, das wäre eine Störung der Totenruhe und gegen das Gesetz. Erst als mein Vater sich an einen Friedhofsgärtner wandte und ihn für die Pflege des Grabes bezahlte, war meine Mutter besänftigt.

Mein Großvater geriet auf seine alten Tage in Hochstimmung. So viel war zu tun, bevor sich der Treck auf den Weg gen Osten machen konnte. Er verkaufte seinen Acker, der gutes Geld brachte. Seinen Anteil am Moor teilte er unter seinen Kindern auf, die zurückblieben, und dann kümmerte er sich um die Transportkisten für seine Hühner und Gänse.

»Den Gänsen hat es auch gefallen, Anton. Besonders der dunkelgrauen Gans. Sie ist mir kaum noch von der Seite gewichen, als hätte sie Angst gehabt, dass ich sie zurücklassen könnte.«

Am 12. März 1931 machten sich alle mit einem Sonderzug auf den Weg. Mein Vater blieb beim Vieh, um es zu tränken und zu beruhigen, falls ein Tier in Panik geraten sollte. Die anderen fuhren in dem Waggon für die Personen mit – mein Großvater Heinrich, meine Mutter mit zwei kleinen Kindern. Ein Traum ging in Erfüllung – endlich waren sie freie Bauern auf eigenem Land.

Meine Mutter war eine fromme Frau – sie kannte viele Gebete, und wenn ich sie in diesem Zug gen Osten sehe, stelle ich mir vor, dass sie die ganze Zeit aus dem Fenster geschaut und stumm gebetet hat, vielleicht mit einem Rosenkranz, der ihr dabei Perle für Perle durch die Finger glitt. Ihre beiden Kinder hatte sie für die Reise besonders gut angezogen – Heinrich und Johannes trugen schwarze Lederschuhe, lange blaue Strümpfe und einen Matrosenanzug. Fast vornehm sahen sie aus. Meine Mutter hatte sich ein blaugepunktetes Kleid angezogen, das beste, das sie besaß, und eine Strickweste darüber. Mein Großvater trug einen Anzug mit Weste, an der er an einer kurzen goldenen Kette eine Taschenuhr befestigt hatte, und wie immer seine Schiffermütze. Man hätte niemals gedacht, dass er nur ein Gänsehirt war, sondern hätte ihn für einen wohlhabenden Bauern halten können. Nur mein Vater beim Vieh hatte sich gegen die Kälte im Wagen eine Decke übergeworfen und trug eine Lodenjacke. Das Vieh blieb auch die ganze Fahrt über ruhig. Mein Vater redete besänftigend vor sich hin, dann und wann füllte er die Eimer mit Wasser nach.

Wann immer sie durch eine Stadt kamen, drückten sich meine Brüder die Nasen an der Fensterscheibe platt. Besonders Berlin, die breiten Straßen und hohen Häuser, beeindruckten sie so sehr, dass sie sich später noch daran erinnerten. Hier gab es Häuser bis zum Himmel, die selbst bei Sturm nicht zusammenstürzen würden, und Straßen voller Busse und Autos. Menschen liefen umher, Kinder, Erwachsene, Hunderte von ihnen, und überall waren Geschäfte, dicht an dicht mit riesigen Schaufenstern. Der Lärm, der aus dieser Stadt aufstieg, war selbst in dem fahrenden Zug zu erahnen.

Am Bahnhof von Berlinchen wurden meine Eltern bereits von anderen Siedlern erwartet, die mit Fuhrwerken dastanden, um die Kisten mit den Hühnern und Gänsen sowie den Hausrat nach Schönow zu bringen. Die Kühe und Schafe nahm mein Vater an einen langen Strick und lief hinter den Karren her. Später habe ich in Cowboyfilmen ähnliche Szenen gesehen, und da habe ich mir meinen Vater vorgestellt, wie er hinter einer langen Reihe von Planwagen hertrottete. Nur dass er einen Cowboyhut auf dem Kopf trug, konnte ich mir trotz meiner blühenden Phantasie niemals ausmalen.

Nach ein paar Tagen war alles eingerichtet. Meine Eltern hatten sich sogar einen Elektroherd gekauft und einen Ohrensessel für meinen Großvater, in dem er jeden Tag mindestens zwei Stunden saß und rauchte.

Mein Onkel Fritz und mein anderer Großvater Josef Busch waren auch mit nach Schönow gekommen. Mein Großvater väterlicherseits hatte Schuster und Sattler gelernt und stellte die besten Pferdegeschirre her, die man sich vorstellen konnte, aber in seinem Wesen war er völlig anders als Großvater Piening. In seiner Werkstatt herrschte stets viel Betrieb, er machte sich nichts aus Geld, ließ die Leute anschreiben und vergaß zu kassieren. Tiere jedoch mochte er gar nicht. Hunde und Katzen bewarf er mit Steinen, damit sie ihm aus dem Weg gingen. Für die Kinder, die zu ihm kamen, hatte er immer eine Menge Bonbons in der Tasche, doch viel zu reden wusste er mit ihnen nicht. Ein halbes Jahr nachdem meine Eltern in Schönow angekommen waren, starb er innerhalb von zwei Tagen, weil in seinem Magen ein Geschwür, von dem er nichts gewusst hatte, über Nacht aufgebrochen war.

Von einem Pferdehändler, einem Juden, wie meine Eltern nie vergaßen zu erwähnen, lieh sich mein Vater zur Probe zwei Pferde, mit denen er den Acker bestellte und die er später kaufte. Er teilte seinen Grund in drei gleich große Felder auf – ein Drittel für Getreide, ein Drittel für Runkeln und Kartoffeln und das letzte für Klee und Luzerne. Eine Wiese oder Weide hatte er nicht, dafür war das Land zu wertvoll. Die Sommergerste musste mit der Hand eingesät und dann eingeeggt werden, der Klee und die Luzerne auch. Nach drei Wochen war der Boden bestellt. Eine schwere Arbeit, zu schwer eigentlich für meinen Vater mit seiner Kriegsbeschädigung, so dass mein Großvater an manchen Tagen mithelfen musste.

Während mein Vater auf dem Feld war, legte meine Mutter den Gemüsegarten am Haus an. Am Zaun entlang wurden Sträucher gepflanzt – Stachelbeeren, Johannisbeeren, Himbeeren. Rhabarber kam auch ins Beet. Wenn meine Mutter im Garten war, konnte man sie schon von weitem sehen. Sie trug immer, egal, ob die Sonne schien oder nicht, einen großen weißen Schlapphut. Ansonsten gehörte sie zu den Kittelfrauen – alle Frauen im Dorf trugen Kittel, das war so etwas wie eine Uniform. Fast nie, bis aufs sonntags, wenn sie zur Messe ging, habe ich meine Mutter ohne ihren dunkelblauen Kittel mit den roten Blumenmustern gesehen.

Mein Bruder Franz war das erste Kind der Siedler, das im September 1931 in Schönow zur Welt kam. Alle Einheimischen, der Friseur, der Bäcker, der Gastwirt, der Kolonialwarenhändler, die Zimmerleute im Sägewerk, die Leute aus der Schnapsbrennerei, waren evangelisch. Die Siedler hingegen waren ausnahmslos katholisch. Ihr Gottesdienst fand im Saal des Gasthauses statt. Da wurde auch mein Bruder getauft, doch so sollte es nicht bleiben. Man konnte zu Gott nicht in einem Gasthaus beten.

Mein Vater und ein paar andere machten sich daran, eine Kirche zu planen – ein Backsteinbau sollte es werden, mit einem Turm und einem kleinen Pfarrhaus daneben. Geld bekamen sie von der Kirchenverwaltung aus Berlin, doch die Steine, die ihnen angeboten wurden, waren ihnen nicht gut genug. Eigentlich wollten sie ja genau so eine Kirche haben wie in ihrer alten Heimat. Also bestellten sie den harten, wetterfesten Penter-Klinker bei der Ziegelei in ihrem alten Dorf und ließen sich die Steine mit dem Zug anliefern.

Nach einem Jahr schon war die Kirche fertig, ohne Turm zwar, weil dafür die Steine nicht gereicht hatten, aber der Gottesdienst konnte stattfinden. Die Straße von der Ortsgrenze bis zur Kirche wurde geschmückt, als der Bischof zur Einweihung kam. Reiter eskortierten seine Karosse, die mit Girlanden versehen war, die Gläubigen schritten in einer Prozession hinter ihm her. Die Orgel spielte, ein Chor sang, und in seiner Predigt bedankte der Bischof sich bei den katholischen Siedlern für den Empfang. So einen tiefen Glauben, solch eine Demut und Herzlichkeit gebe es in Berlin nicht.

Dass die Welt sich änderte, bemerkten meine Eltern, kurz nachdem meine Schwester Paula im November 1932 auf die Welt gekommen war. Mein Vater hatte schon bald einen Landarbeiter einstellen können, der viel besser mit Pferden umgehen konnte als er selbst. Er war zu harsch und ungeduldig, seine Befehle kamen zu hektisch, und immer öfter machte ihm auch seine Kriegsverletzung zu schaffen. Landarbeiter waren für wenig Geld zu haben. Die Arbeitslosigkeit im Land war hoch, Männer zogen auf der Suche nach Arbeit umher und gelangten sogar bis in unser kleines abgelegenes Dorf.

Mein Vater gehörte der Zentrumspartei an und saß im Gemeinderat. Eines Abends kehrte er mit einem blauen Auge nach Hause zurück. Meine Mutter war entsetzt. Niemals zuvor war mein friedfertiger Vater in eine Schlägerei geraten. Ein Schlägertrupp der Nazis hatte das Treffen der Zentrumspartei überfallen, um die Mitglieder einzuschüchtern.

Der jüdische Viehhändler kam auch von einem Tag auf den anderen nicht mehr, genauso wie der Wagen ausblieb, bei dem meine Mutter ihre Kleidung gekauft hatte. Da sie aber ständig neue Sachen für die Kinder brauchte, spannte sie die Kutsche an und fuhr mit meinem Vater nach Berlinchen, um dort bei dem Schneider einzukaufen. Von weitem schon konnten sie die großen gelben Judensterne sehen, die an der Hauswand angemalt worden waren. Die Fensterscheiben waren zertrümmert, das Geschäft war geplündert worden. Zu kaufen gab es bei diesem Händler nichts mehr.

Auch die Bekenntnisschule auf dem alten Gutshof wurde abgeschafft und eine Gemeinschaftsschule eingerichtet. Statt eines Kreuzes wurde ein Bild von Hitler aufgehängt, und dann stand auch in Schönow ein Schild am Ortseingang: »Dieser Ort ist judenfrei.«

Mein Vater sagte kein Wort darüber, wie es für ihn war, mit ansehen zu müssen, wie Menschen aus seinem Land vertrieben wurden. Hatte er zumindest im Gemeinderat Einspruch erhoben? So ein Schild wurde nicht heimlich über Nacht aufgestellt. Die Antwort meines Vaters auf drängende Fragen bestand meistens darin, sich die Hausbibel zu nehmen und sich in eine Ecke zurückzuziehen. Ich kannte das Wort damals nicht, aber eigentlich war er so etwas wie ein katholischer Melancholiker. Obwohl er wie alle im Dorf im Grunde sehr arbeitsam war, gab es Tage, an denen er morgens nicht aufstand, sondern stumm, mit trübem Blick im Bett liegen blieb. Dann war er voller Heimweh nach dem Dorf, in dem er aufgewachsen war, und vielleicht sehnte er sich auch nach seiner Kindheit, nach einer Zeit, die, obschon er bettelarm gewesen war, ihm beinahe paradiesisch vorgekommen war. Meine Mutter wusste mit diesen Anfällen, wie sie es nannte, umzugehen. Sie musste dann noch mehr arbeiten und brachte ihrem Mann schweigend Tee und Brot ans Bett.

Im Sommer 1936, ein Jahr nach meiner Schwester Jolande, kam mein Bruder Herrmann zur Welt. Wie bei den drei Geburten zuvor reiste meine Tante Guste frühzeitig aus Berlin an, um meiner Mutter zur Seite zu stehen. Die Tante, die ansonsten ihrem Bruder das Pfarrhaus führte, freute sich immer, zu kommen – es war eine Abwechslung zum hektischen Leben in Berlin. Obendrein konnte sie jedes Mal eine Menge zu essen mitnehmen. Doch nun war auch das anders geworden. Die Nazis hatten Anweisungen gegeben, das gesamte Vieh zu zählen. Wenn ein Bauer schlachten wollte, musste er beim Bürgermeister vorstellig werden und benötigte eine Genehmigung. Alles wurde festgehalten, wie viele Tiere geschlachtet werden sollten, sogar das Schlachtgewicht. Obwohl es nun gefährlich geworden war, schlachtete mein Vater heimlich weiter. Hinter den Runkeln hatte er einen Holzverschlag eingerichtet, wo er, wenn die Ferkel abgesetzt wurden, das ruhigste versteckte. Niemand durfte von diesem Schwein wissen, auch die Kinder nicht. Nur mein Vater versorgte es. Wenn es geschlachtet werden sollte, dann musste der Schlachter, den man für diese Dienste zusätzlich mit Schnaps und Zigaretten entlohnte, sich besonders beeilen. In der Zeit, die für ein Schwein vorgesehen war, musste er zwei Tiere töten und ausnehmen – eines hing draußen an der Mauer am Stall, das andere an einem Haken in der Runkelkammer. Der Trichinenbeschauer untersuchte das Schwein am Stall, stempelte es ab und notierte alles in seinem Buch. So tauchte niemals der Verdacht auf, dass der katholische freundliche Bauer Bernhard Busch schwarz schlachtete.

3.

Almut hat mich einmal, kurz nachdem sie krank geworden war, gefragt, was meine erste Erinnerung sei. Ich musste nicht lange nachdenken. Ich erinnere mich zuerst immer an meine Schwester Paula – dass ich neben ihr liege und sie meine Hand hält. Mir ist ganz warm, ich fühle mich beschützt und atme ihren Geruch ein – sie riecht nach Mädchenhaaren, nach Stroh und nach Seife. Ich musste ernsthaft krank gewesen sein, als ich drei Jahre alt war; ein Fieber, das nicht weichen wollte, hatte mich ergriffen. Alle fürchteten, dass ich sterben könnte – wie meine Schwester Maria kurz zuvor. Meine beiden Schwestern sahen nach mir, wenn meine Mutter sich um ihre Söhne, um meinen Großvater und den Haushalt kümmern musste.

Vielleicht habe ich deshalb ein Leben lang an Paula gehangen, wegen dieser ersten Momente.

Ansonsten behandelten mich meine Schwestern eher rüde. Sie legten mich in ihren Puppenwagen und liefen mit mir durch die Gegend, und manchmal vergaßen sie mich auch, stellten mich irgendwo ab und rannten zu den Pferden.

Meine Eltern hatten nun sieben Kinder, die am Leben geblieben waren.

Paula gefiel das gar nicht. In der Schule wurde sie deswegen von den evangelischen Kindern gehänselt.

»Warum sind wir so kinderreich?«, fragte sie meine Mutter.

Ich habe keine Ahnung, was für eine Antwort sie erwartete. Gehörte meine Mutter auch zu den Frauen, die meinten, solange sie stillten, konnten sie nicht schwanger werden?

»Ja, es stimmt«, sagte meine Mutter. »Wir sind kinderreich. Es macht mir auch viel Arbeit, ich schaffe es kaum noch, zu kochen, Wäsche zu waschen, mich um den Garten und die Hühner zu kümmern. Andere Eheleute haben keine Kinder und hätten gerne welche. Ich habe mir überlegt, dass wir drei Kinder abgeben könnten. Nur welche, Paula? Ich weiß es nicht so recht. Aber vielleicht kannst du bestimmen, wer gehen soll?«

Daraufhin sagte meine Schwester nichts mehr. Sie fing auch nie wieder davon an, dass wir kinderreich waren. Sie selbst hat dann zwei Kinder bekommen, zwei Söhne, aber ich bin sicher, dass sie gerne viel mehr Kinder gehabt hätte.

Von dem Krieg bekamen wir wenig mit – ich ohnehin nicht. In den ersten Jahren war ich damit beschäftigt, mich gegen meine Geschwister und die Tiere auf unserem Hof zur Wehr zu setzen. Es war wirklich ein Kampf. Unser Schafsbock liebte es, mich zu jagen, und einmal flog mir ein Hahn auf den Kopf und grub mir seine Krallen in den Schädel, als müsste er mir zeigen, dass er der Stärkere von uns beiden war. Zu seinem Unglück hatte meine Mutter alles mit angesehen. Am Sonntag darauf gab es eine kräftige Hühnersuppe.

Der Einzige, der immer für mich da war, war mein Großvater. Er nahm mich bei allen leichten Arbeiten mit, die er zu tun hatte: Unkraut jäten, die Hühner füttern, Beeren sammeln. Und unablässig redete er mit mir. Wie meine Eltern war er sehr katholisch. Das einzige Buch, das er wieder und wieder las, war die Bibel. Die Menschen, denen er dort begegnete, waren für ihn wie Freunde und Nachbarn. Ich hing an seinen Lippen, wenn er von brennenden Dornbüschen, von David und dem Löwen, von Moses in seinem Bastkorb erzählte. Doch irgendwie hatte ich, obwohl ich noch so klein war, das Gefühl, dass für mein Dorf in diesen Geschichten kein Platz war. Warum kam eine Frau wie meine Mutter in diesen Geschichten nicht vor? Oder ein Mädchen wie Paula? Meinem Großvater schien das jedoch nicht aufzufallen.

Meinen ersten Soldaten sah ich im Winter 1944. Die ganze Gegend war zugeschneit, große Verwehungen machten die Straße zu unserem Haus unpassierbar. In Schönow lag im Winter manchmal so viel Schnee, dass man kaum auf die Straße gelangte, ohne tief einzusinken. Meine Geschwister hatten einen riesigen Schneemann gebaut, der mit seinen Kohleaugen wie ein Wächter vor unserem Haus stand, und da stapfte er schwerfällig auf mich zu, im ersten milchigen Licht des Tages: ein blonder Mann, ohne Kopfbedeckung, ohne wärmenden Mantel, der in einer grünlichen Uniform auf unser Haus zuschritt. Ich glaube, er war mit einem Kübelwagen auf der Hauptstraße liegengeblieben, und je mehr er sich näherte, desto jünger kam er mir vor; der Soldat mochte kaum älter als mein Bruder Heinrich sein. Er trug eine viel zu große, unförmige Waffe bei sich, deren Anblick mich erschreckte. Erst hatte ich das schwarze Ungetüm für einen Stock gehalten, mit dem man Schweine hütete, doch während der Soldat vor mir stand, weil ich als Einziger auf dem Hof war, und mich nach meinem Namen fragte, begriff ich die Gefahr, die von diesem Monstrum ausging. Damit konnte man töten – damit waren eine Menge junger Männer unterwegs. Ich brachte kein Wort heraus, sondern deutete hinter mich auf das erleuchtete Küchenfenster, hinter dem ich meine Mutter wusste. Ich ahnte da noch nicht, dass ich manchmal Gedanken lesen konnte, aber ein Gefühl beschlich mich, den schüchternen Vierjährigen: Dieser Junge vor mir hatte Heimweh, und er hatte Angst, er würde bald sterben, und ich sollte freundlich zu ihm sein.

Während der Soldat sich bereits umwandte, um mit ernster Miene an die Haustür zu klopfen, glitt meine Hand in die Tasche meiner dicken Joppe, und ich zog einen Apfel hervor, den ich ihm hinhielt und den er mit einem verlegenen Lächeln ergriff.

Wenig später verließ der letzte Landarbeiter unseren Hof, und mein Bruder Heinrich, der nach der Schule meinem Vater geholfen hatte, weil er so gut mit den Pferden zurechtkam, wurde eingezogen. Eigentlich hatte er, weil er groß, stark und blond war, auf eine besondere Schule für Nazis gehen sollen, doch das hatten meine Eltern abgelehnt. Obwohl Heinrich nie viel geredet hatte, veränderte sich der Hof ohne ihn. Die Pferde – sechs hatten wir mittlerweile – verhielten sich anders, als vermissten sie ihn ebenfalls; sie waren irgendwie lauter, unruhiger, und auch meine Mutter sah verändert aus; sie wirkte immer angestrengt von der Arbeit auf dem Hof und so, als würde sie zu wenig schlafen, doch nun hatte sie dunkle Ringe unter den Augen, und man konnte fast zuschauen, wie ihre Haare grau wurden.

Dann, an einem Tag im Januar, als der Schnee vorübergehend geschmolzen war, geschahen zwei Dinge, die mir sofort wichtig vorkamen. Ich sah mein erstes Flugzeug, ein kleines, knatterndes Ding, das tief über unser Dorf in Richtung Osten flog. Ich lief vor das Haus und winkte, aber da war es schon am Himmel verschwunden. Wenig später kam mein Vater mit dem Pferdewagen nach Hause. Er hatte ein großes Paket dabei, einen braunen Karton.

»Was hast du eingekauft?«, fragte ich ihn aufgeregt. Eigentlich gab es keinen Anlass für Geschenke. Niemand von meinen Geschwistern hatte in nächster Zeit Geburtstag.

Plötzlich legte sich eine Hand auf meine Schulter, und mein Großvater schob mich sanft beiseite.

»Hast du dir das gut überlegt?«, fragte er meinen Vater in einem Tonfall, der nichts von der Leichtigkeit hatte, mit der er mit mir sprach.

»Allerdings«, erwiderte mein Vater unwillig. Er wuchtete den Karton von dem Wagen und trug ihn ins Haus. »Wir müssen doch wissen, was los ist«, sagte er weiter. »Alle Welt lügt uns an.«

Mein Großvater folgte ihm, und ich hing an seinem Rockzipfel. Paula und Jolande, die, neugierig, wie sie waren, sofort in der Tür auftauchten, wurden weggeschickt, doch ich durfte dabeibleiben, als die beiden Männer im Wohnzimmer den Karton auspackten. Er enthielt einen länglichen Apparat mit vielen Tasten und zwei weißen Rädchen. Mitten auf einem Schild, umgeben von verwirrenden Zahlen und Buchstaben, begann ein grünliches Licht zu glimmen, nachdem mein Vater den Stecker in die einzige Buchse geschoben hatte, die es in unserem Wohnzimmer gab. Ein paar Sekunden später erklangen ein Rauschen, dann Musik – eine Geige und ein Klavier. Eine ähnliche Musik war schon einmal zu Ostern in unserer Kirche gespielt worden.

Mein Vater hatte ein Radio gekauft. Ich hatte schon gehört, dass es so einen Apparat gab, aber gesehen hatte ich solch ein Gerät noch nie.

»Versprich mir, Anton«, sagte mein Vater, während er den Apparat zu meinem Erstaunen wieder in den Karton packte, »dass du niemandem erzählt, dass wir einen Volksempfänger haben.« Er war so sehr mit dem Radio befasst gewesen, dass er mich offenbar gar nicht bemerkt hatte.

Ich nickte stumm und beobachtete, wie er den Karton in unserer schweren Eichentruhe verschwinden ließ.

Nur am Abend holte mein Vater den Apparat heraus. Meine Eltern hatten beschlossen, Radio London zu hören, obwohl es streng verboten war, erfuhr ich später, und sie begannen, sich erste Gedanken über eine Flucht zu machen.

Als endlich wieder der Frühling anbrach, wurde auch mein Bruder Johannes eingezogen, obwohl er viel schwächlicher und kleiner als Heinrich war. Statt eines Landarbeiters kam ein Mädchen zu uns, um auf dem Hof zu helfen: Olga, eine dünne, schwarzhaarige Ukrainerin, die vielleicht achtzehn Jahre alt war. Sie sprach anfangs kein Wort Deutsch und machte stets ein verkniffenes düsteres Gesicht. Einmal, während sie Milchsuppe vom Herd holte, zog Paula ihr den Stuhl weg, und Olga fiel mit einem lauten Schrei zu Boden. Auch die Milchsuppe kippte unter den Tisch. Meine Mutter war der sanftmütigste Mensch der Welt, aber da begann sie zu fluchen und gab meiner Schwester eine Ohrfeige – es war das einzige Mal, dass sie ihre Hand gegen uns Kinder erhob.

»Olga wird in diesem Haus anständig behandelt«, schrie meine Mutter. Ihr Mund verzerrte sich. Wirr standen ihr die Haare ab. »Sie darf an unserem Tisch sitzen und mit uns essen wie jeder andere Christenmensch auch.«

Schuldbewusst entschuldigte sich Paula bei Olga, die danach viel freundlicher zu uns war und mit Hilfe meiner Mutter schnell ein paar Worte Deutsch lernte.

Wenig später stand ein ganzer Treck von Flüchtlingen in unserem Dorf. Sie waren in der Nacht gekommen – nur Frauen, Kinder und ein paar alte Männer. Ihre Pferde waren abgemagert, und ihre Karren sahen aus, als würden sie bald auseinanderfallen. Meine Eltern und die anderen Dörfler versorgten sie mit Trinken, Essen und Decken. Die Flüchtlinge waren Ostpreußen, sie hatten schon einen langen Weg hinter sich. Ein Mädchen ist mir besonders in Erinnerung geblieben, weil es rote Handschuhe trug und eine Katze auf dem Arm hielt. Anfangs wunderte ich mich, warum die Katze so friedlich war. Unseren Dorfkatzen ging man am besten aus dem Weg, sie fauchten, sobald man ihnen in die Quere kam, oder sprangen einen aus dem Hinterhalt an, wenn ihnen danach war. Diese Katze jedoch verhielt sich ruhig und anschmiegsam. Erst als ich mich dem Mädchen näherte, sah ich, warum. Die Katze hatte die Augen geschlossen, sie bewegte sich gar nicht mehr, kein Atmen, kein Zucken. Die Katze war tot. Deshalb rührte sie sich nicht.

»Wenn du willst, können wir die Katze hier begraben«, sagte ich zu dem Mädchen. Im Nachhinein wunderte ich mich, woher ich den Mut dafür gefunden hatte, sie anzusprechen.

Das Mädchen nickte. Stumm sprang sie herab und musterte mich. »Ich heiße Erna«, sagte sie dann. Nur diesen einen Satz.

Als sie neben mir stand, sah ich, dass sie sogar kleiner war als ich.

Hinter der Pforte im Gemüsegarten, da, wo auch Nero 2, der Schäferhund meines Großvaters, begraben worden war, bestatteten wir die Katze. Einen Namen des Tieres hat mir das Mädchen nicht verraten. Eine Stunde später, nachdem sie mit ihren Eltern an unserem Küchentisch gegessen hatte, war sie wie der ganze Flüchtlingstreck wieder verschwunden.

Am Abend begann mein Vater, mit Hilfe meiner Brüder Franz und Herrmann einen Planwagen zu packen. Für meine Brüder war es wie ein großer Spaß, als würden wir einen Ausflug machen, wie manchmal im Sommer, wenn wir, um uns abzukühlen und zu baden, an einen See in der Nähe gefahren waren, doch an der Miene meines Vaters, der nie viel Freude ausstrahlte, war zu lesen, wie ernst die Lage war. Sogar ich bekam das mit. Sie luden einen Sack Kartoffeln, Mehl, ein Fass mit Speck und Schinken, Kochgeschirr, Kleidung und warme Decken auf.

Während ich ihnen zusah, gesellte sich mein Großvater zu mir.

»Anton, stell dir vor«, sagte er zu mir. »Meine Gänse haben wieder zu mir gesprochen.« Erst vor ein paar Tagen hatte er mir davon erzählt, wie er zum ersten Mal bei der grauen Gans Gedanken gelesen hatte. »Die kleine, die mit dem rötlichen Schimmer auf den Flügeln … Kannst du das glauben?«

Natürlich glaubte ich ihm. »Was hat sie denn gesagt?«, fragte ich.

»Dass ich mich eine Weile hinlegen soll«, sagte mein Großvater. »Eine Erkältung sei im Anzug. Ich müsse mich schonen. Willst du mir helfen?«

Ich brachte meinen Großvater in seine kleine Kammer und half ihm, sich auszuziehen. Er war überaus dünn geworden, begriff ich da, ein alter Mensch aus Haut und Knochen. Tagsüber, wenn er seine Schiffermütze, eine weite Leinenhose und Joppe trug, fiel es nicht so auf, wie mager er war. Schnaufend legte er sich hin, ohne die Mütze abzunehmen.

»Es ist alles gut«, sagte er leise vor sich hin. »Glaub mir, deine Eltern wissen schon, was sie tun müssen.« Er hatte bereits die Augen geschlossen.

Sein Gesicht ließ mich erschrecken. So im Bett, von weißer Bettwäsche umgeben, sah er gar nicht mehr wie mein Großvater aus, sondern wie … ja, wie ein Gespenst.

In diesem Moment machte sich auch Selim zum ersten Mal bemerkbar – dieser Winzling, der mich fortan begleitete. Den Namen hatte ich aus einem Buch, wenn ich mich recht erinnere. »Selim und der Zauberer« – Selim war ein Däumling, der einem alten Zauberer stets aus der Patsche half, wenn der mit seinen zweifelhaften Künsten nicht mehr weiterwusste.

»Anton«, flüsterte Selim, »du musst auf deinen Großvater Acht geben. Etwas stimmt nicht mit ihm.«

Ja, ich musste Selim recht geben. Eine halbe Stunde saß ich bei meinem Großvater und bewachte seinen Schlaf, während es draußen dunkel geworden war. Dann kam meine Mutter. Sie legte meinem Großvater die Hand auf die Stirn und flüsterte: »Hat sich verkühlt, der alte Mann.« Sonderlich besorgt schien sie nicht zu sein.

Mein Vater und meine beiden Brüder hatten den Planwagen inzwischen beladen. Im Wohnzimmer hatte mein Vater, ohne Licht zu machen, wieder das Radio hervorgeholt, wie er es mittlerweile jeden Abend tat.

Ich versuchte zu lauschen, doch meine Schwestern kamen und stießen mich von der Tür weg. »Der neugierige Anton ist wieder da«, schrien sie.

Um ihnen zu entkommen, floh ich zu den Gänsen. Vielleicht, so dachte ich, würde die Gans mit dem rötlichen Schimmer auch mit mir reden. Es war schon so dunkel, dass ich Mühe hatte, sie in dem Pferch zu finden. Sie hatte sich auch schon hingesetzt, doch mit erhobenem Kopf, als hätte sie auf mich gewartet.

»Redest du auch mit mir?«, fragte ich sie laut und hoffte, dass meine Schwestern mich nicht hörten – sie hätten mich sonst ausgelacht.

Natürlich redete die Gans nicht mit mir – weder begann sie zu schnattern noch gab sie mir irgendwelche Gedanken ein.

Später, als ich im Bett lag, im Zimmer mit Franz und Herrmann, die beide sofort eingeschlafen waren, weil sie von der Arbeit am Planwagen so erschöpft gewesen waren, ging mir ein schrecklicher Gedanke durch den Kopf. Hatte mein Großvater mich vielleicht angeschwindelt? Hatte die Gans gar nicht von einer harmlosen Erkältung gesprochen, die er bekommen würde, sondern von etwas viel Schlimmerem? Hatte die Gans mit dem rötlichen Schimmer im Gefieder ihm vielleicht gesagt, dass er sterben würde?

Mit klopfendem Herzen schlich ich aus dem Zimmer in die Kammer zu meinem Großvater. Die Nachttischlampe brannte. Er saß mit nackten Beinen auf dem Bett und rauchte eine Zigarre, obwohl meine Mutter ihm streng verboten hatte, im Haus auch nur ein Streichholz zu entzünden. Als er mich bemerkte, richtete er sich auf und lächelte mich an. Trotzdem er jetzt wach war, wirkte er immer noch wie ein Gespenst.

»Anton«, sagte er mit heiserer Stimme, »Jungchen, warum schläfst du nicht?« Dann winkte er mich zu sich und legte mir seine linke Hand auf die Schulter. »Bist ein guter Junge, Anton. Hast mir immer viel Freude gemacht. Aber leider hat die Gans recht. Hab mich erkältet. Muss wohl eine Weile länger im Bett bleiben.« Er drückte seine Zigarre aus und schob den Aschenbecher schwerfällig unter das Bett, als könnte er ihn auf diese Weise vor meiner Mutter verstecken. Dann schnaufte er und hievte seine nackten Beine unter die dicke Daunendecke. »Soll ich dir etwas verraten?«, fragte er mit matter Stimme. »Ein Geheimnis?« Er wartete nicht ab, dass ich etwas sagte. Sein Blick glitt zu dem nackten Holzkreuz an der Wand, an dem – anders als an dem Kreuz in unserer Küche – kein leidender Christus hing. »Ich war Bauer und Gänsehirt in meinem Leben, dabei wäre ich gerne ein Geiger geworden – ein Mann, der Geige spielt. Als ich so alt wie du war, ist so ein Musiker in unser Dorf gekommen, und am nächsten Morgen bin ich ihm hinterhergelaufen.«

»Du bist ausgerissen?«, fragte ich erstaunt.

»Ja, stell dir vor«, sagte mein Großvater, »aber ich bin nicht weit gekommen – nicht einmal bis ins nächste Dorf. Mein Bruder ist mir nachgerannt und hat mich wieder eingefangen.« Mein Großvater schloss die Augen. »Aber wenn ich Geiger geworden wäre, hätte ich Elisabeth nicht geheiratet, und dich würde es dann auch nicht geben, Anton. Das wäre auch nicht gut gewesen, nicht wahr?« Er begann zu husten und schloss die Augen. »Aber vielleicht«, redete er leiser weiter, nachdem der Hustenanfall vorbei war, »vielleicht kannst du ja Geiger werden.«

Die letzten Worte klangen schon schläfrig.

Ich entgegnete kein Wort, sondern sah, wie mein Großvater mühsam ein- und ausatmete.

Ich war bei der Gans, hatte ich ihm eigentlich sagen wollen, aber zu mir hat sie leider nicht gesprochen.

Durch die gesenkten Lider schien mein Großvater an die Decke zu starren. Ich räusperte mich, doch er schlug seine Augen nicht mehr auf. Ich ließ das Licht einer matten Lampe auf seinem Nachttisch brennen und schlich in mein Bett zurück.

Drei Tage später starb mein Großvater, ohne auch nur noch ein Wort gesprochen zu haben.

Am selben Tag hörten wir in der Ferne ein lautes, entsetzliches Geräusch, das immer näher kam und sich wie ein Teppich über das ganze Dorf legte. Es waren die Motoren von Panzern. Doch es waren keine deutschen Soldaten, die sich näherten, wie mein Vater vermutet und gehofft hatte. Ihnen hatte er sich auf der Flucht anschließen wollen, wie er Franz und Herrmann beim Packen des Planwagens erklärt hatte. Es waren russische Panzer, einer – mit einem großen roten Stern – fuhr mit einem ohrenbetäubenden Dröhnen sogar auf unseren Hof und machte erst eine Handbreit vor unserer Haustür halt. Mein Großvater lag aufgebahrt in seiner Kammer, die russischen Soldaten hatten das Dorf besetzt, und meine Eltern hatten den Zeitpunkt zur Flucht verpasst.

4.

In den nächsten Wochen und Monaten wurde Selim immer wichtiger für mich. Mit ihm sprach ich, von ihm ließ ich mich trösten. In Gedanken staffierte ich ihn wie eine Puppe aus, zog ihm bunte Kleider an, fütterte ihn mit den besten Leckereien, die ich mir ausdachte, während mir selbst der Magen vor Hunger knurrte. Niemand wusste von seiner Existenz. Einmal, während wir in einer Scheune im Stroh lagen, erschöpft und verzweifelt von unserer Flucht, fragte Paula mich, ob ich Selbstgespräche führte; ich hätte auch im Schlaf geredet, einen seltsamen Namen vor mich hin gemurmelt, doch natürlich stritt ich alles ab.

Mit dem Moment, als der Panzer auf den Hof fuhr, lag meine kleine Welt in Trümmern. Allein Selim hielt sie noch ein wenig zusammen.

Meine Eltern waren tatsächlich überrascht gewesen, die fremden Soldaten an ihrer Tür zu sehen. Obwohl mein Vater jeden Abend Radio gehört hatte, war er in dem Glauben gewesen, er könne sich den deutschen Soldaten anschließen, die auf dem Weg aus dem Osten durch unser Dorf ziehen würden. Doch entweder waren die Soldaten in der Nacht so schnell gen Westen geflohen, dass es niemand mitbekommen hatte, oder die deutschen Truppen waren schon so aufgerieben worden, dass nur noch einzelne, versprengte Grüppchen den Rückzug angetreten hatten.

Fast fünfzehn Jahre hatte die Zeit meiner Familie auf ihrem neuen Hof gewährt – meine Eltern waren zu einem bescheidenen Wohlstand gelangt, sie hatten das Wohnhaus und den Stall erweitert, hatten einen Acker hinzugekauft, vier Kinder waren ihnen in Schönow geboren worden – und der Krieg war immer weit weg gewesen.

Nun hatte er im Dorf Einzug gehalten und überstieg jede Vorstellungskraft der Erwachsenen.

Zuerst wurden die Zwangsarbeiterinnen und Zwangsarbeiter verhört, die sich noch im Dorf befanden. Hätte Olga auch nur ein schlechtes Wort über meine Eltern verloren, wären sie vermutlich auf der Stelle erschossen worden. Olga war zuvor bei einem anderen Bauern gewesen. Da musste etwas vorgefallen sein, denn mein Vater hatte einmal gesagt: »Ich habe Olga bei uns in Sicherheit gebracht.«

Nach dem Verhör der Fremdarbeiter wurde bekanntgegeben, dass sich alle Männer zwischen achtzehn und fünfundsechzig Jahren bei einem russischen Kommandanten melden mussten. Also auch mein Vater, der zu dieser Zeit sechsundvierzig Jahre alt war. Er verabschiedete sich mit einer kurzen Umarmung von meiner Mutter, strich mir über den Kopf und meinte, er sei in ein paar Stunden zurück, doch er kam nicht. Selbst bei der Bestattung meines Großvaters, die am nächsten Tag stattfand und gegen die niemand Einwände erhob, war er nicht zugegen. Es wurde eine kurze Trauerfeier, die unser ängstlicher Dorfpfarrer abhielt. Meine Mutter umklammerte meine Hand so sehr, dass es mir wehtat; sie weinte auch ununterbrochen, allerdings wohl mehr um ihren verschwundenen Mann als um ihren Vater. Als ich ein Stück Erde auf den dunklen Sarg meines Großvaters warf, meinte ich, irgendwo jenseits der Friedhofsmauer das Schnattern einer Gans zu hören, aber vielleicht hatte ich mir das auch nur eingebildet. Fortan jedoch, sobald ich nur eine Gans sah, musste ich immer an ihn und seine Geschichten denken.

Meine Mutter kam schier um vor Sorge um meinen Vater. Niemals in den letzten Jahren waren sie getrennt gewesen, nicht einen einzigen Tag. Die ganze Nacht lang hörte ich sie in ihrer Kammer beten, und ich betete auch und sprach stumm mit Selim, während Herrmann und Franz in ihren Betten lagen und auf Motorengeräusche lauschten. Besonders Franz war fasziniert von Panzern; obschon meine Brüder alle keine Feiglinge waren, war er der Furchtloseste von uns allen; am liebsten wäre er aus dem Haus geschlichen und auf einen geklettert, um ein Stück mitzufahren.

Mein Vater kehrte auch am Morgen des zweiten Tages nicht zurück. Hatte man alle Männer des Dorfes bereits abtransportiert? Aber nein, es wäre doch wohl jemandem aufgefallen, wenn ein oder zwei große Lastwagen durch das Dorf gefahren wären.

In der Frühe begannen Herrmann, Franz und ich, ihn zu suchen. Wo konnte mein Vater sein? Im Saal des Gasthauses? In der Schule auf dem Gutshof? Oder vielleicht sogar in der Kirche? Oder gar unter freiem Himmel auf dem Friedhof? Dieser Gedanke schreckte mich am allermeisten.

Wir schafften es, allen fremden Soldaten aus dem Weg zu gehen, von denen es in Schönow immer mehr zu geben schien, und entdeckten die Männer im Keller eines Bauernhauses, das ein wenig abseits vom Dorf stand und seit Jahren nicht mehr bewohnt war. Im Schneidersitz saßen sie stumm da, mit dunklen Mienen so eng nebeneinander, dass niemand ungehindert aufstehen konnte.

Herrmann und ich waren klein und wendig genug, um durch das Kellerloch zu klettern. Ein Fenster stand offen, und während wir, starr vor Schrecken, hineinblickten, bemerkte mein Vater uns. Er wandte leicht den Kopf und zog seine Augenbrauen in die Höhe, als Zeichen, dass er uns registriert hatte. »Lauft zu eurer Mutter«, zischte er uns zu. »Sie soll ein großes Stück Schinken in einen Kartoffelsack einwickeln – und den bringt ihr mir dann.«

So schnell wir konnten, liefen wir zurück. Meine Mutter vermochte vor Aufregung kaum noch zu atmen, als wir ihr erzählten, was wir gesehen hatten, dann schnitt sie einen Schinken in Stücke, rollte sie in Papier ein und steckte alles in einen Jutesack. Als wir zurückkamen, saßen die Männer immer noch so da – es war gespenstisch, niemand sagte etwas, sie schienen ganz in sich versunken zu sein. Die beiden Soldaten, die zur Bewachung abgestellt waren, hockten auf zwei Schemeln an der Tür, einer hatte den Kopf auf die Brust gesenkt und schlief anscheinend. Der andere hielt sein Gewehr wie einen Stock, auf den er sich aufstützte.

Herrmann schaffte es, Bauer Tepen, dem ersten Mann, der am

Fenster saß, den Sack hinunterzureichen. Tepen, der einen Buckel hatte, der mir als Kind immer Angst eingejagt hatte, nickte ihm zu und gab den Sack dann verdeckt, so dass man es von der Tür nicht sehen konnte, an meinen Vater weiter. Der Ausdruck der Trauer und Hoffnungslosigkeit auf dem Gesicht meines Vaters wich für ein paar Momente, als er seine Beute erhalten hatte. Er lächelte sogar ein wenig und tippte sich mit dem Finger gegen die Stirn. Gut gemacht und alles in Ordnung, sollte diese Geste heißen.

Am nächsten Tag beim ersten Sonnenlicht – wir vernahmen nur das Dröhnen schwerer Motoren – wurden er und die anderen abtransportiert. Wohin, sagte uns niemand.

Meine Mutter war nun komplett allein, ihr Vater war tot, ihr Mann spurlos verschwunden, zwei Söhne waren im Krieg, der verloren, aber noch nicht zu Ende war, sie musste sich um fünf Kinder kümmern und war damit völlig überfordert. Zum Glück blieb Olga bei uns. Sie hatte aber noch mehr Angst vor den Russen als wir, obwohl sie deren Sprache verstand.

Ich habe keine Ahnung, ob meine Mutter wusste, was die Deutschen den Russen angetan hatten, wie deutsche Soldaten und die Schergen der Nazis im Krieg gewütet hatten. Wir Kinder hatten davon nichts mitbekommen. Wir ahnten nichts von Brandschatzungen, Strafaktionen, Erschießungen, Konzentrationslagern. Ob meine Mutter davon gehört hatte, bezweifle ich. Sie hatte auch so gut wie nie heimlich Radio London gelauscht, anders als mein Vater, den es zuletzt jeden Abend vor das Radio gezogen hatte.

»Die Russen sind auch Christenmenschen«, sagte meine Mutter besänftigend zu uns, doch bald war auch sie eingeschüchtert und verzweifelt.

Die russischen Truppen zogen nicht weiter, sondern richteten sich in unserem Dorf und der umliegenden Gegend ein. Sie bereiteten sich auf den Ansturm auf Berlin vor und warteten auf den Vormarsch der Amerikaner im Westen.

Um die Verpflegung einer so großen Armee zu sichern, wurde zunächst das Vieh des Dorfes akquiriert. Milch, Butter, Käse gab es bald nicht mehr. Der Bäcker und das Lebensmittelgeschäft schlossen. Zum Glück war unsere Räucherkammer gut gefüllt, so dass wir zunächst nicht hungern mussten, und die Hühner und Gänse blieben uns auch noch. Doch Brotbacken wurde zum Problem. Wir versuchten, mit der Kaffeemühle Mehl zu mahlen. Franz schaffte es schließlich, eine alte Getreidemühle wieder zum Laufen zu kriegen. Was technische Geräte anging, war er ein kleines Genie.

Abends hörte man im Dorf die Schreie der Kühe, die zusammengetrieben worden waren, die jedoch nun nicht mehr gemolken wurden. Ein richtiger Klagegesang, der weithin die Dunkelheit durchzog und in den mancher Mensch gerne mit eingefallen wäre.

Die russischen Soldaten bestimmten nun das Leben im Dorf. Sie fuhren mit erbeuteten Fahrrädern herum, die sie dann achtlos in den Graben warfen, wenn ihnen der Spaß daran vergangen war. Großes Vergnügen hatten sie auch daran, mit Messern um sich zu werfen. Alles konnte für sie zur Zielscheibe werden – Haustüren, Warnschilder oder alte Holzkarren. Und manchmal schossen sie auch einfach in die Luft, um sich die Zeit zu vertreiben, oder sie zielten auf Vögel, die sie aber nie trafen.

Zuvor hatte ich nur einmal einen Betrunkenen gesehen – das war ausgerechnet mein Bruder Johannes gewesen, der von einem Tanzfest mitten in der Nacht torkelnd nach Hause gekommen war und mich geweckt hatte, weil er sich in der Tür geirrt hatte. Als er seinen Irrtum bemerkt hatte, hatte er mir über die Wange gestrichen, mich mit glasigen Augen angestarrt und gemeint: »Du hast eine Haut wie ein Pfirsich, Anton, wie ein Pfirsich – weißt du das?« Dann, nachdem ich ihn angeraunzt hatte, er solle mich endlich in Ruhe lassen, hatte er mich aus Versehen Marga genannt – so hieß die Tochter des Gastwirts, in die er heimlich verliebt war, wie jeder in unserer Familie wusste.

Nun aber sah ich jeden Tag Betrunkene. Bei der Schnapsbrennerei im Dorf lagen Unmengen von Fässern. Franz hatte selbst eines bei uns in den Keller verbracht. Schon mitten am Tag wurden die Schnapsgläser unter den Soldaten herumgereicht. Einmal kam ein betrunkener Offizier zu uns in die Küche, er fuchtelte mit seiner Pistole herum und schrie uns auf Russisch an. Niemand verstand ein Wort, aber selbst mir war klar, wie sehr dieser Mann die Deutschen hasste. Immer ausschweifender wurden seine Gesten; immer mehr geriet er in Rage. Sein Gesicht wurde krebsrot, aus seinem Mund drangen dunkle, hässliche Laute. Ich sah die Furcht in den Augen meiner Mutter. Gleich, dachte auch ich, gleich wird seine Pistole losgehen und jemanden treffen. Ich betete zum lieben Gott, dann bat ich Selim, mir zu helfen. Meine Blase hatte sich vor Angst so sehr gefüllt, dass ich meinte, mir jeden Moment in die Hose pinkeln zu müssen.

Meine Mutter schaffte es, Paula zuzuraunen: »Du kennst doch den Burschen von diesem Offizier – hol ihn her! Sofort!« In einem Augenblick, als der Soldat voller Wut aufstampfte und den alten Geisen anschrie, den einzigen Mann in der Küche, schlich meine Schwester sich davon. Ich bewunderte sie für ihren Mut. Ich hätte es nicht geschafft, auch nur einen Fuß vor den anderen zu setzen, aber ich war ja auch erst fünf Jahre alt. Sie hingegen war fast dreizehn und bewegte sich, als würde sie keine Furcht kennen. Nach endlos langen Minuten, in denen der Offizier immer heftiger mit seiner Pistole herumgewedelt hatte, kehrte Paula zurück – im Schlepptau einen jungen blonden Russen, der sofort eine Flasche Wodka auf den Tisch stellte, über die sich der Offizier ohne Zögern hermachte. Zehn Minuten später war er eingeschlafen und legte sich volltrunken hinter unseren Küchenschrank.

Der junge Russe kam danach häufiger zu uns. Vielleicht hatte er Gefallen an meiner Schwester gefunden, oder ihm gingen das Gesaufe und Geschrei seiner Kameraden auf die Nerven. Von ihm lernten meine Mutter und ich ein paar russische Worte: »Guten Tag« – »Dobry den« Oder auch: »Danke« – »Spasibo«; und: »Prost« – »Sa sdorowje!« Im Gegenzug brachten wir ihm einige deutsche Worte bei. Olga gefiel das alles nicht. Sie schien die Russen mit jedem Tag mehr zu fürchten, und dann, eine Woche, nachdem die Soldaten ins Dorf gekommen waren, war sie plötzlich am Morgen verschwunden. Ihre kleine Kammer war leer. Sie hatte nicht viel besessen, ihr gesamtes Hab und Gut hatte offensichtlich in ihren schmalen Lederkoffer gepasst, der nicht mehr unter ihrem Bett stand.

5.

Selim, mein winziger, unsichtbarer Freund, wurde für mich immer wichtiger. Wie kam ein fünfjähriger Junge dazu, sich so einen ständigen Begleiter einzubilden? Vielleicht war er das Pendant zu einem Schutzengel. Ich betete auch viel, genau wie meine Mutter, die abends vor einer Kerze am Küchentisch saß und vor sich hin sprach. Jedoch traute ich meinen Gebeten nicht so recht – Selim hingegen, dieser freundliche Däumling in meinen Gedanken, tröstete mich und half mir über meine Ängste hinweg. Überhaupt schien jeder in meiner verbliebenen Familie seinen eigenen Weg zu suchen, um mit der neuen Situation im Dorf fertigzuwerden. Paula und Jolande verließen kaum noch das Haus. Schulunterricht gab es nicht mehr. Sie gingen meiner Mutter im Haushalt zur Hand, und vor allem versuchten sie, jeglichen Kontakt mit den Soldaten zu vermeiden, die sie anstarrten und mit obszönen Gesten bedachten. Paula wurde noch schweigsamer, aber nie habe ich sie weinen oder beten gesehen. Sie schien unentwegt zu beobachten, sorgsam zu registrieren, was vor unserem Haus, was auf der Dorfstraße vor sich ging. Meine Brüder Herrmann und Franz hingegen trieben sich herum. Sie schlichen den Soldaten nach, hatten auch irgendwelche Dinge versteckt, von denen ich nicht wusste, um was genau es sich handelte. Ihnen war ich lästig, falls ich einmal Anstalten machte, ihnen hinterherzulaufen. Fast war es, als wäre die Besetzung des Dorfes für sie ein großes Abenteuer.

Meine Brüder gingen mit ein paar ihrer Freunde sogar so weit, den Russen einen Schrecken einjagen zu wollen. Oben im Turm der evangelischen Kirche auf dem Gutshof stand noch eine Fahne mit einem Hakenkreuz. Eines Abends schlichen sie hinauf und hissten sie. Eine Nazifahne wehte plötzlich über das besetzte Schönow.

»Was ist denn mit den Russen los?«, fragte meine Mutter, als wir zu Abend aßen, ein wenig Brot mit Schmalz, nicht viel mehr. »Sie tragen alle Waffen und laufen wie wild durcheinander.«

Herrmann und Franz taten ahnungslos. Die Russen glaubten an

einen Aufstand. Sie umstellten die Kirche, holten die Fahne ein und verhörten alle, die ihnen auf der Straße begegneten. Irgendjemand musste Franz verraten haben. Er wurde abgeholt und in die Kommandantur zum Verhör gebracht.

Meine Mutter war außer sich vor Sorge. »Warum macht der Junge so etwas?«, fragte sie meine Schwestern voller Verzweiflung. »Haben wir es denn nicht schwer genug? Sehen wir ihn überhaupt noch einmal wieder?«

Am nächsten Morgen aber kehrte mein Bruder zurück und wirkte überhaupt nicht eingeschüchtert. Er hatte sogar etwas zu essen und zu trinken bekommen, eine kräftige Milchsuppe und eine Flasche Bier.

Lächelnd machte er sich dann auf den Weg zu unserem Acker. Die guten Pferde hatte man uns weggenommen; nur ein altes Pony war zurückgeblieben. Mit ihm bestellte Franz den Acker, weil meine Mutter der Meinung war, jemand müsse das Feld bewirtschaften, damit es keine Hungersnot gebe. Mein Bruder war knapp vierzehn Jahre alt; er schaffte so etwas spielend.

Noch heute, über siebzig Jahre später, bereitet es mir Schmerzen, mich an gewisse Dinge in meiner Kindheit zu erinnern. Ich versuche mich dann abzulenken; ich sehe unseren lang gestreckten Garten vor mir, mit den Sträuchern, die mein Großvater gepflanzt hatte, mit dem alten Kirschbaum, der kaum noch Früchte trug und den ich manchmal umarmte, als wäre er ein lebendiges Wesen. Ich höre die Rufe meiner Mutter, ich sehe unseren Hund Nero 3, sehe meine Brüder, die sich um ein Fahrrad balgen. Ich sehe das ernste Gesicht meiner Schwester Paula; ihre Brauen ein wenig zusammengezogen, ihre Augen skeptisch auf die Welt gerichtet.

Und dann sehe ich doch auch Manja, die junge, vielleicht zwanzigjährige Magd, die beim Bauer Tepen arbeitete. Sie sei ein Waisenkind, hieß es von ihr. Ich hatte nachfragen müssen, was das ist, und dann, als ich es erfahren hatte, gefiel sie mir besonders. Sie war hübsch, mit Sommersprossen, und sie lachte viel, und das, obschon sie keine Eltern mehr hatte. In der Kirche saß sie neben ihrem Bauer und fiel schon dadurch auf, dass ihr Haar so hell leuchtete und sie eine glockenklare Stimme hatte.

Ich sehe sie von oben, weil ich mit zwei Jungen – mit den Brüdern Rudolf und Wilhelm Breuer – auf den Heuschober von Tepens geklettert bin. Wir waren ganz leise, hatten uns versteckt. Wollten wir Karten spielen, oder hatten wir ganz einfach genug von dem Lärm und der Unruhe im Dorf? Ich weiß es nicht mehr.

Manja keuchte, als würde sie keine Luft bekommen. Sie war nicht allein. Sie wurde in die Scheune gezerrt. Ein Mann in einer Uniform zog sie hinter sich her. Er war schon älter, hatte rote, stark geäderte Wangen und graue Haare, die wie Stacheln von seinem Kopf abstanden, und grobe, riesige Hände. In der linken Hand hielt er ein Messer, mit dem er herumfuchtelte. Er ließ es so durch die Luft sausen, dass ich glaubte, den Wind, den es erzeugte, noch auf dem Schober zu spüren. Rudolf, der offenbar ahnte, was gleich kommen würde, versuchte, mich zurückzureißen, doch ich war wie festgefroren. Ich hätte mir auch keine Sorgen machen müssen, dass der Soldat uns bemerkte. Er war viel zu erregt, wiederholte zischend Worte auf Russisch und stieß Manja zu einem Ackerwagen. Sie fiel auf den Rücken und schrie kurz auf, doch dann registrierte sie mich. Ich sah ihre flehenden Augen, den Schmerz und die Angst darin, aber sie verstummte abrupt, als befürchtete sie, mich verraten zu können.

Der Soldat zerriss ihr Kleid mit zwei, drei heftigen Bewegungen, die mich zusammenzucken ließen. Er musste Bärenkräfte haben, dann zerrte er sich die Hose herunter, bis in die Kniekehlen, und ohne das Messer aus der Hand zu legen, krümmte er sich über Manja und machte seltsame, ungelenke Stöße mit seinem Unterleib.

Ich hatte so etwas noch nie gesehen. Rudolf und Wilhelm versuchten weiter, mich zurückzuziehen, ganz auf den Heuschober, außer Sicht, doch ich blieb vorgebeugt liegen.

Manja hatte die Lider gesenkt. Eine Haarsträhne war ihr ins Gesicht gefallen. Ihre Wangen waren eingesunken, als würde sie nur noch Luft in sich hineinsaugen, aber nicht mehr ausatmen. Sie hatte sich ganz steif gemacht. Ihre Lippen bebten ein wenig, dann ruckte der Leib des Mannes ein-, zweimal noch heftiger vor und zurück, bevor er bereits wieder von ihr abließ. Es kam mir vor, als hätte sein ganzes schreckliches Geruckel und Gezische allenfalls zwanzig Sekunden gedauert.

Manjas Blick traf mich. Noch nie hatte ich so einen Ausdruck in menschlichen Augen wahrgenommen: keine Angst mehr, sondern eine tiefe, stumme Erschöpfung. Ich bin verloren, sagte dieser Blick, ich bin für immer verwundet.

Ich war erst fünf Jahre alt und wusste nicht viel von der Welt, aber das war auch gar nicht nötig, um diesen Blick zu deuten.

Später auf dem Flüchtlingstreck, als ich krank war, an Fieber und Krätze litt und mich kaum auf den Beinen halten konnte, kam Manja einmal zu mir – sie ging plötzlich neben mir, war wie aus einer Nebelwand aufgetaucht, um meine Hand zu drücken, nicht mehr, kein Wort, kein Blick, nur dieser zarte, freundliche Druck ihrer warmen Hand. Wenn ich da nicht so ausgelaugt gewesen wäre, hätte ich vielleicht für einen Moment sogar einen ihrer Gedanken lesen und sie besser verstehen können.

Als wir den Anschluss an den Treck verloren, verlor ich auch Manja aus den Augen. Ich habe sie danach nie mehr wiedergesehen.

Meiner Mutter konnte ich von unserem Erlebnis auf dem Schober nichts erzählen, Jolande, die nichts für sich behalten konnte, gleichfalls nicht, aber irgendwo musste ich es loswerden – und in diesem Fall nicht nur bei Selim. Paula hörte sich alles geduldig an. »Der Soldat hätte dich wahrscheinlich mit dem Messer erstochen, wenn er dich entdeckt hätte«, sagte sie tonlos. »Du hast Glück gehabt. Pass demnächst besser auf, wo du dich herumtreibst.« Sie selbst rannte meistens mit einem Kopftuch herum, wenn sie vor die Tür ging. Ob sich ihr jemals ein russischer Soldat genähert hatte, weiß ich nicht. Aber auch ich registrierte, dass alle Frauen nun noch weitere und dickere Kleider trugen und sich älter machten. Manche streuten sich Mehl ins Haar, andere wuschen sich gar nicht mehr oder taten so, als würden sie hinken.

Abends schlichen sich meine beiden Schwestern von unserem Hof. Betrunkene russische Soldaten pflegten nachts die Häuser nach jungen Mädchen abzusuchen. Bei Tepen im Keller gab es einen versteckten Raum. Ich hätte nichts davon wissen dürfen, doch ich hatte zufällig mitbekommen, wie Jolande meiner Mutter davon berichtet hatte. Für dieses Versteck hatten die Frauen Matratzen, Decken und Stroh eingesammelt. Dort verbrachten die Mädchen des Dorfes die Nacht. Wenn ich es richtig verstanden hatte, hatten sie sogar Wachen aufgestellt und lösten sich stundenweise ab, um sich zu warnen, falls Soldaten sie aufstöbern sollten.

Auch bei uns im Haus schliefen manchmal Soldaten. Einmal kam einer mitten in der Nacht in unsere Schlafkammer, er leuchtete mit seiner Taschenlampe herum, doch war meine Mutter, die neben mir lag, sofort unter die Decke gekrochen, so dass der Lichtstrahl nur auf mein Gesicht traf. Ein kleiner, schlafender Junge war jedoch nicht das, wonach der Soldat gesucht hatte.

Zwei Tage nach dem Erlebnis mit Manja wurde ich krank. Ich hatte mich in den Dorfteich gestürzt, als müsste ich das, was ich gesehen hatte, von mir abwaschen. Meiner Mutter ging es auch immer schlechter. Wenn ich nachts aufwachte, lag sie mit offenen Augen neben mir, murmelte vor sich hin und starrte an die Decke.

»Schlaf weiter, Anton«, sagte sie, wenn sie entdeckte, dass ich wach geworden war. »Träum etwas Schönes.«

Ich hatte Angst, ihr die Fragen zu stellen, die mir ständig durch den Kopf gingen. Wo war unser Vater abgeblieben? Was war mit Heinrich und Johannes? Und was würde aus uns werden?

Zum Glück hatte ich das Gefühl, dass Selim auf mich aufpasste.

Mit Halsschmerzen lag ich im Bett, als ich Lärm in unserer Küche hörte. Ich schlich in den Flur, um durch einen Türspalt zu spähen. Alle hatten sich da versammelt, aber sie saßen nicht am Tisch, sondern waren aufgesprungen – Paula, Jolande, meine Mutter, Herrmann und Franz. Ein Soldat stand mit einem Teller da und schrie immer wieder »Gans! Gans!«. Es war eindeutig. Auch die Russen wurden nicht besonders gut verpflegt; es waren mittlerweile zu viele Soldaten in unserem Dorf, und die Vorratskammern waren nun alle geplündert worden. Wer konnte, hatte seine letzten Vorräte versteckt. »Gans!«, rief der Soldat weiter, dann stürmte er mit seinem

Gewehr, das er an die Tür gelehnt hatte, hinaus auf unseren Hof. Wir hatten immer noch ein paar Gänse, um die Franz und Herrmann sich kümmerten. Ich schlich in meine Schlafkammer zurück und konnte durch das Fenster sehen, wie der Soldat auf die Gänse anlegte, die, weil sie die Gefahr spürten, aufgeregt schnatternd umherliefen. Ein Schuss fiel, doch keine der Gänse sank zu Boden, sondern der Soldat selbst. Er wankte, machte einen taumelnden Schritt und fiel auf die Knie – mit einer Wunde am Kopf, aus der sofort Blut strömte. Meine Mutter in der Küche schrie auf. Wie war das möglich? Meine Brüder stürmten hinaus, während ich an meinen toten Großvater denken musste. Hatte er die Gänse verhext? Konnten sie einen Schuss so umleiten, dass er denjenigen traf, der ihn abgefeuert hatte?

Der Russe lebte zum Glück noch. Meine Brüder halfen ihm auf die Beine. Franz gab ihm ein Taschentuch, das er sich dankbar an die blutende Stirn hielt, dann wankte er davon. Später erkannten wir, dass der Soldat tatsächlich eine Gans getroffen hatte. Eine Kugel hatte ihren Hals durchschlagen, war auf die harten Natursteine unserer Scheune geraten und von dort zurückgeprallt – genau auf die Stirn des Soldaten.

Ich war plötzlich sicher, dass mein toter Großvater dabei mit im Spiel gewesen war, und fühlte mich auf einmal viel besser.

Die Gans bekam einen dicken Knubbel am Hals und lebte weiter. Abends flog sie auf unsere Fensterbank an der Küche und starrte zu uns herein. »Seht her!«, sagte meine Mutter. »Sie guckt, als würde sie uns anklagen – als wären wir schuld, dass jemand auf sie geschossen hat.«

6.

Dann wurde der Pfarrer erschossen. Meine Brüder fanden ihn in seiner eigenen Blutlache am Eingang zum neu angelegten katholischen Friedhof, auf dem es bisher erst sieben Gräber gab, eines gehörte meiner Schwester Maria, ein anderes meinem Großvater.

Es war früh um acht Uhr. Manchmal hatte ich Franz und Herrmann begleitet, wenn sie zu den Gräbern gingen, doch an diesem Morgen hatte ich mich zu schwach und müde gefühlt.

Meine Mutter weinte den ganzen Tag, und Paula buk aus dem besten Mehl, das wir noch hatten, einen Kuchen. So sah ihre Antwort auf diesen Tod aus, den niemand von uns verstand. Sogar Franz zeigte sich nun eingeschüchtert. Wir hatten alle geglaubt, wir würden keinen Bissen von dem Kuchen hinunterbekommen, doch wir aßen ihn mit dem größten Appetit.

»Wer begräbt den Pfarrer?«, fragte Herrmann. »Es müsste doch ein anderer Pfarrer die Totenrede halten, nicht wahr?«

Darauf hatte niemand eine Antwort. Wir bekamen auch nicht mit, dass jemand den Pfarrer bestattete. Vier russische Soldaten hatten ihn mitgenommen. Mehr wusste auch Franz nicht.

»Was passiert mit mir?«, fragte ich Selim in der Nacht. Meine Mutter war so erschöpft gewesen, dass sie sofort eingeschlafen war.

»Du bist Anton Busch«, sagte Selim. »Du bist noch ein kleiner Junge, du musst lesen und schreiben und leben lernen. Beten kannst du ja bereits, und du weißt schon eine Menge, etwa wie man Kartoffeln anpflanzt, wie man einen Acker pflügt, und du kannst mit Tieren umgehen und kannst lächeln. Doch das ist nicht alles – das Leben ist schwierig, aber es ist nicht zu Ende. Jetzt musst du vor allem deiner Mutter und deinen Geschwistern helfen.«

Am nächsten Tag, gegen Abend, ließen uns Gewehrschüsse zusammenzucken. Wir saßen in der Küche. Der Schrecken über den Tod des Priesters steckte uns noch in den Gliedern. Ich hatte ihn nicht gemocht, die Art, wie er in der Messe seine rosigen Hände erhoben und gerufen hatte, wir alle müssten wieder betende Menschen werden, gottgefällig und gut, damit das Böse von uns ablasse. Wenn ich ihm begegnete, was ich meistens zu vermeiden suchte, hatte er mir immer erst über den Kopf gestrichen und dann in die Wange gekniffen, und meistens hatte er sich so verhalten, als gehöre das Dorf ihm: »Anton, grüß deinen Vater und sag ihm, das Tor zum Friedhof klemmt.«

Die Gewehrschüsse hörten überhaupt nicht mehr auf. Gab es irgendwo einen Angriff? Mussten die russischen Soldaten sich verteidigen, doch gegen wen bloß? Deutsche Truppen hatten wir schon seit über drei Wochen nicht mehr gesehen.

Paula starrte aus dem Fenster. »Sie lachen und trinken und schießen in die Luft!«, sagte sie.

Wir konnten uns keinen Reim darauf machen, dann lief Franz los und holte das Radio aus der Truhe, das, seit unser Vater verschwunden war, niemand mehr angeschaltet hatte. Mein Bruder stellte es mitten auf den Küchentisch und steckte den Stecker ein. Draußen wurde immer noch geschossen, doch mittlerweile waren laute Stimmen zu hören – und Gesänge, ja, die russischen Soldaten hatten zu singen begonnen.

Das grünliche Auge am Radio begann zu glimmen. Zuerst war nur Rauschen zu hören, dann jedoch schälte sich aus dem Zischen eine Stimme heraus. Ein Mann verkündete mit schneidender, dabei leicht zitternder Stimme, dass an allen Fronten die Waffen schweigen würden, dass das fast sechs Jahre währende heldenhafte Ringen zu Ende sei. Die deutsche Wehrmacht sei am Ende in ihrem großen Kampf einer gewaltigen Übermacht ehrenvoll unterlegen. Der deutsche Soldat habe Unvergessliches geleistet.

Ich versuchte, mir all diese seltsamen Worte zu merken und einen Sinn darin zu erkennen.

»Der Krieg ist zu Ende«, sagte Franz. Sein Blick wanderte von unserer Mutter zu Paula, dann zu uns anderen. »Deshalb singen sie und schießen in die Luft.«

Meine Mutter hatte die Hände gefaltet, während sie zugehört hatte, wie sie es oft tat. Nun sprang sie auf und umarmte jedes von uns Kindern. »Oh, was für ein Glück!«, rief sie aus. »Endlich ist es vorbei, Heinrich und Johannes werden zurückkommen – und euer Vater auch. Und die Russen … sie können wieder in ihre Heimat gehen. Wir haben Frieden!« Zum ersten Mal seit Wochen lächelte sie wieder. »Ich muss gleich in die Kirche laufen und eine Kerze anzünden.«

Mein Bruder Franz sah sie fragend an. »Du meinst, die Soldaten gehen jetzt wieder? Einfach so?«

Meine Mutter hatte schon zur Tür herauslaufen wollen, sie verharrte und bemerkte die Zweifel auf dem Gesicht meines Bruders. »Ja, was sollen die Soldaten denn noch hier?«, fragte sie. »Sie haben doch auch alle Frauen und Kinder und wollen nach Hause.«

Einen Tag nachdem der Krieg zu Ende war, kam der Moment, als ich begriff, dass ich Gedanken lesen konnte. Ich war in freudvoller Stimmung. Anders als meine Brüder glaubte ich meiner arglosen Mutter. Die Soldaten würden nun abziehen, mein Vater und meine Brüder würden zurückkehren, und bald würde ich zur Schule gehen, ich würde lesen und schreiben lernen und groß werden, und vielleicht – ich musste an meinen toten Großvater denken –, ganz vielleicht würde ich es fertigbringen, eine Geige zu spielen.

Doch die Soldaten zogen nicht ab, im Gegenteil, es wurden auf drei Lastwagen noch mehr herangekarrt. Auch auf unseren Hof kamen sie, um sich umzuschauen. Sie brauchten Schlafplätze. Wir sollten alle aus unseren Kammern ausziehen und in der Scheune schlafen. Meine Mutter widersprach, was eigentlich nicht ihre Art war. Sie deutete auf uns Kinder. Wir seien noch so klein. Nachts sei es noch sehr kalt, und ich sei oft krank und bedürfe besonderer Pflege.

Während sie mit einem Offizier verhandelte, kam ein anderer Soldat, der sich bereits in der Scheune umgesehen hatte. In der Hand hielt er ein Luftgewehr, das er da gefunden hatte. Ich erkannte es sofort. Das Gewehr gehörte Franz, er hatte es dem ältesten Sohn der Breuers vor ein paar Monaten abgekauft.

Der Offizier zog sofort seine Pistole hervor und richtete sie auf meine Mutter, dabei stieß er grobe Worte aus. Er beschimpfte sie oder fluchte. Wütend deutete er mit dem Kopf auf das Gewehr.

Ich spürte, wie meine Knie weich wurden. Gleich, dachte ich, gleich wird sich ein großes Loch vor mir auftun, ein riesiges schwarzes Loch, und mich verschlingen. Meine Angst war dieses Loch. Ja, ich würde in meiner eigenen Angst versinken.

Da spürte ich das Frösteln, den kalten Wind, der plötzlich aufgekommen war, obschon es ein freundlicher Tag war. Und, obwohl sie sich nicht rührte, nicht den Mund öffnete, sondern stumm und verängstigt dastand, waren die Gedanken meiner Mutter auf einmal in mir wie glasklar ausgesprochene Worte.

»Komm zu mir und nimm meine Hand, sonst sterbe ich«, lauteten die Gedanken meiner Mutter.

Ich konnte sie hören – so als hätte sie mir alles ins Gesicht gesagt.

Ich achtete nicht mehr auf den Offizier, nicht auf seine Pistole, nicht auf meine Angst.

Die Angst hatte sich aufgelöst.

»Gut so«, dachte meine Mutter weiter, »gut so, mein Sohn«, während ich mich auf sie zubewegte, über den Hof, über leicht schwankendem Grund, und ihre Hand ergriff.

Ihre Hand war heiß und verschwitzt. Mit gesenktem Kopf stand ich neben ihr.

»Es wird alles gut, Anton«, dachte sie nun. Mit einer neuen Gewissheit schaute sie den Offizier an, der das Luftgewehr meines Bruders vor sich auf die Pflastersteine unseres Hofes geworfen hatte.

»Es ist gut, dass dein Vater das alles nicht mit ansehen muss«, dachte meine Mutter. Dann dachte sie: »Und Franz ist ein Idiot.«

Ich blickte kurz auf. Das Wort »Idiot« passte nicht zu meiner Mutter.

Der Offizier hielt die Pistole wieder auf meine Mutter gerichtet. Mittlerweile waren noch mehr Soldaten zusammengelaufen, sechs oder sieben. Einer rief etwas, das wie ein Befehl klang.

In meinem Kopf summte es. Die Gedanken meiner Mutter setzten für einen Moment aus. Da war nur noch ihr Herzschlag, ein lautes, wildes, unregelmäßiges Pochen in der Brust.

Mein Großvater wäre stolz auf mich, dachte ich auf einmal. Und nicht die Gänse, sondern meine Mutter hat mir das Gedankenlesen beigebracht.

Der Offizier trat mit seinen schweren Stiefeln auf das Luftgewehr. Dann, in der nächsten Bewegung, hob er die schwarze blinkende Pistole in seiner Hand und schoss.

Meine Mutter dachte nichts, sie seufzte nur, dann tauchte der Name meines Vaters in ihren Gedanken auf: »Lieber, treuer Bernhard.«

Ich hörte ein kurzes Aufjaulen, dann ein Kratzen und Wimmern.

Als ich meinen Kopf ein wenig drehte, sah ich unseren Hund – Nero 3, einen Schäferhundmischling, dem der Rücken ein wenig steif geworden war. Er lag am Boden, Blut lief aus seinen Rippen, seine Hinterläufe zuckten.

Mir lief eine bittere Flüssigkeit in den Mund. Meine Mutter ließ meine Hand los, und damit wurde auch unsere Gedankenverbindung unterbrochen. Jedenfalls hörte ich keinen ihre Gedanken mehr.

»O großer Gott!«, stieß sie hervor. Sie machte drei Schritte und beugte sich über Nero 3, der sich schon nicht mehr rührte. Die Blutlache, in der er lag, wurde immer größer und größer. Ein kleiner dunkelroter See entstand um ihn.

Mir wurde übel von der bitteren Flüssigkeit in meinem Mund, die ich nicht hinunterschlucken konnte. Noch nie hatte ich so viel Blut gesehen. Als ich mich endlich von diesem schrecklichen Anblick losreißen konnte, sah ich, dass der Offizier mit der Pistole sich bereits mit einem lauten Fluch oder einer Drohung abgewandt hatte, genau wie die anderen Soldaten. Er hatte statt meiner Mutter unseren alten Hund erschossen.

Später, nachdem meine Brüder Nero 3 begraben hatten, sagte meine Mutter: »Für jeden Mann auf der Welt ist es schwer, auf eine unbewaffnete Frau zu schießen, aber wenn diese Frau ein Kind an der Hand hält, ist es so gut wie unmöglich.«

Ich verstand erst nach vielen Jahren, was diese Worte im Grunde bedeuteten. Du, mein Sohn, hast mir das Leben gerettet, indem du im richtigen Moment zu mir gekommen bist.

7.

Die Soldaten zogen nicht ab, sie blieben, und wir begannen zu hungern, weil unsere Vorräte so gut wie aufgebraucht waren. Gedanken lesen konnte ich auch nicht mehr. Ich schaute meine Mutter an, während sie am Küchentisch saß; ich horchte in mich hinein. War da eine Stimme, die meiner Mutter gehörte? Nein, da war nichts. Hatte ich nur geträumt, dass ich ihre Gedanken gelesen hatte? Nein, das hatte ich nicht. Ich war trotzdem völlig verwirrt. Meine Brüder hielten mich wieder für krank. Paula bekam mit, dass ich mit Selim sprach, um mich zu trösten. Sie sah mich merkwürdig an, sagte jedoch nichts.

Zum ersten Mal seit ich die Gedanken meiner Mutter gehört hatte, hatte ich das Gefühl, dass etwas in meinem kleinen Leben anders geworden war. Es war, als stände ich nun auf der einen Seite einer Straße und als ständen meine Brüder und Schwestern auf der anderen. Ich lief zum Grab meines Großvaters und erzählte ihm vom Gedankenlesen und wie ich mich nun fühlte. Wieder glaubte ich, dass irgendwo als seine Antwort Gänse schnatterten.

Als ich vom Friedhof kam, stand der blonde Russe da, dem wir ein paar Worte Deutsch beigebracht hatten.

»Guter Junge«, sagte er. »Keine Schuld …« Seine letzten Worte klangen wie eine Frage.

Ich nickte, und er gab mir die Hand, ganz feierlich, als wären wir zwei Erwachsene. Noch nie hatte mich jemand so behandelt, als wäre ich kein Kind mehr, sondern ein starker Mann, vor dem man Respekt haben musste. Dann schaute er zum Himmel und machte mit den Armen eine Bewegung, als wollte er davonfliegen.

Ich verstand ihn nicht. Was sollte das bedeuten? Er zeigte lächelnd mit dem Finger auf mich. Hatte er mich als Gedankenleser erkannt? War er auch einer? Erkannte ein Gedankenleser den anderen, wenn er ihn traf? Ich versuchte, in seinen hellblauen, sehr wachen Augen einen Hinweis zu entdecken, was er meinen konnte. Seine Gedanken konnte ich jedenfalls nicht lesen.

»Mein Großvater«, sagte ich, nur um etwas zu entgegnen, »er konnte auch Gedanken lesen – die Gedanken von Gänsen.«

Der freundliche Russe nickte, als habe er verstanden, aber ich konnte an seinen Augen ablesen, dass dem nicht so war. Wieder machte er seine wedelnden Bewegungen mit den Armen und deutete auf mich. Sollte ich davonfliegen? Aber wie sollte das gehen?

Ich nickte, wir beide nickten, und dann umarmte er mich ganz freundlich und innig und lief lächelnd davon.

Am nächsten Morgen wurde ich vom wilden Geschnatter unserer verbliebenen Gänse geweckt, doch als ich über meine noch schlafende Mutter krabbelte, um zum Fenster zu gelangen, war da draußen nichts, keine Gänse. Hatte ich wieder nur geträumt?

Wenig später rissen Gewehrsalven auch meine Mutter aus dem Schlaf.

Es war sechs Uhr in der Frühe.

Wir liefen alle in der Küche zusammen. Beim letzten Mal, als wir solche Schüsse gehört hatten, war der Krieg zu Ende gewesen. Was konnte nun passiert sein?

»Tepens laufen zur Kirche«, sagte Franz, der als Nächster am Fenster stand.

Noch einmal klangen Gewehrschüsse.

Ist der Krieg schon wieder zu Ende?, hätte ich beinahe gesagt, aber dann fiel mir ein, wie dumm eine solche Frage war.

»Wir sollten auch hingehen«, sagte meine Mutter. Nachdem sie mitbekommen hatte, dass die Soldaten keinerlei Anstalten machten, sich zurückzuziehen, hatte sie kaum noch ein Wort gesagt. »Vielleicht gibt es eine Bekanntmachung.«

»Ja«, sagte Paula, »schon möglich.« Sie band sich ihr Kopftuch um, dann gingen wir alle hinaus.

Unsere letzten Gänse waren verschwunden, registrierte ich. Jemand musste sie in der Nacht gestohlen haben. Franz bemerkte es auch, doch er verlor kein Wort darüber.

Fast alle Frauen aus dem Dorf und ein paar alte Männer waren vor der evangelischen Kirche am Gutshof zusammengekommen. Tepens, Breuers, Geisens, die zwei Meiers – zwei Familien hießen so –, auch meine Tante war da und die Klausners, die zwei Söhne im Krieg verloren hatten.

Auf der Ladefläche eines Militärtransporters stand ein Mann in einem hellen grauen Anzug. Er hatte seine schwarzen Haare zurückgekämmt, sie sahen nass aus, waren aber wohl nur voller

Pomade. Zwei russische Soldaten flankierten ihn mit ernsten Gesichtern. Niemand sagte etwas, doch streckte der Mann mit den zurückgekämmten Haaren seine rechte Hand so aus, als müsste er die Umstehenden zum Schweigen bringen. Mit lauter Stimme sagte er dann etwas in einer Sprache, die ich nicht verstand. Es klang in etwa so, wie die russischen Soldaten sprachen.

»Was sagt der Mann?«, fragte meine Mutter flüsternd Franz, der als Nächster neben ihr stand.

»Er spricht Polnisch«, erwiderte Franz und wandte seinen Blick nicht von dem Militärtransporter.

Eine der Tepens-Frauen stöhnte auf, jemand schlug sich die Hand vor das Gesicht.

Ich hatte genau wie die anderen in meiner Familie kein einziges Wort verstanden.

Dann, nach einem kurzen Zögern und während er einen Blick mit den beiden Soldaten an seiner Seite wechselte, erhob der Mann abermals die Stimme. Nun sprach er Deutsch, aber abgehackt und so, als hätte er heiße Steine im Mund.

»Der Kommandant hat … eine Verfügung zu verlesen …« Er räusperte sich. »… zu verlesen für die Gemeinde Schönow. Jeder Mann, jede Frau, die keine polnische Sprache sprechen, haben zu gehen aus dem Dorf in den nächsten fünf Stunden. Bis Mittag, Glockenschlag zwölf, sind sie befohlen, die Gemeinde in Richtung Oder zu verlassen. Auf einem Wagen kann Hab und Gut transportiert werden. So lautet die Verfügung.«

Ich begriff den Sinn dieser Worte nicht sofort, doch ich sah, wie meine Mutter erbleichte und nach meiner Hand griff.

»O Unglück«, murmelte sie, dann blickte sie sich nach Franz um und machte eine fahrige Handbewegung.

Jemand rief etwas, ich glaube, es war der Großvater der Meiers, doch sofort zog einer der Soldaten auf dem Wagen drohend seine Pistole.

»Sie jagen uns davon!«, rief eine Frauenstimme. »Als wären wir Vieh …«

»Jawohl!«, rief eine andere. »Nur weil wir Deutsche sind.«

Doch die meisten blieben stumm, Entsetzen war auf ihren Gesichtern zu sehen.

Paula nahm die andere Hand meiner Mutter. So führten wir sie zu unserem Hof.

»Ich werde mit Herrmann den Planwagen packen«, sagte Franz. Er brachte es sogar fertig, mich anzulächeln. »Anton kann uns helfen.«

Mein Vater fiel mir ein, der auch einmal einen Planwagen gepackt hatte, den dann wenig später wahrscheinlich umherziehende Landarbeiter aus unserer Scheune gestohlen hatten. Es kam mir vor, als wäre es eine Ewigkeit her, dabei war es erst vor ein paar Wochen passiert.

Als wir auf den Hof zurückgekehrt waren, brachte meine Mutter als Erstes ihre Nähmaschine aus dem Haus, eine schwarze Singer, die sie gehegt und gepflegt hatte und die meine Schwestern nur unter ihrer Aufsicht hatten bedienen dürfen.

»Was tust du?«, fragte Franz verblüfft.

»Ich bringe die Maschine zu Helena in Verwahrung – bis wir zurückkommen«, sagte meine Mutter, als würde sie diese Frage gar nicht verstehen. Dann lief sie mit der schweren Maschine unter dem Arm die Straße ins Dorf hinunter.

Helena war eine Deutschpolin, die bei Tepens arbeitete und die auch eine Zeitlang bei uns Kindermädchen gewesen war. Sie hatte mir manchmal auf Polnisch vorgesungen.

»Was denkt sie sich?«, sagte Franz zu mir, und für einen Moment glaubte ich, er stellte die Frage tatsächlich, weil ich seit neuestem ein Gedankenleser war, doch er redete weiter, ohne meine Antwort abzuwarten: »Glaubt sie wirklich, dass wir bald zurückkommen dürfen?«

Während ich sie die Straße hinunterlaufen sah, eine ältere, sich gebückt bewegende Frau in einem blauen Kittel, empfand ich ein Mitgefühl für meine Mutter wie niemals zuvor. Diese Nähmaschine war ihr wertvollster Besitz, etwas, für das sie über ein Jahr lang gespart hatte. Wie viele Gläser Honig musste sie für diese funkelnde Singer verkauft haben?

Franz stieß mir seine Faust vor die Brust. »Träumst du schon wieder? Komm, wir haben nicht viel Zeit.«

Er und Herrmann schleppten einen Sack Kartoffeln zu dem Planwagen, dann einen Rest Mehl und einen Sack Hafer für die Tiere. Herrmann hatte von Geisens ein zweites Pferd besorgt, eine magere braune Stute, so dass unser Pony den Wagen nicht alleine würde ziehen müssen.

Meine Schwestern hatten unterdessen Decken, Bettzeug und Kleider herangeschleppt, sogar den besten schwarzen Anzug meines Vaters. Ich selbst trug ein paar Kissen zum Wagen.

»Er soll wenigstens was Gutes zum Anziehen haben, wenn er zurückkommt«, sagte Jolande, als sie meinen Blick bemerkte.

Nachdem sie ohne Nähmaschine zurückgekehrt war, begann meine Mutter, in der Küche einen Schmalztopf mit Speck, Schinken und Wurst zu füllen. Paula packte eine Pfanne, einen Topf, Teller und Besteck in einen Korb.

Geschickt verstaute Franz alles so auf dem Wagen, dass meinen Schwestern und mir noch genügend Platz blieb, um uns an die Seite zu hocken. Franz, Herrmann und meine Mutter würden vorne auf der Kutschbank sitzen.

Danach liefen wir ins Haus und stopften Kleidung und Wäsche in unsere Rucksäcke. Meiner war klein und knallrot. Ich hatte ihn noch nie benutzt. Eigentlich hatte ich mit ihm zur Schule gehen wollen.

Als wir endlich alles gepackt hatten, wurde wieder in die Luft geschossen. Wir begriffen das Signal. Nun sollte es losgehen. Wir mussten das Dorf verlassen. Im nächsten Moment fingen die Glocken an zu läuten. Es war zwölf Uhr mittags.

»Haben wir alles?«, fragte meine Mutter und schaute uns nacheinander an. Wie die anderen hatte ich zwei Pullover übereinander angezogen. Irgendwie war mir warm und kalt zugleich. Wir würden gleich abfahren, irgendwohin.

»Du musst mitkommen«, flüsterte ich Selim zu. »Hörst du? Lass mich nicht allein!« Zum Glück bemerkte niemand, dass ich zu meinem unsichtbaren Freund sprach.

»Haben wir Geld dabei?«, fragte Paula in einem Tonfall, als würden wir nach Berlinchen zum Einkaufen fahren.

Meine Mutter wedelte mit den Armen. »Meine Güte! Die Geldkassette!« Sie lief ins Haus zurück, dann hörte ich einen kurzen, erstickten Schrei, und im nächsten Moment tauchte sie mit der silberfarbenen Kassette in der Tür auf. »Gestohlen!«, sagte sie. »Zweihundert Reichsmark sind noch da! Das übrige Geld ist weg!«

Da die Soldaten mit dem Geld nicht viel anfangen konnten, musste jemand aus dem Dorf uns bestohlen haben.

Noch ein Schuss erklang, dann wurden Stimmen laut, die von der Kirche zu uns herüberwehten.

»Sie fahren jetzt los!«, rief Franz. Er war unser Kutscher und hatte die Peitsche in der Hand.

Ich wunderte mich über meine Brüder. Ihnen schien es nichts auszumachen, dass wir nun abfahren mussten – als wäre alles nur ein Abenteuer, wie ein Ausflug zum See, ein Spaß, den man genießen musste.

Während der Wagen sich langsam in Bewegung setzte, schrie Jolande neben mir plötzlich auf.

»Einen Moment!«, rief sie. »Mein Spielekoffer.«

Zu Weihnachten hatte sie ein schwarzes Samtköfferchen mit Brettspielen geschenkt bekommen.

»Was willst du denn damit?«, rief Franz verärgert, doch Jolande gab keine Antwort, sondern sprang von dem Wagen ab. Sie verschwand so lange in unserem leeren verlassenen Haus, dass Franz die Pferde anhalten lassen musste.

Dann kam auch der polnische Mann, der am Vormittag die Rede gehalten hatte, die Straße hinunter. Wind hatte seine Haare durcheinandergebracht. Über seinem Anzug trug er nun einen Uniformmantel. Er machte eine hektische Handbewegung. Franz winkte zurück.

»Wenn Jolande nicht bald kommt, müssen wir ohne sie fahren«, sagte er.

»Niemals«, erwiderte meine Mutter. Sie ließ die Tür zu unserem Haus nicht aus den Augen.

Der Pole rief uns etwas zu, das wir nicht verstehen konnten. Aus dem Dorf waren die Geräusche von Hufen zu vernehmen, Hunde bellten, als würden sie Abschied nehmen. Ich meinte auch wieder, das aufgeregte Geschnatter von Gänsen zu vernehmen.

»Großvater«, sagte ich in Gedanken, »tut mir leid, dass wir dich nun allein in der schwarzen Erde zurücklassen, aber wir können nichts dafür.«

Ich hatte nicht die Zeit gefunden, zu seinem Grab zu laufen, um mich zu verabschieden.

Endlich kam Jolande aus dem Haus. Sie hielt ihr Köfferchen unter dem rechten Arm und winkte uns fröhlich zu.

»Die Bilder«, sagte sie atemlos, während sie auf den Wagen kletterte. »Ich musste doch ein paar Bilder mitnehmen, damit wir später wissen, wie es hier ausgesehen hat.«

Franz schnaubte unwillig und ließ die Peitsche knallen.

Für ein paar Fotografien von Schönow und von uns, der Familie Busch, war meine Schwester zurückgelaufen und hätte fast den Treck verpasst. Ihr Köfferchen ließ sie auf der ganzen Flucht nicht mehr los, nicht einmal, als sie sterbenskrank wurde.

8.

Auf der Straße in Richtung Oder warteten schon etliche Pferdewagen. Der polnische Mann in dem Uniformmantel dirigierte sie, und dann setzten sie sich auf sein Zeichen hin langsam in Bewegung. Weil wir wegen Jolande so spät gekommen waren, befanden wir uns am Ende des Trecks. Nicht alle jedoch besaßen noch Pferde. Einige aus dem Dorf waren auch mit Handwagen gekommen, auf denen sich ihre Habseligkeiten stapelten. Die Frau des Lehrers, eine Witwe, die völlig allein war, weil ihr einziger Sohn im Krieg war und sie keine Verwandten im Dorf hatte, schob einen Kinderwagen vor sich her, dessen Räder tief im Boden einsanken. Zwei Tage zuvor hatte ein heftiger Regen die sandige Straße aufgeweicht. Sie kam kaum von der Stelle. Meine Mutter empfand bei ihrem Anblick Mitleid.

»Franz und Herrmann«, sagte sie zu meinen Brüdern, »schafft den Kinderwagen zu uns auf die Ladefläche. Dann kann Frau Briese bei uns mitfahren.«

Doch wir hatten kaum noch Platz, und der Kinderwagen war so schwer, dass man ihn gar nicht heben konnte. Die Lehrersfrau hatte kaum Kleidung eingepackt, sondern wertvolle Bücher und den großen Brockhaus in einem Drahtkorb verstaut. Sie war die Erste, die den Anschluss verlor.

Als mein Vater vor Wochen den Planwagen gepackt hatte, um unsere Flucht vorzubereiten, hatte mich für ein paar Momente Traurigkeit erfasst. Es durfte doch gar nicht sein, dass wir Schönow verlassen würden. Konnte es einen schöneren Ort auf der Welt geben?, hatte ich gedacht. Außerdem hatte ich in dem Sommer, der bald anbrechen würde, so viel vorgehabt: ein Baumhaus bauen, im Dorfteich schwimmen lernen, und eigentlich hatte mir mein Großvater versprochen, dass ich einen eigenen Bienenstock bekommen würde.

Nun aber, während wir tatsächlich auf der Flucht waren und meine Mutter mit den Tränen kämpfte, verflog meine Trauer, kaum dass wir unser Dorf hinter uns gelassen hatten. Neugier stellte sich ein. Bisher war ich nur zwei- oder dreimal zum Einkaufen nach Berlinchen gekommen, aber nie weiter hinaus.

Wir fuhren an einem Gebäude mit einer alten Mauer vorbei, die mit Efeu bewachsen war und an der man sicherlich etliche Jahre gebaut hatte. In der Ferne, umgeben von einer Weide, auf der keine einzige Kuh graste, war ein mächtiges Landgut zu sehen. Ein anderes Haus, das wir passierten, hatte Fenster, die vom Boden bis zum Dach reichten. Die Leute, die da wohnten, waren sicherlich sehr reich. Hatte man sie auch vertrieben? Ein Bauernhof, der ganz aus roten Steinen erbaut war, hatte eine lange geteerte Zufahrt, die durch einen Torbogen führte. Ein grünes Gitter, das man aus der Verankerung gerissen hatte, lag auf dem Weg – eine Reihe von Jeeps stand vor dem Haus, und aus dem Fenster wehte eine rote Fahne, doch Menschen sah man nicht.

Drei Autos überholten uns hupend – schwarze, schmutzige Limousinen, keine Militärlastwagen. Ich konnte sehen, dass sie schwer beladen waren, ein Koffer hing halb zum Fenster heraus. Bei uns im Dorf hatte nur der Bäcker einen Wagen besessen, niemand sonst. Ich war noch nie in einem Auto mitgefahren.

Weiße Wolken hingen tief über den Wiesen. Irgendwo, dachte ich, ganz weit weg, musste das Meer sein, das von meiner Familie noch niemand gesehen hatte, nicht einmal mein Großvater. Aber er hatte mir von Wildgänsen erzählt, die weit über das Meer flogen, über eine schier endlose Wüste aus Wasser, und sich doch niemals verirrten.

Zerstörte Häuser oder Panzer sahen wir nirgendwo. Als es dämmerte, hielten wir in einem kleinen Dorf an und richteten uns für die Nacht ein. Unsere beiden alten Pferde waren müde. »Richtig weit sind wir nicht gekommen«, meinte Franz, obwohl ich einen ganz anderen Eindruck gehabt hatte. Mit Herrmann suchte er ein paar Steine zusammen und baute eine Feuerstelle. Die Mädchen besorgten Wasser, und wenig später stand ein Topf mit Pellkartoffeln auf dem Feuer.

Meine Mutter hatte die ganze Fahrt über kaum ein Wort gesagt. So schlimm ist die Flucht doch gar nicht, wollte ich sie trösten, doch da kam der Mann in dem Uniformmantel zu uns ans Feuer und sagte in einem harten, unfreundlichen Tonfall: »Morgen um acht Uhr früh – es geht weiter.«

Meine Mutter nickte lediglich und sprach dann laut ein Abendgebet. Sie vergaß nie, jemanden, der ihr wichtig war, zu erwähnen – nicht nur meinen Vater und Heinrich und Johannes, sondern auch die anderen Verwandten, die in den Krieg gezogen waren oder die man nun abgeholt hatte.

Die Nacht war kalt. Wir schliefen auf dem Karren, nahmen unsere Sachen als Unterlage und rückten unter unseren Decken ganz nah aneinander.

Ich erinnere mich an den Sternenhimmel in dieser ersten Nacht. Die Wolken hatten sich mit Anbruch der Dunkelheit verzogen, und nun wölbte sich ein funkelndes Band über uns – mir kam es so vor, als würde es überall blinken und glitzern, und wieder musste ich an meinen Großvater denken. Die Toten lagen ja gar nicht mehr in der kalten, dunklen Erde, fiel mir ein, sondern sie flogen – wahrscheinlich in der Nacht – in den Himmel hinauf. Vielleicht war eines dieser Lichter auch mein Großvater, und ein anderes, kleineres war meine Schwester Maria, die ich nie getroffen hatte.

Geweckt wurde ich am nächsten Morgen durch einen lauten Knall. Der polnische Mann hatte mit seiner Pistole in die Luft geschossen. Meine Geschwister waren schon auf den Beinen, und meine Mutter hatte einen Brei über dem Feuer gekocht, der mir aber nicht besonders schmeckte, weil sie kein bisschen Zucker hineingetan hatte. Geschlafen hatten wir alle in unseren Kleidern. Viel Zeit zum Frühstücken blieb uns nicht. Der Mann in dem Uniformmantel trieb uns an. Franz schaffte es eben noch, die Pferde zu tränken und ihnen ein wenig Futter zu geben, dann mussten wir uns wieder auf den Weg machen.

Das Wetter blieb zum Glück freundlich. Die Landschaft, durch die wir fuhren, gefiel mir. Viele Wiesen, dann wieder zogen wir durch Wälder, oder wir überquerten schmale Flüsschen und passierten menschenleere Dörfer. Als wir einmal an einer Obstwiese vorbeikamen, hielt der ganze Treck an. Die Bäume machten einen sehr gepflegten Eindruck. Einer trug schon rote Früchte. Ein paar Frauen gingen mit einem Korb zu dem Baum, und sofort stürmten andere hinzu und kletterten in die Äste, um die Früchte zu pflücken. Waren es Kirschen? Nein, dafür war es wohl zu früh. Wir bekamen auch nichts von den Früchten ab, weil wir zu langsam reagiert hatten. Hinterher war der Baum völlig zerfleddert. Er hatte nicht nur keine roten Früchte mehr; es waren auch sämtliche Zweige abgerissen worden.

Ich war froh, dass ich die ganze Zeit das Gefühl hatte, dass Selim bei mir war. Er hatte mich nicht im Stich gelassen. Auch meine Mutter wachte allmählich aus ihrer Versunkenheit auf. Sie weinte nicht mehr leise vor sich hin, sondern sorgte sich zusammen mit den Mädchen um das Essen. Ich ergriff manchmal ihre Hand, weil ich dachte, dass ich ihr damit ganz nah kommen könnte, doch meistens schüttelte sie mich ab, oder sie fragte: »Hast du Angst, Anton? Es wird schon alles gut.«

Ich hatte gar keine Angst, nein, ich fühlte mich eher wie auf einem großen Ausflug, als würde unser ganzes Dorf eine Reise unternehmen. Franz und Herrmann lachten auch oft und machten sich auf Dinge aufmerksam, die sie am Wegesrand entdeckten. Einmal ein totes Reh, ein verrostetes Fahrrad, eine weggeworfene Holztruhe mit einem Blumenmuster, dann einen Leiterwagen, der in einen Graben gefahren war. Alles harmlose Dinge, die nichts mit Krieg und Tod zu tun hatten.

Ich begriff, dass ich keine Ahnung gehabt hatte, wie groß das Land war. Von einem Dorf zum anderen war man über eine Stunde unterwegs.

Nach drei Tagen erreichten wir die Oder. Von dem breiten Wasser war ich völlig fasziniert. Ich sprang von unserem Karren und lief auf den Fluss zu. Wie schnell das Wasser floss und wie weit es bis zum anderen Ufer war. Ich nahm mir vor, unbedingt schwimmen zu lernen, gleich auf der Stelle am besten, damit ich hineinspringen und mich mit der Strömung treiben lassen konnte. Das Wasser war bestimmt auch warm, und es würde die Läuse abtöten, die mich immer mehr quälten.

»Selim«, flüsterte ich meinem unsichtbaren Freund zu, »sieh dir das an! Diesen breiten Fluss – wo er hinfließt, muss das Meer sein.« Hatte mir mein Großvater nicht erklärt, dass alle Flüsse ins Meer flossen? Und dass jeder Regentropfen, der vom Himmel fiel, sich wünschte, irgendwann im Meer zu baden?

Tatsächlich sah ich auch ein paar Gänse über dem Fluss. Sie stießen zufriedene laute Rufe aus, fast als würden sie mich grüßen.

Franz hatte die müden Pferde anhalten lassen. Der gesamte Treck war vor einer hölzernen, stabil aussehenden Brücke zum Stillstand gekommen.

Ich war so fasziniert von dem Fluss, dass ich gar nicht mitbekam, wie der Mann in dem Uniformmantel von Wagen zu Wagen schritt.

Als er an unserem Karren angekommen war, sagte er mit strenger Miene etwas, das meine Mutter laut aufschluchzen ließ.

Ich erwachte abrupt aus dem Bann, in den ich beim Anblick des Wassers geraten war. Was war geschehen? Warum war meine Mutter so außer sich?

»Das darf doch nicht sein«, stammelte sie und hatte die Hände gefaltet, als wollte sie den Himmel anflehen. »So etwas kann man uns doch nicht antun!«

Franz war vom Kutschbock gesprungen. Er strich unserem alten Pony über den Kopf und machte ein besorgtes Gesicht.

»Anton«, sagte meine Schwester Paula streng, als ich von der Böschung zum Fluss zurückgelaufen war. »Wo bist du gewesen? Beeile dich! Nimm deine Sachen vom Wagen.«

Ich sah sie erstaunt an.

»Deinen kleinen roten Rucksack«, fügte sie hinzu. »Wir dürfen den Karren und die Pferde nicht über die Oder mitnehmen. Hat der Mann befohlen. Wir müssen zu Fuß weitergehen.«

9.

In jedem Leben, hat Almut mir später einmal gesagt, gibt es einen Riss, einen Moment, in dem ein Mensch glaubt, dass etwas sich schlagartig verändert, dass etwas zerstört wird, von dem man weiß, dass es sich nie wieder zusammensetzen wird. In ihrem Leben war es der Moment nach der ersten, so schrecklich verlaufenen Geburt, als der Arzt ihr sagte, sie werde keine Kinder mehr bekommen können, was dann gar nicht stimmte. Da hatte sie das Gefühl gehabt, sie würde in ihrem Leben für immer allein bleiben – trotz ihres Ehemanns, trotz ihrer Freunde und Verwandten, die sie hatte.

Nun, wenn ich an meinem Esstisch sitze, eingehüllt von meinem eigenen Schweigen, wenn ich auf meine Hände schaue, die mir sagen: »Alter Mann, du wirst bald sterben«, dann denke ich, dass mein Leben bereits zerriss, als ich fünf Jahre alt war und mit meinem kleinen roten Rucksack über die hölzerne Brücke gehen musste. Ich trottete hinter den anderen her, der Anblick des Wassers unter mir war mir plötzlich gleichgültig. Warum gab meine Mutter mir nicht die Hand? Warum achteten Paula oder Jolande nicht auf mich? Heute ist die Antwort einfach: Sie versuchten, so viele Sachen von unserem Wagen auf die andere Seite des Flusses zu bringen wie irgend möglich. Sie trugen ihre Rucksäcke, die Decken, den Korb mit Essen. Nur Jolande hielt lediglich ihr Spieleköfferchen umklammert.

Als wir mitten auf der Brücke waren, beobachtete Franz, wie jemand mit unserem Wagen davonfuhr. Mit dem lauten Geräusch einer Peitsche wurden unsere beiden alten Pferde angetrieben.

»He!«, schrie Franz. »Unsere Sachen! Da sind noch Sachen auf dem Wagen, die uns gehören!« Er ballte eine Faust und hob sie drohend, doch niemand am zurückliegenden Ufer achtete auf ihn. Unser Wagen war auch nicht der einzige, der nun gestohlen wurde. Er verschwand schnell außer Sicht.

Meine Mutter brachte nicht einmal mehr ein Schluchzen zustande, und meine Geschwister sagten gar nichts, keinen Ton.

Auf der anderen Seite der Brücke sanken wir ins Gras. Nun besaßen wir kaum noch mehr als die Kleider, die wir auf dem Leib trugen. Keine Kochtöpfe, keine Teller, keine Kartoffeln, kein Mehl, nichts zu trinken. Auch der teure Anzug meines Vaters und andere Kleider waren verloren.

Zum Glück hatte meine Mutter den Schmalztopf gerettet.

Ich sah meine Mutter an. Sie saß auf einem Stein, ein Stück von uns entfernt. Wie sehr hatte sie sich verändert! Vor ein paar Wochen war sie noch die Frau mit dem weißen Hut gewesen, die im Gemüsegarten mit Hingabe gepflanzt und Unkraut gejätet hatte. Nun starrte sie mit leeren Augen vor sich hin, vorbei an uns Kindern auf den Fluss, als würde sie darüber nachdenken, sich in die Fluten zu stürzen. Ich ging zu ihr hin, setzte mich neben sie und legte meinen Kopf in ihren Schoß. Ich wollte sie trösten und getröstet werden, doch sie strich mir nur geistesabwesend über das Haar.

Franz und Paula waren die Ersten, die sich aus ihrer Starre lösten und aufsprangen.

»Wir müssen uns nun zusammensuchen, was wir brauchen«, meinte Paula.

Meine Geschwister schwärmten aus. Allein ich blieb bei meiner Mutter sitzen.

Ich begann leise etwas zu summen und tastete nach ihrer Hand. Ich wollte ihre Gedanken lesen oder ihr vielleicht einen schönen Gedanken schenken, damit sie wieder aufsah und mich anlächelte.

Sie drückte meine Hand nicht, sondern hielt sie, als wäre sie ein Stück Holz. Ich konnte keinen Gedanken erfassen, der sie bewegte, aber wahrscheinlich empfand sie auch nichts anderes als Trauer und Mutlosigkeit.

Als meine Geschwister zurückkehrten, hatten sie vier Kochgeschirre und drei zerbeulte Armeeflaschen gefunden. Immerhin konnten wir nun Wasser mitnehmen. Herrmann und ich teilten uns ein Kochgeschirr, er bekam das Unterteil und ich den Deckel. Franz hatte auch einen verbogenen Löffel aufgetrieben. Er klopfte ihn gerade, und an einem Schleifstein machte er den Griff ein wenig scharf, so dass man ihn als Messer benutzen konnte.

Nur ein Handwagen war nirgendwo aufzutreiben gewesen, aber wie sollten wir ohne einen Karren weiterkommen? Franz erinnerte sich, ein Stück entfernt am Wegesrand einen Pflug gesehen zu haben, der zwei Räder hatte. Aus der Achse mit den Eisenrädern, ein paar weggeworfenen Munitionskisten und einer Latte als Deichsel baute er einen Handkarren. Mit ein wenig Draht band er alles zusammen. Er fand sogar zwei Seile, aus denen er eine Art Zuggeschirr machte. Man konnte sich eine Schlaufe um die Brust legen und den selbstgebauten Karren ziehen. Leider lief er sehr schwer und furchtbar schief, weil es bei einem Pflug zwei unterschiedlich große Räder gibt – das eine läuft durch die Furche und muss deshalb deutlich größer sein.

Trotzdem schöpften wir neuen Mut, während wir unseren selbstgebauten Handwagen beluden. Selbst meine traurige Mutter brachte es fertig, sich aufzuraffen. Franz und Paula zogen sich die Schlaufen über und begannen zu ziehen.

Unsere Flucht konnte weitergehen, doch wohin sollten wir überhaupt fliehen? Meine Mutter meinte, dass wir nicht zu weit weggehen sollten. Sicherlich würde man uns bald in unser Dorf zurückkehren lassen. Sie sprach immer von Viereck, was ich erst überhaupt nicht verstand, bis ich begriff, dass sie einen Ort meinte, der diesen Namen trug. Da hatte ein Verwandter eine kleine Landwirtschaft.

Franz und Paula jedoch wollten zunächst den Treck einholen, der sich aus Schönow aufgemacht hatte und der nun schon einen gewissen Vorsprung besaß. Besonders meine Schwester legte sich mächtig ins Zeug und zog den Karren, so schnell sie konnte. Herrmann, Jolande und meine Mutter gingen hinterher, ich trottete ganz am Schluss. Mein schöner roter Rucksack begann zu drücken, und bald hätte ich ihn am liebsten in einen Graben geworfen.

Nach vier Stunden hatten wir den Treck eingeholt, aber was wir nicht bedacht hatten: Wir waren in die völlig falsche Richtung gelaufen. Die meisten Menschen, die sich aus Schönow aufgemacht hatten, wollten zurück ins Oldenburger Münsterland, dorthin, wo ihre Angehörigen lebten und von wo sie vor vielen Jahren nach Pommern übergesiedelt waren; die Gegend um Damme lag im Westen, nicht im Norden, wohin wir uns eigentlich hatten wenden wollen. Aber so genau kannte meine Mutter sich eben nicht aus. Für solch eine Flucht war sie nicht geschaffen.

Völlig erschöpft machten wir bei einer Bauernschaft Rast für die Nacht. Unterwegs hatte Herrmann eine Dose gefunden, die wir nun als Kochtopf benutzten. Franz hatte eine Feuerstelle errichtet, und von dem wenigen Geld, das wir noch besaßen, hatten Paula und Jolande bei einem Bauern in der Nähe ein paar Kartoffeln und etwas Brot gekauft. Aus Mutters Schmalztopf kamen zwei Würste hinzu. Franz schnitzte mit seinem Taschenmesser aus einem kleinen Ast einen Rührstock. Das Essen schmeckte mir nicht besonders, aber wie die anderen hatte ich das Gefühl, ein Loch im Magen zu haben.

Wir schliefen im Wald. Alle unsere Sachen legten wir auf den Boden, damit wir es nicht so hart hatten. Trotzdem war es eine Qual – unbequem und kalt. Außerdem schwirrten eine Menge Geräusche durch die Luft, die mich ängstigten. Nachtvögel schrien, es knarzte und raschelte um uns herum, als würden uns wilde Tiere beobachten.

Stumm redete ich die ganze Zeit mit Selim, dass er auf mich aufpassen solle.

Und dann, während ich die Augen zusammenpresste, um einschlafen zu können, geschah noch etwas anderes: Franz und meine Mutter begannen, sich am Feuer zu streiten. Streit hatte es in unserer Familie oft gegeben, zwischen uns Geschwistern, manchmal auch zwischen uns und unserer Mutter. Nur unser Vater hielt sich aus jedem Streit heraus; außerdem fürchteten wir ihn und wussten: Wenn er einmal etwas sagte, dann galt es. Doch diese Streitigkeiten waren harmlos gewesen; meistens war es ums Essen gegangen, wer wann ein zu großes und zu kleines Stück Wurst oder Käse oder – seltener – Schokolade bekommen hatte.

Dieser Streit am Feuer aber war viel heftiger. Ich verstand auch nicht alles und reimte mir manches später zusammen.

»Wir können nicht mehr zurück nach Schönow«, sagte Franz mit Bestimmtheit.

»Doch«, sagte meine Mutter. »Ganz gewiss. Die Russen sind doch keine Unmenschen. Sie werden uns nicht verbieten können, in unsere Heimat zurückzugehen. Wir haben dieses Haus gekauft, den Acker bestellt. Es ist unser Grund und Boden.«

»Aber wer hat den Krieg angefangen?«

Darauf wusste meine Mutter nichts zu entgegnen. Ich hörte, wie sie schnaufte. Das tat sie oft, wenn ihr etwas nicht gefiel.

»Die deutschen Soldaten haben Russland überfallen, sie haben Häuser und Felder angezündet«, sprach Franz weiter. »Sie haben Leute umgebracht, einfach so, und Frauen vergewaltigt, sie haben …«

»Niemals!«, fiel meine Mutter ihm barsch ins Wort. »Das ist eine Lüge. Kannst du dir vorstellen, dass Heinrich oder Johannes so etwas tun könnten?«

»Ein Mann hat es mir erzählt«, sagte Franz. »Ein Russe – er heißt Boris, er hat Deutsch gesprochen und im Dorf bei der Essensausgabe gearbeitet. Nein … eigentlich war er kein Russe, sondern ein Deutscher, der zu den Russen geflohen ist. Ein Kommunist!«

Mein Bruder sprach das letzte Wort aus, als wüsste er nicht genau um dessen Bedeutung.

Meine Mutter schnaubte wieder. »Solch einem Menschen glaubst du?«, fragte sie dann.

»Er war immer freundlich zu mir und hat mir manchmal etwas Brot gegeben«, sagte Franz beinahe entschuldigend. »Außerdem kannte er sich aus. Er hat mir gesagt, dass die Russen uns niemals zurückkommen lassen. Sie hassen die Deutschen genauso, wie die Deutschen die Russen hassen.«

»Ich hasse niemanden«, sagte meine Mutter. Dann konnte ich hören, wie sie vom Feuer aufstand und auf mich zukam. Es raschelte, sie legte sich neben mich und tastete nach meiner Hand. Ihre Hand war rau und kalt, obwohl sie doch am Feuer gesessen hatte.

Wir schliefen kaum in dieser Nacht. Irgendwann wurde es hell, und wir schlossen uns wieder dem Flüchtlingszug an. Franz war froh darum, da waren seine Freunde, und weil der Treck so langsam vorwärtskam, konnte er abseits der Wege durch Wälder und Felder streifen, wenn Paula ihn beim Ziehen des Karrens ablöste.

Nach Berlin wolle man, hieß es nun, dort könne man einen Zug nehmen, der einen weiter in den Westen bringe.

Ich ging meistens ganz allein und stumm vor mich hin. Selim saß auf meiner Schulter, er spornte mich an, und er sagte mir auch, dass mein Rucksack nicht so schwer sei. Paula und Franz, die meistens den Handkarren zogen, mussten viel schwerer arbeiten.

Ich wurde so müde, dass ich an niemanden mehr dachte – nicht einmal an meinen Großvater.

Dann sah ich meinen zweiten Toten – mein toter Großvater hatte sich zwar im Tod sehr verändert, aber er hatte friedlich ausgesehen, mit geschlossenen Augen, einem eingefallenen Mund und gelblicher Haut.

Dieser Tote war anders. Er schlich sich später manchmal in meine Träume, stumm und irgendwie anklagend. Der Wind spielte mit ihm.

Abseits der Straße hatte Herrmann ein Haus ohne Fenster entdeckt. Alle Scheiben waren eingetreten worden, sogar die Fensterrahmen hatte man herausgerissen. Einige Meter vorher hatten wir eine Panzersperre passiert.

»Komm!«, sagte Herrmann und streckte seine Hand aus. »Vielleicht finden wir noch etwas zu essen.« Ich glaube, er wollte mich aufheitern, mich aus meiner Lethargie reißen, weil ich den ganzen Tag kaum etwas gesagt hatte.

Das Haus machte mir Angst. Es war grau verputzt, doch war der Putz an einigen Stellen abgebröckelt. Die Tür war aus den Angeln gehoben worden und lehnte an der Hauswand. Eine alte Zeitung wehte uns entgegen, als wir uns näherten, und eine Puppe ohne Kopf lag im Eingang, als hätte ein Mädchen, das hier gewohnt hatte, schnell fliehen müssen und hätte dabei ihr Spielzeug kaputtgemacht.

Ich wollte nicht in das Haus gehen. »Hier finden wir doch nichts mehr«, sagte ich leise zu Herrmann.

Doch er schüttelte nur den Kopf. Er ging voraus, und dann hörte ich, wie er tief einatmete. Ein Schauer überlief mich, ich rief: »Herrmann!«, vermochte ihn mit meinem kläglichen Ruf aber nicht herauszulocken.

Als ich in den kleinen modrigen Flur ging, erschrak ich, wie es mir wohl noch nie passiert war. An einem Balken hing ein Mann, er trug eine blaue Joppe und eine fahle grüne Hose. Er mochte so alt wie mein Vater sein. Ein Soldat war er nicht, eher ein Bauer oder Landarbeiter. Ein starkes Seil hing ihm um den Hals. Ich sah, dass die Haut an seinem Hals geblutet hatte, ein schrecklicher Anblick, doch das Schlimmste war die Zunge, die ihm bläulich und aufgequollen aus dem Mund ragte.

Plötzlich, während ich ihn anstarrte, bewegte der Tote sich, er baumelte ein wenig, und ich spürte, wie sich meine Kehle zusammenschnürte. Ich hätte gern geschrien, aber so viel Luft bekam ich gar nicht mehr.

Dann tauchte Herrmann hinter dem Toten auf, er lächelte mich an und hielt ein Messer in der einen Hand, in der anderen ein Stück Seife. »Hier!«, sagte er. »Habe ich gefunden.«

Er ging an dem Toten vorbei, als würde er ihn gar nicht sehen.

Stolz lief er zu unserer Mutter zurück. Den Toten erwähnte er mit keinem Wort, und auch ich sagte nichts.

In der nächsten Nacht kamen wir in einem Heuschober unter. Es war viel wärmer, beinahe heimelig. Aus Brennnesseln, Löwenzahnwurzeln und Sauerampfer hatte meine Mutter einen Salat gemacht, der sogar schmeckte. Dazu aßen wir Brot und die letzten Würste, die im Schmalztopf gewesen waren. Franz stritt mit niemandem, weil er viel zu müde war, und auch ich hätte eigentlich tief und fest schlafen müssen, doch immer, wenn ich die Augen schloss, sah ich den Toten, wie er da an dem Balken baumelte – mit seiner furchterregend blauen Zunge, die ihm aus dem Mund hing, als wäre er an ihr erstickt.

Niemals, dachte ich, niemals werde ich diesen Albtraum wieder loswerden können, doch schon am Tag darauf geschah etwas anderes, das mich jahrelang verfolgte.

Wir gingen immer noch mit dem Treck Richtung Berlin, mittlerweile waren alle erschöpft und in einer trostlosen Stimmung. Jeder lief so vor sich hin. Paula und Franz zogen mit dem Handkarren voraus, dann kam Herrmann, dahinter in einigem Abstand gingen meine Mutter und Jolande, die nichts anderes trug als ihren kleinen Spielekoffer. Ich trottete zumeist allein hinterher.

Als wir durch einen Wald liefen, stand ich plötzlich vor einer Biegung allein auf dem Weg, ohne jeden Blickkontakt zu meiner Mutter und den anderen. Auch hinter mir war niemand. Ich erschrak, und als hätte mein Erschrecken ihn angelockt, schlich ein Fuchs aus dem Unterholz auf den Weg. Mitten vor mir baute er sich auf – er sah wie ein mittelgroßer Hund aus, mit rötlichem Fell und einem offenen Maul, in dem scharfe Zähne blitzten.

Füchse fressen Gänse, dachte ich sofort, aber fressen sie auch fünfjährige Kinder?

Der Fuchs schaute mich forschend an, ohne jede Angst. Ich war stehen geblieben, mein Herz klopfte so laut, dass es mir in den Ohren wehtat. Als der Fuchs einen Schritt auf mich zutat, ging ich in die Knie, obschon ich wusste, dass es falsch war, sich ganz klein zu machen. Doch so fühlte ich mich – klein und wehrlos.

»Selim«, dachte ich in meinem Kopf, »warum rettet mich niemand?«

Ich konnte den Geruch des Fuchses spüren – er stank nach Moder und Fäulnis, und vielleicht war er auch krank. Mein Großvater hatte einmal erwähnt, dass man sich vor kranken Füchsen hüten müsse. Das Maul des Fuchses stand halb offen. Er hat Hunger, dachte ich, alle Menschen sind hungrig, und der Fuchs ist es auch.

Er machte noch einen Schritt, trippelte dann irgendwie auf der Stelle, während er mich weiter anstierte. Ich dachte schon daran, wie es sich anfühlte, wenn man von scharfen Zähnen ins Bein oder in die Hand gebissen wurde, als ein großer Ast durch den Luft flog und den Fuchs auf dem Rücken traf. Er machte, überrascht und erschreckt zugleich, einen Satz und sprang dann, ohne ein Geräusch zu verursachen, ins Gebüsch.

Paula stand mit einem düsteren Gesicht da. »Was tust du?«, sagte sie, als hätte ich den Fuchs angelockt und mit ihm gespielt. »Du bist zu langsam, Anton. Komm!« Sie ergriff meine Hand.

Woher hast du gewusst, dass mir ein Fuchs den Weg versperrt hat?, wollte ich sie fragen, doch stattdessen sagte ich: »Meine Füße tun mir weh!«

Paula lächelte mich an, und im nächsten Moment, als wäre sie das stärkste Mädchen der Welt, packte sie mich und trug mich auf dem Rücken zu den anderen. Sie trabte dabei und gab Laute von sich, als wäre sie ein wildes Pferd und ich ihr Reiter.

In der Nacht aber fingen meine Albträume an, die mich erst, als ich erwachsen wurde, wieder losließen. Ein Fuchs, der immer größer wurde, dessen Augen Feuer sprühten, versperrte mir den Weg, so dass ich in einen dunklen Wald, in dem es schwarze Erdlöcher gab, fliehen musste. In eines dieser Löcher stürzte ich beinahe immer.

10.

Wir kamen nicht bis Berlin – nicht einmal annähernd. Irgendwann – wir waren in der Nähe eines Ortes, der Eberswalde hieß – sagte jemand, es gebe nun eine Grenze um Berlin. Es seien zu viele Menschen in der Stadt, die hungerten, deshalb dürfe dort niemand mehr hinein.

Franz, der die Führung übernommen hatte, weil meine Mutter gar nicht mehr wusste, was wir tun sollten, ließ uns an einem See rasten. Zum Glück war es tagsüber nicht allzu kalt. Die Ostpreußen, die im Februar durch unser Dorf gekommen waren, hatten bei Eis und Schnee fliehen müssen. Solch eine Witterung hätten wir nicht überlebt. Aber auch so ging es uns immer schlechter. Zu den Läusen, die mich vor allem nachts quälten, war die Krätze gekommen. Bei mir war vor allem der Rücken befallen. Ich hatte mich schon so sehr gekratzt, dass meine Hemden blutdurchtränkt waren.

Im See zu baden tat uns gut. Ich konnte noch nicht schwimmen, also legte ich mich nur ins Wasser und schloss die Augen, um mein Gesicht von der Sonne bescheinen zu lassen. Für einen Moment war ich da wieder in unserem Dorf, ich meinte, den Zigarrenduft meines Großvaters wahrzunehmen, ich hörte die Bienen und Gänse und nahm mir vor, meiner Mutter ein Glas Honig abzuschwatzen, um zumindest einmal meinen Finger hineinzutauchen und ihn dann genüsslich abzulecken.

Aus meinen Tagträumen wurde ich von den panischen Schreien gerissen, die aus der Mitte des Sees herüberdrangen. Gisbert, ein Freund von Franz, der wie ich nicht schwimmen konnte, war an einem Ast hängend weit in den See hinausgetrieben. Da war er dann abgerutscht und ins Wasser gesunken. Mit zwei anderen Jungen war es Franz gelungen, Gisbert ans Ufer zu hieven. Mit beiden Händen drückte er auf dessen Brust, bis sein Freund tatsächlich eine Fontäne Wasser ausspuckte und wieder die Augen aufschlug.

Abends machten wir ein Lagerfeuer. Wir hatten frisch gewaschene Kleider an und aßen Pellkartoffeln.

»Müssen wir also doch nach Viereck gehen«, sagte Franz, »wenn wir nicht mit den anderen in den Westen ziehen wollen.« Seine Worte klangen wie eine Klage.

Meine Mutter schaute ihn vorwurfsvoll an, sagte jedoch eine Weile nichts. Dann meinte sie: »Wir werden nach Schönow zurückkehren. Ihr werdet schon sehen! Außerdem müssen wir in der Nähe bleiben. Wer weiß, wo euer Vater und eure Brüder sind.«

Franz antwortete nichts darauf, aber es war ihm anzusehen, dass er meiner Mutter nicht glaubte. Außerdem hielt er es für eine weit klügere Idee, mit den anderen weiterzuziehen.

Später, als das Feuer richtig brannte und uns allen warm wurde, fragte er, wahrscheinlich um das Thema zu wechseln, was wir später, wenn wir wieder irgendwo wohnen würden, einmal werden wollten.

Ich hatte keine richtige Idee und sagte, ohne groß nachzudenken: »Ich will ein Geiger werden – wie Großvater.«

Herrmann lachte, seine Wangen, die er sich blutig gekratzt hatte, leuchteten rot. »Unser Großvater war Bauer und Gänsehirt. Kein Geiger!«

»Doch«, sagte ich trotzig, »eigentlich wollte er ein Geiger sein.«

Herrmann erklärte nach einigem Nachdenken, das übertrieben lang wirkte, dass er Geräuschemacher werden wolle.

»Was soll denn das für ein Beruf sein?«, fragte Jolande entgeistert. Ihr selbst fiel nur ein, Schneiderin werden zu wollen. »Das gibt es doch gar nicht – einen Geräuschemacher.«

Doch, beim Film, bei der UFA, bräuchten sie ständig Geräuschemacher, erwiderte Herrmann voller Überzeugung. »Um das Trappeln von Pferden nachzumachen oder Blitz und Donner oder Geräusche von Motoren – solche Sachen.« Ich wunderte mich, woher er so etwas wusste. In einem Kino war er noch nie gewesen.

Als Paula an der Reihe war, überlegte sie ebenfalls lange und sagte schließlich: »Ich will Priesterin werden … oder Pilotin.«

»Es gibt keine Priesterinnen«, sagte Franz in einem Tonfall, als wäre Paula ein besonders dummes Mädchen. Nicht einmal als Ministranten seien sie erlaubt.

»Dann werde ich eben Pilotin«, sagte Paula. »Alles von oben zu betrachten stelle ich mir schön vor.«

Als Franz uns verraten sollte, was er einmal werden wolle, tauchte eine Frau in der Dunkelheit auf. Sie gehörte zu den Tepens, war wohl eine Schwester von Vater Tepen. Die ganze Familie – oder besser gesagt, der kärgliche Rest von ihr – hatte ihr Nachtlager ein Stück weiter oben am See aufgeschlagen.

»Frau Busch«, sagte diese Schwester zu meiner Mutter, »haben Sie vielleicht Medizin oder Tee, einen Kräutertee? Die alte Frau Tepen ist sehr krank.«

Meine Mutter war sofort auf den Beinen. »Nein«, sagte sie, »wir haben keine Medizin, aber wir haben noch etwas Löwenzahn und Sauerampfer – und ein wenig Schmalz.«

Die beiden Frauen verschwanden in den Schatten, welche die Bäume am See warfen. Franz hatte dann keine Lust mehr weiterzureden. Er warf ein paar Äste ins Feuer und forderte uns auf, uns schlafen zu legen.

Ich starrte zum Himmel. Immer wieder wurde der Mond von Wolken verdeckt, ein Spiel von Licht und Finsternis, das mir Angst einjagte. Zwischendurch musste ich auch an den Fuchs denken, der mitten auf dem Weg gestanden hatte. In meiner Erinnerung hatte er glutrote Augen bekommen.

Außerdem wartete ich auf meine Mutter. Wo genau war sie hingegangen? Warum kam sie nicht endlich zurück?

Ich stellte mir ein Leben ohne meine Mutter vor, dass sie auch noch einfach so verschwinden würde, und begann zu weinen.

Nein, das konnte nicht sein. Ein Leben ohne meine Mutter, ohne meine Geschwister – dieser Gedanke war unerträglich.

Ich geriet so sehr in einen Traurigkeitsstrom, dass ich gar nicht mehr aufhören konnte, stumm vor mich hin zu weinen.

Nicht einmal Selim vermochte mich zu trösten. So viel Unglück hatte sich in mir aufgestaut.

Später, als der Mond wieder ganz und gar hinter dichten Wolken verschwunden war, kehrte meine Mutter aus der Dunkelheit zurück. Sie legte sich neben mich, auf ein Polster aus Moos und Farn.

»Schlaf weiter, Anton«, sagte sie, als ich mich aufrichtete.

»Wo warst du?«, flüsterte ich. Franz saß noch immer am Feuer, bemerkte ich, aber er hielt uns den Rücken zugewandt.

»Es ist nichts«, sagte meine Mutter. Sie schmiegte sich an mich. Ich spürte ihren Atem. Sie roch nach Alkohol. Das war noch nie vorgekommen – noch nie hatte ich gesehen, dass sie ein Glas Bier oder einen Schluck Schnaps getrunken hatte. Dann tat sie so, als wäre sie eingeschlafen. Ich bemerkte es an ihren scheinbar regelmäßigen Atemzügen.

»Die alte Frau Tepen ist gestorben«, sagte sie unvermittelt tonlos vor sich hin. »Es war alles zu viel für sie – nicht genug zu essen und dann die Anstrengung, jeden Tag weitergehen zu müssen. Irgendwohin, ohne ein richtiges Ziel.«

Ich brachte kein Wort hervor.

»Viereck«, sprach meine Mutter weiter. »Wir müssen nach Viereck. Da wird man uns aufnehmen.«

Franz aber wollte nicht zu unseren Verwandten nach Viereck. Vier Tage zogen wir noch mit dem Treck aus Schönow mit. Drei Tage davon verbrachten wir in einem Saal, der zu einer Gaststätte gehörte. Der ganze Treck passte hinein. Zu Beginn unseres Marsches hätten wir dreimal so viel Platz gebraucht. Viele waren also schon allein weitergezogen.

Wir waren alle völlig erschöpft und brauchten eine Pause. Jolande war besonders krank geworden – sie hatte Mundfäule und konnte überhaupt keine feste Nahrung mehr aufnehmen. Für sie hatten wir in dem Saal ein richtiges Bett gebaut. Paula saß neben ihr und zeigte ihr die Bilder aus Schönow, die sie in ihrem Spieleköfferchen mitgenommen hatte: unser Haus, unser Vater mit dem neuen Pflug vor der Scheune, der Großvater zwischen seinen Gänsen, ein Foto von Paula und ihr vor dem Schulgebäude, ein Gruppenfoto auf der Kirchweih. Auch von mir gab es eine Fotografie – mit gestriegelten Haaren und in einer kurzen Lederhose, die ich trotz der Kälte unbedingt hatte anziehen wollen, stand ich vor unserer Haustür und grinste in die Kamera. Es war kurz vor meinem vierten Geburtstag gewesen. Da hatte meine Mutter einen Fotografen aus Berlinchen bestellt.

Franz freundete sich mit dem Gastwirt an und half ihm bei der Arbeit, so dass wir nicht nur Brot und Kartoffeln, sondern auch etwas Wurst und Käse und eine Suppe für Jolande bekamen.

Ich wünschte mir, dass wir noch ein paar Tage hätten bleiben können, doch am vierten Tag, als es Jolande ein wenig besser ging, mahnte meine Mutter zum Aufbruch.

Nun waren wir allein unterwegs – ohne jede Karte, ohne eine Ahnung, wohin genau wir gehen sollten.

»Wenn wir uns direkt von Schönow aus nach Viereck aufgemacht hätten, dann wären wir längst da«, meinte Paula einmal, doch weder Franz noch meine Mutter gingen auf ihre Worte ein.

Wir zogen los, und ich glaube, nicht einmal Franz wusste den Weg. Gelegentlich sahen wir nun ausgebrannte Militärfahrzeuge, einmal auch in der Ferne eine vierspurige Straße, auf der Jeeps hin- und herfuhren. Meine Mutter hielt ständig Jolande an der Hand, die mitunter so müde war, dass ihr die Augen beim Gehen zufielen. Ich lief meistens hinter ihnen her. Nur wenn wir in ein Waldstück gerieten, achtete ich darauf, mit ihnen auf gleicher Höhe zu sein.

Selbst Paula konnte den Karren mittlerweile nicht mehr so schnell ziehen. Ich hatte das Gefühl, dass wir kaum noch vorankamen, und zwischendurch regnete es immer wieder, so dass wir uns einen Unterstand suchen oder unter mächtigen Bäumen Rast machen mussten.

Geld hatten wir auch so gut wie keines mehr.

»Wir sind Diebe und Bettler geworden«, sagte meine Mutter an einem Abend traurig.

Franz hatte mit anderen Flüchtlingen von einem Feld Kartoffeln gestohlen, das ein Bauer mit einer Forke hatte verteidigen wollen. Aber der Mann hatte einen aussichtslosen Kampf gekämpft. In Windeseile hatte auch Franz etliche Kartoffeln ausgegraben und sich in Hosen- und Jackentasche gestopft, dann war er mit einem glücklichen Strahlen zu uns zurückgelaufen.

»Unser Abendessen!«, hatte er erleichtert gerufen.

Am nächsten Morgen, als wir uns an einem Bachlauf wuschen, bemerkte ich, dass ich ein richtiges Loch in meinem rechten Bein hatte – eine blutige Wunde, in die ich einen Finger hineinstecken konnte. Nun war zu den Läusen und der Krätze auch noch ein Geschwür gekommen. Ich ahnte, dass ich es meiner Mutter lieber nicht zeigen sollte.

Glücklicherweise wurde in den nächsten Tagen das Wetter besser. Kein Regen mehr, die Sonne schien, und unsere Stimmung hob sich ein wenig.

»In Viereck«, sagte meine Mutter. »Da werden sie sich freuen, uns zu sehen.« Sie gab sich alle Mühe, heiter zu klingen, auch weil Franz immer noch beharrlich meinte, es sei falsch, was wir täten.

Nachts fragte ich Selim um Rat, doch er wusste ebenfalls nicht genau, ob wir in die richtige Richtung gingen. Und auch mein Großvater, mit dem ich stumm redete, gab mir keinen Ratschlag.

Nach vier Tagen gelangten wir zu einem Ort, der Hagenow hieß. Jolande war so erschöpft, dass sie nicht einmal mehr weinen konnte.

»Es geht nicht mehr weiter«, sagte Franz. Er sah meine Mutter mit dunkler Miene an, als wäre sie an unserem Schicksal schuld. Dann lief er ohne ein weiteres Wort zu einem Bauernhaus am Wegesrand. Aus einem der Fenster wehte eine weiße Fahne, die aber schon reichlich verdreckt aussah.

Zu fünft warteten wir an unserem Handkarren auf der schmalen Teerstraße, dass er zurückkehrte und vielleicht etwas zu essen mitbrachte, doch er ließ sich nicht blicken.

Ich war plötzlich sicher, dass Franz nicht mehr zu uns zurückkehren würde. Wir waren ihm zur Last gefallen. Ohne uns würde er viel schneller vorwärtskommen, und er wollte ja auch in eine ganz andere Richtung. In meinen Augen war Franz der perfekte Bruder – viel perfekter als Heinrich und Johannes, an die ich kaum mehr dachte. Franz hatte braune glänzende Haare, die ihm ein wenig in die Stirn hingen, leuchtend blaue Augen wie sonst keiner von uns und ein Lachen, das ansteckend war. Wenn er lachte, legte er stets seinen Kopf ein wenig in den Nacken, als wollte er, dass sein Lachen in den Himmel hinaufstieg. Er kannte sich mit allem aus und wusste immer, sich zu helfen. Aber nun hatte er die Gelegenheit genutzt und war auf und davon.

Auch meine Mutter wurde unruhig. Ich konnte es spüren. Sie rieb sich mit der Hand über das Gesicht.

»Wo bleibt er?«, fragte Herrmann. Sein Gesicht war auf einer Seite völlig zerkratzt.

»Er wird schon kommen«, erwiderte meine Mutter unwirsch.

Jolande begann zu wimmern. Sie hatte sich auf den Handkarren gesetzt, ihr Blick flirrte umher. Sie schien Fieber zu haben.

Nur Paula sagte wie üblich kein Wort. Sie starrte zum Himmel. Weiß getupfte Wolken waren da und zogen vorbei.

Plötzlich sahen wir, wie in dem Bauernhaus, das etwa fünfzig Schritte von der Straße entfernt lag, eine Tür geöffnet wurde. Jemand kam heraus und näherte sich uns mit Trippelschritten, doch es war nicht Franz. Es war ein Mädchen, das merkwürdigste Geschöpf, das ich bis dahin gesehen hatte. Sie mochte vielleicht sieben oder acht Jahre alt sein, sie trug ein kurzes weißes Kleid, ein gelbes Jäckchen und hatte blonde Haare, die in Kinnhöhe wie abgesäbelt wirkten, als hätte da jemand mit einer großen Schere herumgefuhrwerkt.

Das Seltsame war jedoch ihr rechter Arm – er fehlte, das Jäckchen hing da schlaff herab.

Paula versetzte mir einen Stoß. Wahrscheinlich hatte sie bemerkt, wie gebannt ich das Mädchen anstarrte.

»Ihr könnt hereinkommen«, sagte sie mit Piepsstimme, als hätte sie bereits auf uns gewartet.

Herrmann setzte sich als Erster in Bewegung. Paula musste den Karren allein ziehen, während meine Mutter Jolande zum Haus führte.

Das Mädchen hatte sich umgedreht. Ihr fehlte tatsächlich der Arm. Der leere Ärmel wedelte an der linken Seite hin und her.

Franz saß an einem Tisch zwischen einer Frau und einem Mann. Sie trugen beide grobe grünliche Leinenjacken. Ihre Gesichter hellten sich auf, als wir eintraten.

»Willkommen«, sagte der Mann. Sein Blick wandte sich meiner Mutter und dann Jolande zu. »Bist du das kranke Mädchen?«, fragte er sie.

Meine Schwester nickte nur.

»Ihr könnt mit uns essen«, sagte die Frau. »Viel haben wir nicht, aber …« Sie deutete auf den Tisch. Da lagen Brot, eine längliche rote Wurst, ein Stück Butter, ein Topf Schmalz. So etwas hatte ich schon lange nicht mehr gesehen.

Franz lächelte uns an. Na, wie habe ich das gemacht?, sagte sein Lächeln.

Nachdem wir uns an den langen Tisch gesetzt hatten, wollte Herrmann als Erster zugreifen, doch der Mann hielt eine Hand in die Höhe.

»Ich verstehe, du hast Hunger, junger Mann, aber zuerst müssen wir beten.«

Bei uns in Schönow wurde vor dem Essen auch immer gebetet, aber meistens recht schnell, wie hingewischt. »Segne, lieber Gott, das, was du uns bescheret hast – Amen.«

Hier aber begann der Mann lang und breit, den lieben Gott zu preisen, sich für die Sonne und den Regen zu bedanken und dafür, dass nun müde Kriegsflüchtlinge unter seinem Dach Schutz gefunden hatten.

Ich dachte, ich müsse einschlafen, so lange redete er.

Als er endlich geendet hatte, hob meine Mutter an zu sprechen. Sie danke für die Gastfreundschaft – sie sei eine gottesfürchtige Frau und habe schon gedacht, es gebe keine Nächstenliebe mehr, doch nun werde sie zu ihrem Glück eines Besseren belehrt.

Endlich konnten wir essen. Die ganze Zeit schaffte ich es nicht, das Mädchen aus den Augen zu lassen. Sie hieß Annerose, aber ihr Vater nannte sie nur Rose. Auch ein Sohn hatte zu der Familie gehört – er habe ein wenig wie Franz ausgesehen, doch der liebe Gott habe ihn zu sich geholt.

»Er ist gestorben?«, fragte meine Mutter. »Im Krieg?«

Die Bauersfrau nickte. »In Polen.« Mehr sagte sie nicht.

Nach dem Essen wurde meiner Mutter eine Kammer gezeigt, in

der sie mit Jolande schlafen könne. Wir anderen sollten, weil es im Haus nicht genügend Platz gab, in der Scheune nächtigen. Ich begriff, was Franz ausgehandelt hatte. Er würde dem Bauer ein paar Tage zur Hand gehen, und dafür könnte seine Familie sich ein wenig ausruhen.

In der Nacht durfte ich mit meiner Mutter und Jolande in einem Bett schlafen. Wahrscheinlich hatte es dem Sohn der Familie gehört. Erst dachte ich, meine Schwester würde im Schlaf sprechen und weinen, doch dann, während ich mich in der Dunkelheit aufrichtete, nahm ich wahr, dass es meine Mutter war, die schluchzte und vor sich hin flüsterte. Ich meinte den Namen meines Vaters zu hören. »Bernhard, Bernhard, hilf mir«, murmelte meine Mutter.

Ich hielt mir die Ohren zu, und irgendwann schlief ich ein.

Als ich erwachte, stand das einarmige Mädchen vor dem Bett. Sie betrachtete mich forschend – ungefähr so, wie Franz und Herrmann einen Frosch betrachtet hatten, den sie im letzten Sommer am Dorfteich gefangen hatten. Ich wandte mich kurz ab, weil ich mich schämte. Meine Mutter und Jolande waren bereits aufgestanden. Wahrscheinlich hatte ich viel zu lange geschlafen.

Als ich mich aufrichten wollte, war das Mädchen verschwunden. Fast glaubte ich, ich hätte sie mir nur eingebildet, aber neben dem Bett auf einem grün lackierten Stuhl lag ein kleiner, weißer Kamm, der vorher nicht da gewesen war. War Annerose gekommen, um mir einen Kamm zu schenken? Am meisten aber beschäftigte mich, warum sie nur noch einen Arm hatte.

In der Küche bekam ich von der Bäuerin den Rest eines Getreidebreis hingestellt. Meine Mutter war im Gemüsegarten, der hinter dem Haus lag und viel größer war als unserer, und zupfte Unkraut. Sie wirkte ganz in ihre Arbeit vertieft. Jolande saß auf einem Stuhl. Ihr schien es ein wenig besser zu gehen.

Annerose entdeckte ich nicht. Franz war mit dem Bauer auf dem Feld. Also hatte ich Zeit, mit Herrmann durch den Ort zu streifen. Er hatte bereits etwas herausgefunden. In dem Dorf gab es eine Schule, und da würde man mittags etwas zu essen bekommen. Er führte mich zu dem Schulgebäude, einem grauen Flachbau mit großen Fenstern. Es gab nur einen Raum – wir konnten sehen, dass ungefähr vierzig Kinder in Bänken saßen. An der Tafel stand eine Frau mit schwarzen Haaren und einem Dutt. Sie sah sehr streng aus und hielt einen Stock in der Hand, mit dem sie dann und wann auf die Tafel deutete.

»Siehst du«, sagte Herrmann, »hinten sind noch ein paar Plätze frei. Wir schleichen uns ein, bekommen etwas zu essen und hauen dann wieder ab.« Lächelnd zog er sein Kochgeschirr unter seiner Jacke hervor. Herrmann hatte immer Hunger – tagelang herumzulaufen machte ihm nichts aus. Ihn peinigte jedoch der ständig leere Magen.

»Woher weißt du, dass es hier etwas zu essen gibt?«, fragte ich. Ich hatte mir immer gewünscht, zur Schule gehen zu dürfen, aber irgendwo einschleichen wollte ich mich auf keinen Fall.

»Annerose«, sagte mein Bruder, »sie hat es mir erzählt.«

War das einarmige Mädchen also auch hier? Ich suchte nach ihr, entdeckte sie in den Bankreihen jedoch nirgends.

Plötzlich erklang eine Schulglocke, und die Kinder kamen heraus. Es befanden sich einige größere darunter, aber die meisten mochten allenfalls zwei, drei Jahre älter sein als ich. Die Stimmung zwischen ihnen war ganz anders als in unserem Dorf. Kaum einer sprach, die meisten trugen graue, abgetragene Kleidung, dann fiel mir ein, dass vielleicht auch andere Flüchtlingskinder darunter waren, die genauso wenige Sachen besaßen wie wir. Niemand hatte etwas zu essen dabei. Ein paar Kinder schauten uns an, und Herrmann nickte ihnen zu, als würden sie sich kennen. Vor dem Schulgebäude lag ein kleiner asphaltierter Platz mit einem Baum, einer Linde. Drei, vier Mädchen, die, obwohl es nicht kalt war, blaue Strumpfhosen trugen, gingen zu der Linde hinüber. Nur zwei Mädchen begannen mit einem Springseil herumzuspringen. Annerose sah ich nirgends.

»Sie sitzt noch in der Bank«, sagte Herrmann und deutete in das Schulgebäude.

Tatsächlich, da hockte Annerose mit einem Buch auf den Knien.

Kaum hatte ich sie gesehen, klingelte die Glocke wieder.

»Komm«, sagte Herrmann. »Wir schleichen uns ein. Dann schlagen wir uns richtig den Bauch voll.«

Ich wollte nicht mitgehen. Ja, ich hatte regelrecht Angst, aber allein zurückbleiben wollte ich auch nicht. Also drängte ich mich an ein paar Kindern vorbei und eilte Herrmann hinterher. Er hatte sich genau gemerkt, wo in den Bankreihen noch Platz gewesen war. Wir rutschten in die vorletzte Bank, nahe am Fenster. Drei Reihen vor uns saß Annerose. Sie hatte nicht einmal von ihrem Buch aufgesehen.

Ein Mädchen mit langen braunen Zöpfen und Sommersprossen schob sich neben Herrmann. Er grinste sie an. »Ich bin Herrmann«, sagte er, »und das ist mein Bruder Anton. Er ist eigentlich noch zu klein, um zur Schule zu gehen.«

Das Mädchen sagte nichts, sondern starrte nach vorne zur Tafel. Zahlen standen da, erkannte ich. Ich konnte noch nicht lesen, aber Zahlen aufzumalen hatte ich schon geübt.

»Selim«, flüsterte ich in mich hinein, »das ist also mein erster Schultag.«

Eigentlich hatte ich mir diesen Moment ganz anders vorgestellt – in Schönow, mit meinen Eltern und dem bärtigen Fotografen aus Berlinchen, der sich vor dem Schulgebäude aufbaute und feierlich alle Kinder der ersten Klasse fotografierte.

Auf einmal klappte hinter uns eine Tür, Schritte waren zu hören, und die Kinder in den Bänken sprangen alle gleichzeitig auf. Herrmann versetzte mir einen Stoß mit dem Ellenbogen, damit ich auch aufstand.

Nun kommt die Lehrerin mit dem Dutt, dachte ich, doch es war ein russischer Offizier, der durch den Mittelgang nach vorne zum Pult schritt. Er trug eine Uniform, die wie neu aussah, sogar die Bügelfalte in der Hose konnte man noch sehen. An seinem braunen Lederkoppel hing eine Pistolentasche, und in der Hand hielt er eine Maschinenpistole mit einer großen Trommel, als wäre sie leicht wie ein Spielzeug.

Ich merkte selbst, wie ich hastig einatmete. Ich dachte an den Moment, als ich die Gedanken meiner Mutter gelesen hatte, daran, wie jemand eine Waffe auf sie gerichtet hatte. Mein Herz schlug so schnell, dass es mir in den Ohren rauschte. Am liebsten wäre ich aufgestanden und aus der Schule gelaufen.

»Selim«, flüsterte ich vor mich hin, »lass mich nicht im Stich.«

Ganz langsam drehte der Offizier sich um, dann machte er mit der Hand, in der die Maschinenpistole lag, eine leichte Bewegung.

Die Kinder setzten sich. Waren sie deshalb in der Pause so leise gewesen, weil sie gewusst hatten, dass gleich der Offizier kommen würde?

Der Offizier ließ seinen Blick über die Klasse gleiten. Seine schwarzen Kohleaugen schienen jedes Gesicht erforschen zu wollen.

Ich hoffte, dass die Lehrerin mit dem Dutt kommen würde, um weiter Zahlen an die Tafel zu schreiben, aber sie zeigte sich nicht.

Mit einer abrupten Bewegung warf der Offizier die Maschinenpistole auf das Pult.

»Was soll nur aus Deutschland werden«, rief er, »wenn die Kinder nicht zur Schule gehen? Wenn sie sich verstecken? Ihr …« Er hob einen Zeigefinger und setzte unsichtbare Punkte in die Luft – jeder Punkt sollte wohl ein Schulkind sein. »Ihr seid die Zukunft für euer Land, eine hoffentlich bessere Zukunft, aber dafür müsst ihr lernen.«

Erst jetzt bemerkte ich, dass er ein einwandfreies Deutsch sprach, nicht so, als wäre es nicht seine eigentliche Sprache.

Selbst Herrmann neben mir hatte sich ein wenig geduckt.

Der Offizier begann den Mittelgang abzuschreiten. Sein Blick schweifte umher. Ein Gefühl der Angst breitete sich aus. Jeder schien zu spüren, dass Gefahr in der Luft lag. Ich konnte kaum atmen.

»Vor allem müsst ihr rechnen lernen, ihr deutschen Kinder«, sagte der Mann. »Fangen wir einfach an. Wie viel ist zwei mal zwei.«

Der Offizier war abrupt stehen geblieben – genau vor unserer Reihe.

Sein harter, irgendwie schwarzer Blick ruhte auf meinem Gesicht. »Du«, sagte er und zeigte auf mich.

Die Antwort war nicht schwer, nicht einmal für einen fünfjährigen Jungen, doch ich bekam kein Wort heraus. Meine Zunge im

Mund war angeschwollen, in meinem Magen rumorte der Brei, den ich am Morgen gegessen hatte.

Die ganze Klasse schien den Atem anzuhalten.

»Na, dummer Junge«, sagte der Offizier, »wie viel ist zwei mal zwei?«

In meinem Kopf war nur Leere – eine gigantische Leere und das Gefühl, gleich in ihr zu versinken.

Aus einer Bank vor uns erhob sich eine Mädchenstimme. »Vier!«, rief diese Stimme. »Das ist nicht so schwer!«

Der Offizier schnellte herum. Ich erwartete, dass er nun losbrüllen würde, doch er hob den Kopf ein wenig. »Genau!«, sagte er. »Richtig! Die deutschen Mädchen sind klüger als die deutschen Jungen.«

Ich sackte förmlich in mich zusammen, als sein Blick mich nicht mehr peinigte, dann sah ich, wer gesprochen hatte. Es war Annerose gewesen.

Während der Offizier weiter Rechenaufgaben stellte, fuhr vor der Schule ein Militärlastwagen heran. Eine kleine Küche mit Tisch und silbernen Kübeln wurde von drei Soldaten aufgebaut.

»Habe ich es dir nicht gesagt?«, raunte Herrmann mir zu. »Gleich gibt es etwas zu futtern!«

Die Stunde kam mir wie eine halbe Ewigkeit vor. Zum Glück blieb der Offizier nun vorne an der Tafel stehen, dann endlich läutete die Glocke wieder. Wir durften hinausgehen.

Herrmann hatte sein Kochgeschirr schon unter seiner Jacke hervorgeholt und gab auch mir einen Teil. Mir war der Appetit allerdings gründlich vergangen. Ich suchte nach Annerose, meiner Retterin, aber ich entdeckte sie nirgendwo.

Die Schulkinder stellten sich in einer langen Reihe auf. Zwei Soldaten standen an einem kleinen Tisch und schöpften wortlos und ohne einen Blick, wer da vor ihnen stand, Suppe in die Kochgeschirre, die ihnen entgegengehalten wurden.

»Riechst du es auch?«, fragte Herrmann. »Erbsensuppe – habe ich schon lange nicht mehr gegessen.«

Als wir dran waren, bekamen wir beide einen großen Klacks auf unsere Teller. Herrmann roch an der Suppe, ich sah, wie er das Gesicht verzog, während wir uns einen Platz unter der Linde suchten. Den Geruch kannte ich, es roch nicht nach Rindfleisch, nicht nach einer kräftigen Erbsensuppe, die so dick war, dass man sie kaum verschütten konnte. Es roch nach Kuh, genau gesagt nach den Klauen einer Kuh. Die Suppe bestand lediglich aus Abfall.

Herrmann starrte die Suppe an. Ich sah, dass er überlegte, sie wegzuschütten, aber nein, wir hatten uns eingeschlichen und eine schrecklich lange Unterrichtsstunde ausgehalten, um etwas zu essen zu bekommen.

Ich beobachtete, wie Herrmann seinen Löffel eintauchte. Auch die anderen Kinder, die sich hingehockt hatten, waren dabei zu essen.

Herrmann schluckte die Suppe hinunter. Ich tat es ihm gleich. Ich schmeckte ein wenig Salz und – war es Fäulnis? Es war jedenfalls ein ekelhafter Geschmack.

Nach vier Löffeln rebellierte mein Magen. Ich sprang auf. Ein paar Schritte weit kam ich, dann musste ich mich erbrechen – eine grünliche Brühe barst förmlich aus mir heraus.

Das war mein erster Schultag, dachte ich später, als wir zu dem Bauernhaus zurückgekehrt waren. Meine Mutter und Jolande waren immer noch im Gemüsegarten. Wir sagten ihnen nicht, wo wir gewesen waren, und ich hoffte, Annerose würde uns auch nicht verraten.

Ich begann nach ihr Ausschau zu halten, doch sie ließ sich nicht blicken. Erst am nächsten Tag bekam ich heraus, dass sie unter dem Dach des Bauernhauses, direkt unter den roten Ziegeln, ein Versteck hatte.

Neugierig kletterte ich über eine Holzleiter hinauf. Sie saß im Schneidersitz da, um sich ein paar aufgeschlagene Bücher, auf den Knien einen Schreibblock. Mit konzentrierter Miene zeichnete sie etwas. Ein Sonnenstrahl, der durch eine breite Fuge drang, fiel genau auf das Papier.

Ich stand am Ende der Leiter und rührte mich nicht. Sie blickte nicht auf, obwohl ich sicher war, dass sie mich bemerkt hatte. Der leere Ärmel baumelte hin und her.

»Was willst du, Kleiner?«, fragte sie, ohne aufzublicken.

Ich sagte nichts, doch nahm ich ihre Worte als Aufforderung, dass ich auf den Dachboden kriechen durfte. Schwere Holzbalken stützten das Dach; selbst ich musste meinen Kopf einziehen.

»Was tust du da?«, fragte ich.

»Wonach sieht es aus?«

Als ich näher kam, erkannte ich, dass Annerose etliche ihrer Zeichnungen um sich herumgelegt hatte. Ich entdeckte das Gesicht des Offiziers, der uns in der Schule beschimpft hatte. Sie hatte ihn ziemlich gut getroffen – die schwarzen, stechenden Augen, eine tiefe Falte auf der Stirn, und der Mund, der spöttisch herabhing. Annerose hatte auch ein paar der Schulkinder gezeichnet, und nun zeichnete sie mich, nein, es war Franz, erkannte ich bei einem schnellen Blick über ihre Schulter.

»Du zeichnest«, sagte ich.

Sie nickte. Immer noch hatte sie mich nicht angesehen. Sie roch nach Seife. Ein leichter Wind, der durch die Fugen drang, bewegte ihr blondes Haar.

»Ganz recht.« Sie leckte sich über ihre Lippen. »Und bevor du dich endlich traust, mich zu fragen. Meinen rechten Arm hat mir der liebe Gott weggenommen.«

»Der liebe Gott?« Vom lieben Gott war auch bei meiner Mutter immer die Rede. Der liebe Gott sieht alles, er hat deinen Großvater zu sich in den Himmel gerufen, aber noch nie hatte ich gehört, dass er von jemandem den Arm genommen hatte.

Annerose blickte mich zum ersten Mal an. Sie hatte grünliche Augen, die im Sonnenlicht ein wenig funkelten.

»So hat sich meine Mutter ausgedrückt. Aber eigentlich war es anders: Ich habe im Dorf eine Handgranate gefunden, ich habe sie aufgehoben – und bumm! Dann ist sie explodiert.« Das Wort »explodiert« schien ihr eine besondere Freude zu bereiten – sie wiederholte es noch einmal und zog dabei die schmalen Schultern in die Höhe.

Sie hatte Franz gut getroffen, sah ich, seine leuchtenden Augen, sein Lächeln.

»Oder nein«, sprach Annerose weiter. »Ganz so war es auch nicht. Ich hatte eine Blutvergiftung im Arm. Deshalb musste man ihn absägen. Vollnarkose. Es hat kein bisschen weh getan.«

Ich war sicherlich nicht der klügste Fünfjährige auf der Welt, aber ich begriff, dass sie mich zum Narren halten wollte.

»Du lügst«, sagte ich.

Annerose ließ ihren Block sinken. »Ja«, sagte sie. »Das kann ich gut – lügen. Lügen und zeichnen. Viel mehr tue ich auch nicht.«

Wir schwiegen. Staub tanzte im Sonnenlicht. Auf dem Dachboden stapelten sich ein paar Holzkisten, ein Teppich lag da, ein kleines Holzpferd stand in der dunkelsten Ecke. Von unten aus dem Garten hörte ich Jolande lachen. Ein Laut, der mir gefiel. Jolande hatte eine Woche lang fast kein Wort von sich gegeben.

»Was kannst du gut, Anton?«, fragte Annerose.

Zum ersten Mal hatte sie meinen Namen ausgesprochen.

Nichts, wollte ich sagen, Paula und Franz können eine ganze Menge – nähen, Dinge reparieren, mit dem Pflug umgehen, aber ich kann eigentlich nichts. Doch stattdessen sagte ich: »Ich kann Gedanken lesen.«

Annerose schnaubte. »Wirklich?«

Ich nickte. Ich verriet ihr nicht, dass es erst einmal passiert war und dass mein Großvater, der auch Gedankenleser gewesen war, es von einer Gans gelernt hatte.

»Na«, sagte Annerose und klang nun ein wenig belustigt, »dann kannst du mir ja bestimmt sagen, was ich jetzt denke.«

Nein, ich machte Anstalten, den Kopf zu schütteln, nein, das konnte ich natürlich nicht. Ich schaute sie an. Sie hatte ihre Augen ganz leicht zusammengekniffen und wartete auf meine Antwort.

Ich öffnete den Mund, um irgendeine vage Entschuldigung hervorzubringen, doch dann sagte ich zu meiner eigenen Überraschung: »Du denkst oft, dass du nur ein halber Mensch bist.«

Im nächsten Moment glaubte ich, zwei dicke Tränen in ihren Augen zu sehen, als sie hastig an mir vorbei zur Leiter kroch.

Am Abend, während wir wieder zu dritt im Bett lagen, erfuhr ich von meiner Mutter, dass Annerose mit einem verkrüppelten Arm zur Welt gekommen war. Irgendetwas war im Mutterleib mit der Nabelschnur nicht richtig gewesen.

Nach der Flucht, viele Jahre später, habe ich manchmal gehofft, eine Spur von Annerose zu entdecken, vielleicht einen Artikel in der Zeitung über eine brillante Malerin zu lesen, die nur einen Arm hatte, aber leider habe ich nie einen Hinweis auf sie gefunden.

11.

Draußen beginnt der Sommer heraufzuziehen. Es duftet nach Gras, Sonnenstrahlen gleiten über die frischen Blätter des Kirschbaums, der sich seit Jahren weigert zu wachsen, weil ihm der Boden zu sandig und trocken ist. Während ich an meinem Esstisch sitze, die Papiere unter meiner Hand, frage ich mich erneut, warum ich das alles aufschreibe. Almut, sag mir, warum hole ich all diese Dämonen wieder aus meiner Vergangenheit hervor? Ich könnte auch mit unserem toten Kind sprechen, mit dem Kind, das du nie gesehen hast, das ich begrub, ohne dich zu fragen – was du mir niemals verzeihen konntest, bis in deine letzte Stunde hinein nicht. Die Sonne scheint durch das Fenster – ich höre in der Stille den Wind Namen flüstern. Doch der Weg zum Fenster kommt mir so weit und beschwerlich vor wie unsere Flucht damals durch das verwirrte, zerschossene Land. Jeder Schritt eine Qual.

Manchmal erscheint mir das einarmige Mädchen Annerose lebendiger zu sein als Lucie, meine eigene Tochter, die nur einen Steinwurf entfernt in dem Haus lebt, das ich vor über vierzig Jahren gebaut habe. Und auch andere sind lebendiger – mein Großvater und Selim, der winzige Gedankenkobold, oder Paula, meine tote Lieblingsschwester. Wo sind all die Toten hingegangen? Meine Mutter war tief religiös, in der Stunde der schlimmsten Qual konnte sie Ruhe und Erlösung im Gebet finden – ich kann das nicht. Vor der Vollendung meines achtzigsten Jahres bleibt mir nichts als Ungewissheit. Gibt es einen Gott, einen Sinn, ein Leben nach dem Tod? Ich weiß es nicht. Als Fünfjähriger, während wir umherzogen, habe ich Gott, der nur »der liebe Gott« hieß, gesucht, habe gedacht, dass ich irgendwo ein Zeichen, eine Spur von ihm finden müsse, aber ich fand nie etwas.

Nachdem wir vier Tage in Hagenow gewesen waren, wurde meine Mutter unruhig; sie packte unsere Sachen zusammen und wollte weiterziehen. Ich begriff nicht, warum. Uns ging es doch vergleichsweise gut bei den Bauersleuten. Jolande konnte wieder normal essen, Paula durfte sich ein wenig ausruhen, und Franz half auf dem Hof. Aber vielleicht war es das? Vielleicht verstand er sich zu gut mit dem Bauern. Sie lachten zusammen, der Bauer strich Franz über die Wange, klopfte ihm auf die Schulter. Solch ein Lob hatte Franz von unserem Vater nie erhalten.

»Wir müssen weiter«, sagte unsere Mutter abends zu uns, als sie sich in der Scheune von Franz, Paula und Herrmann für die Nacht verabschiedete.

»Aber warum?«, fragte Herrmann.

»Das sind nicht unsere Leute«, erwiderte meine Mutter. »Wir müssen nach Viereck.«

Franz sah sie düster an, er sagte jedoch nichts.

Ich saß dabei und verstand gar nichts, aber ich begriff, dass meine Mutter etwas tun wollte, das Franz und Paula nicht gefiel. Das Schweigen war ein ernstes, schweres Schweigen.

»Der Bauer«, sagte Franz, »er hat seinen eigenen Glauben, aber es ist derselbe Gott, zu dem er …«

Meine Mutter hob die Hand. »Unsere Leute sind in Viereck«, sagte sie streng.

Auf einmal wollte ich auch nach Viereck – ich hatte mir unter diesem Namen immer einen Ort vorstellt, in dem es lediglich vier Häuser gab, die irgendwie gleich weit von einander entfernt standen und vier Ecken ausmachten. Deshalb hieß der Ort so, aber auf einmal sah ich ein Dorf wie Schönow vor mir: mit spielenden Kindern, einem Dorfteich, einer Kirche, wo die Erwachsenen sich trafen.

»Es gibt einen Zug«, sagte Paula vollkommen gleichmütig, »ich glaube, wir können mit dem Zug fahren.«

Meine Mutter nickte. »Umso besser.«

In dieser Nacht schlief ich in der Scheune. Ich lag neben Paula in der Dunkelheit. Ich hätte gerne ihre Hand ergriffen, aber das hätte sie bestimmt als peinlich empfunden, also ließ ich es. Ich hätte ihr auch gerne so viele Fragen gestellt. Wo ist unser Vater? Gehen wir irgendwann nach Schönow zurück? Gibt es überhaupt einen lieben Gott? Was passiert mit uns, wenn wir groß sind? Und was ist mit dem Gedankenlesen – bist du auch eine Gedankenleserin?

Stattdessen fragte ich: »Woher weißt du, dass wieder Züge fahren?«

»Ganz einfach. Ich war am Bahnhof und habe gefragt«, sagte sie nach einer Weile.

»Und warum müssen wir schon fahren?«

Sie zögerte einen Moment. Ich spürte, dass sie sich neben mir aufrichtete. Ich nahm auch ihren Geruch wahr – von ihren langen dunkelbraunen Haaren, die sich leicht über der Schulter lockten, ging ein eigentümlicher Duft aus. »Weil der Bauer Franz ansieht, als wäre er sein Sohn, aber das ist er nicht.«

Ich verstand ihre Worte nicht und habe sie auch später nicht verstanden.

Nach dem Frühstück verabschiedeten wir uns von der Bäuerin – der Bauer und Annerose waren nicht zu sehen – und gingen mit unseren wenigen Habseligkeiten zum Bahnhof. Paula war froh, unseren Karren nicht mehr ziehen zu müssen. Franz sagte nichts – auch nicht, als Herrmann ihn dazu animierte. Tatsächlich stand ein Zug da, in dem schon eine Menge Leute auf die Abfahrt warteten und der sich dann auch wenig später in Bewegung setzte.

»Wir fahren nach Pasewalk«, sagte Paula. »Von dort müssen wir zu Fuß weiter. Diese Reise wird ein wenig dauern. Vielleicht sehen wir sogar das Meer, weil wir zuerst in den Norden fahren müssen.«

Ich hatte mir die erste Zugfahrt meines Lebens als etwas sehr Spannendes vorgestellt, aber das Rattern und Rumpeln ermüdete mich so sehr, dass ich sofort einschlief. Erst als ich von dem Fuchs träumte, der mich mit offenem Maul ansah und mir den Weg verstellte, wachte ich wieder auf.

Es war dunkel, und der Zug stand.

Als wir eingestiegen waren, war unser Waggon überfüllt gewesen. Wir hatten uns in ein Abteil gequetscht, ich hockte zwischen meiner Mutter und Jolande, doch nun war der Zug leer. Niemand war da, ich war allein. Ein mattes Licht brannte irgendwo draußen, sonst war nichts um mich herum, nur tiefste Finsternis. Ich vermochte lediglich noch den Geruch von Schweiß und alten Schuhen wahrzunehmen. Verwirrt blickte ich nach draußen. Als ich mich vorbeugte, meinte ich in der wabernden Schwärze den Umriss eines Gebäudes zu erkennen.

»Selim«, flüsterte ich, »wo sind wir?« Doch nicht einmal mein geheimer Freund antwortete mir. Ich fühlte mich allein, ausgesetzt, der Verlorenheit preisgegeben. Ja, ich erlebte den einsamsten, dunkelsten Moment meines fünfeinhalbjährigen Lebens.

Tränen begannen mir über die Wangen zu laufen, ohne dass ich es jedoch so recht spürte, zu sehr war ich von meiner Angst gefangen. Sie hatten mich allein gelassen. Das war der einzige Gedanke, der mich gänzlich ausfüllte. Ich war ihnen eine Last geworden – selbst meiner Mutter, aber sie war ja durch die Flucht eine ganz andere Frau geworden.

Ich schaffte es nicht, mich zu bewegen. Einzig meine Hand tastete auf dem Sitz herum, doch da war nichts – nur mein kleiner roter Rucksack.

Ein völlig verquerer Gedanke kam mir: Hatten sie gedacht, dass ich allein weiterziehen würde – mit meinem Rucksack auf dem Rücken?

Ich hielt die Luft an. Ich wollte nicht mehr atmen – ich wollte tot sein oder wenigstens in einen dunklen Schlaf gleiten und dann aufwachen, wenn meine Mutter und Geschwister wieder bei mir waren. Ich kniff auch meine Augen zusammen. Augen zusammenkneifen gehörte zum Nichtatmen und Tot-sein-Wollen dazu.

Irgendwo in einem Winkel meines Kopfes glaubte ich, meinen Großvater zu hören. »Tu das nicht, Anton«, sagte er mit sanfter, wie aus der Ferne gesprochener Stimme.

Und dann hörte ich ein lautes Pochen. Panisch riss ich die Augen auf. Draußen vor dem Fenster erblickte ich, umrahmt von Schwärze, das Gesicht meiner Schwester Paula.

Erleichterung durchflutete mich.

»Komm heraus, Kleiner«, sagte sie gegen das Fenster. Ich las ihr die Worte von den Lippen ab.

Hastig ergriff ich meinen Rucksack. In der Dunkelheit stieß ich mir mein Knie an, doch es machte mir nichts aus.

»Der Zug musste anhalten, weil sie keine Kohlen mehr haben«, sagte Paula. »Du hast tief und fest geschlafen.« Sie reichte mir die Hand, während ich aus dem Zug sprang. »Hast du geweint?«, fragte sie. »Hast du Angst gehabt?«

Ich schüttelte den Kopf. Von einem Feuer in der Ferne drang ein heller Lichtschein herüber. Als wir an dem Zug entlanggingen, sah ich, dass in den anderen Wagen doch noch Menschen saßen. Ich war gar nicht ganz allein gewesen.

»Da steht ein Zelt, und es gibt etwas zu essen«, sprach Paula weiter.

In einem großen Armeezelt saßen meine Mutter und meine anderen Geschwister. Sie hatten ihr Essensgeschirr vor sich auf den Knien und aßen eine dicke, dunkle Suppe.

»Erbsen und Möhren«, sagte Herrmann kauend. »Viel besser als die Suppe in der Schule.«

Meine Mutter hockte auf einem niedrigen Holzstuhl und rückte ein Stück zur Seite, um mir Platz zu machen. Sofort reichte sie mir ihr Kochgeschirr, damit ich ihre Suppe weiteraß. »Hier hat die Kirche etwas aufgebaut«, sagte sie. »Aber morgen fahren wir weiter nach Viereck. Wirst sehen.«

Die Suppe war nur noch lauwarm, sie schmeckte jedoch fast so gut, als hätte meine Mutter sie gekocht und als säße ich in unserer Küche in Schönow.

Einen ganzen Tag brauchten wir noch, um nach Pasewalk zu gelangen. Die Nacht verbrachten wir im Zug, der dann am nächsten Morgen, kaum dass es hell geworden war, weiterfuhr. In einer größeren Stadt, deren Namen ich vergessen habe, mussten wir in einen anderen Zug überwechseln. Dieser Zug ratterte noch langsamer vor sich hin. Einmal, auf offener Strecke, stiegen auch russische Soldaten ein und schauten sich mit grimmigen Gesichtern um, als würden sie jemanden suchen.

Meine Mutter hatte unterdessen erfahren, dass ganz Deutschland aufgeteilt worden war. Die Franzosen hatten das Saarland erhalten, die Amerikaner Süddeutschland, die Engländer Norddeutschland und die Russen Ostdeutschland. Unser Land und unser Haus in Schönow hatten die Polen in Besitz genommen. Zum ersten Mal kamen meiner Mutter Zweifel, ob wir wirklich bald in unser Dorf zurückkehren könnten.

Auf den letzten Kilometern im Zug war Franz auf das Dach geklettert. Auch dieser Zug war so überfüllt, dass man kaum atmen konnte, so dass er nicht allein auf dem Dach saß. Ich glaube, er konnte auch meine Mutter nicht mehr ertragen, die sich plötzlich Gedanken machte, was aus ihrer Nähmaschine werden würde, wenn sie nicht mehr zurück in unser Dorf kommen würde.

Vom Bahnhof war es nicht mehr weit bis nach Viereck. Zu einem Mann, der Fritz Düvel hieß und mit dem unsere Mutter verwandt war. Unsere Flucht war nun zu Ende, so dachten wir zumindest.

12.

Almut, darf man das sagen, oder ist es undankbar? Auf glückliche Momente hat mich das Leben nicht vorbereitet. Wenn mir das Glück zuwinkte, was ja ein paar Mal geschehen ist, wurde ich gleich misstrauisch oder habe weggesehen. So war es während des Tanzkurses, als mich der Tanzlehrer aus dem Saal wies, weil ich die falschen Schuhe anhatte, Schuhe mit Nägeln, die den Parkettboden zerkratzten. Da ich gar keine anderen Straßenschuhe besaß, war damit meine Karriere als Tänzer zu Ende, bevor sie begonnen hatte, doch ein Mädchen lief mir nach. Ich kannte lediglich ihren Namen – Verona, wie die Stadt in Italien. »Kommst du wieder, Anton?«, fragte sie mich. Als ich den Kopf schüttelte, sagte sie: »Mein Bruder … er ist so groß wie du und hat gute Tanzschuhe, die er nicht mehr braucht. Ich bringe sie mit.«

Ich habe dann in den Schuhen ihres Bruders getanzt. Wir haben uns sogar geküsst – mein erster richtiger Kuss am Bahnhof in Osnabrück. Doch was habe ich getan? Weil Verona evangelisch war, habe ich sie wenig später von mir gewiesen. Ich habe sie zweimal unsere Rechnung bezahlen lassen – die größte auf der Kirmes, als ihre Eltern dabei waren. Kann man sich das heute noch vorstellen? Dass man sich nicht traute, eine Verbindung mit einem evangelischen Mädchen einzugehen, obwohl man es liebte? Wohl kaum. Ich kam mir wie der größte Idiot vor, aber das war ich ja auch.

Viereck war ein kleines Dorf, ein paar Häuser und Gärten, nicht mehr. Nicht das Paradies, obschon es hier keine Spuren des Krieges gab, nicht einmal Militärlastwagen und auch keine weißen oder roten Fahnen.

Meine Mutter kannte zum Glück den Weg. Anscheinend war sie schon einmal hier gewesen. Ich konnte ihr die Erleichterung ansehen, dazu musste ich gar nicht versuchen, ihre Gedanken zu lesen. Sie ging zu einem grau verputzten Haus am Ortsrand und pochte mit freudiger Miene gegen eine Holztür, von der die Farbe abblätterte. Der Mann, der öffnete, trug eine bleiche blaue Joppe, er hatte graue Haare, die er streng gescheitelt hatte. Mit zusammengekniffenen Augen sah er meine Mutter an, sein Unterkiefer mahlte, als hätte er eben etwas gegessen oder als wäre er unruhig und wüsste nicht, was er sagen sollte.

Nach einem kurzen Zögern breitete meine Mutter ihre Arme aus, als wollte sie den Mann vor ihr an sich ziehen, doch er wich ein wenig zurück, und da begriff sie, was wir anderen, die im Hintergrund standen, selbst ich, schon begriffen hatten. Der Mann in der Tür erkannte sie nicht. Wir waren ausgemergelte, kranke Menschen, Obdachlose, die seit Wochen auf der Straße herumgeirrt waren, daran hatten auch die letzten Tage bei dem Bauern nicht viel geändert.

»Fritz«, hauchte meine Mutter voller Enttäuschung, »ich bin es – Emma.« Und um ihre leisen Worte zu bekräftigen, fügte sie unseren Nachnamen hinzu. »... Busch. Ich bin die Frau von Bernhard.«

Der Mann vor ihr runzelte die Stirn, er wandte sich kurz um, dann veränderte sich sein Gesichtsausdruck; es war nicht Freude oder gar Heiterkeit, sondern eher eine matte Erleichterung, die ihn befiel.

»Emma«, sagte er. Sein Blick glitt an unserer Mutter vorbei zu uns. »Wo um Gottes willen kommt ihr her?«

»Wir mussten fliehen«, sagte meine Mutter. Sie griff nach dem Arm des Mannes. »Aber nun ist ja alles gut.«

Die Düvels, Fritz und Inge – ihr Sohn Bernward war in Russland in Gefangenschaft –, waren die ärmsten Bauern, die ich je gesehen hatte. Ihr Haus bestand aus zwei kleinen Räumen und einer Wohnküche. In dem Stall, einer besseren Bretterbude, standen zwei Kühe, von denen eine keine Milch gab und die andere nur fünf Liter am Tag. Statt Schweinen hatten sie lediglich ein paar Ferkel, keine Gänse, keine Enten oder Kaninchen. Über dem schmalen Hof streunten noch etwa zehn schmutzige Hühner, die fast keine Eier legten.

Wir mussten alle auf ein paar Decken und etwas Stroh in einem Zimmer schlafen. Niedergeschlagen, nachdem wir Kartoffeln mit Schmalz gegessen hatten, legten wir uns hin.

Franz sprach als Erster, während meine Mutter noch in der Küche saß. »Hier können wir auf keinen Fall bleiben«, sagte er. »Oder wir verhungern alle.«

Mich plagten die Läuse und die Krätze. Mein linker Arm war ganz blutig und juckte.

»Sie denkt immer noch, dass wir nach Schönow zurückgehen können«, meinte Paula. »Ich werde ihr morgen sagen, dass wir Helena schreiben werden. Falls unser Vater nach Schönow zurückkehrt, soll sie ihm sagen, dass wir in den Westen, nach Hunteburg gegangen sind.«

Hunteburg – das war der Ort, in dem mein Vater geboren wurde und von dem aus meine Eltern vor vielen Jahren losgezogen waren. Ich hatte vor diesem Ort stets Angst gehabt, weil ich immer an wilde, frei laufende Hunde gedacht hatte, aber dann hatte mir Jolande erklärt, dass der Name des Dorfes von dem Fluss Hunte stammte.

Franz nickte. »Ja«, sagte er. »Du musst mit ihr reden. Dir glaubt sie vielleicht.«

Ich konnte nicht schlafen, weil mein blutig gekratzter Arm mir so wehtat, und dann passierte etwas anderes, das wohl nichts mit Gedankenlesen zu tun hatte, aber so etwas Ähnliches war. Ich sah meinen Bruder vor mir stehen, aber nicht Herrmann oder Franz, die sich leibhaftig in der Scheune der Düvels aufhielten, sondern Heinrich, der in den Krieg gezogen und irgendwo verloren gegangen war. Er schaute auf mich herab, gebückt, hohlwangig, als wäre er ein alter Mann. »Ich bin krank«, sagte er, »aber wenn ich jetzt sterbe, habe ich nie bei einer Frau gelegen.«

Die Worte erschreckten mich, weil sie traurig und gleichzeitig so real waren.

»Heinrich«, flüsterte ich stumm, »nein, stirb nicht. Wir sind hier in Viereck. Wir haben uns gerettet.«

Heinrich schaute mich weiter traurig an, er brauchte einen Stock als Stütze, um nicht hinzufallen, bemerkte ich, dann schloss er müde die Augen und löste sich gewissermaßen in meinen Gedanken auf.

Ich beugte mich zu Franz, der neben mir lag und mit offenem Mund schlief. Sollte ich ihn wecken? Aber was hätte ich ihm sagen sollen? Gerade eben hat Heinrich in meinem Kopf gesprochen – es geht ihm gar nicht gut?

Drei Tage später – meine Mutter hatte den ganzen Vormittag mit den Düvels beraten, wie es mit uns weitergehen könnte – stand gegen Mittag ein Mann vor dem Haus. Er trug eine verblichene Uniformjacke, eine schwarze, viel zu weite Hose und zwei unterschiedlich große Schuhe. Wie ein Hausierer sah er aus, nur dass er sich auf einen Stock stützte und nichts zu verkaufen hatte.

Ich erkannte den Heinrich aus meinem Gedankentraum wieder.

Er war so schwach, dass er gar kein Wort über die Lippen brachte – außer »Durst!«.

Meine Mutter küsste ihm die schwieligen wunden Hände und begann zu weinen. »Mein Junge, was haben sie mit dir gemacht?«

Ich glaube, wenn mein Bruder noch die Kraft gehabt hätte, hätte er auch zu weinen begonnen, so aber sank er auf einen Stuhl in der Sonne und streckte kraftlos alle Glieder von sich. Er wog allenfalls noch fünfzig Kilogramm.

Was ihm widerfahren war, erfuhren wir in Bruchstücken erst zwei, drei Tage später, als er ein wenig gegessen hatte und es ihm etwas besser ging. Er war in russische Gefangenschaft geraten und war in einem Viehtransporter, in dem es bitterkalt gewesen war, nach Russland gebracht worden. Erst hatte er in einer Gerberei gearbeitet, danach hatte er Bäume fällen müssen, und einmal hatte man ihn mit drei anderen Männern vor einen Pflug gespannt, um ein riesiges Feld umzupflügen. In dem Gefangenenlager war schließlich eine Seuche ausgebrochen, fast alle hatten Typhus bekommen, und viele waren gestorben. Mein Bruder hatte diese Krankheit ohne ärztliche Hilfe überlebt, aber zum Arbeiten war er zu schwach gewesen, deshalb hatte man ihn entlassen. Weil Papiermangel herrschte, war sein Entlassungsschein so groß wie eine Streichholzschachtel.

»Woher hast du gewusst, dass wir hier in Viereck sind?«, fragte meine Mutter ihn am dritten Tag nach seiner Ankunft. Da konnte er schon ein paar Schritte um das Haus machen. »Bist du zuerst in Schönow gewesen?«

Heinrich schüttelte den Kopf. Für einen Moment, so kam es mir zumindest vor, ruhte sein Blick auf mir. »Ich wusste es einfach«, sagte er. »Ich wusste, dass ihr hier seid.«

Nach einer Woche, in der wir fast nur Kartoffeln und Brot aus Stärkemehl gegessen hatten, war Heinrich so weit wiederhergestellt, dass wir uns auf den Weg gen Westen machen konnten. Fahrpläne und Abfahrtszeiten gab es nicht. Man musste die Züge nehmen, die fuhren. Zudem musste man Umwege in Kauf nehmen, weil viele Strecken kaputt und die meisten Brücken zerstört waren. Wer Glück hatte, bekam einen Sitzplatz. Die meisten aber mussten stehen oder gar auf dem Dach mitfahren. Franz liebte es, auf das Dach zu klettern. Schon in Pasewalk winkte er mir kurz zu und verschwand dann, doch meine Mutter wusste genau, was er vorhatte.

»Halt dich bloß fest!«, rief sie ihm nach.

Ich drückte mich an meine Mutter. Das Gedränge war so groß, dass ich nicht verloren gehen wollte. In Berlin, so hieß es, würden wir den Zug wechseln müssen.

Als wir etwa eine Stunde gefahren waren, wurde es plötzlich ganz still im Waggon. Niemand sprach mehr. Ich hatte halb auf dem Schoß meiner Mutter gelegen und erwachte wegen der plötzlichen Stille. Nur das Rattern des Zuges war zu hören.

Ich verstand erst nicht, warum alle auf einmal schwiegen. Lief ein Soldat mit einem Maschinengewehr durch den Zug? War es die Angst, die den Menschen die Sprache nahm?

Dann begriff ich es auch. Es waren die Trümmer entlang der Eisenbahnschienen. Kein Haus stand mehr. Man sah eingefallene Dächer, Schutthaufen, halbe Wände. Auf einem Balkon hing Wäsche. An einem anderen Haus waren die Fliesen eines Badezimmers zu erkennen.

Eine Frau begann zu schluchzen. Doch bis wir den Bahnhof erreicht hatten, blieb sie die Einzige, die einen Laut von sich gab.

Auch auf diesem Bahnhof, an dem das Dach abgerissen worden war, herrschte ein heilloses Gedränge. Ich umklammerte die Hand meiner Mutter. Wir schafften es, uns in einen übervollen Zug zu quetschen, doch als wir uns im Gang auf den Boden hocken wollten, rief Franz uns zu, es sei der falsche Zug. Dieser Zug fahre nach Dresden, nicht nach Helmstedt. Meine Mutter schrie auf. Die Türen wurden bereits geschlossen, doch irgendjemand schaffte es, sie noch einmal aufzustoßen, und dann wurden wir wie volle Mehlsäcke über die Köpfe der Menschen zur Tür bugsiert.

Meine Mutter hatte Tränen im Gesicht. Das war alles zu viel für sie.

Auf dem Bahnsteig zählten wir durch. Wir waren alle aus dem falschen Zug entkommen, auch Heinrich, der sich kaum auf den Beinen halten konnte. Jolande hob ihr Köfferchen mit den Fotografien aus Schönow hoch, als wollte sie anzeigen: Alles ist in Ordnung.

Der neue Zug, den wir nehmen mussten, war noch voller als der erste. In Helmstedt hielt er an. Eine Lautsprecherstimme forderte alle auf, auszusteigen. Diesmal war auch Franz bei uns geblieben und nicht auf das Dach geklettert.

Hier gab es eine Art Grenze, zu der wir gehen sollten. Sperren aus Draht wiesen den Weg zu kleinen Häuschen aus silberfarbenem Metall und zu Tischen, an denen Soldaten in Uniform uns erwarteten: Amerikaner. Sie hatte ganz glatte Gesichter und saubere Uniformen und wirkten viel größer und gesünder als die Menschen, die zu ihnen hintrotteten. Auch wir mussten uns in einer langen Reihe anstellen.

Ich spürte, dass ich aus irgendeinem Grund Angst bekam.

»Selim«, flüsterte ich meinem unsichtbaren Freund zu, »was passiert hier mit uns?«

Ich fürchtete, dass man mich von meiner Mutter trennen würde; dass es hieße, Frauen auf die eine Seite, Kinder auf die andere Seite.

Je näher ich dem Tisch kam, desto größer wurde meine Angst. Was würde sein, wenn diese so gesund aussehenden Amerikaner meine Läuse und die blutigen Kratzer auf meinen Armen entdecken würden? Wäre es nicht wahrscheinlich, dass sie solche Kinder hinter ihrer Grenze nicht haben wollten?

»Alles gut«, meinte ich, Selim zu hören, und dann, als hätte sie bemerkt, dass ich vor mich hin flüsterte, versetzte Paula mir einen harten Stoß.

Einige Minuten später waren wir an der Reihe. Erst guckte ein Mann mir mit einer Taschenlampe in den Mund, dann drückte er meine Zunge mit einem kleinen Holzstück herunter. Er musterte mich argwöhnisch, ohne ein Wort zu sagen. Ich bekam fast keine Luft mehr. Schließlich nickte er und schob mich weiter.

Doch das Schlimmste kam noch: Jemand in einem weißen Kittel hielt mich am Arm fest, und dann, in einer schnellen, fließenden Bewegung, so dass ich es kaum wahrnehmen konnte, stach er mir eine Spritze in den Oberarm.

Ich schrie laut auf und wollte weglaufen, doch ein anderer Soldat, der noch muskulöser war als die anderen, packte mich und nebelte mich mit einem weißen Puder ein; überallhin – in den Nacken, in den Kragen, vorne und hinten in die Hose.

Hinter mir hörte ich auch Herrmann aufschreien. Ihm ging es genauso wie mir; an eine Flucht war aber nicht zu denken. Die Soldaten wussten genau, was sie taten.

Erst viel später erfuhr ich, dass die Amerikaner ein Insektengift erfunden hatten – DDT –, mit dem sie jeden, der in den Westen wollte, einsprühten und desinfizierten.

Nach einer Stunde hatten wir die ganze Prozedur überstanden und saßen im nächsten Zug.

Ich war so müde, dass mir sofort die Augen zufielen. Oder vielleicht hatte man mich ja doch vergiftet, dachte ich noch.

Ich erwachte erst gegen Abend. Der Zug rumpelte und ratterte, wurde langsamer und rollte dann weiter. Ich blickte aus dem Fenster und sah sehr viele Gleise, die kreuz und quer zu verlaufen schienen. Wir waren in Osnabrück angekommen.

In dieser Stadt, dachte ich als Erstes, müssen sehr intelligente Menschen leben, wenn sie sich mit diesem Gewirr von Gleisen auskennen.

Meine Mutter lächelte mich an. »Gleich sind wir da – bei meiner Schwester, bei Tante Agnes«, sagte sie. »Noch zwanzig Kilometer, dann ist unsere Flucht zu Ende.«

Teil II

13.

Almut, wenn du noch bei mir wärest, würdest du dich wundern, was ich mir vorgenommen habe, sobald ich meine Geschichte zu Papier gebracht habe. Dieser alte Mann mit den rissigen Händen hat sich zu einer Klavierstunde angemeldet – der ersten in seinem Leben. Die Lehrerin ist noch jung, ach nein, sie klang am Telefon lediglich so jung, sie muss fast fünfzig Jahre alt sein, und sie ist die Tochter von Verona, dem evangelischen Mädchen, das mir damals die Schuhe ihres Bruders für die Tanzschule geschenkt hat. Der Zufall hat sie mir in die Arme getrieben. Ein Zettel an einem Laternenpfahl, an dem ich jeden Tag vorbeikomme, wenn ich meinen Spaziergang zur Tankstelle und zurück mache. Der kleine Aushang fiel mir auf, weil er blau war, ein Zettel mit einem blauen Klavier, und als ich kurzentschlossen anrief, erzählte mir die Klavierlehrerin, dass sie vor ein paar Jahren zurückgekehrt sei, in die Gegend, aus der ihre Mutter stamme – Verona.

Ja, ich sehe, du lächelst, Almut. Fast ist es, als könnte ich auch die Gedanken von Toten lesen. Ist die Welt so klein? Kann es sein, dass Wege sich doch oftmals kreuzen?

In unserer Aufregung, endlich angekommen zu sein, verpassten wir es, an der richtigen Station auszusteigen, als wir mit einem Personenzug von Osnabrück nach Hunteburg fuhren. Daher mussten wir fast zwölf Kilometer zurücklaufen. Der Himmel färbte sich schon rot, als wir endlich ankamen – ein Himmel wie aus Feuer. Wir waren müde und schwiegen, und der erste Laut, der mir entgegenwehte, war der Klang einer Geige.

Jetzt wird alles gut, dachte ich, und mir stand mein Großvater vor Augen, der ja so gerne ein Geiger geworden wäre, als würde er uns in Empfang nehmen.

Später, als ich von diesem ersten Moment einmal erzählte, lachte meine Schwester Paula mich aus. In Hunteburg habe im Sommer 1945 bestimmt kein Mensch Geige spielen können. Das Erste, was sie in Hunteburg gehört habe, sei ein schrecklich wütendes Hundegebell gewesen, und da schon habe sie gewusst, dass man Flüchtlinge im Dorf nicht habe aufnehmen wollen.

Meine Mutter steuerte auf ein Haus zu, das ein wenig abseits lag, ein grau verputztes Gebäude mit einem roten Dach aus Ziegeln, das unter dem roten Himmel gleichfalls rot leuchtete. Sie klopfte an, und dann wurde die Tür geöffnet. Eine Frau stand auf der Schwelle, die meiner Mutter wie ein Zwilling ähnlich sah. Agnes Wessel, meine Tante, hatte uns die Tür geöffnet. Herrmann stürmte sofort an ihr vorbei. Er hatte als Erster mitbekommen, dass meine Tante und ihre Familie soeben ihr Abendbrot beendet hatten. Was da auf dem Tisch stand, hatten wir alle lange nicht gesehen: Schwarzbrot, Butter, Käse und Wurst. Mein Herz machte einen freudigen Sprung. Ich lief hinter Herrmann her, warf meinen Rucksack in eine Ecke und zwängte mich auf eine Bank. Für die anderen, die da saßen, hatte ich keinen Blick. Noch vor Herrmann griff ich nach einem Kanten Brot.

Jemand lachte: ein Junge von etwa achtzehn Jahren. »Nicht so schnell, mein Kleiner«, sagte er und bestrich mein Brot mit einer dicken Schicht Butter, bevor er auch Herrmann eines reichte. Friedrich Wessel – so hieß der junge Mann – war der zweitälteste Sohn meiner Tante.

Als ich schon zubeißen wollte, rief meine Mutter: »Anton, wir wollen zuerst beten!«

Ich hielt inne, murmelte mit in die Höhe gerichteten Augen ein hastiges Gebet und biss dann in das Brot. Noch heute erinnere ich mich an den Geschmack – die Butter glitt weich über meine Zunge, und das Brot schmeckte nach vollem würzigem Korn.

»Selim«, flüsterte ich meinem Däumling zu, »nun werden wir nie wieder Hunger haben«, und dann dachte ich einen Satz, den ich in meiner Freude auch aussprach und den ich wenig später zutiefst bereute: »Hier bei Tante Agnes will ich bleiben – hier gehe ich nie wieder weg!«

Alle Erwachsenen um mich herum lachten.

Auch meine Mutter und meine anderen Geschwister bekamen reichlich zu essen. Insgesamt saßen dann fünfzehn Personen am Tisch. Meine Tante hatte acht Kinder. Die älteste Tochter war schon fünfundzwanzig Jahre und arbeitete in Oldenburg, zwei Söhne waren im Krieg verschollen, aber alle anderen lebten unter ihrem Dach. Zudem musste sie sich um Walter kümmern, den blinden Bruder ihres Mannes.

Von den Gesprächen um mich, die sich alle um den Krieg und die Flucht drehten, bekam ich so gut wie nichts mit. Nachdem ich das vierte Brot hinuntergeschlungen hatte, kroch ich auf Friedrichs Schoß und schlief dort ein.

Als ich aufwachte, war es bereits hell. Ich lag auf dem Boden, unter mir eine dünne Decke und auf mir ein großes blaues Handtuch. Jemand schnarchte in der Nähe, es war Herrmann, erkannte ich. Alle meine Geschwister lagen auf Decken um mich herum in dem Raum, in dem wir gestern gegessen hatten. Die Wessels hatten einfach alle Möbel beiseitegeschoben, um Platz für uns zu schaffen. Nur meine Mutter war nicht da, erkannte ich mit einem raschen Blick. Paula richtete sich kurz auf und schaute mich an. Sie sah gar nicht glücklich aus. Hatte sie gestern Abend nicht genug zu essen bekommen? Doch bevor ich sie fragen konnte, legte sie sich wieder auf ihre Decke zurück und rollte sich zusammen.

Über Herrmann kroch ich aus dem Zimmer, und da hörte ich meine Mutter. Sie saß mit ihrer Schwester vor der Tür im ersten Sonnenlicht.

Würde in Hunteburg immer die Sonne scheinen?, fragte ich mich. Und wo war eigentlich die Burg? Gestern unter dem roten Himmel hatte ich nur einfache Häuser und schmale Straßen gesehen. Kein einziges Haus aber war zerstört gewesen.

Ich wollte schon zu meiner Mutter laufen, als mich etwas zurückhielt – der ernste Tonfall, in dem sie sprach.

»Für Heinrich und Franz werden wir wahrscheinlich eine Hofstelle finden«, sagte sie, »und um die Mädchen mache ich mir auch keine Sorgen. Sie sind schon sehr selbstständig und können zu

Pienings gehen. Die haben noch Platz. Vor allem aber muss ich mich um Herrmann kümmern. Wenn ich ihn nicht im Auge habe, macht er nur Dummheiten, oder er schreit den ganzen Tag nach mir.«

Mein Herz stockte. Was redete meine Mutter da? Teilte sie unsere Familie auf?

»Und was soll mit Anton werden?«, fragte meine Tante.

Meine Mutter seufzte. »Ja, eigentlich müsste ich ihn mitnehmen – er ist mit Abstand der Kleinste«, erwiderte sie, »aber er hat doch gesagt, dass er bei euch bleiben will. Vielleicht kann ich ihn ja nachholen, wenn ich im Dorf etwas Größeres gefunden habe.«

Ich spürte, wie mir Tränen in die Augen liefen. Meine Mutter wollte mich zurücklassen. »Selim«, schrie ich stumm, »hast du das gehört?«

Selim nickte. In diesem Moment war er ganz nah bei mir, ich spürte seine Präsenz viel deutlicher als etwa die meiner Geschwister in dem Raum hinter mir.

Als sich eine Hand auf meine Schulter legte, war ich sicher, dass sie meinem unsichtbaren Freund gehörte, doch es war Friedrich, der sich zu mir beugte und mich anlächelte. »Na, Kleiner«, sagte er, »bleibst du jetzt ein paar Tage bei uns?« Auch er hatte die Worte meiner Mutter vernommen.

Zwei Tage später brachen tatsächlich alle auf. Ich blieb allein zurück. Nur diese zwei Tage hatte es gedauert, um alles zu arrangieren, was für unser späteres Leben entscheidend wurde. Heinrich zog zu einer Witwe auf die anderen Seite des Dümmer Sees, um ihr den Hof zu bestellen. Franz wollte Schmied werden – er fand mit Hilfe meiner Tante eine Lehrstelle. Meine Schwestern kamen zu Helga Piening, einer anderen Tante, und meine Mutter bezog mit Herrmann ein winziges Zimmer im Dorf.

Ich hatte plötzlich eine neue Familie. Selim war der Einzige, der bei mir geblieben war – er und der Fuchs, der mich in Albträumen quälte. Nacht für Nacht kam er und versperrte mir mitten im Wald den Weg, und niemand rettete mich – nicht Paula, nicht Franz, nicht meine Mutter. Weinend wachte ich jedes Mal auf.

Die ersten drei Tage verbrachte ich zumeist in einem dunklen

Winkel in der Scheune. Tante Agnes redete mir gut zu, doch es half alles nichts. Erst Friedrich – »der Große«, wie er von allen genannt wurde – rettete mich.

Friedrich war der erste Mensch, den ich wirklich bewunderte. Er war im Krieg verwundet worden und hatte danach an der Küste Bunker bauen müssen. Kurz vor Kriegsende hatte er sich ein Fahrrad besorgt und war, ohne erwischt zu werden, weil er sich nur nachts auf die Straße getraut hatte, nach Hause geflohen. »Ich habe doch gewusst, dass sie mich zu Hause brauchen und dass dieser Scheißkrieg nichts für mich ist«, erzählte er mir später. Friedrich konnte alles, und er hatte stets auf alles eine Antwort. Wenn etwas repariert werden musste, reparierte er es; wenn ein Tier krank wurde, spürte er es – und er schaffte es auch, mich aus meinem Versteck zu locken.

»Komm«, sagte er, »wir müssen Metha melken, und dann gehen wir in den Tabak.«

Drei Kühe hatten die Wessels, Metha war die größte und gab die meiste Milch. Friedrich brachte mir bei, wie ich sie molk, und ließ mich hinterher eine Tasse heiße Milch trinken – und dann zeigte er mir seine neueste Idee: ein Tabakfeld – hohe, seltsam aussehende Pflanzen, wie ich sie noch nie gesehen hatte. Wie ein Urwald war dieses Feld. Man konnte sich richtig darin verirren.

»Aber warum hast du solche Pflanzen?«, fragte ich. »Tabak kann man doch gar nicht essen, oder doch?«

Friedrich strich mir über den Kopf. Er war mager; wie bei Franz fiel ihm immer eine blonde Haarsträhne in die Stirn, und wenn er lächelte, nahm sein Lächeln, weil sein Mund so groß wirkte, das ganze Gesicht ein.

»Nein«, sagte er, »Tabak kann man nicht essen, aber Tabak ist trotzdem viel wert. Wirst sehen – eine Menge Leute tun alles, um an Tabak zu kommen. Habe ich im Krieg gelernt.« Er hatte sogar die Geräte zum Herstellen von Pfeifentabak, von Zigaretten und Zigarren angeschafft. Für Pfeifentabak besaß er eine Schneidemaschine, für Zigaretten einen Zigarettendreher und für Zigarren ein Brett zum Einspannen der Zigarren und zum Zuschneiden des Deckblattes.

Nie habe ich ihn selbst eine Zigarette rauchen sehen, aber nachdem sich herumgesprochen hatte, dass man bei ihm Tabak kaufen konnte, standen bis nachts Leute vor der Tür und kauften ihm welchen ab.

Es wurde ein langer, wilder Sommer – wild, weil sich außer Friedrich, der aber viel zu tun hatte, so richtig niemand um mich kümmerte. Ich lief mal hier mit, mal dort. Nur meine Mutter besuchte ich ganz selten, weil ich es kaum aushielt, sie mit Herrmann zu sehen und zu wissen, dass ich wieder gehen und bei Tante Agnes ins Bett kriechen musste.

Die Tante war den größten Teil des Tages damit beschäftigt, Essen zu beschaffen und zu kochen. Friedrich hatte auch Zuckerrüben angebaut, aus denen meine Tante Sirup machte. Ich durfte mithelfen, musste die Rüben reinigen und sie dann kleinschneiden. Danach wurden die Rüben in einem Kessel mit wenig Wasser gekocht, bis die einzelnen Stücke ganz weich geworden waren. Anschließend wurde alles durch ein Tuch gegossen, ausgedrückt und weitergekocht, ehe der Sud dick wurde. Ein Kessel Rüben ergab einen Eimer wertvollen Sirup.

Wenn er Zeit hatte, ging Friedrich mit mir zur Hunte hinunter, einen Fluss, der so breit war, dass nicht einmal er hinüberspringen konnte. Friedrich schob einen Wurm auf den Haken und drückte mir seine selbstgebaute Angel in die Hand. Dann musste ich warten und auf den Korken achten, der auf dem Wasser tanzte. Näherte sich da ein schlanker Schatten unter der Oberfläche? Und warum schwammen die Kaulquappen so schnell? Es war faszinierend, auf das Wasser zu achten, wie sich das Licht auf den kleinen Wellen brach und welches Farbenspiel da entstand. Gleich beim ersten Mal fing ich einen Weißfisch und einen Barsch, den wir abends verspeisten. Ich war mächtig stolz, dass ich dazu beigetragen hatte, dass meine neue Familie etwas zu essen auf dem Tisch hatte.

Manchmal nahmen wir auch Walter mit, den Bruder des Bauern. Er war schon alt und ging ganz gebückt. Zu seiner Blindheit war auch eine Schwerhörigkeit gekommen. Ich musste seine Hand ergreifen und ihn zum Fluss führen. Ich mochte ihn sehr, auch weil er nach den Winteräpfeln roch, die in seinem Zimmer gelagert wurden und von denen er mir gelegentlich einen schenkte. Einmal, als wir zur Hunte gingen, drückte er meine Hand und sagte: »Wollen wir nicht tanzen, Anton?«, und dann drehten wir uns im Kreis, und er lachte und machte ganz verrückte Schritte.

Weil er jedoch wirklich nichts mehr sah, verlor er häufiger die Orientierung und wusste nicht, wann Tag oder Nacht war. Mitten in der Nacht fing er an, Holz zu hacken oder kaputte Stühle zu reparieren. Friedrich stand dann jedes Mal auf und führte ihn mit sanften, beruhigenden Worten wieder in sein Zimmer zu den Winteräpfeln zurück, und dann lag Walter da, und man hörte ihn laut beten, das Glaubensbekenntnis aufsagen oder mit Jesus reden. Jesus sei die einzige Person, die er noch sehen könne, sagte er einmal zu mir.

»Wie sieht Jesus denn aus?«, fragte ich ihn.

Walter lachte, als hätte ich ihn nach einem Geheimnis gefragt. »Jeder muss selbst herausfinden, wie Jesus aussieht«, zischte er mir zu, »aber dir verrate ich es. Jesus hat ganz lange Haare, aber einen Bart, der in den Spitzen schon grau ist, weil er so viele Sorgen hatte. Seine Augen sind blau wie Wasser und seine Hände weiß wie Engelsflügel.«

Betend, so hat Friedrich es mir später erzählt, starb Walter auch wenige Jahre später. Mitten in der Nacht war er auf den Heuschober geklettert, um Strohballen herabzuwerfen, dabei stürzte er ab und brach sich das Rückgrat.

Friedrich war auch sehr geschäftstüchtig, ganz anders als sein Vater, den ich meistens gar nicht zu Gesicht bekam, weil er bei seinem Vieh oder auf dem Feld war. Fast jeden Tag standen Menschen vor der Tür, um zu hamstern. Erst kannte ich dieses Wort gar nicht – bis Friedrich es mir erklärte. »Die Leute haben Hunger und wollen wie Hamster Vorräte für den Winter anlegen. In der Stadt gibt es so gut wie nichts zu kaufen.«

Genau besah er sich, was die Menschen ihm für ein paar Kartoffeln oder eine Wurst anboten: Silberbesteck, Porzellan, Bettwäsche, einmal sogar Ringe und eine grünlich funkelnde Brosche. Eine

Frau, die völlig abgehärmt aussah, schleppte in einem Holzkarren drei dicke Militärmäntel und einen Fallschirm heran, den Friedrich ihr für einen Eimer Kartoffeln und zwei Blutwürste abnahm. Seine Schwestern mussten dann die Fallschirmseide in Stücke schneiden, aus denen sie Blusen nähten, und aus den Mänteln wurden Hosen. Zuvor wurden sie in einen Kessel mit blauer Textilfarbe geworfen und erwärmt. Danach sahen sie nicht mehr wie Soldatenmäntel aus. Sogar mir wurde eine Hose geschneidert, die ich dann den harten Winter über nicht mehr auszog.

Meine Brüder und Schwestern sah ich fast den ganzen Sommer nicht. Einmal lief ich zu Franz in die Schmiede, damit er meine Holzschuhe mit einem Metallband reparierte, weil sie an den Haken auseinanderzufallen drohten. Nach einer halben Stunde hatte er diese Arbeit erledigt, und ich konnte wieder gehen, weil er anderes zu tun hatte.

Wenn Friedrich keine Zeit für mich hatte und ich besonders einsam war, sprach ich mit Selim, und einmal, als die Einsamkeit mir so auf die Brust drückte und ich nicht mehr schlafen konnte, stand ich auf und lief frühmorgens aus dem Haus. Erst wollte ich zu meiner Mutter rennen, aber dann dachte ich: Wenn Herrmann mich so sieht – mit Tränen in den Augen, dann wird er mich auslachen und wird es allen erzählen.

Also rannte ich weiter, zur Hunte hinunter. Selim saß auf meiner Schulter. Jedenfalls kam es mir so vor. Der kleine Gedankenkobold trieb mich an.

»Wohin willst du denn?«, fragte er, als ich das Dorf längst hinter mir gelassen hatte. Obschon die Menschen früh aufstanden, um aufs Feld zu gehen, war ich niemandem begegnet.

Plötzlich fiel mir ein, wohin ich wollte. Vielleicht hatte mein toter Großvater es mir gesagt, oder der Gedanke war mir einfach so gekommen.

»Ich will zu den Gänsen«, sagte ich zu Selim, der auf meiner Schulter saß. »Also dorthin, wo mein Großvater früher die Gänse gehütet hat und wo er zu einem Gedankenleser geworden ist.«

Ich lief so lange, bis mir die Beine schwer wurden, dann aber, als die Sonne schon hoch am Himmel stand, hatte ich den See erreicht. Er war genau so, wie ich ihn mir vorgestellt hatte. Die andere Seite konnte man noch sehen, sie war jedoch so weit entfernt, dass die Büsche und Bäume, die das jenseitige Ufer säumten, kaum zu erahnen waren. Zwei Fischerboote konnte ich auch ausmachen, die reglos mitten auf dem See standen. Sonst war niemand da. Ich legte mich unter einen hohen Baum, von dem ich mir vorstellte, dass auch mein Großvater hier schon sein Lager aufgeschlagen hatte. Ein paar Vögel sangen über mir, aber keine Gänse, nirgendwo.

Konnte man sie heranrufen? Gab es nicht einen Laut dafür? Ich konnte mich nicht erinnern, dass mein Großvater mir davon erzählt hätte.

Also versuchte ich es, indem ich sie in Gedanken rief.

Ich hatte in letzter Zeit überhaupt keine Gedanken mehr lesen können – von niemandem –, und vielleicht war ich gar kein richtiger Gedankenleser, sondern hatte es mir nur eingebildet.

Doch auf einmal kamen sie – zwei graue Gänse. Sie schwebten am tiefblauen Himmel heran, landeten auf dem Wasser und watschelten dann langsam zu mir, wobei sie mich immer im Blick behielten. Ihre Augen waren gelb, ihr Kopf ruckte vor und zurück, sie waren viel größer als die Gänse, die wir in Schönow gehabt hatten.

»Wart ihr das?«, fragte ich sie. »Habt ihr meinem Großvater das Gedankenlesen beigebracht?« Obwohl ich noch keine sechs Jahre alt war, wusste ich schon, dass es diese Gänse nicht gewesen sein konnten. Mein Großvater hatte vor mehr als zwanzig Jahren hier Gänse gehütet. So alt wurden Gänse eigentlich nicht.

Die Gänse blieben stehen, ohne den Blick zu wenden. »Großvater, Großvater«, sagten sie. »Kein Großvater, kein Großvater.« Dann krächzten sie, als wollten sie mich verspotten, und ein paar Augenblicke später watschelten sie zum Wasser zurück und flogen wieder davon.

An einem Tag der Flucht, als wir die Oder hinter uns gelassen hatten, hatte meine Mutter müde und mit leeren Augen an einem Baum gelehnt. Paula und Franz waren losgezogen, um etwas zu essen aufzutreiben. Mit einem dunklen Blick auf mich hatte meine Mutter gesagt: »Ist das ein Glück, dass wir nicht im Winter flüchten mussten, kleiner Anton? Wenn jetzt Winter wäre, würden wir erfrieren.«

An ihre Worte dachte ich mit Schrecken, als nun der Winter kam. In Schönow, in dem einzigen Winter, an den ich mich wirklich erinnern konnte, hatte Schnee gelegen, und der Dorfteich war zugefroren gewesen. Kalt war es mir zu keinem Moment vorgekommen. Doch nun wurde es kalt, so kalt, dass man seinen Atem sehen konnte, so kalt, dass einem die Hände wehtaten. Friedrich und mein Onkel begannen, sämtliche Fenster im Haus abzudichten. Auf den Fensterbänken lagen dicke Decken, und die beiden Öfen, die das Haus heizten, durften niemals ausgehen. Auch ich musste mithelfen und Torf aus der Scheune holen.

»Siehst du«, sagte Friedrich zu mir und deutete auf den sorgsam aufgeschichteten Torf, »hat sich gelohnt, dass wir im Sommer so oft ins Moor gegangen sind. Keine Angst, das wird den ganzen Winter reichen.«

In einem leerstehenden Rinderstall deckten wir die eingelagerten Kartoffeln mit Stroh ab, und bei den Hühnern stellte er einen kleinen Ofen auf, den nur er befeuern durfte, weil er Angst hatte, sonst könnte der Stall Feuer fangen.

Die Kälte ging vorüber und wurde auch nicht so arg, wie Friedrich erwartet hatte. Jeden Abend aber schloss Tante Agnes die Menschen in ihr Gebet ein, die an Hunger litten, und all die, die gestorben waren, weil sie nicht genug zu essen bekommen hatten.

»Wir hier im Dorf passen schon auf, dass wir immer genug Lebensmittel haben«, sagte Friedrich.

Ich war auch wieder zu Kräften gekommen und ein gutes Stück gewachsen. An Krätze litt ich ebenfalls nicht mehr.

Dann kam Weihnachten – und mein sechster Geburtstag. Ich war so aufgeregt, dass ich schon zwei Tage vorher nicht mehr schlafen konnte. Meine Mutter würde kommen, all meine Geschwister, und sie würden mir Geschenke bringen. Und das Christkind würde natürlich auch heimlich vor der Tür stehen.

Es war ein recht warmer regnerischer Tag. Würde meine Mutter schon zum Frühstück da sein? Nein, niemand zeigte sich. Tante Agnes aber hatte mir einen Kuchen gebacken, und Friedrich und all seine Geschwister sangen ein Lied für mich. Der blinde Walter sang am lautesten, und er war auch der Einzige, der ein Geschenk für mich hatte: Er hatte ein altes Taschenmesser aufgearbeitet und gab es mir. Mir kamen fast die Tränen. Ein großes Messer, eine Feile und ein Korkenzieher waren daran.

Weil der Tag so wolkenverhangen war, wurde es noch früher dunkel als gewöhnlich.

Am Nachmittag klopfte es an der Tür. Tante Agnes schaute mich herausfordernd an.

»Na, mach schon auf, Anton«, sagte sie sanft.

Ich nickte. Mir wurde aus einem Grund, den ich selbst nicht verstand, ein wenig bang ums Herz. Meine ganze Familie würde nun dastehen. Nur mein Vater, der irgendwo in Russland war, und mein Bruder Johannes nicht, der in Frankreich als Gefangener auf einem Hof arbeiten musste.

»Komm«, flüsterte ich Selim stumm zu.

Als ich die Tür öffnete, standen da zwei dunkle Gestalten – ein Junge und eine Frau.

Der Junge trug einen dunkelgrünen Mantel, der wohl früher einem Soldaten gehört hatte, die Frau eine Art roten Umhang.

»Wir verhungern«, sagte der Junge. »Können wir hereinkommen?«

Ich wusste nicht, was ich sagen sollte. Stumm stand ich da, mein Herz pochte laut in der Brust.

»Wer bist du überhaupt?«, fragte der Junge. »Ein Flüchtlingskind?« Er streckte die Hand vor – sie war schmutzig und an den Fingerkuppen blutig. Der Junge blickte darauf. »Ich bin mit dem Güterzug gefahren«, sagte er. »Musste dann abspringen. Na ja …«

Plötzlich stand Tante Agnes hinter mir. Sie seufzte laut auf, dann schlang sie ihre Arme um den Jungen. »Gerhard«, stammelte sie, »Gerhard, wo bist du gewesen?«

Das vorletzte ihrer Kinder war aus dem Krieg zurückgekehrt.

Gerhard hatte noch eine Frau mitgebracht, die mit ihm auf dem Güterzug gesessen hatte. Sie hieß Hilde, jedenfalls nannte sie sich so. Zwei Tage später verschwand sie früh am Morgen, nicht ohne zwei Würste und drei Dosen Tabak mitzunehmen.

Wenig später trafen auch meine Mutter und meine Geschwister ein. Sie hatten einen ganzen Korb Geschenke dabei. Meine Mutter hatte auch einen Kuchen gebacken. Jolande und Paula hatten mir Handschuhe gestrickt, und Franz hatte aus alten Holzschuhen und zwei Metallkanten Schlittschuhe gebaut.

Als ich in der Kirche in der Weihnachtsmesse neben meiner Mutter saß, fielen mir vor Müdigkeit die Augen zu, die Musik einer Orgel hüllte mich ein, dann der Gesang der Menschen um mich, doch gleichzeitig hatte ich das Gefühl, die Gedanken meiner Mutter wie aus weiter Ferne hören zu können – als wären sie ein Pfeil aus Worten, der mich traf.

»Bernhard«, sprach sie zu meinem Vater, während sie gleichzeitig ein Weihnachtslied mitsang, »kannst du nicht bald zurückkommen? Ich halte es nicht mehr aus – dieses dunkle Zimmer hinter dem Stall bei den Gehrkens, die Kälte und das Alleinsein.«

14.

Im Frühjahr, als der Winter endlich vorbei war, geschahen drei Dinge beinahe gleichzeitig, nein, eigentlich waren es sogar vier.

An einem der ersten Sonnentage überfiel mich eine solche Sehnsucht nach meinem Großvater und seinen Gänsen, dass ich ganz früh morgens wieder zum Dümmer See lief. Gänse konnte ich keine sehen, nicht einmal ein Fischerboot, dafür entdeckte ich unter dem noch kahlen Baum, von dem ich mir vorstellte, dass unter ihm schon mein Großvater gesessen hatte, zwei Schattengestalten. Sie lagen unter einer roten Decke da, die im Licht leuchtete, und wälzten sich übereinander. Zuerst glaubte ich an einen Kampf, als würden da zwei miteinander ringen, doch die Geräusche, die sie von sich gaben, passten nicht dazu. Sollte ich Hilfe holen? Oder einfach verschwinden? Ich entschied, mir das genauer anzusehen. Dann, als ein heller Sonnenstrahl sich wie ein Speer durch die Wolken senkte, sah ich, dass die beiden Gestalten nackt waren. Und noch etwas bemerkte ich, während ich näher schlich. Ich kannte eine dieser Gestalten – nicht am Gesicht, so genau konnte ich es noch nicht betrachten, sondern an der Art und Weise, wie sie ihr Haar zurückstrich. Es war der große Friedrich, und er hatte eine Frau bei sich, über die er sich legte, und die Frau sang – sie sang hell und klar seinen Namen, als wäre es ein Lied.

Ich blieb wie angewurzelt stehen, und wenn sie sich nur ein wenig umgedreht hätten, hätten die beiden mich sofort entdecken müssen.

Die Frau hatte lange pechschwarze Haare, sie wand ihre Arme um Friedrich, die rote Decke war längst zur Seite gerutscht. Wurde ihnen nicht kalt? Die Frau sang immer weiter und immer lauter. Ich hatte sie schon einmal in der Kirche gesehen, fiel mir ein. Hatte nicht die Frau von dem Mann, den alle »Brenner« nannten und der den Dorfkrug führte, so lange schwarze Haare?

Plötzlich schrie ein Vogel über mir, der mich aus der Starre riss, und ich drehte mich um und lief nach Hause.

Am Nachmittag, nachdem er die sechs Kühe gefüttert hatte, kam Friedrich zu mir und legte mir die Hand auf die Schulter. Er blinzelte mir zu. »Kleiner Anton«, sagte er leise, »du verrätst mich ja nicht, oder? So ist eben die Liebe.«

So ist eben die Liebe – ich hatte keine Ahnung, was das zu bedeuten hatte, aber ich nickte stumm.

Drei Tage später rettete Friedrich drei anderen Jungen, meinem Bruder Herrmann und mir das Leben.

Es geschah an einem der wenigen Nachmittage, an denen Herrmann es zuließ, dass wir zusammen spielten. Manchmal hatten wir gemeinsam mit Kindern aus dem Dorf Treibball gespielt – da wurden zwei Mannschaften gebildet. Man musste einen alten Tennisball so weit werfen, wie man konnte, und die gegnerische Mannschaft warf den Ball dann von genau der Stelle zurück. Weil noch keine Autos durch das Dorf fuhren, konnten wir die ganze Straße als Spielfeld benutzen. Meistens aber wollte Herrmann mich nicht dabeihaben. Ich war ihm zu klein, und vielleicht hatte er auch Angst, dass ich unserer Mutter verraten könnte, welche Geschichten er erzählte – über unsere Flucht, was da alles an Abenteuern passiert war und dass wir in Schönow einen riesigen Hof mit unzähligen Tieren besessen hatten.

An diesem Nachmittag jedoch liefen wir durch den Wald hinter dem Sägewerk. Fünf Jungen waren wir. Josef Thaler, der nur ein halbes Jahr älter war, hatte seine Schleuder dabei, vielleicht hoffte er, dass er irgendein Tier – einen Hasen oder sogar ein Reh – zu sehen bekam, auf das er anlegen konnte. Dann aber stolperte ich über etwas – eine alte Holzkiste, die jemand nicht richtig in der Erde vergraben hatte.

Herrmann lachte mich aus, als ich mühsam auf die Beine kam. Meine blaue Hose, die auch aus einer alten Uniform geschneidert worden war, von der ich annahm, dass sie Friedrich gehört hatte, war völlig verdreckt. Ich hätte ihm am liebsten eins auf die Nase gegeben, doch da hatte Josef sich bereits über die Kiste gebeugt. Ein Brett in der Abdeckung war gebrochen, die Kiste war ziemlich morsch, als hätte sie schon einige Zeit dagelegen.

Nun war auch Herrmanns Neugier geweckt. Mit Holz konnte er umgehen, darum wurde er auch später Tischler. Mit wenigen Handgriffen hatte mein Bruder zwei Bretter an der Kiste gelöst, ohne sie zu zerbrechen.

Ich sah Stroh, altes, modriges Stroh, und verstand deshalb gar nicht, warum Josef, Herrmann und die beiden anderen Jungen so tief einatmeten, als würde etwas sie erschrecken.

»Scheiße«, sagte Herrmann, »was ist das?« Er griff in das Stroh und zog etwas hervor – ein eiförmiges Metallding, das in dem Stroh gelegen hatte.

Josef nahm es ihm aus der Hand. Ich konnte es nun auch genauer anschauen sehen – das Ding war grünlich und hatte schon braune Rostflecken. Oben war ein Haken angebracht. Ich hatte so einen merkwürdigen Gegenstand noch nie gesehen.

»So etwas haben die Soldaten gehabt«, sagte Herrmann; gegen

seine Gewohnheit klang er allerdings recht zaghaft, als wäre er sich nicht ganz sicher.

»Aber warum liegt so etwas im Wald?«, fragte ein anderer Junge, der Thomas hieß und bei Josef auf dem Hof lebte. Sein Vater war in Russland gefallen, hatte er einmal erzählt, ohne dass ich sofort verstanden hatte, was das genau bedeutete.

»Vielleicht haben sie es für die Kanonen gebraucht«, sagte Josef.

Kanonen – dieses Wort hatte ich schon häufiger gehört. Genauso wie Kanonenrohr – die Panzer, die wir auf unserer Flucht gesehen hatten, hatten ein Kanonenrohr gehabt, aus dem sie mit brennenden Kugeln geschossen hatten. Das hatte Franz mir einmal erklärt. Selbst gesehen hatte ich es nie.

»Und diese Dinger haben sie abgeschossen?«, fragte ich.

Josef gab mir das Metallding. Es war ziemlich schwer und fühlte sich überhaupt nicht gut an. Irgendwie, ganz entfernt, hatte es Ähnlichkeit mit einem Gänse-Ei.

Franz, dachte ich, er hätte genau gewusst, was das für ein Ding war.

Herrmann holte aus dem modrigen Stroh ein zweites und ein drittes Metall-Ei hervor. Bald hielt jeder von uns eines in der Hand.

»Nein«, sagte Josef mit großer Entschiedenheit, »damit kann man bestimmt nicht schießen.« Er wog das grünliche ovale Metall in der offenen Handfläche, als wollte er sein Gewicht abschätzen.

Im nächsten Augenblick stürzte jemand aus dem Gebüsch. Ich erschrak so sehr, dass ich mein Ei aus Metall fallen ließ.

Friedrich schaute mich voller Sorge an. »He, Jungs«, sagte er, nachdem er auch die anderen rasch gemustert hatte, »tut mir einen Gefallen, legt diese Dinger bitte ganz vorsichtig in die Kiste zurück, ja?« Er lächelte, aber ich erkannte genau, dass seine Augen nicht lächelten, sondern uns besorgt im Blick behielten. »Du nicht, Anton«, sagte er zu mir. Er hob das grünliche Ei, das ich hatte fallen lassen, vorsichtig auf und legte es in die Kiste, dann nahm er den anderen Jungen die Metalldinger ab.

Als alle wieder in der Kiste lagen, richtete er sich auf und schaute uns an.

Was tat er hier?, fragte ich mich. War er mit der langhaarigen Frau im Wald gewesen? Ich konnte sie jedoch nirgends entdecken.

»Ihr müsst nun ein Loch graben«, sagte er. »Josef und Herrmann, ihr seid die Größten! Das Loch muss mindestens einen halben Meter tief sein.«

»Aber wir haben kein Werkzeug«, sagte Herrmann ein wenig trotzig. »Keinen Spaten, keine Schaufel.«

»Ihr habt zwei gesunde Hände«, sagte Friedrich streng. »Das reicht doch.«

Herrmann wagte nicht zu widersprechen, aber er fing auch nicht an zu graben, sondern wartete ab, dass Josef Anstalten machte, Erde beiseitezuschieben. Ich beobachtete Friedrich. Er war ruhiger geworden, nicht mehr so sehr in Sorge, seine Gedanken konnte ich allerdings nicht lesen.

Während Josef und Herrmann mit den Händen gruben und sich immer tiefer über ihr Loch beugen mussten, zwinkerte Friedrich mir zu. Ich traute mich jedoch nicht zu fragen, wo er so plötzlich hergekommen war.

Als das Loch tief genug war, hievte er die Kiste vorsichtig hinein, dann befahl er Herrmann und Josef, alles wieder mit Erde zuzuschütten, was viel schneller vonstattenging.

»Ich habe so ein Ding einmal in der Hand gehalten«, sagte Friedrich dann und setzte sich auf einen kleinen Mooshügel. »Handgranaten – wenn man sie gegen eine Mauer wirft, dann explodiert die Mauer. Echtes Teufelszeug.« Er seufzte. »Möchte wissen, wie die Dinger ausgerechnet hier in den Wald gekommen sind.« Er schaute mich an. »Und in Kinderhände …« Er verstummte. »Ihr wart alle irgendwie im Krieg, nicht wahr? Ja, jeder von uns war im Krieg. Krieg ist dreckig und grausam. Eine einzige große Scheiße!« Er spuckte aus, krempelte seine Jacke hoch und zeigte uns seinen linken Unterarm. Die Haut war gerötet und verwachsen. »Verbrannt«, sagte er. »Der Arm hat gebrannt wie eine Fackel. Hat verdammt weh getan.«

Ich musste schlucken. Ich wohnte nun schon so lange bei Tante Agnes, aber den verbrannten Arm von Friedrich hatte ich noch nie gesehen.

»Krieg ist Scheiße«, wiederholte er, dann klopfte er sich ein paar Erdklumpen von der Hose und stand auf, um zu gehen. Bevor er hinter dem ersten Gebüsch verschwand, drehte er sich noch einmal um. »Vergesst, wo die Kiste liegt, Jungs«, sagte er in einem strengen Tonfall, »und kommt ja nicht auf die Idee, sie wieder auszugraben.«

Nach Ostern stand meine Mutter plötzlich vor der Tür. Sie trug einen blauen Kittel und schaute mich forschend an. Seit ich bei Tante Agnes wohnte, war sie allenfalls drei-, viermal vorbeigekommen, wohl, weil sie Angst hatte, dass ich weinen würde, wenn sie wieder ging. Ich hatte sie in ihrer Kammer, die sie mit Herrmann auf dem Hof der Gehrkens bezogen hatte, auch nur fünfmal besucht.

»Kommst du?«, fragte sie und sprach weiter, als ich nicht reagierte: »Hat Tante Agnes dir denn nichts gesagt?«

Ich schüttelte den Kopf, und Selim, der in diesem Moment auf meiner Schulter saß, tat es mir gleich.

Meine Mutter lächelte, ihr Mund, ihre Augen – eine Regung, die ich so lange nicht mehr an ihr gesehen hatte, zum letzten Mal vermutlich in Schönow, als sie in ihrem Gemüsegarten geerntet hatte.

»Wir haben doch jetzt eine Wohnung.«

Ich verstand immer noch nicht, bis Selim stumm sagte: »Deine Mutter ist gekommen, um dich abzuholen.«

Schnell packte ich meine Sachen zusammen und spürte etwas, was mich überraschte. Ich war mir gar nicht sicher, ob ich so gerne wieder gehen wollte. Tante Agnes gab mir einen geflochtenen Korb. Da passte alle meine Kleidung hinein, und Friedrich fasste mich an den Schultern und sah mich mit ernstem Blick an. »Bist bei uns richtig gewachsen, Anton«, sagte er. »Du bist ein Guter.«

Ich nickte. Tränen sammelten sich in meinen Augen. Du bist ein Guter, hatte noch nie jemand zu mir gesagt, nicht einmal mein Großvater.

An der Hand meiner Mutter gingen wir mitten ins Dorf. Der Bürgermeister hatte ihr eine kleine Wohnung besorgt, im ersten Stockwerk eines Hauses, in dem sich auch eine Autowerkstatt – »Autohaus Meyer« – befand. Zwei Räume und eine Küche. Eine

Toilette gab es in der Wohnung nicht. Durch die Küche des Vermieters musste man in den Stall zu einem Plumpsklo gehen. Da die Autowerkstatt nicht genug Geld abwarf, hatten die Meyers etwa zwanzig Hühner, ein paar Schweine und eine Kuh, die gekalbt hatte. Daher hatten sie die Toilette zum Kälberstall umfunktioniert. Man musste höllisch aufpassen, dass das Kalb nicht hinauslief, sobald man die Tür des Klos öffnete.

Meine Mutter war so arm, dass sie mit zwei Strohsäcken, einem Oberbett und ein paar Decken eingezogen war. Mit Herrmann musste ich mir in der ersten Nacht einen Strohsack teilen. In der Küche war zwar ein Spülstein mit einem Wasserhahn; es kam aber kein Wasser, und der Abfluss war auch defekt. Wir mussten Wasser mit einem Eimer holen und das Schmutzwasser auffangen.

Kurz nach Weihnachten hatte meine Mutter zwei Gänsegössel erworben, die Herrmann äußerst widerwillig gehütet und ein wenig aufgepäppelt hatte. Für diese beiden Gänse und ein Stück Speck baute der Tischler im Dorf uns einen Schrank und zwei Betten, auf die wir unsere Strohsäcke legten. Heinrich brachte dann von seinem Hof einen alten Werkzeugschrank, der so stark von Holzwürmern befallen war, dass meine Mutter ihn jeden Tag auswischen musste.

Sie hatte sich sehr verändert, fiel mir auf. Ihre Augen waren dunkel und voller Schatten. Sie sprach kaum mit uns, und wenn doch, hatte fast alles, was sie sagte, mit Schönow zu tun. Insgeheim glaubte sie immer noch, dass sie mit unserem Vater und uns Kindern auf den Hof zurückkehren würde. Abends, wenn ich mit Herrmann auf dem harten Strohsack lag, hörte ich sie beten, nein, es waren eher Klagelieder, die sie vor sich hin murmelte.

»Selim«, fragte ich meinen unsichtbaren Freund, »was kann ich tun, damit es meiner Mutter besser geht?«

»Weißt du denn, was sie denkt?«, fragte mein koboldhafter Freund.

»Nein«, sagte ich, »ihre Gedanken sind wie hinter einem schwarzen Vorhang verborgen.«

Die erste Nacht auf dem Strohsack neben Herrmann war so unbequem, dass ich kaum schlafen konnte. Das Frühstück bestand aus Brot und ein wenig Schmalz, doch es hatte sich herumgesprochen, dass meine Mutter nun eine Wohnung hatte. Mein Vetter, der wie mein ältester Bruder ebenfalls Heinrich hieß, brachte uns ein Oberbett aus Gänsefedern, das jedoch so schwer war, dass ich in der nächsten Nacht Albträume bekam. Da stand ich wieder allein mit dem Fuchs mitten im Wald und fürchtete mich zu Tode.

Auch ein alter Ofen wurde uns gebracht, ein Herd mit einer Feuerstelle und einem Backofen und ein Topf mit zwei Löchern, den man jedoch beim Klempner zwei Häuser weiter reparieren lassen konnte. Der Lehrling verstand sich darauf und verdiente sich mit solchen Arbeiten ein Taschengeld.

Ich versuchte, meine Mutter aufzuheitern – sie war viel schweigsamer und missmutiger als Tante Agnes. Die Armut machte ihr zu schaffen, das Gefühl, dass man ihr Almosen bringen musste, damit wir nicht verhungerten. Ich pflückte ihr einmal Blumen, obschon Herrmann mich deswegen auslachte, und meine Mutter wollte vor allem wissen, ob ich sie irgendwo gestohlen hätte. Als ich sie anlog und sagte, ich hätte sie am Wegesrand gesehen, war sie beruhigt, doch ich sah ihr an, dass sie mir nicht glaubte.

Nicht einmal sonntags in der Kirche hellte sich ihre Stimmung auf. Um ihren Mund hatten sich zwei tiefe Falten eingegraben, die früher nicht da gewesen waren, und als Herrmann, nachdem ich zwei Wochen bei ihnen gewohnt hatte, zu spät und mit einem Loch in seiner besten Hose nach Hause kam, gab sie ihm eine Ohrfeige. So etwas war nur ein einziges Mal bei Paula vorgekommen. Danach sank meine Mutter weinend auf einem Stuhl zusammen. Ich kroch an sie heran und schob meine Hand in ihre. Sie blickte auf, in ihren dunklen, braunen Augen sah ich einen hellen Punkt, von dem ich erst nicht begriff, was es war. Dann erkannte ich es: Das war ich – ich war der helle Punkt in ihren Pupillen.

»Anton«, hauchte sie, »warum sind wir auf der Welt?«

Ich nickte, weil ich sie auffordern wollte, weiterzusprechen, weil ich dachte, dass gleich ihre Antwort kommen würde, aber sie sagte nichts weiter, sondern ließ den Kopf wieder auf ihre Brust sinken.

Warum? Dieser Gedanke stieg mir unvermittelt in den Kopf.

Warum ist mein Großvater eigentlich kein Geiger geworden, wenn er es doch sein wollte?

Die Stimmung meiner Mutter besserte sich erst, als sie ein Stück Land zugewiesen bekam. Der Bürgermeister Hallmann hatte erfahren, wie arm wir waren, und ein kleines Grundstück beschafft, das er bereits gedüngt und mit Birkenzweigen markiert hatte. Dieses Gärtchen überließ er meiner Mutter, die sogleich mit der Aussaat begann. Davon verstand sie etwas. Möhren wurden ausgesät, dann Salat und Radieschen; Pflanzen, die keinen Frost vertrugen, kamen erst später an die Reihe. Alle Arten von Kohl konnte man beim Gärtner Engel kaufen.

Ich half meiner Mutter, so gut ich konnte, aber sehr oft lief ich auch den weiten Weg zum Dümmer See und suchte nach den Gänsen. Da lag ich dann unter dem Baum, von dem ich mir bei jedem Besuch sicherer war, dass mein Großvater sich hier schon ausgeruht hatte. In den Wiesen standen die Gänse; meistens beachteten sie mich nicht, aber manchmal kam eine näher, um mich zu beäugen. Ich rief ihnen Namen zu, und ich redete laut mit Selim, weil mich hier niemand hören konnte.

Almut, ich weiß nicht, ob es in meinem Leben jemals eine Zeit gegeben hat, in der ich so nahe bei mir war – ich war ein sechsjähriger Junge, der keine Angst mehr hatte, der keinen Hunger mehr litt und der dem Flug der Gänse nachschaute. Der Himmel war zumeist so voller Wolken, dass er auf meinen Kopf zu drücken schien, aber in diesen Stunden am See vermisste ich nichts, nicht meine Mutter, nicht meine Brüder, nicht einmal Paula, meine Lieblingsschwester, die ich auch kaum noch sah. Einmal hatte ich sogar das Gefühl, mein Großvater säße neben mir, in seiner grüne Joppe, mit seiner Schiffermütze, eine kalte Zigarre im Mund, und schaute mich mit zusammengekniffenen Augen an, wie er es im Garten in Schönow oft getan hatte.

An einem Tag ein paar Wochen nach Ostern schlief ich unter meinem Baum am See ein. Es war schon spät, als ich aufwachte, weil ein Vogel weit oben am Himmel einen lauten Schrei ausgestoßen hatte. So schnell ich konnte, lief ich zurück, nicht weil ich glaubte, meine

Mutter würde sich Sorgen machen – das tat sie fast nie, da sie immer meinte, ich würde am Wald hinter dem Sägewerk spielen –, sondern weil ich Angst hatte, das Abendbrot zu verpassen.

Im Dorf hielt mich ein Mann an. Er hatte braune Haare, die er streng gescheitelt trug, und ging immer in einem langen Ledermantel spazieren. Ich hatte ihn schon ein paar Mal gesehen und war ihm instinktiv immer ausgewichen.

»Bist du nicht das Flüchtlingskind?«, fragte er mit schneidender Stimme, als hätte ich etwas ausgefressen.

Ich nickte stumm und eingeschüchtert.

»Wie alt bist du denn?«, fragte der Mann streng weiter.

Ich hob meine Hand und deutete. Eine volle Hand und einen Zeigefinger dazu. Ich war sechs Jahre und fast fünf Monate alt.

»Dann müsstest du doch längst in der Schule sein!« Ich war Herrn Meister, dem Schuldirektor, in die Hände gefallen.

Niemand hatte daran gedacht, dass ich längst zur Schule hätte gehen müssen.

»Bestell deiner Mutter, dass sie morgen mit dir zur Schule kommen soll«, sprach der Schuldirektor mit seiner unangenehmen Stimme weiter. »Sonst lasse ich dich abholen.« Dann strich er mir über den Kopf, was sich aber beinahe wie ein Schlag anfühlte.

Am nächsten Tag zog meine Mutter mir meine beste Hose an und brachte mich zur Schule. Sie hatte nur »Ach ja« gesagt, als ich ihr von dem Schuldirektor erzählt hatte, als wäre diese Begegnung nicht weiter wichtig. Doch für mich war die Kindheit von einem Moment auf den anderen zu Ende. Mit Schrecken erinnerte ich mich an den Tag unserer Flucht, als ich mit Herrmann einen Tag lang in der Schule gewesen war.

Das Klassenzimmer, in das meine Mutter mich brachte, war vollkommen überfüllt; dreißig oder mehr Kinder, die mich alle anzustarren schienen – nicht sehr freundlich, wie ich fand. In den Bänken, die für zwei Kinder ausgelegt waren, saßen jeweils vier. Nur eine Bank war mit zwei Jungen und einem Mädchen besetzt. Genau dahin platzierte der Lehrer mich, ein düster dreinblickender Mann, der dem Schuldirektor ein wenig ähnelte.

Kaum hatte ich mich in die Bank gezwängt, erhielt ich einen Stoß und fiel mitten in den Gang.

Der Lehrer, der sich Oberlehrer Wipper nannte, eilte sofort mit einem langen Stock auf mich zu und ermahnte mich, still zu sitzen.

Nach der Pause hatte wir Rechnen. Jedes Kind sollte zehn Stöckchen, das es hatte mitbringen sollen, auf die Bank legen. Alle taten das, nur die Bank vor mir blieb leer. Oberlehrer Wipper schaute mich so streng an, dass ich es sofort mit der Angst zu tun bekam. Ich besaß absolut nichts, keinen Tornister, keine Tafel, keine Griffel, kein Lesebuch. Mir schwante, dass meine Aussichten überaus schlecht waren. Am nächsten Tag brachte mir zwar die Tochter des Schlachters eine Tafel mit, die einen Sprung hatte, und Josef Thaler, der auch in meiner Klasse war, schenkte mir einen Griffelkasten mit Griffeln, doch in der ersten Stunden, kaum dass der Oberlehrer die Klasse betreten hatte, passierte etwas, das mich zutiefst erschreckte.

Ich konnte die Gedanken unseres Lehrers lesen – in einer Klarheit wie nie zuvor, so laut und deutlich, als würde er sie in den Schulraum hinausschreien. August Wipper hasste uns – er hasste alle Kinder, er hasste die Schule, das Dorf, die Menschen. Für ihn waren wir jämmerliche Schwächlinge, die von den Schwächlingen abstammten, die den Krieg verloren hatten. Ja, so lauteten seine Gedanken: Ihr seid Schwächlinge, Jammerlappen, Heulsusen; ihr denkt nur daran, euch den Magen vollzuschlagen. Fallt ihr auf die Nase, wollt ihr gar nicht wieder aufstehen, oder ihr lauft zu eurer Mami.

Als Lehrer gab er sich auch keine Mühe. Manchmal ließ er ein Radio in die Klasse bringen, und dann sollten wir dem Schulfunk, den es damals schon gab, zuhören, und wenn wir ein Diktat schreiben mussten, korrigierte er lediglich zwei Hefte. Die beiden klügsten Mädchen hatten immer null Fehler; sie mussten dann die anderen Diktate durchsehen, während er die Zeitung las.

Ich hatte damals keine Ahnung, was ein Nazi war. Dieses Wort geisterte umher; meine Mutter sprach es nie aus, aber von Franz und Friedrich hatte ich es einige Male gehört. Ich wusste, dass es etwas Böses bedeutete, das noch schlimmer war als Teufel oder Satan.

Hier saß mir nun jeden Tag ein Nazi gegenüber. Erst später erfuhr ich, dass Wipper Lehrer an einer Eliteschule für Soldaten gewesen und dass er ganz früh in die NSDAP eingetreten war. Irgendwann war er nach Hunteburg zu seiner Schwester zurückgekehrt und hatte dort Unterschlupf gefunden. Er war einer der Ersten, der in einem Neubaugebiet ein Haus baute, obwohl er immer ganz allein lebte – dort, so hieß es während meiner Schulzeit, habe er einen riesigen Raum nur für seine Modelleisenbahn. Dort baue er das Deutschland nach, wie es nur in seiner Vorstellung existierte.

In der Schule versuchte ich so wenig wie möglich aufzufallen, doch bei Oberlehrer Wipper gelang es mir nicht. Er schien zu spüren, dass ich genau wusste, was er über uns dachte. Als wir einmal mit offenem Lastwagen, der eigentlich der Wehrmacht gehört hatte, in den Zoo nach Osnabrück fuhren, konnte ich den Ausflug überhaupt nicht genießen. Weil die Straßen so schlecht waren, wurden wir furchtbar durchgerüttelt, und die Stadt schien auch nur aus Ruinen zu bestehen, doch im Zoo gab es Flamingos, Affen, einen Kragenbär und sogar Löwen. Die anderen Kinder waren begeistert, aufgeregt liefen wir umher, von einem Gehege zum nächsten. Solche Tiere hatten wir noch nie gesehen. Ausgerechnet aber bei den Löwen fing ich einen Blick von Oberlehrer Wipper auf. Düster schaute er mich an, und es war wieder ganz leicht, seine Gedanken zu lesen. »Aus dir, Anton Busch, wird nie etwas Besonderes werden – dich sollte man am besten den Löwen hier zum Fraß vorwerfen. Wäre nicht schade um dich.«

15.

Auch wenn ich es immer wieder versuchte, es gelang mir nicht, meine Mutter aufzuheitern. Von meiner Schwester Jolande hatte sie sich einige Fotografien von Schönow geben lassen. Abends saß sie oft da und betrachtete die Bilder von unserem Haus, von der Dorfstraße, dem Teich und der Kirche, die die Siedler gebaut hatten. Manchmal fielen ihr auch Geschichten dazu ein. Herrmann langweilte sich dann, doch ich hörte gerne zu – von der Kirchweih, dem Besuch des Bischofs oder wie die erste Kuh gekalbt hatte.

Immerhin musste sie sich nicht mehr so viele Sorgen um meinen Vater und meinen Bruder Johannes machen. Mein Vater hatte geschrieben, er sei in Russland, die Arbeit in einem Bergwerk sei schwer, aber es gehe ihm gut. Nur seine alte Narbe aus dem Krieg mache ihm gelegentlich zu schaffen. Mein Bruder Johannes war in Frankreich in Gefangenschaft gewesen. Um aus dem Lager entlassen zu werden, hatte er sich verpflichtet, ein Jahr bei einem Gemüsebauern Hilfsarbeiten zu verrichten.

Als wir endlich richtige Matratzen besaßen, kam Paula auch gelegentlich und blieb über Nacht. Sie schlief auf einem Strohsack in der Küche. Sie war noch schweigsamer als früher und tat immer ein wenig geheimnistuerisch. Einmal, als sie sich schon frühmorgens aus der Wohnung schlich, lief ich ihr nach. Ich dachte, dass sie vielleicht einen Freund hatte, und fürchtete schon, es könnte Friedrich der Große sein, von dem Herrmann meinte, er lege alle Mädchen des Dorfes flach, ohne dass ich verstand, was genau damit gemeint war.

Doch Paula lief nicht zu den Wessels, sie ging auch nicht zu Piennings, bei denen sie immer noch wohnte, sondern hinaus auf die Felder. Bei den Pferdewiesen hatten die Gehrkens ein altes Gesindehaus, das sie nun als Scheune nutzen. Dort verschwand Paula. Ich war so neugierig, dass es mir gleichgültig war, ob sie mich erwischte, also öffnete ich die Tür der Scheune und trat ein. Draußen war ein grauer Tag, doch im Inneren war es stockdunkel. Ich erschrak vor der Dunkelheit, und dann drang eine Stimme vom Heuboden: »Wusste ich es doch, dass du dieser kleine Kerl bist, der mir hinterherläuft.«

Paula hatte eine Taschenlampe, mit der sie mir ins Gesicht leuchtete.

»Ich wollte wissen, was du machst«, sagte ich ganz naiv.

Paula lachte. »Niemand kennt mein Geheimnis, und jetzt hast ausgerechnet du es herausgefunden.« Sie bedeutete mir, die Leiter zu ihr hinaufzuklettern.

Da oben hinter zwei Heuballen lagen ein paar Decken, ein Kopfkissen und ein paar Bücher.

»Was tust du hier?«, fragte ich erstaunt.

»Hier lese ich Bücher«, antwortete Paula. »Hier habe ich meine Ruhe und …« Sie zögerte. »… manchmal schreibe ich auch etwas auf.«

Nun, dachte ich, nun war endlich der Moment gekommen, sie zu fragen, ob sie auch Gedanken lesen konnte, doch plötzlich rollten ihr zwei Tränen über die Wange.

»Gedichte«, sagte sie. »Manchmal schreibe ich Gedichte, aber jetzt muss ich alles zusammenpacken, weil …« Sie verstummte. Noch mehr Tränen liefen ihr über die Wangen.

Mir wurde ganz flau. Noch nie hatte ich meine große Schwester weinen sehen, nicht einmal auf der Flucht, als jemand unseren Pferdewagen gestohlen hatte.

»Was für Gedichte?«, fragte ich ein wenig dümmlich, als würden ihre Tränen damit zu tun haben.

»Es ist nichts, kleiner Anton«, sagte sie und versuchte zu lächeln. Im Licht der Taschenlampe sah ihr Lächeln blass und müde aus. »Es ist nur so … Die Schule ist für mich zu Ende. Ich habe es gestern Abend von unserer Mutter erfahren. Nächste Woche gehe ich nach Osnabrück in die Lehre. In einer Metzgerei.« Sie sprach die letzten Worte voller Ekel aus.

In die Lehre – ich verstand nicht sofort. War es nicht gut, wenn die Schule zu Ende war? Darüber konnte man sich doch freuen. Dann fiel mir etwas anderes ein – ein Gespräch auf der Flucht.

»Wolltest du nicht Priesterin oder Pilotin werden?«, fragte ich.

Paula beugte sich vor und strich mir über das Haar. Ich konnte ihren Geruch wahrnehmen – nach Stroh und ein wenig nach Zitrone, vielleicht weil sie ihr Haar mit einem besonderen Shampoo wusch, das sie selbst machte. Auf ihr halblanges lockiges Haar war sie immer stolz gewesen. »Ach, Anton, es spielt doch keine Rolle, was ich will. Ich kann lesen und schreiben, viel mehr nicht. Da wird man nicht Pilotin, sondern geht in eine Metzgerei. Und Priesterin …« Sie schnaubte. »Priesterinnen gibt es doch gar nicht. Das war nur eine Spinnerei.«

»Opa Piening wollte Geiger werden«, sagte ich, »und ich will es vielleicht auch werden … später.« Oder ich werde Gänsehirt, hätte ich beinahe hinzugefügt, tat es dann jedoch nicht, weil ich fürchtete, dass sie mich dann auslachen würde.

»Opa Piening war ein guter Mann«, sagte Paula, »aber ich glaube, er hat niemals im Leben eine Geige auch nur in der Hand gehalten.« Sie wischte sich über das Gesicht, obwohl da nun gar keine Tränen mehr waren. »Wenn du schon da bist«, fuhr sie mit veränderter Stimme fort, »kannst du mir auch helfen. Ich muss meine Bücher zu den Pienings bringen.«

Ich nickte. Ja, wie gerne würde ihr helfen. Aus dem Stroh holte sie noch mehr Bücher, insgesamt zwölf, die sie auf dem Heuboden versteckt hatte und die wir heimlich in ihre winzige Kammer bringen mussten. Ich konnte noch nicht so gut lesen, dass ich die Titel zu erfassen vermochte, doch bei einem Buch fragte ich meine Schwester danach, weil eine Frau mit wehenden schwarzen Haaren auf dem Umschlag abgebildet war.

»Mein Lieblingsbuch«, sagte Paula in einem schwärmerischen Tonfall, den ich an ihr nicht kannte. »Wie glücklich wäre ich, wenn ich so etwas schreiben könnte. ›Vom Winde verweht‹ – so heißt das Buch. Wenn du größer bist, musst du es unbedingt lesen.«

Zwei Tage später zog Paula mit einem Pappkoffer nach Osnabrück. Meine Mutter, Herrmann und ich brachten sie zum Bahnhof. Tränen hatte meine große Schwester keine in den Augen. Wahrscheinlich weinte sie erst später im Zug.

Almut, es ist etwas sehr Merkwürdiges geschehen. Mein Telefon hat geklingelt. Das kommt ja nicht mehr häufig vor. Manchmal ruft Herrmann an, seltener Franz oder Jolande, wenn sie sich langweilt und ihre Blindheit nicht mehr erträgt, aber schon an dem Klingeln erkannte ich, dass es sich um einen anderen Anruf handeln musste. Eine weibliche Stimme meldete sich – sie klang ganz jung und kam aus den Tiefen der Vergangenheit. Verona rief mich an – die Mutter der Klavierlehrerin, meine erste Tanzpartnerin.

»Anton«, sagte sie, »was höre ich von dir? Du willst Klavierunterricht nehmen?«

Ich brachte für einen Moment keinen Ton heraus. Ich war wieder der schüchterne Junge auf der Kirmes, der ein schlechtes Gewissen hatte, weil er sich mit einem evangelischen Mädchen eingelassen hatte.

Statt zu antworten, sagte ich etwas, das mich selbst überraschte. »Ich gehe nicht mehr in die Kirche, Verona – schon lange nicht mehr.«

Sie lachte, und ich versuchte, mir ihr Gesicht vorzustellen. Über sechzig Jahre waren wir uns nicht begegnet. Nein, ganz stimmte das nicht. Irgendwann, mit fünfundzwanzig, hatte ich gemeint, sie in Osnabrück in der Einkaufsstraße gesehen zu haben – eine elegante Frau, die ihr langes blondes Haar unter einem roten Kopftuch verbarg, als würde sie gleich in ein teures Auto steigen und davonfahren.

»Deshalb willst du Klavier spielen lernen, weil du nicht mehr zur Kirche gehst?«

»Ja«, sagte ich, »deshalb wohl auch.«

Sie schwieg, und ich dachte, dass ich nun etwas sagen müsste.

»Meine Frau ist gestorben«, sprach ich vor mich hin, und ich schreibe mein Leben auf, wollte ich hinzufügen, stattdessen sagte ich: »Ich habe immer schon davon geträumt, wenigstens ein Lied auf dem Klavier spielen zu können. Etwas ganz Einfaches.«

»Merle, meine Tochter, wird es dir bestimmt beibringen«, sagte Verona. »Und dann lade ich dich zum Kaffee ein. Ich wohne wieder in Osnabrück … seit … seit Robert tot ist.«

»Nein«, sagte ich und war erneut erstaunt über mich selbst, »nein, wir sind alte Leute. Wir trinken vorher Kaffee. So lange möchte ich nicht warten.«

Hinterher, als ich den Hörer auflegte, zitterte ich regelrecht. Almut, ich bin fast achtzig Jahre alt, aber zu was habe ich mich da verabredet? Kann man es ein Rendezvous nennen?

Nachdem Paula nach Osnabrück gegangen war, hätte ich am liebsten ihr Versteck im Gesindehaus der Gehrkens übernommen. Da hätte ich liegen und alles, was mir durch den Kopf ging, mit Selim besprechen können, doch der Weg war recht weit – wenn auch nicht weiter als zum See, um die Gänse zu treffen –, und außerdem wurden der Herbst und der Winter eisig kalt. Zum Glück hatten wir einen guten Ofen und genug Torf und Brennholz, sonst hätten wir es kaum in unserer Wohnung ausgehalten.

In diesem Winter erfroren sehr viele Menschen. Später hat man ihn den Hungerwinter von 1946/47 genannt. Über Wochen blieb es so kalt, dass einem auf der Straße die Hände abzufrieren drohten, selbst wenn man dicke Handschuhe trug. Der Teich im Dorf war zugefroren, so dass wir zum ersten Mal Schlittschuh laufen konnten. Franz, der sich gelegentlich zu uns gesellte, konnte es besonders gut – er hatte es in Schönow gelernt und beeindruckte alle Mädchen mit seinen Bewegungen auf dem Eis. Er ging noch bei dem Schmied in die Lehre, und immer, wenn bei uns etwas zu reparieren war, rief meine Mutter ihn heran. Franz kam, reparierte und ging wieder, beinahe, als wäre er ein Fremder, und bis auf die braune Haarsträhne, die ihm stets in die Stirn fiel, war auch mir nichts an ihm mehr vertraut.

Mitten in der eisigsten Nacht des Jahres klopfte es gegen sieben Uhr am Abend an der Tür. Ich hatte einen besonders guten Tag gehabt. Bei einem Diktat hatten Josef Thaler und ich es geschafft, Oberlehrer Wipper so zu täuschen, dass er uns eine Eins geben musste. Wir waren am Nachmittag zwei Tage zuvor in die Schule geschlichen und hatten das Diktatheft, das in seinem Pult lag, hervorgenommen und den letzten Text abgeschrieben. Wir hatten Glück – genau dieses Diktat kam an die Reihe. Wir mussten nur heimlich die Blätter austauschen und so tun, als schrieben wir mit. Zum ersten Mal in meinem Leben würde ich null Fehler haben.

Ich war drauf und dran, meiner Mutter davon zu erzählen – so stolz war ich. »Aber nein«, flüsterte Selim mir zu, »es wäre nicht klug, ihr etwas davon zu verraten.« Für sie wäre es eindeutig Betrug, und sie hätte mich gezwungen, zu Wipper zu gehen und alles zu gestehen.

Meine Mutter stand am Herd, als es klopfte, und Herrmann versuchte sich an Rechenaufgaben und blickte nicht einmal auf. Also musste ich öffnen.

Ein Mann stand da, direkt vor der Tür. Er trug eine Fellmütze und einen dicken Mantel. Mit düsteren Augen blickte er mich an, er war so mager, dass seine Wangenknochen hervortraten. Ich sah, dass er fror und hungrig war.

»Hallo, Herrmann«, sagte er mit heiserer Stimme.

Ich wich einen Schritt zurück. Ich war sicher, ihn noch nie zuvor gesehen zu haben.

»Anton«, flüsterte ich, »ich heiße Anton.« Für einen Moment glaubte ich, er wäre so eine Art Polizist und käme von der Schule, weil irgendjemand beobachtet hätte, wie Josef Thaler und ich das Diktatbuch aus dem Pult genommen hätten, aber dann hätte er eigentlich meinen Namen kennen müssen.

»Ach, Anton«, sagte der Mann. »Du bist groß geworden.« Er griff mit seiner rechten Hand, die in einem löchrigen Strumpf steckte, nach meinem rechten Arm, als wollte er mich an sich ziehen.

Endlich war meine Mutter neben mir, sie hielt eine Tasse in der Hand, die sie abrupt fallen ließ. »Bernhard«, hauchte sie und machte eine Geste, als wollte sie ihn umarmen, was sie dann aber nicht tat.

Ich begriff, dass mein Vater vor mir stand. Er nickte, dann nahm er mit einer schnellen Bewegung seine Fellmütze ab. Auch in dem wenigen Licht war zu erkennen, dass sein volles kurzes Haar grau geworden war. »Der Zug«, stammelte er, »ich konnte einen früheren Zug nehmen, und ich habe geschrieben, aber wahrscheinlich …« Er brach ab.

»Ja«, sagte meine Mutter, »der Brief ist noch nicht angekommen.« Erst dann umarmte sie ihn, aber ein wenig linkisch, so wie man einen Kranken umarmt, über dessen Zustand man sich nicht sicher ist. Wenig später küsste sie ihn sogar, legte zumindest ihre Lippen auf seinen schmalen Mund.

Herrmann kam nun auch, er erkannte unseren Vater sofort und rief ihm gleich zu, was alles im Dorf passiert war in den letzten Tagen, als hätte mein Vater danach gefragt.

Ich saß stumm in der Ecke, während meine Mutter einen Tee und eine heiße Suppe an den Tisch zu meinem Vater brachte. Er sprach kaum, er nickte unentwegt, zu allem, was um ihn herum geschah, und besonders erinnere ich mich daran, dass er seine Schuhe auszog, grobe schwarze Stiefel, die schon ein Loch in der Sohle hatten, und dann seine bloßen Füße zeigte – sie waren bleich, als wären sie gar nicht lebendig, sondern aus Wachs, und die Zehen waren voller Blut.

Ich musste nun mit Herrmann in einem Bett schlafen, was mir überhaupt nicht gefiel. Herrmann redete vor dem Einschlafen, und nachts wälzte er sich von einer Seite auf die andere. Er hatte auch Albträume wie ich, vielleicht hatte er in seinen Träumen auch vor einem Fuchs oder einem anderen Tier Angst, doch wenn ich ihn am Tag danach fragte, gab er es nicht zu, sondern meinte, ich würde mir das alles einbilden.

Am nächsten Tag meldete sich mein Vater beim Bürgermeister an. Als er zurückkehrte, hatte er nicht nur Lebensmittelkarten dabei, die man noch brauchte, um einkaufen zu können, sondern er hatte auch eine Arbeit zugewiesen bekommen. Er war fortan Gemeindediener. Sogar ein Fahrrad hatte man für ihn, mit dem er seine Botengänge unternahm. Da er in Hunteburg geboren war und Plattdeutsch sprach, wurde er von den Menschen im Dorf nicht als Flüchtling angesehen und wusste genau, wie er sie zu behandeln und anzusprechen hatte.

Wir waren plötzlich wieder eine richtige kleine Familie – meine Eltern, Herrmann und ich, doch mit mir konnte mein Vater am wenigsten anfangen. Tagsüber war er auf seinem Fahrrad unterwegs, und abends saß er da und starrte vor sich hin. Ich versuchte herauszufinden, was er dachte, doch seine Gedanken waren für mich ein weißer Flecken. Da war nichts, durch das ich ihm näherkommen konnte. Keine Regung auf seinem Gesicht, keine Gedankenstimme, die ich vernehmen konnte. Mein Vater schien äußerlich und innerlich stumm zu sein. Von seinem ersten neu verdienten Geld kaufte er sich ein Radio. Dann saß er da und hörte klassische Musik oder Hörspiele; was genau, schien ihm gleichgültig zu sein.

Ein Gutes hatte es jedoch, dass mein Vater zurückgekehrt war: Meine Mutter lebte ein wenig auf, und sie begann nun einzusehen, dass wir nicht mehr nach Schönow zurückkehren würden.

»Da sind die Russen«, sagte mein Vater einmal, »und die gehen da auch nicht wieder weg.«

Anders als meine Mutter hatte er in Russland seinen Glauben verloren. In der Messe sang er zwar lauthals mit, genau wie Herrmann, der alle übertönte, doch dann setzte er sich wieder und starrte vor sich hin. Die Gebete sprach er niemals mit.

In der Kirche dachte ich immer daran, dass Paula Priesterin hatte werden wollen, und verstand nicht, warum. Hatte sie die Gesänge geliebt oder die Geschichten vom Jesuskind?

In dem zweiten Gottesdienst, den wir mit unserem Vater besuchten, schlief der Messdiener ein und vergaß daher, das Messbuch zur anderen Seite des Altars zu tragen. Der Kaplan funkelte ihn böse an, mit einer abrupten Geste schloss er das Buch und warf es dem Jungen, den ich ein wenig kannte, weil wir schon zusammen Fußball gespielt hatten, so heftig an den Kopf, dass er umfiel und liegen blieb. Während mein Vater gar nicht reagierte, stürmte meine Mutter entrüstet nach vorne und half dem Jungen auf die Beine.

Hinterher erklärte sie Herrmann, dass er nun doch kein Messdiener werden dürfe. Bei diesem Kaplan nicht. Damit konnte Herrmann sich die schönen Ausflüge abschminken, die der Kaplan mit den Messdienern unternahm und die er mir, obschon er selbst noch nie dabei gewesen war, in den schönsten Farben ausgemalt hatte, wohl auch, weil ich noch nicht einmal zur Kommunion gegangen war.

16.

Meine ganze Schulzeit lang hatte ich Angst vor Wipper und – ich muss es zugeben – auch vor meinem Vater. Wippers Blick ruhte während des Unterrichts ständig düster und argwöhnisch auf mir. Er schien zu spüren, dass ich ihn durchschaute, dass ich seine ewig gleichen Gedanken kannte. Ihn kümmerte überhaupt nichts mehr; er hasste uns, er hasste die Menschen im Dorf, die den Krieg überlebt hatten und versuchten, nun wieder ein normales Leben zu führen. Flüchtlingskinder wie mich hasste er allerdings noch ein wenig mehr, als hätten wir durch unsere Flucht einen besonderen Verrat begangen. Es gab nur ein Mädchen, das er mochte: Ingrid, die großgewachsene, blonde Tochter eines Rinderzüchters. Ihr warf er beinahe zärtliche Blicke zu; sie ließ er aus dem Deutschbuch vorlesen und korrigierte sie sehr einfühlsam, wenn sie, was selten vorkam, einmal einen Fehler gemacht hatte. Ich konnte diese Ingrid überhaupt nicht leiden, sie war eingebildet, gab sich nur mit zwei anderen Mädchen ab; einen armen Flüchtlingsjungen wie mich beachtete sie überhaupt nicht. Ich glaube, ich habe in meiner ganzen Zeit in der Volksschule keine drei Sätze mit ihr geredet. Sie ging dann auch irgendwann auf das Gymnasium nach Damme. Viel später erst begriff ich, warum Wipper sie so sehr gemocht hatte. Ingrid hatte genau dem Bild entsprochen – groß, blond, gesund wirkend –, das die Nazis sich von einem deutschen Mädchen gemacht hatten.

Dass Wipper mich mit dem Rohrstock schlug, wie er es bei anderen Jungen tat, konnte ich meistens vermeiden. Obwohl ich kein guter Schüler war, machte ich meine Hausarbeiten und beherrschte die Kunst, nicht aufzufallen, und wäre Wipper nicht gewesen, hätte ich gewiss mit keinem Lehrer in meiner Schulzeit Ärger bekommen.

Dass ich vor meinem Vater Angst hatte, hatte mit seinem Schweigen zu tun und damit, dass er mir nach seiner Rückkehr immer fremd blieb. Wenn ich an Schönow dachte, hatte ich stets meine Mutter in ihrem Gemüsegarten vor Augen, wie sie mit dem großen weißen Hut auf dem Kopf säte und erntete, aber ich sah nie meinen Vater. Er hatte sich um die Felder und Tiere gekümmert und war mit Heinrich, Johannes oder Franz zusammen gewesen.

Es gab Tage, an denen mein Vater nicht mehr als fünf Worte mit mir sprach. Von morgens bis abends war er auf seinem Fahrrad in der Gemeinde unterwegs. Er trug eine Mütze und einen langen schwarzen Mantel und war schon von weitem zu erkennen, weil er seinen Oberkörper ständig ruckartig auf und ab bewegte.

Er kann nicht richtig laufen, dachte ich, er hat blutige Füße, deshalb muss er den ganzen Tag Fahrrad fahren. Und er hat keine Gedanken, darum schweigt er so viel. Dabei wusste ich schon als Siebenjähriger, dass es eigentlich unmöglich war, keine Gedanken zu haben. Ich musste immer an irgendetwas denken, an Paula, wie es ihr in ihrer Lehre ging, an Wipper, an meine Mutter, oder ich dachte an Essen – ich war immer hungrig. Hungrig lief ich durch das Dorf, hungrig stattete ich Tante Agnes einen Besuch ab, die stets ein Stück Käse oder Wurst für mich hatte, hungrig trieb ich mich an der Kirche herum, weil der Kaplan mir einmal ein Stück Schokolade geschenkt hatte, oder ich lief hungrig zum Sägewerk, wenn die Arbeiter draußen auf ihren Holzbrettern Pause machten und die Möglichkeit bestand, dass mir einer ein Wurstbrot schenkte. Doch selbst nachdem ich ein dickes Brot mit Leber- oder Blutwurst gegessen hatte, hörte der Hunger nicht auf. Es schien, als würde er wie ein geheimes Tier für immer in mir wüten und ließe sich niemals stillen. Erst viel später, in den Monaten in der Lungenheilanstalt, begann dieses Tier endlich von mir zu lassen.

Als ich den Toten im Wald fand, den ersten nach der Flucht, lief ich auch nicht zu meinem Vater, obschon ich wusste, dass er zu Hause war, weil er mit meiner Mutter versuchte, ein Geschäft aufzuziehen. Sie hatten beschlossen, Seife, Öle und Sämereien zu verkaufen, die mein Vater auf seinen Botengängen gewissermaßen nebenbei anpreisen konnte, und erhofften sich davon einen Zuverdienst, um für ein Haus zu sparen.

Der Tote hing an einem Baum auf einer von Birken umgrenzten Lichtung. Er drehte sich ein wenig im Wind, als wäre er noch lebendig. Ich bemerkte erst die Schuhe, braune Lederschuhe mit einer dicken Kreppsohle. Ich war sicher, diese Schuhe schon einmal gesehen zu haben, doch erst als der Tote mir sein Gesicht zuwandte, erkannte ich ihn. Es war der Baron von Trietzen. Obwohl er mir damals uralt vorkam, war er erst ungefähr dreißig Jahre alt; er war häufig hinkend, mit Knickerbockern, einem Gehstock mit einem goldenen Knauf und ebendiesen besonderen braunen Schuhen durch das Dorf spaziert, ohne jemals mit jemandem zu sprechen. Meine Mutter hatte einmal gemeint, er sei auch ein Flüchtling, allerdings ein sehr reicher und sehr unglücklicher. Seine Frau und seine Eltern seien auf der Flucht erschossen worden, und nun wohne er mit einer Haushälterin ganz allein auf einem Gut, das viel kleiner sei als das Anwesen, das er in Ostpreußen besessen habe.

Kalt und abweisend hing der Baron da und starrte mit aufgerissenen Augen auf mich herab. Ich vergaß augenblicklich, was ich im Wald gesucht hatte – jemand hatte gemeint, da liege eine Kiste mit Munition für Leuchtraketen, die ich mir unbedingt hatte ansehen wollen –, und lief stattdessen zu Frau Thaler, Josefs Mutter. Sie lebte bei ihrer Schwester, die mit einem Herrn Westerkamp verheiratet war, in einem weißgetünchten Haus in der Nähe der Kirche. Herr Westerkamp war Viehhändler und der freundlichste Mann im Dorf. Stets hatte er ein paar Bonbons in der Tasche, die er freigiebig verteilte, und er besaß das erste Telefon, das ich in meinem Leben gesehen hatte: einen braunen Kasten aus Holz, der an einer Wand im Flur befestigt war. Man musste an einer Kurbel drehen und sich eine Hörmuschel ans Ohr halten, um etwas zu verstehen.

Herr Westerkamp saß eine Zigarre rauchend vor seinem Haus, als ich atemlos ankam und berichtete. Sofort zog er sich eine Joppe über und lief mit mir zurück.

Als wir bei dem Toten eintrafen, tat Herr Westerkamp etwas, das mich sehr überraschte. Er sank auf die Knie und begann, lauthals zu beten. »Lieber Gott, nimm diesen Toten zu dir, obschon er gesündigt hat« … So etwas in der Art. Hinterher sang er etwas in einer Sprache, die ich noch nie gehört hatte. Seltsam sperrige Laute fielen ihm aus dem Mund. Wahrscheinlich hat er auf Latein gesungen, erklärte Paula mir später, nachdem ich ihr alles geschildert hatte.

In seinem Haus rief er von dem Fernsprecher an der Wand die Polizei an. Ich begriff, dass der Apparat tatsächlich funktionierte, denn wenig später tauchte ein verbeulter Armeewagen mit zwei Männern in Uniform auf. Auch mein Vater kam mit seinem Fahrrad heran. Ich hatte keine Ahnung, wie er von dem Toten erfahren hatte. Erst beachtete er mich gar nicht, dann, während wir uns durch den Wald erneut dem Toten näherten, ergriff er meine Hand. Ein seltsames Gefühl, seine große, schwielige Pranke zu spüren.

»Hast du keine Angst vor Toten?«, fragte mein Vater, und zum ersten Mal glaubte ich, in seiner Stimme ein Wissen darum zu erahnen, dass ich manchmal Gedanken lesen konnte.

»Nein«, sagte ich, »vor den Toten habe ich keine Angst.«

Mein Vater nickte. »Gut so«, sagte er, eine Antwort, die ich nicht verstand. Er ließ meine Hand los und half den uniformierten Männern, den toten Baron aus dem Baum zu befreien.

Später hat man den Baron auf seinem Gut begraben. »Der Kaplan will ihn nicht auf dem Friedhof haben«, sagte meine Mutter. Sie war eigentlich immer freundlich, aber wenn die Sprache auf unseren Dorfpriester kam, wurde sie missmutig. »Weil er sich umgebracht hat. Dabei hatte der arme Baron ein schweres Leben – so ohne Angehörige und Freunde.«

In diesem Moment hatte ich plötzlich eine ungeheure Angst um sie, denn meine Mutter sah mich voller Ernst an, und ein Gedanke schlich ihr über die Stirn. »Anton, irgendwann wirst du auch ohne mich sein.«

Doch, hätte ich meinem Vater da beinahe zugerufen, doch ich habe Angst vor Toten, wenn Mutter und du es seid.

Im darauffolgenden Jahr begannen meine Eltern, ein Haus zu bauen. Es gab wieder richtiges Geld; auch für mich hatten sie schon den ein oder anderen Pfennig übrig, damit ich mir ein Eis kaufen konnte, was neuerdings in einer verführerisch bunten Verpackung im Lebensmittelladen angeboten wurde; außerdem hatte ich angefangen, Schrott zu sammeln und an einen Händler im Dorf zu verkaufen, und einmal, als es eine besonders große Plage gegeben hatte, hatten die Bauern uns Dorfkinder einbestellt, damit wir für zwei Mark am Tag ihre Felder von Kartoffelkäfern befreiten, die ihre gesamte Ernte zu vernichten drohten. Mit den Seifen, den Sämereien und irgendwelchem Geld für den verlorenen Hof in Schönow hatten meine Eltern genug beiseitegelegt, um die ersten Handwerker zu beschäftigen. Es wurde ein Landarbeiterhaus mit Küche, Esszimmer, Wohn-, Schlafzimmer und zwei Kinderzimmern. Dazu, abgetrennt vom Wohnbereich, ein Stall für fünf Schweine, eine Kuh und ein paar Hühner. In der Küche war ein Spülstein mit einer Schwengelpumpe, das Wasser kam aus einem Brunnen. Eine richtige Kanalisation gab es im Dorf erst viel später. Wir mussten noch jahrelang auf ein Plumpsklo im Garten gehen. Das Grundstück gehörte der Kirche, was meiner Mutter merkwürdigerweise gar nicht gefiel.

Als das Haus nach über eineinhalb Jahren fertig war, weil die Handwerker fast nur am Wochenende arbeiteten, feierte mein Vater ein Fest – das einzige, das er jemals gegeben hat, so stolz war er. Selbst meine Mutter war zufrieden. Ein Haus zu bauen lag der Familie gewissermaßen im Blut. Alle meine Geschwister bauten sich eines – nur Paula nicht. Für sie schien das keine Bedeutung zu haben, was wir anderen alle in einem Haus sahen: eine sichere Zuflucht zu haben, einen Ort, an den wir uns zurückziehen konnten.

Als wir in das Haus einzogen und Platz genug für meine Geschwister gehabt hätten, war ich der Einzige, der noch zur Schule ging. Herrmann, der bei einem Tischler eine Lehre angefangen hatte, lebte noch eine Weile bei uns. Franz hatte beim Schmied aufgehört und war nach Osnabrück gezogen, wo er im Stahlwerk arbeitete. Johannes war aus Frankreich zurückgekehrt und stach Torf im Ochsenmoor, dort hatte er sich auch ein Zimmer gemietet. Heinrich war Gehilfe auf einem Bauernhof. Paula machte ihre Lehre weiter, obschon ihr die Arbeit gar nicht gefiel, und Jolande wurde Schneiderin.

Voller Freude wollte ich mich in einem der Kinderzimmer einrichten. »Endlich können wir abends alles besprechen, was der Tag gebracht hat«, sagte ich zu Selim. »Niemand stört uns mehr.« Selim begleitete mich immer noch, er war kein bisschen älter geworden und hockte auf meiner Schulter, wenn ich ihn brauchte. Er sprach selten, aber dann sehr klug, etwa wenn er mir einen Ratschlag erteilte, wie ich mit Oberlehrer Wipper und meiner Furcht vor ihm umgehen sollte.

Doch nach einer Nacht allein in meinem Zimmer sagte meine Mutter zu mir: »Du musst ab morgen bei Herrmann schlafen, wir haben doch nicht so viel Platz. Heinrich hat eine Braut, er muss Geld sparen und zieht auch bei uns ein – er ist schließlich der älteste Sohn und wird das Haus einmal erben.«

Etliche Wochen bevor mein letztes Schuljahr zu Ende ging, nahm ich mir vor, meinen sehnlich erwarteten Abgang aus der Schule zu feiern und ein Fest zu geben. Fast jeden Pfennig, den ich mit Schrottsammeln und Hilfsarbeiten in Herrmanns Tischlerwerkstatt einnahm, legte ich dafür beiseite. Ich wusste selbst, dass ich kein guter Schüler war, sondern in allem nicht mehr als Durchschnitt. Ich konnte nicht so gut Fußball spielen wie Herrmann, der im Verein in seiner Mannschaft der Beste war und von allen für seine Tore gefeiert wurde; ich konnte nichts wirklich reparieren, wie Franz es konnte, und mit Tieren vermochte ich auch nicht gut umzugehen. Da waren Heinrich und Johannes mir weit überlegen. Richtig beten oder Gedichte aufsagen konnte ich auch nicht.

Kurz bevor ich mein Zeugnis bekam, belauschte ich abends, als ich noch einmal auf dem Außenklo gewesen war, ein Gespräch meiner Eltern.

»Was soll nur aus dem Jungen werden? Er hat keine besonderen Talente«, sagte mein Vater.

Ich begriff sofort, dass sie von mir sprachen.

»Er ist sehr aufmerksam«, erwiderte meine Mutter. Ich hörte, dass sie abwusch und mein Vater vom Küchentisch aus mit ihr sprach. »Er sieht Dinge, die andere nicht sehen.«

»Ja«, sagte mein Vater und schnaubte, wie es seine Angewohnheit war. »Neulich hat er einen Igel mitgebracht, weil er glaubte, der Igel sei krank. Und er spricht mit den Gänsen. Vor drei Tagen bin ich durch das Ochsenmoor gefahren und habe ihn gesehen. Da stand er umringt von ein paar Graugänsen und hat vor sich hin geredet.«

»Er wird seinen Weg machen«, sagte meine Mutter, und wegen der Überzeugung, die in ihrer Stimme lag, wäre ich am liebsten zu ihr hingelaufen und hätte sie umarmt.

»Früher«, sagte mein Vater und schnaubte wieder, »früher wäre einer wie er Priester geworden.«

Tatsächlich hatte ich keine Ahnung, was ich werden wollte – Priester allerdings ganz bestimmt nicht. Ich musste zwar jeden Sonntag in die Kirche gehen, aber diese blutende Holzfigur am Kreuz bereitete mir immer Unbehagen. Dass ausgerechnet sie unser Erlöser sein sollte, ging schlichtweg über meinen Horizont. Einmal war ich heimlich, als alle auf dem Schützenfest waren, mit meiner besten Hose bekleidet nach Osnabrück gefahren und hatte mir in einem Musikaliengeschäft eine Geige angeschaut. Zwei Instrumente hatten edel schimmernd auf Samtkissen im Schaufenster gelegen; so teuer und zerbrechlich hatten sie ausgesehen, dass ich mich nicht getraut hatte, in den Laden einzutreten und sie mir vorführen zu lassen, wie ich es vorgehabt hatte. Stattdessen hatte ich mir eine Schallplatte gekauft, auf der eine Geige abgebildet war: Johann Sebastian Bach, Violinkonzerte. Herrmann hatte mich ausgelacht, als ich ihn gefragt hatte, ob ich mir die Platte auf seinem Plattenspieler anhören dürfe.

Als ich immer weiter grübelte, was ich denn werden könnte, hatte Selim eine gute Idee. »Du hast doch ständig Hunger, Anton«, flüsterte er mir zu. »Warum wirst du nicht Koch? Ein Koch hat immer satt zu essen.« Doch als ich einem Berufsberater, der in die Schule kam, von diesem Plan erzählte, schüttelte er nur den Kopf. »Koch wollen in diesen Zeiten viele werden, Anton. Dafür sind deine Noten leider zu schlecht.«

An dem Tag, als ich meiner Mutter meine gesparten fünfundachtzig Mark und vierzig Pfennige für mein Fest auf den Tisch legen wollte, teilte Oberlehrer Wipper einen Zettel aus.

»Wie ihr vielleicht wisst«, sagte er mit seiner freudlosen Stimme, »werde ich am Ende des Schuljahrs in Pension gehen. Der Schuldirektor Meister gibt deshalb ein Fest für mich. Eure Eltern sind auch eingeladen – und ihr dürft auch kommen, wenn ihr euch anständig anzieht.« Spöttisch lächelnd sah er mich an, als wüsste er genau, dass ich auch ein Fest geplant hatte.

Für mich war es wie ein Schlag in den Magen. Wipper, der mich meine ganze Schulzeit lang gequält hatte, kam mir nun zuvor. Die Lust, mein Schulende zu feiern, verging mir von einem Moment auf den anderen.

Wippers Feier fand in der düsteren Eingangshalle der Schule statt, die völlig überfüllt war. Das ganze Dorf war auf den Beinen. Sogar mein Vater, der alles, was mit der Schule zu tun hatte, meiner Mutter überlassen hatte, war gekommen, ebenso Friedrich der Große, der mittlerweile in Münster Physik studierte, der Erste aus der Familie, der es so weit gebracht hatte. »Geht der alte Nazi endlich in Rente«, sagte er zu mir und lächelte spöttisch. »Am liebsten hätte ich ein paar Flugblätter mit den Sprüchen verteilt, die er so abgelassen hat, von wegen hart wie Kruppstahl und ein echter Deutscher ist mutig und weint nicht, aber meine Mutter hat es mir verboten. Ausnahmsweise höre ich auf sie.«

Meister, der Rektor, sprach über Zucht und Ordnung, Prinzipien, die auch in diesen neuen Zeiten wichtig seien und für die Wipper stets eingetreten sei. Überhaupt sei er ein Vorbild für viele Schüler gewesen.

Als der Oberlehrer an mir vorbeikam, in einem Anzug mit einem weißen Hemd – so hatte ich ihn noch nie gesehen –, zwinkerte er mir zu. »Hast dich doch durchgebissen, Anton«, zischte er. »Wärest ein guter Krieger geworden.«

Ich nickte stumm und irritiert über das Wort »Krieger«, und dann, als Schuldirektor Meister immer noch sprach, von Gehorsam und Pflicht und der Zukunft, die wie ein Tor sei, durch das man treten müsse, rannte ich hinaus und lief zu den Gänsen.

Meine Schulzeit war zu Ende. Ich würde dem schrecklichen Oberlehrer Wipper nicht mehr jeden Tag begegnen, keine Diktate mehr schreiben, keine Rechenaufgaben mehr lösen. Hätte ich da nicht glücklich sein müssen? Doch ich war es nicht. Hatte ich die richtigen Dinge gelernt? War es nicht falsch gewesen, immer still, duldsam und unauffällig zu sein?

Kaum saß ich in meiner feinen Sonntagskleidung unter meinem Lieblingsbaum am See, watschelten die ersten Gänse heran.

»Es wäre gar nicht schlecht, die Schule in Brand zu stecken«, rief ich ihnen zu, ein wenig erschreckt über mich selbst. »Damit sie eine neue, schönere Schule bauen müssen. Könnt ihr das nicht für mich besorgen?«

Fragend schauten die Gänse mich an. Ja, sie hatten recht. Wie sollten sie das anstellen? Mit Feuer kannten Gänse sich nicht aus.

»Na«, rief ich dann, »wenigstens könntet ihr losfliegen und das

Dach der Schule vollscheißen. Morgen bringe ich euch einen Sack Futter als Belohnung.«

Die Gänse verharrten einen Moment, als müssten sie nachdenken, und dann hoben sie tatsächlich ab, eine nach der anderen, gemächlich und ihrer Mission sicher, in Richtung Schule.

17.

Kurz bevor Paula starb, als man sie als unheilbar aus dem Krankenhaus entlassen hatte und sie schon keine Nahrung mehr zu sich nehmen konnte, habe ich sie besucht. Es ist mittlerweile fast siebzehn Jahre her. »Hat es sich gelohnt – das Leben?«, fragte sie mich. Sie saß im Rollstuhl, mager und ausgezehrt. Keinen Schritt konnte sie mehr tun. »Wäre nicht etwas anderes möglich gewesen?«

Ich schaute sie an. Mir fiel auf, wie ähnlich sie unserer Mutter in ihrer Krankheit geworden war – die dunklen, forschenden Augen, die tiefen Falten um Mund und Kinn, und gleichzeitig sah ich die junge, kraftstrotzende Paula vor mir, die auf der Flucht unseren Karren gezogen und mich im Wald vor dem Fuchs gerettet hatte.

»Es hat sich gelohnt«, sagte ich. »Du hast ein Geschäft gehabt, hast zwei Söhne geboren, vier Enkelkinder …«

Waren meine Worte Trost genug?

Meine Schwester nickte, gleichzeitig bemerkte ich, wie ihr zwei dicke Tränen wie kostbare helle Perlen aus den Augen tropften.

Am 1. April 1954 trat ich meine Lehre als Elektriker an. Mein Vater hatte mir diese Stelle besorgt. Auf seinen Botengängen kam er überall herum und hatte sich umgehört. Ich hatte nichts dagegen. Elektriker wurden überall gebraucht, in jedem Haus. Nur kurz, weil Paula mir einen Zeitungsausschnitt geschickt hatte, war mir die Idee gekommen, Geigenbauer zu werden, aber dazu hätte ich nach Hamburg gehen müssen, und das kam mir vor, als läge es in einer anderen Welt.

Zwei Wochen nachdem ich meine Lehre angetreten hatte, wurde meine Mutter krank. Sie klagte über Übelkeit und Magenbeschwerden. Weil der Arzt meinte, es sei eine Blinddarmentzündung, wurde sie schließlich ins Krankenhaus eingewiesen. Meine Mutter packte, gebeugt und wegen ihrer Schmerzen immer wieder innehaltend, ein paar Sachen zusammen. Ich beobachtete sie vom Küchentisch, unfähig, mich zu bewegen, während mein Vater in seinem Gemeindeblatt las, als wäre es nichts Ungewöhnliches, dass meine Mutter ins Krankenhaus musste.

Selim tauchte auf meiner Schulter auf, was eigentlich nie geschah, wenn eine andere Person im Raum war, und da wusste ich, dass etwas Schlimmes passieren würde.

Am nächsten Morgen brachte der Viehhändler Westerkamp, weil er als einer der wenigen im Dorf ein Auto besaß, meine Mutter nach Damme ins Krankenhaus.

Mit dem Fahrrad, das ich mir von dem Geld gekauft hatte, das eigentlich für mein Fest vorgesehen gewesen war, fuhr ich zu meiner Lehrstelle ins Dorf. Ich bekam fünfundzwanzig D-Mark im Monat, und es gab zwölf Tage Urlaub im Jahr. Elektro Nordhoff hatte noch drei weitere Angestellte. Mit Ingo, dem jüngsten Gesellen der Firma, sollte ich am Anfang zusammenarbeiten – auf Baustellen in der Gegend oder bei Bauern, um Elektroanlagen zu reparieren.

Als ich nachmittags zurückkehrte, war das Haus leer. Den ganzen Tag hatten meine Gedanken um meine Mutter gekreist. Seit wir wieder zusammenlebten, war es nie vorgekommen, dass sie nicht da war. Bis auf ein paar Nächte im Schullandheim und im Ferienlager der Kirche war ich nachts nie ohne sie gewesen.

Herrmann nutzte die Gelegenheit und war bis spät am Abend mit seinen Freunden unterwegs, mein Vater hatte eine Gemeindeversammlung, auf der er das Protokoll schreiben musste, was ihm immer schwerfiel, und Heinrich war nun häufig bei seiner Braut.

Allein saß ich am Küchentisch. Schatten umfingen mich, es wurde stetig dunkler. Ich versuchte, meine Gedanken zu sammeln und mich auf meine Mutter zu konzentrieren, aber es gelang mir nicht.

Selim zeigte sich auch nicht, obwohl er sonst immer kam, wenn ich ihn brauchte.

Als ich später am Abend meinen Vater fragte: »Sollen wir morgen in der Kirche eine Kerze für die Mutter anzünden?«, sah er mich nur fragend an. »Warum das denn? Kerzen entzündet man für die Gottesmutter Maria oder für die Heiligen.«

Bereits nach zwei Tagen kehrte meine Mutter zurück. Sie war um Monate gealtert und konnte sich kaum auf den Beinen halten. Man hatte sie nicht am Blinddarm operiert; sie hatte Krebs im Endstadium, obschon dieses schreckliche Wort niemand aussprach. Die Ärzte hatten die Bauchdecke lediglich geöffnet und dann wieder geschlossen. Man konnte nichts mehr für sie tun.

Den ganzen Abend saß ich an ihrem Bett. Sie lag da und lächelte, zwischendurch gepeinigt von Schmerzen. »Ich bin froh, dass du eine Lehrstelle hast, Anton«, sagte sie. »Das hatte ich mir vorgenommen, nicht eher zu sterben, bis jedes meiner Kinder versorgt ist, und du warst der Letzte.«

Ich erschrak, und dann begriff ich, dass sie gar nicht traurig war zu sterben. Der Krebs – das war die Dunkelheit in ihr, die sie nie verlassen hatte, seitdem wir hatten fliehen müssen. Diese Dunkelheit brachte sie nun um.

Ich sprach nicht davon, dass sie wieder gesund werden würde, wie Heinrich und Herrmann es taten, sondern ich schwieg, genauso wie mein Vater.

Am nächsten Tag kamen alle meine Geschwister. Jolande brachte es fertig, sich mit meinem Vater zu streiten, weil er ihr die falsche Nähmaschine beschafft hatte. Statt einer Anker-Nähmaschine wollte sie unbedingt eine Singer. Mit einer Anker könne und wolle sie nicht arbeiten.

»Vielleicht sollten wir unserer Mutter noch einmal alle Fotos von Schönow zeigen, die du mitgenommen hast«, sagte ich zu Jolande, doch davon wollte sie nichts wissen. Sie müsse die Bilder erst heraussuchen, aber im Moment habe sie keine Zeit, sie werde sich eine eigene Schneiderwerkstatt einrichten, wie ich ja möglicherweise, falls ich mich für so etwas interessiere, mitbekommen hätte.

Ich hätte mich gerne mit meiner Schwester gestritten, ich wollte ihr sagen, wie rechthaberisch und egoistisch sie mitunter war, doch dann fiel der Blick auf meine Mutter in ihrem Bett, und ich begriff, dass sie sich nichts als Ruhe wünschte.

Wie ist das Sterben?, fragte ich sie stumm. Ist es, als würde eine Kerze langsam verlöschen? Ein Zittern und Flackern? Manchmal, wenn ich schnell gelaufen war und nicht genug Luft in die Lungen bekommen hatte, war mir schwarz vor Augen geworden – war Sterben auch so? Ein Hineingleiten in Schwäche und Schwärze?

Paula kochte eine Suppe, die meine Mutter aber gar nicht mehr zu sich nehmen konnte, dann begannen meine Brüder, Karten zu spielen, weil sie sich langweilten, und wenig später gingen sie.

Die Mutter, dachten alle, würde noch ein wenig bei ihnen sein. Schließlich war sie immer da gewesen.

Mein Vater und Heinrich gingen ins Bett, und ich blieb am Küchentisch zurück. Durch die offene Tür konnte ich meine Mutter sehen. Einmal glaubte ich schon, sie sei gestorben, weil sie sich überhaupt nicht bewegt hatte.

Um Mitternacht jedoch rief sie nach mir. Ich gab ihr zu trinken, half ihr, die Tasse mit Wasser zu halten.

»Ich weiß gar nicht, ob ich in meinem Leben immer richtig gebetet habe«, sagte sie. In ihren Augen stand ein Funkeln, als würde es ihr besser gehen, als wäre ein wenig Leben in ihren geschundenen Körper zurückgekehrt. »Und was Gott genau ist, weiß ich auch nicht. Aber …« Sie setzte sich auf und lächelte matt. »Aber die Priester wissen es ebenso wenig.«

Ich nickte. Für einen Moment loderte die Hoffnung in mir auf, dass sie doch noch nicht so bald sterben würde.

»Du musst dich vor ein paar Menschen vorsehen«, sprach meine Mutter weiter. »Vor den Eiligen, die sofort immer alles wissen, vor den Satten, die nach Geld riechen, denen nichts anderes wichtig ist, und vor Leuten wie dem Kaplan, die den Leuten nach dem Mund reden und dabei immer falsche Gedanken haben.« Sie zögerte einen Moment und griff nach meiner Hand. »Ich möchte nicht, dass der Kaplan mich beerdigt. Versprichst du mir das?«

Ich nickte wieder. »Selim«, dachte ich verzweifelt, »kannst du nicht mit meiner Mutter sprechen?« Ich hatte überhaupt keine Worte mehr.

»Ein wenig Geld ist in der blauen Kaffeetasse im Küchenschrank«, sagte meine Mutter. Sie schien auch gar nicht darauf zu warten, dass ich etwas entgegnete. »Ich möchte, dass alle nach der Beerdigung eine gute Suppe bekommen. Und sie sollen nicht so viel Geld für Blumen und Kränze ausgeben.«

Rede nicht so, wollte ich sagen, es wäre doch schön, wenn wir noch einmal durch das Dorf gehen würden, bis zum Sägewerk, an dem Löschteich vorbei und zurück, nur ein paar Schritte. Ja, in diesem Augenblick hätte ich meinen linken Arm dafür gegeben, wenn so ein kleiner, scheinbar unbedeutender Spaziergang mit meiner Mutter möglich gewesen wäre.

»Und eines noch, Anton«, sagte sie. »Pass auf deinen Vater auf. Er ist nicht so klug wie du.«

Dann sank sie in die Kissen zurück und schloss die Augen. An dem abgehackten Rhythmus, in dem sie atmete, erkannte ich, dass sie Schmerzen hatte. Nicht einmal die Schmerzen hatten die Ärzte ihr nehmen können. Über dem Bett hing ein Holzkreuz mit einer Jesusfigur. Ich warf den Blick darauf und bekreuzigte mich, dann ging ich zurück in die Küche.

Ich legte mich auf die Küchenbank und lauschte. Das einzig Lebendige im Haus schienen die unregelmäßigen Atemzüge meiner Mutter zu sein.

Vier Stunden später wachte ich auf. Die Küchenuhr zeigte in dem wenigen Licht, das von draußen hereinfiel, vier Uhr sechsundzwanzig. Mein Rücken tat mir weh, weil die Küchenbank so hart und unbequem war. Warum war ich aufgewacht?

Plötzlich hörte ich eine Stimme. Meine Mutter rief. »Bernhard?« Ihre Stimme zitterte. Sie verlangte nach meinem Vater, aber der hatte sich bei Heinrich im Zimmer schlafen gelegt.

Ich stand auf und lief in das Schlafzimmer. Meine Mutter stand vor dem Bett, aufrecht, den Kopf erhoben.

Ihr geht es wieder besser! Dieser helle, freudige Gedanke schoss mir durch den Kopf, doch als ich bei ihr war, sah ich, wie alle Kraft sie mit einem Schlag verließ und sie mir in die Arme sank.

»Kleiner Anton«, hauchte sie, als sie mich erkannte.

»Ich bin da«, sagte ich zu meiner Mutter.

Ihr Kopf rollte hin und her. Da war keine Kraft mehr in ihrem Körper, nicht mehr ein Hauch von Muskelspannung.

Mit Mühe schaffte ich es, sie zurück in ihr Bett zu legen. Ihre Atmung hatte sich noch einmal verändert; kurz und abgehackt atmete sie, dann trat eine lange Pause ein, in der sie gar nicht Luft holte.

Mir war der Schweiß auf die Stirn getreten, mein Herz pochte, als würde ich mitten in der Nacht allein und voller Angst durch den Wald laufen.

Sie stirbt, sagte ein Gedanke in mir, während ein anderer rief: Nein, das kann nicht sein – sie darf nicht sterben.

Ich wollte aufspringen und meinen Vater holen, aber das wenige an Kraft, das meine Mutter noch besaß, lag in ihrer rechten Hand, die meine umfasst hielt.

Eine Weile saßen wir so da, ihre Hand in meiner. Die Zeit schien zu verschwimmen, sich ganz und gar aufzulösen und jede Bedeutung zu verlieren. Ihre Atmung setzte ein und wieder aus. Ich musste bei ihr bleiben, ich konnte niemanden zu Hilfe holen; es hätte auch niemand helfen können.

Als draußen ein erster Vogel zu singen begann, verwehte ihre Atmung endgültig, als hätte sie genau auf dieses Zeichen gewartet. Ich holte aus der Küche eine Kerze und stellte sie neben das Bett. Das Gesicht meiner Mutter sah fremd und wächsern aus; die Härte, die in den letzten Jahren in ihm gelegen hatte, hatte sich aufgelöst, ein ernster, jedoch gelassener Ausdruck lag auf ihren letzten Zügen.

Als es hell geworden war, weckte ich meinen Vater. Streng schaute er mich an, aber ohne jeden Vorwurf, dann sagte er etwas, das ich von nun an häufiger von ihm hörte: »Ist vielleicht besser so.« Er strich meiner toten Mutter über die Stirn und begann ein Kirchenlied zu singen, das ich nicht kannte. »Wir sind nur Gast auf Erden.« Er hatte eine schöne, wohltönende Stimme, und zum ersten Mal kam mir der Gedanke, dass mein fremder, ferner Vater sich vielleicht auch ein anderes Leben, als Bauer und nun Gemeindediener zu sein, hatte vorstellen können.

Im Dorf war es üblich, dass die Toten zu Hause aufgebahrt wurden, damit jeder Abschied nehmen konnte. Meine Mutter jedoch wurde ins Feuerwehrhaus in eine Abstellkammer gebracht. Heinrich wollte wohl nicht, dass zu viele Menschen zu uns kamen. Immerhin schaffte ich es, dass nicht der Kaplan die Trauerfeier abhielt, sondern ein uralter glatzköpfiger Priester, der allerdings so nuschelte, dass man ihn kaum verstehen konnte. Obendrein hatte ich einen Geiger engagiert, der am offenen Grab »Air« von Bach spielte, das Stück, das bei Beerdigungen am liebsten gespielt wurde, wie er mir versichert hatte. Zwanzig Mark musste ich für ihn bezahlen, weil er eigens aus Osnabrück gekommen war, wo er am Theater engagiert war. Doch so etwas hatte es in Hunteburg noch nie gegeben: einen schwarz gekleideten Mann mit einem Zylinder und einer wunderbar schimmernden Geige. Vor Tränen konnte Paula gar nichts mehr sehen. Als der Geiger zum Ende gekommen war, schob sie sich zu mir und flüsterte mir zu: »Das war richtig groß, kleiner Anton.«

Dann gab es noch eine Kartoffelsuppe, die meine Tante Agnes auf meine Bitte hin gekocht hatte – ganz so, wie meine Mutter es sich gewünscht hatte.

Ohne meine Mutter ging das Leben leer und trostlos weiter. Ich tat als Lehrling meine Arbeit, lernte erstaunlich schnell und hatte viel mit Ingo zu tun, der den ganzen langen Tag über Fußball redete. Er kannte jede Mannschaft, jeden Spieler und schwärmte besonders von Hannes Haferkamp, einem Spieler vom VfL Osnabrück, der bereits in die Nationalmannschaft berufen worden war und mit dem er selbst sogar schon gesprochen und angeblich ein Bier getrunken hatte. Seine Lieblingsmannschaft war jedoch Hannover 96, weil genau am Stadion Verwandte von ihm wohnten. Im Mai 1954 fuhr er mit dem Zug nach Hamburg; Hannover spielte dort gegen Kaiserslautern um die deutsche Meisterschaft. Er hatte zwar keine Eintrittskarte, dennoch schaffte er es irgendwie, ins Stadion zu gelangen. Hannover gewann 5:1, obwohl Kaiserslautern mit den Brüdern Ottmar und Fritz Walter eigentlich die viel bessere Mannschaft war, und Ingo war noch zwei Tage später betrunken.

Zusammen mit Herrmann kam Ingo auf die Idee, am ersten Sonntag im Juli 1954 den Gemeindesaal zu mieten. Sie überredeten Herrn Westerkamp, ihnen für zehn Mark seinen Fernseher zu verleihen, und als dann das Endspiel der deutschen Mannschaft gegen Ungarn im Fernsehen gezeigt wurde, liefen die beiden durch das Dorf und machten Werbung. Eine Mark Eintritt, um das wichtigste Fußballspiel aller Zeiten anzuschauen. Im Dorf hatten neben den Westerkamps nur noch zwei Familien ein Fernsehgerät, und obschon sich viele gar nicht für Fußball interessierten, war der Saal völlig überfüllt. Ingo selbst hatte eine Antenne gebaut, trotzdem flackerte das Bild immer wieder. Die Ersten begannen zu murren, und also musste sich Ingo genau neben die Antenne stellen und sie festhalten, damit das Bild in Ordnung war, aber dadurch konnte er selbst nichts mehr sehen. Er winkte mich heran. »Anton, du bist mein Lehrling, du musst die Antenne halten.«

Ich zögerte, doch Herrmann versetzte mir einen Stoß, und als Ingo auf mich zukam und das Bild schon wieder ins Flackern geriet, schritt ich, skeptisch begleitet von mehr als fünfzig Augenpaaren, nach vorne und postierte mich, die Antenne umklammert, einen Schritt hinter dem Fernseher. Ich hörte den Ton und betrachtete die aufgeregten Gesichter der über fünfzig Anwesenden – auch mein Vater saß mit stummer Miene in der zweiten Stuhlreihe, obschon er mit Sicherheit keinen einzigen Spieler kannte und sich noch nie ein Spiel angesehen hatte.

Während ich dastand, das frühe 0:1, dann das 0:2 gegen die scheinbar übermächtigen Ungarn registrierte, sah ich sie zum ersten Mal: ein Mädchen von etwa vierzehn Jahren. Sie saß neben einem glattrasierten Mann in einem grauen Anzug, ihr Vater, wie ich später erfuhr. Man musste kein besonders guter Gedankenleser sein, um mitzubekommen, was sie dachte. Sie langweilte sich, blickte abwechselnd hierhin und dorthin, doch selten auf den Bildschirm. Einmal schienen sich unsere Blicke für ein paar Sekunden zu verhaken, ihr

Mund verzog sich ein wenig, die Andeutung eines leicht spöttischen und mitfühlenden Lächelns. Das Mädchen war ziemlich hübsch, sie hatte weiße, regelrecht leuchtende Zähne, leicht nach oben geschwungene Lippen und Augen, die zu groß für ihr zartes Gesicht wirkten; ihre blonden halblangen Haare waren leicht gewellt, so als würde sie sich selbst Locken machen. Sie gefiel mir, ja, meine Blicke wurden immer wieder zu ihr hingezogen, auch wegen der stolzen, unbeteiligten Art, wie sie dasaß. Irgendwann zog sie sogar ein Buch hervor, in dem sie las, und als kurz vor Schluss, völlig überraschend, der Siegtreffer durch Helmut Rahn fiel und die anderen jubelnd hochsprangen und ihr Vater sie überschwänglich umarmte, schaute sie mich erneut an und zog die Augenbrauen in die Höhe, als wollte sie sagen: Na ja, jetzt drehen alle ein wenig durch – merkwürdig, aber nicht weiter schlimm.

Ein paar Wochen später begegnete ich diesem Mädchen wieder, nachdem mich jemand aus der Berufsschule überredet hatte, mit ihm in die Tanzschule zu gehen. Es war Verona. Sie war in Hunteburg nur zu Besuch gewesen und wohnte in einem der besseren Viertel in Osnabrück. Ihr Vater war Chefarzt im Marienhospital, und ihr Bruder war der Junge, der nach drei Stunden in der Tanzschule die Lust verloren und daher Tanzschuhe zu verschenken hatte.

Dieser eine Sonntag der Weltmeisterschaft blieb der einzige Lichtblick in diesem Sommer nach dem Tod meiner Mutter.

Jolande zog zu uns und richtete sich in einer Ecke in der Küche ihre Schneiderwerkstatt ein. Sie meinte, jeden Tag für uns kochen zu müssen. »Sonst verhungert ihr mir noch«, wiederholte sie ständig mit einem vorwurfsvollen Unterton. Niemand von uns konnte und wollte kochen, allenfalls half ihr gelegentlich mein Vater, indem er Kartoffeln oder Bohnen schälte. Wir Brüder versuchten zumeist, erst spät nach Hause zu kommen. Heinrich schob Doppelschichten im Moor, weil er im Herbst heiraten wollte, Herrmann verbrachte die Zeit mit seinen Freunden auf dem Fußballplatz, und ich zog mit Ingo herum und hörte mir seine Pläne an, die sich jede Woche änderten: Er wollte ein eigenes Elektrogeschäft eröffnen, sich ein Auto kaufen und es als Taxi benutzen, einen Imbiss am Hauptbahnhof betreiben oder nach Hamburg gehen und Seemann werden. Am Ende konnte er keinen einzigen seiner Pläne verwirklichen. Im April 1960 wurde er von einer der letzten Straßenbahnen in Osnabrück überfahren und starb noch am Unfallort. Sechs Wochen später wurde der Betrieb komplett eingestellt.

Ingo war es auch, der mich auf eine Idee brachte, auf die ich selbst nie gekommen wäre: Australien. Ich war noch keine fünfzehn Jahre alt, und doch begann ich einen großen Traum zu träumen: weggehen, auswandern, nach Australien. Dort wurden alle möglichen Handwerker gebraucht, und gegen Deutsche hatten die Australier anscheinend nichts.

Ich ließ mir aus Hamburg eine Broschüre schicken. Ein blauer Himmel, weißgelbe Strände, ein endloses Meer waren da zu sehen und die beeindruckende Silhouette von Sydney, die ich mir eine Woche lang jeden Abend fasziniert anschaute: moderne Häuser, keine Ruinen und weitläufige Straßen mit funkelnden Autos; sogar viele Kabrioletts fuhren da. Die Menschen auf den Fotos sahen auch ganz anders aus als bei uns im Dorf; nicht nur dass sie anders gekleidet waren, bunter, viel lässiger – sie wirkten freundlicher und ausgeruhter. »Kommen Sie ins Abenteuerland Australien«, stand auf einer Seite. Davon fand ich mich besonders angesprochen, und von einer Altersbeschränkung war nirgendwo die Rede – oder ich übersah sie geflissentlich.

Vielleicht würde ich erst noch meine Lehre zu Ende machen und Englisch lernen müssen.

Ganz heimlich weihte ich Paula ein, auch mit der leisen Hoffnung, dass sie vielleicht beschließen würde mitzukommen. Sie mochte ihre Arbeit nicht sonderlich – jeden Tag Berge von rohem Fleisch in die Hand nehmen zu müssen ekelte sie an, wie sie mir einmal gestanden hatte.

Ich saß in ihrer Kammer, die sich hinter der Räucherei der Metzgerei befand. Der Geruch von Sägespänen und geräuchertem Fleisch raubte mir schier den Atem.

Aufmerksam betrachtete sie die Broschüre. »Du bist viel zu jung«, sagte sie mit dem typisch skeptischen Gesichtsausdruck und ohne den Blick von den bunten Bildern zu heben. Genau wie ich war sie noch nie am Meer gewesen. »Außerdem wird dich unser Vater niemals gehen lassen.«

Aber vielleicht, wenn wir zu zweit sind, lag mir auf der Zunge zu sagen, doch als hätte sie diese Entgegnung geahnt, sprach sie weiter: »Ich kann nicht mitkommen und auf dich aufpassen. Ich glaube, ich habe mich verliebt. Er heißt Ludwig und arbeitet bei der Feuerwehr.«

Ich versuchte mir vorzustellen, was es bedeutete, wenn Paula in einen Mann verliebt war. Was genau tat sie mit ihm? Ich hatte davon keine Ahnung.

»Ich möchte nicht mein ganzes Leben hier verbringen. Das Haus ist ohne Mutter leer und …« Ich verstummte.

Paula sah mich an. »Ich weiß«, sagte sie. »Und Heinrich ist auch eine Plage, nicht wahr?«

Ich nickte. Seit er seine Verlobung mit der Tochter eines wohlhabenden Bauern bekanntgegeben hatte, führte er sich auf, als würde ihm und nicht meinem Vater das Haus gehören. Er befahl Jolande, die Küche aufzuräumen, mir drehte er das Radio aus, wenn ich für die Berufsschule lernte, und Herrmann wies er an, nicht so viele Lichter anzuschalten, wenn er abends aus der Tischlerei nach Hause kam. Mein Vater schwieg dazu und wies ihn niemals zurecht.

»Obendrein weiß ich auch nicht, ob Australien katholisch ist«, sprach Paula weiter.

Verwundert sah ich sie an. Was spielte das für eine Rolle, ob Australien katholisch war? »Irgendetwas werden die Leute da schon glauben«, sagte ich vage.

»Ludwig ist sehr katholisch«, erwiderte Paula. Dann holte sie ein Foto hervor, das sie in ihrem Portemonnaie bei sich trug und das schon ziemlich verknickt war. Es zeigte einen blonden Mann, der bereits Geheimratsecken hatte und der ernst, mit zusammengekniffenen Augen in die Kamera blickte. Ich war nicht übermäßig beeindruckt.

»Weißt du, wie er mich genannt hat?«, fragte Paula.

Ich zuckte mit den Achseln.

»Mitternachtsrose, weil wir uns kurz nach Mitternacht zum ersten Mal geküsst haben, hinten im Schlossgarten. Ludwig ist ein Romantiker.«

Ich fand das Wort »Mitternachtsrose« eher albern, und unter »Romantiker« konnte ich mir gar nichts vorstellen, auf jeden Fall keinen Feuerwehrmann, der den ganzen Tag in einer Uniform herumlief. Aber vielleicht war ich auch nur neidisch, weil ich noch nie jemanden geküsst hatte.

Zumindest besorgte Paula mir ein Englischbuch, das ich auf der Arbeit in den Pausen hervornahm, um Vokabeln zu lernen. Mit Ingo probte ich die ersten Sätze. »How do you do? My name is Anton – I am from Germany and I am very happy to be in Australia.« Zuerst hatte ich immer Austria gesagt – bis ich erkannte, dass Austria Österreich hieß.

Nach vier Wochen jedoch entdeckte Heinrich das Buch und die Broschüre unter meinem Bett. Ohne mir ein Wort darüber zu sagen, legte er es meinem Vater auf den Tisch, als wir abends beim Essen saßen.

»Ich glaube, unser kleiner Anton hat große Pläne«, erklärte er mit einem höhnischen Lächeln.

Heinrich war der Größte und Kräftigste in unserer Familie, über ein Meter neunzig, deshalb hatte er auch den Krieg und die Gefangenschaft überlebt, doch nun konnte ich nicht anders, als mich auf ihn zu stürzen. Ich versetzte ihm einen Schlag gegen die Brust, der ihn völlig überraschte. Er taumelte, und ich setzte nach und wollte ihm einen Hieb ins Gesicht verpassen, als ein harter, schneller Griff meinen Angriff regelrecht lahmlegte. Mein Vater, der noch nie die Hand gegen einen von uns erhoben hatte, drehte mir in einer schnellen Bewegung den Arm auf den Rücken. Ich war völlig perplex. Der in meinen Augen alte Mann verfügte über ungeahnte Kräfte.

»Lass das, Anton«, sagte er streng und starrte mich an.

Ich sackte zusammen, Tränen traten mir in die Augen. Wie ein Polizist, der jemanden verhaften wollte, führte mein Vater mich zu meinem Platz zurück. Heinrich lehnte am Spülbecken, als ich aufblickte. Er hatte sich das Haar zurückgestrichen und sah mich düster und abwartend an.

»Ich weiß, wie schwer es für euch alle ohne eure Mutter ist«, sagte mein Vater erstaunlich einfühlsam. »Aber so ist es nun einmal. Sie hat ein schweres Leben gehabt und hatte keinen Lebenswillen mehr. Wir müssen nun ohne sie zurechtkommen.« Er sah mich an und deutete auf die Broschüre. »Was hat das zu bedeuten, Anton?«

»Ich mache meine Lehre fertig, und dann gehe ich weg«, rief ich trotzig und mehr in Heinrichs Richtung. »Nach Australien – da braucht man mich.«

»Da braucht man dich!«, wiederholte Heinrich abfällig und schüttelte den Kopf. »Du bist nicht mal ein richtiger Elektriker, sondern …«

Mein Vater bedeutete ihm mit einer knappen, harten Geste zu schweigen. »Nein«, sagte er dann. »Du gehst nicht nach Australien, Anton. Du bist noch keine fünfzehn Jahre alt. Meine Zustimmung wirst du niemals bekommen, und volljährig wirst du erst mit einundzwanzig. Dann erst kannst du tun, was du willst.«

Ich beobachtete, wie Heinrich das Gesicht verzog – ihm gefielen die strengen Worte unseres Vaters.

»Und jetzt«, fuhr mein Vater fort, »will ich nichts mehr davon hören.« Er nahm die Broschüre und riss sie mittendurch, dann drehte er sich um und verschwand in das Wohnzimmer, wo er den ganzen Abend klassischer Musik oder einem Hörspiel lauschen würde.

Das Geräusch, wie das Papier zerriss, hallte in meinen Ohren nach – es war, als hätte mir jemand ein Stück Haut abgezogen.

Mühsam unterdrückte ich die Tränen. »Selim«, schrie ich stumm, »sie werden schon sehen, was sie davon haben. Wir hauen gemeinsam ab – bald, nächste Woche, nächsten Monat.«

Doch dazu kam es nicht.

Ludwig, Paulas erster Freund, starb, dann ging ich in die Tanzschule und traf Verona, und dann – ein wenig später – begegnete ich dir, Almut.

Teil III

18.

Oft, wenn ich am Esstisch sitze, den Blick von meinen faltigen Händen bis zu dem Kirschbaum im Garten schweifen lasse, denke ich, dass die Toten mich verfolgen. Ich könnte die Fotos von ihnen vor mich hinlegen, der Tisch wäre vollkommen bedeckt, aber ginge es nicht jedem fast Achtzigjährigen so, Almut? Dass er viele, zu viele Tote zu beklagen hat? Dein Foto würde ich in der Mitte anordnen, daneben würde ein Platz frei bleiben müssen – für Rosemarie, unser erstes Kind, das nicht leben durfte, dann das Foto von Paula, von Johannes, von unseren Eltern ... Mitunter, wenn ich an dich und die anderen Toten denke, schleicht sich mein Kinderglauben ein und beschwert mich. Wärest du noch am Leben, wäre Paula noch am Leben, wenn ich ein anderer, besserer Mensch gewesen wäre, ein Mensch, der die richtigen Gebete gesprochen hätte? Solche Gedanken sind müßig, und irgendwo, in Erinnerungen und Bildern, die mir jeden Tag durch den Kopf wehen, bist du ja noch da.

Am Samstag ist es so weit. Ich werde Verona wiedersehen. Wir haben noch einmal telefoniert und uns verabredet – in einem Kaffeehaus, wo der beste Barista der Stadt zu finden sei, so hat Verona sich ausgedrückt. Das Wort »Barista« ist mir neu. Es hat einen exotischen Klang, und darum hat es mich eingeschüchtert.

Ich bin nervös, Almut, völlig unangemessen nervös, als wäre ich ein halbwüchsiger Bursche vor seinem ersten Rendezvous. Verona wirkt am Telefon so unglaublich jung und lebendig. Alte Stimmen klingen eigentlich immer etwas heiser und schnarrend, sie nicht – als wäre die Zeit stehengeblieben. Ich weiß, dass ich eine Stunde vor meinem Kleiderschrank stehen werde, ohne jede Ahnung, was ich anziehen soll. Das war schon früher so. Auf schöne Kleidung hat in unserer Familie niemand Wert gelegt, nicht einmal Franz, der wirklich gut aussah und Geschmack hatte. Paula habe ich einmal in einem Pelzmantel gesehen, der vermutlich sündhaft teuer gewesen war und der ihr überhaupt nicht stand.

Almut, nun würde ich – wie früher, bevor du krank wurdest – deinen Rat brauchen. Was zieht ein fast achtzigjähriger Greis an, der seine Jugendliebe wiedersieht? Ach, mir zittern schon die Hände.

Wie schlecht ich angezogen war, habe ich mir selbst nie eingestanden.

Vor der Berufsschule hatte ich genauso viel Angst wie vor der Volksschule mit Oberlehrer Wipper, doch meine Versuche, nicht aufzufallen, waren zum Scheitern verurteilt. Ich wurde in die erste Reihe gesetzt, wo mich jeder im Blick hatte. Nach sechs Wochen meinte Flaßpöhler, der Klassenlehrer, zu mir, ich solle nach dem Unterricht noch bleiben. Sofort bekam ich es mit der Angst zu tun. Bestimmt wollte er mir mitteilen, dass ich nicht intelligent genug war, um Elektriker zu werden. Nordhoff, meinem Lehrherrn, war es zum Glück bisher nicht aufgefallen.

Flaßpöhler rauchte mit Zigarettenspitze, was ich bei einem Mann noch nie gesehen hatte. Zudem trug er im Unterricht stets ein kariertes Jackett und kämmte sich die Haare nach hinten. Er wartete, bis alle anderen den Klassenraum verlassen hatten. Ernst schaute er mich an, dann bedeutete er mir, mich wieder an meinen Platz zu setzen – er selbst ging zum Fenster und blickte auf den Schulhof hinaus. Zwei Lindenbäume standen da, zwei Autos und ein paar Fahrräder. Die meisten Schüler kamen mit dem Bus oder zu Fuß.

»Ich war sechs Jahre im Krieg«, sagte er. »Beschissene Zeit. Als ich zurückgekommen bin, habe ich mich mit meiner Frau gar nicht mehr verstanden …« Er wandte sich um. Wenn es um den Krieg ging, hatte ich die Erfahrung gemacht, dass es zwei Arten von Menschen gab: die einen, die kein Wort darüber verloren, und die anderen, bei denen jedes Gespräch unweigerlich mit Kriegserlebnissen endete. Ich hatte nicht gedacht, dass Flaßpöhler zu der zweiten Sorte gehörte.

Er zuckte mit den Schultern und zog an der Zigarettenspitze. »Bist du ein Flüchtling?«, fragte er.

Ich nickte.

»Wie viele Kinder seid ihr?«

»Sieben«, sagte ich. »Ich bin der Jüngste.«

»Dachte ich mir.« Flaßpöhler kehrte an sein Pult zurück. Er nahm seine abgewetzte Ledertasche und holte daraus ein Portemonnaie hervor. »Ich habe keine Kinder«, sprach er vor sich hin, »hätte aber gerne welche gehabt. Na, nun habe ich ja euch – zwanzig vorlaute Möchtegernelektriker.« Er nahm einen nagelneuen Hundert-Mark-Schein und hielt ihn mir hin. »Ich will, dass du dir ein paar neue Sachen kaufst. Dein Pullover ist voller Löcher. In der nächsten Woche hast du die neuen Sachen an, und wenn dir jemand zu Hause das Geld wegnehmen sollte, komme ich bei euch vorbei und rede mit deinem Vater.«

Ich sprang auf, glücklich und beschämt zugleich. So einen Lehrer wie Henning Flaßpöhler hatte ich noch nie erlebt. Er gab mir das Geld und legte eine Hand auf meine Schulter. »Gehe in ein gutes Geschäft und lass dich beraten, aber nicht übers Ohr hauen«, sagte er, dann machte er eine wedelnde Bewegung mit der Hand. Ich konnte gehen.

In der Nähe des Doms gab es in Osnabrück ein Bekleidungsgeschäft, dessen Schaufenster mir schon aufgefallen war. Dort kaufte ich mir eine graue Stoffhose, einen dunkelgrünen Pullover und ein weißes Hemd.

Mein Vater war sehr verwundert, als ich mit den Sachen nach Hause kam. Später zog ich sie auch an, als ich ein Foto für meinen Führerschein machen musste. Und zur ersten Tanzstunde trug ich sie ebenfalls.

Schmidt, ein Junge aus der Berufsschule, hatte mich überredet, mit ihm zur Tanzschule zu gehen. Er hatte eine Lehrstelle in Osnabrück, trug seine bereits schütteren blonden Haare mit einem Mittelscheitel, und wenn er gefragt wurde, wie er heiße, erwiderte er immer nur »Schmidt«, ohne jemals seinen Vornamen zu nennen. Vielleicht weil er Adolf heißt, dachte ich, bis ich seinen Vornamen erfuhr, den er hasste: Schmidt hieß Max-Otto. In den sechziger Jahren wurde er zu einer traurigen Berühmtheit in der Stadt. Zusammen mit seinem

Vater betrieb er einen Imbiss, der nicht sonderlich gut lief. Um ihre Kasse aufzubessern, stahlen sie nachts Leergut, das sie am Tag zurückbrachten. Als ihnen einmal aufgelauert wurde, stach sein Vater mit einem Messer zu und tötete einen Wachmann. Er musste für zwölf Jahre ins Gefängnis, Schmidt für vier Jahre.

Mit meinen neuen Sachen fühlte ich mich einigermaßen gut ausgestattet, als wir die Tanzschule betraten. Der Tanzlehrer hieß Rudolf und war über fünfzig, er ging aufrecht, mit unnatürlichen Bewegungen herum und erzählte, dass Höflichkeit und Etikette absolut notwendige Dinge im Leben seien. Ohne Höflichkeit und Etikette würde man es nicht weit bringen. Die Mädchen saßen auf der linken, die Jungen auf der rechten Seite. Dass Verona, das Mädchen, das bei der Übertragung des Endspiels dabei gewesen war, auch in meinem Kurs war, entdeckte ich nach fünf Minuten. Sie sah mich an, zeigte aber keine Regung. Also hat sie mich nicht wiedererkannt, dachte ich, doch als wir uns aufstellen sollten, eilte sie auf mich zu. Sie war es auch, die als Erste meine Hand ergriff und sich in der Position aufstellte, die der affektierte Tanzlehrer uns vorgemacht hatte.

»Ich habe die ›Musketiere‹ gelesen«, sagte Verona.

»Wie bitte?« Ich begriff nicht sogleich, was sie meinte.

Sie lächelte mich an, klug und auch ein wenig überlegen. »Hast du dich das nicht gefragt, als alle sich das Endspiel angeguckt haben? Die ›Musketiere‹, ein Roman von Dumas.«

Ich nickte, ein wenig dümmlich vermutlich. Zum Glück hatte ich mich so gedreht, dass ich mich selbst nicht in den Spiegeln sehen konnte, die im ganzen Raum an den Wänden angebracht waren.

Als die Musik aufspielte, begannen wir uns zu drehen. Es war angenehm, Verona im Arm zu halten.

»Ich habe übrigens einen Namen«, flüsterte sie mir zu. »Verona.«

Ich nickte wieder. Wir drehten uns so, wie der Tanzlehrer es uns mit einem Mädchen aus dem Kurs vorgeführt hatte. »Die ersten Grundschritte – Foxtrott«, hatte er gesagt, als würde er uns in ein Geheimnis einweihen.

Während wir uns abmühten, sah ich, wie Schmidt, der ein viel kleineres, ein wenig korpulentes Mädchen im Arm hielt, mich mit einem Blinzeln angrinste.

»Hast du auch einen Namen?«, fragte Verona in einem leicht spöttischen Tonfall, während wir die nächste Drehung absolvierten.

»Anton«, stammelte ich, »ich heiße Anton Busch.«

Einen Moment später legte sich die harte Hand des Tanzlehrers auf meine Schulter. Mit wässrigen Augen starrte er mich an, seine Nasenflügel bebten. Ich konnte den Gedanken förmlich sehen, der ihm auf der Stirn stand. »Dieser Junge ist ein Bauerntrampel.«

»So geht das nicht«, sagte er mit lauter Stimme, um die Musik zu übertönen. »Wo kommst du her? Vom Exerzierplatz? Mit diesen Schuhen machst du mir mein schönes Parkett kaputt.«

Verona war das erste Mädchen, das in meinen Träumen vorkam. Sie schaffte es sogar, den Fuchs für eine Weile zu verdrängen. Im Traum wartete sie wie der Fuchs auf einem Waldweg auf mich, sie war noch blonder als in Wirklichkeit, trug eine weiße Bluse und hielt mir stumm ihre bleichen, vollkommen sauberen Hände hin. Mir gefielen ihre Hände, besonders ihre beiden Daumen, deren Nägel eine schöne ovale Form hatten.

Dank der Schuhe ihres Bruders konnte ich den Tanzkurs weiterhin besuchen. Verona ging auf ein Mädchengymnasium und wohnte am vornehmen Westerberg. Wenn wir einmal nicht von Anfang an miteinander tanzen konnten, passten wir es so ab, dass wir spätestens beim dritten Tanz nebeneinanderstanden.

Ich begriff, dass ich ihr gefiel, ohne dass ich verstand, warum. Verona war viel klüger und welterfahrener als ich. Sie war schon in Italien gewesen, lernte Englisch und spielte Flöte und Klavier.

Nach der dritten Tanzstunde fasste ich mir ein Herz und lud sie in ein Eiscafé ein. Ich trug wieder meine neuen Sachen. In ihnen fühlte ich mich viel mutiger. Verona erzählte von ihrem Rom-Besuch und dass sie im Petersdom gewesen sei, obwohl sie ja evangelisch sei. Ich erschrak für einen Moment. Evangelisch – das waren in den Augen meiner Mutter immer die anderen, die Gottlosen gewesen. Deswegen hatten die katholischen Siedler in Schönow auch, kaum dass sie sich eingerichtet hatten, eine eigene Kirche gebaut, die schöner und größer als die evangelische hatte sein müssen.

Verona bemerkte meinen Schrecken. »Habe ich etwas Falsches gesagt?«, fragte sie.

»Nein, nein«, erwiderte ich. »Ich kenne mich nur überhaupt nicht gut aus. Ich bin noch nie in Rom oder sonst wo gewesen.« Zu Hause hatten wir nicht einmal ein Lexikon, wo ich etwas hätte nachschlagen können.

Verona griff nach meiner Hand – und das war der Moment, in dem ich mich verliebte. Kein Mädchen, das ich kannte, hätte so etwas getan. Ich sah ihre weiße kleine Hand mit dem schönen Daumennagel, der so schimmerte, als hätte sie ihn lackiert. Beinahe hätte ich ihr in diesem Moment von den Gänsen, dem Gedankenlesen und anderen Geheimnissen erzählt.

»Du bist so ehrlich, Anton«, sagte sie ernst. »Man sieht dir immer an, was du denkst. Meine Eltern sind beide Lügner. Mein Vater betrügt meine Mutter mit irgendwelchen jungen Krankenschwestern, und meine Mutter trinkt Unmengen Sekt und Cognac und versteckt dann die Flaschen. Beide halten mich für ziemlich dumm und glauben, dass ich nichts mitkriege.« Sie zupfte an ihren Haaren, als wären ihr diese Worte peinlich, dann lächelte sie. In ihren großen Augen sah ich mich selbst. Ich hatte das Gefühl, glücklich zu sein. »Vielleicht fahren wir demnächst einmal nach Paris«, sagte sie. »Das soll die schönste Stadt der Welt sein. Ich könnte meinen Vater überreden, dich mitzunehmen. Mit meinem Bruder würdest du dich bestimmt verstehen.«

Stumm nickte ich, und dabei stellte ich mir das Gesicht meines Vaters vor, wenn ich ihm vorschlug, mit einer Familie, die er nicht kannte, nach Paris zu fahren. »Was ist mit deiner Lehre, Anton?«, würde er fragen. »Wie sind deine Noten? Mach erst mal deine Ausbildung fertig und komme mir nicht mehr mit solchen Flausen.« Paula aber – sie wäre gerne nach Paris gereist.

Auf dem Weg zur Bushaltestelle, hinter dem Dom, küssten wir uns. Nein, Verona küsste mich – sie legte den Kopf ein wenig schief und beugte sich vor. Erst war ich wie erstarrt vor Überraschung. Ihre

Zunge glitt sanft über meine Lippen, dann suchte sie sich einen Weg in meinen Mund. Meine Zunge bewegte sich ohne mein Zutun, ja, mein ganzer Körper reagierte, bevor ich einen Gedanken fassen konnte. Ich zog Verona an mich, ich schloss die Augen, schmeckte ihre Lippen und roch ihr Haar.

»Du weißt nicht viel von Mädchen, nicht wahr, Anton?«, flüsterte Verona mir nach unserem ersten Kuss zu.

»Ja«, sagte ich. »Nicht viel.« Es stimmte – ich hatte zu dieser Zeit keine Ahnung, wie eine Frau schwanger wurde. Immerhin wusste ich, dass es nicht durchs Küssen geschah.

»Wahrscheinlich mag ich dich deswegen – du bist einer, der immer staunend durch die Welt geht.«

Als ihr Bus hielt, drehte sie sich in der Tür noch einmal um und winkte mir nach, eine helle, von Licht umkränzte Figur, die mein Herz schneller schlagen ließ. Den Ausdruck »auf Wolken schweben« verstand ich nun zum ersten Mal. Dass ich in Bohmte den Bus verpasste und in der Dunkelheit über zehn Kilometer nach Hause laufen musste, machte mir nichts aus. Ich hatte Zeit, Selim alles von Verona zu erzählen – sogar, dass sie evangelisch war. Aber falsch und gottlos war Verona mir nicht vorgekommen, ganz im Gegenteil.

Heinrich hatte offenbar beobachtet, dass ich erst nach Mitternacht in meinem Zimmer verschwunden war. Am nächsten Abend, während alle beim Essen saßen, sagte er wie beiläufig: »Anton, du bist übrigens in Osnabrück gesehen worden – mit einem Mädchen.«

Ich hatte keine Ahnung, woher er das wissen konnte – er ging zu seiner Arbeit ins Moor und wieder zurück. Nach Osnabrück fuhr er höchstens einmal im Monat.

»Kann sein«, erwiderte ich vage.

»Gibt es jetzt schon Elektrikerinnen?«, fragte Herrmann mit einem hämischen Grinsen. Von ihm war ich sicher, dass er schon mehrere Mädchen geküsst hatte.

»Aus dem Tanzkurs kenne ich ein paar Mädchen«, erklärte ich und spürte, dass meine Stimme ihren festen Klang verlor.

»Du bist fünfzehn – keine fünfundzwanzig«, sagte Heinrich im Tonfall eines Lehrers. »Pass bloß auf, dass nichts passiert.«

Mein Vater, der sich bisher überhaupt nicht für unser Gespräch interessiert hatte, blickte von seiner Zeitung auf. »Kein vernünftiges katholisches Mädchen tut so etwas«, sagte er. »Weder mit fünfzehn noch mit fünfundzwanzig.«

Ich begriff nicht genau, was er meinte, aber die Art, wie er »katholisch« aussprach, jagte mir einen Schauer über den Rücken.

Am liebsten hätte ich nun mit meiner Mutter geredet – in solchen Momenten fehlte sie mir am allermeisten. Auf ihrem Grab stand lediglich ein schlichtes Holzkreuz mit ihrem Namen und ihren Lebensdaten. Hier blieb sie stumm, selbst wenn ich sie laut ansprach. Einmal versuchte ich sogar bei den Gänsen, mit ihr zu reden, wie ich es mit meinem Großvater getan hatte, doch auch damit hatte ich keinen Erfolg. Meine Mutter war weggegangen, für immer verstummt und verloren.

Nicht einmal Selim konnte mir einen Rat erteilen, wie ich mit Verona umgehen konnte. Musste ich mich von ihr trennen, weil meine Familie sie niemals aufgenommen hätte? Aber was war so schlimm, wenn jemand evangelisch war? Ich wusste, dass ich die Bemerkung meines Vaters über ein katholisches Mädchen hätte ignorieren müssen, doch bei meinen nächsten Treffen mit Verona blieb ich reserviert und wortkarg. Sie spürte es und fragte, ob ich krank sei oder Sorgen hätte. Ausweichend erwiderte ich, alles sei in Ordnung, ich hätte nur viel Arbeit in der Berufsschule.

Im November kam unser Treffen auf der Kirmes. Dass ihre Eltern dabei waren, schüchterte mich so sehr ein, dass ich kaum ein Wort herausbrachte. Ihr Vater war äußerst redselig, er versuchte über Fußball mit mir zu sprechen, dass er jemand beim VfL kenne, der ihm Karten besorgen könne. Ich ging nicht darauf ein. Niemals, dachte ich, niemals könnte ich mit diesen Leuten nach Paris oder sonst wohin fahren. Ich würde mich bis auf die Knochen blamieren. Nein, ich musste mich trennen, musste irgendetwas tun, um sie von mir zu schieben … Dieser Gedanke vergiftete mich schier.

Wenig später kam der Moment, als ich Veronas Portemonnaie von ihr einforderte, um drei Tüten Zuckerwatte zu bezahlen. Ich bemerkte den vernichtenden Blick der Mutter und wäre gerne im

Erdboden versunken. Der peinlichste Moment meines Lebens, und ich hatte ihn aus Dummheit oder Hilflosigkeit selbst herbeigeführt.

Danach traf ich Verona noch zweimal in der Tanzstunde. Schließlich kam sie nicht mehr.

Zu meinem Geburtstag, mit leichter Verspätung kurz nach Weihnachten erhielt ich eine Postkarte aus Paris. Ein kurzer Glückwunsch in einer geschwungenen, überaus freundlich wirkenden Schrift. Während ich die Karte las, traten mir Tränen in die Augen. Woher hatte sie gewusst, wann ich Geburtstag hatte? Und wie war sie an meine Adresse gelangt?

19.

Warum nur war ich so töricht gewesen, Verona zu vertreiben?, fragte ich mich später. Weil mein Vater kein evangelisches Mädchen als Freundin akzeptiert hätte? Weil ich Angst vor ihrer Familie hatte? Jeden Abend dachte ich an Verona und holte ihre Postkarte hervor. Der Eiffelturm bei Nacht – hatte sie mir damit etwas sagen wollen?

Auch wenn Schmidt weitere Tanzkurse besuchte, ließ ich mich nicht mehr überreden. Die Tanzschuhe hatte ich in einer braunen Papiertüte weit unter mein Bett geschoben. Eigentlich hatte ich sie wegwerfen wollen, doch so etwas tat man in meiner Familie nicht: Dinge wegwerfen, die noch zu etwas nütze waren.

Den Abschlussball der Tanzschule hatten Schmidt und ich geschwänzt – ich, weil ich ohne Verona nicht tanzen wollte, Schmidt, weil er genug von seiner Partnerin, dem kleinen, korpulenten Mädchen, hatte. Das Geld, das ich für den Ball beiseitegelegt hatte, vertranken wir. Mein erster Rausch mit Bier und billigem Korn in einer Kneipe am Bahnhof, wo man uns nicht nach unserem Alter gefragt hatte! Hinterher schlichen wir in den Dom und zündeten jede Kerze an, die wir finden konnten – selbst die großen auf dem Altar. Als wir die Kirche verließen, war sie durch das Kerzenlicht hell erleuchtet wie für eine Weihnachtsmesse.

Mein erstes Lehrjahr ging vorüber, mein zweites kam und ging. Das dritte Lehrjahr brach an. Ohne Ehrgeiz bereitete ich mich auf die Gesellenprüfung vor.

Im Herbst 1956 heiratete Paula. Ihr allein hatte ich von Verona erzählt. Ich solle ihr einen Brief schreiben, hatte sie gemeint, und tatsächlich hatte ich ein paar Mal angesetzt, mein Verhalten auf der Kirmes zu erklären, aber dann verschwammen mir die Worte, alles, was ich zu Papier brachte, kann mir ebenfalls dumm und kleinlich vor, und als mehr als acht Monate vergangen waren, war ich mir beinahe sicher, dass Verona mich längst vergessen hatte.

Ich hatte gehofft, Paula würde mich bitten, ihr Trauzeuge zu sein. Vielleicht war ich ihr noch zu jung, sie fragte jedenfalls Jolande und nicht mich. Ich konnte Paula ansehen, wir unglücklich sie war. Sie heiratete, um ihren toten Feuerwehrmann zu vergessen, der bei einem Einsatz, Munition zu bergen, verunglückt war; aus keinem anderen Grund.

Halbherzig versuchte ich, ihr diese Hochzeit auszureden.

»Aber es geht doch nicht um Liebe«, sagte sie mit ihrem typisch skeptischen Blick.

»Nein, darum geht es nicht?«, entgegnete ich.

»Herwarth und ich machen ein Geschäft auf – das ist unsere Gemeinsamkeit. Wenn ich schon in einer Metzgerei stehen muss, dann wenigstens in meiner eigenen«, sagte Paula.

Ich wollte sie daran erinnern, was sie auf der Flucht gesagt hatte – was sie alles hatte werden wollen, doch ich begriff, dass es keinen Sinn hatte.

Auf dem Standesamt beobachtete ich, wie Paula ihren neuen Namen schrieb. Herwarth hatte ihr ungeschickt den Ring übergestreift; er war kleiner als sie, ihm fielen schon die Haare aus, doch er hatte eine laute Stimme und war es offenbar gewohnt zu befehlen. Zögernd und unsicher malte sie zwei Worte auf das Papier ihrer Heiratsurkunde. Sie hieß nun Paula Krohn. Das K sah bei ihr wie ein B aus, und das H wollte sie erst auslassen und besann sich dann eines Besseren. Zu meinem Erstaunen bemerkte ich, dass mir zwei Tränen über die Wangen rollten, die ich sofort verschämt wegwischte – als wäre Paula gestorben, als würde sie unsere Familie verlassen, nur weil sie einen anderen Namen annahm. Dann erfuhr ich auch noch, dass ihr Mann evangelisch war. Meinen Vater hatte es nicht gestört, weil Paula ihm versichert hatte, dass ihre Kinder auf jeden Fall katholisch getauft werden würden.

Ich begann zu trinken, hier und da ein Bier auf der Arbeit und hinterher vor dem Weg nach Hause noch eines oder zwei. Ich mochte Bier eigentlich gar nicht, aber es war billig, und man konnte es überall kaufen. Im Grunde wollte ich mir nur selbst vorführen, wie gleichgültig mir alles geworden war. Verona hatte ich verloren, nach Australien auswandern durfte ich nicht. Mein Vater und meine Brüder kümmerten sich fast gar nicht um mich, Jolande war wieder ausgezogen, nachdem Heinrich geheiratet hatte und Hildegunde, seine Frau, eingezogen war. Sie war auch die Einzige, die sich nach mir erkundigte, und vielleicht wäre es mit dem Trinken auch so weitergegangen, wenn ich nicht am ersten Dezembersonntag meinen Rausch ausgeschlafen hätte.

Als ich aufwachte, war es bereits hell. Ich begriff sofort, dass etwas nicht stimmte. Eine tiefe Stille hatte das Haus ergriffen. Ach ja, dachte ich, sie sind alle in der Kirche, diese braven Katholiken. Draußen wirbelten Schneeflocken im Wind. Ich war mit Ingo unterwegs gewesen, in meinem Kopf dröhnte es.

»Nein«, sagte dann eine Stimme in meinem Kopf, »es liegt eine besondere Form der Stille über dem Haus. Hör genau hin!«

Vielleicht war es auch Selim, der, ohne sich zu zeigen, was gelegentlich vorkam, mir diesen Gedanken eingeflüstert hatte.

Oder jemand anderes ließ einen Gedanken durch das Haus wehen.

Als ich aufstand, hörte ich es: ein lautes Seufzen und Stöhnen. Jolande fiel mir ein. Sie hatte manchmal schreckliche Rückenschmerzen, wenn sie zu lange an ihrer Nähmaschine gesessen hatte, aber sie hatte nun ein Zimmer in Damme und war meistens mit Herbert, ihrem Bräutigam, zusammen. Sie konnte es nicht sein.

Hildegunde war schwanger – sie war drei Wochen vor der Niederkunft. Panik erfasste mich. In der Küche war ein Stuhl umgestürzt, und dann fand ich sie. Hildegunde lag auf ihrem Ehebett. Sie wimmerte und hielt sich den Bauch. Als sie mich entdeckte, brachte sie ein schmerzerfülltes Lächeln zustande.

»Anton«, hauchte sie, »die Fruchtblase ist geplatzt … und die anderen … sind alle im Hochamt …«

Ich starrte sie an. Ich sah das Laken vor ihr; es war total durchnässt, als hätte jemand einen Eimer Wasser ausgekippt.

»Die Hebamme … soll ich die Hebamme holen?«, fragte ich.

Hildegunde nickte, dann stieß sie einen lauten Schrei aus, ihre Hände krallten sich ins Laken. »Nein!«, kreischte sie. »Nein!«

Ich wusste nicht, ob dieses Nein eine Antwort auf meine Frage war oder ob sie den Schmerz, der ihren Körper durchschüttelte, hinausschreien wollte. Doch als ich mich abwandte, um zu Köhlers, unseren Nachbarn, zu laufen, die seit neuestem ein Telefon hatten, schrie sie wieder: »Nein, bleib! Lass mich nicht allein!«

Ich verharrte in der Tür, bereit zur Flucht. Hildegunde stöhnte und wand sich. Dann richtete sie sich auf und streckte eine Hand nach mir aus.

»Du musst mir helfen, Anton«, stieß sie hervor. Ihre blonden, langen Haare, die sie für gewöhnlich zu einem Zopf gebunden trug, klebten ihr verschwitzt am Kopf.

Ich ging langsam auf sie zu. Ich trug immer noch meinen hellblauen Schlafanzug, fiel mir auf. Im nächsten Moment schrie Hildegunde, wie ich noch nie einen Menschen hatte schreien hören. Gleichzeitig griff sie nach mir.

»Halt mich fest!«, kreischte sie. Ihr Nachthemd, weiß und völlig verschwitzt, war ihr über die Knie gerutscht. Ich sah, wie ihr Unterkörper sich bewegte, hin und her, ein geheimnisvoller, furchterregender Rhythmus. Voller Angst setzte ich mich neben sie. Ich nahm ihre rechte Hand und hielt mit meiner linken ihren Kopf.

Dankbar schaute sie mich an. »Gut so«, hauchte sie. Und dann: »Ich glaube, ich muss pressen.«

Ich nickte. »Alles ist gut«, sagte ich dann zu meiner eigenen Überraschung. »Ich gehe nicht weg.«

»Danke!«, hauchte Hildegunde. Ihre rechte Hand umklammerte meine wie einen Schraubstock. Wieder schien eine Welle des Schmerzes sie zu durchfluten. Sie keuchte und stöhnte und lehnte sich gegen mich. Ich musste alle Kraft aufwenden, damit sie nicht zurücksank. Ich sah, dass nun auch ein wenig Blut an ihren Beinen entlanglief. Eine Sekunde lang machte ich mir ernsthaft Sorgen, doch dann sagte Hildegunde: »Schön, dass du da bist, Anton.« Sie schaffte es sogar, mir das Gesicht zuzuwenden. Schweiß stand auf ihrer Stirn, ihre Augen waren geweitet und blutunterlaufen, als wären da ein paar Äderchen geplatzt.

Im nächsten Augenblick erfasste sie bereits ein neuer, noch heftigerer Schmerz. Sie ließ meine Hand los und warf sich gegen mich. Ich umfasste ihren Kopf.

»O nein!«, schrie sie. »Es zerreißt mich.«

»Keine Sorge«, flüsterte ich ihr ins Ohr. »Das Kind … es kommt … es ist gleich da.« Ich hatte keine Ahnung, ob es stimmte, was ich sagte. Es sollte beruhigend klingen. Wie lange konnte so eine Geburt dauern? Stunden wahrscheinlich. Gab es nicht Frauen, die tagelang in den Wehen gelegen hatten? Eigentlich kannte ich Geburten nur aus Filmen, in denen Frauen sich in einem Bett unter dicken Daunen schreiend wälzten und Männer sich die Ärmel hochkrempelten und nach frischen Handtüchern und heißem Wasser riefen.

Ich sah mich nach einer Uhr um. Der Wecker neben Heinrichs Bett zeigte zehn Uhr dreiunddreißig. Das Hochamt dauerte gewiss weit länger als eine Stunde. Wenn der Kaplan in Fahrt war, predigte er zwanzig Minuten lang. Es würde noch eine Weile dauern, bis mein Vater und Heinrich zurückkehren würden.

Hildegunde begann wieder zu keuchen und nach Luft zu ringen. »Ich halte das nicht mehr lange aus«, flüsterte sie, doch schon kam die nächste Wehe.

Ich hielt weiterhin ihren Kopf, sie wand sich und stöhnte, und dann – weitere zehn, fünfzehn Minuten mochten verstrichen sein – sah ich es: nicht mehr als ein Schatten zwischen ihren Beinen, eine dunkle, haarige Bewegung.

Ich erschrak, und gleichzeitig erfasste mich ein Gefühl der Erleichterung. Das Kind … es kam tatsächlich.

»Gleich ist es so weit«, sagte ich leise, während ich Hildegunde weiter festhielt. »Ich kann es schon sehen.«

Sie nickte, stumm und erschöpft. Die Augen hatte sie geschlossen. Für eine lange Sekunde war alles ruhig, als würde die Zeit einen Takt lang aussetzen. Im nächsten Moment bäumte Hildegunde sich auf und stöhnte. Nun schien eine riesige Schmerzwelle sie wegzureißen. Ich umklammerte sie, stützte sie, so gut ich konnte. Um mich zu konzentrieren, schloss ich ebenfalls die Augen. Als ich sie wieder öffnete, sah ich das Kind auf dem nassen Laken. Es hatte eine gelbliche Farbe, seine Augen waren geschlossen und wirkten verklebt, als hätte jemand sie mit einer wächsernen Flüssigkeit bestrichen, die winzigen Hände hatte es zusammengekrallt.

In meinem ersten Schrecken hielt ich das Kind für tot. Es rührte sich nicht, lag nur da, dann jedoch begann es den Mund zu öffnen, langsam, wie in Zeitlupe, und ein lauter Schrei drang aus seiner Kehle.

»Es ist da«, stieß ich atemlos hervor.

Hildegunde war kraftlos gegen mich gesunken. Vorsichtig schob ich ein Kissen hinter ihren Kopf und beugte mich zum Kind vor. Es schrie mit geschlossenen Augen und wand sich, als wollte es etwas abschütteln oder sich gegen die Schwerkraft wehren, die es ins Leben gezerrt hatte. Ich hob seinen Kopf an. Die schwarzen Haare waren feucht; es fühlte sich an, als würde ich einen nassen Pinsel anfassen.

»Was ist es?«, fragte Hildegunde, ohne sich zu bewegen.

Mein Blick irrte umher. Diese Frage hatte ich mir noch gar nicht gestellt.

»Ein Mädchen«, sagte ich.

Hildegunde lächelte. »Schön«, sagte sie leise. »Heinrich hat sich einen Jungen gewünscht, ich mir ein Mädchen.«

Als die anderen von der Messe nach Hause zurückkehrten, hatte ich nach Hildegundes Anweisung die Nabelschnur erst abgebunden und dann abgeschnitten. Das Kind hatte ich in zwei große, weiche Handtücher gewickelt und ihr an die Brust gelegt.

Mein Vater wäre beinahe in Ohnmacht gefallen, als er das Kind sah, und Heinrich lief sofort zum Nachbarn, um die Hebamme anzurufen, doch für sie gab es nicht mehr viel zu tun. Sie sah nach der Plazenta, ein Wort, das ich bis dahin noch nie gehört hatte, und wog und untersuchte das Kind. Das Wichtigste hatten Hildegunde und ich erledigt.

Hinterher war ich sicher, dass Heinrich mich zum Taufpaten der kleinen Britta bestimmen würde, doch er fragte nicht mich, sondern benannte unseren Vater.

Ich war beleidigt – und doch hatte ich das Gefühl, zum ersten Mal in meinem Leben etwas richtig gut gemacht zu haben.

Ich muss es gestehen: Ich wollte Heinrich beschämen, indem ich seiner Tochter ein Geschenk machte, als wäre ich doch ihr Pate. Deshalb fuhr ich ein paar Tage nach der Geburt nach Osnabrück in ein teueres Geschäft am Nikolaiort. Als ich den Preis für den Strampler am Etikett sah – fast zwanzig Mark für ein winziges Stück rosafarbenen Stoff –, wollte ich den Laden sofort wieder verlassen, aber dann dachte ich an die kleine Britta und an Hildegunde und ging entschlossen zur Kasse. Da stand, wartend und ein wenig seitlich, eine junge, mittelgroße Frau in einem weißen Mantel mit schwarzen hochtoupierten Haaren. Sie kam mir vornehm vor, auf eine gewisse Art besonders, und ich tat etwas, das mich immer noch erstaunt, wenn ich mich an diesen Moment erinnere. Ich tat so, als würde ich diese Frau für eine Verkäuferin halten, und fragte sie, ob dieser Strampler die richtige Größe für ein neugeborenes Mädchen habe.

Die Frau sah mich schweigend an, dann zog sie fragend ihre Augenbrauen zusammen und sagte: »Für Ihre Tochter? Ja, der Strampler sollte einem Neugeborenen passen.«

Am liebsten hätte ich ihr sofort alles erzählt – von der plötzlichen Geburt, wie ich der kleinen Britta auf die Welt geholfen hatte, eine Geschichte, die mir kaum jemand glaubte, doch stattdessen erwiderte ich nur, der Strampler sei für meine Nichte.

Dann kam eine andere Frau hinzu, ebenfalls mit Babykleidung in der Hand, und als müsste sie etwas erklären, sagte die erste: »Das ist

Dagmar, wir sind aus Bohmte, arbeiten in einem Friseursalon und suchen etwas für das Kind einer Kollegin.«

Dagmar begann zu lachen, vermutlich weil ich so dastand und ihre Freundin anstarrte, und dann verschwanden die beiden eingehakt in Richtung Ausgang.

Almut, diese Frau warst du, wie du längst erraten hast. Es war unsere erste Begegnung, die mich nicht mehr losließ. Was warst du für eine hübsche, vornehm wirkende Frau gewesen! Und wie du mich mit deinen braunen Augen taxiert hattest – selbstbewusst und ja, irgendwie frech und ein wenig herausfordernd.

In Gedanken begann ich Namen zu suchen. Wie konnte eine Frau mit schwarzen, toupierten Haaren heißen, die weiße hochhackige Schuhe trug, tiefbraune Augen hatte, sich ihre schmalen Augenbrauen zupfte und deren Nase spitz und zart war? Ich versuchte es mit Monika, nein, kam nicht in Frage, auch Sabine nicht, zu gewöhnlich, dann probierte ich Marita aus, auch das war kein Name für sie. Am Ende sprach ich mit Selim, und wir einigten uns auf Regina – ein klangvoller, mächtiger Name, obschon ich dessen wahre Bedeutung – Königin – damals gar nicht kannte.

Sogar mit Ingo tauschte ich mich über diese Begegnung aus, und er war es auch, der mich überredete, nach Bohmte zu fahren. »Anton, du lässt dir von ihr die Haare schneiden, ganz unverfänglich, und dann kommt ihr ins Gespräch. Friseure reden viel. So erfährst du eine Menge über sie, zum Beispiel, ob sie einen Freund hat.«

Klar, es klang ganz einfach, allerdings nicht für mich. Für gewöhnlich schnitt uns, seit meine Mutter tot war, Jolande die Haare, ich war jedenfalls noch nie bei einem Friseur gewesen, und dann auch noch aus solch einem Grund: um eine junge Frau kennenzulernen.

Am Samstag verschwand ich früher von unserer Baustelle. Ich entdeckte den Salon sofort in der Hauptstraße und sah die Frau mit den toupierten Haaren in einem geblümten Kittel, doch ich brauchte noch zwanzig Minuten, bis ich den Mut schöpfte hineinzugehen. Morgens hatte ich mir die Haare gewaschen und hatte einen ordentlichen Pullover angezogen.

Kaum hatte ich den Salon betreten, schwand mein Mut. Ich sah mich um. Die Frau mit den toupierten Haaren war verschwunden. Eine ältere Frau mit grauen, kurzgeschnittenen Haaren marschierte wie ein Feldwebel auf mich zu.

»Einmal Haare schneiden, bitte«, sagte ich. Meine Stimme schwankte.

Die Grauhaarige verzog das Gesicht, sie machte eine Bewegung mit der Hand, ein Abwinken oder ein verächtliches Wedeln. »Junger Mann«, sagte sie mit triefendem Spott und musterte mich, »was bringt man euch eigentlich in der Schule bei? Kannst du nicht lesen? Wir sind ein Damensalon.«

In diesem Moment kam die Frau, die ich suchte, hinter einem Vorhang hervor, als hätte sie von dort alles mit angesehen. »Schon gut«, sagte sie. »Kann nichts schaden, wenn ich mich mal wieder an einem Herrenhaarschnitt versuche.«

Sie deutete auf einen Stuhl vor sich, ohne eine Miene zu verziehen und ein Erkennen anzudeuten.

»Almut«, sagte die Grauhaarige, nur dieses eine Wort, streng, zurechtweisend, doch auch so, als wüsste sie, dass ein weiterer Widerspruch wenig Sinn haben würde.

Ich sah mich selbst im Spiegel, während ich auf den Frisierstuhl sank, eine geduckte Figur mit kurzen schwarzen Haaren, die eindeutig noch nicht geschnitten werden mussten, doch spielte ein leises Lächeln um meine Lippen. Immerhin, ich wusste nun ihren Namen. Mein erster Erfolg!

20.

Es gibt gute und schlechte Tage – das war auch früher so, als Almut krank wurde, als sie im Rollstuhl saß und ich sie zur Dialyse fahren musste, doch nun gilt es ebenso für mich. Auch ich habe Tage, an denen ich das Bett nicht verlassen, geschweige denn vor die Tür gehen möchte. Als ich am Morgen aufwachte, wurde mir klar, dass ich alles absagen würde – diese lächerliche erste Klavierstunde und dann das

Kaffeetrinken mit einer Frau, die ich über sechzig Jahre lang nicht gesehen hatte.

Anton, sagte ich mir, du bist fast achtzig Jahre alt – was fällt dir ein? So eine Aufregung ist nichts für dich.

Ich rückte mir einen Stuhl zurecht und setzte mich vor den Spiegel in meiner engen Diele, um mich anzuschauen. Im Rasierspiegel im Bad erfasste ich mein Gesicht gar nicht mehr wirklich, da erspähte ich nur graue Stoppeln und ein wenig rissige Haut, doch nun sah ich mich: Ich war nie dick, aber in letzter Zeit bin ich noch dünner geworden, die Wangen sind ein wenig eingefallen, das Atmen bereitet mir wieder Mühe. Wenn ich meinen täglichen Spaziergang mache, die Hauptstraße hinunter, zur Tankstelle und zurück, bin ich so erschöpft, dass ich mich hinlegen muss. Manchmal schlafe ich dann sogar für ein paar Minuten ein. Ich bin ein alter Mann, der bald sterben wird.

Ja, diesen Gedanken hatte ich. Doch als ich aufstehen wollte, um Verona anzurufen und unser Treffen abzusagen oder zumindest zu verschieben, kam Lucie herüber. Sie spähte durch das Fenster in der Tür und klopfte an.

Obwohl sie nur fünfzig Meter um ihr Haus herumgehen muss, ist es, als würde sie eine Welt entfernt leben. Ich weiß, ihre Arbeit als Leiterin im Kindergarten beansprucht sie, und dann ist da auch noch Tim, mein Enkel, der in die zwölfte Klasse geht, und Martin ist als Vertriebsleiter in seiner Kaffeefirma fast jeden Tag unterwegs, um wichtige Kunden aufzusuchen. Es ist ein anstrengendes Leben, das meine Tochter jeden Tag durchschüttelt und fordert.

Ich öffnete ihr die Tür. Lucie trug einen knallroten Rock, den ich noch nie an ihr gesehen hatte. Sie blickte mich an, als müsste sie herausfinden, ob ich krank sei.

»Vater«, sagte sie, »was tust du so? Du bist gar nicht mehr zum Essen vorbeigekommen.«

Unauffällig trug ich den Stuhl in mein Wohnzimmer. »Soll ich uns einen Kaffee machen?«, fragte ich.

Lucie nickte. Sie sah sich auch in meinem Wohnzimmer argwöhnisch um, während ich in meiner Kochnische hantierte.

»Bei dir brennt seit neuestem lange abends Licht«, sagte sie. Vorsichtig setzte sie sich an meinen schmalen Esstisch, der so am Fenster steht, dass ich in meinen Garten, auf ein paar Meter Rasen, den Kirschbaum und auf ein paar Sträucher hinausblicken kann.

Ich wartete ab, bis der Kaffee durch die Maschine gelaufen war. Plötzlich, während ich dastand und beobachtete, wie die dunkle Flüssigkeit durch den Filter in die Kanne tropfte, geriet alles in meinem Kopf in einen Mahlstrom. Zeiten schoben sich übereinander – wie Eisblöcke, ja, als würde ein Eisbrecher durch Packeis fahren und sich krachend einen Weg bahnen. Ich war noch jung, Verona war ebenfalls eine junge Frau, meine Mutter lebte noch, Almut stand in ihrem Friseursalon, und gleichzeitig war Lucie einundfünfzig und Paula tot und mein Vater längst begraben.

Schwindel erfasste mich. Mühsam brachte ich zwei Tassen und den schwarzen Kaffee zum Tisch.

Lucie taxierte mich, wie sie es im Kindergarten vermutlich genauso mit ihren Schützlingen tut. Seit ein paar Monaten musste sie eine Brille tragen.

»Ich schreibe ein Buch«, sagte ich.

Sie trank, schlürfte dabei ein wenig. »Worüber denn?«

»Über mein Leben«, sagte ich. Diese drei Worte kamen mir groß und anmaßend vor, aber nun hatte ich sie ausgesprochen.

Sie hielt einen Moment inne. »Und warum?«

Warum? Ich wusste es selbst nicht so genau. Um zu erfahren, ob mein Leben, ob das Leben überhaupt eine Bedeutung hat?

»Ich weiß nicht«, sagte ich. »Ich möchte ein paar Dinge verstehen ... und vielleicht möchte ich wissen, wer ich bin.«

Meine Tochter zögerte einen Moment, dann setzte sie die Tasse ab. »Du bist Anton, mein Vater«, sagte sie. »Ein sehr lieber Mensch.«

Eine tiefe, durchdringende Wärme erfasste mich, Wärme und Stolz. Es war, als stünden diese Worte auf ihrer Stirn geschrieben, und ich begriff, dass Worte und Gefühle identisch waren.

»Ich komme auch gut voran«, fügte ich hinzu, um meine Verlegenheit zu überspielen. »Und wenn ich fertig bin, lasse ich dich alles lesen. Versprochen. Deshalb gebe ich mir große Mühe, leserlich zu schreiben.«

Vier Wochen brauchte ich, um Almut zu überreden, mit mir ins Kino zu gehen – ins imposante Astoria in Osnabrück. Sie war fast neunzehn, ein knappes Jahr älter als ich, und wohnte mit ihrem Bruder in Bohmte bei ihren Eltern. Kurt Hauken, ihr Vater, war Tischler, ein einfacher, rechtschaffener Mann, Anna, ihre Mutter, kümmerte sich um den Haushalt. Die ganze Familie war mindestens so katholisch wie meine.

Als wir im Bus zurückfuhren, dachte ich: Wenn Almut nun den Kopf auf meine Schulter legt, wird alles gut. Aber sie tat es nicht, sondern redete, aufrecht sitzend, von dem Film, den wir gesehen hatten, und der Hauptdarstellerin Heidi Brühl, von der sie einiges in den Zeitschriften gelesen hatte, die in ihrem Salon auslagen.

Ich brachte sie nach Hause, bis vor die Tür. Obwohl ich sie gerne geküsst hätte, reichte es bei unserem Abschied lediglich zu einer Umarmung. Wahrscheinlich war Almut auch so zurückhaltend, weil sie wusste, dass irgendwo hinter einer Gardine ihre Mutter lauerte.

Auf dem Weg zu Fuß nach Hunteburg fragte ich mich, ob ich nun verliebt war. Ja, das war ich wohl, aber anders als bei Verona, irgendwie abgeklärter und reifer. Ich begriff, dass ich mein Leben würde ändern müssen. Ich musste eine ordentliche Gesellenprüfung ablegen, Geld verdienen, weniger trinken. Ich musste Almut etwas zu bieten haben.

Sogar meinem Vater fiel auf, dass ich mich anders verhielt. »Er hat jetzt eine Freundin«, sagte Heinrich gönnerhaft. »Ein Mädchen aus einem Damensalon. Wurde auch Zeit.« Keine Ahnung, woher er Genaueres von Almut wusste.

Ja, ich war wieder einmal der Letzte. Heinrich und Paula waren verheiratet, Jolande und Johannes, der für ein paar Wochen in einem Bergwerk im Ruhrgebiet gearbeitet hatte und vor kurzem heimwehkrank zurückgelehrt war, würden in zwei Monaten Hochzeit feiern, Franz war seit einigen Wochen verlobt, und selbst Herrmann, der gerne in Kneipen unterwegs war, hatte nun seit fast einem halben Jahr eine feste Freundin.

Zusammen mit Selim überlegte ich mir, Almut kleine Geschenke zu machen, sie ihr heimlich vor die Tür zu legen oder an ihr Fahrrad zu klemmen, mit dem sie jeden Tag zu ihrem Salon fuhr. Was könnte ich ihr schenken? Ein Buch vielleicht, aber mit Büchern kannte ich mich nicht so gut aus. Oder eine Blume, eine Rose, doch wäre eine Rose möglicherweise zu aufdringlich. Eine Tafel Schokolade könnte auch ein Geschenk sein – Vollmilch mit Nüssen, doch wusste ich, ob sie Schokolade mochte? Geschenke zu machen gehörte nicht zu den Dingen, die man in meiner Familie lernte.

Ein paar Wochen war ich unsicher, ob Almut überhaupt einen Freund haben wollte. Einmal gingen wir zusammen zum Tanzen, und da sah ich in ihren dunkelbraunen Augen zum ersten Mal, dass sie mich genauso mochte wie ich sie. Doch dass ich niemals mehr ohne sie sein wollte, erkannte ich erst Wochen später. Es war Mai geworden, es hatte ein paar warme Tage gegeben, und ich überredete sie, mit mir zum Dümmer See zu fahren. Mittlerweile hatte sich hier einiges verändert. Man hatte den See eingedeicht, die seichte Uferwiese, auf der mein Großvater die Gänse gehütet hatte, gab es nicht mehr, doch der mächtige Baum, zu dem ich als Kind oft gelaufen war, stand noch da, einige Meter hinter dem Deich. Man konnte nun allerdings nicht mehr auf das Wasser blicken. Ich hatte Almut einiges von meiner Familie erzählt, auch dass mein Großvater Gänsehirt gewesen war, bevor er mit meinen Eltern in den Osten aufgebrochen war, doch über das Gedankenlesen und seine besondere Verbindung zu den Gänsen hatte ich nicht gesprochen. Von dem Platz unter dem Baum war Almut nicht sonderlich beeindruckt. Trotzdem machten wir dort Rast. Ich breitete eine Decke aus, wir tranken etwas und lagen nebeneinander, die Augen in den Himmel gerichtet. Fast gleichzeitig mussten wir eingeschlafen sein, und fast gleichzeitig schreckten wir auf. Zwei Graugänse blickten auf uns herab. Reglos beobachteten sie uns und wichen auch nicht zurück, als wir uns aufrichteten.

Almut griff in ihr Haar und schaute mich an. »Was hat das zu bedeuten?«, fragte sie. »Sind Gänse gefährlich?«

»Aber nein«, sagte ich. »Sie sind neugierig. Das ist alles.«

Im nächsten Moment begann die eine Gans wild zu schnattern, und dann drehten sich beide um und watschelten davon, den Deich empor und verschwanden aus unserem Blickfeld.

Almut atmete erleichtert auf, aber mich erfasste eine Welle des Glücks.

»Selim«, sagte ich später, nachdem ich Almut nach Hause gebracht hatte, »es war ein Zeichen – alles wird gut.«

»Willst du einmal Kinder haben?« Diese Frage, die mir Almut drei Monate später stellte, war von einer Ernsthaftigkeit, die mich erschreckte. Dass meine Antwort höchst bedeutsam sein würde, begriff ich sofort, und ich sah auch, dass sie sich vor einer falschen Entgegnung fürchtete.

»Ja klar«, sagte ich, obschon ich noch nie darüber nachgedacht hatte. »Ich will auf jeden Fall Kinder haben.« Der Sommer war fast verstrichen, wir waren einige Male tanzen und im Kino gewesen, Almut hatte mich ihren Eltern und ihrem Bruder vorgestellt, wir hatten ihren Geburtstag gefeiert, doch außer ein paar heimlichen Küssen war nichts passiert.

»Wie viele Kinder denn?« Sie zog ihre Augenbrauen zusammen und erforschte mein Gesicht.

Nicht so viele Kinder wie meine Eltern, wollte ich spontan erwidern, aber nein, das wäre keine gute Antwort.

»Zwei oder drei«, erwiderte ich. Mit einer solchen Antwort wähnte ich mich auf der sicheren Seite.

Almut lächelte und entspannte sich. »Vier«, sagte sie, »vier wäre die richtige Antwort gewesen. Zwei Jungen und zwei Mädchen.«

Eine Woche später ergab sich die Gelegenheit, dass wir allein bei ihr zu Hause waren. Dieter, ihr Bruder, war mit seinem Sportverein unterwegs, er spielte Handball, und ihre Eltern besuchten entfernte Verwandte in Münster und würden über Nacht bleiben. Ihr Vater hatte zwar seit neuestem ein Auto, aber er fuhr nicht gerne nach Einbruch der Dunkelheit.

Ich wusste schon am Nachmittag, dass wir unsere erste gemeinsame Nacht erleben würden. Ich las es in Almuts Augen, und dann sah ich, dass ihr Bett in ihrem Zimmer oben unter dem Dach frisch bezogen war. Sie hatte auch eine Flasche Wein gekauft, die wir in der Küche während des Essens tranken. Almut war keine besonders gute Köchin, doch an diesem Abend hatte sie einen Auflauf mit Nudeln und Tomaten gemacht, der ihr sehr gelungen war.

Ich küsste sie zuerst. Hand in Hand gingen wir dann die schmale Treppe hinauf in ihr Zimmer. Almut wollte, dass wir uns im Dunkeln auszogen. Ich roch das Spray in ihrem Haar, dann ihre Haut, und als ich zum ersten Mal ihre Brüste berührte, war es, als würde mich ein Stromstoß durchzucken. Almut küsste vorsichtig meinen Hals, meine Schulter, doch als sich ihre linke Hand zwischen meine Beine verirrte, zuckte sie sofort zurück. Ich hatte überhaupt keine Ahnung von Sex, hatte keine Ahnung, was sich genau zwischen Mann und Frau abspielte, aber irgendwie fand mein erigierter Penis seinen Weg. Almut stöhnte auf, nicht vor Lust, sondern vor Schmerz, dann wurde sie ganz still, als müsste sie noch größere Schmerzen aushalten. Ich hörte meinen eigenen Atem, der mir unanständig laut vorkam, und für ein paar Sekunden verlor ich mich in dieser Atmung, erlebte einen Moment der Lust, der aber sofort wieder wich, als ich in der Dunkelheit Almuts starres Gesicht unter mir erahnte.

War es schön?, wollte ich sie fragen, und als hätte ich diese Frage wirklich gestellt, nickte sie.

»Alles gut«, flüsterte sie. »Das erste Mal …« Sie schluckte. »… soll ja immer schwierig sein … für eine Frau«, setzte sie hinzu. Dann schob sie mich sanft von sich und verschwand in dem winzigen Bad neben ihrem Zimmer. Ich hörte, wie sie sich wusch, nicht nur die Hände und das Gesicht, sondern ihren ganzen Körper. Als sie zurückkam, tastete sie auf dem Laken herum. »O nein«, flüsterte sie. »Es ist alles voller Blut.«

Im nächsten Moment hörten wir, wie unten die Haustür geöffnet wurde. Wir erstarrten beide.

»Hast du nicht gesagt, deine Eltern würden über Nacht wegbleiben?«

Almut nickte. »Haben sie gesagt, aber vielleicht …«

»… vielleicht wollten sie dich auf die Probe stellen?« Ihrer Mutter war so ein Verhalten ohne weiteres zuzutrauen. »Und nun?«, fragte ich, als Almut sich immer noch nicht rührte.

»Du musst gehen«, sagte sie. »Von Dieters Zimmer aus kann man an der Regenrinne herunterklettern. Hat er auch schon gemacht, ohne dass ihm was passiert ist.«

Spinnst du?, wollte ich ihr sagen. Soll ich mir die Knochen brechen? Doch sie war bereits aufgesprungen und raffte meine Kleider zusammen.

Von unten waren die Stimmen ihrer Eltern zu hören – sie stritten sich augenscheinlich.

»Ich werde sagen, dass mir nicht wohl ist … und dass ich Nasenbluten hatte. Passiert mir manchmal. Daher das Blut in meinem Bett.« Sie versetzte mir einen heftigen Stoß. »Nun komm!«, sagte sie. »Meine Mutter darf dich hier nicht sehen.«

Ich streifte mir meine Unterhose über und wollte sie küssen. »Es war schön«, flüsterte ich, und plötzlich stand mir Hildegunde vor Augen, wie sie auf dem Ehebett gelegen hatte, laut stöhnend, das Laken zwischen ihren Beinen klatschnass.

Almut wich mir aus. »Komm morgen nach der Kirche, als wäre nichts gewesen«, flüsterte sie.

Die Stimmen von unten wurden lauter. Einmal klang es so, als würde sich jemand die Treppe hinauf nähern. Almut führte mich in Dieters Zimmer, in dem es nach Klebstoff und alten Schuhen roch. Als ich mich auf das Fensterbrett schwang, wäre ich beinahe abgestürzt.

»Das mit der Geburt stimmt übrigens wirklich«, sagte ich. »Ich bin als Einziger bei Brittas Geburt dabei gewesen und habe …«

Almut schaute mich an und legte den Zeigefinger auf ihre Lippen. Zum ersten Mal war wieder ein wenig Zärtlichkeit in ihrem Gesicht. »Ja«, flüsterte sie. »Ja.« Dann wich sie zurück, während ich mich an der Regenrinne herabließ, die bedenklich knirschte und schwankte, als wäre sie keineswegs richtig befestigt. Noch bevor ich mit wackligen Knien den Boden erreicht hatte, hatte sie das Fenster geschlossen.

Zwei Wochen ließ ich mich nach meiner überstürzten Flucht nicht bei Almut blicken, auch von ihr kam kein Lebenszeichen. Ich war enttäuscht von ihr und gleichzeitig voller Zweifel, ob ich mir ihre Zuneigung nicht nur eingebildet hatte. Dann redete mir Selim zu. »Was ist, wenn Almut schwanger ist?«, fragte er mich.

Ich beschloss, mich ein wenig schlauzumachen. Nach der Sonntagsmesse ging ich in die Bibliothek der Gemeinde, die aus drei Regalen bestand. Da gab es zwar keine Bücher über Sexualkunde, aber immerhin ein paar Lexika, in denen ich einige Begriffe nachschlagen konnte.

Herrmann lachte mich deswegen aus. »Wirst du jetzt fromm?«, fragte er spöttisch. »Liest du nach der Messe noch Geschichten über Heilige, die übers Wasser laufen können?«

»Ja«, sagte ich. »Ganz bestimmt – ich werde fromm, und dann bete ich für dein Seelenheil.«

An einem Dienstag nach der Arbeit fuhr ich mit dem Rad zu Almuts Salon. Ich sah, wie sie herausblickte und dann ihre Arbeit unterbrach. Mit einem erleichterten Lächeln stürmte sie auf mich zu. Wir küssten uns lange und ohne nach rechts und links zu schauen.

»Tut mir leid«, flüsterte Almut. »Ich hatte einfach Angst … wegen meinen Eltern. Sie hatten sich gestritten, deshalb sind sie wiedergekommen.«

Ich hielt sie fest im Arm. »Hat deine Mutter geglaubt, dass du Nasenbluten hattest?«, fragte ich.

»Nein«, sagte Almut. Sie drückte mir einen Kuss auf die Wange, und ich war sicher, den Gedanken zu spüren, der sie ausfüllte und der allein aus einem Wort bestand: meinem Vornamen. »Ich glaube nicht, aber sie hat nichts gesagt, und am nächsten Tag hat mein Vater die Regenrinne gerichtet und gemeint, da müsse jemand vorgelaufen sein.«

Almut brachte mich dazu, dass ich mit einem Schlag erwachsener wurde. Ich strengte mich mit der Gesellenprüfung an und machte einen guten Abschluss. Von meinem ersten Geld als Geselle und meinen Ersparnissen kaufte ich mir einen Motorroller, und ich stellte Almut meinem Vater vor, der sie ausgesprochen höflich behandelte, nachdem er sie nach ihrer Konfession gefragt hatte. Selbst Heinrich nahm sie freundlich auf. Überhaupt war er, seit Britta auf der Welt war, weicher und nachsichtiger geworden. Für meine Geschwister war Almut nun meine Braut, und so wurde sie auch von ihnen genannt: die Braut.

»Die Braut tut dir gut, Anton.« »Man sieht dir an, dass du jetzt eine Braut hast.« »Kommt deine Braut am Wochenende wieder vorbei?«

Bei Nordhoff verdiente ich 218 Mark im Monat. Mit so wenig Geld würde ich Almut nie wirklich etwas bieten können. Johannes war, weil seine Freundin Marga nicht zu ihm ins Ruhrgebiet hatte ziehen wollen, nach Hunteburg zurückgekehrt. Er hatte eine gut bezahlte Arbeit im Erzbergwerk bei Damme gefunden, das man erst 1939 eröffnet hatte, weil die Nazis für ihre Waffen Erz benötigt hatten. »Elektriker brauchen wir da immer«, hatte er mir gesagt und gleich einen Bewerbungsbogen mitgebracht. Keine Woche später hatte ich die Anstellung.

Mein Lohn hatte sich mehr als verdoppelt, doch nun musste ich auch sonntags arbeiten, weil dann kein Erz abgebaut wurde, und die Elektriker niemandem in die Quere kamen, wenn sie Leitungen überprüften oder ausbesserten. Bisher war ich mit Ingo von Baustelle zu Baustelle gezogen, nun jedoch zwängte ich mich durch enge, feuchte Stollen, die schlecht beleuchtet waren. Der Lärm von den Presslufthämmern war ohrenbetäubend, man ging in Gummistiefeln durch Pfützen und musste in jeder Sekunde aufpassen, dass man keinen Stromschlag erhielt. An den Förderbändern war immer etwas zu reparieren, und in die wenigen Lampen tropfte ständig Wasser von den Wänden. Manchmal war ich so erschöpft, dass ich erst einmal eine Viertelstunde auf meinem Roller saß, um Atem zu holen, bevor ich losfahren konnte.

Wie hielt Johannes das aus – mit einer winzigen Grubenlampe vor der Stirn jeden Tag acht Stunden mit seinem Presslufthammer Gesteinsbrocken aus der Wand zu lösen? Ich war immer noch nicht volljährig, doch als ich abends meine Broschüre von Australien unter dem Bett hervorzog, beschloss ich, Almut zu fragen. »Was hältst du davon, wenn wir am Tag nach meinem einundzwanzigsten Geburtstag nach Australien gehen? Friseure braucht man auch dort, und Englisch können wir gemeinsam lernen.«

Sie hatte sogar einen Vetter, der schon lange in Australien lebte. Mit einer gewissen Hoffnung auf ihr Ja nahm ich meinen Katalog mit, als ich sie aus ihrem Salon abholte. Ich wollte nicht mit der Tür ins Haus fallen. Also lud ich sie nach Osnabrück ins Café ein. Ich hätte zwei Überraschungen für sie, erklärte ich ihr. Während wir losfuhren und ich ihre Arme um meinen Oberkörper spürte, begriff ich, dass ich einen Fehler gemacht hatte. Ich hatte bisher noch nie vom Heiraten gesprochen – wahrscheinlich rechnete sie damit. Und dann begann ich auch noch mit der falschen Reihenfolge meiner Überraschungen. Als ich die Bilder von Australien zeigte, verdüsterte sich ihr Gesicht. »Niemals könnte ich weggehen«, sagte sie tonlos. »Nicht einmal für dich. Das Heimweh würde mich umbringen.«

Enttäuscht klappte ich die Broschüre wieder zu.

»Und was war die zweite Überraschung?«, fragte Almut.

Sollte ich nun von unserer Hochzeit sprechen? Ihr einen Antrag machen, obschon ich noch gar nicht volljährig war?

»Ich habe ein wenig Geld gespart«, sagte ich, »und möchte den Führerschein machen.«

Almut griff nach meiner Hand. »Eine gute Idee«, sagte sie, doch für mich klangen ihre Worte schal und leer.

Was hatte Herrmann zu meinem Plan mit dem Führerschein gesagt? »Wozu brauchst du einen Führerschein? Du wirst dir nie ein Auto leisten könnten.« Wenn ich mich bei meinen Kollegen so umsah, dann hatte er recht. Fast tausend Menschen arbeiteten in dem Bergwerk, und einzig der Direktor besaß einen Dienstwagen und ein eigenes Auto. Einen Parkplatz für die Bergleute brauchte man nicht.

21.

Am Morgen um halb neun hat das Telefon geklingelt. Für gewöhnlich schreckt man dann zusammen, wenn es um diese Tageszeit läutet. Was konnte Schlimmes geschehen sein? Wollte Lucie mir sagen, dass Tim in der Schule verunglückt war? Oder war ihr etwas passiert?

Merle, die Klavierlehrerin, war am Apparat. Sie klang wach und freudig. Jemand sei abgesprungen; eine erste Klavierstunde sei schon am Nachmittag möglich. Schnupperstunde, nannte sie es.

Mir wurden buchstäblich die Knie weich. »Ich weiß nicht recht«, sagte ich. »Darauf bin ich nicht vorbereitet.«

Merle lachte. Ich versuchte mir ihr Gesicht vorzustellen. Sah sie vielleicht wie ihre Mutter damals aus – eine blonde, attraktive Frau mit einem zarten Gesicht? Dann fiel mir ein, dass sie gewiss schon fast fünfzig Jahre alt sein musste.

»Sie können es sich ja noch überlegen«, sagte sie. »Rufen Sie mich einfach an. Was für ein Klavier haben Sie denn?«

»Ein Klavier? Nein, ich habe kein Klavier.« Wollte sie mir doch vor Augen führen, wie unsinnig es war, in meinem Alter noch Klavierstunden zu nehmen?

»Gut«, sagte sie eindeutig beschwichtigend. »Kommen Sie erst einmal, und dann sehen wir weiter.«

Ich lehnte mich gegen die Wand in der Diele – vor Schwäche und Mutlosigkeit. Nun war die Sekunde gekommen, alles abzusagen.

»Was möchten Sie als Erstes spielen?«, fragte Merle weiter. »Gibt es ein Musikstück, das Sie besonders lieben?«

»Irgendetwas von den Beatles«, erwiderte ich, ohne nachzudenken.

»Ach!« Sie lachte wieder. »Sie mögen auch die Beatles – genau wie meine Mutter. Sie freut sich übrigens, Sie wiederzusehen. Ich glaube, Sie waren der erste Junge, den sie in ihrem Leben geküsst hat.«

Nach dem Telefonat war ich so aufgeregt, dass ich mich sofort anzog und meinen Spaziergang zur Tankstelle machte, den ich für gewöhnlich erst gegen Mittag unternahm. Mutter und Tochter hatten über mich gesprochen, ja, gewiss, sonst hätte Verona mich gar nicht anrufen können, aber die Geschichte vom ersten Kuss verwirrte mich. Hatte ich also auch eine Bedeutung in ihrem Leben gehabt.

Der Spaziergang erschöpfte mich so sehr, dass ich in die Tankstelle ging, um mir einen Kaffee zu holen.

Der Tankwart schaute mich forschend an. »Sie gehen hier jeden Tag vorbei, nicht wahr? Zwischen zwölf und ein Uhr, manchmal wird es auch halb zwei.«

Ich nickte, während ich den Kaffeebecher in Empfang nahm und bezahlte.

»Doch heute kommen Sie zum ersten Mal zu mir und trinken einen Kaffee«, sprach der Tankwart weiter. Er hatte einen Schnauzbart und kurze graue Haare, die wie bei einem Igel vom Kopf abstanden. Ein Türke mit einer warmen, einschmeichelnden Stimme.

»Ich muss über etwas nachdenken«, erwiderte ich. Es gab sogar zwei Stehtische mit vier Hockern, erkannte ich, an denen man sich setzen konnte. Auch als ich noch längere Strecken mit dem Auto gefahren war, hatte ich hier nie getankt.

»Über was?«, fragte der Tankwart. »Über was müssen Sie nachdenken?« Mit seinen braunen Augen musterte er mich.

»Darüber, ob ich in meinem Alter noch Klavierstunden nehmen sollte. Lächerlich, nicht wahr?«, erwiderte ich. Der Kaffee schmeckte erstaunlich gut.

Der Tankwart lächelte. Unter seinem Schnauzbart blitzten zwei große Schneidezähne auf. Er winkelte seinen rechten Arm an, als wollte er mir seinen Bizeps zeigen. »Ich heiße Cem, ich bin neunundfünfzig Jahre alt, ich habe geraucht wie ein Schlot, eine Packung am Tag, mindestens. Dann habe ich aufgehört – von einem Tag auf den anderen, als ich Herzrhythmusstörungen bekam.« Er ließ seinen Arm wieder sinken. Jemand, der getankt hatte, kam herein, doch der Tankwart beachtete ihn gar nicht. »Und letztes Jahr bin ich meinen ersten Marathon gelaufen, in Paris, habe über fünf Stunden gebraucht, aber ich habe mich so gut gefühlt wie schon lange nicht mehr.«

»Danke«, sagte ich und reichte ihm den Kaffeebecher, den ich rasch ausgetrunken hatte. »Ab jetzt komme ich jeden Tag und trinke meinen Kaffee bei Ihnen.«

»Richtig so, Herr Nachbar«, sagte der Tankwart. »Und einen wunderschönen Tag noch.« Er wandte sich seinem Kunden zu, der schon ungeduldig mit einem Geldschein gewedelt hatte.

Während ich nach Hause ging, fasste ich einen Entschluss: Ich würde die Klavierstunde nicht vorverlegen, aber ich würde in die Stadt fahren und mir ein Klavier ansehen.

Herrmann hatte wieder einmal unrecht gehabt. Ich machte meinen Führerschein innerhalb von sechs Wochen und kaufte mir zusammen mit Johannes einen gebrauchten Volkswagen, der keinen einzigen Rostflecken aufwies. Der Wagen war richtig auffällig, er hatte Weißwandreifen und ein weißes Speichenlenkrad. Benzin kostete 64 Pfennig den Liter – das konnten wir uns leisten. Zumal wir dann nicht mehr mitten in der Nacht, bei Schnee und Kälte durch das Moor zum Bergwerk fahren mussten. Einmal wäre ich beinahe gegen einen Baum gerast, als mich auf meinem Motorroller in der Dunkelheit eine Eule gestreift hatte. Den Wagen stellten wir neben dem Pförtnerhaus ab, so dass ihn jemand ständig im Blick hatte.

Meine erste Fahrt machte ich mit Almut, die zweite jedoch war höchst unerfreulich: Sie führte zum Kreiswehrersatzamt. An den Wehrdienst hatte ich gar nicht gedacht – an die Möglichkeit zu verweigern schon gar nicht. Das Ergebnis war wie erwartet: Ich war tauglich.

Am 1. Juli 1960 begann ich meinen Wehrdienst bei einer Panzereinheit in Lingen im Emsland. Ein Jahr geht schnell vorüber, sagte ich mir auf dem Weg im Zug, der schon überfüllt von jungen Männern war. Ich war den rauen Ton auf Baustellen gewohnt, ich hatte die harte Arbeit im Bergwerk durchgehalten. Doch schon bei der Ankunft, als wir von Unteroffizieren, die aussahen, als hätten sie noch den Weltkrieg erlebt, mit barschen Kommandos und anzüglichen Witzchen begrüßt wurden, begriff ich, dass mir eine schwere

Zeit bevorstand. Wahrscheinlich sind auch ein paar Wippers unter deinen Vorgesetzten, die immer noch dem Großdeutschen Reich nachtrauern, dachte ich.

Selim, der doch mein ständiger Begleiter war, zeigte sich die ganze Zeit nicht. Auch nicht, als ich mich zum ersten Mal in Uniform im Spiegel sah. Ein unerwarteter Schrecken traf mich. Ich erblickte einen linkischen jungen Mann, dem die Uniform überhaupt nicht passte, sie war zu groß, zu unförmig, zu grün, einfach komplett falsch, und plötzlich reiste ich in der Zeit zurück. Ich war fünf Jahre alt und stand auf unserem Hof, meine Mutter hatte mich mit ihren Gedanken gerufen, ihre Hand zu umfassen, und in der Gruppe von russischen Soldaten, die sich drohend vor uns postiert hatte, waren auch zwei junge linkische Rekruten, die nicht wussten, wie ihnen geschah, während ihr Vorgesetzter nicht uns, sondern mit einer Salve aus seinem Maschinengewehr unseren Hund erschoss.

Am liebsten hätte ich die Uniform sofort wieder ausgezogen, hätte meine zivile Kleidung übergestreift und wäre geflohen, doch was wäre ich dann gewesen: ein Deserteur.

In jeder Minute, die es gestattet war, legte ich meine Uniform ab, lieber wäre ich im Pyjama auf die Straße gegangen als in meiner Ausgehkluft. Meine Kameraden lächelten über mich. Einige nannten mich »der Zivilist«. Zum ersten Mal in meinem Leben machte es mir nichts aus aufzufallen. »Der Zivilist« zu sein war eine Auszeichnung, und als bei einer Exerzierübung mitten im August ein schmächtiger Bursche, ein Abiturient aus Oldenburg, zusammenbrach, weil er die hochsommerlichen Temperaturen nicht aushielt, und ihn ein Unteroffizier an den Armen hochriss, damit er weitermarschierte, trat ich vor und forderte ihn auf, den jungen Soldaten zur Sanitätsstation zu bringen, statt ihn weiter zu drangsalieren. Drei Tage Arrest brachte mir dieses Vortreten ein. Es wurde als Befehlsverweigerung gewertet, weil ich nicht zurück ins Glied getreten war.

»So kenne ich dich gar nicht«, sagte Selim in der Arrestzelle lächelnd zu mir.

»Ich mich auch nicht«, erwiderte ich.

Vom Fenster meiner Zelle aus konnte ich in den Nachthimmel blicken. Sterne tauchten da auf, und ein besonders heller Lichtpunkt wanderte langsam über das Firmament. Alle hatten davon geredet, doch ich konnte ihn sehen: Sputnik 4, der russische Satellit, zog seine Bahn. Ich nahm es als ein gutes Zeichen – beinahe, als hätte sich eine Gans vor meinem Fenster gezeigt.

Drei Monate dauerte die Grundausbildung, in der man keinen Urlaub erhielt. Ich war gezwungen, Almut Briefe zu schreiben, was mir schwerfiel, weil das Soldatenleben mit Marschieren, Waffe ölen, Spind aufräumen mich anödete. Als Almut mir einmal eine besonders freundliche Karte schickte, in der sie – was für sie höchst ungewöhnlich war – in ihrer feinen Mädchenschrift schrieb: »Ich küsse deinen Mund, deinen Hals, deine Brust«, wurde die Karte von meinem Kompanieführer bei der Postausgabe laut vor allen vorgelesen. Allgemeines Gelächter war die Antwort der Rekruten. Mir machte es die Armee noch verhasster. Warum tat man so etwas? Erniedrigte junge Menschen, die doch diesen Staat wiederaufbauen sollten? Zum ersten Mal begann ich Bücher zu lesen – über die deutsche Vergangenheit, obwohl mir Lesen sonst gar nicht lag. Golo Manns »Deutsche Geschichte« arbeitete ich während des Dienstes von vorne bis hinten zweimal durch.

Nach den drei Monaten Grundausbildung, in denen ich noch einmal in der Arrestzelle gelandet war, durfte ich in Lingen bei der Einheit bleiben, doch nicht als Koch, wie ich es mir gewünscht hatte, sondern als Elektriker bei der Instandsetzung. Zu sehr wollte man mir dann doch nicht entgegenkommen, und befördert wurde ich auch nicht. Ich blieb ein einfacher Gefreiter, als ich nach einem Jahr die Armee verlassen durfte. Das Zeugnis, das man mir aushändigte, warf ich auf dem Weg zum Bahnhof ungelesen in den nächsten Mülleimer. Ich zeigte Almut oder Paula auch nie ein Foto, auf dem ich eine Uniform trug.

Als ich in Bohmte aus dem Zug stieg, kam ich mir wie ein Mann vor, der ein Jahr lang zu Unrecht im Gefängnis gesessen hatte. Ich ging geradewegs zu ihrem Salon. Almut war dabei, der Frau des Bürgermeisters, einer höchst eitlen Dame von über sechzig Jahren, eine Dauerwelle zu legen, doch ich nahm sie am Arm und führte sie auf die Straße hinaus. »Ich will ein Haus bauen«, sagte ich so laut, dass es noch ihre Chefin hören konnte, die an der Kasse stand und uns argwöhnisch beobachtete. »Und dann möchte ich, dass wir heiraten.«

Almut küsste mich auf die Wange. »In genau dieser Reihenfolge?«, fragte sie.

»Genau in dieser Reihenfolge«, sagte ich. »Und wenn wir Kinder bekommen, möchte ich, dass es Mädchen werden – damit sie niemals zur Armee gehen müssen.«

Ich hatte es plötzlich eilig, vielleicht, weil ich meinte, dass die Armee mir ein Jahr meines Lebens gestohlen hatte.

Weil ich nicht in das Bergwerk zurückwollte, von dem es auch hieß, es sei unrentabel und werde bald geschlossen, nahm ich eine Arbeit im Stahlwerk in Osnabrück an. Ich verdiente nun 650 Mark im Monat, von denen ich zweihundert für den Hausbau auf die Seite legen konnte. Nach der Arbeit fuhr ich mit dem Rad in der Gegend herum und suchte nach einem Bauplatz, doch funktionierte diese Art der Suche überhaupt nicht. Wenn mir ein Platz gefiel, durfte man da entweder nicht bauen oder das Grundstück war bereits verkauft. Als ich schon aufgeben wollte, hielt mich ein alter Mann am Rande von Bohmte an. »Ich habe Sie beobachtet«, sagte er. »Seit zwei Wochen fahren Sie hier stundenlang in der Gegend herum. Was genau suchen Sie?« Er trug eine blaue Joppe und eine Mütze aus Leder, er mochte über achtzig Jahre alt sein und erinnerte mich an meinen Großvater.

»Ich suche ein Grundstück, um ein Haus zu bauen«, erklärte ich ihm.

Als er mich anlachte, sah ich, dass er allerhöchstens noch zwei Zähne besaß, dann zog er einen Zigarrenstumpen hervor und zündete ihn umständlich an. Er habe da vielleicht etwas, zwölfhundert Quadratmeter, am Ortsausgang, Richtung Osnabrück. Für ihn und seinen Sohn, der seinen Hof übernommen habe, sei der Boden fast wertlos, weil dort nichts wirklich wachse, nicht einmal Gras für die Kühe.

Vier Wochen später machte ich den Kaufvertrag. Ich war glücklich, auch wenn mein Vater, als ich ihm das Grundstück zeigte, außer sich war. »Für so ein Sandloch gibst du Geld aus! Da wachsen ja nur ein paar Krüppelkiefern.« Auch wenn er nun Gemeindediener war, blieb er in seinem Wesen ein Landwirt, der jeden Boden danach einschätzte, was man auf ihm anbauen konnte. Für mich war das Grundstück ideal, es war recht groß, der Grundwasserspiegel lag niedrig, so dass ich das ganze Haus gefahrlos unterkellern konnte. Allenfalls für den Garten musste ich ein wenig Muttererde auftragen lassen.

Am Wochenende fuhr ich zu dem Grundstück hinaus, das zum Glück auch Almut gefiel, und baute mir als Erstes eine Bretterbude, in der ich bei schönem Wetter auch schlafen konnte.

Dann, im Frühjahr, begannen die ersten Arbeiten. Alle meine Brüder und auch Jolandes Mann, der Maurer war, hatten versprochen mitzuhelfen.

22.

Ich zog meinen besten Anzug an, den ich lange nicht mehr angerührt hatte, als ich in die Stadt fuhr. Er passte nicht mehr so richtig. Ich hatte tatsächlich abgenommen. Meine Kochkünste beschränken sich auf ein paar Gerichte, so dass ich zuletzt meistens ein wenig Salat mit Brot gegessen hatte, wenn Lucie oder Tim mir nicht etwas mitgekocht hatten. Das Musikaliengeschäft, das ich aufsuchte, gibt es schon seit Jahrzehnten – ein Haus mit Tradition, so stand es auch an der Eingangstür. Ein junger Verkäufer eilte auf mich zu – er mochte Anfang zwanzig sein, hatte ein glattrasiertes Gesicht und trug eine Jeanshose, ein schwarzes Jackett und eine modische Hornbrille. Stammelnd brachte ich meinen Wunsch vor.

»Für wen sollte das Klavier denn sein – für Ihre Enkelin vielleicht?«, fragte der Mann beflissen. Wir waren allein in dem Geschäft. Ich sah, dass er ein Namensschild am Revers trug – Markus Hornscheid.

»Nein«, sagte ich zögernd. »Es ist für mich. Ich glaube, ich brauche ein Klavier.«

Markus Hornscheid nickte und rieb sich die Hände, als müsste er sich gleich an einen Flügel setzen und spielen. »Haben Sie eine spezielle Marke im Auge? Ritmüller vielleicht oder Bechstein?«

»Ich weiß nicht«, sagte ich. »Was kostet denn so ein Klavier?«

»Nun«, sagte der Mann und machte eine einladende Handbewegung. »Wir sprechen gewiss nicht von einem Flügel, nicht wahr? Da fangen wir bei dreißigtausend Euro an, gebrauchte gibt es gelegentlich günstiger, wenn Sie Glück haben. Wir vermitteln bei Bedarf gerne etwas. Auf welchem Instrument haben Sie denn bisher gespielt?«

Ich spürte, wie mein Mund buchstäblich austrocknete. Ich hatte mir viel zu wenige Gedanken gemacht. Nicht einmal im Internet hatte ich mir Klaviere angeschaut, aber da hätte ich bei Lucie klingeln müssen, und sie hätte mir gewiss über die Schulter blicken wollen, während ich an ihrem Computer saß.

Ein paar Sekunden verstrichen, in denen Markus Hornscheid geduldig wartete. Ich hörte nun, dass Musik lief, leise und dezent, ein klassisches Konzert.

Ich atmete tief ein. »Also«, sagte ich, »wenn ich ehrlich bin, habe ich noch nie Klavier gespielt, aber ich möchte nun anfangen. Bisher hatte ich andere Dinge zu regeln, doch nach dem Wochenende habe ich meine erste Klavierstunde.«

Markus Hornscheid kniff die Augen zusammen. Für einen Moment sah er aus, als hätte ich ihm eine schwere Rechenaufgabe gestellt oder als müsste er sich meine Worte in eine andere Sprache übersetzen.

»Verstehe«, sagte er dann, »Sie sind Anfänger, wollen ein paar Kenntnisse auffrischen.«

»Nein, nicht auffrischen. Ich habe noch nie gespielt, nicht ein einziges Lied«, unterbrach ich ihn vorsichtig.

Er nickte. »Gut, dann …« Er zögerte. »Sie wissen nicht, wo das C auf der Tastatur liegt? Sie können auch keine Noten lesen?«

»Nein.« Unser Gespräch begann mir auf einmal zu gefallen, weil sich seine Gedanken und seine Verwunderung so klar auf seinem Gesicht abzeichneten. »Ich kann nichts, gar nichts, aber ich glaube, ich habe eine sehr gute Lehrerin.«

»Verstehe«, wiederholte er. »Vielleicht wollen Sie sich aber erst einmal an ein Klavier setzen. Anfängern empfehlen wir Yamaha – wird gerne genommen.«

»Ja«, sagte ich. »Ich würde mich gerne an ein Klavier setzen.«

Wir gingen quer durch das Geschäft, an Gitarren, Geigen, an einem goldschimmernden Schlagzeug vorbei. Dann deutete Markus Hornscheid auf das erste Klavier. »Bitte«, sagte er und deutete auf die Klavierbank. »Aber gewiss können Sie eine Tonleiter spielen?«

Ich lächelte ihn an, während ich mich auf den gepolsterten Sitz niederließ. »Wie ich schon sagte – keinerlei Vorkenntnisse, aber ich bin noch keine achtzig Jahre alt. Ein paar Jahre zum Üben habe ich vielleicht noch.«

Der Verkäufer beugte sich vor. »Dort ist das C – der Ausgangspunkt einer Oktave, wenn Sie so wollen.«

Unwillkürlich musste ich lächeln. Wenn mich jemand so sehen könnte – Paula, Almut oder auch mein Vater … was hätten sie nur über mich gedacht?

Als ich das Geschäft nach einer halben Stunde verließ, hatte ich ein Keyboard gekauft – es klang wie ein Klavier und hatte auch achtundachtzig Tasten. In drei Tagen würde man es mir nach Hause liefern.

Auf dem Weg zurück musste ich darüber nachdenken, wie man am besten von seinem Leben erzählt. Chronologisch, wie ich es angefangen hatte, weil das Leben einen Anfang und ein Ende hatte, oder sollte man sich die hellen und die dunklen Dinge aussuchen, die man erlebt hatte? Von dem Musikalienladen nahm ich den Bus. Meinen silberfarbenen Mercedes hatte ich in der Garage gelassen. Der Wagen war einmal mein ganzer Stolz gewesen, ich hatte ihn mir angeschafft, als Almut ihre letzte, endgültige Diagnose erhalten hatte. Nun war mir der Wagen nur noch lästig.

Während des Hausbaus hatte es so einen hellen Moment gegeben – es muss im Frühjahr 1964 gewesen sein, wir hatten länger gebraucht als erwartet, weil ich nach dem Aushub auf Anraten meines Vaters doch einen Architekten beauftragt hatte und Herbert und meine Brüder nur am Wochenende Zeit hatten, um mir zu helfen. Herbert hatte ein altes Transistorradio dagelassen, und während wir die Dachziegel aufbrachten, hörte ich ein Lied, das mir monatelang nicht mehr aus dem Kopf ging und das mir vorkam, als hätte jemand einen Vorhang beiseitegezogen und ließe mich ins Freie blicken. Almut hörte Caterina Valente, deutsche Schlager, ich hingegen machte mir nicht viel aus Musik. Doch diese Klänge waren völlig anders. Ein offenbar englischer Sänger sang »Sie liebt dich«. Die Musik war dynamisch, mitreißend, melodiös, ein wildes Schlagzeug, schrille Gitarren, Chorgesang, und das alles klang hell und optimistisch, als könnte nichts diesem Sänger etwas anhaben, als wüsste er, dass sein Leben absolut glücklich verlaufen würde. Der Text war einfach, aber er gefiel mir ebenso: »Mit dir allein kann sie nur glücklich sein.«

Ich stieg vom Dach herunter. Herbert schaute mich verwundert an. »Dieses Lied«, sagte ich, »was ist das für ein Lied?«

Franz war der Einzige, der es schon einmal gehört hatte. »Die Beatles«, sagte er, »selbst meine Frau mag diese Musik. Eigentlich singen sie auf Englisch.«

Ich besaß damals nur einen Mono-Plattenspieler, den Paula mir geschenkt hatte, doch am nächsten Tag fuhr ich nach Osnabrück, genau in die Musikalienhandlung, in der ich über fünfzig Jahre später zum ersten Mal an einem Klavier sitzen sollte, und kaufte jede Platte, die es von den Beatles gab. Als wir dann wenige Wochen später einzogen, war das erste Lied, das ich im neuen Haus spielte »She loves you« – die Originalversion, die noch echter und unverfälschter klang.

Um einen Kredit für das Haus zu bekommen, mussten wir doch heiraten, aber erst nach der kirchlichen Trauung im März 1964 durfte ich auch bei Almut auf einem Klappbett in ihrem Zimmer übernachten. Ich kaufte mir eine BMW Isetta und pendelte von der Arbeit im

Stahlwerk zur Baustelle und dann zu Almut. Bei meinem Vater ließ ich mich kaum mehr sehen. Manchmal schlief ich auch in meiner Bretterbude neben dem Haus. Dann schaltete ich leise das Radio an und beobachtete durch die Fugen im Dach den Himmel. Gleichgültig, ob ich Sterne sah, Wolken oder nur den Mond, immer faszinierte mich dieser Anblick. Diese Monate waren die glücklichste Zeit meines Lebens, und dann erfuhr ich obendrein, dass Almut schwanger war und das Kind kurz nach unserem Einzug ins Haus auf die Welt kommen sollte. Nachts konnte ich nun überlegen, wie unser Kind heißen sollte. Namen auszudenken hatte mir immer schon ein großes Vergnügen bereitet. Zum Schein konnten Almut und ich uns darüber streiten. Sie fand Dagmar schön, weil ihre beste Freundin so hieß, ich liebäugelte mit Michaela oder Franka. Bei Jungennamen waren wir uns gar nicht einig. Oliver, ihren Lieblingsnamen, fand ich affig, ich schlug Friedrich vor, was bei Almut auf größte Ablehnung stieß. Es war ein Spiel, das wir spielten – wir wussten es selbst. Schließlich lief es darauf hinaus, dass wir uns sagten: Wir wollen doch vier Kinder haben, da kann jeder zwei Namen aussuchen.

Einmal kam auch Paula auf die Baustelle und übernachtete mit mir in der Bretterbude. Ihre beiden Kinder waren bei Freunden aus dem Kindergarten, und ihrem Mann hatte sie erklärt, sie müsse zu Jolande, die sich mit ihrem Mann zerstritten habe, was neuerdings immer häufiger vorkam. Zusammen, als wären wir noch Kinder, lagen wir auf der schmalen Luftmatratze und teilten uns meinen Schlafsack.

»Wir hätten zusammen nach Australien gehen sollen«, sagte Paula, während wir durch die Ritzen zwischen den Brettern in den Himmel starrten.

»Warum sagst du das?«, fragte ich.

»Ich träume davon, einfach zum Bahnhof zu gehen und den nächsten Zug zu nehmen, egal, wohin. Ich kann kein Fleisch mehr riechen, es bereitet mir Übelkeit. Herwarth kann nichts dafür, aber er riecht nach Schwein – seine Hände, sein Gesicht, sein Atem. Besonders schlimm ist es samstags, wenn er vom Schlachthof kommt. Am liebsten würde ich Vegetarierin werden.« Sie lächelte und verstellte ihre Stimme, als wäre sie eine Marktschreierin. »Leute, esst kein Schwein! Schweine stinken!« Sie verstummte für einen Moment. »Na, da würde Herwarth staunen, wenn ich so etwas in unserem Laden rufen würde.«

Wir schwiegen eine Weile. Zwischendurch trank Paula von der Flasche Weißwein, die sie mitgebracht hatte. Ich hatte sie noch nie Alkohol trinken sehen, nicht einmal auf meiner Hochzeit. Da war ihr Mann so betrunken gewesen, dass Franz und ich ihn zum Taxi hatten tragen müssen.

»Warum gehst du nicht einfach weg?«, fragte ich in die Stille hinein.

Ich hörte, wie sie Atem holte, um zu antworten, doch eine ganze Weile sagte sie nichts, dann flüsterte sie wie mehr zu sich selbst. »Ich habe zwei Kinder – sie sind fünf und vier Jahre alt. Da kann man nicht mehr weggehen.«

»Nimm sie mit«, sagte ich laut.

Sie wandte mir ihr Gesicht zu. Ich sah das Weiße in ihren Augen. »Wo soll ich mit Ihnen hingehen? Ich habe nichts anderes gelernt, als Fleisch zu verkaufen.«

Später, als sie wieder gegangen war, dachte ich, dass sie verliebt war, dass es da einen anderen Mann gab, aber sie hatte sich nicht getraut, mit mir darüber zu sprechen.

Bevor wir in das Haus einzogen, ließ ich oben in den Dachfirst noch zwei Gänse eingravieren. Es kostete eine Menge Geld, ich musste einen Spezialisten dafür finden, Herrmann, der fast alle Tischlerarbeiten allein verrichtet hatte, wollte sich daran nicht versuchen, doch mir war es die zweihundert Mark wert.

Am ersten Sonntag nach unserem Einzug brachte ich Almut das Frühstück ans Bett. Wir hatten kaum Möbel, ein Doppelbett, einen Kleiderschrank, in der Küche einen Tisch und vier Stühle sowie einen Herd und eine Spüle, doch da machte ich mir keine Sorgen, alles würde nach und nach kommen.

Almut war schon hochschwanger, sie hatte aufgehört zu arbeiten und hatte eigentlich vorgehabt, noch einige kleinere Malerarbeiten in der Küche zu übernehmen, doch dann war sie zu erschöpft. Das Gehen bereitete ihr mehr und mehr Mühe, so dass sie kaum noch vor die Tür treten wollte. Ich legte meine Hand auf ihren Bauch, während sie aufrecht sitzend ihren Kaffee trank. Ihr hatte der Hausbau mehr Sorgen bereitet als mir. Klar, wir hatten all unsere Ersparnisse ausgegeben und hatten eine Menge Schulden – bei der Bank, bei ihren Eltern, bei meinem Vater. »Doch dafür haben wir nun ein schönes Haus«, sagte ich ihr immer wieder.

Ich streichelte ihren kugelförmigen Bauch. Einmal nachts hatte ich gespürt, wie sich unser Kind gedreht und mit den Beinen gestrampelt hatte, nun aber ertastete ich etwas anderes – drei Verdickungen, eine so groß wie ein Gänse-Ei. Was hatte das zu bedeuten? Konnte es ein Fuß sein, aber da bewegte sich nichts. Oder war es der Kopf unseres Kindes? Die Verdickung blieb jedoch die ganze Zeit über an derselben Stelle.

Am Nachmittag waren wir beide so besorgt, dass wir zum Frauenarzt fuhren.

Der Arzt tastete Almuts Bauch ab. Erst machte er noch ein paar harmlose Witzchen über Frauen und ihre erste Geburt, doch während seine Finger weiter auf und ab glitten und so fest in ihre Haut drückten, dass Almut vor Schmerzen aufstöhnte, erkannte ich die Besorgnis auf seinem Gesicht. Ich empfing auch einen Gedanken von Almut, der sich deutlich auf ihrer Stirn abzeichnete. »Das Kind … Ist mein Kind gestorben, ohne dass ich es mitbekommen habe?«

»Ist alles in Ordnung?«, fragte ich von meinem Stuhl aus, auf dem es mich kaum noch hielt.

Der Arzt antwortete nicht, sondern tastete weiter den Bauch ab. Almut atmete so heftig, dass ich schon glaubte, sie würde hyperventilieren.

»Alles in Ordnung?«, wiederholte ich meine Frage.

Der Arzt blickte auf, er hatte graue Haare und tiefe Falten um den Mund, bisher hatte ich ihn stets fröhlich und gut gelaunt erlebt. »Wir müssen etwas abklären lassen«, sagte er ernst. »Offenbar hat Ihre Frau Verwachsungen, möglicherweise genau im Geburtskanal.«

Almut verdrehte die Augen. Ich hatte die Befürchtung, sie könnte in Ohnmacht fallen.

»Lässt sich das rasch klären?«, fragte ich. Auch mich hatte die Angst erfasst. Verwachsungen im Geburtskanal. Ich hatte mir zwar ein Buch über Geburten gekauft, aber von Verwachsungen als mögliche Komplikation war nirgends die Rede gewesen.

Der Arzt ging zum Waschbecken und wusch sich ausgiebig die Hände. Er schwieg eine Weile. »Hier im Kreiskrankenhaus werden sie damit nicht zurechtkommen«, sagte er dann mit düsterem Blick. »Ich werde im Marienhospital in Osnabrück anrufen und einen Termin für Sie machen. Meine Sprechstundenhilfe gibt Ihnen Bescheid.«

Wir waren entlassen, durften nach Hause in unser neues Heim fahren, doch wie öde kam es mir auf einmal vor. Es roch nach Farbe, der Zugang zum Haus war längst nicht fertig, die Paletten, auf denen die Dachziegel geliefert worden waren, stapelten sich vor der Garage, im Garten türmte sich dunkle Muttererde, die verteilt werden musste, und die Räume waren kahl und leer, wir hatten noch nicht einmal ein Bettchen für das Kind angeschafft.

Auf Almut machte unser Haus einen ähnlich deprimierenden Eindruck. Ich konnte ihren Gedanken lesen, den einzigen, den sie hatte: »Bitte, großer Gott, lass das Kind gesund sein.«

Ich schlug ihr vor, irgendwohin zu fahren, um Kaffee zu trinken, uns abzulenken.

»Wie wäre es mit dem Zoo?«, sagte ich. »Wir waren beide noch nie zusammen im Zoo.«

Sie bedachte mich mit einem düsteren, abfälligen Blick. Wie kannst du nun vom Zoo, von billigen Ablenkungen sprechen, wenn es um unser Kind geht, sagte er.

Sie zog sich aus, cremte im Bad ihren Bauch ein und verzog sich ins Bett.

Ich saß in der Küche und wartete auf den Anruf aus der Praxis. Zum Glück hatte ich frühzeitig ein Telefon beantragt.

Doch niemand rief uns an. Keine Nachricht vom Arzt.

In der Nacht schliefen wir kaum. Zweimal musste ich Almut ein

Glas Wasser holen. Sie horchte in sich hinein. Bewegte sich unser Kind? Ja, sie spürte Bewegungen, aber viel weniger als in den letzten zwei Wochen, als wäre das Kind genau wie wir in eine Art Schockstarre verfallen.

Wir sprachen fast nicht in der Nacht. Ich hatte keinen Trost für Almut, keine Worte der Aufmunterung. Gegen Morgen, als sie endlich eingeschlafen war, setzte ich mich in den Garten auf den Hügel mit Muttererde. Wenn mir jemand ein paar Flaschen Bier gereicht hätte, hätte ich mich in dieser Stunde, als langsam die Sonne aufging, hemmungslos betrunken.

Gegen neun Uhr klingelte endlich das Telefon. Der Arzt selbst war am Apparat. In zwei Tagen würde uns Frau Doktor Mendenburg im Marienhospital empfangen.

»In zwei Tagen erst?«, fragte ich panisch.

Ja, leider. Früher gehe es nicht, die Ärztin sei noch auf einem Kongress, aber gleich um acht Uhr morgens seien wir an der Reihe.

Anders als Franz und Jolande und vielleicht auch Paula war ich nie religiös. Es mochte einen Gott geben, er mochte auch so ähnlich sein, wie es die Priester in der Kirche behaupteten, aber so richtig hatte es mich nicht interessiert. Nun aber fuhr ich mit dem Rad zur katholischen Kirche nach Bohmte hinein und stellte drei Kerzen auf. Am liebsten hätte ich sogar am Pfarrhaus geklopft und den Pfarrer aufgefordert, die ganze Gemeinde für uns und unser Kind beten zu lassen.

Die Zeit schlich dahin. Ich hatte mir vorgenommen, einiges am Haus zu tun, doch wir waren völlig gelähmt. Ich sah, wie Almut heimlich sogar an einem Glas Cognac nippte, bevor sie sich wieder ins Bett legte. Eigentlich hatte sie mir versprochen, während der Schwangerschaft keinen Tropfen Alkohol zu sich zu nehmen, in diesem Moment jedoch konnte ich es ihr nicht verdenken. Niemandem erzählten wir von unseren Befürchtungen. Als ihre Mutter vorbeikam, schützte Almut eine Migräne vor und erklärte so ihren desolaten Zustand.

Endlich, nach zwei Tagen der Angst und Lethargie, konnten wir ins Krankenhaus fahren. Frau Doktor Mendenburg war eine abgehärmte Frau mit kurzgeschnittenen blonden Haaren, die Almut untersuchte, dabei wenig Worte machte und dann vorschlug, sie sobald als möglich zu operieren. Am besten sei es allerdings, wenn ich als Ehemann meine Frau auf die erste Klasse verlegen ließe, da habe sie vor und besonders nach der Operation mehr Ruhe.

»Was wird das für eine Operation sein?«, fragte ich angstvoll.

»Wir holen das Kind per Kaiserschnitt«, sagte die Ärztin. »Auf normalem Wege kann es nicht zur Welt kommen, und dann entfernen wir die Verwachsungen. Wird ein wenig länger dauern als eine normale Geburt.« Sie lächelte, aber ihre Augen blieben kühl und emotionslos.

Ich unterschrieb ein Formular, die Einwilligung für die erste Klasse, und dann wurde Almut für eine weitere Untersuchung in einem Rollstuhl weggefahren. Ich starrte ihr nach, und als sie sich umwandte und mich mit ihren braunen Augen tieftraurig ansah, zerriss mich ihr Anblick förmlich. Dieser Moment, dachte ich, dieser Moment ist der letzte, in dem ich sie gesund und mit dem Rest Hoffnung erlebe, dass alles gut werden könnte.

Vor der Operation, die am nächsten Tag stattfinden sollte, durfte ich sie nicht mehr besuchen. Ich fuhr nach Hause, packte mir eine Schaufel und verteilte, bis ich vor Erschöpfung beinahe zusammenbrach, die Muttererde im Garten. Als Herrmann und mein Vater vorbeikamen, saß ich verschwitzt und verdreckt, eine Kaffeetasse in der Hand, auf einem Stuhl auf der unfertigen Terrasse, die lediglich aus einer Betonplatte bestand, und starrte vor mich hin. Sie begriffen sofort, dass etwas nicht stimmte, doch mein Vater versuchte mich zu beruhigen.

»Die Ärzte heutzutage kennen sich aus, und das Kind ist groß genug. Es wäre ohnehin bald auf die Welt gekommen«, sagte er.

Am liebsten hätte ich ihn angeschrien: Ja, du kennst dich aus – mit irgendwelchen Sämereien, mit Torf und Ackerböden, aber mit nichts sonst! Dann sah ich meine Mutter vor mir, wie sie in der letzten Nacht ihres Lebens dagelegen hatte. Es war, als hätte sie jeden mit ihren Gedanken ins Bett geschickt, nur mich nicht. Mich hatte sie in der Nähe behalten, damit ich ihre Hand hielt, während sie starb.

»Es wird niemand sterben«, sagte mein Vater unvermittelt. »Almut ist eine junge, kräftige Frau.«

Ich nickte. Meinen Zorn auf ihn und seine beruhigenden Sprüche schluckte ich hinunter.

In der Nacht schlief ich nicht im Haus, das mir ohne Almut noch kälter und abweisender vorkam, sondern in meiner Bretterbude, die noch im Garten stand. Es war September und bereits recht kalt, doch ich hoffte, in meinem Schlafsack, auf der Luftmatratze liegend, könnte ich die kurze glückliche Zeit des Hausbaus wieder heraufbeschwören.

Am nächsten Tag konnte ich nicht verhindern, dass Herrmann und mein Vater mich ins Krankenhaus begleiteten, aber wahrscheinlich wäre ich auch zu nervös gewesen, um selbst zu fahren.

In der ersten Klasse gab es ein Telefon am Bett, so hatte ich am Morgen wenigstens ein paar Worte mit Almut sprechen können, doch sie wirkte abwesend und fremd. Ja, es gehe ihr gut, den Umständen entsprechend. Man habe ihr etwas zum Schlafen gegeben, aber sie habe geträumt – von einem Mädchen mit einem zu großen Kopf.

Ich sagte irgendetwas. Ich war nie ein großer Redner gewesen, doch nun fiel es mir besonders auf. Ein Kind, hatte ich gedacht, bringt doch Ehepaare zusammen und nicht auseinander.

Während wir auf einem Gang warteten, an dem jede fünf Meter Bilder von Heiligen hingen, hörte ich im Minutentakt die Sirenen. Ambulanzen, die heranrasten und abfuhren. Eine schreckliche Hintergrundmusik.

Schließlich kam die Ärztin selbst zu uns. Sie trug noch einen grünlichen Operationskittel. Sie schaute nur mich an, kühl und ohne eine Miene zu verziehen. »Ihrer Frau geht es gut, aber das Kind … Die Herztöne waren sehr schwach. Wir haben es in die Kinderklinik bringen lassen, dort gibt es Spezialisten.« Sie wandte sich bereits ab und hielt dann inne. »Ach, es ist ein Mädchen. Mädchen sind für gewöhnlich zäher als Jungen.« Mit einem matten Lächeln verschwand sie hinter einer Milchglasscheibe.

Selbst mein Vater schwieg betreten. Herrmann sprang auf und

klopfte an die Tür zu den Operationssälen. Eine Krankenschwester erschien. »Wir möchten Frau Almut Busch sehen, sofort«, sagte er mit fester Stimme.

Die Krankenschwester musterte ihn. »Werter Mann«, sagte sie vollkommen ruhig. »Frau Busch ist noch im Aufwachraum. Es war eine schwere Operation. Wir mussten ihre Narkose verlängern. Heute kann sie niemand mehr sprechen.«

Ein Mädchen – der Gedanke, dass ich Vater geworden war, sickerte langsam ein. Ein Mädchen – wir hatten uns schließlich auf den Namen Rosemarie geeinigt. Wusste Almut schon davon? Vermutlich nicht.

»Ich will nun mein Kind sehen«, sagte ich zu Herrmann. Die Kinderklinik lag ein paar Kilometer entfernt. Eine der Sirenen, die wir gehört hatten, war möglicherweise der Transport meiner Tochter gewesen.

Mein Vater griff nach meiner Hand, ob es ein Glückwunsch oder eine Bestärkung sein sollte, verstand ich nicht.

An der Art und Weise, wie er fuhr, konnte ich ablesen, wie besorgt nun auch Herrmann war. Er war vor einem Jahr selbst Vater geworden, das Haus, das er gebaut hatte, war bereits fertig, und seine Frau Inge war zum zweiten Mal schwanger.

Niemand sagte ein Wort. Ich blickte aus dem Fenster – es war ein sonniger, freundlicher Tag. Ein Mädchen – ein Mädchen mit einem zu großen Kopf. Hatte Almut da vielleicht ein Stück Wahrheit geträumt?

»Emma, meine Frau«, sagte mein Vater vom Rücksitz aus und mit einer Betonung, als würde er von einer Person sprechen, die wir nicht kannten, »sie hat ja alle Kinder zu Hause zur Welt gebracht, doch bei Paula, Anfang November ... da herrschte Sturm und Regen, Schneeregen ... ein richtiges Unwetter, und Tante Guste hatte auch nicht pünktlich aus Berlin kommen können ... Da ...« Er brach ab und schien sich in seinen Erinnerungen zu verlieren. »Niemand war da, nur Emma und ich und Heinrich. Johannes hat sich im Kuhstall versteckt, weil er die Schreie der Mutter nicht mehr ausgehalten hat.«

»Du warst ganz alleine bei der Geburt?« Ich drehte mich um und sah meinen Vater an. Sein Gesicht war kantig, seine Wangen waren eingefallen, er war immer eine Spur zu mager, doch nun sah ich den Schrecken in seinen Augen, der seine Züge weicher wirken ließ.

»Ich hatte eine große Angst und habe die ganze Zeit stumm gebetet, aber es ist alles gut gegangen. Morgens um sechs war Paula endlich da. Zum Glück ein Mädchen, hat Emma gesagt, war es die Quälerei ja wert.«

Von Problemen bei Paulas Geburt war nie die Rede gewesen, ich hatte immer geglaubt, Tante Guste sei zugegen gewesen. Wenn man überhaupt von einer Geburt gesprochen hatte, dann von meiner am Heiligen Abend, aber ich begriff, warum er die Geschichte, die keiner von seinen Kindern kannte, so unvermittelt erzählt hatte.

Als wir an der Kinderklinik ankamen, mussten wir erst einmal warten. Niemand wusste von einem Neugeborenen, das vor ein, zwei Stunden aus dem Marienhospital eingeliefert worden war.

Herrmann besorgte von irgendwoher einen Kaffee. Mir wurde immer mulmiger zumute. Man muss mir doch mein Kind zeigen, wenigstens durch eine Glasscheibe, dachte ich panisch, während ich an dem Kaffee nippte.

Eine Ordensschwester kam mit schleppendem Gang auf mich zu, sie mochte gewiss über achtzig Jahre alt sein und trug weiße offene Sandalen, die ein unangenehmes klatschendes Geräusch verursachten. Noch bevor sie genau vor mir stehen blieb und ein Kreuzzeichen in die Luft malte, wusste ich es bereits: Unser Kind war tot. Das Herz war zu schwach gewesen.

23.

Wieder klingelte es morgens um halb neun bei mir. Wollte mir Merle einen neuen Termin vorschlagen oder sich erkundigen, warum ich mich nicht gemeldet hatte? Doch nein, das Läuten erklang an der Haustür. Im Bademantel schlurfte ich zum Eingang. Ich hatte schlecht geschlafen. Träume quälten mich, in denen es um Almut ging. Sie hatte gewollt, dass ich mit ihr in einem Zelt lebte, nicht in einem Haus – in einem Zelt, das wir irgendwo an einer belebten Straße aufgebaut hatten.

Zwei Männer standen vor der Tür, einer trug eine blaue Kappe, hinter seinem rechten Ohr klemmte eine Zigarette.

»Dachten schon, es wäre keiner zu Hause«, sagte er lächelnd und hielt mir ein Gerät mit einem Display hin. »Bitte einmal unterschreiben der Herr.« Er drückte mir einen elektronischen Stift in die Hand.

Verwirrt blickte ich mich um. »Wozu unterschreiben?«

Der zweite Mann, der jünger war und kurze rötliche Haare hatte, hielt einen länglichen, in braunen Karton verpackten Gegenstand in der Hand.

»Hatten Sie kein Keyboard bestellt?«, fragte der erste, bereits leicht ungeduldig.

»Es sollte erst in drei Tagen kommen«, erwiderte ich, während ich den Stift zögernd in die Hand nahm.

»Na, wir sind schon heute da. Schön, oder nicht? Haben Sie mehr Zeit zum Üben.« Nachdem ich unterschrieben hatte, nickte er seinem Kompagnon zu, der mir den Karton hinüberschob.

Es sieht wie ein Kindersarg aus, dachte ich, eine unangenehme, unerwünschte Assoziation. Mühsam schleppte ich den Karton in mein Wohnzimmer und hievte ihn auf den Wohnzimmertisch. Hoffentlich hatte Lucie nichts mit angesehen, aber nein, um diese Zeit war sie längst in ihrem Kindergarten.

Wie sagte man der Ehefrau, die vor ein paar Stunden aus einer schweren Narkose erwacht war, dass das eigene Kind tot war? In der Nacht wälzte ich mich hin und her. Wieder schlief ich nicht im Haus, sondern auf der Matratze in der Bretterbude. Zweimal hörte ich das Telefon in der Diele klingeln. Paula, dachte ich, sie will mich trösten, doch ich schaffte es nicht aufzustehen. Ich wollte auch keinen Trost. Wie hätte der auch aussehen sollen? Stumm redete ich mit Selim, meinem koboldhaften Freund, doch er wusste auch keinen anderen

Rat als: Man kann nur bei der Wahrheit bleiben, nichts beschönigen und sich gegenseitig umarmen und Hilfe sein.

Ich schlief kaum in dieser Nacht. Irgendwo, vielleicht zwanzig Kilometer entfernt, lag ein winziges neugeborenes Kind, das nicht einmal einen Tag alt geworden war. In Hunteburg, auf dem Friedhof, auf dem meine Mutter bestattet worden war, existierten drei Kindergräber mit einer bunten Windmühle, einem Holzpferd und einem blauen Stein, der wie ein Stern geformt war. So ein Grab würden wir nun auch bald haben.

Ohne Gedanken, wie betäubt, fuhr ich am Morgen ins Marienhospital. Vor Almuts Zimmer verharrte ich. Ich wollte meine Hand heben, ich wollte gegen die Tür klopften, doch plötzlich schwindelte mir. Nein, sagte mein Körper, gehe da nicht hinein. Wenn Almut aufgeregt war, benutzte sie stets ein Nasenspray, um besser atmen zu können. Ich hätte nun auch irgendetwas zur Beruhigung gebrauchen können.

Dann zwang ich mich, die Tür zu öffnen. Zwei Dinge passierten gleichzeitig, die mich wie ein Stromstoß durchzuckten. Almut saß aufrecht im Bett, mit rot verquollenen Augen. Ich sah ihr an, dass sie es schon wusste, dass ihr jemand die furchtbare Nachricht bereits überbracht hatte. Und ein Weiteres geschah: Selim verschwand. Mein koboldhafter Freund, der mich seit meinem fünften Lebensjahr begleitet hatte, der, wann immer ich ihn brauchte, auf meiner Schulter erschienen war, ganz allein für mich lebendig und ansprechbar – er löste sich auf. Es war ein Gefühl des Verlustes, der Ferne, die erst meine Schulter, dann meinen ganzen Körper erschauern ließ. Mein Gefühl trog auch nicht. Mit diesem Moment, mit dem Eintreten in Almuts Krankenzimmer nach dem Tod unserer Tochter erschien Selim mir nie wieder. Vielleicht war ich nun wirklich erwachsen geworden – einen Däumling brauchte ich nicht mehr, oder aber ich hatte eine andere dunkle Grenze überschritten, die ein Kobold nicht überschreiten konnte.

Almut flüsterte meinen Namen. Ich stürzte zu ihr, kniete an ihrem Bett und legte meinen Kopf in ihren Schoß, als wäre ich es nun, der getröstet werden musste.

Eine Weile flüsterte Almut nur meinen Namen, dann sagte sie: »Rosemarie.«

Ich blickte auf, ohne ein Wort entgegnen zu können.

Eine Krankenschwester kam ins Zimmer. Vorwurfsvoll schaute sie mich an. »Ihre Frau muss noch eine Weile hierbleiben«, stieß sie hervor. »Außerdem sollten Sie sich an die Besuchszeiten halten. Besuch ist erst in einer halben Stunde erlaubt.«

»Es ist ein Notfall«, sagte ich leise. Ich war so erschöpft, dass ich nicht einmal wütend sein konnte.

»Ja«, sagte die Krankenschwester, »es ist immer ein Notfall.«

»Ich muss ohnehin noch ein wenig schlafen.« Almut legte sich in die Kissen zurück und schloss die Augen. Ihre Lider waren dunkel, fast schwarz, und ihre Gesichtszüge wirkten so hart, als wären sie aus Stein.

Sie will allein sein, sagte ich mir. Ihre Trauer macht sie einsam und abweisend. Ich hatte sie auch nichts gefragt, nicht nach der Operation oder ob sie Schmerzen habe.

Als ich vor die Tür trat, saßen Herrmann und mein Vater auf einer Bank auf dem Flur. Mein Vater gab mir ganz förmlich die Hand und senkte den Kopf. Seine große, schwielige Pranke fühlte sich kalt und fremd an, aber anders als mit einem Handschlag wusste er seine Trauer nicht zu bekunden.

»Hast du deine Tochter schon gesehen?«, fragte Herrmann, und als ich den Kopf schüttelte, sagte er: »Dann fahren wir jetzt zum Kinderkrankenhaus.«

In einem kleinen Andachtsraum hatte man das Kind aufgebahrt. Es hatte dichte schwarze Haare, die Augen waren geschlossen, sein Gesicht war wie aus Wachs. Ja, eine Puppe lag da, konnte man meinen, eine Puppe, die nur kurz geatmet hatte. Drei Kerzen brannten, doch lange hielt ich es in dem Raum nicht aus. Mein Vater sprach ein geflüstertes Vaterunser. Dann gingen wir.

»Sollte ich nicht ein Foto von unserem Kind machen?«, fragte ich Herrmann, als wir bereits auf dem Weg zum Auto waren. »Eine Erinnerung. Ich könnte mir bei einem Fotografen in der Stadt einen Apparat leihen. Almut hat ihr eigenes Kind nicht gesehen.«

Herrmann antwortete nicht, doch mein Vater sagte: »Damit machst du ihr den Verlust noch viel schwerer, Anton.«

Ja, möglicherweise war es so. Über so einen Verlust würde sie ohnehin nicht hinwegkommen – eine Fotografie würde es vielleicht ganz und gar unerträglich machen.

Bei einem Tischler in der Nachbarschaft bestellte ich einen Kindersarg, den ich mit weißem Tuch auslegen ließ. Dann musste ich zum Gemeindeamt gehen und die Beerdigung anmelden. Ich füllte ein Formular mit dem Namen meines Kindes aus – Geburts- und Todestag waren identisch. Eine Absurdität!

Auch an der Beerdigung von Rosemarie konnte Almut nicht teilnehmen, weil sie noch im Krankenhaus bleiben musste. Sie sprach und aß kaum, und niemand schaffte es, sie aufzuheitern. Ich war froh, wenn ich ihr Krankenzimmer wieder verlassen konnte. Bei meinem letzten Besuch, drei Stunden vor Rosemaries Trauerfeier sagte sie unvermittelt: »Kannst du mir beim nächsten Mal einen Zeichenblock mitbringen?«

Sofort lief ich in die Stadt, kaufte ihr einen Block und ein Set mit Stiften. Ich hatte keine Ahnung gehabt, dass Almut zeichnen konnte. Sie begann auch sogleich, etwas auf das Papier zu bringen – mit stillem, konzentriertem Blick, ganz in sich gekehrt. Ich fürchtete, sie würde ein Kind malen, eine Puppe, aber was sie zeichnete, war ein großer Baum mit einem kräftigen Stamm und zahlreichen Verästelungen. Oben in dem Baum, kaum wahrnehmbar, saß ein Vogel.

»Du bist eine richtige Künstlerin«, sagte ich, beeindruckt von ihrem Können.

»Nein, bin ich nicht«, sagte sie, »aber Bäume helfen mir. Schon als Kind habe ich gerne Bäume umarmt.«

»In unserem Garten werden wir einen Kirschbaum pflanzen, mitten auf den Rasen«, sagte ich.

»Vielleicht.« Almut nickte.

Als ich ging, begann sie, den nächsten Baum zu zeichnen. Nein, sie skizzierte zwei Bäume, einen großen, eher kahlen und einen sehr kleinen.

Jeder meiner Geschwister hatte mir angeboten, bei der Beerdigung von Rosemarie zu helfen, doch die Einzige, deren Hilfe ich annehmen konnte, war Paula. Sie hatte mir geraten, den Kreis der Trauergäste klein zu halten, nur die engste Familie, und Kinder hatten wir auch keine eingeladen. Der Pfarrer sprach ein kurzes Gebet und darüber, dass den Kindern das Himmelreich gehöre. Auch meiner Tochter, die keine vierundzwanzig Stunden leben durfte?, hätte ich ihm am liebsten zugeschrien.

Dann trat ein Geiger auf – es war derselbe, den ich zur Trauerfeier meiner Mutter engagiert hatte. Paula hatte ihn ausfindig gemacht. Er war alt geworden, ging ganz bucklig, mit kurzen, schwerfälligen Schritten, doch sein Spiel kam mir noch reiner und schöner vor. Der Himmel war blau und beinahe ohne Wolken. Paula ließ einen roten Luftballon steigen, der vom Wind erfasst und schnell davongetragen wurde. Sie hatte die Beerdigung mindestens genauso mitgenommen wie mich.

Als wir allein in meinem Haus saßen, nachdem alle Trauergäste gegangen waren, zuletzt auch Almuts Eltern, die zwölf Klappstühle besorgt hatten, damit jeder sich setzen konnte, fragte Paula mich: »Kann es das geben – dass wir das Unglück anziehen, dass wir solche Menschen sind?«

»Nein«, sagte ich, obwohl ich mir da keineswegs sicher war. »Nein, an so etwas glaube ich nicht. Es wäre dann ja, als gäbe es jemanden, der uns bestrafen würde, weil wir etwas Falsches getan haben.«

»Vielleicht ist es«, sagte Paula, »weil wir immer noch auf der Flucht sind, weil uns die Flucht immer noch nicht verlassen hat. Wir irren immer noch umher, passen nicht auf.«

Ich erzählte ihr von dem Fuchs, der mich im Traum immer noch gelegentlich aufsuchte und den sie vertrieben hatte, und beinahe hätte ich auch Selim erwähnt, meinen für niemanden sichtbaren Freund, der nun mit Rosemarie verschwunden war.

»Vermutlich habe ich Herwarth nur geheiratet, weil er auch ein Flüchtling war, genau wie wir. Aber er redet zu viel darüber, sentimentales Zeug, Ostpreußen das Paradies, Ausreiten im Sommer zwischen Weizenfeldern, Schnee zu Weihnachten und dass sein

Vater das erste Auto in ihrem Dorf besaß. Am liebsten würde er zurückgehen – mit der ganzen Familie. Ich glaube, sein Vater war ein Nazi. Deshalb hat man ihn in ein Lager geführt, wo er umgekommen ist.«

Wir saßen in meiner leeren Küche. Es war dunkel geworden, doch wir hatten kein Licht angeschaltet.

»Du würdest deinen Mann niemals verlassen, nicht wahr?«, sagte ich.

»Nein«, sagte sie, »niemals. So etwas können wir in unserer Familie nicht, selbst wenn wir es wollten.«

Wir tranken eine halbe Flasche Wein gemeinsam, dann rief Herwarth an und erkundigte sich barsch, wo Paula bleibe, die Kinder fragten nach ihr.

Müde machte sie sich auf. Seit neuestem hatte sie einen Führerschein, doch sie fuhr schlecht und ungern, beim ersten Einparken hatte sie gleich einen Laternenpfahl gerammt.

Am Abend, nachdem Paula gegangen war, versuchte ich wieder im Haus in unserem Doppelbett zu schlafen, doch gegen zwei Uhr in der Nacht wachte ich auf, ich war nassgeschwitzt und hatte Atemnot. Mit dem Bettzeug stolperte ich in meine Bretterbude hinüber. Hier bei eisiger Kälte schlief ich bis um zehn Uhr am Morgen. Grelles Licht fiel durch die Fugen im Dach. Mit einem schlechten Gewissen tauchte ich erst gegen Mittag bei Almut im Krankenhaus auf.

Sie stand am Fenster, als ich das Zimmer betrat, und blickte in einen Garten hinaus, der zum Krankenhaus gehörte. Zwei Nonnen in weißer Tracht schoben zwei alte Männer, die in Rollstühlen saßen. Einer der Männer rauchte und winkte, obwohl ihm niemand entgegenkam. Almut schien es besser zu gehen. Wir umarmten uns vorsichtig. Ich sagte ein paar möglichst unverfängliche Sätze über die Trauerfeier, doch dann fragte sie etwas, das mich auf der Stelle gefrieren ließ.

»Ich hoffe, du hast ein paar Fotos gemacht, ja? Hast du unser Kind fotografiert?«

Ich tastete nach dem Stuhl hinter mir und musste mich setzen. Meine Atemnot aus der Nacht kehrte zurück. Almut lehnte am

Fenster und sah mich forschend an. Auf ihrem Bett lagen Blätter, vier, fünf Zeichnungen von Bäumen. Auf einem meinte ich, auch ein Gesicht zu sehen, das durch einige Äste hervorlugte.

»Nein«, sagte ich, »ich habe keine Fotos gemacht. Es war alles so traurig und …«

Sie stieß einen kleinen erstickten Schrei aus. »Neun Monate habe ich mein Kind ausgetragen und dann die schwere Operation, und ich bekomme meine Tochter nicht zu sehen, nicht einmal auf einem Foto?«

Ich konnte nichts darauf erwidern. Hatte ich jemals in meinem Leben einen größeren Fehler begangen? Almut schlurfte wieder zum Bett hinüber. Die Hand, die ich ihr als Hilfe reichte, schüttelte sie ab. Sie floh förmlich ins Bett, zog das Laken bis an ihr Kinn hoch und starrte an die Decke.

»Tut mir leid«, sagte ich leise. »Wir haben gedacht, dass es alles noch schwerer machen würde …« Ich verstummte.

Ich sah, wie sich ihr Mund bewegte, sie sagte etwas, ganz stumm, trotzdem konnte ich die Worte von ihren Lippen ablesen: »Das ist unverzeihlich, Anton.«

24.

Nach dem Tod der Tochter hätte ich mich am liebsten auf Wanderschaft begeben, hätte einen Rucksack gepackt und wäre losgelaufen, zur Küste, um das Meer zu sehen, einfach laufen, jeden Tag zwanzig, dreißig Kilometer, die düsteren Gedanken aus dem Kopf verscheuchen, aber es war ausgeschlossen, das auch nur für ein oder zwei Tage zu tun. Ich räumte das Haus auf, so gut ich konnte. In das leere Kinderzimmer stellte ich den Plattenspieler und ließ laut Musik spielen: die Beatles oder auch die Platte mit den Violinkonzerten von Bach.

Nach zwei Tagen konnte ich Almut nach Hause holen. Sie war sehr unsicher auf den Beinen, ständig hantierte sie mit ihrem Nasenspray herum.

Wir sind nun beide verletzt, dachte ich, und wie gehen wir damit um?

Meine Schwiegermutter kam zu Besuch, auch Dieter, Almuts Bruder, aber sie hielten es nie lange aus. Mein Schwiegervater schenkte uns einen Kühlschrank. Wir stellten ihn gemeinsam auf, dann verschwand auch er wieder, stolz, dass er immerhin etwas getan hatte, um uns zu unterstützen.

Am zweiten Tag begann Almut über große Schmerzen im linken Bein zu klagen. Der Oberschenkel war auch heftig angeschwollen. Ich machte ihr kalte Wickel, die aber nicht halfen. Dreimal musste ich den Arzt anrufen, bis er gegen Abend endlich vorbeikam.

»Ihre Frau hat eine schwere Beckenthrombose«, sagte er, als er in der Küche seine Arzttasche packte. Argwöhnisch hatte er sich in unserem leeren Haus umgesehen, ohne jedoch eine Bemerkung zu machen. »Ich habe ihr etwas gespritzt. Sie darf sich nicht bewegen. Wenn der Thrombus sich löst, kann es lebensgefährlich werden.«

Sie hat nicht nur ein Kind verloren, dachte ich, nun ist sie auch richtig krank.

Am nächsten Morgen ging es ihr ein wenig besser. Ich hatte der Versuchung widerstanden, nachts aufzustehen und abermals in der Bretterbude zu schlafen, doch wieder hatten mir Albträume und Luftnot zu schaffen gemacht. Ich trank einen starken Kaffee, dann lief ich zu meinen Schwiegereltern und lieh mir ihren Rekord aus. Bei meiner Isetta war die Schaltung defekt, so dass ich kaum noch anfahren konnte. Demnächst würde der Wagen vermutlich auf dem Schrottplatz landen.

»Ich muss in zwei Tagen wieder arbeiten, aber heute können wir noch einen Ausflug machen. In diesem Haus fällt uns bloß die Decke auf den Kopf.« Von einem Nachbarn hatte ich einen Rollstuhl besorgt.

Almut schaute mich skeptisch an. »Nein«, sagte sie, »ich will nicht aus dem Haus. Ich will gar nichts …«

»Aber ich will«, fiel ich ihr ins Wort. »Du kannst dich nicht die ganze Zeit im Haus verstecken.« Ich half ihr beim Anziehen, dann schob ich sie mit dem Rollstuhl zum Wagen und packte ihn in den Kofferraum.

»Wo willst du mich hinbringen?«, fragte sie angstvoll. Sie fürchtete, dass ich sie zum Friedhof fahren würde, zu Rosemaries Grab. Diesen dunklen Gedanken fing ich von ihr auf.

»Wir fahren zum See«, sagte ich. »Es ist noch warm, die Sonne scheint, und wenn du willst, kannst du deinen Zeichenblock mitnehmen ...«

Ich schob sie um den halben See. Wir waren ganz allein unterwegs, ein paar Vögel schwebten um uns, ein einsames Segelboot zog auf dem Wasser seine Bahn, sonst umgab uns eine völlige Stille. Wir sprachen auch kein Wort. An einer Stelle holte Almut tatsächlich ihren Block hervor und begann zu zeichnen: einen Baum, dessen Zweige tief über dem Wasser hingen – eine Trauerweide vielleicht. Ich zog mich aus und lief ganz nackt in den See. Ein großer Schwimmer war ich nie gewesen, aber nun tat es mir gut, mich im Wasser treiben zu lassen. Ich spürte die Kälte auch nicht.

Als ich zurückkehrte, hatte Almut sich im Rollstuhl aus eigener Kraft zum Ufer, auf einen schmalen Streifen Sand bewegt. Ich tat so, als wollte ich sie nassspritzen, und zum ersten Mal lächelte sie wieder. Sie hatte ein zweites Bild angefertigt – diesmal ohne Baum. Ein ruhiges Wasser, aus dem ein Gesicht auftauchte – ein großer Mund sog die Luft ein. Das sollte ich sein, begriff ich. Sie hatte mich als Taucher gemalt, der kraftvoll Atem holte.

Nass schlüpfte ich in meine Kleider und küsste sie sanft auf den Mund, dann zog ich ihr die Schuhe und Strümpfe aus und schob sie so weit ins Wasser, dass sie ihre Zehen hineintauchen konnte.

»Wir werden damit fertig«, sagte ich. »Wir werden mit allem fertig.«

Sie nickte und beobachtete ihre Zehen, die sie im Wasser auf und ab bewegte.

»Vielleicht habe ich mir zu sehr ein Kind gewünscht«, sagte Almut. »Vielleicht ist es deshalb passiert.«

»So etwas darfst du nicht einmal denken«, sagte ich.

Für einen Moment richtete sie sich auf und machte einen Schritt auf das Wasser zu. Sie schwankte leicht, und es sah fast so aus, als wollte sie sich in den See stürzen, dann sank sie kraftlos zurück.

Ich zog ihr die Strümpfe und Schuhe wieder an. Sie hatte mittlerweile die Augen geschlossen. Ich sah, dass ich sie zu sehr angestrengt hatte.

»Weißt du was?«, sagte sie mit geschlossenen Augen, während ich sie zurück zum Auto schob. »Wir haben gar keine Gänse am See gesehen. Ich dachte, deshalb willst du hinfahren, wegen der Gänse.«

Nein, an die Gänse hatte ich gar nicht gedacht.

Als wir zurückkehrten, lag die Rechnung aus dem Krankenhaus vor der Tür. Einen Briefkasten hatten wir noch nicht. Der erste Brief ausgerechnet vom Krankenhaus. Die Operation und die Nachbehandlung hatten so viel wie ein Kleinwagen gekostet. Jeder einzelne Handgriff, den Frau Doktor Mendenburg vorgenommen hatte, war detailliert aufgeführt. Egal, dachte ich, die Rechnung bezahlt die Krankenkasse, doch dann stellte sich heraus, dass sie für die erste Klasse, für die ich unterschrieben hatte, überhaupt keine Kosten übernahmen. Ich musste das letzte Geld, das eigentlich für ein paar Möbel vorgesehen war, für das Krankenhaus ausgeben. Vor Almut jedoch versteckte ich die Rechnung. An dem Kleinkredit, den ich heimlich für einen Fernseher, ein Sofa und zwei Sessel aufnahm, bezahlte ich fünf Jahre später noch.

Nach meinem Spaziergang zur Tankstelle und zurück – mit einem Kaffee beim redseligen Tankwart Cem, der mir von seinem Lauftraining und seiner Verlobten, einer Deutschen, erzählte, die er nach zehn Jahren endlich heiraten wolle –, konnte ich nicht widerstehen, das Keyboard auszupacken. Es war so groß, dass es kaum auf einen schmalen Esstisch passte. Es hatte nicht nur schwarze und weiße Tasten, sondern ein kleines Display und zig andere Schalter und Vorrichtungen. Ich steckte den Stecker ein, und dann, als ich die erste Taste drücken wollte, legte sich mir eine Hand auf die Schulter. Ich dachte an Paula. Sie hatte es oft fertiggebracht, sich anzuschleichen und mich zu erschrecken, doch nein, Paula war tot. Ich war wieder einmal mit den Zeiten durcheinandergeraten.

Tim, mein Enkel, stand hinter mir. Er lächelte mich an. Neuerdings trug er die Haare wieder kurz, vor ein paar Monaten waren sie noch schulterlang gewesen.

»Anton«, sagte er, »was hast du da?« Er beugte sich vor und griff nach einer der Tasten. »Ein geiles Gerät!«

»Wo kommst du her?«, fragte ich. »Hast du geklingelt?«

Er hielt ein Taschenmesser hoch. »Ich habe geklopft, aber du hast nicht aufgemacht. Da habe ich die Tür selbst geöffnet. Geht ganz einfach.«

Verwundert sah ich ihn an. Mit einem Taschenmesser konnte er meine Tür öffnen!

»Ich hoffe, du hast keinen Kratzer in die Tür gemacht«, sagte ich streng. »Beim nächsten Mal klingelst du.«

Er beugte sich weiter vor, drehte an einem Knopf, dann am nächsten. Plötzlich erklang ein Schlagzeug, recht dumpf, aber sehr rhythmisch. »Super Funktionen an deinem Gerät. Weißt du das?« Das Schlagzeug hallte plötzlich nach, dann kam ein anderer Rhythmus hinzu. Es klang wie eine verzerrte Gitarre. Tim drückte auf eine Taste, und der Hall verstärkte sich. »Geil!«, sagte er.

»Seit wann kannst du Keyboard spielen?«, fragte ich.

»So ein Keyboard ist ganz anders als ein Klavier oder so«, erwiderte er und hantierte an weiteren Schaltern und Tasten herum. »Man muss es programmieren. Spielen muss man es eigentlich gar nicht.«

»Doch«, sagte ich, »ich will es spielen – so wie man ein Klavier spielt.«

»Geht auch«, sagte Tim, und im nächsten Moment hörten das Schlagzeug und der penetrante Rhythmus auf, und als er zwei Tasten anschlug, klangen sie entfernt wie ein Klavier.

»Was willst du denn spielen?«, fragte er.

»›Yesterday‹«, sagte ich. »Von den Beatles.«

Er schaute mich an, als müsste er herausfinden, ob ich noch alle meine Sinne beisammenhabe. »Echt«, sagte er. »Ist vielleicht sogar einprogrammiert, dann spielt sich das Lied von allein.«

»Nein«, sagte ich und hob meine Hände. »Ich will es selbst spielen.«

Tim ließ sich auf den zweiten Stuhl sinken. »Du bist komisch, weißt du das? Aber das sagt Martin auch immer.« Lucie und mein Schwiegersohn fanden es modern, sich beim Vornamen nennen zu lassen.

»Dass ich komisch bin?«

Tim nickte und schaute sich in meinem Wohnzimmer um. »Weil du immer das Gleiche tust – jeden Tag. Aufstehen, rasieren, Kaffee trinken, immer zur gleichen Zeit. Dann Zeitung lesen, immer die Todesanzeigen zuerst. Gegen Mittag dein Spaziergang zur Tankstelle, zwanzig Minuten hin, zwanzig Minuten zurück. Zum Friedhof gehst du jeden Donnerstag um elf Uhr.«

Ja, er hatte recht. »Neuerdings mache ich an der Tankstelle halt und trinke mit Cem, dem Tankwart, meinen Nachmittagskaffee«, sagte ich.

»Schon klar«, erwiderte Tim. Sein Blick flirrte nun wieder über das Keyboard. »Lucie meint, es gibt dir Sicherheit. Du brauchst diese starren Tagesabläufe.«

Sie redeten also über mich. Darüber, dass ich ein starrsinniger, alter Mann geworden war?

»Früher war ich nicht so«, sagte ich.

Tim schüttelte den Kopf. »Nein, ihr wart immer so, auch die Oma. Lucie sagt, als sie ausziehen wollte, seid ihr wütend geworden und habt ihr die Hölle heißgemacht.«

»Wir haben nur gemeint, dass es billiger ist, noch zu Hause zu wohnen. Außerdem war sie viel zu jung damals.«

»Genau«, sagte Tim. Er holte sein Smartphone heraus und blickte auf die Uhr. »Genau das meint Lucie. Fandet ihr nicht komisch, dass sie als Kind mal ganz dick und dann wieder ganz dünn war?«

»Es gab so Phasen«, sagte ich ein wenig gedankenverloren.

»Und jetzt schreibst du ein Buch?«, fragte Tim. »Ein echtes Buch über dein Leben?«

Davon hatte seine Mutter ihm also auch erzählt.

»Ja«, sagte ich, »spricht sich ja schnell in der Nachbarschaft herum. Ich schreibe, weil … weil das Leben sehr schnell vergangen ist.«

Tim schwieg einen Moment, dann summte sein Smartphone. Er holte es hervor und blickte kurz darauf.

»Bist du deshalb gekommen?«, fragte ich. »Um dich nach meinem Buch zu erkundigen?«

Tim sah mich an. Mit den blonden Haaren und den leicht mandelförmigen Augen glich er viel mehr seinem Vater als meiner Tochter. Allenfalls die ein wenig zu großen Schneidezähne und die Form seiner Hände erinnerten an Lucie.

»Nein«, sagte Tim, »ich bin in ... Schwierigkeiten. Es gibt da ein Mädchen an unserem Gymnasium ... Ich brauche Geld, weil ich mit ihr ausgehen will ... Fünfzig Euro, nur vorübergehend.«

»Du bist verliebt«, sagte ich und lächelte.

Vollkommen ernst nickte er. »Könnte man so sagen.«

25.

Selim fehlte mir, obschon ich wusste, dass es lächerlich war. Ein fast dreißig Jahre alter Mann, der sich als kleines Kind einen unsichtbaren Freund eingebildet hatte, litt darunter, dass dieser Freund nicht mehr existierte ... Mit wem hätte ich darüber sprechen können? Mit Almut, die sich langsam erholte, nicht; selbst Paula hätte ich nicht ins Vertrauen ziehen können.

Im Stahlwerk übernahm ich so viele Nachtschichten wie möglich, damit ich tagsüber bei Almut sein konnte. Meistens kam ich mit drei, vier Stunden Schlaf aus. Auch meine Schwiegermutter kümmerte sich rührend um sie. Trotzdem war es, als würde sich etwas in ihr sträuben, gesund zu werden. Wollte sie sich selbst bestrafen? Glaubte sie tatsächlich, sie habe Schuld am Tod unseres Kindes?

Ich tat alles, um sie zu aufzuheitern. Wir gingen ins Kino, einmal sogar ins Theater, in eine Oper, ich verschwieg ihr, dass wir riesige Geldprobleme hatten. Meine Isetta hatte ich verschrotten lassen. Von meinem Vater lieh ich mir das Geld für einen gebrauchten Lloyd 600, so war ich schneller von der Arbeit zurück.

Weil Selim nicht mehr da war, überlegte ich mir etwas anderes. Ich ging zu einer Wahrsagerin. Niemandem erzählte ich davon. Sie wohnte in einem verwinkelten Haus in der Altstadt von Osnabrück. Sie nannte sich Madame Rousseau, obwohl das sicherlich nicht ihr richtiger Name war. Sie sprach auch ohne jeden Akzent. Sie hatte lange schwarze Haare und mochte deutlich über siebzig Jahre alt sein. Ihre Lippen waren kirschrot, und ihr Gebiss, wahrscheinlich künstliche Zähne, wirkte zu groß für ihren Mund. Das Zimmer, in das sie mich führte, war eine Art Zelt. Bunte Tücher hingen von der Decke und an den Wänden. Ich musste mich auf einen Hocker setzen, während sie hinter einem schmalen Glastisch in einem Sessel Platz nahm.

»Sie sind noch ein sehr junger Mann, und Sie haben Kummer«, sagte die Frau.

Ich setzte mich. Plötzlich kam mir das ganze Unternehmen aberwitzig vor. Was, zum Teufel, machte ich hier? Ein seltsamer Geruch erfüllte den Raum, würzig, so ähnlich wie Weihrauch, aber Weihrauch war es nicht.

»Meine Frau …«, sagte ich. »Wir haben kürzlich unser Kind verloren, und jetzt …«

»Sie sind aus der Balance«, sagte die Frau. Von irgendwoher hatte sie Karten geholt, die sie nun geschickt mischte.

Ich wollte schon wieder aufstehen. Alles hatte ich mir vorgestellt, aus der Hand lesen, in eine Glaskugel blicken, aber nicht, dass die Wahrsagerin sich ganz simpel die Karten legen würde.

»Sie sind ein guter Mensch«, sagte Madame Rousseau. »Das sehe ich sofort – auch ohne in meine Karten zu schauen, aber das Leben … das Leben ist nicht immer auf der Seite der Guten.« Sie legte Karten aus, drehte sie wieder herum und betrachtete sie lange. Es war kein normales Kartenspiel, sondern mit seltsam anmutenden Figuren. Immerhin wenigstens keine Karten, mit denen man gewöhnlich Skat oder Doppelkopf spielt, dachte ich.

»Sie waren jung und doch im Krieg, und Kinder … ja, Kinder sind das Problem.« Sie schwieg und blickte auf den Glastisch. Ihr Gesicht wurde von ihren langen Haaren bedeckt. Ihre Fingernägel waren genauso rot wie ihr Mund, fiel mir auf, und ihre Hände waren uralt, an den Fingerkuppen leicht verkrüppelt, und wurden von dicken Adern durchzogen.

»Auf Kinder sollten Sie sich nicht viel Hoffnung machen – ich sehe da nur einen Schatten. Könnte sein, dass daraus aus Kind wird, muss aber nicht.« Sie sah mich an und lächelte. »Aber Sie haben ja auch Intuition, spüren auch gewisse Dinge, nicht wahr?« Wenn sie lächelte, sah ihr großes Gebiss in dem zu kleinen kirschroten Mund noch grotesker aus.

Ich nickte. Von den Gänsen und dem gelegentlichen Gedankenlesen wollte ich lieber nichts erzählen.

»Sie werden aber immer zurechtkommen«, fuhr die Frau fort, nun wieder mit ihren Karten beschäftig, »Sie sind ja auch als kleiner Junge mit allem zurechtgekommen, und wenn Sie keine Hilfe bekamen, haben Sie sich diese Hilfe selbst besorgt oder eingebildet.«

Sprach sie von Selim? Konnte es sein, dass die Wahrsagerin von ihm wusste, dass sie möglicherweise die leere Stelle auf meiner Schulter sehen konnte?

»Ich bin nicht sehr mutig«, sagte ich unvermittelt, »besonders jetzt, nach dem Tod unserer Tochter.«

»Doch«, widersprach die Wahrsagerin entschieden, »Sie sind im Grunde sehr mutig. Sie gehen immer weiter, aber es gibt da etwas …« Wieder hatte sie die Karten gemischt und sie unglaublich flink ausgelegt. »Sie haben einmal eine ganz schwarze Wolke eingeatmet, vielleicht waren sie da noch ein Kind. Diese Wolke macht sie krank. Erst wenn Sie diese Wolke ganz und gar ausgeatmet haben, werden Sie glücklich sein, spät, vielleicht nie … Nein«, korrigierte die Wahrsagerin sich. »Wahrscheinlich wird es eine lange Zeit dauern, viel länger, als Sie hoffen und denken, aber jeder Mensch lebt nicht nur ein Leben – manche haben drei oder vier, manche gar sieben Leben, wie eine Katze. Aber da rede ich nicht von Wiedergeburt oder solchen Dingen – falls Sie verstehen.«

Sie lächelte mit ihren kirschroten Lippen. Dann griff sie hinter sich und hielt mir ein Glasschälchen hin. Das Schälchen war leer, und ich verstand erst nicht, was sie mir damit sagen wollte. Dann begriff ich: Die Zeit war bereits abgelaufen, sie wollte, dass ich meinen Zwanzig-Mark-Schein dort hineinlegte.

Aber was ist mit meiner Frau?, wollte ich sie fragen. Wie sollen wir weiterleben? Wie kann ich ihr helfen?

Die Wahrsagerin bemerkte mein Zögern. Mit ihren beinahe schwarzen Augen sah sie mich an, nun verständnisvoll, gütig geradezu. »Keine Angst«, sagte sie, »es wird sich alles finden, aber erst ist da diese schwarze Wolke, die sie ausatmen müssen. Es wird auch wehtun.«

Als ich wieder vor ihrer Tür stand, ärgerte ich mich. Zwanzig Mark hatte ich ausgegeben, ein kleines Vermögen, und was hatte ich bekommen: die Warnung vor einer schwarzen Wolke und das Gerede von sieben Leben.

Almut ging es langsam, Woche für Woche, besser, aber ich hatte das Gefühl, sie gar nicht mehr zu kennen. Ihre Launen wechselten wie das Wetter, mal war sie schweigsam und in sich gekehrt, dann wieder aufgekratzt und redselig. Sie färbte sich die Haare, ein leuchtendes Rot, das mir gar nicht gefiel, und gelegentlich stand sie nachts auf. Dann ging sie in die Küche und nippte heimlich an einer Flasche Cognac, die sie unter der Spüle versteckt hatte. Als ich einmal von der Spätschicht früher nach Hause kam, war sie nicht da. Sie sei mit ihrem Bruder Dieter unterwegs gewesen, erklärte sie, als sie drei Stunden später auftauchte. Mit ihrem Nasenspray, mit dem sie sich eingesprüht hatte, hatte sie ihre Alkoholfahne überdecken wollen.

Warum hast du plötzlich Geheimnisse vor mir?, hätte ich sie am liebsten angeschrien, doch auch meine Gedanken gerieten auf Abwege. Wieder dachte ich an Australien. Wäre all das auch passiert, wenn wir nach Australien gegangen wären? Könnte ich sie vielleicht doch noch überzeugen wegzugehen? Aber nun hatten wir ein Haus. Ich hatte auch wie versprochen einen Kirschbaum in den Garten gepflanzt.

Als Almut wieder einmal nicht zu Hause war, als ich vom Stahlwerk zurückkam, durchsuchte ich die Wohnung. Die schlimmsten Gedanken strichen mir durch den Kopf. Hatte sie einen Freund?

War sie deshalb so abweisend? Ich war darauf gefasst, Liebesbriefe zu finden, Rechnungen von irgendwelchen heimlichen Rendezvous, doch was ich in ihrem Nachtschrank entdeckte, war eine Zeichnung. Sie hatte unser totes Kind gezeichnet, ein sanftes, wie harmlos schlafendes Puppengesicht, das tatsächlich Ähnlichkeit mit Rosemarie besaß, und daneben stand ein Brief, nein, lediglich der Anfang eines Briefes: »Liebste Rosemarie, ich habe Sehnsucht … Mein Körper ist so leer ohne dich …«

Ich legte die Zeichnung zurück und lief zum Friedhof. Noch nie war Almut mit mir zusammen hier am Grab gewesen. Sie brauche noch Zeit, hatte sie stets entschuldigend erklärt.

Almut saß im Dämmerlicht auf einer Bank, ein Stück von Rosemaries Kindergrab entfernt, sie hatte ihren Block dabei und zeichnete.

Es ist nur die Trauer, sagte ich mir, als ich sie so sah. Sie trauert, deshalb ist sie so kühl und fremd.

Mit einem Lächeln empfing sie mich und tat, als wäre es nichts Besonderes, dass ich sie auf dem Friedhof antraf. »Ich brauchte ein wenig frische Luft«, sagte sie, »und da dachte ich, ich gehe hierher …« Sie hielt mir den Block hin. Ein Baum war darauf zu sehen, natürlich, und ein Stein mit Rosemaries Namen.

»Du hast recht«, sagte ich. »Wir müssen uns um einen Grabstein kümmern.« Ich hatte dieses Vorhaben noch beiseitegeschoben, weil ich keinen Pfennig dafür gehabt hätte.

Almut nickte, dann rollten ihr Tränen über die Wangen. »Ich möchte bald wieder anfangen zu arbeiten, aber was hältst du davon, wenn wir vorher eine kleine Reise machen – so etwas wie eine nachgeholte Hochzeitsreise?«

Ich hatte keinen Urlaub mehr, nicht einen Tag, aber ich sagte sofort zu. Für drei Tage fuhren wir ans Meer, nach Norderney. Für den Freitag reichte ich eine Krankmeldung ein. Man musste mit einer Fähre übersetzen. Das war Almut besonders wichtig. Eine Insel musste es sein, ein eigenes Stück Land, abgetrennt vom Rest der Welt.

Kaum hatten wir den Fuß auf die Insel gesetzt, war Almut völlig verändert. Es herrschte zwar Winterwetter, und fast alle Cafés und Restaurants hatten geschlossen, aber das machte uns nichts aus. Sie hakte sich bei mir unter, sie hatte noch irgendwoher – vermutlich von ihren Eltern – Geld aufgetrieben und lud mich zum Essen ein, und nachts sagte sie es mir: »Ich weiß, dass du Angst hast, dass du mich deshalb nicht anfasst, aber ich will ein Kind, unbedingt.«

Ich habe Angst und berühre dich deshalb nicht? Das wollte ich sofort abstreiten, doch stattdessen sagte ich: »Du bist noch krank, Almut. Du musst dich erholen.«

»Nein«, sagte sie, »nein, so ist es nicht.«

In der Nacht tat sie etwas, das sie noch nie getan hatte. Sie verführte mich. Ich spürte den Wein in meinem Kopf, Alkohol war ich nicht gewohnt, ihre Hände strichen über meine Brust, meinen Bauch, legten sich sanft um meinen Penis.

»Ein Kind«, flüsterte sie, »wir können das.«

Seltsamerweise fielen mir die Worte der Wahrsagerin ein – was hatte sie gesehen? Ein Schatten, aus dem vielleicht ein Kind wurde.

Als wir zurückfuhren, wich Almut nicht von meiner Seite. »Ich färbe mir nie wieder die Haare«, sagte sie. »Versprochen, und in der Schwangerschaft trinke ich auch keinen Tropfen Alkohol.«

Die nächsten Wochen verliefen entspannt, beinahe heiter. Almut ging an zwei Tagen wieder in ihren Salon, sie war nicht schwanger geworden, aber das hatte ihre gute Stimmung nicht beeinträchtigt.

Dann aber holten mich die Worte der Wahrsagerin ein. Der Tag der schwarzen Wolke kam. Es war April geworden, der Frühling war angebrochen, endlich die ersten warmen Tage.

Im Stahlwerk gab es eine Röntgenreihenuntersuchung.

»Fühlen Sie sich manchmal kurzatmig?«, fragte mich der Arzt, während er mich mit einem Stethoskop abhörte. Ein älterer Mann mit Hornbrille, der einen weißen Kittel und grüne Gummihandschuhe trug.

»Eigentlich nicht«, antwortete ich.

»Eigentlich nicht heißt so viel wie: Ja, manchmal, nicht wahr?«

Ich wusste darauf nichts zu sagen. Ich schlief noch immer schlecht, der Wechseldienst bekam mir nicht, auch wenn in der Nacht meistens nichts zu tun war, und die schwere Zeit nach Rosemaries Tod hing mir noch in den Knochen.

»Ich fühle mich nicht krank und nicht gesund«, sagte ich, und während ich die Worte aussprach, kamen sie mir widersinnig vor.

»Ja, genauso kann es sich anfühlen«, entgegnete der Arzt überhaupt nicht verwundert. »Sie schwitzen leicht, haben dann und wann Atemnot, denken aber, es ist nichts Ernstes.« Er schwieg einen Moment, steckte sein Stethoskop in die Tasche seines Kittels und sah mir in die Augen. »Es ist aber etwas Ernstes. Ich schreibe Ihnen eine Überweisung zum Lungenfacharzt. Ich fürchte, Sie sind an Tuberkulose erkrankt.«

26.

»Sie sind hier, wenn Sie so wollen, auf einer Atemschule«, sagte eine Ärztin, die mit ihrer blonden Pagenfrisur und ihrer Hornbrille wie zwanzig aussah, aber gewiss über dreißig sein musste. »Sie lernen wieder zu atmen – tief ein und aus. Das Leben besteht aus Atmen.«

Der Lungenfacharzt hatte die Diagnose Tuberkulose bestätigt. Damit fiel ich unter das Seuchengesetz und durfte nicht mehr arbeiten. Eine Woche später wurde ich in den Harz verschickt, in ein Dorf bei Clausthal-Zellerfeld. Ich fühlte mich nicht wirklich krank und hoffte auf leichte Wanderungen durch den Harz, aber die Ärztin erklärte mit einem Lächeln: »Sie dürfen sich nun auf ein paar Wochen Ruhe freuen. Im Wesentlichen werden Sie nichts anderes tun, als sich im Liegestuhl, unter einer warmen Decke auf der Terrasse aufzuhalten, den Ausblick auf den Wald zu genießen und zu atmen.«

Nicht einmal eine Zeitung oder ein Buch sollten wir mit auf die Terrasse nehmen. Ich hatte mir zumindest einen Kassettenrekorder gekauft, so dass ich auf dem Zimmer ein wenig Musik hören konnte. Almut hatte sogar eine Kassette besprochen – dass ich bald wieder gesund werden solle und dass sie gewiss eine Weile ohne mich zurechtkommen werde. Zum Glück hatte sie die Arbeit in ihrem

Salon so gut verkraftet, dass sie einen dritten Tag – meistens den Samstag – übernehmen konnte, um ihre Stammkunden zu frisieren. Ansonsten hätte meine Krankheit uns vermutlich in den Ruin getrieben.

Ich begriff erst in den ersten Stunden in dem Liegestuhl, dass ich nun als krank galt. Ich war von der blonden Ärztin als schwer lungenkrank eingestuft worden, damit gehörte ich unter den zweihundert Patienten zu den härteren Fällen.

Schon nach einer Stunde begann ich mich zu langweilen. Wie lange sollte ich hierbleiben? Von sechs Wochen war die Rede gewesen. Sechs Wochen liegen und atmen und auf einen Wald blicken. Na großartig! Ich hatte ein Haus, das kaum eingerichtet war, ich hatte einen Garten, in dem, abgesehen von dem eingepflanzten Kirschbaum, nichts eingesät und angelegt war, und ich hatte eine Menge Schulden.

Zwei alte Männer, von denen einer heftig hinkte, lagen neben mir. Der eine begann nach fünf Minuten laut zu schnarchen.

Niemals, dachte ich, niemals hältst du es hier länger als eine Woche aus.

Bereits um sechs Uhr am Abend wurden wir in den Speisesaal der Klinik geführt, der besonders ungemütlich aussah: blauer Linoleumboden, helle Resopaltische, an denen man auf Plastikstühlen, vielleicht weil sie abwaschbar sein mussten, zu viert Platz nehmen sollte. Ich bekam einen Tisch zugewiesen, an dem drei ältere Männer saßen, unter ihnen der Schnarcher von der Terrasse. Beklommen stellte ich mich vor, niemand entgegnete etwas, lediglich ein Nicken war die Antwort.

Dann jedoch trat eine Frau auf, die ich am Nachmittag bereits aus der Ferne gesehen hatte. Sie musste um die fünfzig sein, ihre Haare waren so weiß, dass sie unecht aussahen, als würde sie eine Perücke tragen, ein enganliegendes Kleid betonte ihre schlanke Figur. Suchend schaute sie sich um, dann steuerte sie geradewegs auf unseren Tisch zu, und ich las den Gedanken, der in ihren Augen stand, als sie mich fixierte: »Mit diesem jungen Mann möchte ich ins Bett gehen.«

Ich spürte einen Hustenreiz, aber ja, kein Zweifel, diesen Gedanken hatte diese Frau.

Mit einer betont süßlichen Stimme wandte sie sich an den Mann neben mir. »Hänschen«, sagte sie, »ich habe gehört, im Büro ist ein Telefonat für dich. Ich glaube, dein Frauchen will dich sprechen.«

Der Mann neben ihr, der kleingewachsene Schnarcher, sagte: »Wirklich, Inga?«

»Wenn ich es doch sage.« Sie stemmte die Hände in die schmalen Hüften, dann, nachdem der Mann mühsam aufgestanden war, um Richtung Ausgang zu hinken, schob sie sich neben mich.

Sie roch nach Parfüm, als sie sich vorbeugte. »Hänschen hat es mit der Pumpe – Herz und Lunge, ein besonders schwerer Fall. Ich bin Inga – Inga aus Berlin. Und was bist du für einer? Bist du auch etwas Besonderes?«

Ich nannte meinen Namen und erklärte, ich sei am Vormittag angereist, mein erster Tag in der Klinik.

Inga winkte ab. Ihre Fingernägel waren knallrot. »Weiß ich doch«, sagte sie, »bist mir doch gleich aufgefallen. Schau dich doch mal um. Dreißig Frauen und hundertfünfzig Männer, alles Soldaten, aber du …« Sie schaute mir direkt in die Augen – ihre hatten einen grünlichen Schimmer. »Du bist kein Soldat, du bist jung.«

Doch, wollte ich erwidern, ich war auch Soldat, aber dann fiel mir ein, dass sie es so nicht gemeint hatte. Die meisten Männer waren älter, so alt wie sie, über fünfzig, sie waren noch im Krieg gewesen.

Eine Küchenhilfe brachte uns eine Kanne Kaffee, ansonsten war der Tisch bereits gedeckt, mit Brot, Butter und Marmelade, alles nicht sehr einladend zurechtgemacht.

Die beiden Männer neben mir begannen zu essen, während Inga nur Kaffee trank. Dann kehrte der Mann, den sie mit Hänschen angesprochen hatte, mit enttäuschter Miene zurück.

»Hast dich geirrt«, sagte er ein wenig knurrig. »War kein Anruf für mich.«

Inga lächelte honigsüß. »Hänschen, sei so gut, würdest du dich an meinen Tisch setzen. Ich bin heute so viel herumgerannt, mir fällt der Laufen ein wenig schwer.«

Hänschen schaute sie an, er öffnete den Mund, um zu widersprechen, doch dann schloss er ihn wieder, ohne ein Wort zu entgegnen, und schlurfte davon, an einen Tisch, an dem drei ältere Frauen saßen.

»Na, hat doch ein gutes Herz, unser Hänschen«, meinte Inga. Sie trank einen Schluck Kaffee, während ich mir recht widerwillig, weil ich überhaupt keinen Hunger verspürte, ein Brot schmierte.

»Nun sind wir ja unter uns«, sagte Inga und berührte meinen linken Arm. »Was bist du für jemand, Anton? Wo kommst du her?«

Aus Bohmte, wollte ich nicht sagen, aber nein, dieses Dorf würde sie nicht kennen. »Aus Osnabrück«, sagte ich.

»Und was gibt es da so – in Osnabrück?«, fragte sie ein wenig spöttisch.

»Wir haben einen Dom«, erwiderte ich.

»Einen Dom! Wie schön! Und was ist mit Frauen – gibt es da auch schöne Frauen?«

Ich sah sie an. Ihre Augen lachten – sie machte sich lustig über mich, gleichzeitig stand da immer noch: Junger Mann, in meinem Bett ist ganz viel Platz für dich.

»Ja«, sagte ich, nun mit festerer Stimme, »in Osnabrück gibt es viele schöne Frauen.«

Sie deutete auf den Ehering an meiner Hand. »Na, da hast du ja wohl auch eine abgekriegt, aber …« Sie wandte theatralisch den Kopf. »Wenn ich das so recht betrachte, ist sie wohl gerade nicht hier, oder?«

So eine Frau wie Inga hatte ich noch nie erlebt. Sie schüchterte mich ein und faszinierte mich gleichzeitig.

Als das Abendessen beendet war und wir alle auf unsere Zimmer gehen sollten, raunte sie mir zu: »Ich residiere übrigens in der vierten Etage – Zimmer 413, am Ende des Ganges, falls du Sehnsucht bekommen solltest.« Dabei blinzelte sie mir zu.

Beim Verlassen des Speisesaals nickte sie in verschiedene Richtung, zwei, drei Männer sprachen sie an, und die wenigen Frauen bedachten sie mit gehässigen Blicken.

Was hatte das alles zu bedeuten? Ich war verwirrt. Verhielt sich diese Frau bei allen Neuankömmlingen so, oder galt ihr so offenkundiges Interesse tatsächlich mir?

Am nächsten Tag hielt ich nach ihr Ausschau, während ich auf meiner Liege auf der Terrasse lag. Es war ein wolkiger, dunkler Tag, recht kühl, Nebel hing in den Bäumen. Hänschen neben mir schlief nach fünf Minuten wieder ein.

Wir sollten tatsächlich mindestens fünf Stunden liegen – kein Spaziergang, kein Nachmittagskaffee, liegen und atmen.

Ich nutzte trotzdem die Gelegenheit, auf der Terrasse umherzugehen. Keine Inga, nirgendwo war sie zu sehen.

Am Abend am Tisch tauchte sie jedoch wieder auf. Mit strahlender Miene und glänzender Laune setzte sie sich wie selbstverständlich neben mich. Der Schnarcher hatte sich gehorsam an den Tisch mit den drei Damen platziert.

»Habe mich heute ein wenig rargemacht, Antönchen«, sagte Inga und ergriff meinen Arm. »War unpässlich. Spätes Frauenleiden, da fragt keiner genauer nach. Musste dann heimlich ein wenig spazieren gehen.«

Sie trank wieder nur Kaffee. »Wie war der erste richtige Tag in unserem kleinen Paradies? Da kollabiert einem doch vor Langeweile die Lunge, oder nicht?«

Ich musste ihr recht geben, und ich spürte auch, dass ich mich freute, sie zu sehen.

»Wie lange sind Sie schon hier?«

»He, wir duzen uns, klar«, sagte Inga. »Ich bin im Krieg verschüttet worden, das ist mir auf die Lunge geschlagen. Bin jetzt fast sechs Wochen hier – sozusagen noch ganz frisch. Die meisten bleiben ein paar Monate.«

Ein paar Monate! Der Schrecken fuhr mir in die Glieder.

Später, als ich schon meinen Pyjama anhatte, klopfte es an meiner Tür. Inga stand da, in einem blauen Trainingsanzug, der besonders am Oberkörper sehr eng anlag.

»Tut mir leid, wenn ich störe«, sagte sie, viel leiser, als sie gewöhnlich sprach, »aber ich habe nur eine Bitte.« Sie hob eine Schachtel mit Zigaretten in die Höhe. »Muss ich irgendwo verstecken. Bei mir filzen die Schwestern ständig.«

Ohne meine Erlaubnis abzuwarten, ging sie an mir vorbei ins Zimmer und steuerte geradewegs auf eine Zeichnung von Almut zu, die ich an eine Wand geklebt hatte – die einzige Erinnerung, die ich mir erlaubt hatte. Sie hatte unser Haus mit einem riesigen Kirschbaum gezeichnet.

»Ups«, sagte Inga, »der Junge kann ja sogar zeichnen. Toll.« Dann steckte sie sich eine Zigarette an und ging zum Fenster, das ich halb geöffnet hatte.

»Ich bin so«, sagte sie, »immer geradeheraus. Du gefällst mir. Du bist ein kluger, sanfter Schweiger.« Sie rauchte wie eine Süchtige, inhalierte ganz tief und mit geschlossenen Augen. »Ich weiß«, sprach sie weiter. »Frauenbesuch ist nach einundzwanzig Uhr nicht erlaubt. Die haben wohl Angst, dass hier Orgien ausbrechen.« Plötzlich lachte sie. »Hier bei den Lungenkranken – Orgien, ausgerechnet.« Ernst sah sie mich dann an. »Ich tue immer so lustig, aber eigentlich bin ich es nicht.« Dann schnippte sie die Zigarette aus dem Fenster, ging an mir vorbei, drückte mir einen Kuss auf die Wange und verschwand.

Wie hätte ich die Wochen ohne Inga ausgehalten? Tagsüber, während wir auf der Terrasse lagen, sah ich sie fast nie, aber abends kam sie regelmäßig. Manchmal lagen wir dann sogar nebeneinander auf dem Bett, aber mehr als ein Wangenkuss passierte nicht.

Von irgendjemand hatte ich erfahren, dass Inga Schauspielerin war, dass sie nur noch eine halbe Lunge hatte und eigentlich ein hoffnungsloser Fall war, aber ich wagte es nicht, sie danach zu fragen. Besuch erhielt sie auch nie, oder wenn, dann verbarg sie ihn vor mir.

Almut kam alle drei, vier Wochen, während mein Aufenthalt sich immer weiter hinzog, weil meine Leberwerte sich eher verschlechterten als verbesserten. Beim ersten Mal war Franz dabei. Da Besuch über Nacht nicht so gerne gesehen wurde, hatten sie sich in einem Hotel einquartiert. Ganz offiziell durfte ich sogar bis zum Morgen bei Almut bleiben. Sie hatte sich stabilisiert; der Arzt hatte lediglich darauf bestanden, dass sie gegen die Gefahr einer neuen Thrombose bestimmte Strümpfe trug, die sie hasste. Alles, was sie mir von der Arbeit und ihren Eltern erzählte, kam mir fern und fremd vor. Meine Welt bestand nun im Wesentlichen aus einer Terrasse und einem Speisesaal – und aus Inga.

Als Almut mich das zweite Mal besucht hatte – diesmal mit ihrem Bruder Dieter, was mir gewisse Sorgen bereitet hatte, weil er oft betrunken Auto fuhr –, klopfte Inga spätabends an meine Tür.

»Ich glaube«, sagte sie lächelnd, »ich möchte auch einmal über Nacht bleiben.« Sie wusste also wieder genau, wo ich abgeblieben war.

Ich winkte sie herein, zu meiner eigenen Überraschung froh, sie zu sehen.

Sie rauchte ihre obligatorische Zigarette, und zum ersten Mal wagte ich, ihr Fragen zu stellen, die über das übliche Geplauder hinausgingen.

»Bist du wirklich eine Schauspielerin, wie alle sagen?«

Sie lehnte am Fenster, inhalierte wie so oft mit geschlossenen Augen und zog die Augenbrauen in die Höhe. »So, das sagen alle?« Sie öffnete die Augen und lächelte mich an. »Allmählich wirst du neugierig, ja, kleiner Anton? Wurde auch Zeit. Ich erzähle gerne Geschichten, aber ja, ich war beim Schillertheater in Berlin, habe allerdings nur kleine Rollen gespielt, eigentlich bin ich Schneiderin, habe da in der Requisite gearbeitet – bis dieser Scheißkrieg losging. Dann war ich Hilfsschwester.«

Sie schnippte ihre Zigarette aus dem Fenster. Da unten musste ein ganzer Haufen liegen, kam mir in den Sinn, trotzdem war sie noch nicht aufgeflogen.

Geräuschlos kam sie zu mir, legte sich neben mich. Ihre Hand strich sanft über meine Brust.

Warum eigentlich nicht?, dachte ich zum ersten Mal. Warum soll sie nicht einmal über Nacht bleiben? Würde es jemand mitbekommen? Und ein Mal ist kein Mal.

Sie knöpfte geschickt mein Hemd auf, dann spürte ich ihre Hand auf meiner Brust.

»Ich habe einen Mann in Berlin – ein hohes Tier in der Politik. Deshalb bin ich auch noch hier. Denn eigentlich bin ich ein hoffnungsloser Fall. Meine Lungen haben allenfalls zwanzig Prozent Leistungsfähigkeit.« Ihre Hand war sehr warm.

Ich wandte den Kopf und sog ihren Geruch ein. Sie roch, als hätte sie vor ein paar Minuten ihren Körper eingecremt.

»Warum rauchst du dann?«, fragte ich flüsternd.

»Weil ich gerne rauche und weil es keinen Unterschied mehr macht«, sagte sie. »Ich bin eigentlich auch eine Provinznudel – so wie du. Ich komme aus Eberswalde, dann bin ich nach Berlin gegangen. 1938 ans Theater. Die große weite Welt. Ich bin sogar in Berlin geblieben, als die Bomben fielen und die Russen kamen.«

Sie schloss die Augen, ihr Gesicht wirkte plötzlich hart und müde.

»Und warum besucht dein Mann dich nicht?«, fragte ich.

»Weil ich anders bin«, sagte sie, als wäre das eine Erklärung. Dann erhob sie sich abrupt und stand auf. »Da bin ich wie alle hier – ich rede nicht gerne über die Vergangenheit, und ich mag dich. Du bist so … unschuldig. Alle in diesem Land sind schuldig, weißt du das? Wenn ich die Männer da unten sehe, die schlechtgelaunten, schweigsamen Huster und Schnarcher, dann muss ich immer daran denken, was sie wohl im Krieg gemacht haben. Wie viele Mörder sitzen da? Wie viele Vergewaltiger? Du bist nicht so einer, Anton.« Sie kehrte von der Tür zurück und küsste mich. Hart und fordernd schob sich ihre Zunge in meinen Mund, doch als ich sie an mich ziehen wollte, wich sie zurück.

»Bald«, flüsterte sie, »bald erzähle ich dir vielleicht die ganze Geschichte.«

Dann verließ sie mein Zimmer.

Was tue ich da?, dachte ich. Beginne ich, meine Frau zu betrügen?

Wenn es Selim, meinen Däumling, noch gegeben hätte, hätte ich nun die halbe Nacht mit ihm gesprochen. Stattdessen hörte ich mir Almuts Kassette an – ihre lieben, harmlosen Worte, die mich aber gar nicht erreichten. Am nächsten Tag werde ich darum bitten, nach Hause fahren zu dürfen, oder man soll mich in eine andere Klinik überweisen, nahm ich mir vor. Stattdessen hielt ich sehnsüchtig nach Inga Ausschau, die jedoch nirgends zu sehen war.

In der Mittagszeit, als alle wieder im Speisesaal versammelt waren, nur sie nicht, schlich ich zu ihrem Zimmer. Auf dieser Etage wohnten nur Frauen, hier war ich noch nie gewesen.

Ich klopfte an, und ein zaghaftes »Ja bitte?« antwortete mir.

Inga lag unter einer Decke auf dem Bett, die Vorhänge waren zugezogen. »Ich möchte nichts essen«, sagte sie mit geschlossenen Augen.

»Ich bin es – Anton«, flüsterte ich.

»Anton!« Sie richtete sich mühsam auf. Ihr Gesicht war aschfahl. »Mit dem Atmen läuft es heute nicht so«, sagte sie.

Ich entdeckte eine Nierenschale neben ihrem Bett, die voller Blut war.

»Kann ich etwas tun?«, fragte ich.

Sie schüttelte den Kopf und sank wieder zurück. »Vielleicht hältst du kurz meine Hand, bevor du wieder gehst.«

Ich hielt ihre Hand und hatte das Gefühl, ihre Atmung veränderte sich. Kurz kam mir der Gedanke: Sie stirbt doch wohl jetzt nicht! Aber nein, ihre Atmung wurde ruhiger und sogar ein wenig tiefer.

Ich sah, dass auf dem kleinen Tisch, der in jedem Zimmer stand, gerahmte Fotografien aufgebaut waren. Zwei Fotos von Inga als junge Frau – blond, selbstbewusst lachend, mit wehenden langen Haaren und einem roten Schal. Mit diesem Aussehen hätte sie leicht ein Filmstar werden können. Den älteren Mann auf einem Foto kannte ich – ein berühmter Schauspieler, dessen Name mir jedoch nicht einfiel. Dann das größte Bild: eine elegant wirkende Frau, deren dunkles Haar in Wellen um ihren Kopf floss, und – ein kleineres Foto – ein älterer Mann mit einem grauen Schnauzbart.

»Ja, sieh dich ruhig um«, sagte Inga unvermittelt, ohne die Augen zu öffnen. »Der eine Mann ist Gustav Knuth, mit ihm habe ich in einem Film mitgespielt. Ich war seine Tochter und hatte sogar ein wenig Text, und der andere Mann ist mein werter Gatte – mein Versorger, wenn du so willst.«

»Und die Frau – wer ist diese schöne Frau?«, fragte ich.

»Das ist Henny«, sagte Inga, dann machte sie eine wedelnde Handbewegung, die wohl bedeuten sollte: Ich möge jetzt wieder gehen.

Ruhig atmete sie weiter. Es gefiel mir, ihre Hand zu halten, doch als ich Stimmen auf dem Gang hörte und das Gefühl hatte, sie sei eingeschlafen, ging ich wieder.

Zwei Wochen bekam ich Inga nicht zu Gesicht. Einmal meinte ich, sie im Speisesaal zu sehen, doch so entfernt, dass ich mir nicht sicher war. Die Schwestern verrieten mir nichts über ihren Aufenthalt, nur so viel: Sie sei noch eine Patientin, doch über ihren Zustand dürfe man nicht sprechen.

Einmal glaubte ich auch, ihren Mann im Foyer zu sehen – ein sehr großer, etwas korpulenter Herr von gewiss mehr als sechzig Jahren. Ich wagte jedoch nicht, ihn anzusprechen.

Eines Abends, als ich schon glaubte, sie nicht mehr wiederzusehen, klopfte es gegen einundzwanzig Uhr an meiner Tür. Ich dachte, es sei eine Krankenschwester. Hatte ich wieder vergessen, beim Abendessen meine Medikamente zu nehmen?

Inga stand da, sie trug kein Kleid, sondern einen gelben Bademantel.

»Mein kleiner Anton ist ja noch da«, sagte sie, als wäre ich es, der in den letzten Wochen verschwunden war.

»Wo warst du?«, fragte ich und zog sie förmlich in mein Zimmer.

Sie lächelte. »Mir ging es nicht so gut – und dann musste ich in Berlin etwas erledigen. Testament und so.« Sie sagte diese Worte ganz leichthin, während sie sich eine Zigarette ansteckte. Sie war ein wenig dünner geworden, glaubte ich zu erkennen, ihre Haut spannte sich über den Wangenknochen.

»Dabei habe ich gar nichts zu vererben«, sprach sie weiter. »Aber mein werter Gatte wünschte es so.« Sie öffnete das Fenster einen Spalt. Kalte Luft flutete herein. Es war Herbst geworden.

Ich fing einen Gedanken von ihr auf. »Heute möchte ich dich küssen, Anton, richtig küssen.«

»Ich bin gekommen, um dir eine Geschichte zu erzählen, bevor wir endlich miteinander schlafen. Denn das wollen wir doch, nicht wahr?« Inga sah mich vom Fenster forschend an.

Ich sagte nichts, dann merkte ich aber, wie ich vorsichtig nickte.

Sie rauchte seelenruhig weiter. In dem wenigen Licht, das von meiner Nachtlampe fiel, kam sie mir so schön vor wie niemals zuvor, dabei waren an ihrem Hals und um ihren Mund tiefe Falten zu sehen.

»Was für eine Geschichte?«, fragte ich, weil sie nicht weitersprach.

Sie schnippte die erste Zigarette durch das Fenster, doch statt zu mir zum Bett zu kommen, zündete sie sich eine zweite an. »Ich mache mir eigentlich nichts aus Männern. Ich meine, ja, manche Männer gefallen mir, aber meine große Liebe war eine Frau: Henny. Du hast ihr Bild bei mir gesehen. Henny war Opernsängerin in Berlin. Da haben wir uns kennengelernt, aber dann, als der Krieg ausbrach, ist sie zurück zu ihrer Familie nach Ostpreußen. Ein-, zweimal habe ich sie da besucht. Sie hatte zwei Kinder von einem Drecksack von Mann: den kleinen süßen Uwe und die kluge Lotte. Sagt dir der Name Gustloff etwas?«

Ich schüttelte den Kopf. Möglicherweise hatte ich den Namen schon einmal gehört, doch ich verband nichts damit.

»Du bist doch auch ein Flüchtling, nicht wahr? Die Gustloff war eigentlich ein Kreuzfahrtschiff, dann ein Truppentransporter. Henny hatte unter großen Mühen drei Passagen erstanden – im Januar 1945. Sie wollte mit ihren Kindern nach Skandinavien fliehen, nach Stockholm oder Oslo. Da wollten wir uns nach dem Krieg wiedertreffen.«

Inga verstummte. Nun fiel mir wieder ein, dass ich die Geschichte doch kannte. Das Schiff war von Torpedos getroffen und gesunken – etliche tausend Menschen waren gestorben.

»Deine Freundin und ihre Kinder sind nie in Skandinavien angekommen?«

»Nein, sind sie nicht«, sagte Inga. »Damit hat mein Leben aufgehört. Danach habe ich nie wieder jemanden so richtig mit ganzem Herzen geliebt. So, das ist meine Geschichte.« Sie warf ihre zweite Zigarette aus dem Fenster. »Weißt du eigentlich, dass ich jeden Morgen meine Kippen aufhebe, damit uns niemand entdeckt?« Lächelnd kam sie zu mir. Im Gehen legte sie ihren Bademantel ab. Sie trug nur ein dünnes Hemd darunter. Ich konnte ihre kleinen weißen Brüste sehen.

Wir küssten uns, dann zog sie mich aus. Für einen Moment lachte sie über meine lange weiße Unterhose, dann legte sie sich auf mich. Ganz verschämt schaltete sie die Nachttischlampe aus.

»Im Dunklen gefällt es mir besser«, sagte sie leise.

Kurz dachte ich an Almut, doch mit ruhigen, zarten und gleichzeitig sehr sicheren Berührungen verdrängte Inga diesen Gedanken. Sie hatte den mageren Körper eines Kindes. Als ich in sie eindrang, spürte ich ein Gefühl, das ich noch nie gehabt hatte: einen Moment der Schwerelosigkeit.

Hinterher lag sie in meinen Armen und atmete ruhig und gleichmäßig. Niemals wäre ich auf die Idee gekommen, dass sie lungenkrank sein könnte.

»Bist du eigentlich musikalisch?«, fragte sie plötzlich.

Ich hörte ihr Herz schlagen, und vielleicht hatte sie auch das heftige Pochen in meiner Brust gespürt.

»Ich höre gern die Beatles«, sagte ich und, weil ich sie ein wenig beeindrucken wollte, fügte hinzu: »Manchmal auch Violinkonzerte von Bach.«

»Du bist bestimmt musikalisch«, sagte sie. »Ich höre gerne Jazz – Louis Armstrong, Count Basie, Duke Ellington, Musik, die früher verboten war. Ich kannte mal einen GI … Na, eine andere Geschichte.«

Diese Namen waren mir völlig unbekannt.

»Das erste Lied von den Beatles, das ich je gehört habe, hieß ›Sie liebt dich‹«, sagte ich, ohne zu wissen, warum.

Inga wandte den Kopf und sah mich an. Ihre Augen schimmerten. »Ja, ein wenig liebe ich dich, Anton«, sagte sie. »Und es wäre schön, wenn wir noch mehr Zeit füreinander hätten. Ich könnte dir ein paar Dinge beibringen.«

»Haben wir doch«, sagte ich. »Noch ein wenig Zeit.«

»Nein, haben wir nicht.« Inga entzog sich meiner Umarmung. »Ich muss gehen, leider.«

Ich sah, wie sie im dunklen Zimmer nach ihrem Hemd und ihrem Bademantel griff.

An der Tür verharrte sie kurz. »Ja, du bist sicher musikalisch«, flüsterte sie, und dann sagte sie noch etwas, das wie eine Zeile aus einem Gedicht klang und mich völlig verwirrte. »Dein Leben sei ein langes Lied, Anton.«

Am nächsten Tag zeigte Inga sich nicht, aber ich dachte mir nichts dabei. Dieses geheimnisvolle Verschwinden und Auftauchen war ich mittlerweile gewohnt, doch als sie auch in der nächsten Woche nicht einmal abends auftauchte, fragte ich nach und erfuhr, dass sie ihre Behandlung abgebrochen hatte und nach Berlin zurückgekehrt war.

Als Almut drei Tage später kam, wunderte sie sich über meine gedrückte Stimmung.

»Sind deine Werte wieder schlechter geworden?«, fragte sie besorgt. Diesmal war Paula in ihrer Begleitung dabei, die mich so forschend ansah, als ahnte sie etwas von meinem Geheimnis.

»Nein«, erwiderte ich, »die Werte sind sogar ein wenig besser geworden. Es ist nur so …« Ich hatte überlegt, ob ich ihr meinen Fehltritt gestehen sollte, doch nun, von Angesicht zu Angesicht, kam es mir ausgeschlossen vor. »… ich fühle mich so abgetrennt von allem. Ich bin jetzt fünf Monate hier, und es ist kein Ende abzusehen.«

Wir trafen uns wieder im Hotel. Paula hatte Fotografien von ihren Kindern mitgebracht, sie war sehr stolz, den weiten Weg mit dem Auto hinter sich gebracht zu haben, obschon Herwarth es ihr hatte ausreden wollen.

Als Almut kurz auf ihrem Zimmer war, fragte meine Schwester: »Anton, was genau bedrückt dich?«

Ich sah sie an, ich wollte sie nicht anlügen, ich konnte ihr aber auch nicht die Wahrheit sagen. »Ich denke über mein Leben nach«, erklärte ich vage, »wie alles weitergehen soll.«

Paula legte den Kopf schief und betrachtete mich, wie sie das auch als Kind schon getan hat. »Ich hoffe, du wirst bald wieder gesund«, sagte sie mit ungewohnt strenger Stimme. »Almut braucht dich. Jeden dritten Abend telefonieren wir, und sie …«

Sie hatte noch etwas hinzufügen wollen, doch Almut kehrte zurück. Ich erkannte erst in diesem Moment, dass sie ein neues Kleid trug und auch eine Handtasche bei sich hatte, die ich nicht kannte.

In der Nacht schliefen wir zusammen, doch war es, als wären wir nicht allein im Zimmer, als wäre auch Inga irgendwie dabei.

Anfang Dezember, nach fast acht Monaten in der Klinik erfuhr ich, dass ich entlassen werden konnte. Ich war nicht geheilt, doch sie wollten ein Mittel an mir ausprobieren, das noch recht neu war: Kortison.

Als ich am 22. Dezember, zwei Tage vor meinem Geburtstag, in Bohmte eintraf, erwartete mich Almut mit zwei Überraschungen. Die erste betraf unser Haus, es war weiß verputzt worden, Herbert, mein Schwager, hatte eine großartige Arbeit geleistet, außerdem hatten meine Brüder den Garten angelegt – eine Rasenfläche mit dem Kirschbaum wurde von drei Beeten gesäumt. Meine Bretterbude hatten sie versetzt und einen Geräteschuppen daraus gemacht. Ich war ehrlich erfreut.

Am Abend erfuhr ich die zweite Überraschung: Almut war schwanger.

Ich tat, als wäre ich hochbeglückt, nahm Almut in den Arm und küsste sie, doch in Wahrheit quälte mich mein schlechtes Gewissen. Die Gedanken an Inga, an diese andere, sehr unkonventionelle Frau, ließen mich nicht los.

Jene eine Nacht mit Inga habe ich Almut nie gestanden, auch wenn ich es mir oft vorgenommen habe.

Ende Januar, als Almut glaubte, das Kind schon spüren zu können, erhielt ich einen Brief ohne Absender: Nichts anderes steckte darin als eine Todesanzeige: Inga Maria Tiefensee, geborene Großhoff, war im Alter von fünfundfünfzig Jahren in Berlin verstorben. Der Poststempel auf dem Brief lautete Clausthal-Zellerfeld. Offenbar hatte doch jemand von den Schwestern oder den Patienten von unserem Verhältnis gewusst.

Teil IV

27.

In zwei Tagen ist es so weit. Ich werde Verona wiedersehen. Meine Nervosität steigt. Am liebsten würde ich absagen. Liebe Verona, leider nimmt mich mein Buch zu sehr in Anspruch, daher kann ich zu meinem Bedauern nicht zu unserem Treffen kommen. Ich habe ihre Telefonnummer – ich könnte ihr einfach eine SMS schreiben, und dann könnte ich auch gleich den Termin bei ihrer Tochter verschieben. Liebe Frau Merle Gabler, da ich sehr intensiv an einem Buch arbeite, ist es mir leider nicht möglich, Sie in den nächsten zwei Wochen zu meiner ersten Klavierstunde aufzusuchen. Ich hoffe, Sie haben Verständnis.

Nein, ich weiß genau, dass ich beide Termine nicht absagen werde. Es ist gewissermaßen eine Pflicht daraus geworden.

Am Morgen kam mir mein Rasierspiegel wie eine Waffe vor, die sich immer stärker gegen mich wandte. Wer war dieses alte faltige Gesicht mit den trüben Augen, das mir da entgegenblickte? Verona würde es gewiss nicht erkennen und einfach weiterlaufen, an mir vorbei.

Während ich mich anstarrte, diesen kleinen Ausschnitt meines Gesichts, überfiel mich eine tiefe Sehnsucht. Wie gerne würde ich noch einmal die junge Paula erleben, wie sie mit gefurchter Stirn über unseren Hof ging und zu mir sagte: »Anton, ich habe es gesehen: Du hast wieder mit dir selbst geredet!« Wie gerne säße ich mit Almut einfach in unserem Wohnzimmer. Wir schauen eine Quizsendung im Fernsehen und freuen uns, wenn wir die Antwort vor den Kandidaten wissen. Oder wie gerne würde ich meinen Großvater begleiten, eingehüllt von seinem Tabakduft, und ihm helfen, die Gänse zu füttern.

»Du wirst ein alter Mann mit zu vielen Erinnerungen«, sagte ich dem Rasierspiegel. Dann klappte ich ihn zusammen und begutachtete meinen Kleiderschrank. Die letzten Dinge hatte ich mir vor acht, neun Jahren gekauft, aber musste ich, wenn ich Verona gegenübertrat, nicht ein wenig modischer wirken? Ich probierte eine Cordhose an, die mir ein wenig zu weit geworden war. Nein, sagte ich mir, während ich mich vor dem Spiegel in meinem Schlafzimmer drehte, ich würde noch in die Stadt fahren und mir etwas Neues zum Anziehen kaufen.

Es fiel mir schwer, mich nach der Rückkehr aus der Lungenheilanstalt wieder einzugewöhnen. Ich galt auch nicht als geheilt, sondern war noch weitere zwei Monate krankgeschrieben, danach würde ich auch nicht wieder als Elektriker im Schichtdienst arbeiten können. Das Stahlwerk hatte mir eine andere Beschäftigung angeboten: die Werkzeugausgabe. Die Arbeit war deutlich einfacher, kein Schichtdienst mehr, aber sie wurde auch viel schlechter bezahlt.

Wenn ich ehrlich war, vermisste ich Inga. Nachdem ich ihre Todesanzeige gelesen hatte, konnte ich zwei Tage nichts essen und trauerte stumm. Ich hatte sie nicht wirklich geliebt, aber sie hatte mich fasziniert, durch die Art, wie sie sich gab – freier und unkonventioneller als alle Frauen, denen ich zuvor begegnet war, und sie hatte mich zum Nachdenken gebracht. Die eine Szene ging mir nicht aus dem Sinn – wie sie die Männer im Speisesaal angesehen und bezeichnet hatte. Nein, eigentlich hatte sie mir und sich Fragen gestellt: Was waren das für Männer? Warum waren sie so stumm? Was hatten sie im Krieg gemacht – waren es Mörder und Vergewaltiger?

Almut verstand nicht, dass ich mich auf einmal für den Krieg interessierte. Sie war sehr mit sich beschäftigt, horchte in sich hinein. Wie ging es dem Kind? Verlief die Schwangerschaft planmäßig? Mindestens einmal in der Woche war sie beim Arzt.

Ich hingegen las alles, was ich über den Eichmann-Prozess fand, der gerade einmal gut fünf Jahre vergangen war, und eines Sonntags fuhr ich zu Heinrich und meinem Vater und erklärte, ich müsse mit ihnen sprechen. Mein Vater war anfangs sehr aufgeräumt und freundlich. Er glaubte, ich brauche Geld für die Babyausstattung. Mittlerweile hatten alle meine Geschwister Kinder, Heinrich sogar bereits vier – ich war wieder einmal der Letzte in der Reihe. Als ich ihn jedoch fragte, ob er vom Schicksal der Juden, von den Konzentrationslagern gewusst habe, verhärteten sich seine hageren Gesichtszüge.

»Deshalb bist du gekommen?«, fragte er. »Du warst fast ein Jahr lang krank, und bei deinem zweiten Besuch stellst du mir solch eine Frage?«

»Ja«, sagte ich. »Genau das tue ich. Ich habe Zeit zum Nachdenken gehabt, und die Männer in der Klinik waren fast alle Soldaten gewesen, doch keiner hat darüber gesprochen.« Inga erwähnte ich wohlweislich nicht.

Mein Vater nickte. »Über das Schreckliche zu sprechen ist schwer, manchmal sogar unmöglich. Ich habe auch so gut wie nie über meine Verwundung geredet – im Ersten Weltkrieg. Da war ich noch keine achtzehn.« Er sah an mir vorbei, seine Augen schienen ins Leere zu blicken. »Nein«, sagte er dann, »wir haben nicht genau gewusst, was mit den Juden passiert ist. Der Textilhändler aus Berlinchen war plötzlich verschwunden, sein Geschäft war geplündert, die Scheiben waren eingeschlagen worden.« Daran konnte auch ich mich erinnern. »Genauso war es mit dem Juwelier und mit einem Viehhändler, aber wir haben nicht gefragt. Wir hatten Angst, die Wahrheit zu erfahren. Wir hatten gehofft, sie wären im Ausland – in England oder in Amerika.« Mein Vater verstummte, sein Blick richtete sich wieder auf mich. Er nickte mir zu – ein hartes, barsches Nicken. Mehr habe ich nicht zu sagen, bedeutete diese Kopfbewegung.

Von Heinrich, der erst später dazukam, nachdem er sein Vieh gefüttert hatte, wollte ich wissen, ob er im Krieg einen Schuss abgefeuert habe.

Er lachte zunächst. »Was ist mit dir, Anton?«, fragte er. »Du wirst Vater, deine Lunge ist kaputt. Hast du keine anderen Sorgen?«

»Nein«, sagte ich, »hier und in dieser Sekunde ist das meine einzige Sorge.«

Als mein ältester Bruder bemerkte, dass es mir ernst war, wurde auch er ernst. »Ich habe nicht mit einem Gewehr geschossen, wenigstens nicht auf Menschen«, sagte er. »In den letzten Kriegstagen musste ich eine Flugabwehrkanone bedienen – eine Flak 41. Fünfundzwanzig Schuss pro Minute. Damit sollten wir Tiefflieger treffen. Haben wir aber nicht. Man hat uns getroffen. Fünf meiner Kameraden sind ums Leben gekommen, direkt neben mir. Die Schreie höre ich immer noch.« Er schwieg einen Moment. »Ich habe etwas darüber aufgeschrieben. Vielleicht zeige ich es dir mal. Ich habe jedenfalls keinen umgebracht, wenn du das meinst. Ganz im Gegenteil, in der Gefangenschaft haben wir uns gegenseitig gerettet – so gut es eben ging. Aber darüber will ich nicht sprechen, auf keinen Fall.« Plötzlich hatte er Tränen in den Augen. Ich hatte Heinrich noch nie weinen sehen, nicht einmal beim Tod unserer Mutter.

Seine Frau kam ins Wohnzimmer. Hildegunde war mir von allen meinen Schwägerinnen die liebste. Mit einem Blick erfasste sie die Situation, und sie schien auch mitbekommen zu haben, worüber wir gesprochen hatten.

»Anton«, sagte sie so streng, wie ich sie noch nie erlebt hatte, »ich glaube, es ist gut. Du hast deinen Vater schon aufgeregt. Heinrich hatte einen schweren Tag. Außerdem muss er noch zur Apotheke fahren. Achim ist krank.«

Achim war ihr jüngster Sohn – er war acht Monate alt. Ich begriff, dass sie mich sanft hinauskomplimentieren wollte.

»Es ist sehr schön, dass ihr nun auch bald Nachwuchs bekommen werdet«, fügte Hildegunde freundlicher hinzu. »Ich hoffe, du passt auf Almut auf.«

»Almut geht es gut«, sagte ich. »Ich achte sehr auf sie.« Das war eine Lüge. Ich tat, als wäre ich an ihr und der Schwangerschaft interessiert, in Wahrheit war ich innerlich völlig unbeteiligt. Das änderte sich erst im Frühjahr, als ihr Bauch sich zu wölben begann.

Im April, als Almut im sechsten Monat war, erwachte ich nachts durch ein lautes Geräusch, dann erschreckte mich ein Schrei. Ich sprang auf und eilte in den Flur hinaus. Am Ende der schmalen Treppe, die zum Dachboden führte, lag Almut. Sie jammerte und hielt sich den Knöchel.

»Was ist passiert?«, fragte ich.

»Ich bin gestürzt …«, stammelte sie. »Ich habe ein Geräusch gehört … oben auf dem Dachboden. Eine Eule … sie ist irgendwie durch das Fenster geflogen.« Dann zuckte sie plötzlich zusammen, offenkundig nicht, weil ihr der Knöchel wehtat, sondern weil sie Schmerzen im Unterleib hatte.

Mühsam half ich ihr auf. »Ist alles in Ordnung?«, fragte ich voller Sorge.

Sie hielt sich an mir fest. »Mein Bauch«, keuchte sie. »Das Kind … Es darf jetzt noch nicht kommen.«

Waren durch den Sturz Wehen ausgelöst worden? Konnte das sein? Ich legte sie auf das Bett in unserem Schlafzimmer, dann rief ich den Bereitschaftsarzt an, der mir versprach, so bald wie möglich zu kommen.

Die wenigen Sekunden, die ich sie, um zu telefonieren, hatte allein lassen müssen, hatten Almut noch panischer werden lassen. Sie wand sich vor Schmerzen. Schweiß trat ihr auf die Stirn. Sie umklammerte meine Hand. Ich versuchte, meine Unruhe zu überspielen. »Alles wird gut«, sagte ich. »Der Arzt ist unterwegs.«

»Es darf nicht wieder schiefgehen«, flüsterte Almut. »Hörst du?«

Ich nickte. Auch mir war der Schweiß ausgebrochen. Es war ein Uhr in der Nacht. Nirgendwo um uns brannte ein Licht, und eine Sirene oder das Geräusch eines Motors vernahm ich auch nicht.

»Ich habe es dir nie gesagt«, murmelte Almut, während sie immer wieder zusammenzuckte. »Der Arzt hat mir geraten, nicht wieder schwanger zu werden. Es sei zu gefährlich … für mich und für …« Sie holte tief Luft und schrie dann auf. Nun konnte ich auch sehen, wie ihr Bauch sich zusammenzog.

»Es wird alles gut«, wiederholte ich und hielt ihre Hand noch fester. Ich musste an Hildegunde denken, wie sie in Wehen auf dem Bett gelegen hatte, aber da war es mir richtig vorgekommen – und sie war im neunten Monat schwanger gewesen.

Almut begann wieder zu jammern. Tränen liefen ihr über die Wangen. »Du musst bei mir bleiben«, keuchte sie. »Du darfst mich nie verlassen. Versprichst du mir das?«

»Ja«, sagte ich. »Das verspreche ich. Ich bin bei dir – in guten und in schlechten Zeiten. Haben wir uns doch geschworen.«

Almut wand sich wieder. Ich legte ihr meine andere Hand auf den Bauch. Krämpfe schüttelten sie durch.

»Du musst gleichmäßiger atmen«, sagte ich und versuchte ruhig zu wirken. In Wahrheit schlug das Herz in meiner Brust, als würde ich um mein Leben rennen.

Almut nickte. »Ich will nicht bestraft werden«, keuchte sie. »Nicht schon wieder.«

Ich hatte es immer geahnt: Den Tod unserer Tochter hatte sie als eine Strafe angesehen – irgendein Gott oder die Vorsehung hatte ein grausames Urteil über sie gefällt.

Endlich – es mochten allerdings erst zehn Minuten vergangen sein – klingelte es der Tür. Ein vierschrötiger Mann in einem hellen Mantel stand da, sein großer schwarzer Lederkoffer flößte mir gleich Vertrauen ein.

»Doktor Schrameyer«, stellte er sich vor. »Ihre Frau hat vorzeitige Wehen?«

Kurz berichtete ich ihm vom Sturz und Almuts Schmerzen im Unterleib. Er schaute mich besorgt an und eilte dann in unser Schlafzimmer.

Auch auf Almut wirkte der Arzt augenblicklich beruhigend. Routiniert horchte er ihren Bauch mit einem Stethoskop ab, tastete sie dann ab und gab ihr schließlich eine Spritze. »Keine Sorge«, erklärte er sanft. »Das Kind lässt sich noch ein wenig Zeit. Es kommt noch nicht.«

»Ja«, flüsterte Almut und nickte heftig, »ja, gut.« Ihr fielen die Augen zu, doch noch immer schien sie Krämpfe zu haben.

Der Arzt schaute mich an, während er seine Utensilien in seiner Tasche verstaute. »Es ist alles in Ordnung. Die Herztöne des Kindes sind kräftig. Ihre Frau hat sich durch den Sturz aufgeregt. Diese Aufregung hat vorzeitige Wehen ausgelöst.«

Er drückte mir die Hand und ging.

Almut lag mit geschlossenen Augen da. Eine Welle des Mitleids erfasste mich, und ich begriff zum ersten Mal wirklich, was wir getan hatten. Gegen den Rat des Arztes bekamen wir ein Kind. Almut hatte sich vorsätzlich in Gefahr gebracht.

»Es tut mir leid«, brachte sie unvermittelt hervor, ohne die Augen zu öffnen. »Ich wollte auf dem Dachboden nur nachsehen … Ich wollte mein Kind nicht umbringen … Nein, bestimmt nicht.« Wieder schüttelte sie sich, doch nun ohne Kraft, als wäre ihre Lebensenergie bereits aus ihr herausgeflossen.

»Der Arzt hat gesagt, es ist alles in Ordnung.« Ich setzte mich auf die Bettkante und ergriff ihre Hand, die auf einmal eiskalt war, und dann kam mir ein Gedanke, der so dunkel und weit war, dass er mich bis ins Mark erschreckte: Wenn Almut auch dieses Kind verliert, wird sie es nicht überleben.

28.

Die Monate bis zur Geburt waren, als würden wir vorsichtig über Eis laufen, das unter unseren Füßen knackte und riss und drohte, ganz nachzugeben. Almut gab ihre Arbeit im Salon auf; meistens lag sie im Bett und las, oder ihre Freundin Dagmar oder ihre Mutter waren bei ihr. Ich war in stetiger Sorge um sie, ich fuhr zur Arbeit und sofort wieder zurück. Dann kochte ich und kümmerte mich um die Wäsche. Außerdem richtete ich das Kinderzimmer ein, Herrmann half mir, ein Bettchen und einen Schrank mit einer Klappe zu bauen, auf der man das Kind wickeln konnte. Nachts, wenn Almut schlief, rechnete ich unsere Ausgaben durch. Wir lebten bescheiden, wir hatten unser Haus mit Hilfe der Verwandten und Freunde sehr günstig errichtet, trotzdem würde mein Gehalt nicht ausreichen, ohne Nachtarbeit mit Zulagen. Ich würde mir einen Nebenerwerb oder eine neue Arbeit suchen müssen. Herrmann wollte mich überreden, als Nebenerwerb Kaninchen zu züchten, im Garten hätte ich doch Platz genug für etliche Ställe, Paula bot mir an, am Wochenende Fleischlieferungen auszufahren, und mein Vater erklärte, mit Sämereien habe er damals vor seinem Hausbau eine Menge Geld verdient. Alles Ratschläge, mit denen ich nichts anfangen konnte.

Ich wusste selbst, wie lächerlich es war, aber erneut fehlte mir Selim – dieser unsichtbare Däumling auf meiner Schulter, der mich auf eine Idee hätte bringen können.

In meiner Verzweiflung beschloss ich, die Wahrsagerin aufzusuchen, ohne allerdings einen Termin zu haben. Hatte sie mir nicht in gewisser Weise meine Lungenkrankheit prophezeit, als sie von der schwarzen Wolke gesprochen hatte?

Auf dem Weg zu ihr fuhr ich hinter einem Lieferwagen her, auf dem ein Schild aufgeklebt war. »Monteur gesucht – guter Verdienst!« An einer Ampel sprang ich heraus und klopfte ans Fenster der Fahrertür. Skeptisch kurbelte ein Mann von etwa vierzig Jahren die Scheibe herunter. »Stimmt was nicht?«, fragte er argwöhnisch. In seinem Mundwinkel hing eine angezündete Zigarette.

»Alles in Ordnung«, sagte ich hastig. »Was für Monteure werden da gesucht? Ich bin Elektriker.«

Seine Zigarette wippte auf und ab und gab ein Rauchzeichen von sich, als er lächelte. »Dachte schon, am Wagen wäre was kaputt. Wir bauen Küchen auf«, sagte er. »Riesige Firma, aber gutes Geld. Ich war früher Klempner, da musste ich mir auf zugigen Baustellen die Hände schmutzig machen. Ist heute besser …«

Die Ampel wechselte auf Grün, hinter uns hupte jemand, aber das störte den Fahrer nicht. Seelenruhig leerte er eine Zigarettenschachtel und schrieb eine Telefonnummer darauf. »Ruf da an«, sagte er. »Wenn sie dich zu einem Gespräch einladen, darfst du nicht in einem Kittel oder so kommen. Gute Kleidung – ist denen wichtig.« Er reichte mir die Schachtel, tippte sich an die Stirn und gab dann Gas.

Ein paar Sekunden stand ich da, ignorierte das Hupen der anderen Autos und war sicher, dass ich eine neue Arbeit bekommen würde. Die Telefonnummer begann mit den Ziffern meines Geburtstages 2412. Den Besuch bei der Wahrsagerin sparte ich mir.

Vier Wochen später, nach einem Vorstellungsgespräch in Bremen, war ich ein Bauknecht-Mann. Die Firma hatte den Werbespruch

»Bauknecht weiß, was Frauen wünschen«, den ich bei jeder Gelegenheit zu hören bekam. Meine Arbeit bestand darin, durch die Gegend um Osnabrück und Oldenburg zu fahren und Küchen anliefern zu lassen und aufzubauen. Nach irgendwelchen Krankheiten wurde ich zum Glück nicht gefragt, so musste ich nicht darüber sprechen, dass ich fast ein Jahr lang in einer Klinik gewesen war.

Kurz vor Lucies Geburt, als Almut zur Sicherheit bereits im Krankenhaus war, musste ich zur Einarbeitung bei einem Kollegen mitfahren. Er sollte mich gegen Mittag zurückbringen, doch er fuhr weit auf das Land, der Aufbau einer Küche dauerte auch viel länger als geplant. Als Entschuldigung kaufte ich einen Blumenstrauß und hoffte, dass ich nicht zu spät eintraf. An der Pforte des Krankenhauses erfuhr ich dann, dass unser Kind bereits auf der Welt war. Die Besuchszeit sei jedoch seit einer Stunde abgelaufen.

»Ich darf Sie leider nicht mehr hereinlassen«, sagte der Pförtner, ein einarmiger Mann mit Glatze, »aber versuchen Sie es am Hintereingang, da können Sie wahrscheinlich durchschlüpfen.«

Ich eilte um das Gebäude, schlich an zwei rauchenden Pflegern vorbei, doch am Eingang der Entbindungsstation wurde ich von einer herrischen Krankenschwester in Ordenstracht rüde abgewiesen. Sie nahm mir mit strenger Miene den Blumenstrauß ab und sagte: »Die Blumen gebe ich Ihrer Frau, aber herein dürfen sie nicht mehr. Alle schlafen schon.«

Es war eine glatte Lüge, wie ich genau wusste. Die Tür wurde zugeschlagen. Hinter der Milchglasscheibe sah ich die Nonne verschwinden.

Traurig fuhr ich mit dem Bus in das leere Haus zurück. Es war der 30. Juli 1967. Ich war Vater geworden, aber ich hatte keine Ahnung, ob es ein Mädchen oder ein Junge war. Nicht einmal das hatte die Schwester mir sagen wollen. Meine Blumen hatte sie auch nicht weitergegeben, erfuhr ich am nächsten Tag, als ich meine Tochter endlich im Arm halten konnte. Die Geburt hatte Almut so mitgenommen, dass sie kaum aufstehen und noch fast eine Woche im Krankenhaus bleiben musste.

In einem Buch, das ich einmal gelesen hatte, während ich bei einem Kunden im Auto auf eine verspätete Lieferung wartete, war von den wunderbaren Jahren die Rede gewesen, die federleicht, ohne Narben zu hinterlassen, vergangen waren. Waren die Jahre nach Lucies Geburt solche federleichten Jahre gewesen?, frage ich mich, während ich an meinem Esstisch sitze und meine eigene alte Hand beobachte, die mit einem Füllfederhalter blaue Worte auf das Papier kratzt. Es war schön, ein kleines Mädchen aufwachsen zu sehen. Mein Schwiegervater, der damals kurz vor seiner Rente stand, hat unzählige Fotos von Lucie gemacht, die sein einziges Enkelkind war und bleiben sollte. Jeden der ersten Monate von Lucies Entwicklung könnte man auf diesen Fotos verfolgen: die erste Ausfahrt in einem breiten, sehr hohen Kinderwagen, die stolze Mutter, im Kostüm, lächelnd, mit hochtoupierten Haaren, das Kind im Arm, die ersten Schritte von Lucie an der Hand der Großmutter … Ich bin auf diesen Fotos oft nicht zugegen oder wenn, dann stehe ich einen Schritt abseits, als würde ich nicht ganz dazugehören.

Nachdem Almut mit unserer kleinen Tochter endlich aus dem Krankenhaus gekommen war, lief ich am nächsten Morgen in aller Frühe zum Friedhof. Ein seltsamer Impuls hatte mich aufgeschreckt, als müsste ich Rosemarie, unserem ersten Kind, erklären, dass nun ein zweites Kind eingezogen war. Zu ihrem Grab ging ich auch viel häufiger als Almut, sie besuchte es recht widerwillig, hatte ich den Eindruck, vielleicht, weil sie mir insgeheim immer noch Vorwürfe machte, dass es kein Foto von Rosemarie gab.

Ich war froh, dass Lucie so schnell heranwuchs, aber gleichzeitig genoss ich es, allein in meinem Wagen unterwegs zu sein. Ich war mein eigener Herr, ich konnte Musik hören, so laut ich wollte, ich konnte mir meine Pausen einteilen, wann es mir passte.

Einmal an einer Tankstelle, als ich vom Bezahlen zurückkehrte, saß eine junge Frau auf dem Beifahrersitz. Sie mochte Anfang zwanzig sein, hatte kurze struppige Haare und trug eine Nickelbrille.

Um Entschuldigung heischend blickte sie mich an. »Sorry, die Tür war offen«, sagte sie, »dachte, ich könnte vielleicht ein Stück mitfahren.« Sie hatte eine blaue Jeans an und eine schwarze, dünne Lederjacke. Sie sah irgendwie aus wie die Leute, die man wenig später Hippies nannte. Auf ihren Knien lagen ein schwarzer Stoffsack und ein Rucksack.

»Wo willst du denn hin?«, fragte ich. Noch war ich in Osnabrück, aber ich wollte zu einer Kundin nach Vechta.

»Egal«, sagte sie, »habe Ärger mit meinem Freund, muss nur eine Weile weg.«

Ich nickte und ließ den Motor an. Eigentlich nahm ich keine Anhalterinnen mit, aber dieses Mädchen machte einen bekümmerten Eindruck.

Wir fuhren aus der Stadt hinaus. Das Mädchen schwieg und starrte wie suchend auf die Straße.

»Kommst du aus Osnabrück?«, fragte ich.

Sie sah mich an. Noch immer wirkte sie bedrückt. »Hast du Kinder?«, fragte sie, statt zu antworten.

»Ja, eine kleine Tochter«, sagte ich. »Und ich bin sehr stolz.«

»Darf man in diese Welt Kinder setzen?«, fragte das Mädchen. Sie lehnte sich zurück. Allmählich schien sie sich zu entspannen.

»Fragt ihr euch das – dein Freund und du?«, entgegnete ich. Die Frage, ob man in diese Welt Kinder setzen dürfe, hatte ich mir nie gestellt. Vier Kinder hatte Almut haben wollen, nun hatten wir ein Kind, und ein zweites würde wohl kaum dazukommen.

»Mein Freund will erst die Welt verändern«, sagte das Mädchen. »Das ist die Voraussetzung. Siehst du das nicht auch so?«

»Nein«, sagte ich, »das sehe ich nicht so.« Kurz dachte ich daran, von meiner Flucht zu sprechen, von den schwierigen Jahren vor dem Krieg und dass meine Eltern nie auf die Idee gekommen wären, mit Kindern zu warten, bis die Zeiten vielleicht besser geworden wären.

Als das Mädchen schwieg, fragte ich: »Und wie wollt ihr die Welt verändern?«

»Es muss eine Revolution geben«, sagte sie. »Daran arbeiten wir. Die Fabriken müssen für die Menschen da sein, nicht umgekehrt.«

»Ja«, sagte ich matt, »so sollte es sein.«

Plötzlich lächelte das Mädchen. »Wir haben Nacktfotos von mir gemacht. Die will ich meinen Eltern zum Geburtstag schenken. Wie würdest du das finden?«

Ich schaute sie von der Seite an. Wollte sie mich auf den Arm nehmen? Ihre Eltern mochten so alt wie mein Bruder Heinrich sein, also nicht sehr viel älter als ich.

»Ich weiß nicht«, sagte ich. »Ich glaube, ich würde mich nicht darüber freuen. Ein gemaltes Bild wäre mir lieber.«

»Bist du ein Spießer!« Das Mädchen lachte laut auf, und ich bog zum Bahnhof in Vechta ab, um sie dort abzusetzen.

»Du hast mir gar nicht deinen Namen genannt«, sagte ich zu ihr.

Sie zuckte mit den Schultern, während sie in ihren schwarzen Stoffbeutel langte. »Marie heiße ich.«

»Und wo willst du nun hin? Zurück zu deinem Freund?«, fragte ich.

»Vielleicht zum Meer«, sagte das Mädchen. Sie legte mir einen Fünfzig-Mark-Schein auf das Armaturenbrett. »Vielen Dank, Mister Bauknecht, hast mir echt geholfen.« Dann sprang sie heraus und winkte mir freundlich zu, bevor sie im Bahnhofsgebäude verschwand.

Der Geldschein fühlte sich nagelneu an, komplett unbenutzt.

Am nächsten Morgen las ich in der Zeitung von einem Bankraub, den ein junger Mann in Osnabrück verübt hatte. Ihn hatte man zwar gefasst, weil der Fluchtwagen, ein alter Opel, einen Defekt gehabt hatte, aber sein Komplize war mit dem Geld entkommen. Die Beute hatte zwölftausend Mark betragen.

Fast war ich sicher, dass Marie – oder wie auch immer das Mädchen in Wahrheit heißen mochte – diese Komplizin gewesen war.

29.

Lucies Einschulung gestalteten wir sehr feierlich. Wir hatten eine lange festliche Tafel im Garten aufgebaut. Almuts Eltern kamen, ihr Bruder Dieter, auch mein Vater und zwei Kolleginnen aus dem Salon und zwei Nachbarinnen. Lucie genoss es, im Mittelpunkt zu stehen. Sie hatte der Schule seit Monaten entgegengefiebert, nun endlich war sie ein großes Mädchen. Sie konnte auch schon fast alle Buchstaben malen.

Am späten Nachmittag unseres kleinen Festes jedoch gerieten die Dinge aus der Balance.

Dieter, der nun über vierzig Jahre alt war und immer noch bei seinen Eltern wohnte und der wegen Trunkenheit am Steuer bereits zweimal den Führschein verloren hatte, begann laut anzügliche Lieder zu singen. Als ich ihn bat, leise zu sein, traf mich ein hasserfüllter Blick, und ich las auch den Gedanken, der ihm durch den Kopf ging: »Du bist ein Idiot, Anton Busch, und du bist gar nicht gut genug für meine Schwester.«

Ich nahm ihm die Bierflasche aus der Hand und sagte, er solle sich lieber einen Kaffee holen. Dann brachte ich meinen Vater nach Hause, der so müde war, dass er beinahe auf seinem Stuhl eingeschlafen wäre. Der alte Mann hatte sich ein weißes Hemd und eine enge Weste angezogen, in der er kaum atmen konnte.

Als ich nach einer knappen Stunde zurückkehrte, war Dieter immer noch nicht gegangen. Er hatte mindestens drei weitere Flaschen Bier getrunken. Allein mit Almut saß er am Tisch und erklärte großspurig, dass er demnächst ein Geschäft aufbauen werde – er werde teuren Wein aus Frankreich importieren. Die Leute in der Stadt würden genau auf so etwas warten. Besten Wein, den er billig einkaufen und teuer verkaufen werde. Auch Almut hatte getrunken, ihr Blick war glasig.

»Wo ist Lucie?«, fragte ich sie streng.

»Meine Mutter liest ihr eine Geschichte vor und bringt sie dann ins Bett«, antwortete sie mit schwankender Stimme.

»Ja«, sagte ich ironisch. »Du bist hier ja beschäftigt.«

»Warum soll Almut nicht ein wenig Spaß haben?«, mischte sich Dieter ein. Er hielt eine neue Flasche Bier in der Hand, mit der er weit ausholende Bewegungen machte.

Verächtlich starrte ich ihn an. Noch niemals, nicht einmal während der Zeit bei der Armee hatte ich die Neigung verspürt, jemanden am Kragen zu packen und wegzuzerren, doch nun musste ich diesen Impuls mühsam unterdrücken.

»Ich sehe jetzt nach Lucie«, sagte ich zu Almut, »und wenn ich zurückkomme, möchte ich, dass dein Bruder sich verabschiedet hat.«

Almut sagte nichts darauf, doch Dieter schickte mir ein hohles, betrunkenes Lachen hinterher.

Später, als wir in der Dunkelheit im Bett nebeneinanderlagen, ohne uns zu berühren, sagte ich: »Das war heute ein wichtiger Tag für Lucie, und du hast dich betrunken.«

»Nein«, erwiderte Almut mit heiserer Stimme, »habe ich nicht. Ich hatte Schmerzen, und da habe ich ein Glas Wein ...«

»Morgen«, fiel ich ihr ins Wort, »werde ich jede Bierflasche, jede Weinflasche, alles, was ich im Haus an Alkohol finden kann, einsammeln und in den Ausguss schütten.«

Ich war so wütend, dass ich nicht schlafen konnte, während Almut längst neben mir rhythmisch ein- und ausatmete. Schweiß trat mir auf die Stirn, auch meine Atmung geriet durcheinander, was mir in letzter Zeit wieder häufiger passierte. Voller Kummer begriff ich, dass ich nicht genau hingesehen hatte. Almut trank. Sie hatte sich mit einer Freundin mit einer Wäscherei selbstständig machen wollen, doch nach einem halben Jahr waren die Kundinnen ausgeblieben, und sie hatte wieder in ihren Salon zurückkehren müssen. Danach hatte es begonnen. Ein Schluck Cognac am Nachmittag, ein Glas Wein, bevor sie zur Arbeit ging. Ich hatte es gesehen und kein Wort darüber verloren. Einmal hatte ich eine Markierung an einer Cognacflasche angebracht, die am nächsten Tag verschwunden war. Ich hatte sie ertappt und sie mich.

Gegen Morgen stand ich auf und trat auf die Terrasse hinaus. Es war noch dunkel, feucht und kühl, doch das Atmen fiel mir leichter.

Als ich in unseren Garten schaute – die leeren Flaschen und Gläser auf dem Tisch hatte niemand abgeräumt –, verharrte ein Fuchs auf dem Rasen und sah mich an. Er schien rote Augen zu haben und keine Angst zu verspüren. Ich klatschte in die Hände, doch er rührte sich nicht. Noch nie hatte ich einen Fuchs in unserer Gegend gesehen. Rehe, Kaninchen, einmal einen Marder, aber bisher nie einen einzigen Fuchs.

»Ich glaube an Zeichen«, sagte ich leise zu dem Fuchs, der sich weiterhin nicht bewegte, sondern mich fixierte. »Warum bist du hier?«

Der Fuchs sah mich an. Dann nahm er etwas auf, das er vor sich abgelegt hatte – vielleicht eine Maus –, drehte sich um, zwängte sich durch den Spalt am Gartentor und trabte ohne Hast davon.

Ich wusste, dass ich nun nicht mehr würde einschlafen können. Also begann ich mein Vorhaben in die Tat umzusetzen: Ich wollte jede Flasche Alkohol finden, die Almut im Haus versteckt hatte. Im Keller fing ich an und wurde auch in der Waschküche fündig: zwei Flaschen Wein in einem Wäschekorb, eine fast leer, dazu eine angebrochene Flasche Weinbrand, was mir schier den Atem raubte. Weinbrand war in meinen Augen ein Getränk für alte Männer. Wie weit war Almuts Sucht schon vorangeschritten? Wahrscheinlich war es gar nicht damit getan, dass ich den Alkohol einfach wegschüttete und dann aufpasste, dass sie keine neuen Verstecke anlegte.

Plötzlich überkam mich Mitleid. Sie litt so sehr an ihrer schwachen Gesundheit, an den ständigen Schmerzen, dass sie vermutlich einen Trost brauchte, und ich war zu oft unterwegs und abwesend. Vielleicht sollten wir eine längere Reise machen – vier Wochen ans Meer, eine Insel mit einem guten Klima suchen, aber nein, nun war Lucie eingeschult worden. Wir konnten nicht einfach die Koffer packen, selbst wenn wir es uns hätten leisten können.

Als ich die braune, ekelhaft riechende Flüssigkeit in der Spüle schüttete, wurde mir mit einem Schlag übel. Schwindel erfasste mich, als hätte ich einen giftigen Nebel eingeatmet. Meine Knie gaben nach. Meine Augen funktionierten nicht mehr – ich sah alles unscharf, als hätte mir jemand eine viel zu starke Brille aufgesetzt.

Mit einer panischen Bewegung versuchte ich mich an dem Ausguss festzuhalten, ich spürte auch kaltes Metall unter meinen Fingern, doch es war zu spät. Die letzte Kraft wich aus meinen Beinen. Mit einem Stöhnen, das von ferne zu mir drang und zu einer anderen Person zu gehören schien, sank ich zu Boden. Ich nahm einen dumpfen Schmerz wahr, dann fiel ich in ein schwarzes Loch.

Ich brauchte ein Wunder – ein Wunder, damit ich wieder aufstehen und atmen konnte. Diesen Gedanken hatte ich und konnte ihn lesen, als würde er zu einer anderen Person gehören. Ein Wunder? So etwas hatte ich noch nie gedacht. Dieses Wort gehörte in Geschichten, die in der Kirche vorgelesen wurden. Ich spürte meine eigene Verwirrung, die mir das Atmen noch schwerer machte. Dann hatte ich die Wahrnehmung, dass sich jemand über mich beugte, ein Kindergesicht, aber das war ich selbst als Fünfjähriger.

Wie soll das gehen? Ich liege hier und schaue mich gleichzeitig an?, dachte ich, als ich die Stimme zu diesem Gesicht vernahm.

Es war Lucie.

»Papa?«, sagte sie ängstlich.

Noch nie hatte ich ihre Stimme so gerne gehört. Meine Gedanken schienen sich zu entwirren. Ich konnte sie sehen – ihre grünlichen Augen, die mich fragend anstarrten. Sie war barfuß und trug ihren Lieblingspyjama, gelb, mit roten Luftballons.

»Lucie«, brachte ich hervor. »Würdest du mir ein Glas Wasser holen? Papa ist plötzlich krank geworden. Und wecke bitte Mama nicht auf.«

Ich sah, dass sie nickte, bevor sie aus meinem Blickfeld verschwand, und wartete. Ich wusste, dass ich noch nicht würde aufstehen können. Wo war Lucie auf einmal hergekommen? Wahrscheinlich hatte sie mich gesucht und war bis in den Keller gelaufen. Allein ihr Auftauchen verlieh mir neue Kraft.

Mit ihrem rosafarbenen Zahnputzbecher halbvoll mit Wasser kehrte sie zurück.

»Ein Plastikbecher«, sagte sie klug, »damit nichts kaputtgeht.«

Ich richtete mich ein wenig auf, und sie hielt mir den Becher an die

Lippen. Schluck für Schluck trank ich. Es tat mir gut, aber noch besser war es, den Schlafgeruch einzuatmen, den sie verströmte. Endlich schaffte ich es, wieder auf die Beine zu kommen und durchzuatmen.

»Das ist unser Geheimnis«, sagte ich zu Lucie. »Dass ich kurz krank war, sagen wir niemandem, nicht wahr?«

Sie nickte wieder mit ernster Miene. Dann schleppte ich mich die Treppe in die Küche hinauf. Almut war noch nicht aufgestanden. Ich bat Lucie, sich ausnahmsweise ohne Hilfe anzuziehen. Freudig hüpfte sie davon.

Als Almut dann kam, im Bademantel und noch ein wenig verkatert, hatte ich mir bereits einen Kaffee kochen können. Sie sah mir meinen Schwächeanfall nicht an.

Für den Tag nach der Einschulung hatte ich lediglich eine kurze Tour geplant – eine Küche, die ich nach Telgte liefern musste –, doch ich spürte bei jeder Bewegung und jedem Atemzug, dass ich wieder erkrankt war. Ja, die Lungenkrankheit war erneut ausgebrochen, ausgerechnet zu einer Zeit, in der ich Lucie nicht allein lassen durfte.

Ich fuhr zu Paula, um sie um Rat zu fragen, doch sie stand nicht wie sonst immer in ihrem Laden, sondern lag in der Wohnung über dem Geschäft auf dem Sofa. Sie wunderte sich gar nicht über meinen überraschenden Besuch.

»Ich bin zusammengebrochen«, sagte sie.

»Wann ist das passiert?«, fragte ich sie erstaunt.

»Heute Morgen um sechs Uhr, als ich in den Laden gehen wollte. Es war das dritte Mal in diesem Jahr.« Sie seufzte und schloss kurz die Augen. »Wenn ich mich falsch bewege, dann ist es, als würden zwei Nervenstränge aneinandergeraten und einen Funken schlagen, so dass mein Herz ins Flimmern gerät. Sie wollen mir einen Herzschrittmacher einsetzen. Ich habe dann so einen kleinen Kasten in der Brust.«

Eine Woche später hatte Paula die Operation einigermaßen überstanden und war nach Hause entlassen worden. Als ich sie abends besuchte, war sie allein und lag auf dem Sofa. Der Fernseher lief stumm. Herwarth war Karten spielen, ihre beiden Söhne übernachteten nach dem Fußballtraining bei Freunden.

»Kann es sein, dass einem das Herz buchstäblich brechen kann?«, fragte Paula. Sie hatte es sich nicht nehmen lassen, aufzustehen, um mir einen Tee zu kochen.

»Wie meinst du das?«, fragte ich.

»In der Nacht vor meiner Hochzeit …«, sagte Paula. In ihrem geblümten Bademantel wirkte sie blass und so, als würde sie gleich in Ohnmacht fallen. »… ist Ludwig mir im Traum erschienen, nein, nicht erschienen – ich habe nur seine Stimme gehört. Er hat mir gesagt, ich solle Herwarth nicht heiraten, sondern warten. Ich habe nicht auf ihn gehört.«

»Du hast im Traum die Stimme deines toten Verlobten gehört?«, fragte ich.

Sie nickte. »Ja, seltsam, ich weiß, aber so war es, und nun ist ein Mann zweimal in den Laden gekommen. Beim zweiten Mal hat er mich gefragt, ob ich mit ihm in die Oper gehe. Erst habe ich gelacht. Ich – in die Oper! Ich stehe den ganzen Tag hinter dem Tresen und verkaufe Fleisch, und dann soll ich in die Oper gehen …« Sie verstummte. Die typische Falte auf ihrer Stirn bildete sich und ließ sie gleich wieder viel jünger wirken.

»Aber du hast es gemacht«, sagte ich. »Du bist in die Oper gegangen.«

Sie sah mich an. Mit den Augen forderte sie mich auf, meinen Tee zu trinken. »Ja«, sagte sie. »Ich habe es gemacht. Herwarth habe ich gesagt, ich müsse zu Jolande. Sie habe wieder Streit mit Herbert. Und dann war ich in der Oper. ›Turandot‹ hieß sie. Hat was mit China zu tun, China, Verrat und Liebe, wenn ich es richtig verstanden habe. Es war wunderschön.«

»Und dann?«, fragte ich.

Sie zuckte mit den Schultern. Ihre Augenbrauen zogen sich noch ein Stück zusammen. »Na, nichts und dann … Ich habe mich nach Hause fahren lassen. Ich habe zwei Kinder, einen Ehemann und ein Geschäft, habe ich noch gesagt. Der Mann, der mich ausgeführt hat, heißt Georg, er ist Witwer, zweiundfünfzig. Er baut Häuser, ein Architekt. Ich will ihn nicht wiedersehen.«

Wir schwiegen eine Weile.

»Die Herzprobleme hatte ich schon vorher«, sagte Paula plötzlich. Sie hatte endlich auch an ihrem Tee genippt. »An dem schönen Abend in der Oper kann es also nicht gelegen haben. Und selbst wenn ich Georg wiedersehen wollte – ich könnte es nicht … mehr mit ihm zusammen sein. Herwarth würde es herausfinden.« Ihre Miene konnte blitzschnell wechseln – von jung zu alt.

Als ich ging, wirkte sie tatsächlich sehr gealtert, und für eine Sekunde sah sie beinahe so erschöpft aus wie meine Mutter kurz vor ihrem Tod. Von meinen Schwindelanfällen und meiner Atemnot hatte ich ihr nichts sagen können.

Bedrückt fuhr ich nach Hause.

Als ich nachts neben ihr lag und wir beide noch wach waren, sagte ich zu Almut: »Wie wäre es, wenn wir wegziehen? Ans Meer? Die Luft ist besser, das Leben ist gesünder. Weg von Dieter, von deinen Eltern, meinem Vater. Wir wären vielleicht viel freier.«

Ich hörte, wie Almut überrascht einatmete. Es raschelte. Sie wandte sich mir zu.

»Wo willst du denn hinziehen?«, fragte sie.

»Nach Friedrichskoog«, sagte ich. »Da waren wir doch schon einmal an einem langen Wochenende.«

»Ja«, sagte Almut. »Es hat fast nur geregnet, und es war kalt. Und den Dialekt der Leute habe ich auch kaum verstanden. Da wären wir für immer Fremde.« Es raschelte wieder. Sie hatte sich umgedreht. »Nein, da würden Lucie und ich nur Heimweh kriegen.«

30.

Zwei Jahre lang schaffte ich es mit größter Mühe, die Krankheit zu verheimlichen. Meine Kortisontabletten hatte ich immer dabei und nahm sie auch auf Verdacht, sobald mir eine besonders lange Tour bevorstand. Die Schweißausbrüche versuchte ich zu überdecken, indem ich mich ständig mit Kölnisch Wasser einrieb, was Almut, die auf Gerüche empfindlich reagierte, gar nicht gefiel. Wenn die Atembeschwerden nachts zu stark wurden, schlich ich leise aus dem Bett und setzte mich auf die Terrasse. An einen ruhigen Schlaf war ohnehin kaum mehr zu denken. Mitunter war ich so müde, dass ich nur mit halb geöffnetem Fenster Auto fahren konnte, um nicht einzunicken, und einmal wäre ich beinahe in einen Graben gefahren, weil mich ein Sekundenschlaf übermannt hatte.

»Ich glaube«, hatte Paula bei meinem Besuch nach ihrer Operation noch gesagt, »es gibt Täter und Dulder. Herwarth ist ein Täter, er muss ständig etwas tun und Leute um sich haben, denen er befehlen kann. Ich bin leider eine Dulderin – das war schon immer so. Von der ersten Stunde unserer Flucht an.«

Vielleicht hatte Paula recht, aber während ich versuchte, meiner Krankheit einen Tag nach dem anderen abzuringen, um nicht wieder monatelang in einer Lungenklinik zu liegen, nahm ich mir vor, kein Dulder zu sein.

Ich brachte Lucie das Schwimmen bei, was ihr zum Glück überhaupt nicht schwerfiel, im Gegenteil, sie liebte es, im Wasser zu sein, und dann fuhr ich mit ihr zum Dümmer See, und wir liehen uns ein Segelboot aus. Auf dem offenen Meer hätte ich kein Boot steuern können, aber für diesen seichten See reichten meine Fähigkeiten aus. Lucie gefiel es über alle Maßen, wenn der Wind in die Segel fuhr und das Boot Fahrt aufnahm und wir über das Wasser dahinglitten. Bei Flaute zogen wir unsere Hemden aus, schwammen oder sonnten uns und erzählten uns Geschichten.

»Dahinten«, erklärte ich ihr einmal, als der große einzelne Baum hinter dem Deich in Sicht kam, »da hat dein Urgroßvater Gänse gehütet. Das ist nun über fünfzig Jahre her.«

Lucie starrte zum Himmel, aber Gänse waren nicht zu entdecken. »Und was hast du gemacht?«, fragte sie. »Hast du hier auch Gänse gehütet?«

»Nein«, sagte ich. »Als mein Großvater hier gesessen hat, war ich noch gar nicht auf der Welt.« Lucie wusste noch nichts von unserer Flucht. Plötzlich fiel mir ein, dass ich, als ich fast zwei Jahre jünger war als sie, bereits meiner Mutter das Leben gerettet hatte, weil ich einmal ihre Gedanken gelesen hatte.

Ein Schwarm Fische war von unserem Boot aus zu sehen. Lucie interessierte sich mehr für Fische als für Gänse. Sie fragte mich, wie Fische unter Wasser atmen könnten, ob sie mit offenen Augen schliefen und ob sie alle ein Versteck oder einen Schlafplatz hätten. Ihr machte es auch nichts aus, Fleisch zu essen, aber bei Fischen sagte sie nein. Fische seien zum Schwimmen auf der Welt, man dürfe sie nicht essen.

Ich genoss die Zeit mit ihr. Im Winter brachte ich ihr das Schlittschuhlaufen bei, doch als wir wieder einmal auf dem Dümmer See segelten und Almut ausnahmsweise dabei war, wollte Lucie zeigen, wie weit sie sich aus dem Boot lehnen konnte. Sie fiel bei voller Fahrt von Bord und kreischte auf, mehr aus Überraschung denn aus Schrecken, doch Almut war so entsetzt, dass sie Lucie das Segeln verbieten wollte.

Dann kam der Tag, als ich meinen größten Auftrag betreuen sollte. Die Küche auf einem Anwesen bei Bad Essen sollte komplett ausgetauscht werden. Es war ein richtiges Schloss, das mindestens zweihundert Jahre alt war, mit Türmchen und Erkern und einer hochherrschaftlichen Auffahrt. Die Schlossherrin, die vier Kinder hatte, wollte ihre alte Holzküche durch eine funktionale ersetzen, die so groß war, dass sie mindestens fünfzig Gäste beköstigen konnte. Nächtelang hatte ich Pläne gezeichnet und Kalkulationen geschrieben. Almut hatte mir geholfen, und als wir den Auftrag bekommen hatten, hatten wir uns sogar ein Fläschchen Sekt gegönnt.

Vier Lastwagen hatte ich geordert, dazu drei Teams von Handwerkern. Damit alles glatt ablief, hatte ich obendrein einen Zeitplan für die Teams ausgearbeitet. Die Arbeiten sollten möglichst gleichzeitig stattfinden, so dass die Küche nach zwei Tagen funktionstüchtig war. So hatte ich es der Schlossherrin auch versprochen.

Vorsorglich hatte ich eine Kortisontablette eingenommen, doch schon auf der Fahrt zum Schloss spürte ich, dass mir der Schweiß ausbrach und ich Herzrasen bekam. Es ist die Nervosität, sagte ich mir. Dein größter Auftrag – du willst keinen Fehler machen.

Bevor ich ausstieg, sammelte ich mich für ein paar Minuten im

Auto. Im Radio lief »Penny Lane« von den Beatles, was ich als gutes Zeichen ansah.

Ich schaffte es auch noch, den Abbau der alten Küche zu überwachen, aber dann schien sich in dem alten, leeren Gemäuer die Temperatur zu verändern, mir wurde heiß. Der Schweiß lief mir den Rücken herunter, und ich wurde immer kurzatmiger. Ich spürte auch den argwöhnischen Blick der Schlossherrin, der mein Zustand nicht entgangen war. »Ist alles in Ordnung, Herr Busch?«, fragte sie zweifelnd. »Gibt es Ärger mit der neuen Küche?« Sie kam mir näher. Vielleicht meinte sie auch, ich hätte getrunken.

Ich holte mit meiner rechten Hand aus, um abzuwinken. Keine Sorge, wollte ich sagen, alles im Griff, doch meine Atemnot wurde so heftig, dass ich die Worte nicht über die Lippen bekam. Stattdessen erfasste mich der Schwindel wie eine Flutwelle, die, als hätte jemand eine Sperre geöffnet, mit einer nie gekannten Urgewalt über mich hereinbrach und mich komplett mitriss. Als Letztes, bevor ich ohnmächtig wurde, sah ich das Gesicht der Schlossherrin – ihr Mund formte sich zu einem großen entsetzten Oh, wie auf diesem Bild des berühmten norwegischen Malers Edvard Munch.

Ein Rauschen weckte mich auf, als würde ein dröhnender Wind aufkommen, der erstarb und dann wieder aufloderte. Gleichzeitig hatte ich einen Gedanken, der mir unsinnig vorkam, den ich jedoch nicht abschütteln konnte. Lucie hatte mir einmal die Frage gestellt: »Wo sind wir eigentlich vor unserer Geburt? Gibt es einen Platz, an dem wir darauf warten, auf die Welt zu kommen?«

Als ich die Augen öffnete, begriff ich endlich, woher die Geräusche kamen: das Rauschen, die Stille, das neuerliche Rauschen. Es war meine eigene Atmung. Man hatte mir eine Art gläserne Maske aufgesetzt, damit ich besser Luft bekam.

Almut saß an meinem Krankenhausbett. Traurig und erschöpft sah sie mich an, und als ich etwas sagen wollte, schüttelte sie den Kopf. »Du musst ruhig ein- und ausatmen«, sagte sie. »Und keine Aufregung.«

Ich nickte, doch schon diese sachte Bewegung schien mich aus dem Gleichgewicht zu bringen. Ich musste husten, und sofort kam eine Krankenschwester ins Zimmer gestürzt.

»Herr Busch, alles in Ordnung?«, fragte sie.

Ich sah sie durch die Maske an. Ihre Augen taxierten mich, ihre rechte Hand glitt zu meinem Puls, und dann war sie so gnädig, mir die schwere Maske abzunehmen. Ich sog die Luft ein, die mir nun reiner und kühler vorkam. »Danke«, krächzte ich.

»Ihre Frau ist da«, sagte die Krankenschwester, »und Sie sind wach, da benötigen wir das Atemgerät wohl nicht mehr.«

Mit einem Lächeln verließ sie das Zimmer. Ich sah nun, dass ein zweites Bett im Zimmer stand, in dem aber niemand lag.

»Du hast uns einen ziemlichen Schrecken eingejagt«, sagte Almut. Sie griff nach meiner Hand und drückte sie. »Aber ich weiß ja, dass du schon länger krank bist, dass du immer versucht hast … weil du Lucie und mich schonen wolltest.« Sie verstummte. Eine Augenbraue zuckte, als sie mich ansah. Ich erkannte mich selbst in ihren Augen. »Ich verspreche dir, dass ich auf Lucie aufpasse. Dieter macht eine Entziehungskur, und ich werde auch keinen Tropfen trinken. Ehrlich.« Wieder drückte sie meine Hand.

»Ich werde bald nach Hause kommen«, sagte ich, obschon ich ahnte, dass es nicht stimmte. Meine Brust tat mir weh. Hatten die Sanitäter eine Herzmassage machen müssen? Ich konnte mich nicht erinnern, aber dann wären wahrscheinlich ein paar Rippen gebrochen gewesen.

»Nein, Anton«, sagte Almut. »Du weißt es selbst. Du wirst wieder zur Kur gehen müssen. Hat der Arzt mir schon gesagt. Und deine Krankheit hat auch jetzt einen Namen: Morbus Boeck.«

Als ich aus der Stadt kam, nach meinem Einkauf, bei dem ich auch ständig an Verona hatte denken müssen, wusste ich nicht, wem ich meine neuerstandene Kleidung vorführen konnte. Lucie nicht, ihr müsste ich zu viel erklären, auch Herrmann oder Franz kamen nicht in Frage. Für einen Moment dachte ich daran, zu Heinrich zu fahren und mit Hildegunde zu sprechen. Die beiden sind mittlerweile über neunzig, sie verbringen den ganzen Tag nebeneinandersitzend, hören Radio, oder Hildegunde liest aus der Zeitung vor, die Heinrich, weil seine Augen zu schwach geworden sind, nicht mehr selbst lesen kann. Aber was sollte ich ihr sagen? Hildegunde, ich treffe meine erste Jugendliebe – habe ich mir die richtigen Sachen gekauft? Ich habe ein weißes Hemd mit zarten grauen Streifen erworben, dazu eine schwarze Hose aus einem feinen Jeansstoff, so hat es die Verkäuferin bezeichnet, und eine graue Sommerjacke.

»Hüten Sie sich vor dem Rentner-Beige«, hatte die Verkäuferin, eine mittelalte, leicht dunkelhäutige Frau mit langen tiefschwarzen Haaren, mir gesagt. »Sie sind zu jung für diese schreckliche Farbe.«

Ich musste unwillkürlich lächeln, als ich das Geschäft verließ. Dass ich für irgendetwas zu jung war, hatte ich sehr lange nicht mehr gehört.

Als ich in meinem alten Mercedes saß, wusste ich auf einmal, wohin ich fahren konnte. Zu Cem. Der Wagen brauchte dringend eine Wäsche, und vielleicht würde der Tankwart einen unverfänglichen Blick auf meine Sachen werfen und mir seine Meinung sagen.

»Hallo, Nachbar«, rief Cem mir mit seiner Samtstimme zu, als ich die Tankstelle betrat. Er stand hinter seinem Tresen. »Heute mit dem Wagen da? Mercedes C 200? Baujahr 2002?« Er hatte auf vier Bildschirmen, die seine Tankstelle überwachten, alles im Blick.

»Ganz recht«, sagte ich. »Baujahr 2002. Keine Rostflecken, läuft tipptopp.«

»Super Auto«, sagte Cem. »Heute geht der Kaffee aufs Haus. Was brauchst du – Komfortwäsche mit Heißwachs?« Seine braunen Augen taxierten mich freundlich. Als ich nicht sofort antwortete, fuhr er fort: »Bist jetzt Stammkunde. Also duze ich dich. Ist nicht falsch, oder?«

»Nein«, sagte ich, »ist nicht falsch.«

»Gut«, sagte er. »Du trinkst Kaffee, und ich fahre super Wagen in die Autowäsche.« Er ging zu seiner Espressomaschine, reichte mir dann einen großen Becher mit schwarzem, dampfendem Kaffee und streckte seine andere Hand aus, um meinen Autoschlüssel in Empfang zu nehmen.

Ich nippte an meinem Kaffee und sah, wie er in einem ungewöhnlich scharfen Tempo in seine Halle fuhr.

Grinsend kam er zurück. »Deutsche können nicht tanzen, nicht boxen, nicht Feste feiern, aber sie können Autos bauen.« Er legte den Schlüssel neben mich auf den Stehtisch. »Du hast eingekauft – teures Geschäft. Hochzeitstag?«

»Cem«, sagte ich, »meine Frau ist tot – seit neun Jahren. Aber ich …«

Er rückte sich den Hochstuhl neben mir zurecht und setzte sich, ganz so, als wäre er ein Gast in seiner eigenen Tankstelle.

»Du hast eine Freundin«, sagte er und wischte sich durch die grauen streichholzkurzen Haare. »He, gut gemacht. Niemand ist zu alt für …«

»Nein«, fiel ich ihm ins Wort. »Nein, aber ich treffe jemanden wieder, nach über sechzig Jahren. Das erste Mädchen, das ich jemals geküsst habe.«

Als ich diese Worte aussprach, kamen sie mir erneut widersinnig vor. Auf was hatte ich mich da eingelassen?

»Super«, sagte Cem. Das war offenbar sein Lieblingswort. »Und dafür hast du neue Sachen gekauft?«

Ich nickte. »Ein Hemd, eine Hose und eine Sommerjacke. Kann ich dir die Sachen einmal zeigen?«

Er lachte. »He, Nachbar«, sagte er. »Hast du erraten, dass ich Experte in so etwas bin? Mein Onkel hat in der Türkei eine super Schneiderei gehabt.«

31.

Ihr seid die Böcks, so nannten sie uns in der Klinik im Schwarzwald. Almut hatte mir zum Abschied, als sie mich zum Bahnhof gebracht hatte, ein Bild geschenkt – eine Bleistiftzeichnung: ein Mann, der in einem Segelboot sitzend über dem Wasser dahingleitet. Sie zeichnete also immer noch. Ich hatte es lange nicht gesehen. Während wir am Bahnhof standen, schenkte ich ihr auch etwas: eine Polaroidkamera, die mich ein Vermögen gekostet hatte. »Ich möchte«, sagte ich zu ihr, »dass du mir jede Woche ein Bild von Lucie und dir schickst.«

Almut sah mich an, sie nahm meine Hand. Ihre Nasenflügel bebten leise. Sie wird zornig, dachte ich, sie fühlt sich von mir kontrolliert.

»Gut«, sagte sie nach ein paar Momenten, »mache ich gern.«

Die Reise war sehr weit. Höchenschwand hieß der Ort, Sonnenhof die Klinik. Grüne Hänge und so hohe Berge, wie ich sie noch nie gesehen hatte. Ich wurde mit einem Kleinbus vom Bahnhof abgeholt. Mit mir kam eine Frau an, die durch die Krankheit blind geworden war. Sie stellte sich als Gisa vor, aber in Gedanken nannte ich sie sofort Hildegard, weil ihre braunen, schulterlangen Haare und die Sonnenbrille, die sie trug, mich an die Sängerin Hildegard Knef erinnerten, die Almut so sehr mochte. Auch Gisas Stimme war tief und rauchig. Sie reichte mir beim Aussteigen ihre Hand, eine zarte manikürte Hand, dann sagte sie im Flüsterton: »Sind Sie ein gutaussehender Mann? Darf ich Sie mir groß und schlank vorstellen?«

Zum Glück musste ich nichts darauf erwidern, weil jemand aus der Klinik auf uns zukam. Ein Mann, der sich als Friedhelm vorgestellt hatte, und eine junge Türkin waren ebenfalls in dem Wagen gewesen.

Gisa wurde von einer Krankenschwester abgeholt, während wir drei uns an der Rezeption anmelden mussten. Ich hatte erwartet, dass ich wie in Clausthal-Zellerfeld den ganzen Tag auf einer Terrasse im Liegestuhl verbringen würde, doch die Behandlung lief in dieser Klinik völlig anders ab. Vor dem Frühstück gab es eine Stunde Frühsport, dann am Vormittag schwimmen im Hallenbad, dann Mittagessen, eine Stunde Ruhe und am Nachmittag ausgedehnte, kraftraubende Spaziergänge durch den Wald, die Berge hinauf und hinunter. Nach dem Abendessen wurden die Tische beiseitegeschoben, eine Drei-Mann-Kapelle – immer in einer Art glitzernder Uniform gekleidet – spielte zum Tanz. Bei den Böcks ist morgens Fango und abends Tango, hieß es bei den Krankenschwestern. Man wollte uns immer in Bewegung halten. Um zweiundzwanzig Uhr war jeden Abend Bettruhe, dann durfte auch niemand mehr die Klinik verlassen.

Ich saß mit Friedhelm, einem Maurer aus Köln, mit Aylin, der Türkin, und mit Martha, einer Frau von der Mosel, die vier Kinder hatte, mittags und abends an einem Tisch. Martha sprach nur von ihren Kindern, die sie bei Verwandten untergebracht hatte, und geriet, kaum dass sie deren Namen – alle begannen mit W: Waltraud, Waldemar, Wolfgang und Wilhelm – aussprach, ins Schluchzen. Ich konnte es kaum ertragen.

Gisa saß allein an einem eigenen Tisch. Beim Essen hockte meistens eine Schwesternschülerin bei ihr, um ihr zu helfen. Als ich einmal an ihr vorbeiging, sah ich, dass sie ihre Augen ganz dunkel geschminkt hatte. Sie hob ihren Kopf, als hätte sie mich gewittert, und blickte in meine Richtung. Am dritten Abend setzte ich mich zu ihr. Entweder schien sie noch etwas zu sehen, oder sie hatte mich tatsächlich gerochen.

»Sie sind der Mann aus dem Auto«, sagte sie zu mir.

»Ja«, sagte ich. »Wir sind zusammen angekommen.«

Gisa hatte eine trockene Scheibe Brot und einen Becher mit schwarzem Kaffee vor sich stehen.

Mit ihrer bleichen manikürten Hand machte sie eine wedelnde Bewegung. »Ich bin hier bei den schwierigen Fällen. Wir werden unseren Böck nicht mehr los.«

Ich blickte mich um. Die zwei Frauen und zwei Männer am Nebentisch gehörten zu den Patienten, die so schwer lungenkrank waren, dass sie kaum noch laufen konnten. Der eine Mann mochte kaum dreißig Jahre alt sein. Am ersten Tag war er beim Schwimmen gewesen, doch nach fünf Minuten hatten ihn zwei Pfleger aus dem Wasser hieven müssen.

»Können Sie noch etwas sehen?«, fragte ich und wunderte mich über meine Neugier.

»Schatten«, sagte sie, »ein wenig hell und dunkel. Hier wollen sie mir Blindenschrift beibringen, aber das ist natürlich lächerlich.«

»Wenn ich etwas für Sie tun kann …« Ich bemerkte selbst, wie unsicher ich klang. Durfte ich mich überhaupt zu ihr setzen? War das erlaubt? »An meinem Tisch ist es manchmal sehr unruhig …«

Gisa wandte den Kopf und schien mich frontal anzuschauen. »Ja, diese Frau von der Mosel ist eine Heulsuse. Andere haben auch Kinder und Familie, die sie zurücklassen müssen, und sie wird ihren Böck hier loswerden, ich nicht. Mein Böck wird mich umbringen.« Wie hatte sie das an ihrem Tisch mitbekommen können? Ihre Hand tastete sich vorsichtig vor und legte sich sanft über meine, die mir plötzlich viel zu groß und unförmig vorkam. »Aber Sie können tatsächlich etwas für mich tun. Ich muss einen Brief schreiben. Einen Abschiedsbrief. Haben Sie eine schöne Handschrift?«

Ich erschrak so sehr, dass ich meine Hand zurückzog, als hätte ich mich verbrannt. »Einen Abschiedsbrief?«

»Ja«, sagte Gisa mit ihrer rauchigen Hildegard-Knef-Stimme. »Ich muss etwas klarstellen. Können Sie heute Abend zu mir kommen, Anton? Sie heißen doch Anton, nicht wahr?«

Ich musste an Inga aus Berlin denken. War es denn so, dass man die seltsamsten Frauen in einer Kur traf? Von einem Telefon in der Lobby rief ich Almut an. Ich glaubte, es würde mir guttun, ihre Stimme zu hören, an ihrem Alltag teilzunehmen, doch es hob niemand ab. Sie war nicht zu Hause. Wo war sie? Wieso hielt sie sich nicht an unsere Absprache, dass wir zweimal in der Woche telefonieren wollten?

Eigentlich hatte ich nicht vorgehabt, zu Gisa aufs Zimmer zu gehen, aber nun bewegte ich mich doch zu ihr in das dritte Stockwerk hinauf, vielleicht aus Trotz oder Enttäuschung, dass Almut nicht auf meinen Anruf gewartet hatte.

Ich klopfte zaghaft. Als ich schon gehen wollte, wurde mir geöffnet. Gisa trug eine Art dunkelroten Kittel. »Ja?«, sagte sie.

»Ich habe eine sehr schöne Handschrift«, sagte ich. »Haben sogar meine Lehrer gemeint.«

Sie lächelte. »Anton, ich war mir nicht sicher, ob du kommst.« Sie streckte die Hand aus und zog mich in ihr Apartment, das sich nicht von meinem unterschied. Offenbar gab es keine besonderen Räumlichkeiten für blinde Patienten.

Gisa hatte sämtliche Lampen eingeschaltet, das Radio lief. Sie trug keine Sonnenbrille, nun, mit den langen Haaren, den schwarz geschminkten Lidern sah sie Hildegard Knef noch ähnlicher.

»Ich habe auf dem Balkon gestanden«, sagte sie. »Da sind hohe Bäume direkt vor dem Haus, nicht wahr? Aber ich rieche sie mehr, als dass ich sie sehe. Es sind wilde Schatten, die sich im Wind wiegen.«

Ich setzte mich an den Tisch. Ein Blatt Papier lag schon bereit. Gisa ging zum Fenster, sie hatte drei Stühle so hingestellt, dass sie ihr als Wegmarkierung dienen mochten. Draußen war es dunkel, doch ihr Blick schien etwas zu suchen.

»Es begann mit Atemnot«, sagte sie. »Vom Rauchen, dachte ich. In Paris habe ich viel geraucht, dann wurden meine Augen trüb – eine Entzündung der Regenbogenhaut. Mein Arzt hat natürlich keine Ahnung gehabt – Augensarkoidose, davon hatte er noch nie etwas gehört. Dann ging es sehr schnell.«

Sie wandte sich um. Ihre Augen, so schwarz umrandet, wirkten wie aus Kohle; sie lächelte. Ihr Mund war rot, ihre Zähne blitzten weiß im grellen Licht.

»Als ich Sie im Auto gesehen habe, dachte ich, ich hätte diese Sängerin vor mir«, sagte ich.

Sie kam tastend auf mich zu. »Hildegard Knef, ich weiß«, sagte sie. »Ich habe sie sogar einmal interviewt – eine interessante, ziemlich schwierige Frau. Die vielen Anfeindungen haben sie nur stärker gemacht. Das war auch in meiner Zeit in Paris. Ich war Journalistin, habe Radiosendungen für den WDR gemacht. Das geht natürlich alles nicht mehr.«

Gisa seufzte und ließ sich auf den Stuhl neben mir sinken. Ich roch ihr Parfüm.

»Nun muss ich diesen Brief schreiben – an Maurice. Was meinst du: Soll ich auf Deutsch oder Französisch schreiben?«

Ich hatte sie gesiezt, doch sie duzte mich.

»Ich weiß nicht«, sagte ich. »Aber Französisch kann ich nicht …

ich war nicht gut in der Schule. Ich bin nur ein … Elektriker.« Gisa begann mich mehr und mehr einzuschüchtern. Noch nie hatte ich jemanden getroffen, der überlegen musste, in welcher Sprache er einen Brief schrieb.

Sie lachte auf. »Nein, Anton«, sagte sie. »Du bist bestimmt viel mehr als ein Elektriker. Vielleicht weißt du es nur nicht.«

Ich schwieg. Dadurch dass sie jede Lampe angeschaltet hatte, war es in ihrem Zimmer viel wärmer als in meinem.

»Erzähl mir mehr, Anton«, sagte Gisa. »Bist du groß?« Sie wartete eine Antwort jedoch gar nicht ab. »Ja, du hast große Hände. Du hast eine gesunde Frau und gesunde Kinder, nicht wahr?«

»Ja«, erwiderte ich, »eine Frau und eine Tochter. Was für einen Brief soll ich schreiben?« Über Almut wollte ich nicht sprechen.

Gisa nickte. Aus einer Tasche an ihrem Kittel holte sie ihre Sonnenbrille hervor und setzte sie auf. »Du bist effektiv, Anton, ein typischer Deutscher. Deutsche halten sich nicht mit Vorspielen auf, sondern kommen immer sofort auf den Punkt. Da sind die Franzosen ganz anders, zum Glück.« Sie erhob sich, und als würde sie sich doch schon gut in ihrem Zimmer auskennen, ging sie zur Wand und schaltete die zwei Deckenlampen aus. Sofort wurde es halbdunkel im Raum.

»Ich erzähle dir noch etwas, Anton. Maurice ist Franzose, aber seine Eltern waren Deutsche – deutsche Juden. Sie sind nach Paris geflohen, und als die Deutschen kamen, wollten sie über Marseille nach Amerika, aber das hat nicht funktioniert, also haben sie sich versteckt, in einem Dorf in den Pyrenäen. Maurice ist da geboren, er lebt nun in Paris, er ist auch Journalist, und er hat einen Roman geschrieben – und er liebt mich, hat er jedenfalls gesagt.«

Sie schwieg. Von irgendwoher meinte ich Musik zu hören. Ich spähte auf meine Uhr, es war halb zehn. Gleich würde unten die Kapelle aufhören zu spielen, danach musste jeder auf sein Zimmer gehen.

»Sein Kind habe ich abgetrieben, ich wollte kein Kind, nicht einmal von ihm, und dann brach die Krankheit aus. Morbus Boeck.« Sie spuckte die letzten Worte aus wie ein grobes Stück Fleisch. Dann reichte sie mir einen schwarzen, vermutlich sehr kostbaren Füllfederhalter. »Es muss ein Abschiedsbrief werden. Wie soll ich beginnen? Wie würdest du einen Abschiedsbrief schreiben?«

Ich spürte, dass mir der Schweiß ausbrach. Ein dicker Tropfen rollte mir den Rücken hinunter. Warum nur war ich zu Gisa hinaufgegangen? Ich hätte einen Spaziergang machen oder mit der redseligen Martha tanzen können.

»Ich weiß nicht«, sagte ich.

»Maurice denkt, dass ich wieder gesund werde, dass ich deshalb hier bin«, sagte Gisa. Sie lehnte sich zurück, dann diktierte sie mir.

»Lieber Maurice, ich lebe in der Dunkelheit und sehe dein helles freundliches Gesicht vor mir, ich sehe die kahle Stelle an deinem Hinterkopf und die winzigen rötlichen Haare auf deinem Handrücken, und ich höre deine tiefe, ein wenig brummige Stimme, wenn du mir aus der Zeitung oder ein Gedicht von Baudelaire vorliest. Ich mag deinen Akzent, die Art, wie du das H aussprichst und meinen Namen betonst. Gerne würde ich mit dir noch einmal durch Paris laufen, eingehakt, deinen Duft einatmen, doch es geht nicht. Du bist zu hell und ich zu dunkel. Ich habe meinen Eltern versprochen, zurück in die Eifel zu kommen, sobald meine Krankheit schlimmer geworden ist. Du würdest sie nicht mögen, meine Mutter und mein Vater sind einfache Leute, Hutmacher, die in einer ganz anderen Welt leben. Also sollten wir Adieu sagen und uns in guter Erinnerung behalten. Deine Gisa.«

Ich schrieb die Worte in großen schwarzen Buchstaben auf das Papier.

»Weiß er wirklich nicht, wie krank du wirklich bist?«, fragte ich. Nun duzte ich sie gegen meinen Willen auch.

»Nein«, sagte Gisa, »und das muss er auch nicht. Er hat versprochen, mich zu pflegen, aber das kann er gar nicht. Er verspricht gerne Dinge, die er gar nicht halten kann. Er ist ein Frauenmann.«

Ein Frauenmann – dieses Wort hatte ich noch nie gehört.

Ich blickte auf die Uhr, es war mittlerweile zehn Minuten nach zweiundzwanzig Uhr. Ich hätte nun längst auf meinem Zimmer sein müssen. Ich sah auf den Brief. Ich hoffte, keinen Fehler gemacht zu haben, aber Gisa hatte mir den Namen Baudelaire, den ich nicht kannte, und sogar die Satzzeichen diktiert.

»Niemanden sonst hätte ich diesen Brief schreiben lassen, Anton«, sagte Gisa. »Du hast eine ehrliche Stimme und ehrliche Hände.«

Ich erhob mich. »Das mit der Abtreibung stimmt?«, fragte ich, ohne über diese Frage nachgedacht zu haben.

Sie nickte. »Ich bin keine Frau, die eine Mutter sein will«, sagte sie. Als sie sich erhob, schwankte sie ein wenig, dann hauchte sie einen Kuss in die Luft. »Ich hoffe, du sitzt morgen wieder an meinem Tisch.«

Ich schlich in mein Zimmer hinunter und schaltete kein Licht ein. Für ein paar Momente wollte ich der Dunkelheit nachspüren, die Gisa einhüllte, doch schon auf dem Weg ins Bad stieß ich mir an der halbgeöffneten Tür den Kopf. Wie grausam das Schicksal sein konnte! Ich stellte mir vor, wie Gisa in einem mondänen Hotel, wie ich es noch niemals von innen gesehen hatte, mit Hildegard Knef zusammensaß, beinahe ihrem Ebenbild, und der berühmten, kapriziösen Sängerin Fragen stellte. Nun musste sie unbeholfen durch ein Zimmer tapsen und hoffen, dass sie nicht hinfiel und sich den Kopf anschlug. Diese Vorstellung nahm mir buchstäblich den Atem. Ich trat auf den Balkon hinaus. Das Haus lag in fast kompletter Dunkelheit da, nur hinter wenigen Fenster brannte noch Licht, und dann entdeckte ich sie, zwei Etagen, ein wenig versetzt über mir, so dass ich sie sehen konnte: Gisa lehnte am Geländer und rauchte, und dann, Einbildung oder nicht, meinte ich zu hören, dass sie leise vor sich hin sang, rauchig, ein wenig abgehackt: »Für mich soll es rote Rosen regnen … Ich will alles … oder nichts.«

Almut schickte mir in den ersten zwei Wochen ein Polaroid von Lucie und sich selbst, da saßen sie auf der Terrasse und winkten mir freundlich lächelnd zu. In der dritten Woche schon vergaß sie es, und unsere Telefonate wurden auch unregelmäßiger. Ihr machte die Arbeit zu schaffen und dass Lucie morgens nicht aufstehen und zur Schule gehen wollte. Am Wochenende musste Lucie meistens zu Almuts Eltern gehen, damit sie ausschlafen konnte. Ich versuchte ihr Trost zuzusprechen, aber bemerkte selbst, dass es mir nicht gelang. Ich erzählte ihr vom Alltag in der Klinik, erwähnte auch die Tanzabende, nur von Gisa sprach ich nie. Dabei verbrachten wir nun fast jeden Abend zusammen. Ich saß an ihrem Tisch, manchmal, wenn die Musik langsamer wurde, tanzten wir auch zusammen.

In der dritten Woche überredete Gisa mich, abends noch aus dem Haus zu gehen, sie habe in Erfahrung gebracht, dass man über den Heizungskeller die Klinik verlassen könne. Die Tür sei nicht abgeschlossen. Man müsse nur einen Keil in den Türrahmen legen, damit sie nicht zufalle, dann könne man wieder hineinschleichen.

»Ich weiß«, sagte sie auch, »du bist nicht so einer, du hältst dich gerne an Regeln, aber ich möchte nur einmal einen Spaziergang durch den dunklen Wald machen.«

Ich schaffte es nicht, ihr diesen Wunsch abzuschlagen. Um halb elf, als wirklich jeder Patient in seinem Zimmer verschwunden war, schlichen wir die Betontreppe in den Heizungskeller hinunter. Es war genau so, wie Gisa erkundet hatte: Eine Stahltür, die nur auf der Innenseite eine Klinke aufwies, ließ sich öffnen. Ich legte einen Ziegelstein in den Metallrahmen, damit die Tür nicht schloss, und dann standen wir im Freien.

Gisa ergriff meine Hand. Wenig später, auf einem schmalen Weg durch den Wald, schien sie mich zu führen. Der Wind fuhr durch die Bäume, überall raschelte und knarzte es. Die Luft war feucht. Es roch nach Frühling.

»Es fühlt sich großartig an.« Gisa hatte mich losgelassen und drehte sich mit ausgebreiteten Armen. »Ich habe einmal einen Schauspieler interviewt, der sich im Krieg in einer Gartenlaube bei Hamburg verstecken musste, weil er Jude war. Nur wenn Bombenalarm war, wenn alle in den Luftschutzbunkern hockten, konnte er sich in die Stadt trauen. So ähnlich komme ich mir vor – als könnte ich nur bei Nacht herauskommen.«

Sie nahm wieder meine Hand, ihre war plötzlich warm und anschmiegsam.

Ein Gedanke traf mich, den Gisa plötzlich dachte – oder ich meinte, dass sie ihn dachte: »Ich möchte noch einmal lieben und dann sterben.«

Ich erschrak und zog meine Hand zurück.

»Keine Angst«, sagte sie und wandte sich zu mir um. »Ich will dich nicht verführen – ich weiß, dass du deiner Frau treu bist. So einer bist du.« Sie lachte, aber nicht spöttisch, sondern voller Freude.

»Ich bin einmal untreu gewesen«, sagte ich, dann erzählte ich von Inga, erwähnte sogar, dass sie tot war, an ihrer Lungenkrankheit gestorben.

»Ich denke auch oft an das Sterben«, sagte Gisa. Nun klang ihre Stimme zart und traurig.

Wir setzten uns auf ein Stück feuchtes Moos und lehnten uns an einen Baum. Sterne waren am Himmel zu sehen, funkelten zwischen Wolkenfetzen hervor.

»Ich hätte nie gedacht, dass ich einmal krank werden könnte, dass ein dunkles Tuch auf mich herabfällt, das ich nicht mehr loswerde.« Ihr Kopf sank auf meine Schulter. Für einen Moment war ich sicher, dass sie weinte. »Nach der Abtreibung hatte ich so ein Gefühl, dass etwas Schlimmes passieren könnte …« Sie sprach nicht mehr weiter. Sie zitterte, vielleicht vor Kälte, vielleicht vor Schmerz.

Ich legte meinen Arm um sie, und sie schob sich förmlich in meine Umarmung hinein.

»Maurice hat versprochen zu kommen«, sprach sie leiser weiter, »irgendwann in den nächsten Tagen. Dann gebe ich ihm den Brief.«

»Du hast ihn gar nicht abgeschickt?«, fragte ich.

Sie schüttelte den Kopf. Dann plötzlich begann sie zu singen, auf Französisch. Ich erstarrte, weil mir ihr Gesang so schön und fremd vorkam. Ihr Lied glitt förmlich in den Wald, machte ihn stumm, als würden die Bäume auf einmal lauschen.

Als sie aufhörte, hätte ich sie am liebsten geküsst, doch sie sprang abrupt auf und sagte: »Es ist bestimmt schon spät. Wir müssen zurück.«

In den nächsten Tagen wachte ich darüber, wann dieser Maurice kommen würde. Unkonzentriert absolvierte ich mein Programm, immer mit dem Blick zur Lobby oder, wenn wir im Wald spazieren gingen, zur Klinik. Wie mochte dieser Franzose aussehen? Groß, muskulös, beeindruckend?

Am zweiten Abend erschien Gisa dann nicht zum Abendessen. Allein saß ich an ihrem Tisch, mitleidig von den anderen betrachtet. »Na, was ist heute Abend mit Gisa und Anton?«, fragte Martha süffisant. Dann, als die Kapelle ihre Instrumente aufgebaut hatte, forderte sie mich auf, mit ihr zu tanzen.

Gisas Stuhl blieb verwaist.

»Ich glaube, sie hat Besuch«, hauchte Martha mir verschwörerisch zu.

Ich erwiderte nichts darauf. Ich empfand mich als einen mittelmäßigen Tänzer, ich beherrschte ein paar Standardschritte, die ich je nach Melodie ein wenig schneller oder langsamer ausführte. Trotzdem schien Martha mit niemandem lieber zu tanzen als mit mir.

»Es ist ein Jammer«, flüsterte sie, dicht an meinem Ohr, »so eine schöne Frau ohne Augenlicht. Aber manche sagen, dass es gar nicht der Morbus Boeck sein kann, sondern …« Sie verstummte.

Die Kapelle spielte »So schön kann doch kein Mann sein«.

»Sondern?«, fragte ich.

Martha lächelte mich an, ein wenig anhimmelnd, mit großen braunen Augen, dann leckte sie sich über die Lippen, was bei ihr ganz unpassend wirkte. »Vielleicht hatte sie zu viele Männer. Es gibt da bestimmte Krankheiten … vor denen man sich vorsehen muss.«

Ich löste mich von ihr, ließ sie auf dem Parkett stehen und schob mich zwischen die anderen Paare zum Ausgang. Zum Glück lief Martha mir nicht nach. Ich ging vor die Tür, atmete tief die kühle Waldluft ein. So redeten sie in der Klinik über Gisa? Dabei hätten sie es alle besser wissen müssen. Dass man durch den Böck erblinden konnte, hatten die Ärzte mehrfach erwähnt, aber das passte bei einer Frau wie Gisa nicht ins Bild. Hatte ich das Getuschel stets überhören wollen? Ja, wahrscheinlich. Bisher hatte ich nur die Blicke bemerkt, die man uns zuwarf, wenn wir abends zusammen aßen. Anton und die schöne Blinde.

Ich überlegte, allein in den Wald zu laufen, um meinen Zorn zu kühlen, doch da entdeckte ich sie, zwei verhakte Schatten, die den

Waldweg herunterkamen. Gisa hatte sich bei einem Mann untergehakt, der mindestens einen Kopf größer war als sie. Ich hörte Stimmen, sie sprachen Französisch, und dann sang sie das Lied, das sie vor zwei Tagen auch für mich gesungen hatte. Ich trat aus dem Licht des Eingangs heraus, verdrückte mich in eine Ecke, wo am Tag die rauchenden Krankenschwestern standen, doch die beiden liefen gar nicht auf die Klinik zu, sondern gingen in den Ort hinunter. Hatte Maurice dort ein Hotelzimmer? Vermutlich. Also würde Gisa ihren Wunsch erfüllt bekommen. Noch einmal lieben …

Ich spürte einen Stich von Eifersucht, als ich auf mein Zimmer hinaufging.

Auf einmal fühlte ich mich niedergeschlagen und so, als hätte ich kein richtiges Leben geführt, als hätte ich mich bisher mit viel zu wenigem begnügt. Dabei war Gisa die Kranke und Verwundete; ich hingegen würde gesund werden – so hatte es mir der Arzt am Vortag gesagt, mein Boeck würde ausheilen. In etwa vier Wochen könnte ich nach Hause zurückkehren.

Ich setzte mich an den kleinen Tisch und schrieb eine Liste – Dinge, die ich mit Almut unternehmen musste, sobald ich zu Hause war:

1. auf die Zugspitze steigen
2. auf Sylt den tiefsten Punkt der Insel finden
3. Almut zum Zeichenunterricht begleiten
4. mit Lucie einmal im offenen Meer schwimmen
5. mit einem Karmann Ghia Cabrio fahren
6. Klavier spielen lernen

Nach dem sechsten Punkt wusste ich schon nicht mehr weiter. Mit Gisa nach Paris fahren, fiel mir noch ein, aber diesen Gedanken wagte ich nicht einmal, aufs Papier zu bringen.

Als ich einschlief, mochte es halb zwei in der Nacht gewesen sein. Mühsam hatte ich den Impuls unterdrückt, auf den Balkon hinauszutreten und zu Gisas Fenster hinaufzublicken.

Ich erwachte, weil jemand gegen meine Tür klopfte. Panisch schreckte ich auf. Hatte ich verschlafen? Ja, es war bereits halb neun, dann fiel mir ein, dass Sonntag war. Der einzige Tag, an dem es kein strenges Programm zu absolvieren gab.

Es klopfte erneut – lauter, dringender.

Ich warf mir einen Bademantel über und schlurfte zur Tür.

Ein Mann stand da. Zuerst sah ich ein gelbes Hemd und eine schwarze Weste, dann sein Gesicht, das einem Raubvogel glich: forschende Augen, eine spitze Nase, ein schmaler, zusammengekniffener Mund, rötliche, ein wenig schüttere Haare.

»Pardon«, sagte er mit einem schweren Akzent, »Sie sind Herr Anton Busch?«

»Ja«, sagte ich. »Das bin ich.«

Ein Franzose, wie unschwer zu hören war. Ich brauchte ein paar Sekunden, um zu begreifen, dass dieser dünne, große Mann vor mir Maurice, Gisas Geliebter, sein musste.

»Ich weiß, es ist früh«, sprach er weiter, »aber ich muss Sie etwas bitten. Es ist wichtig.«

Ich winkte ihn herein, und er folgte mir, blieb dann, ohne Blick für mein zerwühltes Bett oder meine Utensilien, mitten im Zimmer stehen. »Mein Name ist Maurice Grosser. Ich bin der … Partner von Gisa …« Er zögerte. Flehend sah er mich an. »Sie wissen bestimmt. Gisa ist krank und traurig, und sie will mich nicht mehr treffen. Ich kann also nicht auf sie aufpassen. Deshalb müssen Sie das tun. Ja?«

Er sprach gut Deutsch, trotzdem musste ich seine Worte für mich übersetzen.

»Ich soll auf Gisa aufpassen?«, fragte ich.

»Ja bitte. Solange Sie noch hier sind. Ich suche einen Platz, wo Gisa leben kann … mit mir …« Er hob die Arme und ließ sie sinken. »Sie schläft jetzt, und ich muss gehen. Ich muss zurück nach Paris, aber ich komme wieder.« Er stürzte vor und griff nach meiner Hand, um sie zu drücken. »Gisa mag Sie, Anton. Sie sind wichtig.« Er bewegte seinen Kopf, als wollte er mich auf die Wange küssen, dann jedoch ließ er meine Hand abrupt los und machte Anstalten, aus meinem Zimmer zu stürmen. An der Tür blieb er jedoch stehen und machte kehrt. »Hier«, sagte er und zog ein Stück Papier hervor, das er mir hinhielt. »Meine Telefonnummer in Paris. Für alle Fälle …«

Ich nahm den Zettel, und er verließ mein Zimmer.

Ratlos sank ich auf mein Bett und blickte auf eine lange Nummer, die er in einer krakeligen Handschrift notiert hatte. Ich sollte auf Gisa aufpassen! Wie stellte er sich das vor? Was sollte ich tun?

Den halben Tag saß ich auf meinem Stuhl. Wie paralysiert starrte ich aus dem Fenster. Es war ein Regentag. Die Bäume bogen sich im Wind, Wolken zogen vorbei, schwere Tropfen prasselten gegen das Fenster. Dann hörte es auf, dann fing es wieder an.

Als es an der Tür klopfte, meinte ich zu wissen, dass es Gisa war. Bisher hatte sie den Weg noch nie zu meinem Zimmer gefunden. Doch als ich öffnete, stand Martha da. Sie hatte eine rote Wollmütze auf, ihr Gesicht wirkte noch runder und rosiger als sonst.

»Wir wollen einen Spaziergang machen, und wir dachten …«, sagte sie.

»Ich kann nicht«, unterbrach ich sie und schlug die Tür zu.

Der Tag verging, indem ich versuchte, Almut einen Brief zu schreiben, doch es gelang mir nicht. Immer kam mir Maurice in die Quere – und das Versprechen, das er mir abgerungen hatte.

Als es Viertel nach zehn war, schlich ich mich aus dem Zimmer und ging zu Gisa hinauf. Nach dem ersten leisen Klopfen öffnete sie mir, als hätte sie auf mich gewartet.

Sie trug ein schwarzes Kleid und hatte sich die Haare hochgesteckt, sie sah aus, als hätte sie eben noch ein Rendezvous gehabt.

»Du weißt, dass Maurice hier war«, sagte sie. »Ich war mit ihm im Hotel, und dann habe ich ihm den Brief gegeben.«

»Ich habe es mir gedacht«, sagte ich.

Im Zimmer war es dunkel, nur eine Lampe auf dem Nachttisch brannte. Ich sah mich in dem Zimmer um – nichts lag da, keine Kleidung, keine Gegenstände. Ich hatte keine Ahnung, was sie den ganzen Abend gemacht hatte.

»Wir könnten ein Glas Wein trinken, auch wenn Alkohol hier verboten ist«, sagte sie, »und dann kann ich dir aus der Hand lesen.«

Sie machte eine Handbewegung zu ihrem Koffer hin, der auf dem Kleiderschrank lag. Dort war eine Flasche Wein versteckt, sollte diese Geste wohl heißen.

»Du kannst aus der Hand lesen«, sagte ich, »aber du bist …«

»Ich bin nun blind, aber deswegen kann ich es ja.« Sie streckte ihren Arm vor, damit ich ihr meine Hand reichte. »Die linke«, sagte sie. »Ich brauche deine linke Hand.«

Mit den Fingerkuppen fuhr sie über die Innenfläche meiner Hand. »Du bist ein Zweifler, Anton«, flüsterte sie, »zweifelst an dir, an deinen Fähigkeiten, aber du bist stark und zäh. Du nimmst Rücksicht, und du hast Fähigkeiten, kannst besondere Dinge … Ich weiß nicht genau, welche.«

Phantasierte sie? Ließ sie sich einfach wie in einem Spiel gewisse Sachen einfallen? Mir war es plötzlich gleichgültig. Es gefiel mir, wie sie meine Hand hielt.

»Ich kann Gedanken lesen«, sagte ich, ohne darüber nachzudenken, »manchmal jedenfalls, in bestimmten Situationen.«

Und dann wurde Gisa der erste Mensch, dem ich von meinem Großvater, den Gänsen und davon erzählte, dass ich mitunter das Gefühl hatte, Gedanken hören und sehen zu können, als würde jemand laut vor sich hin sprechen oder ein Spruchband vor sich hinhalten.

Vier Wochen blieben mir in der Kur noch. Meine Blutwerte besserten sich stetig. Der Arzt beglückwünschte mich. »Bald haben Sie den Böck besiegt und können zurück zu Ihrer Frau und Ihrem Kind«, sagte er und schüttelte mir die Hand. Es klang, als wäre ich ein Boxer, der gegen jede Erwartung einen übermächtig wirkenden Gegner bezwungen hatte.

Fast jeden Abend schlich ich mit Gisa hinaus. Mittlerweile war ich fast sicher, dass die Krankenschwestern längst von unseren heimlichen Ausflügen wussten, aber uns gewähren ließen, aus Mitleid mit Gisa und weil sie uns für ein Liebespaar hielten, das wir nicht waren, jedenfalls nicht in dem Sinne, wie es alle vermuteten.

Nur in diesen zwei Nachtstunden lebte Gisa auf, dann fiel die Traurigkeit von ihr ab.

Sie sang Gedichte von Baudelaire, und es war, als würde sie Kristalle in den Himmel werfen, oder sie bat mich, aus einem Buch, das sie mitgebracht hatte, Gedichte vorzulesen. Ich las ungelenk und holprig, aber ihr gefiel es. Manche Gedichte verfolgten mich später. Ich hatte mich noch nie mit Literatur beschäftigt, aber wie ungeheuerlich war es, vom Tod als einem Meister aus Deutschland zu lesen.

In einer der letzten Nächte sprach sie davon, dass sie gerne etwas hinterlassen hätte, etwas von Bedeutung, aber eigentlich sei ihr nichts gelungen. In ihrem Ort – Bad Münstereifel – sei sie das Mädchen gewesen, das alle bewundert hätten; sie sei hübsch gewesen, klug, sie habe im Chor gesungen, Klavier gespielt und kleinere Konzerte gegeben, sie habe sogar ein paar Stücke komponiert, doch als sie nach Köln zur Musikhochschule gegangen sei, sei sie nur noch Durchschnitt gewesen, nein, schlechter als der Durchschnitt. Als sie bei einer Prüfung durchgefallen sei, habe sie darüber nachgedacht, in den Rhein zu springen. Am nächsten Tag habe sie ihr Studium abgebrochen und habe beim Radio angefangen. Doch außer ein paar schönen Interviews sei ihr nichts gelungen.

»Maurice wartet auf dich«, sagte ich. »Er kommt bald zurück.« Mein Gespräch mit ihm hatte ich ihr verschwiegen.

»Maurice ist niemand, der wartet«, erwiderte sie.

Davon, dass ich bald gehen würde, redeten wir nie. Auch sie würde bald entlassen werden, blind, aber in einem stabilen Zustand. Ihre Eltern würden sie wieder aufnehmen. Sie würde an den Ort zurückkehren, von dem aus sie in die Welt aufgebrochen war.

Dann, vier Tage vor meiner Abreise, kam der Abend, als ich sie anlog. Ich log aus Schwäche und Ratlosigkeit, und ich schämte mich dafür, aber ich wollte unbedingt vermeiden, dass sich Gisas und Almuts Wege kreuzten. Nie hatte ich in meinen Telefonaten Gisa erwähnt, und als Almut, die wieder begonnen hatte, Polaroids zu schicken, angekündigt hatte, mich abholen zu wollen, erklärte ich Gisa, ich würde schon am Mittwoch abreisen, während es in Wahrheit erst am Freitag geschehen würde. Die letzten zwei Tage würde ich den Speisesaal meiden, würde mit Almut ins Dorf gehen und da mit ihr essen.

Unseren letzten Abend verbrachten Gisa und ich wie alle anderen zuvor; wir gingen in den Wald hinauf, wir lauschten auf die Geräusche um uns, das Rauschen in den Bäumen. Vielleicht waren wir ein wenig schweigsamer als gewöhnlich. Zum Abschied sagte ich lediglich: »Ich komme dich besuchen. Ich habe es ausgerechnet – von Osnabrück nach Bad Münstereifel sind es ungefähr drei Stunden mit dem Auto. Zum Glück gibt es nun eine Autobahn. Es ist nicht weit.«

»Ja«, sagte sie und drückte sich an mich.

Und jedes Mal, wenn ich Hildegard Knef im Fernsehen sehe, werde ich an dich denken, dachte ich, sprach es aber nicht aus.

Ich küsste Gisa auf das Haar und versuchte, einen Gedanken von ihr aufzuschnappen, doch es gelang mir nicht. Ich brachte sie durch unseren geheimen Eingang zu ihrem Zimmer hinauf. Für einen Moment war ich sicher, dass sie mich hineinbitten würde, doch sie tat es nicht.

»Dir alles Gute«, sagte sie tonlos. Dann schloss sie ihre Tür auf und verschwand.

Zurück in meinem Zimmer, tat ich etwas, das ich jahrelang nicht mehr getan hatte: Ich löste eine Schlaftablette in einem Glas Wasser auf. Sonst hätte ich gewiss die ganze Nacht wachgelegen.

Am nächsten Morgen nahm ich nicht am gewöhnlichen Programm teil. Ich galt als geheilt – kein Morbus Boeck mehr.

Am frühen Nachmittag lief ich in den Ort hinunter. Ich hatte Almut in einer Pension ein Zimmer mit einem Doppelbett gebucht. Nach drei Monaten würden wir wieder eine Nacht zusammen verbringen. Als sie mit dem Bus eintraf, kam sie mir auf den ersten Blick wie eine Fremde vor: Sie war kleiner als Gisa, kleidete sich anders – sie trug ihren hellen Popelinmantel, einen schwarzen Rock, Nylonstrümpfe und weiße, spitz zulaufende Halbschuhe, die für diese Gegend gar nicht passend waren. Nichts an ihrer Kleidung war neu, trotzdem irritierte mich ihr Aufzug. Ihre Stimme jedoch, die langsame, bewusste Betonung der Worte, der leicht norddeutsche Dialekt – all das nahm mich wieder für sie ein.

»Es ist so schön, dich wiederzusehen«, sagte sie. Wir umarmten uns und küssten uns dann. »Viel länger hätte ich es auch nicht mehr ausgehalten.«

Ich führte sie zu ihrer Pension, und eigentlich hatte ich nicht vorgehabt, zur Klinik hinaufzugehen, doch Almut bestand darauf. Sie wollte sich anschauen, wo ich die letzten drei Monate gelebt hatte.

Ich hörte den Schrei über die Geräusche des frühen Abends hinweg – ein kurzer abgehackter Schrei, in dem Verzweiflung, Trauer und auch Überraschung mitschwangen. Sofort spürte ich Panik in mir. Ich ging schneller, zog Almut förmlich mit. Keine Sirenen waren zu hören, doch eine Aufregung lag in der Luft. Vor der Klinik waren Leute zusammengelaufen, dann stürmten zwei Schwestern aus dem Eingang. Drei Pfleger und ein Mann in Zivil, ein Arzt, der mich auch einmal untersucht hatte, folgten ihnen. Sie hasteten um das Gebäude herum, und als ich sah, in welche Richtung sie liefen, wusste ich es.

»Was ist passiert?«, fragte Almut, nun auch aufgeregt. »Ist es hier immer so hektisch?«

»Nein«, sagte ich. »Es war hier immer ruhig. Notfälle gab es bisher nie.«

Mein Herz klopfte in der Brust, schlug hart gegen die Rippen, wie ein Tier, das sich aus einem Käfig befreien wollte. Ich wusste es und hoffte doch so sehr, dass ich mich irrte.

Als wir den Eingang erreicht hatten, eilten zwei weitere Krankenschwestern hinaus, eine sah mich an und zögerte kurz. Da hatte ich Gewissheit.

Der Mensch, der da geschrien hatte, war Gisa gewesen. Sie hatte sich von ihrem Balkon gestürzt.

32.

Als ich aufwachte, war ich plötzlich sicher, dass Verona unser Treffen noch absagen würde. Ich musste das gar nicht tun – sie würde nicht kommen oder mich anrufen und sich entschuldigen. Cem, mein Tankwart, hatte mir Mut gemacht. Ich hätte mir genau die richtigen Sachen gekauft. »He, Mann«, hatte er gesagt. »Du bist noch keine achtzig – achtzig ist wie früher sechzig. Guck dir Clint Eastwood an, diesen amerikanischen Schauspieler. Der ist fast neunzig und hat eine Frau, die nicht halb so alt ist wie er.« Ich hatte keine Ahnung, wie Clint Eastwood mittlerweile aussah, aber ich fuhr mit einem guten Gefühl nach Hause. Auch mein Mercedes sah nach der Wäsche beinahe aus wie neu.

Die Zweifel kamen mir erst in der Nacht, als ich wieder ein paar Stunden geschrieben hatte – so lange, bis mir der Rücken weh tat.

Als es um kurz nach zehn an der Tür klingelte, war ich überzeugt, dass mir da jemand ein Telegramm, eine Nachricht von Verona brachte. Aber nein, Unfug, Telegramme gab es doch schon lange nicht mehr.

Tim stand lächelnd da, er hielt eine Tüte in der Hand. »Anton«, sagte er, »ich habe Brötchen mitgebracht. Ich dachte, wir könnten zusammen frühstücken.«

Ich schaute an ihm vorbei. Lauerte Lucie da irgendwo? Erlaubten sie sich einen Scherz mit mir?

»Guck nicht so«, sagte Tim. »Alles echt, kein Trick. Ich dachte, ich bringe etwas mit, wenn ich komme.«

»Ja«, sagte ich. »Wie schön! Ich mache uns einen Tee.«

Tim schritt an mir vorbei. Die neuen Sachen, die ich mir gekauft hatte, lagen in meinem Wohnzimmer auf einem Sessel, er bedachte sie mit einem kurzen Blick, während ich mich in meine Küchenecke begab.

»Hast du schon Keyboard gespielt?«, fragte er.

Ich setzte Wasser auf. Lucie hatte ihn geschickt, um mich auszufragen – ja, anders konnte es nicht sein. Sie wunderten sich über mich.

»Nein«, sagte ich. »Ich habe es nur einmal angeschaltet. Bald nehme ich Unterricht.«

Tim pfiff einmal durch die Zähne und setzte sich auf den Platz, auf dem ich immer saß, um in den Garten zu blicken. »Mama macht sich Sorgen«, sagte er. »Bei dir brannte bis um halb drei Licht. Schreibst du so lange?«

Ich schaute ihn an. »Warst du um halb drei auch noch auf?«

Er lächelte. »Ich spiele ein neues Videospiel – Dragon Ball Fighter. Ist total cool. Ich habe die ganze Nacht durchgemacht. Wir haben gerade keine Schule. Abiturzeit.« Er schwieg und musterte mich, als wollte er erkennen, ob ich irgendwie krank aussah.

Als der Tee durchgezogen war, reichte ich ihm eine Tasse. Ich bemerkte erst jetzt, dass er tatsächlich blass und übernächtigt aussah.

»Was schreibst du denn so?«, fragte er. »Kommen wir auch darin vor? Lucie, Martin und ich?«

»Kann sein«, sagte ich vage. Ich hörte, dass er besorgt war. »Es ist keine heitere Geschichte. Viele Leute, über die ich schreibe, sind schon tot.« Dann fiel mir ein, was ich gedacht hatte, als ich die ersten Seiten geschrieben hatte: Ich wollte noch einmal all die Menschen um mich haben, die ich einmal geliebt hatte, wollte sie alle auf ein Stück Papier bannen, ja, ich wollte dieses Papier zu einem Raum machen, in dem sie alle, als wäre die Zeit aufgehoben, zusammentrafen. Und dann hatte ich gedacht, dass ich zu Almuts Grab gehen und ihr das ganze Buch vorlesen würde, wenn ich fertig war.

»Ich lese nicht so gern«, sagte Tim, »aber dein Buch würde ich lesen – oder …« Er lächelte wieder. »… oder wir lassen es verfilmen, dann gucke ich mir alles als Film an.«

Er erhob sich und ging zum Keyboard, das auf dem niedrigen Tisch im Wohnzimmer stand. Er schaltete es an und drückte einen langen hohen Ton, und gleichzeitig mit diesem Klang läutete schrill das Telefon, der Festnetzanschluss.

Verona, dachte ich, mein Gefühl hatte mich nicht getrogen. Nun kam wie vermutet die Absage.

Ich nahm das Telefon aus der Aufladestation. »Anton«, sagte eine weibliche, ein wenig aufgeregte Stimme. »Ich wollte nur wissen, ob es dir gutgeht und ob es bei unserer Verabredung heute Nachmittag bleibt.«

Hatte ich jemals mehr Schuld auf mich geladen? Nein, wohl nicht – nicht einmal, als ich es versäumt hatte, ein Foto von der toten Rosemarie zu machen. Ich hatte nicht auf Gisa aufgepasst, schlimmer noch, ich hatte sie belogen und allein gelassen.

Ich ging mit Almut auf mein Zimmer in der Klinik. Fahrig führte ich sie dann herum, zeigte ihr den leeren Speisesaal, das Schwimmbad und die Terrasse, dabei fürchtete ich die ganze Zeit, man könnte Gisas Leichnam auf einer Bahre an uns vorbeischieben und ich müsste ihren entstellten, blutigen Körper anschauen. Über das ganze Haus hatte sich ein entsetztes Schweigen gelegt. Niemand sprach uns an. Selbst die redselige Martha nickte mir lediglich mit bleicher Miene zu, während sie Almut taxierte, als wäre sie eine Rivalin.

Ich räumte eilig meine Habseligkeiten zusammen, dann verschwand ich beinahe wie ein Dieb aus der Klinik. Almut spürte die ganze Zeit, dass etwas nicht stimmte, aber sie getraute sich nicht, Fragen zu stellen, nur eine einzige: »Hast du die Frau gekannt, die sich umgebracht hat?«

»Ja«, sagte ich, »ich habe sie gekannt, sie war blind geworden.«

Am Abend rief ich von der Pension aus die lange Telefonnummer in Paris an. Almut hatte sich bereits schlafen gelegt, die Reise hatte sie angestrengt. Ich hörte das ungewohnte Tuten in der Leitung. In Frankreich hatte ich noch nie angerufen, und ein Wort Französisch sprach ich auch nicht. Als ich schon auflegen wollte, hob jemand ab.

»Ja?«, sagte eine harte Männerstimme. Es war Maurice. Er hatte meinen Anruf bereits erwartet, die Nachricht von Gisas Tod hatte man ihm schon überbracht.

»Du hast nicht aufgepasst, Anton«, sagte er. »Dabei hatte ich dich darum gebeten.«

»Ich weiß«, sagte ich, »aber ich …« Eine weitere Lüge wollte mir nicht über die Lippen kommen.

»Gisa mochte dich«, sprach Maurice weiter, »vielleicht sogar mehr als mich. Du warst wichtig.«

Bevor ich etwas erwidern konnte, legte er auf.

Als ich mit Almut zurück nach Osnabrück fuhr, schwor ich, mir nie wieder eine Kur verschreiben zu lassen, völlig gleichgültig, was irgendwelche Ärzte mir rieten. Ich versuchte auch, mein Leben zu ändern, aber das ging nicht so einfach, wie ich feststellen musste. Ich nahm meine Touren wieder auf, musste jedoch mehr arbeiten als je zuvor, weil die Firma in Schwierigkeiten geraten und verkauft worden war. Die Fahrten wurden länger und beschwerlicher. Manchmal saß ich den ganzen Tag im Auto. Almut kümmerte sich um Lucie und arbeitete drei Tage in ihrem Salon, doch es fiel ihr zunehmend schwerer. Die Schmerzen im Unterleib kehrten zurück, die Frauenärztin empfahl etwas, das sie Totaloperation nannte. Die Gebärmutter sollte entfernt werden.

Als wir darüber berieten, was zu tun war, stand plötzlich Almuts Vater vor der Tür. Er war aschfahl und brachte kaum ein Wort heraus.

Ich glaubte, er habe schon von Almuts Diagnose erfahren. So schlimm, erklärte ich ihm, sei diese Operation nun auch nicht. Viele Frauen müssten so einen Eingriff über sich ergehen lassen, und an ein zweites Kind hätten wir ohnehin nicht mehr gedacht.

Kurt Hauken zitterte so sehr, dass er seine Tasse Tee, die Almut ihm gemacht hatte, kaum halten konnte. Seit er in Rente gegangen war, sah er nach Lucie und hatte Almut vor allem in meiner Abwesenheit unterstützt, doch wirklich nahe waren wir uns nicht gekommen.

»Es geht um etwas anderes«, sagte er so leise, dass ich ihn kaum verstehen konnte. Er streckte mir seine Hände hin, die groben, faltigen Hände eines alten Tischlers.

»Ich verstehe nicht«, sagte ich, während Almut ihren Vater erst stumm musterte, dann sagte sie genauso leise: »Du bist krank, nicht wahr? Hast du deswegen so sehr abgenommen?«

Er nickte. Offenbar hatte er mir zeigen wollen, wie abgemagert seine Hände waren.

»Es ist Krebs«, sagte er. »Ein aggressiver Streukrebs. Lunge und Darm sind schon befallen.«

Almut sog die Luft ein und lehnte sich dann zurück. Ich hörte, wie sie leise schluchzte. Ich blickte mich um. Lucie war auf ihrem Zimmer und hörte eine Kassette. Es war besser, wenn sie von dieser Krankheit noch nichts erfuhr.

»Gibt es eine Behandlung?«, fragte ich. »Bestrahlung? Chemotherapie? Tabletten? Irgendetwas?«

Kurt nickte. »Die Ärzte sagen so etwas, aber ich will das nicht. Ich glaube daran nicht.«

»Papa!«, stieß Almut hervor. Dieses Wort hatte ich aus ihrem Mund noch nie gehört. »Aber wenn du nichts tust, dann …«

Er hob die Schultern. »Ich will etwas anderes tun. Deshalb bin ich hier.« Er sah mich an. Nun fiel mir auf, wie grau er aussah, die Augenbrauen, die Lippen, selbst seine Augen wirkten grau und erloschen.

»Ich habe noch Hoffnung«, erklärte er, nun ein wenig lebhafter, »aber dafür brauche ich Antons Hilfe. Ich könnte auch Dieter fragen, aber ihr wisst ja … Sein Führerschein … Er hatte einen Rückfall, ist wieder mit Alkohol am Steuer erwischt worden … und für mich ist diese Reise allein zu weit.«

Ich verstand, dass ich ihn irgendwohin fahren sollte. »Willst du eine Kur machen?«, fragte ich ihn.

»Nein.« Er sah mich an. »Ich möchte etwas anderes machen, etwas, an das ich glaube.« Er zögerte. Ich bemühte mich, einen Gedanken von ihm aufzuschnappen, aber es gelang mir nicht. Vor Konzentration hatte er seine Augenbrauen zusammengezogen. »Ich glaube an die Kraft von Heilwasser … Das Wasser von Lourdes … es wird mich gesund machen.«

Einen Moment trat Stille ein. Ich sah Almut an, ihre zarten Nasenflügel bebten, ihre braunen Augen fixierten ihren Vater. »Du willst, dass Anton mit dir nach Lourdes fährt?«, fragte sie.

Ihr Vater lachte, freudig und erleichtert, dass er diesen Wunsch nicht selbst aussprechen musste. »Ja«, sagte er, »genau das wünsche ich mir. Das Wasser von Lourdes wird mich heilen. Ganz bestimmt.«

Ich spürte einen bitteren Geschmack im Mund. »Wo genau liegt dieses Lourdes?«, fragte ich. In der Kirche hatte ich schon einmal davon gehört, dass es ein Wallfahrtsort war, in dem vor über hundertfünfzig Jahren einem Bauernmädchen die Gottesmutter Maria erschienen war.

Kurt musterte mich. Nun war er wieder ernst. »Der Ort liegt in den Pyrenäen. Ungefähr tausend Kilometer von hier entfernt, vielleicht auch ein wenig mehr.« Er schnaufte, an seiner Schläfe pulsierte eine Ader.

»Gut«, sagte ich. »Wann möchtest du losfahren?«

Er sprang auf, erstaunlich flink, und umarmte mich. Seine Kleidung roch nach Rauch, Weihrauch vielleicht, wahrscheinlich hatte er schon ein paar Stunden in der Kirche verbracht. »Danke, Anton«, flüsterte er. »Du rettest mich.«

Zwei Tage später fuhren wir los. Almut hatte ihre Operation verschoben. Obwohl sie viel katholischer war als ich, sah sie das Vorhaben ihres Vaters mit gemischten Gefühlen.

»Wir müssen es tun«, sagte ich ihr. »Er glaubt daran.«

Ich musste ständig an Gisa denken, der Schrei klang nachts, kurz vor dem Einschlafen in meinen Ohren; mein schlechtes Gewissen und meine Vorwürfe hatten auch kein bisschen abgenommen. Vielleicht, dachte ich, vielleicht kann Lourdes sogar mir helfen.

Wir nahmen Kurts Opel Rekord, den er vorher noch, gewissenhaft, wie er war, in die Werkstatt gebracht hatte. Unser Gepäck mussten wir auf der Rückbank ablegen, weil sich im Kofferraum sechs Plastikkanister stapelten. Wir würden etliche Liter Heilwasser mitbringen.

Die Entfernung, die er mir genannt hatte, stimmte nicht; es waren fünfzehnhundert Kilometer, also eine Strecke, die man nur mit größter Anstrengung an einem Tag bewältigen konnte.

Am ersten Tag kamen wir bis Orléans. Beim Tanken überraschte Kurt mich, dass er ein paar Brocken Französisch sprach.

»Ich war im Krieg in Paris«, erklärte er. »Als Fahrer für Offiziere – später in einer Art Fahrschule.«

Die meiste Zeit der Fahrt hatte er geschlafen, mit offenem Mund. Alle zwei Stunden hatte er ohne Wasser ein paar Tabletten geschluckt. Wahrscheinlich hatte er Schmerzen. Ich hatte ihn fragen wollen, ob er wirklich daran glaubte, dass ihn irgendein Wasser, das aus einem französischen Berg hervorquoll, gesund machen würde. Doch in seinen Augen, wenn er mich denn einmal ansah, konnte ich sehen, dass diese Reise tatsächlich seine letzte Hoffnung war.

»Wie war das im Krieg?«, fragte ich stattdessen.

Er verzog den Mund. »Widerlich«, sagte er. »Ekelhaft.«

Ich glaubte, er meinte das Schießen und Töten, doch er sprach weiter: »Fast jeden Abend musste ich für meinen Generalleutnant irgendwelche Mädchen auftreiben, die mit ihm ins Bett stiegen. Am liebsten schwarzhaarige Französinnen, Rothaarige hat er auch gerne genommen, nur blond durften sie nicht sein.«

»Was ist mit dem Generalleutnant später passiert?«, fragte ich.

»Nichts«, erwiderte Kurt. »Er ist in die Politik gegangen, war später irgendein hohes Tier, in Bonn, glaube ich. Wenn ich wüsste, wo sein Grab ist, würde ich hinfahren und daraufpinkeln.«

Solche Worte hatte ich von meinem Schwiegervater noch nicht gehört.

Weil es billiger war, nahmen wir in Orléans ein Doppelzimmer. Als ich aus dem winzigen Bad kam, hatte er sich bereits zur Seite gedreht und schlief. Vorher hatte ich ihn laut beten hören.

Ich hatte keine Ahnung, was ich in Lourdes erwartet hatte, aber nicht, dass Tausende von Menschen diesen Ort bevölkerten.

Das Städtchen war recht klein, doch kaum waren wir hineingefahren, standen wir auf einer engen, verwinkelten Straße im Stau. Passanten drängten sich auf den Gehsteigen, an jeder Ecke war ein Andenkenladen, in den Schaufenstern Marienstatuen in allen Größen. Ich war so müde, dass mir die Augen zufielen. Kurt war keinen Kilometer gefahren. Vor uns reihte sich ein Bus an den nächsten. Zum Glück gab es einen Parkplatz an dem Hotel, das er telefonisch gebucht hatte: Hotel Panorama – wieder ein enges, muffiges Doppelzimmer.

Ich hatte vorgehabt, ein, zwei Stunden zu schlafen, doch kaum hatten wir unser Gepäck auf das Zimmer gebracht, drückte Kurt mir zwei Wasserkanister in die Hand. Er war förmlich aufgeblüht.

»Wir müssen in den heiligen Bezirk gehen«, sagte. »Da holen wir das heilige Wasser, und heute Abend laufen wir in der Lichterprozession mit. Morgen sehen wir uns dann die Grotte an.«

Ich nickte erschöpft.

»Spürst du es nicht auch?«, fragte er mich, als wir die Stadt durchquerten, um uns Rollstühle, Rikschas, Gruppen von Menschen.

»Was soll ich spüren?«, fragte ich.

»Dass hier alles von Gott gesegnet ist?« Kurt eilte voran. Er wirkte wie aufgedreht, als hätte man ihm irgendein Aufputschmittel gespritzt oder als hätte er tatsächlich seine Krankheit einfach abschütteln können.

In dem heiligen Bezirk gab es wenigstens keine Geschäfte mehr. In einer langen Reihe standen die Menschen an den Zapfstellen für das Quellwasser. Ich musste zwei große Kanister abfüllen, doch geduldig warteten andere Leute hinter mir. Jemand sprach Englisch, ein anderer Spanisch.

Kurt hatte sich zwei Flaschen abgefüllt; von einer trank er sofort.

»Köstlich«, sagte er. »Und hast du die vielen Rollstühle gesehen? Vielen Menschen geht es noch schlechter als mir.«

»Ja«, sagte ich. Es war kühl geworden. Ich hatte Hunger. Kurt wollte die Kanister in unserem Wagen abladen und dann zurück in den heiligen Bezirk, um die Lichterprozession bei Einbruch der Dunkelheit nicht zu verpassen.

Ich konnte ihn zumindest überreden, in einem Imbiss, an dem »Man sprecht Deutsch« stand, Halt zu machen und ein Baguette zu essen.

Am Abend folgte ich ihm in der Lichterprozession – Tausende von Menschen sangen das Ave Maria und das Lourdes-Lied, das auf der Halterung der Kerzen abgedruckt war. Es war imposant – und doch fühlte ich mich unwohl. Was hatte Gisa zu mir gesagt? »Du bist ein Zweifler, Anton.« Ja, selbst hier in einer wogenden Menge, die ehrfürchtig singend voranschritt, auf eine gigantische unterirdische Kathedrale zu, zweifelte ich.

Wie schwach wir Menschen sind, dachte ich, aber wie wenig es braucht, um uns Hoffnung zu geben: ein wenig Licht, ein Lied, Wasser, das aus einem Berg rinnt.

Noch in der Nacht klangen mir die Gesänge im Ohr. Wie hätte Gisa diesen Ort empfunden? Plötzlich überfiel mich eine Sehnsucht nach ihr, die mich regelrecht durchschüttelte. Die sechs Wochen seit der Kur hatte ich beinahe jeden Gedanken an sie verbannt, nun holte meine Schuld mich ein. Ich musste mir vorstellen, wie sie von dem Balkon stürzte, die Arme ausgebreitet, in eine ewige Finsternis hinein. Nein, sie hatte dieser Finsternis, die sie gefangen hielt, entkommen wollen, darum hatte sie sich hinabgestürzt.

Ich begann zu schwitzen und stand auf, um von Kurts heiligem Wasser zu trinken, das angenehm kühl schmeckte. Dann ging ich nach unten in die Lobby. Ein Mann saß hinter einem schmalen Holztresen unter einer Hängelampe und las in einer Zeitung. Ich hatte keine Ahnung, wie ich ihn ansprechen sollte – ich konnte nicht einmal »Guten Abend« auf Französisch sagen. Er trug eine dicke Hornbrille und hatte einen grauen Schnauzbart. Die letzten Haarsträhnen hatte er sich über seine Glatze gekämmt. Er musterte mich, einen Moment später bewegte sich sein Bart auf und ab, und er sagte völlig akzentfrei: »Sie suchen das öffentliche Telefon?«

Ich nickte. Er wies mich zu einer kleinen Kabine, in der ein mattes, gelbliches Licht brannte.

Eigentlich hatte ich Almut anrufen wollen. Wir hatten uns am späten Nachmittag nur kurz gemeldet, um mitzuteilen, dass wir gut angekommen waren, doch dann zog ich den Zettel mit der langen Pariser Nummer aus meinem Portemonnaie. Ich musste ein wenig überlegen – die Vorwahl für das Land konnte ich ja weglassen.

Das Läuten klang erneut fern und fremd. Als abgehoben wurde, sagte eine Männerstimme: »Qui?«

Es war Maurice, eindeutig.

»Hier ist Anton Busch«, sagte ich. Dann geriet ich aus dem Takt, meine Atmung verirrte sich. Ich schnaufte und stöhnte.

»Ja«, sagte Maurice. »Was wollen Sie, Anton Busch?« Härte und Unversöhnlichkeit sprachen aus seiner Stimme.

Ich bin in Lourdes, wollte ich sagen, aber nein, was tat das zur Sache?

»Ich habe gelogen«, sagte ich. »Ich habe Gisa im Stich gelassen. Ich habe ihr gesagt, dass ich abreise, dabei war ich noch zwei Tage im Ort. Ich hatte Angst … Ich wollte nicht, dass sie meiner Frau über den Weg lief. Vielleicht …«, fügte ich leiser hinzu, »… vielleicht würde Gisa noch leben, wenn ich ihr die Wahrheit gesagt hätte.«

Maurice atmete tief ein. »Es ehrt Sie«, sagte er, »dass Sie mir Ihre

Lüge gestehen, aber nein, Gisa hatte schon vor längerer Zeit beschlossen zu sterben. Vielleicht hätte sie sich früher von dem Balkon gestürzt, wenn Sie nicht gewesen wären.«

Er schwieg, und auch ich wusste für Momente nichts zu sagen. In der Leitung wogte Stille hin und her.

»Ich muss noch etwas wissen«, sagte ich endlich. »Wo liegt sie begraben? In Bad Münstereifel?«

Es hörte sich an, als würde er an einer Zigarette ziehen, dann glaubte ich, im Hintergrund das Jaulen einer Katze zu vernehmen, und ich stellte mir eine enge Stadtwohnung voller Bücher und Papiere mitten in Paris vor.

»Wollen Sie ihr Grab sehen? Ich habe Gisas Asche mit nach Paris genommen, obwohl das ihre Eltern nicht wollten, aber Gisa hat Paris geliebt. Es war ihre Stadt. Ihr Grab liegt auf dem Friedhof Père Lachaise.«

Ich nickte. Ja, das ist gut, dachte ich. Ein warmes Gefühl durchflutete mich. Also hatte Maurice sie doch geliebt.

»Noch etwas, Monsieur Busch?«, fragte Maurice, plötzlich ungeduldig.

Nein, wollte ich sagen, Sie haben mich beruhigt, doch stattdessen sagte ich: »Ich habe nichts von Gisa. Kein Foto, keine Postkarte … Nur ein paar besondere Erinnerungen, aber eines muss ich wissen: Dieses eine lange Gedicht, das Gisa auswendig konnte, über den Tod, der aus Deutschland kommt … Von wem ist das? Von Ihnen?«

Maurice schnaufte wieder, nein, es war hohles, freudloses Lachen. »Sie wissen nicht sehr viel, nicht wahr? ›Der Tod ist ein Meister aus Deutschland‹ – so heißt es richtig. Das Gedicht trägt den Titel ›Todesfuge‹ und stammt nicht von mir, leider. Ich kann keine Gedichte schreiben. Paul Celan heißt der Dichter. Gisa ist ihm ein paar Mal begegnet. – Adieu.«

Abrupt legte er auf. Hatte ich ihn mit meiner Frage beleidigt? Ich wusste es nicht.

Ich eilte zur Rezeption, ließ mir einen Stift und ein Blatt Papier geben, um den Namen aufzuschreiben. Zelan, schrieb ich, mit Z, nicht mit C, wie es richtig gewesen wäre.

Am nächsten Tag, während Kurt, nun wieder von seiner Krankheit gezeichnet, zur Grotte wollte, um eine heilige Felswand zu berühren, suchte ich nach einer Buchhandlung. Gab es irgendwo in diesem Ort deutsche Bücher? Nein, man bot unzählige Madonnen in den verschiedensten Größen zum Verkauf, Papstbilder, Kerzen, Bibeln in allen Sprachen, Rosenkränze, Holzkreuze, aber keine Bücher. In Lourdes würde ich das Gedicht nicht finden.

Auf der Rückfahrt schlief Kurt zwischendurch immer wieder ein. Ich wollte nirgendwo mehr Halt machen und mit ihm ein Zimmer teilen. Schon am Nachmittag begann ich Kaffeebohnen zu kauen, um wach zu bleiben. Diese Methode hatte ich mir auf meinen Touren angewöhnt.

Als wir die Grenze nach Deutschland überquert hatten, machten wir die erste längere Rast. Mein Rücken tat mir weh, aber ich wollte nach Hause. Ich wollte Almut und Lucie sehen, und ich wollte am nächsten Tag bei Bücher Wenner in Osnabrück dieses Gedicht kaufen und es mir laut vorlesen – es war, als wäre ich es Gisa schuldig.

»Du wirkst sehr müde«, sagte ich zu Kurt. Er hatte eine ganze Handvoll Tabletten geschluckt.

Er nickte. Er trank einen Tee und aß ein Omelette, während ich mir ein Steak mit Kartoffeln und Salat bringen ließ. »Tut mir leid, dass ich nicht fahren kann – vielleicht das letzte Stück. Es waren lange Tage.« Seine Augen waren wieder grau und beinahe leblos. »Aber ich bin froh, dass wir in Lourdes gewesen sind«, fügte er hinzu, als könnte ich einen Zweifel daran haben. »Danke!« Er schob seine Hände über den Tisch und umklammerte meinen rechten Arm.

»Hast du in der Grotte etwas gespürt?«, fragte ich. Auch ich war an der feuchten Felswand, an der das Hirtenmädchen mehrmals die Mariengestalt gesehen haben sollte, entlanggegangen und hatte meine Hände auf den Stein gelegt. Ich hatte an Gisa gedacht und mich stumm bei ihr entschuldigt.

»Ja«, sagte Kurt. »Ich habe gespürt, dass alles gut ist, egal, was passiert.«

Als wir weiterfuhren – in die Dunkelheit hinein, schwiegen wir zumeist. Im Kofferraum schwappte das heilige Wasser in den Kanistern hin und her. Kurt hatte eine Flasche mit nach vorne genommen, aus der er dann und wann trank.

»Ich werde sterben – sehr bald«, sagte er einmal vor sich hin. »Und dann werde ich vielleicht auch die Muttergottes sehen.«

Wir hatten beinahe Köln erreicht. Ich war so müde, dass auch die Kaffeebohnen nicht mehr halfen. Auf einem Rastplatz hielt ich an und schloss die Augen. Wenigstens eine Stunde musste ich schlafen.

»Ich habe einmal etwas Böses getan«, sagte Kurt. »Niemand weiß etwas davon – niemand.«

Seine Stimme klang dringlich, aber ich öffnete die Augen nicht. Gelegentlich rauschte auf der Autobahn, fünfzig Meter neben uns, ein Wagen in hoher Geschwindigkeit vorbei. Es musste kurz nach Mitternacht sein.

»Ich bin ein Mörder«, sprach Kurt tonlos weiter. »Ein Mörder, der nie entdeckt worden ist.«

Wen hast du umgebracht?, wollte ich schon sagen. Einen Regenwurm, einen Maulwurf in deinem Garten? Oder hast du aus Versehen einmal eine Katze vergiftet?

»Hörst du mir zu?«, fragte Kurt.

Ich richtete mich auf und sah ihn an. »Ja«, sagte ich. »Aber was redest du da?«

Er war nur ein grauer Schatten auf dem Beifahrersitz. »Darf man einen Mord beichten? Ich habe mich das oft gefragt. Kann jemand einem einen Mord vergeben?«

Seine Stimme zitterte nun.

»Du hast keinen Mord begangen«, sagte ich. »Niemals.«

Ich sah, wie er nickte. »Ich habe diesen Generalleutnant erwähnt – in Frankreich. Ich habe ihn gehasst, und dann habe ich eines Abends an unserem Jeep die Bremsleitung durchgeschnitten und mich krankgemeldet. Ich habe gedacht, dass er dann alleine fährt, wenn er von seiner Hure kommt. Hatte er schon häufiger gemacht. Doch in dieser Nacht ...« Er schluchzte, und ich begriff, dass er diese Geschichte tatsächlich noch nie erzählt hatte. »In dieser Nacht war es anders ... Er hatte eine Ordonnanz einbestellt, einen jungen Burschen, und der sollte die junge Französin, mit der der Generalleutnant sich vergnügt hatte, nach Hause fahren – zu ihrer kranken Mutter. Als ich davon hörte, bin ich runter in den Hof gelaufen. Ich wollte sie davon abhalten, in den Wagen zu steigen, aber es war schon zu spät. Sie sind beide verunglückt – die Frau ist dabei gestorben. Als man den Jeep untersuchte, fand man die kaputte Bremsleitung, doch niemand hat mich verdächtigt. Man hielt es für einen Sabotageanschlag von französischen Partisanen.«

Kurt keuchte und schluchzte.

»Daran musste ich denken, als ich die Felswand in der Grotte berührt habe. Plötzlich stand mir die junge Frau vor Augen. Ich hatte sie nur kurz gesehen – sie hatte schwarze, lockige Haare, die ihr fast bis zur Schulter reichten. Man konnte ihr Gesicht fast gar nicht sehen vor lauter Haaren. Sie war groß, wunderschön und sehr jung, wahrscheinlich keine zwanzig. Genau der Typ, den der Generalleutnant schätzte. Es war der 5. Mai 1941, ein Montag.«

Ich schwieg. Plötzlich war ich wieder wach. Was sollte ich sagen? Das war kein Mord, sondern ein tragisches Unglück?

»Du wolltest den Generalleutnant wirklich umbringen?«, fragte ich.

Kurt nickte. »Ich war neunzehn Jahre alt. Ich wollte nach Hause. Ich habe ihn gehasst, sein ewig glattrasiertes Gesicht, sein Rasierwasser, die Art, wie er uns angeschaut hat …« Er verstummte. Ich hörte ihn atmen. »Am liebsten hätte ich mich nach dem Unfall umgebracht, hätte mich von einer Brücke gestürzt, aber da waren meine Eltern, auch Anna kannte ich schon …« Er wandte sich mir zu. »Du bist nun der einzige Mensch, der davon weiß, und ich werde es auch niemandem sonst gestehen. Verachtest du mich jetzt?«

»Nein«, sagte ich. »Auf keinen Fall.«

Ich drehte den Schlüssel im Zündschloss herum und gab Gas.

Nach fünf Minuten hörte ich Kurt schnarchen. Drei Stunden später kamen wir in Bohmte an. Über sein Geständnis sprachen wir niemals mehr.

Am nächsten Morgen, nach einem hastigen Frühstück mit Lucie und Almut fuhr ich nach Osnabrück. Die Buchhandlung hatte noch gar nicht geöffnet. Ich trank um die Ecke einen Kaffee und wartete.

Meine Tour hatte ich verschoben. Dann, als der Laden endlich geöffnet wurde, stürmte ich hinein.

»›Die Todesfuge‹?«, fragte ich eine junge Frau mit dünnen blonden Haaren. »Sagt Ihnen das etwas?«

Sie musste einen Moment nachdenken. »Paul Celan«, erwiderte sie dann. In der Buchhandlung war kein Gedichtband von ihm vorrätig, aber in einer Anthologie fand die junge Frau das Gedicht.

Ich las es noch im Laden, beobachtet von der Buchhändlerin, die so etwas noch nie erlebt hatte.

»Machen Sie einen Schulabschluss nach?«, fragte sie schüchtern. »Ist es deshalb so eilig?«

Für einen Moment war ich versucht, diese Erklärung anzunehmen und als meine auszugeben.

»Nein«, sagte ich dann, »eine Freundin … sie ist tot … sie hat dieses Gedicht geliebt.«

Die Buchhändlerin sah auf ihre Hände und flüsterte ein Beileid.

»Dieses Gedicht …«, fragte ich sie, das Buch noch geöffnet in der Hand. »… versteht jemand den Sinn?«

Kaum hatte ich die Worte ausgesprochen, kamen sie mir überaus dumm vor, doch die junge Frau antwortete völlig ernst. »Ich weiß nicht … Ich glaube, niemand versteht es wirklich, aber das ist auch nicht nötig. Man spürt, dass es sehr traurig und sehr wahr ist.«

33.

Cem, der Tankwart, bemühte sich, mir Mut zu machen. »Musst du so sein, wie du bist, Nachbar«, sagte er.

Bevor ich zum Treffen mit Verona in die Stadt fuhr, machte ich bei ihm Station, um noch einen Kaffee zu trinken und mich ein wenig zu beruhigen. Ich hatte meine neuen Sachen angezogen, das Hemd mit den grauen Streifen, die schwarze Hose aus dem Jeansstoff und die helle Sommerjacke. In meinem Spiegel war ich mir fremd vorgekommen. Als ich das Haus verließ, war ich mir sicher gewesen, dass Lucie hinter ihrer Gardine stand und beobachtete, wie ich rasch zu meiner Garage ging.

»Du darfst nur keine schweißigen Hände haben«, redete Cem weiter. »Frauen mögen so etwas nicht.« Dann streckte er mir ein Kaugummi hin. »Geht aufs Haus. Macht guten Atem. Ist wichtig.«

Ich nickte und nahm das Kaugummi zögernd entgegen. Dann fuhr ich in die Stadt. Ich hatte feuchte Hände.

Warum bist du so aufregt, Anton?, redete ich mit mir selbst. Es ist nur ein Treffen mit einer Frau, die du seit über sechzig Jahren nicht gesehen hast.

Ja genau, sagte eine andere Stimme in mir. Das ist der Grund: Du siehst deine erste Liebe wieder – nach einer ganzen Ewigkeit.

Ich war viel zu früh in der Stadt. In den Schaufenstern sah ich einen fremden, alten Mann vorbeigehen: Er versuchte sich aufrecht zu halten, aber er ging, als würde ihm jeder Schritt schwerfallen. Zum Glück war er nicht dick, und seine Haare waren nicht einmal richtig grau. Man könnte ihn mit ein wenig Wohlwollen für Mitte siebzig halten, sagte ich mir.

Das Café, das Verona ausgesucht hatte, lag in einer ruhigen Seitenstraße, in der ich noch nie gewesen war. Es war eindeutig ein Lokal für Studenten, nicht für alte Leute – mit Tischen und Stühlen vor der Tür. Italienische Musik drang auf die Straße.

Ich verspürte den Impuls, umzudrehen und wieder zu gehen. Es war alles ein Irrtum. Was sollte ich mit einer Frau zu besprechen haben, die ich so lange nicht gesehen hatte?

Durch ein großes Fenster blickte ich hinein. Engstehende Holztische, dahinter eine Theke, eine Vitrine mit Kuchen und ein großer, glänzender Messingbehälter, in dem offenbar Kaffee geröstet wurde. Der Duft wehte bis auf die Straße. Zwei Studentinnen saßen an dem Tisch, der sich neben dem Eingang befand. Eine alte Frau sah ich nirgends.

Sie ist noch nicht da – sie kommt nicht, dachte ich. Aber nein, Verona hatte eigens angerufen, um zu erfahren, ob es bei unserer Verabredung bliebe.

Mit klopfendem Herzen trat ich ein. Alles in mir war durcheinandergeraten. Meine Hände waren immer noch feucht, mein Mund hingegen war völlig ausgedörrt.

Ich blickte mich um. Keine ältere Dame. Doch da, am letzten Tisch saß eine Frau mit langen graublonden Haaren – sie trug eine Brille mit einem knallroten Gestell. Als sie mich bemerkte, hob sie die Hand und lächelte. Sie sah aus wie sechzig, allenfalls wie fünfundsechzig.

Ich bewegte mich auf sie zu, von meiner Neugier angetrieben.

»Du bist Anton, nicht wahr?«, sagte sie, und in ihrem Gesicht, in der Form ihrer Nase und in der Art, wie sich ihr Mund bewegte, entdeckte ich das junge Mädchen wieder, das ich an der Bushaltestelle am Dom geküsst hatte.

»Ja«, sagte ich. »Das bin ich – Anton Busch.«

Im nächsten Moment verflüchtigte sich für einen Moment alles um mich herum – ich war wieder am Dom, fünfzehn Jahre alt, in schlechtsitzender Kleidung, schüchtern und verliebt.

Verona erhob sich. Sie trug ein weißes Kleid, das teuer aussah, und streckte mir die Hand hin. »Ich freue mich so sehr, dich zu sehen, Anton.«

Ich nahm die Hand, und dann tat ich etwas, das ich noch nie getan hatte: Ich beugte den Kopf und küsste sie, nein, ich hauchte einen Kuss auf braune, duftende Haut, die mir kein bisschen alt vorkam.

Dann hörte ich Verona lachen, und sie sagte: »Zum Glück bist du nicht mehr so schüchtern wie damals.«

Mein Schwiegervater starb drei Wochen nach unserer Rückkehr aus Lourdes. Zuletzt war sein Bauch so angeschwollen, dass der Arzt ihm jeden Tag Wasser absaugen musste. Er verspürte jedoch kaum Schmerzen. Bei meinem letzten Besucht drückte er mir stumm die Hand und nickte mir zu.

»Lourdes … war schön«, flüsterte er. Ich konnte ihn kaum verstehen, so verwaschen war seine Sprache. »Der Ort, wo die Muttergottes wohnt.« Er glaubte tatsächlich daran.

In der Nacht darauf starb er im Schlaf. Seine Frau Anna fand ihn morgens kalt und mit starrem Gesicht neben sich.

Almut hatte ihre Unterleibsoperation eine Woche zuvor hinter sich gebracht, als die Trauerfeier stattfand. Sie konnte kaum laufen. Lucie führte sie an der Hand, während ich mit Dieter und zwei Nachbarn den Sarg tragen musste.

Auch Heinrich und mein Vater waren gekommen. Niemand hatte einen Musiker engagiert, aber als der Sarg in das schwarze Erdloch hinabgelassen wurde, trat mein Vater unvermittelt nach vorne. Er breitete seine Hände aus und begann zu meiner Überraschung die Stimme zu erheben, als wäre er ein Priester.

»Kurt Hauken«, sagte er mit lauter Stimme, »ist mein Freund gewesen und ein besonderer Mensch, ein Mensch, der anderen den Glauben an Gott wieder zurückgeben konnte.«

Ich schaute Almut an, die meinen Blick stumm erwiderte. Kurt und mein Vater waren Freunde gewesen? Davon hatte ich nie etwas mitbekommen. Ohnehin war mein Vater mir nie wie jemand erschienen, der einen Freund hatte.

»Beim Angeln am See konnten wir schweigen und in den Himmel schauen«, sprach mein Vater weiter, und dann redete er davon, dass Kurts Lieblingsgeschichte aus der Bibel davon gehandelt habe, wie Jesus den Hunger einer großen Menschenmenge mit ein paar Fischen und einigen Broten gestillt habe. Zuletzt sang er mit lauter Stimme das Vaterunser.

Ich konnte es kaum glauben.

»Ihr seid Freunde gewesen?«, fragte ich leise, als ich mich neben ihn schob, nachdem der Priester das offene Grab gesegnet hatte.

Mein Vater sah mich an. Er war noch hagerer geworden. »Zuletzt«, sagte er. »Ich habe Kurt ein paar Mal besucht. Er hatte keine Angst vor dem Tod, weil er gläubig war.«

Dann ließ er mich stehen.

»Er ist wirklich manchmal bei Vater gewesen«, sagte Almut.

Lucie hielt noch immer ihre Hand. Mein Vater hatte kein einziges Wort an sie gerichtet.

Als ich ihn mit Heinrich an der Seite weggehen sah, dachte ich, dass er auch bald sterben würde – dass er von einem Freund gesprochen hatte, weil er sich wünschte, dass an seinem Grab auch jemand stehen und sich als seinen Freund bezeichnen würde. Gleichzeitig fiel mir auf, dass ich ihm noch nie wirklich nahe gewesen war, nicht einmal, als er aus dem Krieg zurückgekehrt und plötzlich vor der Tür gestanden hatte, aber da hatte er mich auch Herrmann genannt. Und noch nie hatte ich einen seiner Gedanken erraten.

»Dein Vater hat mit meinem in der Bibel gelesen«, sagte Almut noch.

Nur drei andere Trauergäste, zwei Nachbarn und ein ehemaliger Arbeitskollege, gingen nach der Beerdigung mit uns ins Gasthaus Dieter begann sich zu betrinken. Mittlerweile war selbst meiner Schwiegermutter klar, dass ihr Sohn es ohne Alkohol nie länger als ein paar Wochen aushielt. Auch Almut hatte sich wieder ein kleines Depot an Flaschen angelegt, wie ich bemerkt hatte, als ich aus der Kur zurückgekehrt war.

»Ich brauche manchmal ein, zwei Gläser gegen die Schmerzen«, hatte sie gesagt.

Einmal hatte Paula sie bei einem spontanen Besuch beobachtet, wie sie mit einer Flasche in der Hand im Wohnzimmer zu so lauter Musik getanzt hatte, dass sie nicht einmal das Klingeln gehört hatte.

Ich beobachtete argwöhnisch, wie Dieter seine Schwester zum Trinken animierte. Am Grab hatte er keine Silbe gesagt, aber nun begann er das große Wort zu führen. Ich kannte diese Sprüche alle. Nachdem er mit einem Kiosk pleitegegangen war, versuchte er sich als Makler, und tatsächlich hatte er in Osnabrück zwei Wohnungen verkauft und meinte, das Geld liege für ihn auf der Straße.

»Mein Vater«, rief er aus, »er war immer zu feige – zu leise und feige. Er hat sich nie etwas Großes zugetraut …«

»Dein Vater«, sagte ich, »war ein anständiger Mensch.«

Meine Schwiegermutter, die völlig ins Schweigen versunken war, sah mich dankbar an. Ich nickte ihr zu und nahm Lucie an die Hand, um sie nach Hause zu bringen. Almut tat so, als hätte sie meinen auffordernden Blick nicht bemerkt. Insgeheim bewunderte sie ihren Bruder noch – sie glaubte, dass ihm tatsächlich einmal etwas Besonderes gelingen würde.

Als ich nach zwei Stunden ins Gasthaus zurückkehrte, waren nur noch Dieter und Almut da. Er saß rittlings auf einem Stuhl, völlig betrunken, und redete auf sie ein. Almut starrte ihn an und weinte, stille Tränen liefen ihr über die Wangen.

Ich war so wütend, dass ich ihren Bruder am liebsten geschlagen hätte. War es nicht auch am Tag von Lucies Einschulung so gewesen? Dass er mit seiner Trunkenheit beinahe den ganzen Tag verdorben hätte?

»Was redest du da?«, fuhr ich ihn an. »Erzählst du deiner Schwester, dass sie den falschen Mann geheiratet hat?«

Dieter schaute mit geröteten Augen zu mir auf. Für eine Sekunde las ich wieder Hass in seinen Gedanken, dann winkte er ab. »Über dich rede ich gar nicht, Bauknecht-Mann«, sagte er. »Ich habe Almut nur erklärt, dass sie eigentlich mehr verdient hat, als jeden Tag in einer Dorfstraße in einem blöden Damensalon zu stehen.«

»So?« Ich ballte die Fäuste. Meine Wut steigerte sich noch. »Du erklärst irgendetwas? Ausgerechnet du? Ein Großmaul ohne Führerschein und ohne eigene Wohnung!«

Er wollte sich schwankend erheben, doch seine Beine knickten unter ihm ein. »Almut hätte eine Sängerin sein können – irgendetwas Großes.«

Ich packte ihn an der Schulter und drückte ihn auf den Stuhl zurück. Dann streckte ich Almut meine Hand entgegen.

»Wir gehen jetzt«, sagte ich zu ihr.

Wie betrunken auch sie war, registrierte ich erst, als sie sich abmühte, auf die Beine zu gelangen. Ich hakte sie unter. Dieter faselte etwas davon, dass er sehr wohl eine Wohnung habe – im höchsten Haus von Osnabrück. Im Souterrain gebe es sogar einen Pool und eine Sauna.

»Ich will dich nie wieder in meinem Haus sehen«, sagte ich zu ihm, bevor ich mich mit Almut zur Tür wandte.

Zu meiner Überraschung nickte er wie ein Junge, den man bei etwas ertappt hatte.

»Es ist nicht so«, murmelte Almut vor sich hin. »Dieter und ich … wir sind …« Sie verstummte, weil sich ihr Gedanke verlor.

»Ja«, sagte ich, »Dieter und du, ihr habt euch bei der Beerdigung eures Vaters hemmungslos betrunken.«

Ich brachte Almut ins Bett. Sie schlief sofort ein, leise schnarchend und mit offenem Mund. Ihre Beine waren geschwollen, und sie atmete so unregelmäßig, als würde sie mit Schmerzen oder heftigen Albträumen kämpfen.

Wieder suchte ich das Haus nach Alkoholverstecken ab, doch diesmal fand ich nur zwei fast leere Flaschen eines billigen Cognacs.

Warum trank sie? Ich verstand das nicht. Wir hatten ein Haus, genug Geld, wir hatten eine Tochter. Was im Leben fehlte ihr?

Sie war nicht glücklich – das war die Antwort.

Ich dachte an Gisa, was mir in letzter Zeit wieder häufiger passierte. Was hätte sie zu alldem gesagt? Dann setzte ich mich hin und nahm mir vor, genau wie damals in der Klinik eine Liste mit den Dingen zu machen, die ich mit Almut unternehmen wollte, doch schon beim ersten Punkt wusste ich, dass es nicht gelingen würde. »Eine lange Reise unternehmen«, notierte ich. Mein gelegentliches Fernweh beantwortete Almut stets mit Heimweh. Sie gehöre zu ihrer Familie, in ihr Dorf, und damit hatte sie auch recht.

Ich schloss die Augen und sah sie in dem Laden neben der Kasse stehen – unser allererster Moment, als ich den Strampler für die kleine Britta gekauft hatte. Was wäre gewesen, wenn ich einfach an ihr vorbeigelaufen wäre?

Nein, solche Gedanken durfte man nicht denken.

Wir mussten etwas tun – Almut musste aufhören zu trinken, und ich musste ihr dabei helfen, aber zuerst musste ich einsehen, wie schwer sie es immer gehabt hatte. In der Schule war sie anfangs so gut gewesen, dass sie ein Schuljahr überspringen durfte, von der vierten in die sechste Klasse, dann wurde sie zum ersten Mal schwer krank – Diphtherie – und wurde in ihre alte Klasse zurückversetzt. Plötzlich war sie die schlechteste Schülerin – nicht einmal zwei und zwei konnte sie mehr richtig zusammenzählen. Ihre Noten hatten dann auch nur dazu gereicht, in einem Friseursalon in die Lehre zu gehen statt auf die Pädagogische Hochschule, wie sie es sich erträumt hatte. Später litt sie häufig an Stirnhöhlenvereiterung, und die Luft im Salon bereitete ihr ständig Kopfschmerzen. Ohne ihre Nasentropfen glaubte sie, gar nicht richtig atmen zu können.

Dann der Tod unserer ersten Tochter. Die schwere Geburt von Lucie. Und nun die Unterleibsoperation.

Ja, ich musste einsehen, dass es stimmte, was sie sagte: dass sie beinahe ständig an Schmerzen litt. Vielleicht reichte es schon, wenn ich ein wenig mehr Verständnis für sie aufbrachte und sie sich von Dieter fernhielt.

Am nächsten Tag hatten wir wegen der Beerdigung beide noch frei. Nachdem Lucie zur Schule gegangen war, weckte ich Almut. Sie hatte einen Kater und brachte kaum ein Wort heraus.

»Es war nicht schön«, sagte sie, während sie den Kaffee trank, den ich gekocht hatte, »dass Dieter und ich so viel getrunken haben, aber es lag auch an der Trauer, weil unser Vater … Er fehlt mir schon jetzt.«

Wir umarmten uns, dann machte ich ihr spontan einen Vorschlag. »Wollen wir nicht etwas unternehmen? Wir könnten in den Zoo fahren.«

»Ohne Lucie?«, fragte sie.

Ich lächelte. »Wir müssen es ihr ja nicht verraten.«

Almut zog sich rasch an. Wahrscheinlich meinte sie, mir etwas schuldig zu sein. Es wurde ein heiterer, sorgloser Tag. Nur als ich ihr erzählte, dass meine Brüder in Schönow unseren Hund Nero einmal mit Bier so betrunken gemacht hatten, dass er nicht mehr hatte laufen können und ich deswegen vor Entsetzen eine ganze Nacht geweint hatte, schaute sie mich für einen Moment düster an. Von Alkoholexzessen wollte sie an diesem Tag nichts hören. Wenig später war dieser Moment vergessen, und sie kletterte mit ihren viel zu spitzen Schuhen sogar auf die alte, bunt angemalte Lokomotive, die auf dem Spielplatz im Zoo stand, und sprang mir in die Arme.

Ja, dachte ich, als ich sie in meiner Umarmung hielt und ihr Haar roch, sie ist meine Frau, und es ist gut, dass ich damals, als sie neben der Kasse stand, nicht an ihr vorbeigegangen war.

Dass ich den Kampf gegen ihre Sucht aber auf Dauer nicht gewinnen würde, ahnte ich ein halbes Jahr später. Dieter hielt sich tatsächlich von unserem Haus fern. Almut traf sich heimlich mit ihm, da war ich mir sicher, und ihre kleinen Alkoholverstecke hatte sie auch noch, aber niemals mehr roch sie nach Alkohol, wenn ich von meinen Touren nach Hause kam.

Ich hatte sie zu einer Wochenendreise nach Paris überredet. Wir bräuchten Tapetenwechsel, sagte ich zu ihr, einmal eine wirkliche Großstadt sehen. Lucie würde zwei Tage bei meiner Schwiegermutter bleiben und freute sich schon darauf. Dass der wahre Grund für die Reise ein Besuch an Gisas Grab war, verriet ich Almut nicht. Mit irgendeiner Erklärung würde ich sie auf den Friedhof Père Lachaise locken. Maurice hatte mir genau beschrieben, wo er Gisas Urne bestattet hatte.

In der Nacht vor der Reise wachte ich plötzlich auf. Es war halb zwei; um neun Uhr sollten wir den Zug nehmen. Das Bett neben mir war leer. Sogleich machte ich mir Sorgen. Was war mit Almut? War ihr übel geworden? In letzter Zeit hatte sie so heftige Hitzewallungen gehabt, dass sie an Atemnot gelitten hatte.

Ich fand sie im Keller, sie saß in ihrem roten Bademantel an einem alten Holztisch und trank. Die Flasche Cognac vor ihr war schon zur Hälfte leer.

»Was ist mit dir?«, fragte ich wütend. »Warum sitzt du hier?«

Sie holte mit der Hand aus, machte dann eine fahrige Geste. »Das verstehst du nicht, Anton.« Sie lallte schon beinahe. »Du bist ein ganzer Mensch, anständig, pflichtbewusst und ganz, aber ich bin das nicht.«

Ich zog einen anderen Stuhl heran und setzte mich. In diesem Raum bewahrte ich mein Werkzeug auf, es war dunkel und kühl. Wahrscheinlich hatte sie sich hierhin verdrückt, damit Lucie sie nicht sah.

»Was redest du da?«, fragte ich leiser. Ich griff nach ihrer Hand, doch sie wich mir aus.

»Ohne dich wäre alles noch schwerer«, sagte sie, »aber du verstehst … gewisse Dinge nicht.« Sie griff nach der Flasche und schenkte sich geübt ein, eine dunkelbraune klebrige Flüssigkeit. Kein Tropfen ging daneben. Sie kippte das Glas hinunter und schaute mich an. »Ich war ein kluges Mädchen, früher, aber jetzt … bin ich eine Versagerin. Neulich habe ich sogar einer Kundin die Haare verfärbt – sie waren hinterher leuchtend rot, wie Feuer.« Sie kicherte.

»Das passiert doch schon mal, oder nicht?«, sagte ich.

Sie nickte. »Außerdem ist Dieter … mein Bruder und mein Retter. Ohne ihn würde ich vielleicht gar nicht mehr leben. Das weißt du auch nicht.« Ihre letzten Worte kamen trotzig heraus.

»Was genau weiß ich auch nicht?« Ich begann zu frieren und mich unwohl zu fühlen.

Almut verzog den Mund. »Ich habe über diese Sache so oft nachgedacht, dass ich gar nicht mehr weiß, ob sie wahr ist oder nicht. Ach nein, eingebildet habe ich sie mir auf keinen Fall.«

Ich konnte nun ihre Angst spüren. Es war, als hätte sich ihr Herzschlag so sehr beschleunigt, dass ich das Pochen durch den Stoff ihres Bademantels wahrnehmen konnte.

»Es war am Bahndamm«, sagte sie. »Mein Weg von der Schule nach Hause. Ich war im ersten Schuljahr. Der Mann kam mir auf einem Fahrrad entgegen. Es war Sommer. Er trug eine beigefarbene kurze Hose, weiße Socken und schwarze, sehr saubere Halbschuhe. Kurz bevor er mich erreicht hatte, stoppte er und stieg ab. Dann zog er seine Hose ein Stück zur Seite. Was ich da sah, hatte ich noch nie gesehen. Ekelhafte Haut, schwarze gekräuselte Haare und ein schlaffes, gelbliches Stück Fleisch.«

Almut verstummte. Auch mir war auf einmal flau. Was erzählte sie mir da? Ich konnte in dem Licht der Sechzig-Watt-Birne, die diesen Raum erhellte, sehen, wie sie mit sich kämpfte, wie sie um jedes Wort rang.

»Was ist dann passiert?«, fragte ich vorsichtig.

Sie blickte mich an. In ihren braunen Augen leuchtete etwas auf.

»Er hat sich vor mich hingestellt. Ob ich ihn einmal anfassen wolle, hat er mich gefragt. Nur anfassen. Er habe eine Tafel Schokolade dabei. Ich weiß noch, dass ich eine furchtbare Angst hatte. Der Mann war alt, jedenfalls älter als meine Eltern damals, er hatte kaum noch Haare auf dem Kopf, aber eigentlich hatte ich nur diese kurze hellbraune Hose vor Augen. Er fingerte wieder an ihr herum, zog sie noch einmal beiseite, und wieder sah ich diese furchtbar hässliche Haut, diesen schlaffen Fetzen Haut, der da herabhing.« Almut schluckte. Sie griff wieder nach dem Glas, schenkte sich dann jedoch nichts ein. »Dieter hat mich gerettet. Er kam um die Ecke gelaufen und rief schon von weitem meinen Namen. Der Mann lächelte mich an. ›Dann vielleicht ein anderes Mal‹, sagte er ohne jede Angst und stieg wieder auf sein Fahrrad.«

Almut stöhnte auf und schwieg. Ihre rechte Hand drehte das leere Glas hin und her.

»Mehr ist nicht passiert?«, fragte ich und begriff sofort, dass es die falsche Frage war.

»Nein«, sprach Almut in das leere Glas hinein. »Mehr nicht. Der Mann ist nie wieder aufgetaucht, aber seine Stimme hatte ich noch Jahre später im Ohr. ›Dann vielleicht ein anderes Mal.‹«

»Und Dieter?«, fragte ich weiter. »Hat er etwas davon mitbekommen?«

»Du kennst Dieter nicht«, sagte Almut, statt auf meine Frage zu antworten. »Er ist nicht so schlecht, wie du denkst. Er will immer das Gute, unbedingt das Gute.«

Mit einer hastigen Bewegung nahm sie die Flasche und schenkte sich wieder ein.

»Dieter war mein Beschützer«, sprach sie nach Momenten der Stille weiter. »Immer, wenn ich Angst hatte, dachte ich: Gleich kommt Dieter und rettet mich. Und ganz oft ist er wirklich gekommen.«

Nun bin ich da, wollte ich sagen, stattdessen griff ich nach ihrer Hand. Doch sie wich mir erneut aus. »Trinkst du deswegen? Wegen der Angst?«

Almut schwieg. Sie blickte weiter in ihr Glas, als stände da am Boden, wo Cognacreste klebten, etwas geschrieben. »Du verstehst es einfach nicht«, flüsterte sie dann, mehr zu sich selbst. »Du kennst das alles nicht, wie sich in einem Rausch alles auflösen kann. Wie einem das Herz einfach leichter wird.«

Ich nickte, obwohl ich ihr gerne widersprochen hätte.

Dann blickte sie auf. Ich ahnte, dass sich in ihrem Kopf ein schwarzer, vollkommen vergifteter Gedanke bildete.

»Ich träume noch heute manchmal von diesem Mann und dieser Stimme, aber die schlimmsten Träume habe ich von unserem toten Kind. Ich suche nach einem Gesicht – nach dem Gesicht des Kindes, das ich geboren habe.«

Wir schwiegen, zehn, zwanzig Minuten. Ich war so erschöpft, dass ich nichts sagen konnte. Dann stand Almut auf und ging wortlos an mir vorbei zurück ins Bett.

Dass wir eigentlich nach Paris hatten fahren wollen, erwähnten wir an diesem Wochenende mit keinem Wort. Lucie erklärte ich lediglich, dass ihre Mutter plötzlich krank geworden sei und das Bett hüten müsse; etwas, an das meine Tochter bereits gewohnt war und das sie kein bisschen beunruhigte.

Teil V

34.

Ich kam nie nach Paris, nicht nach Australien, auch nicht nach Rom, um mir den Petersdom anzuschauen. Almut wollte am liebsten ans Meer fahren – an der Nordsee konnte sie auf die bewegte See blicken und tief einatmen. Die salzige Luft tat ihr gut. Meistens war sie eine Woche im Monat krank, und wenn ihre Chefin im Salon nicht ihre Freundin gewesen wäre, hätte man sie vermutlich längst entlassen.

Ich konnte sie selten zu besonderen Dingen überreden. Sonntags gingen wir in die Kirche, aber nicht einmal einen Zeichenkurs wollte sie besuchen, und für das Kino interessierte sie sich auch nicht. Einmal schenkte ich ihr zum Geburtstag Opernkarten. Der Abend wurde ein Fiasko. Ich spürte, dass sie sich unwohl fühlte, doch dann, nach der Pause, geschah etwas völlig Unerwartetes. Wir hatten unsere Plätze kaum wieder eingenommen, als ein Geiger die Bühne betrat und ganz allein, ohne jede Orchesterbegleitung zu spielen anfing. Es war ein alter Mann in einem Frack, er bewegte sich ungelenk, aber der Klang seiner Geige nahm mich so gefangen, dass mir der Atem stockte. Für einen Moment, während ich so lauschte, als dürfte ich keinen Ton verpassen, glaubte ich, den Geiger vor mir zu sehen, der zuerst am Grab meiner Mutter und dann auch bei Rosemaries traurigem Begräbnis gespielt hatte, aber nein, das war viele Jahre her. Der Mann, den ich damals engagiert hatte, musste längst tot sein. Dann fiel mir mein Großvater Heinrich Piening und sein geheimer Traum ein – so ein virtuoser Geiger wäre er gewiss gerne gewesen.

Als der alte Mann aufhörte zu spielen, bekam er Szenenapplaus. Er verbeugte sich galant und mit reglosem Gesicht, als wäre er solche Ovationen gewohnt.

Ich jedoch konnte keine Hand zum Applaus rühren. Starr und

mühsam atmend saß ich auf meinem schmalen Sitz. Almut versetzte mir einen leichten Stoß.

»Was ist mit dir, Anton?«, fragte sie leise. Sie sah mich besorgt an. »Ist dir nicht gut?«

Nein, wollte ich sagen, diese Musik war einfach wunderschön, doch da spürte ich, dass ich weinte, dass meine Wangen nass von Tränen waren, die mir nun sogar auf die Hände tropften.

»Alles in Ordnung«, sagte ich. Von meinen eigenen Tränen peinlich berührt, wischte ich mir über das Gesicht.

Warum genau weinte ich? Weil ich an meinen Großvater gedacht hatte? Weil die Musik mich so ergriffen hatte?

Als wir ins Freie traten, traf mich heller Sonnenschein. Wir waren in der Vorstellung am Sonntagnachmittag gewesen. Lucie war auf einem Geburtstag, und da hatten wir die Zeit nutzen wollen.

Almut schaute mich argwöhnisch an.

»Ich habe dich noch nie weinen sehen«, sagte sie. Ich war mir nicht sicher, ob das stimmte. Hatten wir nicht einige Male über Rosemaries Tod geweint?

»Es ist nichts«, sagte ich, obschon es nicht stimmte.

Ich fühlte mich erschöpft und leer. Ich war gesund, der Morbus Boeck war besiegt, und doch fehlte etwas in meinem Leben.

»Ich möchte nicht mehr in die Oper gehen«, sagte Almut. »Die Stimmen sind mir zu schrill – sie tun mir in den Ohren weh.«

Ich wollte widersprechen, doch stattdessen gingen wir stumm zu unserem Wagen.

»Mein Großvater wäre gern ein Geiger geworden«, sagte ich, »und als Kind habe ich auch gedacht, ich würde einmal Geige spielen.«

Almut lachte. Sie griff nach meiner linken Hand, während ich den Motor anließ. »Dein Großvater war doch auch ein Kleinbauer und Gänsehirt, oder nicht?«

Nein, wollte ich sagen, das war er nur für die anderen, in seinem Innern war er ein Geiger und Gedankenleser.

Als wir zu Hause ankamen, lief ich sofort in Lucies Zimmer. Da stand ein großer Atlas. Ich fand Schönow nicht, aber zumindest den Ort Berlinchen, der nun auf Polnisch Barlinek hieß.

Nachdem Willy Brandt Ende der sechziger Jahre die Regierung übernommen hatte, hatte sich die Politik nach und nach geändert, und es wurde möglich, nach Polen zu fahren. Ich wollte das Grab meines Großvaters sehen, auf dem Friedhof in der Nähe der Kirche aus roten Backsteinen. Wir hatten damals, wenn ich mich recht erinnerte, nur ein Holzkreuz mit seinem Namen aufstellen können.

Die Erste, die ich anrief, war Paula.

Ich hörte, dass es ihr nicht gut ging. Den Mann, der sie in die Oper geführt hatte, hatte sie wohl nicht wiedergesehen, aber ich war sicher, dass sie ihm noch immer nachtrauerte.

»Ich will nach Polen fahren«, sagte ich. »Ich will unser altes Dorf sehen, die Straße, den Teich, die Kirche und das Grab unseres Großvaters.«

Ich hörte, wie sie tief einatmete. »Warum?«, fragte sie kurz und abgehackt, wie es ihre Art war. »Du warst fünf Jahre alt, und das Grab unseres Großvaters gibt es bestimmt nicht mehr.«

»Kann sein«, sagte ich, »aber ich will es sehen.«

»Ich nicht«, sagte sie. »Ich lebe jetzt hier. Herwarth will selbst bald nach Ostpreußen fahren. Mit unserem dicken Mercedes, damit alle sehen, wie weit er es gebracht hat. Wenn er von seinem Dorf redet, wird er schrecklich sentimental und kriegt feuchte Augen. Ich will weder sein Dorf noch unseres wiedersehen. Die Flucht war schrecklich. Einmal ist ein Flugzeug ganz tief über uns hinweggerauscht, und ich dachte, gleich fallen Bomben auf uns. Du hast geschrien. Kannst du dich daran erinnern?«

Nein, das konnte ich nicht.

»Frag Franz und Herrmann«, sagte Paula. »Sie wollen bestimmt nachgucken, was aus ihrer Scheune geworden ist. Vielleicht finden sie ja noch ein zweites Luftgewehr«, fügte sie düster hinzu.

»Schade«, sagte ich, bevor ich auflegte. Wie gerne wäre ich mit Paula über unsere Dorfstraße gegangen.

Franz und Herrmann sagten sofort zu. Heinrich hatte keine Zeit, und Johannes und Jolande wollten zu einem anderen Zeitpunkt mit einer Reisegruppe nach Polen fahren. Ich war froh darüber.

»Wir müssen auch unseren Vater fragen«, sagte Franz.

Ich nickte. Ich besuchte Franz nur, wenn seine Frau Hannelore abends bei der Chorprobe oder im Nähkurs war. Als er an seinem Haus zwei Zimmer angebaut hatte, damit seine vier Töchter genug Platz hatten, hatte ich ihm neue Leitungen gelegt, und als dann, weil in der Garage Wasser in ein Kabel gedrungen war, der Strom ausgefallen war, hatte sie mich vor ihrer ganzen Familie »dein kleiner Bruder – der unfähige Elektriker« genannt.

»Was ist, wenn er mitfahren will?«, fragte er weiter.

»Dann müssen wir ihn mitnehmen«, sagte ich.

Doch mein Vater lehnte ab – nicht weil es ihn nicht interessierte, sein altes Dorf wiederzusehen, sondern weil er fürchtete, dass in Barlinek eine russische Garnison stationiert war. Er konnte den Anblick russischer Uniformen, von Uniformen überhaupt, nicht mehr ertragen.

Eine Woche bevor wir abfuhren, übergab er mir jedoch ein kleines Paket. »Ein Fotoapparat«, sagte er. »Ich möchte, dass du möglichst viele Fotos für mich machst.«

Ich versprach es ihm. Anfang Juli wollten wir fahren – zu dritt, doch dann meinte Herrmann, dass wir noch eine vierte Person mitnehmen sollten, damit wir Benzin sparten. Ich überlegte, Almut zu fragen, doch was war, wenn es ihr gesundheitlich wieder schlechter gehen würde? Früher hatte es nur in Berlinchen einen Arzt und sogar ein kleines Krankenhaus gegeben, aber dann präsentierte Herrmann ganz überraschend einen neuen Mitfahrer.

»Friedrich kommt auch mit«, sagte er auf seine lakonische Art.

Ich glaubte erst, er spreche von einem Arbeitskollegen. Mittlerweile war ihm die Arbeit als Tischler zu anstrengend geworden, und er arbeitete als Sortierer bei der Post.

»Friedrich der Große«, erklärte er dann. »Der Sohn von Tante Agnes. Wir fahren mit seinem BMW, und er bezahlt auch das Benzin.« Mein Bruder lächelte. Ja, so war er – jemand, der immer wusste, wie er noch etwas für sich herausschlagen konnte.

Ich war dem großen Friedrich das letzte Mal auf der Beerdigung meiner Mutter begegnet, doch noch immer erinnerte ich mich voller

Wärme daran, wie er mir damals geholfen hatte, als ich zu Tante Agnes gekommen war – ein hungriges, ängstliches Kind, das man auch noch von seiner Mutter getrennt hatte. Inzwischen galt Friedrich als das Genie der Familie – er war Physikprofessor in Münster, der Erste in der Familie, der studiert hatte. Angeblich hatte er für irgendwelche Forschungen, die nur Eingeweihte verstehen konnten, einen Preis gewonnen. »Man muss immer aufpassen, wenn Friedrich in der Nähe ist – man sollte ihn nicht zu nah an die eigene Frau heranlassen«, hatte Herrmann einmal über ihn gesagt.

Franz hatte ordentlich die Aufgaben verteilt, er wollte Straßenkarten besorgen, Herrmann war für das Visum zuständig und ich für den Umtausch des Geldes.

Friedrich bekamen wir erst am Tag der Abreise zu Gesicht. Er fuhr einen weißen BMW 525. Als er ausstieg, um uns zu begrüßen, hätte ich ihn beinahe nicht erkannt. Er hatte volles graues Haar und war dünn wie eine Zaunlatte. Mich begrüßte er besonders herzlich.

»Kleiner Anton«, sagte er und umarmte mich, »gehen wir endlich einmal gemeinsam auf große Fahrt.«

»Warum willst du auch unser altes Dorf sehen?«, fragte ich.

Er lächelte. Sein Gesicht hatte einen braunen Teint, als würde er sich oft in der Sonne aufhalten. Er spielte Golf und Tennis, erfuhr ich später.

»Es geht um unseren Großvater«, sagte er zu meiner Überraschung. »Heinrich Piening ist ja mit euch gezogen – ich möchte sehen, wo er gelebt hat und wo er begraben worden ist.«

Jeder von uns hatte auf dieser Fahrt eine Geschichte zu erzählen – jeder, nur ich schwieg. Herrmann sprach am liebsten über Fußball, darüber, wie viele Tore er geschossen und dass er einmal sogar bei Arminia Hannover mittrainiert habe – da hätte er in der Regionalliga gespielt und sogar ordentliches Geld verdient. Leider habe er sich am Tag vor dem Probetraining den Fuß vertreten und daher nicht seinen besten Tag gehabt, also sei er der Torjäger beim Hunteburger Sportverein geblieben. Franz erzählte von Stahl, davon, dass er neuerdings am Wochenende zu einem alten Schmied ging, um Skulpturen aus rohem Stahl herzustellen. Eine habe er schon in seinem Garten aufgestellt, und dass noch weitere folgen sollten, darüber würde er nach unserer Reise seine Frau unterrichten.

Mir fiel auf, dass ich meine Brüder lange nicht gesprochen hatte. Beide Geschichten kannte ich nicht.

Friedrich redete über Sterne und schwarze Löcher, davon, dass viele der Sterne, die wir am Himmel sähen, schon längst nicht mehr existierten, ihr Licht sei noch auf der Reise, sie selbst seien längst von schwarzen Löchern angezogen worden und in ihnen verschwunden. Keine Materie könne der Anziehungskraft von schwarzen Löchern widerstehen.

Ich fand diesen Gedanken ungeheuer aufregend. Schwarze Löcher, in denen alles geräuschlos verschwand.

»Ist es auch am Ende unseres Lebens so?«, fragte ich Friedrich, der kurz vor der Grenze zur DDR Franz ans Steuer ließ, weil es ihn angeblich zu sehr anstrengte, langsam zu fahren und sich an die Geschwindigkeitsbegrenzung zu halten.

»He, Anton«, sagte Friedrich lächelnd, »wir sind doch immer noch Katholiken. Wir glauben an das ewige Leben, oder nicht?«

»Ja«, sagte ich, »kann sein.« Fast hätte ich ihm von Lourdes erzählt und den Menschen, die sich nicht operieren ließen, sondern an Heilwasser glaubten.

Vor dem Grenzübergang in Frankfurt an der Oder mussten wir eine Stunde warten.

Plötzlich änderte sich die Stimmung im Wagen.

»Wisst ihr noch«, sagte Franz mit leiser Stimme, als wir die Betonbrücke über den Fluss überquerten, »wie sie uns damals den Pferdewagen gestohlen haben?«

»Ja«, sagte Herrmann, »aber ich habe nur auf das Wasser geguckt – so einen breiten Fluss hatte ich noch nicht gesehen. Und in der Nacht sind wir schwimmen gegangen, aber da haben Leichen im Wasser getrieben, und wir sind sofort zurück ans Ufer.«

Franz nickte. »Die eine Leiche hat mich mit großen Augen angestarrt. Ich habe mich zu Tode erschrocken. Wir haben damals alles noch für ein Spiel gehalten, ein Abenteuer, aber das hat sich dann schnell geändert.« Er verstummte einen Moment und wurde nachdenklich. »Ohne Paula hätten wir es nicht geschafft. Sie hat uns angetrieben und den Karren gezogen, während unsere Mutter …«

Ich schloss die Augen. Ich sah meine Mutter vor mir, wie sie am anderen Ufer unter dem Baum saß, erschöpft, mit Tränen im Gesicht, und den Topf mit dem Schmalz umklammerte, als wäre er das Einzige auf der Welt, das ihr geblieben war. Plötzlich hatte ich auch Selims Stimme im Ohr, mein kleiner Däumling, der mir so oft Trost zugesprochen hatte und der nun seit vielen Jahren verschwunden war.

»Ich übernehme wieder das Steuer«, sagte Friedrich unvermittelt. »Ihr träumt mir zu sehr.«

Wir fuhren schlechte, löchrige Straßen entlang. Franz und Herrmann schauten sich um, ob sie etwas wiedererkannten. Wenige Autos kamen uns entgegen, zweimal ein alter, Ruß spuckender Traktor, dann und wann sogar ein Pferdefuhrwerk.

»Wo werden wir eigentlich schlafen?«, fragte Friedrich. Ihm schien das Schweigen, das eingekehrt war, nicht zu behagen.

»In Barlinek gibt es am See eine Pension«, sagte Franz. »Ich habe versucht anzurufen, um zu reservieren, aber niemand hat abgehoben.«

»Na, sonst können wir ja auch im Freien nächtigen – ich habe meine Luftmatratze dabei«, sagte Friedrich und lachte. Nun klang er wieder wie der Junge, den ich früher so sehr bewundert hatte.

Es war sehr warm, fast dreißig Grad. Der Himmel war tiefblau. Friedrich trug ein weißes, teueres Hemd. Die Narben an seinem linken Arm, die er im Krieg davongetragen hatte, waren immer noch zu sehen – die verbrannte Haut hatte sich ungesund rötlich verfärbt.

»Von Barlinek müssen wir eine schmale Straße nehmen, Richtung Norden«, sagte Franz. Er klang plötzlich aufgeregt.

Ich hatte auch angestrengt aus dem Fenster geschaut, aber nichts kam mir bekannt vor. Die Gehöfte wirkten heruntergekommen, manchmal schaute uns jemand von der Straße aus nach. Ein alter Mann, der eine braune Kappe trug, winkte uns zu. Wir winkten zurück.

»Es sieht noch alles genauso aus wie damals«, sagte Franz, dann deutete er vor sich. »Das Ortschild – Jesionowo. Wir sind angekommen.« Seine Stimme zitterte. »Vorne musst du abbiegen. Da ist der Strommast, den die Russen damals mit einem Panzer umgefahren haben. Danach ist im ganzen Dorf der Strom ausgefallen.«

Durch hohe Bäume erblickte ich den Kirchturm – die evangelische Kirche, die zu dem alten Gutshof gehört hatte. Die ersten zaghaften Erinnerungen kehrten zurück.

Die Straße wurde immer enger und buckliger, wir kamen an Häusern vorbei, die unbewohnt aussahen.

»Hier ist es«, sagte Franz. Er atmete tief ein. »Das Spritzenhaus … völlig unverändert. Das ist die Straße zu unserem Hof … zu dem Hof, der uns früher gehört hat«, korrigierte er sich.

Nach wenigen Metern über grobes Kopfsteinpflaster standen wir vor einem mit brüchigen Ziegeln bedeckten Bauernhaus. Zwei Fenster zum Hof, eine graue Holztür, graue Fensterläden, von denen die Farbe abblätterte; im hinteren Teil befand sich der Stall, ohne Fenster, sprödes Mauerwerk; das Dach reichte fast bis auf den Boden. Die Scheune davor kam mir viel größer vor als in meiner Erinnerung. Der Kräuter- und Gemüsegarten meiner Mutter hatte auf der anderen Seite gelegen.

»Es sieht noch genauso aus«, wiederholte Franz atemlos. Er war der Erste, der aus dem Wagen sprang.

Herrmann hatte ganz gegen seine Gewohnheit kaum etwas gesagt. Er stieg ebenfalls aus und schritt sofort auf die Eingangstür zu, die aber geöffnet wurde, bevor er anklopfen konnte. Eine Frau stand da, blond, mit bleicher Haut, sie trug eine blaue Schürze und mochte Mitte dreißig sein. Verwirrt schaute sie uns an, dann glitt ihr Blick zu unserem Auto.

»Niemiecki?«, fragte sie, ein wenig ängstlich.

Herrmann nickte. Aus seiner Tasche holte er ein Foto hervor. »Niemiecki – dom«, sagte er.

Die Frau betrachtete das Foto, das unser Haus von damals zeigte, dann griff sie sich an die Brust und wedelte mit den Armen. »Niemiecki – powitanie!«, rief sie aus.

Wir verstanden nicht, was sie sagte, aber es war eindeutig, dass sie uns einlud.

Herrmann lächelte uns an, als wollte er sagen: Na, wie habe ich das gemacht?

In der Küche, an die ich mich vage erinnerte, hockten zwei kleine Kinder an einem Tisch und aßen einen Brei. Es war sechs Uhr am Abend. Die Frau wedelte wieder mit den Armen, dann deutete sie auf die Stühle und holte Tassen aus einem Schrank.

»Es ist unser alter Küchenschrank«, flüsterte Franz mir zu.

Ein paar Minuten später hatte jeder von uns eine Tasse Kaffee vor sich stehen. Der Kaffee roch und schmeckte anders, nach Zichorie. Während die beiden Kinder uns stumm anstarrten, redete die Frau auf uns ein, freundlich, keineswegs abweisend, so viel machte ihr Tonfall klar, wir verstanden jedoch kein Wort, und die Versuche Friedrichs, Englisch zu sprechen, fruchteten ebenfalls nicht.

»Wir müssen jemand finden, der übersetzen kann«, sagte Franz. Er hatte vorher behauptet, noch ein paar Brocken Polnisch zu beherrschen, doch diesem Wortschwall hatte er nichts entgegenzusetzen.

Plötzlich wurde die Tür geöffnet. Eine Frau trat ein, zögernd und uns taxierend, sie mochte Anfang sechzig sein, hatte kurze graue Haare, ihr Gesicht war sonnengebräunt und voller Falten. Sie trug einen blauen Kittel mit einem rötlichen Blumenmuster, das schon stark verblichen war.

Die jüngere Frau sagte etwas auf Polnisch zu ihr, doch die Ältere beachtete sie gar nicht, sondern wandte sich an Friedrich: »Bist du Heinrich, der Sohn von Emma Busch?«, fragte sie in akzentfreiem Deutsch.

Friedrich neigte leicht den Kopf. »Ich bin nicht von hier. Die drei sind meine Cousins. Sie sind aus Schönow.«

Die Frau antwortete nichts darauf, ihr forschender Blick wanderte erst zu Franz, dann zu Herrmann und mir. Als sie mich ins Auge gefasst hatte, trat sie einen Schritt auf mich zu und breitete die Arme aus.

Ich meinte, den Gedanken zu lesen, der ihr durch den Kopf ging: Sie hatte mich erkannt, wusste, wer ich war, und im nächsten Moment sprach sie es aus: »Aber du bist Anton, mein kleiner Liebling, nicht wahr?«

Die Art, wie sie Anton betonte, verriet mir, wer vor mir stand. Es war Helena, die als junges Mädchen für einige Zeit meine Kinderfrau gewesen war und der meine Mutter am Tag unserer Flucht ihre kostbare Nähmaschine in Verwahrung gegeben hatte.

»Helena«, sagte ich. »Lebst du noch hier im Dorf?«

Sie umarmte mich. Ich atmete ihren Geruch ein, sie roch nach Heu. Ja, so hatte es damals im Sommer im ganzen Dorf gerochen.

Vier Tage blieben wir in Schönow. Bartosz und Agata, die beiden Eheleute, die nun den Hof bewohnten, nahmen dankbar die Geschenke an, die wir mitgebracht hatten – Kaffee, Schokolade, Wein, Bananen und Apfelsinen –, und räumten sofort ihr Schlafzimmer, damit wir bei ihnen übernachten konnten. Sie würden mit ihren Kindern in der Scheune im Stroh schlafen. Als wir ablehnten, widersprachen sie mit heftigen Gesten. Nein, es komme nicht in Frage, dass wir irgendwo anders nächtigten. Friedrich war es schließlich, der für uns einwilligte. Ihn schien Agata auch sofort ins Herz geschlossen zu haben. Immer wieder ging sie auf ihn zu, tätschelte ihn am Arm und lachte mit ihm.

Am Abend deckten sie den Tisch, als würden sie eine riesige Gesellschaft erwarten. Auch Helena und ihr Mann Piotr kamen hinzu. Er war völlig abgemagert, und man sah ihm an, dass er Alkoholiker war – er hatte rot geäderte Augen und ging schlurfend. Er wirkte wie siebzig, mochte aber allenfalls sechzig sein. Helena stellte ihn auch lediglich mit wenigen Worten vor.

Wir begriffen, dass Bartosz für uns seine Erntearbeiten unterbrochen hatte, eigentlich hätte er auf dem Feld sein müssen, doch nachdem die beiden erkannt hatten, dass wir nicht gekommen waren, um das Haus zurückzuverlangen, überboten sie sich an Herzlichkeit. Später erfuhren wir, dass fast alles, was sie uns anboten – Kartoffeln, Wurst, Käse, ein Huhn, Salat, Möhren, Tomaten, Radieschen –, aus der gesamten Nachbarschaft des Dorfes beschafft worden war.

Helena war die ganze Zeit damit beschäftigt zu übersetzen. Erst am Abend, als Bartosz und Agata sich mit ihren Kindern zurückgezogen hatten, vermutlich in die Scheune oder aber zu Nachbarn, hatte ich Zeit, mit ihr zu sprechen.

Wir saßen auf einer Bank in dem Garten, der einmal der Kräuter- und Gemüsegarten meiner Mutter gewesen war, doch nun wuchsen hier nur Möhren und ein paar Tomaten.

»Ich habe erfahren, dass deine Mutter früh gestorben ist, Anton«, sagte Helena. »Sie war eine gute Frau.«

Ich nickte. »Sie hat auf der Flucht all ihren Lebensmut verloren.« Plötzlich machte es mich traurig, über meine Mutter zu sprechen.

»Ihre Nähmaschine habe ich immer noch«, sagte Helena. »Wahrscheinlich hätte ich ohne diese Maschine gar nicht überlebt. Als ihr weggegangen seid, sind kurz danach auch die Soldaten weitergezogen. Für ein paar Wochen war ich ganz allein im Dorf – mutterseelenallein. Niemand war mehr da. Ich bin in alle Häuser gegangen und habe mir mein Essen zusammengesucht. Es war nicht einfach.«

Helena sprach sehr leise. Aus dem Haus hörten wir Herrmann und Franz darüber streiten, wer auf welcher Seite in dem alten Doppelbett schlafen durfte, ganz so, als wären sie wieder die Jungen von damals. Friedrich hatte sich mit seiner Luftmatratze zufriedengegeben, und ich würde in einem gefütterten Schlafsack auf einer Plastikmatte nächtigen.

»Warum bist du geblieben?«, fragte ich, als Helena nicht weitersprach.

Sie sah sich um, als suchte sie nach ihrem Mann, der jedoch schon vor einer Weile gegangen war. Er hatte als Einziger kaum etwas gegessen, sondern dem Branntwein zugesprochen, der so hochprozentig war, dass er mir beinahe die Kehle verätzt hatte.

»Ich wusste nicht, wo ich hingehen sollte. Meine Eltern waren bereits tot, und ich dachte, ihr kommt bestimmt bald zurück.«

Die ersten Sterne zogen am Himmel auf. Wenn ich ehrlich war, hatte ich mich nie gefragt, was mit den Menschen geschehen war, die nicht wie wir geflohen, sondern die in ihren Dörfern geblieben waren, weil sie entweder Polnisch konnten oder weil sie sich versteckt hatten.

»Nach sechs Wochen kamen die ersten neuen Siedler hier an – Polen, die man im Osten vertrieben hatte. Ich habe mich mit Näharbeiten über Wasser gehalten. Dann habe ich irgendwann Piotr geheiratet.« Ihr Tonfall wurde noch leiser und bitterer.

Ich spürte ihre rissige Hand auf meiner Schulter. Sie saß da, als wären wir Geschwister, die sich lange nicht gesehen hatten. Herrmann steckte seinen Kopf zum Fenster heraus, zog sich jedoch sofort wieder zurück, weil er spürte, dass er stören würde.

Ich hörte, wie Helena zu weinen begann – ihr Atem veränderte sich, wurde stockend und unruhig. Der Tag war heiter und voller Aufregung gewesen, doch nun sank alles in eine dunkle Traurigkeit herab.

»Vor sechs Wochen«, flüsterte sie, »hat sich meine Tochter umgebracht. Zuzanna war sechsundzwanzig. Tabletten – ich weiß bis heute nicht, warum.«

Meine Atmung stockte auch für einen Moment.

Helena schluchzte und wich ein Stück von mir zurück. »Entschuldigung«, sagte sie. »Ich sollte mich freuen, dass der kleine Anton Busch wieder da ist, dass der Herrgott mir die Gelegenheit gegeben hat, euch noch einmal in die Arme zu schließen, doch stattdessen …«

Ein Nachtvogel schrie auf. Fledermäuse flatterten um das Haus. Eine Idylle, die doch voller Bitterkeit und Verzweiflung war.

»Das tut mir leid«, sagte ich hilflos. Sollte ich von meinem toten Kind sprechen, das nur einen Tag gelebt hatte? Nein, das wäre unpassend und würde niemanden trösten.

Einen Gedanken meinte ich zu spüren, der groß und schwer über Helena hing: »Mein Leben ist verflucht – von dem Moment an, als ihr das Dorf verlassen habt.«

Zu den ersten Sternen gesellten sich weitere hinzu. Der Nachthimmel schien hier dunkler und tiefer zu sein. Ich meinte, die Geräusche wahrnehmen zu können, die von dem Flügelschlag der Fledermäuse herrührten.

Das Licht im Schlafzimmer war mittlerweile erloschen. Franz und Herrmann unterhielten sich flüsternd.

»Piotr ist eigentlich ein guter Mann«, sprach Helena weiter, ein wenig lauter und tonloser. »Er schlägt mich nicht, er hat nur Probleme mit dem Alkohol, und jetzt, ohne unsere Tochter … Diese Lücke werden wir nie wieder schließen können.«

»Vielleicht besucht ihr uns demnächst einmal«, sagte ich. »Das sollte doch auch für euch bald möglich sein.«

Helena seufzte – ich verstand, welche Antwort in diesem Seufzen lag: Das ist gut gemeint, Anton, aber niemals werden wir genug Zeit und Geld haben, um in den Westen zu reisen.

Nachdem wir zehn Minuten schweigend dagesessen hatten, drückte sie meinen Arm und erhob sich.

»Morgen zum Frühstück bin ich zurück«, sagte sie und verschwand. Ihren Mann bekam ich während der nächsten drei Tage nicht mehr zu Gesicht, und ihre tote Tochter erwähnte sie auch nicht wieder.

Gegen sechs Uhr wachte ich auf. Vögel sangen draußen laut. Mir tat der Rücken weh. Ich war es nicht gewohnt, auf einer dünnen Plastikmatte zu schlafen. Die Luftmatratze ein Stück weiter war bereits verlassen. Friedrich war schon aufgestanden. Ich fand ihn vor der Tür, er saß auf einem Stuhl und rauchte.

Lächelnd blickte er von seiner Zigarette auf. »Wie friedlich ist es hier!« Dann hielt er die Zigarette in die Höhe. »Eine am Tag – nicht mehr. Aber Nikotin gehört zu meinen vielen heimlichen Leidenschaften.«

»Sollen wir schon zum Friedhof gehen?«, fragte ich ihn. »Nach dem Grab unseres Großvaters suchen?«

Er nickte, und wir zogen uns leise an, ohne Herrmann und Franz zu wecken.

Während wir die bucklige Kopfsteinpflasterstraße in Richtung Spritzenhaus gingen, begriff ich, dass meine Erinnerung mich doch häufig trog. Ich hatte geglaubt, dass der Teich mitten im Dorf liegen würde, aber in Wahrheit befand er sich hinter unserem Haus. Der Turm der Gutskirche war vom Hof aus zu sehen, nicht jedoch die katholische Kirche, die gar keinen Turm hatte. Aber da trog mich die Erinnerung nicht – sie war aus roten Backsteinen gebaut, die von den katholischen Siedlern damals aus ihrer alten Heimat herantransportiert worden waren.

Doch einen Friedhof gab es hier nicht. Als wir einmal um die Kirche herumgelaufen waren, kamen uns Franz Josef Strauß und John Lennon entgegen. Ja, genauso sah es aus. Beide Männer trugen die schwarze Kluft von Priestern. Der ältere hatte seine Haare nach hinten gekämmt, er hatte eine rosige Gesichtsfarbe, war fett und ging leicht vorgebeugt, der andere war dünn, hatte halblange Haare und trug eine Nickelbrille, der an einer Seite der Bügel fehlte, so dass sie ihm immer wieder von der Nase rutschte. Sie waren in ein Gespräch vertieft aus einem Seiteneingang der Kirche gekommen und blieben beide abrupt stehen, nachdem sie uns erblickt hatten.

Der Dicke, der Strauß ähnelte, sagte etwas auf Polnisch zu uns, das nicht sehr freundlich klang, und als wir nicht antworteten, fragte uns der Zweite: »Ihr kommt aus Deutschland?« Er hatte einen starken Akzent, so dass ich einen Moment brauchte, um die Worte zu verstehen.

»Ganz recht«, sagte Friedrich. »Wir kommen aus Deutschland und suchen ein bestimmtes Grab.«

»Friedhof?«, fragte der Jüngere.

Ich nickte, und er deutete in eine bestimmte Richtung, während gleichzeitig der Ältere mit tiefer Stimme zu reden begann.

Ich begriff nichts. Machte er uns Vorwürfe? Immer wieder drehte der Priester sich zu der Kirche um, wies mit heftigen Gesten dahin und dorthin. Friedrich neben mir lächelte unentwegt und nickte auch dann und wann, als könnte er diesem Wortschwall folgen.

Schließlich sagte der Jüngere. »Vater Karol möchte euch einladen zu dem Gottesdienst am Tag morgen. Die Kirche braucht neue Fenster und viel Geld.« Er betonte das letzte Wort, dann neigten beide Priester den Kopf und gingen weiter.

Friedrich sah ihnen lachend nach. »Katholische Priester sind überall auf der Welt gleich«, sagte er. »Als Erstes halten sie die Hand auf und bitten um eine Spende, und dann rufen sie einem ein ›Vergelt's Gott‹ hinterher.«

Der katholische Friedhof lag ein Stück abseits des Dorfes. Die meisten Gräber trugen polnische Namen, doch einige, zumeist verwitterte Grabsteine wiesen deutsche Namen auf. Auf einem glaubte ich den Namen »Maria Busch« zu lesen, meine kleine Schwester, die nur ein Jahr alt geworden war, aber keine Spur von der Grabstätte meines Großvaters.

»Großvater Piening ist kurz vor dem Ende des Krieges gestorben«, sagte ich. »Wir haben deshalb nur ein Holzkreuz für ihn aufstellen können. Herrmann und Franz wissen wahrscheinlich eher, wo wir ihn begraben haben.« Wie aus dem Nichts sah ich meinen Großvater vor mir, seine Schiffermütze auf dem Kopf, die Zigarre im Mund, und ich hörte Gänse rufen, obwohl keine zu sehen waren. Ich konnte auch seine Stimme vernehmen, wie er meinen Namen aussprach oder wie er den Ruf der Gänse nachmachte und dann anfing zu lachen, ein Lachen, das oft in ein Husten überging. Es tat mir leid, dass er kein richtiges Grab mehr hatte.

»Jedenfalls sind wir ihm nahe«, sagte Friedrich. Worte, die für ihn ungewöhnlich waren. Es war bereits sehr warm, er trug ein kurzärmeliges Hemd, das seine Narben nicht verbarg. Als hätte er meinen forschenden Blick gespürt, redete er weiter: »Ich weiß, in unserer Familie darf man so etwas gar nicht sagen, aber ich glaube nicht an Gott, jedenfalls nicht an den, von dem diese Priester immer sprechen, aber einmal habe ich ihn gesehen. Das war in dem Moment, als mein Arm gebrannt hat. Da war es, als wäre er in dieser Flamme gewesen, die mich auffressen wollte.«

Ich sah ihn an, sein sonnengebräuntes, bereits recht faltiges Gesicht, das von grauen Bartstoppeln überzogen war. Ist das nicht ein Widerspruch?, wollte ich sagen. Du glaubst nicht an Gott, aber du hast ihn gesehen?

»Er hat mir einen Satz gesagt«, sprach Friedrich weiter. »›Wenn du überlebst, lebe dein Leben.‹ Und das tue ich. Ich versuche, jeden Moment zu genießen.« Er seufzte. Wir gingen ins Dorf zurück, Richtung Spritzenhaus. Niemand war zu sehen, irgendwo dröhnte der Motor eines Traktors, und ein Hund bellte kehlig. »Ich werde der Erste in unserer Familie sein, der sich scheiden lässt. Ja, ich habe mich von meiner Frau Petra getrennt.« Er hob die Hände und sah mich mit seinen wasserblauen Augen an. »Denkt nicht jeder Mann öfter daran, seine Frau zu verlassen?«

Ich nicht, wollte ich entgegnen, doch das wäre eine Lüge gewesen.

Wenn Almut getrunken hatte, wenn sie leise schnarchend neben mir lag, hatte ich mehr als einmal daran gedacht, einfach aufzustehen und wegzugehen.

»Aber ihr habt ein Kind«, sagte ich.

»Raimund ist neunzehn, er studiert bald Jura«, sagte Friedrich. »Das ist kein Problem. Außerdem gibt es Laura, eine ehemalige Studentin. Vielleicht liebe ich sie. Ich habe mir geschworen, herauszufinden, was Liebe wirklich ist. Eines aber weiß ich genau: Mit Pflicht hat Liebe nichts zu tun.«

Helena begleitete uns die weiteren drei Tage, die wir in Jesionowo verbrachten. Sie führte uns durch das Dorf, erklärte uns, welche Familien nun in den Häusern wohnten – zumeist Vertriebene aus dem Osten Polens –, und ging mit uns auch zu der Schule im alten Gut, die Franz noch besucht hatte. Weil Ferien waren, konnte man die Klassenräume jedoch nicht betreten. Die Gutskirche war aber nicht abgeschlossen, sie war allerdings leer, keine Bänke, keine Kerzen, nur ein schmutziger Altar aus Stein. Protestanten gab es im Ort keine mehr.

Am Nachmittag fuhren wir nach Barlinek zum See. Franz erinnerte sich noch genau an das Freibad mit dem Sprungturm. Mich hatten meine Brüder nie dorthin mitgenommen. Die wenigen Geschäfte in Barlinek hatten fast keine Ware. In einem Schuhladen lauerten drei Verkäuferinnen auf Kunden, aber mehr als zehn Paar Schuhe standen nicht in den Regalen. Helena bat uns, in einer Eisdiele am See zu warten. Sie wolle sich in der Bäckerei anstellen, um Brot und vielleicht sogar Kuchen zu kaufen.

In der Eisdiele gab es drei Sorten Eis. Eine junge Frau mit langen roten Haaren und Sommersprossen im Gesicht bediente. Friedrich war plötzlich ganz in seinem Element. Mit ein paar Brocken Polnisch, mit ein wenig Deutsch und Englisch fragte er die Verkäuferin aus. Zuerst zeigte sich die junge Frau zugeknöpft. »Germany? Beckenbauer?«, fragte sie.

Friedrich lächelte. »Germany, Beckenbauer – genau.« Er griff in seine Tasche und holte ein paar Fotos hervor, die er uns bisher nicht gezeigt hatte. Zeigte er ihr Bilder von Osnabrück, von seiner Familie? Wir konnten es nicht erkennen.

Franz, Herrmann und ich saßen an einem Tisch in der Sonne. »Nun weißt du, warum sich alle Frauen vor Friedrich in Acht nehmen sollten«, sagte Herrmann, während er unseren Cousin beobachtete.

Als er an unseren Tisch kam, mit einem Tablett mit vier Gläsern Limonade, die viel zu süß schmeckte, erklärte er, als hätte er ein Geheimnis herausgefunden: »Die Schöne heißt Milena und ist vierundzwanzig. Eigentlich will sie studieren, aber nun verbringt sie den Sommer hier.«

»Und?«, fragte Herrmann spöttisch. »Hast du schon ihre Telefonnummer?«

Franz lachte, doch Friedrich sagte ernst: »Sie hat kein Telefon.«

Erst dann lachte er auch.

Abends kamen etwa dreißig Leute aus dem Dorf zu Agneta und Bartosz. Sie hatten vor dem Haus eine lange Tafel aufgebaut – laute Musik spielte aus einem Radio, jemand hatte zwei oder drei Gänse geschlachtet, und für jeden stand eine Flasche Branntwein auf dem Tisch, der noch hochprozentiger war als am Abend zuvor. Helena kam mit dem Übersetzen nicht mehr nach. Herrmann erzählte plötzlich von seiner Arbeit, dass es da eine Frau gebe, die ihn verfolge und Avancen mache, und Franz sprang umher, nachdem er mindestens drei Gläser Wodka getrunken hatte, und stellte die Szene nach, als die Soldaten das Luftgewehr in der Scheune gefunden hatten. Er hatte seine eigene Version der Geschichte, ich kam in ihr jedenfalls nicht vor. Wenn ich sein Gerede und seine Gesten richtig verstand, hatte er unsere Mutter gerettet. Eine mittelalte Frau, die Olga hieß, hatte anscheinend an ihm Gefallen gefunden, sie hing förmlich an seinen Lippen. Er strich sich immer wieder seine braune Locke aus der Stirn und lächelte sie an.

»Ich muss noch etwas erledigen«, sagte Friedrich neben mir. Wir waren die beiden Einzigen, die sich von dem Hochprozentigen lediglich ein halbes Glas gegönnt hatten. »Ich muss mir Zigaretten besorgen.«

Dann stand er auf, strich einem Hund, der an seinem Bein schnüffelte, über den Kopf und verschwand zu seinem BMW. Am liebsten wäre ich mit ihm gegangen, aber so zielsicher, wie er sich bewegte, war ich sicher, dass er keine Begleitung geschätzt hätte. Stattdessen nahm ich mir die Kamera, die mein Vater mir mitgegeben hatte, und begann, die ersten Bilder zu machen.

Zwei Stunden später, als es zu dämmern begann, war die ganze Gesellschaft betrunken. Herrmann legte den Arm um mich. »Brüderchen«, hauchte er mir zu, »heute lassen wir es richtig krachen.« Dann drehte er sich einmal um die eigene Achse und wankte ins Haus. Kurz danach ging im Schlafzimmer das Licht an. Auch Franz taumelte eine halbe Stunde später Richtung Schlafzimmer. Keiner von ihnen bemerkte, dass Friedrich nicht da war.

Auch am nächsten Morgen war sein Schlafsack unberührt. Er war also nicht nur Zigaretten holen gefahren.

Als ich aufstand, saß er wie am Tag zuvor vor dem Haus, diesmal ohne zu rauchen. Er hatte seine Kleidung nicht gewechselt, trug das grüne Polohemd und seine weiße Leinenhose.

Vögel zwitscherten, und nun meinte ich auch Gänse zu hören, auf die ich die ganze Zeit gelauscht hatte. Agneta und Bartosz waren auch schon wach. Aus der Küche drang der Geruch von Kaffee. Ich zog einen Stuhl heran und setzte mich neben Friedrich. Auf der Tafel ein Stück weiter standen noch die leeren oder halbleeren Flaschen Branntwein.

Friedrich hielt sein Gesicht in die Sonne. »Ich war bei Milena, in ihrer Kammer«, sagte er mit geschlossenen Augen. »Musste mich einschleichen wie damals im Dorf.« Er wandte sich mir zu und sah mich an. »Ich liebe die Haut schöner Frauen. Allein davon kriege ich einen mächtigen Ständer. Milena hat erst ein wenig katholisch getan, aber dann …« Er hob die Schultern. »Na, sie kann es ja beichten.«

Bist du deshalb mitgefahren, wollte ich ihn fragen, um polnische Mädchen zu verführen?, doch er fuhr fort: »Ich habe ihr fast mein ganzes Geld dagelassen. Nein«, er machte eine abwehrende Handbewegung, »sie hat sich nicht bezahlen lassen. Das nicht! Wir hatten einfach unseren Spaß. Verstehst du? – Nein«, beantwortete er sich diese Frage selbst. »Du bist Anton Busch. Du verstehst es nicht. Du warst deiner Frau wahrscheinlich nie untreu.«

Doch, lag mir auf den Lippen, einmal habe ich sie betrogen. Dann dachte ich an Gisa. Mir ihr hatte ich nicht geschlafen, aber nun, in der Erinnerung kam es mir wie ein Versäumnis vor. War es aus Angst gewesen – oder weil ich Almut hatte treu bleiben wollen?

»Du und Paula, ihr tut nicht, was ihr wollt«, sagte Friedrich. »Ihr seid nicht so.«

Warum sprach er plötzlich von Paula, als würde er sie gut kennen?, fragte ich mich verwundert.

»Kennst du das Gedicht ›Todesfuge‹?« Ich schaute Friedrich an. Nein, ich wollte mit ihm nicht über Gisa oder Paula sprechen. »Da geht es darum, dass der Tod ein Meister aus Deutschland ist. Dafür, dass wir den Tod gebracht haben, werden wir hier sehr freundlich behandelt, oder nicht?«

»Ich bin Physiker«, sagte Friedrich schroff. »Ich habe niemandem den Tod gebracht. Ich bilde Lehrer aus, spreche darüber, wie man Dinge messen kann. Von Gedichten verstehe ich nichts.« Er schwieg einen Moment ein wenig betreten. So schroff hatte ich ihn noch nie erlebt. »Ich«, sagte er dann mit Nachdruck, »habe noch nie jemanden mit Gewalt zu etwas gezwungen.«

Agata, ganz elegant in einer weißen Bluse und einem schwarzen Rock, kam mit zwei Tassen Kaffee heran, die sie uns lächelnd reichte. Sie sah kein bisschen übernächtigt aus. Wenig später tauchten auch ihr Mann und Franz und Herrmann auf. Meine Brüder waren schwer verkatert, aber das ganze Dorf machte sich nun auf, zur Kirche in die Sonntagsmesse zu gehen. Zu meiner Überraschung folgte selbst Friedrich der kleinen Prozession.

Der dicke, rotwangige Priester, der wie Strauß aussah, hielt den Gottesdienst; John Lennon sekundierte ihm. Voller Inbrunst sang

Herrmann die Lieder auf Deutsch mit. Es war schon immer peinlich gewesen, in der Kirche neben ihm zu sitzen.

Als es daranging, ein Körbchen für die Kollekte durch die Reihen zu tragen, wanderte der fette Priester höchstselbst von Bank zu Bank und betrachtete jeden aufmerksam. Als ein älterer Mann das Körbchen einfach weiterreichen wollte, stieß er ihn hart mit der Faust an und zischte ihm etwas zu. Schuldbewusst nickte der Mann und holte sein Portemonnaie hervor. Auch wir, die argwöhnisch beobachtet wurden, zückten unsere Geldbörsen. Später erfuhr ich, dass die Geistlichen von diesen Spenden lebten. Der Staat zahlte ihnen keinen Zloty, und so etwas wie eine Kirchensteuer existierte in Polen nicht.

Die Einzige, die ich nicht in der Kirche gesehen hatte, war Helena. Sie erwartete uns bei unserer Rückkehr in Agatas Küche. Auf dem Tisch stand die alte Nähmaschine meiner Mutter, die schwarze Singer, an die selbst ich mich noch erinnern konnte.

Helena schaute mich verlegen an, dann strich ihre rechte Hand sanft über die Maschine. »Ich habe sie geputzt und geölt. Sie geht noch – fast wie neu«, sagte sie.

Ich begriff zuerst nicht, was sie meinte. Franz kam mir zuvor. »Du willst uns doch nicht die Nähmaschine zurückgeben«, sagte er verwundert.

Helena nickte heftig. »Ich habe sie nur in Verwahrung genommen. Sie gehört euch – eurer Familie.«

Ich spürte, wie mir Tränen in die Augen traten. Das konnte doch nicht sein: Diese Frau besaß so gut wie nichts, seit zwei Tagen tat sie nicht anderes, als sich um uns zu kümmern, und nun wollte sie uns ihre Nähmaschine zurückgeben.

»Unsere Mutter ist tot«, sagte ich leise. »Sie hätte gewollt, dass du diese Maschine behältst. Sie gehört dir.«

Helena umarmte mich. Ich spürte, wie ihr Körper zitterte. Wahrscheinlich, dachte ich, ist diese alte Singer, deren schwarzer Lack immer noch funkelte und glänzte, das Wertvollste, was sie besitzt.

Zwei Tage später, am Dienstagmorgen, wollten wir uns auf den Rückweg machen. Friedrich hatte die Sonntagnacht auf seiner Luftmatratze verbracht; am nächsten Abend war er jedoch wieder verschwunden gewesen. Agata und Bartosz hatten ein Feuer im Hof entzündet und zur Gitarre polnische Lieder gesungen. Alkohol hatten wir keinen mehr getrunken. Eine gewisse Wehmut hatte sich über uns gelegt, besonders Helena wirkte traurig und melancholisch. Ich sah ihr an, dass sie oft an ihre tote Tochter dachte. Als sie ging, nahm sie mich in den Arm. Eine Träne lief ihr über die Wange.

Gegen sechs Uhr am Morgen weckte Friedrich mich. Er rüttelte mich an der Schulter und sah mich sorgenvoll an.

»Es gibt ein Problem«, flüsterte er.

Ich erhob mich, und wir schlichen nach draußen. Neben einem Stuhl, der im ersten Sonnenlicht stand, lagen bereits drei Zigarettenkippen. Offenbar hatte er hier schon einige Zeit gesessen.

»Ist irgendetwas an deinem Wagen kaputt?«, fragte ich. Er hatte Bartosz eine Runde durch das Dorf fahren lassen. Mit heulendem Motor war unser Gastgeber über das Kopfsteinpflaster gerast und hat einigen Dorfbewohnern richtig Angst eingejagt. Mehrmals hatte der BMW gefährlich aufgesetzt.

»Es ist etwas anderes«, sagte Friedrich ernst. Er steckte sich wieder eine Zigarette an. »Es geht um Milena. Sie will mitkommen.«

»Was heißt das? Sie will mitkommen!«

Bartosz lief über den Hof in Richtung Scheune, er grüßte uns und verschwand im Inneren. Vermutlich würde er heute wieder aufs Feld gehen.

Friedrich war für einen Moment verstummt. »Sie möchte mit uns fahren – nach Westen.«

Ich betrachtete forschend sein Gesicht. Wollte er mich auf den Arm nehmen? Oder hatte ich etwas missverstanden? Ging es um eine kleine Spritztour, bevor wir abreisten?

»Du sprichst nicht davon, dass wir deine schöne Eisverkäuferin außer Landes in den Westen schmuggeln sollen?«, fragte ich ungläubig.

Er antwortete nicht, sondern zog an seiner Zigarette und blickte zur Gutskirche, mit verkniffener Miene, als würde er nachdenken. »Doch«, erwiderte er dann, »davon spreche ich.«

»Bist du verrückt?«, fragte ich. »Oder blödsinnig verliebt oder beides?«

Er erwiderte nichts darauf. Bartozs kam mit einem Pferdehalfter aus der Scheune und ging in Richtung Spritzenhaus. Er winkte und sagte etwas, das vermutlich bedeuten sollten, dass er sich später noch von uns abschieden würde.

Friedrich wartete ab, bis er außer Sichtweite war.

»Darf man einem Menschen sein Glück nehmen?«, sagte er. »Milena hält es hier nicht mehr aus. Sie darf nicht studieren, man macht ihr das Leben zur Hölle. Im Westen würde ich mich um sie kümmern – für den Anfang zumindest.«

Ich hörte mich selbst aufkeuchen. »Du spinnst«, sagte ich laut. »Das ist Fluchthilfe – dafür kommt man ins Gefängnis.«

Friedrich machte eine besänftigende Geste, aber in dem offenen Fenster hinter uns hatte sich bereits Franz gezeigt.

»Milena würde alles auf sich nehmen, falls man uns erwischt. Sie würde aussagen, dass sie sich eingeschlichen hat. Ohne unser Wissen.«

»Du kannst nicht so naiv sein«, rief ich aus. »Du willst dich hier als Retter aufspielen, nicht wahr? Der weiße Ritter aus dem Westen!«

Franz kam heran, er trug ein Unterhemd und eine Schlafanzughose. »Streitet ihr?«, fragte er. Sein Blick glitt von Friedrich zu mir.

Ich schwieg.

»Wir haben ein Problem«, sagte Friedrich. Dann lächelte er matt. »Anton meint, dass ich ein wenig zu tollkühn bin, und wahrscheinlich hat er recht.«

Franz und Herrmann gerieten förmlich außer sich, als sie erfuhren, was Friedrich vorhatte.

»Eher gehe ich zu Fuß nach Osnabrück«, sagte Franz, »als dass ich irgendein Mädchen über mehrere Grenzen schmuggele.«

Herrmann schüttelte ungläubig den Kopf. »Ich dachte, du bist der schlaueste Mann in der Familie«, sagte er spöttisch. »Ein Physikprofessor – redet von Sternen und dem Urknall und solchen Dingen. Hast du einen Urknall im Kopf gehabt, als du mit dieser Milena ins Bett gestiegen bist?«

Als Helena kam, um sich zu verabschieden, schoben wir das Thema beiseite. Sogar die beiden Priester, die offenbar stets als Duo auftraten, ließen sich blicken. Vater Karol hoffte eindeutig auf ein paar westdeutsche Geldscheine, die Friedrich ihm auch zusteckte. Er schien doch noch nicht alles ausgegeben zu haben. Der Priester segnete uns zum Abschied mit einem breiten Lächeln, während John Lennon uns die Hand drückte.

Helena hatte für jeden eine kleine Tischdecke dabei, die sie selbst genäht hatte. »Habe ich auf eurer Nähmaschine gemacht«, sagte sie.

Während sie die anderen lediglich innig umarmte, küsste sie mich auf den Mund. Bartosz reichte jedem von uns eine Flasche Wodka, die wir mit übertriebenem Dank annahmen.

Dann endlich fuhren wir.

Milena stand hinter dem Ortsschild von Jesionowo. Ihr langes rotes Haar flatterte im Wind, sie trug eine grüne Jacke und einen kleinen grauen Rucksack. Darin konnte sich nicht viel mehr als ein paar Papiere, ein wenig Wäsche zum Wechseln und vielleicht ein paar Kosmetika befinden.

Friedrich bremste ab. Milena nickte uns zu, wartete auf ein Zeichen und öffnete dann die rechte Tür im Fond. Ich rutschte widerwillig zur Seite, und sie stieg ein. Sie sagte etwas, ein leiser, heiserer Gruß; es hörte sich wie ein englisches »Hello« an, das jedoch von niemandem erwidert wurde.

Schweigend fuhren wir ein paar Kilometer. Auf dem Kopfsteinpflaster wurde der Wagen so hin und her geschüttelt, dass Milena immer wieder gegen mich gedrückt wurde. Ich roch ihr süßliches Parfüm und spürte, wie angespannt sie war. Sie blickte starr geradeaus, ihr Gesicht war bleich, selbst ihre Sommersprossen schienen ihre Farbe verloren zu haben.

Ich hatte plötzlich Mitleid mit ihr. Aber was hatte Friedrich ihr versprochen? Dass es tatsächlich eine Möglichkeit gab, sie in den

Westen zu bringen? Er sagte kein Wort, sondern steuerte den Wagen mit verschlossener Miene über die engen Straßen.

Irgendwann hielt Franz, der auf dem Beifahrersitz saß, es nicht mehr aus. »Wir können sie hier nicht verstecken – unmöglich«, sagte er. »Doch was können wir sonst für sie tun?«

»Geld«, sagte Friedrich tonlos, »wenn sie genug Geld hat, kann sie in Slubice jemanden finden, der sie mit Papieren ausstattet.« Er fuhr weiter, ohne den Blick auf Franz zu richten.

Slubice war der Grenzort an der Oder, fiel mir ein. Ich war dann der Erste, der sein Portemonnaie hervorzog. Wie zwei Spielkarten legte ich meine beiden letzten Hundertmarkscheine auf die Mittelkonsole. Franz tat es mir nach. Herrmann folgte zögernd, seine vier Fünfzigmarkscheine waren vollkommen zerknittert.

Milena beobachtete unser Treiben reglos und ohne ein Wort zu sagen, aber sie wirkte nicht mehr ganz so angespannt.

Sie hat nicht wirklich erwartet, dass wir sie unter ein paar Matten verstecken und an der Grenzpolizei vorbeischleusen, dachte ich. Und auch Friedrich hatte das nicht getan.

»I have a friend in England«, sagte Milena unvermittelt. Ihr Akzent klang hart, so dass ich sie kaum verstand. »In Coventry. His name is Ralph. We have written letters.«

»England«, sagte Herrmann verblüfft, der ebenso wenig Englisch konnte wie ich. »Sie will nach England.«

»Ja«, sagte Friedrich. »Sie hat in Krakau bei einem Jugendfest, irgendwas Katholisches jedenfalls, diesen Engländer getroffen. Einen katholischen Engländer – so etwas gibt es eigentlich gar nicht!« Er stieß ein mattes Lachen aus.

Wir näherten uns Slubice. Zehn Kilometer, besagte ein Schild. Milena hatte auch einmal gelächelt, hatte ich bemerkt. Plötzlich nahm sie ihren Rucksack hervor, den sie vor sich im Fußraum abgestellt hatte, und kramte etwas hervor. Sie drückte mir eine Postkarte in die Hand und sagte leise: »Thank you.«

Eine Heilige war darauf abgebildet, so viel begriff ich sofort, aber das Gesicht dieser Frau war dunkel, fast schwarz. Ihr Gesicht war von einem Heiligenschein umgeben. Auch das Kind neben ihr hatte eine dunkle Haut. Verwirrt sah ich Milena an. Sie zuckte lächelnd mit den Schultern und wiederholte: »Thank you.«

Erst als ich die Karte umdrehte, und die Beschreibung las, die in drei Sprachen – Polnisch, Englisch und Deutsch – abgefasst war, verstand ich den Sinn der Karte. Sie hatte mir eine Postkarte mit dem Motiv der Schwarzen Madonna von Tschenstochau geschenkt.

Wenige Momente später hielt Friedrich an einer Bushaltestelle an. Er nahm das Geld von der Mittelkonsole und nickte Milena zu.

»Auf Wiedersehen«, sagte sie auf Deutsch, bevor sie ausstieg. »God bless you.«

Friedrich umarmte sie neben dem Wagen und strich ihr über den Kopf, nicht, als wäre er in sie verliebt, sondern wie ein besorgter Vater, der seine Tochter in die Welt hinausschicken musste. Dann sagte er etwas, und Milena senkte den Kopf. Sie weinte nicht, sondern schien auf einen Ratschlag zu hören. Er steckte ihr das Geld zu, das er mitgenommen hatte, und sie ging, ohne sich noch einmal umzudrehen, zu der Bushaltestelle.

Fünf Minuten später rollten wir langsam über die Oder auf die Grenze der DDR zu.

»Du hast gar nicht wirklich erwartet, dass wir Milena mitnehmen, nicht wahr?«, sagte ich.

Herrmann starrte stumm auf den Fluss, offenbar in Erinnerungen versunken. Franz jedoch blickte Friedrich an und wartete wie ich auf eine Antwort.

»Nein«, sagte er, »ich habe es nicht erwartet, aber ich hätte es getan. Jetzt hat sie wenigstens mehr als tausend Mark. So kann sie es vielleicht schaffen.«

Ein halbes Jahr später erhielt Friedrich eine Postkarte von Milena aus London, wie Herrmann wusste. Sie hatte auch einen freundlichen Gruß an alle drei Bush-Brothers hinzugefügt. So hatte sie uns genannt: »Bush-Brothers«, als wäre sie schon eine Engländerin geworden.

35.

Nach dem Treffen mit Verona war ich so verwirrt und erschöpft, dass ich nicht einmal Auto fahren konnte und über eine halbe Stunde reglos im Auto saß. Über was hatten wir gesprochen? Was hatte sie von sich erzählt? Und hatte ich vielleicht wieder etwas falsch gemacht? Vor vielen Jahren hatte mein Chef bei Bauknecht mich vor der Belegschaft stets als Vorbild hingestellt; ich könne mit Kundinnen umgehen, niemals habe es eine Klage über mich gegeben, was er nun nicht von allen seinen Pappenheimern – so nannte er uns Monteure im Außendienst – behaupten könne; niemand sei Frauen gegenüber so aufmerksam wie ich. Er hatte auch dafür gesorgt, dass ich in den Betriebsrat gewählt worden war, als die Firma verkauft wurde und ein amerikanischer Investor die Mehrheit der Anteile übernahm.

Von dieser Fähigkeit zu einer besonderen Aufmerksamkeit war nicht viel übriggeblieben. Ich konnte mich kaum an ihre Worte erinnern, sondern hatte die ganze Zeit ihr Gesicht vor Augen, ein älteres schönes Frauengesicht, in dem ich noch deutlich die Spuren der Fünfzehnjährigen erkennen konnte, die ich vor einer Ewigkeit einmal geküsst hatte.

Zu Hause schlich ich aus der Garage und schloss das Tor möglichst lautlos. Ich wollte nicht, dass Lucie mich sah und ich Auskunft geben musste, mit wem ich mich getroffen hatte. Ich kochte mir einen Kaffee, dann setzte ich mich an den Esstisch und holte ein Blatt Papier hervor. Ich nahm all meine Kräfte zusammen, um unser Gespräch zu rekonstruieren. Ja, ein paar wenige Dinge bekam ich doch zu fassen. Verona hatte mir beinahe leichthin, in einem freundlichen Tonfall von ihrem Mann erzählt, der vor einem Jahr gestorben war. Die Ehe war nicht leicht gewesen. Er hatte sie häufiger betrogen. Diese unterschwellige Botschaft hatte ich aus ihren Worten schließen können.

Der Kaffee konnte die Müdigkeit, die mir in den Knochen steckte, nicht vertreiben.

Ich wachte auf meinem Sofa auf, weil jemand gegen die Haustür pochte. Draußen dämmerte es bereits. Ich blickte auf den Radiowecker auf der Fensterbank. Die Ziffern zeigten 20.53. Ich musste mindestens eine Stunde geschlafen haben.

Das Pochen wurde drängender, doch zu klingeln traute sich mein Besucher nicht.

Tim stand da, vermutete ich, oder Lucie wollte mir etwas zu essen bringen. Nein, dafür war es eigentlich zu spät. Vermutlich hatte sie doch mitbekommen, wie ich in die Stadt gefahren war, und war neugierig geworden.

Die Notizen, die ich mir zu meinem Treffen mit Verona gemacht hatte, lagen neben dem Sofa auf dem Boden. »Sie wurde betrogen«, las ich in meiner zittrigen Handschrift.

Cem lehnte vor der Tür. Ich brauchte einen Moment, um ihn zu erkennen, denn er trug keinen blauen Overall, sondern eine dunkle Jacke und ein buntes Hemd.

»Hallo, Nachbar«, sagte er und lächelte so sehr, dass sein Schnauzbart auf und ab hüpfte. »Habe mir Sorgen gemacht. Wie ist es denn gelaufen – mit der Frau?«

Ich winkte ihn herein. »Ich weiß nicht«, sagte ich. »Die Zeit mit ihr ist wie im Rausch vergangen – ganz schnell und angenehm, und … Ja, ich glaube, sie will mich wiedersehen.«

»War mir klar«, sagte Cem, während er wie selbstverständlich seine Jacke auszog und an den Haken hängte. »Wenn sie ein wenig Geschmack hat, will sie das.«

Ich kochte uns einen Tee. Cem hielt die Tasse mit seinen schmutzigen Händen umklammert. Er hatte seine Tankstelle abgeschlossen und war dann zu mir gefahren.

»So ein erstes Rendezvous ist keine leichte Sache«, redete Cem weiter. Von seinem Stuhl aus sah er sich in meinem Wohnzimmer um und betrachtete ein Foto von Almut an der Wand. Es war mehr als dreißig Jahre alt und an der Nordsee aufgenommen worden. Almut trug nur ein dünnes Sommerkleid und hielt ihr Gesicht mit halb geschlossenen Augen in den Wind. »Ich hoffe, du hattest keine feuchten Hände, Nachbar.«

»Doch«, sagte ich, »ganz am Anfang. Dann nicht mehr, dann …« Ich verstummte. Ich hatte einen Gedanken von ihr aufgefangen. »Es ist schön, mit dir hier zu sitzen, Anton.« Ja, das hatte Verona gedacht.

»Ich hoffe, du hast bezahlt«, sagte Cem. »Es geht um Kleinigkeiten. Kleinigkeiten sind wichtig.«

Hatte ich bezahlt? Ich erinnerte mich an meinen peinlichen Auftritt damals auf der Kirmes mit Verona und ihren Eltern, als ich es darauf angelegt hatte, dass sie ihr Portemonnaie hervorzog. »Wir haben vier Milchkaffee getrunken und zwei Stück Kuchen gegessen. Ich habe die Rechnung übernommen, obwohl Verona das nicht wollte.«

Cem lächelte. »Gut«, sagte er. »Ich sehe schon, du bist ein Mann, der mit Frauen umzugehen versteht, höflich, aufmerksam, aber nicht zu aufdringlich. Nun aber das Wichtigste: Wann seht ihr euch wieder?«

Ich blickte aus dem Fenster in meinen kleinen Garten. In dem wenigen Licht glänzten der Kirschbaum und die Büsche am Zaun silbrig. Wollte ich Verona überhaupt wiedersehen?

»Wir haben nichts verabredet«, sagte ich leise. »Und ich weiß auch nicht, ob ich … Bin ich nicht zu alt für so etwas? Mich mit meiner Frau zu treffen?«

Cem legte seine Stirn in Falten. Seine braunen Augen funkelten mich an. »Nachbar«, rief er aus, »du bist noch nicht alt – noch keine achtzig.«

»Ich bin neunundsiebzig, fast achtzig. Mein Herz ist nicht das beste – morgens komme ich gar nicht auf Touren, und meine Lungen … Ich darf sie auf keinen Fall strapazieren.«

»He«, unterbrach Cem mich, »ich bin nicht hierhergekommen, um mir deine Krankheitsgeschichten anzuhören. Denk an Clint Eastwood! Du bist noch nicht zu alt – zu viel Zeit solltest du dir allerdings auch nicht lassen. Deine Frau«, er wandte sich zu Almuts Foto um, »ist seit vielen Jahren tot. Du hast jedes Recht auf ein bisschen Glück, aber du musst es auch wollen.« Er nickte seinen eigenen Worten hinterher, als wollte er sie bekräftigen.

»Ich weiß nicht«, erklärte ich vage.

»Hast du ihre Adresse?«, fragte Cem. »Wie wäre es, ihr einen Blumenstrauß zu schicken, nicht protzig, aber auch nicht zu bescheiden?«

Ich zuckte mit den Schultern. »Ja, ich habe ihre Adresse – sie wohnt am Westerberg in Osnabrück, gute Gegend, doch ist das nicht zu übertrieben – Blumen nach einem ersten Treffen?«

Cem lächelte wieder. »Ich kenne keine Frau, die keine Blumen mag. Meine Freundin habe ich so herumgekriegt.« Er zog sein Smartphone hervor. »Habe da eine spezielle App für Blumen. Hier.«

Man konnte unter mehreren Sträußen für verschiedene Anlässe auswählen und brauchte nur eine Adresse und eine Kontonummer angeben. Es dauerte keine drei Minuten, dann war der Versand erledigt. Ich konnte sogar einen kurzen, unverfänglichen Gruß hinzufügen.

»Gut so«, sagte Cem. Dann trank er seinen Tee aus und sprang auf. »Muss nun zu meiner Nora. Ich koche heute Abend. Lamm – ein türkisches Gericht. Wir sehen uns hoffentlich morgen zum Kaffee, Nachbar. Sonntags habe ich bis sechs Uhr auf.«

Dann war er durch die Tür.

Was hatte ich getan? Wann hatte ich zum letzten Mal Blumen verschickt? Vermutlich zu einem Geburtstag Almuts, doch wann genau, daran konnte ich mich nicht erinnern.

Als ich von unserer Polenreise zurückkehrte, war das Haus leer. Es war früher Abend. Ich hatte mich gefreut, Lucie und Almut wiederzusehen, doch sofort beschlich mich ein flaues Gefühl. Wo war Almut? Im Salon arbeitete sie dienstags eigentlich nicht. Die Küche war so aufgeräumt, als hätte hier schon lange niemand mehr gekocht. Es fühlte sich an, als wäre ich Wochen fort gewesen und nicht nur ein paar Tage.

Ich sah auch in einem von Almuts Alkoholverstecken nach und fand eine halbvolle Flasche Cognac. Mein mulmiges Gefühl verstärkte sich.

Dann tauchten sie beide auf – Lucie und Almut, aufgekratzt, lärmend, voller Tatendrang.

Lucie lief mir entgegen und warf sich mir in die Arme, und Almut küsste mich auf die Wange.

»Wo seid ihr gewesen?«, fragte ich.

Lucie lächelte. »Ich habe Enten gefüttert – an einem Teich.«

Almut setzte sich. »Ich muss etwas erklären«, sagte sie. Nun wirkte sie verlegen. »Dieter hat mich um einen Gefallen gebeten.«

Wenn ich den Namen meines Schwagers hörte, schrillten bei mir alle Alarmglocken. Er hatte kürzlich geheiratet, eine junge Frau aus dem Iran, die er sechs Wochen gekannt hatte. Ich war nur etwa eine Stunde bei der Eheschließung beim Standesamt dabei gewesen und war dann mit Lucie, die sich gelangweilt hatte, nach Hause gefahren. Almut war wenig später mit ihrer Mutter nachgekommen, stocknüchtern und schlecht gelaunt, weil ihr diese übereilte Hochzeit ihres Bruders nicht gefiel.

»Was für einen Gefallen?«, fragte ich argwöhnisch und musterte Almut. Ihre Nasenflügel flatterten ein wenig, wie immer, wenn sie aufgeregt war.

»Ich helfe ihm. Er will ein Geschäft aufmachen«, sagte Almut.

»Die Enten waren so lieb«, rief Lucie dazwischen. »Sie haben ganz vorsichtig an dem Brot gepickt.« Sie streckte mir ihre rechte Hand entgegen, als müsste ich da noch Spuren der Entenfütterung entdecken.

Almut warf ihr einen Blick zu, der sie verstummen ließ. »Dieter hat eine Golfanlage gekauft – die er den Sommer über betreiben will, und ich kümmere mich um das Café, das dazugehört.«

Für einen Moment dachte ich, Almut erlaube sich einen Scherz mit mir. »Eine Golfanlage?«

»Na, er nennt es so, aber es handelt sich um Minigolf. In Osnabrück, am Barenteich. Da hat Lucie die Enten gefüttert. Meine Mutter hat auf sie aufgepasst.«

»Und du willst nicht mehr in den Salon gehen?«, fragte ich.

Almut sah mich an. »Vorerst nicht mehr. Es tut mir gut, an der frischen Luft zu sein und nicht mehr diese Gerüche von Haarspray und Färbemittel einzuatmen. Ich verkaufe Kuchen und koche Kaffee. Die Golfanlage liegt unter hohen Bäumen – richtig idyllisch.«

Ich schwieg einen Moment. Alles, was unsere Familie und unseren Beruf betraf, hatten Almut und ich bisher besprochen, und nun hatte sie allein entschieden, nicht mehr im Salon zu arbeiten, sondern stattdessen bei ihrem unzuverlässigen Bruder.

»Und was ist mit dieser Ehefrau?«, fragte ich. »Warum kümmert sie sich nicht um das Café?«

Almut sah mich an, sie griff nach meiner Hand, doch ich wich ihr aus. »Jasmina sitzt tagsüber an der Kasse. Dieter ist ja weiterhin Makler, nur am Wochenende hilft er mit.«

Der Ärger über meinen Schwager wurde immer größer – er ließ seine Frau und seine Schwester für sich arbeiten, während er selbst so tat, als würde er Wohnungen verkaufen.

»Es ist nur für den Sommer«, sagte Almut beschwichtigend. »Dann gehe ich wieder in den Salon. Habe ich alles schon abgeklärt.«

Gibt es auch Alkohol in eurem Café?, wollte ich fragen, doch ich ließ es und holte stattdessen meine Geschenke hervor, die ich aus Polen mitgebracht hatte: eine schwarz-weiß gefleckte Plüschkuh für Lucie und eine Bernsteinbrosche für Almut. Ihre Freude jedoch wirkte gekünstelt.

Dass ihr Bruder zufrieden mit ihr ist, scheint ihr wichtiger zu sein, dachte ich.

Am nächsten Tag fuhr ich nach meiner Tour zu der Golfanlage. Sie lag abseits der Stadt, tatsächlich unter hohen alten Bäumen, doch fand ich sie keineswegs idyllisch, sondern düster und heruntergekommen. Der Beton der einzelnen Bahnen war brüchig, und die Netze, die hinter manchen Löchern aufgespannt waren, sahen aus, als würden sie schon ein paar Jahre da hängen.

Jasmina, Dieters Frau, die noch keine dreißig war, begrüßte mich überschwänglich. Sie war eine echte Schönheit, dunkle Haut, lange, glatte schwarze Haare und braune, dezent geschminkte Augen. Sie war erst drei Jahre in Deutschland, sprach aber schon hervorragend Deutsch – mit einem Akzent, den man nicht genau einordnen konnte. Was sie an Dieter fand, konnte ich mir beim besten Willen nicht erklären.

Nur ein älteres Ehepaar und drei Jugendliche spielten Minigolf. Dieter kam eine halbe Stunde nach mir. Er fuhr mit einem schneeweißen BMW vor und breitete, nachdem er ausgestiegen war, die Arme aus, als wollte er sagen: Das hier gehört alles mir. Er legte seine Hand auf Jasminas Taille und küsste sie auf den Mund, dann begrüßte er mich.

»Wir werden einen tollen Sommer haben, und das Geschäft wird laufen. Minigolf ist absolut im Trend.«

»Kann sein«, sagte ich. »Ich hoffe, du bezahlst deine Angestellten gut.«

Dieter lächelte. »Jeder wird hier eine Menge Geld verdienen. Der Laden ist eine Goldgrube. Wirst sehen.«

Almut brachte uns zwei Tassen Kaffee. Ich musste zugeben, dass sie glücklich aussah. »Es macht Spaß, draußen zu arbeiten. Man kann sogar die Vögel singen hören.«

Dieter nickte, als müsste er ihr unbedingt Recht geben. »Wenn du willst, kannst du auch eine Runde spielen«, erklärte er gönnerhaft in meine Richtung.

Ich hatte noch nie einen Golfschläger in der Hand gehabt, nicht einmal beim Minigolf. »Demnächst vielleicht«, erwiderte ich.

»Wir wollen auch Kurse anbieten«, meinte Jasmina. »Damit man richtig gut wird und noch mehr Freude beim Spielen hat.«

Dieter stand auf, er ging zu der Holzhütte hinüber, in der sich das Café befand, in dem Almut bediente. Mit einer offenen Flasche Bier kehrte er zurück.

»Anton«, sagte er gewichtig, »ich weiß, du bist nicht der geborene Geschäftsmann, aber du kannst jetzt investieren. Ich möchte noch zwei weitere Minigolfplätze eröffnen, einen am Dümmer See. Da kennst du dich doch aus. Könntest am Wochenende auch die Aufsicht übernehmen. Mit zehntausend Mark bist du dabei.«

Ich erkannte Almut gar nicht wieder. Während ich Dieters Vorschlag, mich zu beteiligen, sofort abgelehnt hatte, blühte sie förmlich auf. Das Wetter war sehr wechselhaft, Sonne folgte auf Regen, es war auch nicht sonderlich warm, trotzdem ließ sie sich gegen Mittag gerne zu der Anlage fahren. Lucie begleitete sie mitunter oder blieb bei meiner Schwiegermutter.

Hatte Almut an meiner Seite doch das falsche Leben geführt, fragte ich mich. Jeden Tag in den Friseursalon, jeden Tag Haare schneiden und färben und den Dorfklatsch anhören? So ein Leben war nicht genug. Aber ich hatte sie mehr als einmal überreden wollen, woanders hinzuziehen – sogar weit weg bis nach Australien, sie hatte jedoch stets abgelehnt.

An ihren geheimen Alkoholdepots sah ich, dass sie nicht mehr trank, keinen winzigen Schluck. Sie klagte auch nicht mehr über Schmerzen im Unterleib oder in den Beinen.

Selbst Paula, die Dieter ebenfalls nicht leiden konnte, fiel die Veränderung auf, als sie einmal mit mir zu der Golfanlage hinausfuhr. Eigentlich hatte ich Fotos aus Polen zeigen wollen, aber daran hatte keiner ein Interesse, selbst Paula nicht.

»Almut scheint es richtig zu genießen, hier zu sein. Haben wir deinen Schwager, diesen Schwätzer, doch zu hart beurteilt?«, fragte sie.

Dieter hatte seinen weißen BMW gegen einen alten grünen Jeep getauscht, und er hatte sich einen Dreitagebart stehen lassen. So würde er mehr wie ein richtiger Geschäftsmann wirken, meinte er augenscheinlich.

»Nein«, sagte ich, »wir haben ihn immer richtig beurteilt.«

Statt wie geplant an die Nordsee in Urlaub zu fahren, saß ich nun jeden zweiten Abend an der Minigolfanlage oder stand am Teich und fütterte mit Lucie Enten.

Fast fünf Wochen lebte ich mit einer Frau zusammen, die ich nicht kannte. Enthusiastisch erzählte Almut abends, was sie am Tag erlebt hatte – sie führte über die Gäste Buch, was sie am liebsten tranken und aßen, sie hatte auch bereits Stammkundschaft und überlegte sich, wie sie die Speisekarte ausweiten könnte. Lucie jubelte, wenn sie den Tag auf der Golfanlage verbringen durfte. Mittlerweile ging sie auch allein Enten füttern oder spielte mit Plastikschiffchen.

Beide waren glücklich – nur ich war es nicht.

Warum war Almut so verwandelt? Wenn nicht ihr Bruder ihr Chef gewesen wäre, hätte ich glauben können, sie sei verliebt. Oder steckte mehr dahinter? Gab es da noch jemanden, der jeden Tag kam, um den Kaffee bei ihr zu trinken? Ich hatte nie zu Eifersucht oder Misstrauen geneigt, doch nun stellte ich mir die seltsamsten Fragen.

Die Wandlung, die Almut erfasst hatte, hatte nichts mit mir zu tun. In meiner Gegenwart war sie in den letzten Jahren nie so freudig gewesen, und es hatte nie den Anschein gehabt, als würde ihr das, was sie tat, leichtfallen. Was musste ich ändern, damit sie auch mit mir diese Freude empfinden könnte? Ich überlegte, wieder einmal zu einer Wahrsagerin zu fahren oder zu Friedrich dem Großen, der sich bekanntermaßen mit Frauendingen auskannte. Nein, sagte ich mir dann, ich muss Almut selbst fragen, ganz direkt, während ich ihr ins Gesicht schaue.

Als eine Tour ausfiel, weil eine Spülmaschine defekt angeliefert worden war und ich darum keine komplette Küche aufbauen konnte, fuhr ich schon mittags zur Golfanlage. Ich würde Almut überraschen. In einer Bäckerei auf dem Weg kaufte ich zwei Stücke Kuchen, weil ich nicht wusste, was genau es in ihrem Café zu essen gab.

Als ich in die schmale Teerstraße zur Anlage einbog, sah ich durch die Bäume ein Blaulicht kreisen. Eine Ambulanz, ein Polizeiwagen und Dieters Jeep standen auf dem Schotterplatz vor dem Kassenhäuschen. Die Ambulanz fuhr ab, als ich einparkte. Mit Blaulicht, aber ohne Martinshorn rollte der Wagen davon.

Ich hörte Dieters aufgeregte Stimme durch die Bäume schallen. Er fluchte, dann schrie er förmlich. Eine zweite Stimme, die einem Mann gehörte, versuchte ihn zu beruhigen.

»Es ist ein gottverdammtes Verbrechen«, brüllte Dieter.

Ich beschleunigte meine Schritte. Wieso sprach er von Verbrechen? War Almut etwas passiert? An dem braunen Holzhäuschen am Eingang zu der Golfanlage war eine Scheibe eingeschlagen worden, die Tür hing in den Angeln. Vermutlich war jemand eingebrochen. Dieter stand mit zwei Polizisten an der ersten Bahn der Anlage. Das Netz, das die schmale Betonpiste am Ende umspannte, war heruntergerissen und der Asphalt mit roter Farbe übergossen worden.

Also, kein Einbruch, dachte ich erleichtert.

Als er mich bemerkte, hielt Dieter inne. Er strich sich über sein dünnes blondes Haar und hob die Arme. »Hast du es schon gehört?«, rief er fragend.

Ich spürte einen Stich im Herzen.

»Irgendwelche Arschlöcher haben meine Anlage zerstört – und Almut … Sie ist gestürzt und hat sich wohl die Hand gebrochen. Der Krankenwagen ist eben mit ihr weggefahren.«

Es stellte sich heraus, dass Almut auf der Anlage, als sie sich den Schaden besehen wollte, ausgerutscht und übel gestürzt war. Ihr rechtes Handgelenk war gebrochen, ihr Fuß verstaucht, eigentlich keine schweren Verletzungen, doch ihre Verfassung war nicht annähernd so gut gewesen, wie ich geglaubt hatte. Sie hatte einen hohen Blutdruck und zeigte ernste Anzeichen eines Diabetes.

Klein und elend lag sie in ihrem Krankenhausbett. »Es war zu viel«, murmelte sie vor sich hin. »Viel zu viel.« Ich verstand sie kaum. Starke Schmerzmittel hatten ihren Blick glasig werden lassen. Sie verwechselte mich mit ihrem toten Vater, von dem sie fürchtete, er würde ihr Vorwürfe machen. Ich erschrak, wie sehr sie sich innerhalb eines Tages verändert hatte, und war froh, dass Lucie nicht bei mir war.

Am nächsten Tag, als ich Almut früh am Morgen wieder besuchte und sie mich zum Glück erkannte, erfuhr ich, dass Dieter ihr bisher keine einzige Mark für ihre Arbeit bezahlt hatte. Für seine heruntergekommene Minigolfanlage hatte er sich bei irgendwelchen zwielichtigen Leuten Geld geliehen, das er nun nicht einmal in kleinen Raten zurückzahlen konnte. Deshalb hatten sie ihm als Warnung das Kassenhäuschen und seine erste Golfbahn zerstört.

Almut, was ist in diesem lang vergangenen Sommer mit uns geschehen? Haben wir da die letzte Gelegenheit vertan, unserem Leben noch einmal eine andere Wendung zu geben – fern von Krankheit und Leiden? Ich habe mir diese Frage schon damals gestellt und hätte am liebstem deinem Bruder die Schuld für alles Unglück gegeben. Als ich aus dem Krankenhaus kam, ging ich in den Dom und zündete drei Kerzen an – für Lucie, dich und mich.

Es war nur eine gebrochene Hand, und doch trat viel mehr zutage.

»Ihre Frau sollte zur Kur. Die Blutwerte sind nicht gut. Sie neigt zu Blutgerinnseln«, erklärte die Ärztin mir. »Die Gefahr eines Schlaganfalls wächst von Tag zu Tag, obschon sie noch recht jung ist.«

»Es waren die zwei Geburten, die sie so sehr mitgenommen haben«, erwiderte ich. »Die schwerste war die Totgeburt.« Nein, es stimmte gar nicht; Rosemarie hatte einen Tag gelebt, aber für Almut war es wie eine Totgeburt gewesen.

Abends weinte Lucie in ihrem Bett. Ich wusste nicht, ob sie meine Bemerkung über die Geburten mitbekommen hatte oder ob ihr die Mutter fehlte.

36.

Almut, obwohl du nun über zehn Jahre nicht mehr am Leben bist, fehlst du mir, wenn ich von meinen Aufzeichnungen aufblicke, oder ich denke, du schaust mir über die Schulter und fragst dich, was ich da schreibe und aus welchem Grund. Einmal hat Lucie mir erzählt, dass es Menschen gibt, die im Mutterleib einen Zwilling hatten, der dann früh starb, und wenn sie Monate später allein auf die Welt kommen, suchen sie ihr Leben lang diesen Zwilling, ohne recht zu wissen, was genau ihnen fehlt. Wahrscheinlich hast du auch deinen Zwilling gesucht, hast dich deshalb so sehr an deinen Bruder gebunden. Ich war dieser fehlende Zwilling jedenfalls nicht, konnte es nicht sein, und als deine Krankheit begann, war ich abwesend. Ich habe dich nicht im Stich gelassen, das nicht, aber ich war auch nicht wahrhaftig für dich da. Wir haben nie darüber gesprochen, und wenn ich nun über diese Zeit schreibe, so fällt es mir eigentümlich schwer. Die Papiere krümmen sich unter mir. Diese eine

Geschichte will nicht heraus, die Worte fließen nicht, dabei war mir äußerlich nichts anzumerken, ich ging meinem Leben nach, doch in meinem Inneren tobte ein Sturm – fast sieben Monate lang, bis Jasmina plötzlich verschwand und in ihr Land zurückging, in dem gerade eine Revolution ausbrach.

Meine Schwägerin hatte sich in mich verliebt. Ich brauchte eine Weile, um es zu bemerken. Niemals wäre ich auf die Idee gekommen, dass eine Frau wie Jasmina auch nur einen Gedanken daran verschwenden könnte, einen Mann wie mich attraktiv zu finden.

Vier Wochen nach ihrem Sturz trat Almut eine Kur in Sankt Peter-Ording an. Ich brachte sie mit dem Auto dorthin, und als ich zurückkehrte, saß meine Schwiegermutter weinend in unserer Küche.

»Dieter«, sagte sie schluchzend, »nun haben sie die Geduld mit ihm verloren. Er hat keinen Führerschein mehr, weil er zu viel getrunken hat, und trotzdem ist er gefahren. Jetzt muss er ins Gefängnis. Für drei Monate nach Lingen.«

Ich spürte Erleichterung. Almuts Bruder würde für etliche Wochen von der Bildfläche verschwinden, er könnte sie nicht besuchen, könnte ihr nicht von irgendwelchen neuen Plänen erzählen.

»Vielleicht ist es ihm eine Lehre«, sagte ich.

Anna Hauken nickte. Zum ersten Mal fiel mir auf, wie sehr sie gealtert war. Ihr Haar war dünn geworden, ihre Bewegungen waren schwerfällig und ungelenk. Auch auf Lucie aufzupassen strengte sie mehr und mehr an.

»Außerdem hat er Schulden, und Jasmina … Sie ist nun ganz allein. Könntest du mit ihr ein paar Unterlagen durchgehen? Ich glaube, sie versteht nicht, was alles an Papieren bei ihr liegt.« Meine Schwiegermutter sah mich flehentlich an. Sie war die Einzige, die bisher näher mit Jasmina in Kontakt gekommen war.

»Ich kann mir die Unterlagen einmal anschauen«, erwiderte ich, zwar mit einem gewissen Unbehagen, doch wollte ich höflich sein.

Abends rief Jasmina mich an. »Vielen Dank, Anton«, sagte sie. »Ich weiß gar nicht, was ich machen soll. Rechnungen, Briefe, und Dieter will mich nicht sehen, und … mir geht es gar nicht gut.«

Ein überraschender Gedanke überfiel mich. Bist du schwanger, Jasmina?, dachte ich. Hat mein nichtsnutziger Schwager dir auch noch ein Kind gemacht?

Aber sie war nicht schwanger. Am Abend kam sie mit Dieters Jeep zu mir. Sie umarmte mich, ich fühlte ihren Körper, weich und warm, sie war nicht dünn, aber auch nicht korpulent, sondern hatte allenfalls da und dort ein paar Fettpölsterchen. Ihr schwarzes Haar glänzte. Gemeinsam brachten wir Lucie ins Bett, die, obwohl sie nun schon zehn Jahre alt war, abends immer noch eine Geschichte erwartete, dann saßen wir an unserem Küchentisch.

Dieter hatte ihr über zwanzig Rechnungen hinterlassen. Über fünftausend Mark musste er allein für seinen Anwalt, an das Finanzamt und an ein Autohaus bezahlen. »Er muss sein Auto loswerden. Dieser Jeep kostet ihn fünfhundert Mark im Monat«, erklärte ich.

Jasmina schrieb sich alles auf, sie war Linkshänderin, ihre Handschrift war klein und gedrängt, ich konnte keinen einzigen Buchstaben entziffern.

Wir tranken Tee.

»Wie kommt es, dass du so gut Deutsch sprichst?«, fragte ich. Und warum bist du überhaupt hier? Doch diese Frage wagte ich nicht zu stellen.

»Ich war auf einer deutschen Schule in Teheran, doch leider …« Sie sah mich nachdenklich an und strich eine lange Strähne zurück, eine Geste, die ihr zur Gewohnheit geworden war. »Meine Mutter war Professorin für Deutsch und mein Vater Ingenieur, aber dann hat er sich mit falschen Leuten getroffen. Der Schah hat einen guten Geheimdienst – den SAVAK. Mitten in der Nacht haben meine Mutter und ich unsere Sachen gepackt und sind zur türkischen Grenze gefahren. Dann sind wir einfach hinübergelaufen. Ich hatte ehrlich gesagt Angst, dass mich jemand erschießen würde. Mein Vater war da schon verhaftet worden, weil er bei einer oppositionellen Zeitung mitgearbeitet hat.«

Erstaunt blickte ich meine Schwägerin an. Bisher hatte ich mir keine Gedanken über ihre Herkunft gemacht. Sie war aus dem Iran und Muslimin, mehr wusste ich nicht. Deshalb hatte es auch keine kirchliche Hochzeit gegeben.

Jasmina lachte, als sie meine Verwirrung bemerkte, ein helles, perlendes Lachen, dabei berührte sie leicht meinen Arm. »Ja, ich weiß, alle fragen sich, wieso ich ausgerechnet in einer kleinen Stadt wie Osnabrück gelandet bin. Die Antwort ist ganz einfach. Meine Mutter kannte hier einen Professor an der Hochschule. Er hat uns aufgenommen.«

»Aber deine Mutter war gar nicht bei der Hochzeit«, wandte ich ein.

Jasmina schüttelte den Kopf. »Nein, sie lebt nicht mehr. Sie war schon krank, als wir geflohen sind. Brustkrebs. Neun Monate später ist sie gestorben.«

Wir schwiegen einen Moment. Es war dunkel geworden. Nur die Lampe über dem Tisch brannte.

»Ich habe im Iran Kunstgeschichte und Archäologie studiert«, sprach Jasmina weiter, »aber all das gilt hier nicht richtig. Außerdem musste ich Geld verdienen. Ich habe im Hohenzollern gekellnert. Da habe ich Dieter getroffen.«

Das Hohenzollern war ein recht nobles Hotel in der Stadt, das beste Haus am Platze, so hieß es immer.

Ich hielt mich an meiner Teetasse fest. Immer mehr Fragen fielen mir ein, gleichzeitig hatte ich das Empfinden, wie seltsam es war, dass ich mit dieser schönen, fremden Frau hier saß, während Almut sich fern an der Nordsee erholen sollte.

Ich versuchte auch einen Gedanken von Jasmina aufzufangen, aber ich spürte nur eines: dass sie Wärme ausstrahlte und etwas anderes, für das ich ein Wort suchen musste. Es war Milde, sie war eine sanftmütige, gütige Frau, nur deshalb konnte sie einen Mann wie Dieter geheiratet haben.

Als hätte sie meine plötzliche Verunsicherung gespürt, schob sie ihre Unterlagen zusammen. Sie lächelte mich an. »Ich muss gehen, aber ich würde gerne für dich kochen, Anton. Vielleicht am Mittwoch. Mittwochs habe ich frei.«

»Was arbeitest du denn?« Nicht einmal das wusste ich.

»Ich bin wieder im Hohenzollern. Jetzt an der Bar. Ich habe mir nur für zwei Stunden freigenommen.«

Weil Lucie ein wenig krank war, fuhr ich am Mittwoch nach meiner Tour allein zu Jasmina. Nein, eigentlich hatte ich schon vorher vorgehabt, Lucie bei meiner Schwiegermutter zu lassen. Dieter wohnte nicht mehr in dem Hochhaus, er war in eine helle Vier-Zimmer-Wohnung gezogen, die einfach, aber viel geschmackvoller eingerichtet war, als ich es von ihm erwartet hätte.

Jasmina empfing mich in einer Art gelbem Kimono, wahrscheinlich hieß das Gewand anders und stammte aus dem Iran, aber ich hatte keinen Namen dafür. Sie fragte nur kurz nach Lucie und führte mich dann in die Küche.

»Ich hoffe, du magst Lamm«, sagte Jasmina. »Im Iran essen wir sehr viel Lamm. Ich musste ein wenig improvisieren, weil Dieter … Na, er hat nicht so viele Dinge in seiner Küche.«

Der Tisch war für drei gedeckt. Ein Kerzenleuchter mit brennenden Kerzen stand da. Jasmina machte sich am Ofen zu schaffen. Es roch nach Gewürzen, die ich nicht kannte, und nach Joghurt. Ja, auf dem Tisch stand ein Schälchen mit etwas, das wie Joghurt aussah. Lächelnd stellte Jasmina eine gläserne Schale mit kleingeschnittenem Fleisch daneben.

»Eigentlich macht man bei uns Lammspieße, aber das ging hier nicht.«

Vom Herd nahm sie einen Topf Reis, den sie vorsichtig in eine weiße Schale umfüllte. Ich bewunderte ihre Bewegungen, sie waren anmutig und selbstsicher. Als ihr Gewand ein wenig zur Seite rutschte, erblickte ich einen Streifen dunkler, seidiger Haut an ihrem Hals.

Wie war Dieter an diese Frau gekommen?, dachte ich und erschrak zugleich bei diesem Gedanken.

Während wir aßen, erzählte Jasmina von Teheran – dass sie schon als kleines Kind gerne im Museum gewesen sei, am liebsten im Nationalmuseum, am allerliebsten jedoch sei sie mit ihrem Kindermädchen auf dem Basar herumgestreunt. Solch einen riesigen Basar könne man sich in Deutschland gar nicht vorstellen – mit Gewürzhändlern und lebenden Tieren, Hühnern, Lämmern, sogar kleinen Affen.

Gebannt hörte ich zu. Doch immer war da der Gedanke in meinem Kopf: Wie hat Dieter diese Frau für sich gewonnen?

Wir tranken Tee, keinen Schluck Alkohol. Jasminas Augen funkelten. Zum ersten Mal glaubte ich ein wenig Make-up an ihr wahrzunehmen, einen leichten Glanz auf ihren Lippen und dass sie einen dunklen Lidschatten benutzt hatte. Aber ich konnte mich auch irren. In solchen Dingen kannte ich mich nicht aus.

Ich erzählte von Lucie, fast nur von ihr. Almut erwähnte ich ganz beiläufig – dass es ihr in der Kur gutgehe.

»Ich muss doch noch arbeiten ausnahmsweise«, sagte Jasmina unvermittelt, mit einem Blick auf eine modische silberne Küchenuhr. »Ab zehn Uhr bis morgens um zwei. Ist also nicht so lange.«

Ich erhob mich sofort. An der Tür umarmte sie mich. Eine schwarze Strähne ihres Haars streifte mein Gesicht. »Danke für deine Hilfe«, sagte sie. »Und gut, dass du anders bist, nicht so wie Dieter.«

Gut, dass du anders bist – dieser Satz lief mir in den nächsten Tagen nach. So etwas hatte noch nie jemand zu mir gesagt. Ich glaubte auch mitunter, Jasminas Haarsträhne auf meinem Gesicht zu spüren, und erschrak darüber. Sie war die Frau meines von mir ungeliebten Schwagers, sie war jemand, den ich kaum kannte.

Als ich nach fast zwei Wochen nichts von ihr gehört hatte, fuhr ich abends nach einer längeren Tour ins Hohenzollern. Beklommen stieg ich die Treppen zur Rezeption hinauf. Hier war ich noch nie gewesen. Paula hatte einmal im großen Saal gefeiert, doch sie war nicht sonderlich beeindruckt gewesen.

Der livrierte Portier schaute kurz auf.

»Zur Bar?«, fragte ich.

Mit einer eleganten Handbewegung wies er mich in eine Richtung. Es war ein paar Minuten nach einundzwanzig Uhr, ein Dienstagabend. Was sage ich ihr?, überlegte ich, als ich an einem schwarzen Flügel vorbei die Bar betrat. Dass ich zufällig vorbeikomme?

Dass ich gar eine Verabredung mit einem Kunden hier getroffen habe? Nein, das war alles Unsinn.

Die Bar war fast leer. Zwei Männer in weißen Hemden saßen an einem schmalen Tisch, und ein älterer Mann mit einem roten Bart, der ein schwarz-gelb gemustertes Sakko trug und wie ein typischer Engländer wirkte, hockte an der Bar.

»Anton!«, rief Jasmina freudig, als sie mich entdeckte. Sie sah völlig verändert aus. Ihre schwarzen Haare hatte sie hochgesteckt, sie trug ein enganliegendes schwarzes Kleid mit der Andeutung eines Dekolletés und hatte ihre Lider schwarz geschminkt. Jeder Mann, der sie erblickte, würde unwillkürlich den Atem anhalten, ob er wollte oder nicht.

Sie umarmte mich leicht, indem sie sich über die Theke beugte. Sie war allein, kein weiterer Barkeeper in Sicht.

»Ich wollte sehen und hören, wie es dir geht«, erklärte ich.

Jasmina lächelte. »Heute ist es sehr ruhig. Die Rotarier sitzen aber noch zusammen, kann sein, dass nachher ein paar Leute herüberkommen. Möchtest du ein Bier trinken?«

Nein, ich wollte lieber ein Glas Weißwein.

Ich sah ihr nach, sie bewegte sich auch hier anmutig und selbstsicher. Keine Spur von Verlegenheit, dass ihr Schwager sie überraschend aufgesucht hatte.

Sie reichte mir ein Glas Weißwein. Ihre Nägel waren rot lackiert. »Ich habe den Jeep zurückgegeben – so wie du es gesagt hast. Hat Dieter gar nicht gefallen.« Sie leckte sich über die Lippen. Auf ihrer glatten Stirn zeigte sich eine winzige Falte. »Ich habe ihn besucht. Er macht Sport und hat abgenommen. Und vielleicht …« Sie verstummte. Ich wusste, was sie sagen wollte: … und vielleicht ändert er sich ja!

Ich nickte stumm. Um Neuigkeiten von Dieter zu hören, war ich nicht hierhergefahren. Aber warum war ich gekommen?

Ich wusste es nicht genau. Nein, ich wollte wissen, wer diese Jasmina war – hatte sie ein Geheimnis? Was hatte sie zu Dieter getrieben?

Jasmina erkundigte sich nach Lucie und Almut – in dieser Reihenfolge, und die ganze Zeit lag ein sanftes, ein wenig verstecktes Lächeln auf ihrem Gesicht.

»Du fragst dich bestimmt, ob es mir Spaß macht, hinter so einer Bar zu stehen?«, sagte sie plötzlich. »Ja, es macht mir Spaß. Und es macht mir auch Spaß, mich zu verkleiden. Denn dies …« Sie blickte an sich herunter. »… ist eine Verkleidung.«

Und wie bist du sonst?, hätte ich beinahe gefragt. Ohne Verkleidung?

»So hat mich Dieter auch zum ersten Mal gesehen, und er war anders, keine direkte Anmache, sondern …« In ihren dunkelbraunen Augen funkelte ein Licht auf. »Er hat mich zum Lachen gebracht. Er hat mir von seiner Abiturfeier erzählt – hier in diesem Hotel –, wie er betrunken Klavier gespielt und dann buchstäblich auf dem Flügel getanzt hat.«

Ich schaute sie an. Zum ersten Mal hörte ich, dass Dieter Abitur hatte, aber es mochte stimmen, er war der Junge in der Familie, ihn würden sie auf die höhere Schule geschickt haben.

»Bringst du auch jemanden zum Lachen?«, fragte Jasmina direkt.

»Meistens mich selbst«, sagte ich. »Wenn mir wieder ein Missgeschick unterläuft oder wenn ich die Gedanken anderer Menschen erraten will.«

»Du kannst so etwas?«, fragte sie. »Die Gedanken anderer Menschen erraten?«

»Ja«, sagte ich. »Manchmal.«

Sie berührte mich am Arm, beinahe wie zufällig, aber ich wusste, dass es kein Zufall war, dass sie irgendwie einen Kontakt zu mir brauchte.

Dann kamen ein paar Männer – im Anzug und mit Krawatte – in die Bar gestürmt. Die Rotarier.

Ich beobachtete, wie Jasmina mit ihnen redete, sie anlächelte, ihnen Getränke reichte, freundlich, aber immer distanziert. Jede ihrer Gesten sagte: Ja, ich sehe, dass ihr mich anschaut, dass ihr mich schön findet, aber für euch bin ich unerreichbar fern.

Als ein Mann, der sie offenbar gut kannte, sie aufforderte, Klavier zu spielen, warf sie mir einen Blick zu, ernst und fragend, als würde sie meine Erlaubnis einholen, und dann ging sie tatsächlich zum Klavier und spielte etwas, eine melodiöses Stück, zu dem auch Gesang gepasst hätte. Das konnte sie also auch.

Ich trank aus, mein zweites Glas Wein, legte einen Geldschein auf den Tisch, von dem ich hoffte, dass er ausreichen würde, nickte ihr zu und ging.

Hinter mir hörte ich den Applaus der Männer und vereinzelte Bravorufe. Dann dachte ich wieder an Dieter, der mit ihr eine Wohnung teilte und nun in einer Zelle eingesperrt war.

Zwei Tage später rief Jasmina mich abends an. Sie klang anders, nervös und ängstlich.

»Warum bist du so plötzlich gegangen?«, fragte sie in einem Tonfall, als wären wir bereits miteinander vertraut. »Ach«, sprach sie dann weiter, »ich kann es mir denken: Mein Klavierspiel in einer Bar, das war alles zu viel – wie in einem nicht besonders guten Film, nicht wahr?«

»Nein«, log ich, wenig überzeugend. »Ich dachte, du hast so viel zu tun – viele Gäste, und es war auch schon spät.«

Sie erwiderte einen Moment nichts. Ich hörte sie atmen und stellte mir vor, wie sie eine Haarsträhne beiseitestrich.

»Es sind neue Rechnungen gekommen«, sagte sie dann. »Von einer Bank. Ich verstehe es nicht so richtig.«

»Ich komme gerne vorbei«, sagte ich, bevor ich einen Gedanken gefasst hatte. »Und schaue es mir an.«

Als ich am nächsten Abend vor ihrer Tür stand, wirkte sie klein und müde. Ihr Haar war hochgesteckt, sie trug einen dicken grauen Pullover, obschon es nicht kalt war.

»Heute gehe ich nicht arbeiten«, sagte sie, »aber ich konnte auch nichts für uns kochen. Ich war … müde. Ich habe so Tage, da kann ich …« Sie schluchzte und fiel mir buchstäblich um den Hals. Ich spürte die Wärme ihres Körpers durch den Stoff ihres Pullovers; es mochte sein, dass sie ein wenig Fieber hatte, und dann lösten sich zwei Tränen aus ihren Augen und glitten über meine Wange.

»Entschuldigung.« Jasmina wich hastig und verlegen zurück.

Wir gingen in die Küche, tranken wieder heißen Tee, den sie mit Milch und irgendwelchen Gewürzen zubereitete.

»Dieter hat noch mehr Schulden gemacht«, sagte ich. »Es kann nicht anders sein.«

Sie nickte stumm, schüttelte dann den Kopf, als müsste sie andere Gedanken loswerden. Ihr Blick wanderte zum Fenster. Die Wohnung lag im dritten Stockwerk. Im Licht einer Laterne waren die Äste eines Baumes zu sehen, Blätter, die braun geworden waren und bald abfallen würden, dahinter die Backsteinfassade des Hauses auf der anderen Straßenseite.

»Ich bin gar nicht so, wie alle denken«, sagte sie. »So fröhlich und freundlich ... Ich habe ganz oft Angst vor der Nacht. In der Nacht haben sie meinen Vater abgeholt. Ich hatte ein kleines Zimmer in unserer Wohnung. Da habe ich gelernt und Musik gehört. An der Wand hing ein großes Bild des Ischtar-Tores, das ich so sehr liebte ... Das Pochen an der Tür schallte durch das ganze Haus. Mein Vater hat, ohne zu zögern, aufgemacht. Er hatte geahnt, dass man ihn irgendwann holen würde. Dieses Pochen war das Schlimmste, schlimmer noch als sein trauriger Blick, als er aus der Tür ging. ›Ich bin morgen früh zurück‹, hat er gesagt, aber meine Mutter und ich wussten, dass es nicht stimmte.« Ihr Akzent, den ich sonst kaum wahrnahm, war nun deutlich zu hören. »Und wir haben ihn auch nie wiedergesehen. Zwei Nächte später haben sie unsere Wohnung durchsucht, drei Männer, die kaum gesprochen haben, sogar in meinem Zimmer waren sie, haben in jeden Schrank, jede Schublade geguckt, und da hat meine Mutter beschlossen, dass wir fliehen müssten – ohne meinen Vater. In der Nacht, bei Vollmond, haben wir uns über die Grenze in die Türkei geschlichen.«

Jasmina schwieg, ihr Gesicht war starr, sie blickte auf ihren milchigen Tee, nur ihre Hände bewegten sich an der Tasse auf und ab.

»Ich bin froh, dass ich die Hälfte der Nacht arbeite – danach liege ich ganz oft wach und warte auf dieses Pochen an der Tür.«

Sie sah mich an. Ich konnte die Angst in ihren Augen erkennen. Plötzlich wusste ich, warum sie bei Dieter war, weil er so getan hatte, als könnte er ihr diese Angst nehmen.

»Weißt du, warum ich Dieter geheiratet habe?«, fragte Jasmina, als wäre sie auch eine Gedankenleserin.

Ich schaute sie an. Zwei neue Tränen glitzerten in ihren Augenwinkeln.

»Es ist wegen der Nächte, aber …« Sie rieb sich über das Gesicht. »Und wegen meiner Mutter. Sie war schon tot und hat es mir gesagt. ›Heirate ihn‹, hat sie mir in einem Traum zugeraunt. ›Dann finde ich endlich meine Ruhe.‹ Und ich habe es getan – nach sieben Wochen und drei Tagen habe ich ihm gesagt, dass ich ihn heiraten würde, als er mich gefragt hat. Absurd, nicht wahr?« Sie lächelte zaghaft. Ich hatte darauf gewartet, dass die beiden Tränen herabfallen und über ihre Wagen gleiten würden, aber sie waren nicht mehr da.

»Nein«, sagte ich, »das finde ich nicht absurd, ganz und gar nicht.« Dann tat ich etwas, das ich noch nie getan hatte, nicht bei Almut, nicht bei Inga und nicht einmal so offen und ehrlich bei Gisa. Ich sagte: »Ich glaube an Gedanken, daran, wie mächtig sie sein können.« Und ich begann meiner schönen, fremden Schwägerin von meiner Mutter zu erzählen, davon, als sie mir im Hof in Schönow voller Angst den Gedanken geschickt hatte, ich solle ihre Hand ergreifen, um ihr Leben zu retten; ich erzählte von meinem Großvater und von den Gänsen, davon, dass ich glaubte, hin und wieder Gedanken erraten zu können, und dass Almut nichts davon ahne, keinen Schimmer. Sogar Selim erwähnte ich, meinen tröstenden Kobold, der mich so viele Jahre begleitet hatte.

Jasmina griff nach meiner Hand, dankbar und offenbar erleichtert, dass ich nun über mich gesprochen hatte.

Schließlich beugten wir uns über die neuen Rechnungen. Dieter hatte einen Kreditvertrag zu horrenden Bedingungen abgeschlossen, den er nie bedient hatte und der deswegen sofort fällig gestellt worden war.

»Ich hätte Dieter niemals heiraten dürfen, nicht wahr?«, sagte Jasmina.

Ich entgegnete nichts darauf.

»Meine Mutter …«, sprach sie weiter, als hätte sie gar keine Antwort erwartet. »Es war schwer, für sie eine Grabstelle zu finden. Sie war nicht wirklich gläubig, aber trotzdem wollte sie in Richtung Mekka bestattet werden, nur in einem Tuch, ohne Sarg. So etwas ist eigentlich in Deutschland nicht erlaubt. Wir haben es trotzdem gemacht.«

Es war bereits kurz vor dreiundzwanzig Uhr. Ich spürte meine Müdigkeit, doch plötzlich sprang Jasmina auf. »Kannst du tanzen, Anton?«, fragte sie. »Magst du so etwas? Wir könnten in den Hydepark gehen, ein Club, von dem mir neulich ein Gast erzählt hat.«

Ich bin zu alt für so etwas, wollte ich erwidern, und von diesem Club habe ich auch schon gehört, dass es da Drogen gibt und die Polizei dort ein und aus geht. Doch außer dem lahmen Einwand, es sei mitten in der Woche, brachte ich nichts hervor. Jasmina strich mir über das Gesicht, ihre Hand war kühl und klein, dann nahm sie ihre Jacke, und ein paar Minuten später saßen wir in meinem Auto und fuhren aus der Stadt heraus in eine abgelegene Straße voller Dunkelheit.

In so einem Club war ich noch nie gewesen; laute Gitarrenmusik erfüllte einen riesigen, dunklen Raum, von dem ich erahnen konnte, wie schmutzig er war. Tische standen in den Ecken, Sessel, alte Sofas, auf denen junge Leute, halbe Kinder noch, mit Bierflaschen hockten. An der Decke hingen ein paar Stroboskoplampen, die im Rhythmus der Musik aufblinkten. Jasmina stürzte sich sofort, als wäre sie ein sechzehnjähriges Mädchen, das zum ersten Mal in einem Club war, auf die Tanzfläche, und ich tat nichts anders, als an einem Pfeiler zu lehnen und ihr zuzuschauen, dabei störte es mich kein bisschen, dass ich zwanzig Jahre älter war als all die anderen, die sich um mich herum zur Musik bewegten.

In den nächsten drei Wochen telefonierte ich regelmäßig mit Almut, der es allmählich besser ging, und ich versuchte, Dieters Finanzen in Ordnung zu bringen. Er hatte alles in allem über hunderttausend Mark Schulden, aber sein Chef in dem Maklerbüro war bereit, ihm weitere Aufträge zu überlassen, sobald er aus dem Gefängnis zurück war. Jasmina hatte für den Makler gekocht und ihn regelrecht bekniet. Nach dieser Zusage erklärte auch Dieters Bank, ihm einen langfristigen Kredit zu gewähren.

Jasmina war am Telefon beinahe außer sich vor Freude. »Ich weiß, dass du Dieter nicht leiden kannst«, sagte sie. »Aber nun hat er wirklich die Chance, sich zu ändern.« Sie lud mich abends in ihre Bar ein. In einer knappen Woche würde Almut zurückkehren, wie wir beide wussten, ohne es erwähnt zu haben. Dann würde ich nicht mehr ohne Erklärung zu Jasmina fahren können.

Ich überlegte, ihr ein Geschenk zu machen, als ich zu ihr fuhr. Doch was sollte das sein? Und aus welchem Grund? Weil wir gemeinsam Dieter aus großen Schwierigkeiten geholfen hatten?

Mir waren die Besuche bei Jasmina schon beinahe zu einer Gewohnheit geworden. Einmal hatte ich ihr sogar beim Kochen geholfen, und sie hatte mich liebevoll spöttisch »mein Kochmann« genannt.

Berührt hatten wir uns fast nie – gelegentlich ein beiläufiges Über-den-Arm-Streichen, aber nie mehr, doch wenn ich darüber nachdachte, spürte ich wieder ihre Haarsträhne auf meinem Gesicht.

Nein, ich würde ihr kein Geschenk machen. Sie war meine Schwägerin, und in drei Tagen kehrte Almut wieder zurück. Lucie war schon ganz aufgeregt, sie hatte ihr Zimmer aufgeräumt und Bilder gemalt, und am Telefon hatten die beiden Pläne geschmiedet, was sie alles in der Weihnachtszeit gemeinsam tun wollten.

Als ich die Stufen zum Hotel hinaufging, kam es mir vertraut vor, in dieses noble Hotel zu gehen. Auch die drei Portiers, die abwechselnd Dienst taten, kannten mich bereits; es mochte auch sein, dass sie über mich tuschelten. Eine Idee hatte ich noch im Kopf. Almut würde am Samstagnachmittag zurückkommen; vielleicht ergab sich noch die Möglichkeit, Jasmina den See zu zeigen, die Stelle, von der ich meinte, dass mein Großvater dort die Gänse gehütet hatte.

Als ich die Bar betrat, sah ich, dass sie noch recht leer war. Drei Männer saßen an der Theke, Jasmina sprach mit einem; ihr Gesicht wirkte ernst, sogar ein wenig abweisend. Der Mann hielt einen Geldschein in der Hand, er sprach laut zu den beiden anderen. Ich erkannte ihn nicht sofort. Seine Kleidung war unauffällig, eigentlich nicht elegant genug, um das Hohenzollern aufzusuchen. Als er den Geldschein auf die Bar flattern ließ und mit einem Wink eine neue Runde bestellte, wusste ich endlich, wer da saß. Es war Dieter, eindeutig Dieter. Er hatte sich einen Schnauzbart wachsen lassen und hatte abgenommen. Hatte man ihn bereits entlassen, oder gab es nach drei Wochen Haft so etwas wie Freigang?

Ich dachte nicht länger darüber nach, sondern wandte mich hastig ab, um mich unauffällig zurückzuziehen. Während ich mich umdrehte, fing ich einen Blick Jasminas auf – sie hatte mich entdeckt und sah mich entsetzt und traurig an. Tut mir leid, sagte ihr Blick, ich kann nichts dafür, ich wusste nicht, dass er kommt.

Ich fuhr nicht sofort nach Hause, sondern ging die paar Schritte zum Bahnhof, ich trank einen Kaffee, um mich zu beruhigen, während zwei Betrunkene laut und mit ausschweifenden Gesten herumkrakeelten.

Was war ich für ein Idiot gewesen! Natürlich würde Dieter irgendwann zurückkehren – zu ihr, seiner Frau –, und nun war diese Rückkehr viel früher eingetreten, als ich erwartet hatte. Das war alles. Mehr war nicht passiert, redete ich mir ein.

Im Grunde wusste ich es besser. Jasmina und ich hätten nichts dagegengehabt, wenn wir noch eine Weile so hätten weitermachen können; es gefiel uns, zusammen zu sein, ganz für uns.

Als einer der beiden Betrunkenen auf mich zutaumelte, packte ich ihn am Kragen und schob ihn zurück. Ich sah, wie rot unterlaufen seine Augen waren.

»He, Meister!«, krächzte er erstaunt und zog die Augenbrauen in die Höhe, aber er war zu schwach, um sich aus meinem Griff zu befreien.

Ich ließ ihn mit einer heftigen Bewegung los, ein wenig entsetzt über mich selbst. Meine Wut hatte nichts mit diesem armen betrunkenen Kerl zu tun, sondern galt Dieter, nein, eigentlich galt sie mir selbst.

Als ich zu Haus eintraf, fand ich einen Zettel an der Tür. »Wollte dich besuchen. Brauche deine Hilfe!«, hatte Paula auf ein Stück rosafarbenes Papier geschrieben und mir in den Briefkasten geklemmt. Ich erschrak. War sie krank? War wieder etwas mit ihrem Herzen nicht in Ordnung?

Ich lief sofort zum Telefon, doch bevor ich den Hörer abnehmen konnte, klingelte es.

»Anton«, flüsterte eine Frau, »es tut mir leid. Ich wusste nicht, dass Dieter heute zu Gericht musste und einen Tag Urlaub bekommen hat. Entschuldigung.« Jasmina seufzte. Ich hatte keine Ahnung, ob sie noch in der Bar war oder von wo aus sie anrief.

»Er ist dein Mann«, erwiderte ich unfreundlich. »Du solltest dich freuen, wenn er dich besucht.«

»Nein«, sagte sie, »ich freue mich nicht, und das weißt du genau, Anton.« Zum ersten Mal vernahm ich Ärger in ihrer Stimme – Ärger und einen fordernden Unterton, als würde sie mehr von mir wollen, als ich zu geben bereit war. »Er sitzt vorne an der Bar, ich muss zurück.« Sie sagte noch etwas, das ich nicht verstand, bevor sie auflegte.

Mein Herz pochte. Ich hatte einen bitteren Geschmack im Mund. Ich wollte Paula anrufen, doch plötzlich kam meine Schwiegermutter aus dem Wohnzimmer. Sie hatte anscheinend auf dem Sofa geschlafen.

»Lucie wollte nicht bei mir bleiben«, sagte sie. Der Blick, den sie mir zuwarf, verriet nicht, ob sie wusste, mit wem ich am Telefon gesprochen hatte. »Ich bin froh, wenn Almut zurück ist.«

»Ja«, sagte ich leise, »das bin ich auch.«

37.

Eines hatte ich auf der Flucht gelernt, während Selim auf meiner Schulter gesessen hatte: dass es immer weiterging, dass keine Krankheit, nicht der Hunger und nicht einmal ein Fuchs, der mich zutiefst ängstigte, meinen Weg aufhalten konnte. Auch als Almut aus der Kur zurückkehrte, ging es weiter. Sie war froh, nach fast fünf Wochen zu Hause zu sein, und sie bemühte sich, weniger zu trinken und gesünder zu leben. Da ich nicht genug verdiente, musste sie allerdings wieder in den Salon und vier Tage in der Woche als Friseuse arbeiten.

Dieter hatte nichts davon mitbekommen, wie oft ich Jasmina gesehen hatte. Sie hatte ihm erzählt, dass ich mir zweimal seine Bankunterlagen angeschaut hätte; schon darüber war er erzürnt gewesen. Ich hatte nicht wissen sollen, dass er praktisch pleite war.

Im Geheimen versuchte ich Jasmina zu beschützen. Ich traf sie jeden Donnerstagabend, weil Dieter dann in seinem Maklerbüro eine Sitzung hatte und ich vorgab, meine Schreibarbeiten der Woche zu erledigen. Manchmal sahen wir uns nur flüchtig, es reichte dann allenfalls für eine kurze Berührung, ein paar Sätze. Ich fragte Jasmina nach ihren Nächten, wie es ihr gehe, nie aber nach Dieter. Über die Wochen bemerkte ich, wie sich ihr Gesicht veränderte; es wurde härter, kantiger, zwei Falten wuchsen um ihren Mund; in ihren dunkelbraunen, fast schwarzen Augen war ein anderes, zorniges Funkeln.

»Lass dich scheiden«, sagte ich einmal zu ihr.

»Und dann?«, erwiderte sie in einem harten, fordernden Tonfall. Ihre Augen taxierten mich. Bist du dann für mich da?, fragten sie. Kümmerst du dich um mich?

Ich sagte nichts darauf.

Am 2. März 1978 war Jasmina plötzlich verschwunden. Sie war nicht in der Bar, und als ich nach Hause zurückkehrte, saß Dieter in unserer Küche, obschon es ein Donnerstag war. Er hielt einen Brief in der Hand.

»Sie ist weg!«, rief er aus, als er mich sah. »Jasmina ist weg. Nach Amerika, um nachzudenken – schreibt sie jedenfalls. Weißt du etwas darüber?«

Zum ersten Mal kam mir der Verdacht, dass er doch nicht so dumm war und ahnte, dass ich seine Frau hinter seinem Rücken traf und sie sich mit mir besprach.

»Wieso sollte Anton etwas darüber wissen?«, meinte Almut. Ich konnte ihr ansehen, dass ihr die Nachricht von Jasminas Verschwinden völlig gleichgültig war. Für sie war sie immer eine Fremde und eine Rivalin gewesen.

»Ich weiß nicht«, sagte Dieter vage. »Könnte doch sein.« Er steckte den Brief ein, so dass ich ihn nicht lesen konnte.

»Habt ihr euch gestritten?«, fragte ich.

Er schüttelte den Kopf. »Nein, aber richtig gut ist es auch nicht mehr gelaufen, seit ich aus dem Gefängnis gekommen bin. Sie hat sich ein eigenes Zimmer eingerichtet. Da hat sie geschlafen, ganz für sich.« Er verstummte abrupt. Offensichtlich war ihm diese Mitteilung peinlich.

»Es gibt Unruhen im Iran«, sagte ich. »Vielleicht hat es etwas damit zu tun.« Ich wusste, dass Jasmina in den letzten Wochen nach Münster gefahren war, um iranische Studenten zu treffen, aber warum hätte sie dann ausgerechnet nach Amerika reisen sollen?

»Kann sein«, sagte Dieter. »Sie hat neuerdings Bücher gelesen – nicht mehr auf Deutsch, sondern in ihrer komischen Sprache.«

»Bestimmt kommt sie bald zurück«, sagte Almut und legte ihrem Bruder tröstend eine Hand auf die Schulter. »Schließlich seid ihr verheiratet.«

Aber Jasmina kehrte nicht zurück.

Zwei Wochen nach ihrem Verschwinden rief mich abends ein Mann an. »Ich bin Walter Ahlers«, erklärte er. »Wir kennen uns flüchtig. Ich bin Portier im Hotel Hohenzollern. Jasmina hat mir einen Brief für Sie dagelassen.« Er räusperte sich, während ich atemlos zuhörte. »Leider ist eine Verzögerung entstanden, weil ich erst krank und dann im Urlaub war. Ich hätte mich eigentlich früher melden sollen.«

»Was ist das für ein Brief?«, fragte ich. Unser Telefon stand in der Diele. Almut war mit Lucie in der Küche. Sie würde mich nicht hören können.

»Bedauere«, sagte der Portier. »Ein Brief für Sie – Anton Busch. Jasmina hat ihn mir gegeben, bevor sie abgereist ist.«

»Wissen Sie, wohin Jasmina gereist ist?«, fragte ich. So ganz hatte ich die Hoffnung nicht aufgegeben, dass Jasmina vielleicht nur bei irgendwelchen Landsleuten in Münster oder sonst wo war, um Dieter ein wenig Angst einzujagen.

»Bedauere«, wiederholte der Portier. »Ich weiß nicht, wohin, aber ich weiß, dass sie ein teures Flugticket gekauft hat.«

»Wann kann ich den Brief abholen?«, fragte ich. Meine Stimme zitterte.

»Morgen habe ich ab vierzehn Uhr Dienst«, sagte Walter Ahlers. »Dann habe ich den Brief bestimmt bei mir.«

In der Nacht konnte ich nicht schlafen. Ich hörte Almuts Atemzüge neben mir; sie war unruhig, wälzte sich herum und murmelte etwas. Ich hatte sie kaum nach ihrer Kur gefragt. Mit wem war sie da zusammen gewesen? Hatte sie auch jemanden getroffen, wie es mir vor Jahren passiert war? Es hatte mich nicht interessiert. Was war mit Jasmina? Dieser eine Gedanke erfüllte mich. Er war richtig, dass sie Dieter davongelaufen war, auch wenn ich sie nun nicht mehr würde sehen können, redete ich mir ein.

Um halb vier am Nachmittag war ich am nächsten Tag im Hotel. Viel kühler und geschäftsmäßiger kam es mir vor, da ich nun wusste, dass Jasmina nicht mehr hinter der Bar stand. Walter Ahlers lächelte mich freundlich an, während er mir einen blütenweißen Umschlag überreichte. »Sie waren immer freundlich zu ihr«, sagte er. »Hat sie mir gesagt, während gewisse andere Herren …« Er machte eine wegwerfende Handbewegung. »Manche denken, dass sie sich bei einer Frau alles erlauben können, wenn sie nur ein paar Geldscheine mehr im Portemonnaie haben.«

Mit dem Brief in der Hand stürmte ich nach draußen. »Für Anton«, stand auf dem Umschlag, nichts sonst. Kein Absender, keine Adresse. Der Brief bestand nur aus einem dünnen Blatt Papier, wie man es für Luftpostbriefe benutzte.

»Lieber Anton«, las ich in einer großen, kantigen Handschrift. Jasmina hatte sich eindeutig Mühe gegeben, groß und besonders leserlich zu schreiben. »Meine Mutter hat mir einmal ein Märchen erzählt, in dem es um einen Raben geht. Jeder Mensch hat einen Raben, der sich einmal auf seine Schulter setzt und ihm zuflüstert, wer er wirklich ist. Mir hat diese Geschichte sehr gefallen, und ich habe mich auch ein wenig gefürchtet. Doch bei mir hat sich nie ein Rabe auf die Schulter gesetzt, um mir zu sagen, wer ich bin. Ich sehe

Dein Gesicht vor mir, als ich Dir gesagt habe, warum ich Dieter geheiratet habe. Es war falsch, stand in Deinen Augen, und ich wusste es auch. Es war falsch, falsch, ganz falsch, und seitdem ich es weiß, friere ich jeden Tag ein wenig mehr. Nur bei Dir wurde mir manchmal wärmer, ja mit Dir hätte der Rabe kommen und sich auf meine Schulter setzen können. In Münster habe ich meinen Cousin Arian wiedergetroffen. Wir wollen zurückgehen, in unser Land, in dem sich so viel ändern muss. Von Istanbul wollen wir über die Grenze und dann weiter mit dem Bus nach Teheran. Dieter weiß davon nichts und wird es auch nie erfahren. Bleib so anders, wie Du bist, Anton. Ich umarme Dich. Jasmina.«

Es war fast zehn Uhr, als ich aufwachte. Meine Hand und mein Rücken schmerzten. Es hatte mich sehr angestrengt, die Passage über Jasmina zu schreiben. Ich hatte lange nicht an sie gedacht, aber plötzlich war sie ganz gegenwärtig geworden, als könnte sie jeden Moment ins Zimmer treten – so jung und schön, wie sie damals gewesen war. Dieter hatte ihre Flucht auch nie verwunden. Er hatte sogar einen Privatdetektiv engagiert, der jedoch nur herausgefunden hatte, dass sie nicht in die USA, sondern in die Türkei gereist war. Danach verlor sich ihre Spur für immer. Vermutlich war sie in die iranische Revolution eingetaucht und hatte ihren Namen geändert.

Ich kroch mühevoll aus meinem Bett, als ich aus meiner Diele ein Geräusch vernahm. Es war Sonntag. Stand Lucie vor der Tür, um mich zum Frühstück einzuladen? Doch der riesige Schatten in meinem Wohnzimmer war Tim. Er stand da, als habe er gelauscht.

»Was tust du hier?«, fragte ich ihn aufgeschreckt.

Er hielt den Schlüssel, den ich Lucie für Notfälle gegeben hatte, noch in der Hand und sah mich forschend an. Immerhin hatte er die Tür nicht wieder mit seinem Taschenmesser geöffnet. »Ich habe geklopft, aber du hast nicht aufgemacht … Lucie hat mich geschickt. Wir machen uns Sorgen. Wieder hast du die ganze Nacht das Licht brennen lassen.«

»Ich habe etwas aufgeschrieben«, erwiderte ich und schob mich an ihm vorbei in die Küche, um mir einen Kaffee zu kochen.

Tim folgte mir. »Du musst uns einmal zeigen, was du da so schreibst.« Er deutete auf meine Papiere, die auf dem Esstisch lagen. Es war ein großes Durcheinander an Blättern, aber offensichtlich hatte er sie nicht angerührt.

»Wenn ich mit meiner Geschichte fertig bin«, sagte ich. »Und nun muss ich mich anziehen.«

»Lucie meint, du könntest heute zum Mittagessen kommen.« Ich beobachtete, wie er auf das oberste Blatt spähte.

»Ja«, sagte ich. »Vielleicht komme ich, wenn ich mich angezogen habe.«

Dann klingelte das Telefon so schrill, dass Tim zusammenzuckte.

Cem, dachte ich, mein Tankwart will wissen, wie es mir geht, doch als ich den Hörer abhob, ahnte ich, dass es Verona war.

»Anton«, sagte sie, »was für schöne Blumen hast du mir geschickt! Welch eine Freude – oder wusstest du, dass heute Roberts Todestag ist? Heute vor drei Jahren ist mein Mann gestorben.«

»Nein«, sagte ich, »das wusste ich nicht. Es war nur …« Ich schaute mich nach Tim um, der keine Anstalten machte zu gehen. Vorsichtig wandte ich mich zum Fenster ab. »Es war ein schönes Treffen gestern … fand ich.«

Sie schwieg einen Moment. »Ich bin sonst nicht so … so aufgewühlt, aber hättest du Lust, nachher mit mir durch den Botanischen Garten spazieren zu gehen?«

»Ja«, sagte ich, »dazu hätte ich große Lust.«

Ich zog mich hastig an und fuhr zu Cem. Tim richtete ich einen Gruß an Lucie aus; ich würde gerne am Abend vorbeikommen.

Cem lächelte mich an. Sonntags war an der Tankstelle immer viel zu tun, aber er nahm sich die Zeit, mir einen Kaffee an einen der beiden Stehtische zu bringen.

»Lieber Nachbar, das ist kein gutes Zeichen«, sagte er. »Das ist sogar ein sehr gutes Zeichen, dass sie dich so schnell wiedersehen will – und das mit den Blumen war eine ausgezeichnete Idee.«

»War ja auch deine«, sagte ich.

Cem winkte ab. »Aber nun musst du anders vorgehen. Du hast gezeigt, dass sie dir gefällt, doch nun wirst du ein wenig … wie soll ich mich ausdrücken? … ein wenig passiver. Du hörst ihr zu, interessierst dich durch schönes Zuhören für sie.« Er musste hinter seinen Schalter zurück. Für manche Leute bot der Sonntag offensichtlich die einzige Möglichkeit zu tanken.

Ich hatte mich nicht so fein angezogen wie für unserer Treffen gestern. Ich trug eine schwarze Cordhose und einen grauen Pullover, keine alten Sachen, aber richtig neu waren sie auch nicht. Als ich mich im Spiegel betrachtet hatte, hatte mein Herz begonnen zu flattern. Was passierte da mit mir? Almut, hatte ich stumm geflüstert, du lachst bestimmt irgendwo im Himmel über mich.

Ich trank bei Cem noch einen zweiten Kaffee, dann fuhr ich los. Ich würde Verona zu Hause abholen, sie wohnte in einer ruhigen Seitenstraße am Westerberg, eine vornehme Gegend, da hatten auch ihre Eltern schon gelebt, und vor einem Jahr war sie dorthin zurückgekehrt.

Wie immer war ich viel zu früh. Ich hatte Zeit, einmal um den Block zu laufen. In diesen Straßen waren nie viele Leute unterwegs. Eine Frau, deren Haare lilafarben schimmerten und die einen weißen Pudel ausführte, schaute mich argwöhnisch an. Ich nickte ihr zu.

Als ich in ihre Straße einbog, stand Verona bereits vor ihrem Haus. Sie trug einen kurzen, leuchtend roten Mantel und winkte mir zu.

Mein Herz flatterte wieder, als hätte ich da einen kleinen ängstlichen Vogel in meiner Brust. Ich hatte schon Angst, dass ich vor Schwindel kein Wort herausbringen würde, aber Verona nahm mir das Reden ab.

»Wie schön, dass du so schnell kommen konntest«, sagte sie und hakte sich bei mir ein. Sie trug eine andere Brille, sie war ebenfalls rot, aber nun heller und noch ein wenig auffälliger. Außerdem hatte sie ein rotes Band um ihr silbergraues Haar gelegt.

»Ich bin heute Morgen ein wenig melancholisch gewesen«, sagte sie. »Wegen Robert – und dann kamen deine Blumen und haben meine dunklen Gedanken verscheucht.«

Ich hätte beinahe erwidert, dass es Cems Idee gewesen war, Blumen zu schicken, aber dann sagte ich nur: »Es war so ein Gedanke, weil …«

Sie sah mich an und drückte meinen Arm. »Ein schöner Gedanke. Robert hat beim Joggen nicht aufgepasst und ist von einem Auto angefahren worden. Da haben wir noch am Ammersee gelebt.«

»Wie alt war er da?«

»Fünfundsiebzig, aber er ist noch jeden Tag in die Klinik gegangen. Er war ein guter Arzt, seine Spezialität waren Hände. Er war Experte für Verbrennungen und für schwierige Handoperationen. Da war niemand besser als er.«

Wir gingen den Westerberg hinauf an schmucken weißen Villen vorbei, die ich noch nie gesehen hatte. Es war recht warm, ein Frühsommertag, und ich begann in meiner schwarzen Jacke zu schwitzen.

»Ich habe Robert im Studium kennengelernt. Ich habe erst in Hannover und dann in München studiert, aber aus mir wäre wahrscheinlich keine gute Ärztin geworden. Aber das habe ich dir schon erzählt, nicht wahr?«

Nein, wollte ich erwidern, nein, davon weiß ich nichts, aber dann war ich mir nicht sicher, ob sie es nicht doch schon erwähnt hatte. Bei unserem ersten Treffen war ich zu verwirrt gewesen, um mich auf alles konzentrieren zu können.

Als ihr Smartphone summte, ignorierte Verona es.

»Merle will wissen, wie es mir geht. Sie fragt mich immer an diesem Tag.« Verona schaute mich an. Ich sah die Falten um ihre Augen und ein paar Sommersprossen, und vor allem sah ich ihre wohlgeformte Nase und ihre roten, leicht glänzenden Lippen.

»Stimmt etwas nicht?«, fragte sie und blieb stehen.

»Nein«, sagte ich, »es ist nur … Ich habe eben in deinem Gesicht das Mädchen von früher wiedergesehen.«

Sie lachte und legte den Kopf zurück. »Dieses Mädchen ist nun über sechzig Jahre älter, hat drei Kinder und fünf Enkelkinder und vielleicht demnächst ein Urenkelkind.«

»Was macht das schon?«, sagte ich.

Verona lächelte mich an, dann verharrte sie plötzlich. Sie kniff ihre Augen zusammen und sah an mir vorbei. Ich drehte mich ebenfalls um. Ein Mann kam die steile Straße emporgelaufen. Er hatte hellblonde Haare und trug eine große Sonnenbrille.

»Mutter!«, rief er. »Was tust du hier? Ich habe doch gesagt, dass ich heute komme.« Er blieb vor uns stehen.

»Manuel …«, sagte Verona überrascht. »Ich wusste doch nicht …«

»Ich habe dich mehrmals angerufen und dir dann auf deine Mailbox gesprochen«, sagte ihr Sohn streng. »Ich habe morgen einen Termin in Hannover. Das habe ich dir schon vor Wochen gesagt. Du beginnst, Dinge zu vergessen.« Endlich umarmte er seine Mutter, während ich mir immer unbehaglicher vorkam.

»Und wer sind Sie?« In einem Tonfall, aus dem Ungeduld und Ärger sprachen, wandte Veronas Sohn sich an mich. Ich konnte seine Augen hinter der Brille nicht sehen, sondern fand nur mein ratloses Gesicht in ihr gespiegelt.

»Anton ist ein alter Freund«, sagte Verona freundlich.

Ihr Sohn gab mir nicht die Hand, sondern neigte lediglich leicht den Kopf. »Ich bedauere, dass meine Mutter vergessen hat, dass sie zu Hause erwartet wird«, sagte er. »Merle ist mit ihren zwei Kindern auch schon da.«

»Anton kann doch mitkommen und mit uns Kaffee trinken.« Verona bemühte sich, die Unfreundlichkeit ihres Sohnes auszugleichen. »Merle wird nämlich bald Antons Klavier …«

»Es ist schon gut«, unterbrach ich sie. »Ich möchte nicht stören. Wir können auch gerne an einem anderen Tag spazieren gehen.«

»Ganz recht«, erklärte ihr Sohn. »Macht demnächst einen neuen Termin aus.«

Ich verabschiedete mich hastig. Während ich die steile Straße hinunterschritt, hörte ich, wie ihr Sohn Verona Vorhaltungen machte. Er sei eigens wegen ihr einen Umweg von zweihundert Kilometern gefahren, und sie habe nichts Besseres zu tun, als mit irgendjemandem in der Gegend herumzulaufen.

Ich hörte nicht mehr, was Verona darauf entgegnete, sondern eilte zu meinem Mercedes und floh förmlich hinein.

Ihr Sohn hatte vermutlich recht – ich war nur irgendjemand, ich hatte nicht studiert, ich war kein Arzt, sondern ein alter Mann, der einmal ein mittelmäßiger Elektriker und Monteur gewesen war.

Cem stand immer noch hinter seinem Schalter, als ich in seine

Tankstelle schlich. Er blickte fragend auf die große Uhr an der Wand hinter ihm und brachte mir einen Kaffee.

»Was ist passiert, Nachbar?«, fragte er. »Kein super Spaziergang?«

»Es war eine Katastrophe«, sagte ich und berichtete von dem Sohn, der überraschend aufgetaucht war und der mich geradezu davongejagt hatte.

Cem lächelte so freudig, dass seine Schneidezähne unter seinem Schnauzbart hervorlugten. »Keine Katastrophe«, sagte er, »absolut nicht. Der Sohn hat gespürt, dass seine Mutter dich mag, dass du so eine Art Rivale bist. Wieder ein sehr gutes Zeichen, lieber Nachbar.«

Nachdem Jasmina verschwunden war, war es Paula, die mich ablenkte. Sie war völlig verzweifelt, weil sie geerbt hatte. Ein Anwalt hatte sie angerufen und ihr erklärt, dass Herr Georg Waldner verstorben sei und ihr einen dunkelgrünen Jaguar MK II, Baujahr 1964 hinterlassen habe. Der Wagen sei fünfunddreißigtausend Kilometer gelaufen und fahrbereit.

Paula war außer sich vor Aufregung, als sie mich anrief. »Herwarth bringt mich um, wenn er das erfährt.« Sie verstummte, weil sie die Frage ahnte, die mir auf der Zunge lag. »Ja, ich bin mit Georg noch einige Male in die Oper gegangen, und einmal, nur ein einziges Mal waren wir auch hinterher in einem Hotel in Telgte. Es war sehr …« Ihre Stimme geriet ins Schwanken, dann hörte ich sie schluchzen. »Er wollte wirklich, dass ich mich scheiden lassen, aber das ging natürlich nicht. Wir haben uns dann nicht mehr gesehen, drei Jahre lang nicht. Und dann vorgestern der Anruf. Georg hat beim Fahrradfahren einen Herzanfall erlitten. Dabei bin ich es doch, die ein schwaches Herz hat.«

Dieser Georg hat immer an dich gedacht, überlegte ich, ihr zu sagen, er hat in dir viel mehr gesehen, als du auf den ersten Blick bist.

»So ein Jaguar ist bestimmt eine Menge wert«, sagte ich leise. Almut war in der Küche und sollte mich nicht hören. »Andere würden sich freuen.«

»Ich freue mich aber nicht«, sagte Paula so trotzig, wie sie als junges Mädchen manchmal gewesen war. »Anton, ich schenke dir den Wagen, verkaufe ihn, verschrotte ihn. Mach, was du willst. Ich will ihn nicht.«

»Ja«, sagte ich, »verstehe. Ich komme morgen im Laden vorbei, und dann regeln wir alles.«

Als ich am nächsten Nachmittag vor ihrem Laden stand, sah ich sie für ein paar Momente so, wie dieser Architekt sie vermutlich gesehen hatte. Der Laden war ihr Reich, sie sprach eine Kundin an, warf ein Lächeln in eine andere Richtung, zu einer älteren Frau, die warten musste, und als sie ein rosafarbenes Päckchen über den Tresen reichte, mochte man glauben, es handele sich nicht um Wurst oder rohes Fleisch, sondern um eine wahre Kostbarkeit, die sie von Herzen verschenkte. Ihr Haar war grau geworden, jedoch ein zartes Grau, das sie reifer und zugleich schöner machte. Herwarth, dachte ich, dieser grobschlächtige Idiot, weiß gar nicht, welchen Schatz er da hat. Aber auch wir hatten es damals auf der Flucht nicht gewusst, als Paula uns immer wieder angetrieben hatte.

Komm, Paula, flüsterte ich ihr stumm zu, wir packen unsere Sachen, fahren irgendwohin, wo wir noch nie gewesen sind, nach Frankreich oder Spanien ans Meer, und dann überlegen wir uns in aller Ruhe, was wir mit dem Rest unseres Lebens noch anfangen können.

Als ich den Laden betrat, lächelte sie auch mich an und schob mir einen Brief zu, den sie von dem Anwalt erhalten hatte. Ich kannte mich mit Autos nicht sonderlich gut aus, aber der Jaguar, der auf einem beiliegenden Foto zu sehen war, musste gut und gerne dreißigtausend Mark wert sein.

»Tu etwas«, raunte Paula mir zu, »aber Herwarth darf nichts erfahren.«

»Ich brauche eine Vollmacht von dir«, sagte ich. »Oder nein, melde dich bei Herwarth ab. Wir machen einen kleinen Ausflug. Ich brauche dich, wegen Lucie, wegen Almut, wegen irgendwas.«

Doktor Bensmann, der Anwalt, händigte uns die Autoschlüssel aus, nachdem Paula sich ausgewiesen hatte. Der Jaguar war ein echtes Schmuckstück: Ledersitze, ein Armaturenbrett aus Kirschholz, silberfarbene Felgen.

»Mit so einem Wagen könnte ich niemals fahren«, sagte Paula.

»Brauchst du auch nicht – ich fahre ja.« Im Gegensatz zu dem Lieferwagen, mit dem ich für gewöhnlich unterwegs war, beschleunigte der Jaguar beinahe wie ein Rennwagen. An den Ampeln, an denen wir halten mussten, schaute man uns nach. »So einen Wagen fahren keine drei Leute in dieser Stadt«, sagte ich.

Paula schwieg, aber ich wusste, was sie dachte – sie dachte an diesen seltsamen Mann, der ihr dieses Auto vererbt hatte, obwohl sie ihn kaum gekannt hatte.

Ich stellte das Radio an, das sich über der Mittelkonsole befand. Klassische Musik erklang. Klar, dachte ich, das passt. Dieser Georg hat nicht einfach irgendeinen Sender mit Popmusik gehört.

Als Paula mich fragte, wohin wir fahren würden, antwortete ich nicht darauf. Dann schloss sie die Augen und lehnte sich zurück.

»Ich bin in diesem Auto schon einmal mitgefahren«, sagte sie vor sich hin. »Damals auf unserer Fahrt nach Telgte. Herwarth war mit seinem Skatclub unterwegs, die Söhne spielten irgendwo Fußball. Ich hatte also Zeit und konnte ganz unbesorgt sein. Ich bin mit dem Bus zum Hafen raus, damit mich keiner erkennt. In Tecklenburg haben wir in einem noblen Restaurant gegessen, dann sind wir über enge Landstraßen gefahren. ›Ein toller Wagen‹, habe ich zu Georg gesagt. ›Ja‹, hat er gemeint. ›Willst du ihn haben? Ich schenke ihn dir, wenn du öfter mit mir ausgehst.‹ Ich habe gelacht. Das konnte ja nicht ernst gemeint sein.« Paula richtete sich auf und öffnete die Augen. Voller Staunen sah sie mich an. »Es kann doch nicht sein, dass jemand einfach so seinen Jaguar verschenkt.«

»Nein«, sagte ich. »Eigentlich nicht, aber er hat es nun getan. Er hat dir diesen Wagen vermacht.«

Paula blickte aus dem Fenster. »Ich weiß, wohin du fährst«, sagte sie. Dann legte sie abermals den Kopf zurück und schloss erneut die Augen. »Dieser Tag in Telgte war vielleicht der schönste in meinem Leben, aber … aber ich habe nie verstanden, was Georg an mir mochte. Er war Architekt, und ich bin eine einfache Verkäuferin.«

Ich bog von der Bundesstraße ab, und dann waren wir am Dümmer See. Es war wolkenverhangen und regnerisch. Wir stiegen aus, und ich hielt, wie immer, wenn ich hier war, nach Gänsen Ausschau.

Paula drehte sich zu dem Jaguar um. »Bist du Almut schon einmal untreu gewesen?«, fragte sie.

»Nein«, sagte ich, obschon es nicht stimmte.

»Nicht einmal mit dieser Jasmina?« Ich schüttelte den Kopf. »Ja«, sprach sie weiter, »wir sind nicht so – wir halten das nicht aus. Die Religion – das Katholische kriegen wir nicht aus unseren Köpfen … und unseren Herzen.«

Als wir ein Restaurant betraten, schaute sie sich ängstlich um; ein paar von ihren Bekannten besaßen Wochenendhäuser am See. Wir setzten uns in eine Ecke und bestellten Kaffee.

»Ich möchte, dass du den Wagen für mich verkaufst«, sagte Paula, und ich begriff, dass sie zu einem Entschluss gekommen war. »Das Geld will ich dann spenden – an den Tierschutzverein. Ich brauche das Geld nicht, wir haben genug – und außerdem …« Sie hielt inne und starrte auf ihre rechte Hand, auf der bereits die ersten Altersflecken zu sehen waren.

Ich erriet ihren Gedanken – sie dachte an ihr krankes Herz und daran, dass auch unsere Mutter früh verstorben war.

»Anton, ich habe geträumt, dass ich bald sterben werde«, sagte Paula voller Vorsicht, als bedeute jedes einzelne Wort eine Gefahr. »Vor allen anderen in der Familie.«

»Du bist noch jung, gerade mal gut fünfzig«, erklärte ich vage. »Und damals, als unsere Mutter starb, waren andere Zeiten.«

Zweiunddreißigtausend Mark erbrachte der Verkauf des Wagens. Der Vorsitzende des Tierschutzvereins konnte es kaum glauben, als ich ihn anrief und nach einer Kontonummer fragte. »Eine anonyme Spenderin«, erklärte ich, weil Paula nicht wollte, dass man von ihr erfuhr.

38.

Es war aber nicht Paula, die als Nächste starb. Am 9. oder 10. März 1984 erlitt mein Vater einen Schlaganfall. Er hatte sich wie jeden Abend um Viertel nach acht, nachdem Hildegunde ihm einen Tee gekocht und er sich die Nachrichten im Fernsehen angeschaut hatte, auf sein Zimmer begeben. Irgendwann in der Nacht war er aufgestanden und vor seinem Bett zusammengebrochen. Er war sechsundachtzig Jahre alt geworden. Zwei Weltkriege hatte er erlebt, eine schwere Verwundung als junger Soldat, später Gefangenschaft, Zwangsarbeit, den Verlust der Heimat und seiner Frau, und vermutlich hatte er auch seinen Glauben verloren, obschon er bis zuletzt zur Kirche ging.

Ich erfuhr am nächsten Morgen von seinem Tod. Die Nacht zum Samstag verbrachte ich im Marienhospital. Gegen zwei Uhr in der Frühe riss ein Anruf der Polizei Almut und mich aus dem Schlaf. Ob ich eine Tochter hätte, fragte mich ein gelangweilt wirkender Polizist, und ob sie Lucie Maria Busch heiße.

Mein Herzschlag beschleunigte auf hundertachtzig. Wir hatten Lucie erlaubt, auf die Geburtstagsparty ihrer Freundin Sandra zu gehen und auch bei ihr zu übernachten. Ich sah einen Unfall vor mir, ein zerstörtes Auto, oder vielleicht war das Haus abgebrannt, und Lucie war in den Flammen umgekommen.

»Ja«, erwiderte ich heiser, »meine Tochter heißt Lucie. Was um Himmels willen ist denn passiert?«

»Wir hatten einen Notarzteinsatz in der Diskothek Hydepark.« Der Polizist betonte die Worte »Diskothek« und »Hydepark«, als handele es sich bereits um ein Vergehen, sich diesem Club zu nähern. »Offensichtlich hat Ihre Tochter zu viel getrunken. Sie wurde mit einer Alkoholvergiftung ins Marienhospital eingeliefert. Den Einsatz wird man Ihnen wohl oder übel in Rechnung stellen.«

»Kann ich Lucie abholen?«, fragte ich.

»Ich gebe Ihnen nur Bescheid. Ob ihr betrunkenes Fräulein schon nach Hause kann, wird man im Krankenhaus entscheiden.«

Almut saß zitternd auf einem Küchenstuhl. »Alkoholvergiftung? Das kann nicht sein«, stammelte sie. »Lucie ist sechzehn, sie würde doch nie …«

»Ich fahre und hole sie ab«, sagte ich.

Das Marienhospital war das Krankenhaus, in dem vor fast zwanzig Jahren unsere Tochter Rosemarie zur Welt gekommen war. Ich wusste, dass Almut nie wieder einen Fuß in dieses Gemäuer setzen wollte.

Lucie lag auf einer Pritsche auf dem Gang. Sie schien zu schlafen. In ihrem Arm steckte eine Kanüle. Eine Krankenschwester, die vorbeihastete, rief mir zu: »Ihre Tochter? Wir haben ihr den Magen ausgepumpt. Lassen Sie die Kleine noch ein wenig schlafen.«

Ich zog mir einen Stuhl heran und ergriff Lucies rechte Hand, die erschreckend kalt war. Sie rührte sich nicht. Das Gesicht hatte sie abgewandt, ihr langes tiefschwarzes Haar verdeckte ihre Augen, aber immerhin hörte ich sie atmen.

Wut erfüllte mich plötzlich – Wut auf Almut, als hätte sie Lucie mit einer geheimen Krankheit angesteckt, die nun ausgebrochen war. Wie oft hatten wir uns in den letzten Jahren über ihren Alkoholkonsum gestritten! Almut betrank sich nicht wirklich, nein, aber sie brauchte schon morgens vor der Arbeit einen Cognac oder ein Glas Wein, und ihre Alkoholverstecke waren nie verschwunden. Es waren die Schmerzen, entschuldigte sie sich immer wieder, ein schmerzhaftes Pochen, das durch ihren Körper zog und das sie mit Alkohol besänftigen musste.

Lucie hatte unsere Streitigkeiten oft mit anhören müssen, und einmal hatte ich ihr den Schwur abgenommen, dass sie mir sagen würde, wenn ihre Mutter sich betrank, während ich unterwegs war, aber nie hatte sie ein böses oder verräterisches Wort über Almut verloren.

Nun lag sie selbst im Alkoholrausch da. Und wo war ihre Freundin Sandra – und warum war sie überhaupt in diesem Club gewesen?

Ich fragte im Stationszimmer nach, ob noch ein zweites Mädchen eingeliefert worden sei, aber das war nicht der Fall. Offensichtlich hatte nur Lucie sich so heftig betrunken.

Ich hielt wieder ihre Hand, und einmal glaubte ich, einen leichten Gegendruck zu spüren. Es war unwürdig, auf dem Gang zu sitzen, und meine Wut, die bereits abgeebbt war, kehrte zurück. Was waren wir für Eltern, wenn sich unsere sechzehnjährige Tochter hemmungslos betrank?, ging mir durch den Kopf. Ich hatte stets geglaubt, ein guter Vater zu sein, auch wenn ich mich mit Lucie zuletzt häufiger gestritten hatte. Gegen meinen Willen hatte sie sich die Haare schwarz gefärbt, sie hörte furchtbar laute Musik, die nur aus Schreien und Stampfen bestand, und einmal war sie tatsächlich mit einer Ratte auf der Schulter nach Hause gekommen. Almut war beinahe in Ohnmacht gefallen, aber ich war sicher, dass Lucie sich nur einen Spaß erlaubt hatte. Sie mochte Tiere und sprach gelegentlich davon, Tierpflegerin werden zu wollen. Einen Hund hatten wir ihr nicht gestatten können, weil Almut schon Atemnot bekam, wenn ein Tier mit viel Fell in ihre Nähe kam.

Gegen sechs Uhr am Morgen wachte Lucie endlich auf. Sie schaute mich aus blutunterlaufenen Augen an und fiel mir schluchzend um den Hals.

»Es ist alles gut«, sagte ich. »Wir fahren jetzt nach Hause, und dann gehst du unter die Dusche und schläfst dich aus.«

Verwirrt sah sie sich um. »Ich habe getanzt, viel getanzt«, sagte sie, »aber irgendwann ist mir schlecht geworden. Was danach war … Ich weiß nicht mehr.«

Am Stationszimmer musste ich ein Papier unterschreiben, und dann brachte ich Lucie zum Auto.

Wie eine blasse Porzellanpuppe saß sie festgeschnallt auf dem Beifahrersitz und schlief sofort wieder ein.

Almut empfing uns an der Haustür, und einen Moment später sah ich Franz und Paula in unserer Küche sitzen und begriff, dass noch etwas anderes passiert war.

»Ist er tot?«, fragte ich. »Ist unser Vater gestorben?«

Paula nickte, und Franz zog an einer Zigarette. Niemals vorher hatte ich ihn rauchen sehen.

»Heinrich hat angerufen. Sie haben ihn um fünf Uhr gefunden. Er lag tot vor seinem Bett.«

Ich fühlte keine Trauer. Auch später nicht, als ich meinen Vater aufgebahrt in seinem Zimmer sah. Ich begriff, dass ich ihn nie richtig gekannt hatte. Er war ein Fremder geblieben; berührt hatten wir uns selten, ein paar Mal hatte er mir über den Kopf gestrichen, und sonst waren da Verbote geblieben, an die ich mich erinnerte: Du gehst nicht nach Australien, du verhältst dich anständig und gottesfürchtig, du wirst Elektriker, deine Ehefrau ist zum Glück katholisch.

Franz weinte, als er ihn so liegen sah, mit gelber Haut, eingefallenen Wangen und geschlossenen Augen.

Paula murmelte etwas vor sich hin. Hildegunde oder Heinrich hatte drei weiße Kerzen vor das Bett gestellt, die still vor sich hin brannten.

»Ich habe nie verstanden, was er denkt«, sagte Franz. »Und warum er Bauer geworden war. Er konnte nicht mit Pferden umgehen, und Heinrich oder ich haben viel besser pflügen können als er, aber er hatte eine schöne Stimme.«

»Er hatte keine andere Wahl«, sagte Paula. »So war das damals.«

Ich setzte mich auf den einzigen Stuhl neben dem Bett. Kurz schloss ich in vermeintlicher Andacht die Augen, dabei war ich vor allem müde, weil ich keine Minute geschlafen hatte.

Als ich die Augen wieder öffnete, war ich allein im Zimmer. Die Kerzen flackerten nun, weil Paula und Franz bei ihrem Weggang einen Luftzug erzeugt hatten.

Ich hatte keine einzige Träne für meinen Vater. Ein anderer Gedanke ergriff von mir Besitz. Du hast nun eine Grenze überschritten, dachte ich, du bist nicht mehr jung, du gehörst nun zu den Älteren. Ich war vierundvierzig Jahre alt, aber nun war ich auf die Seite des Alters gewechselt. Ich würde kein Kind mehr bekommen, ich hatte keine Eltern mehr, meine Frau war krank, meine Tochter, die sich in der Nacht, als ihr Großvater starb, ins Koma getrunken hatte, würde bald erwachsen sein …

Ohne nachzudenken, beugte ich mich vor und strich meinem Vater über die Wange – sie war rau und leblos, als hätte er schon lange tot dagelegen, dann öffnete ich die oberste Schublade in dem Nachtschrank neben ihm. Vielleicht aus Neugier, um eine Ahnung zu bekommen, was er in diesem Zimmer getan haben mochte, das nur mit einem Bett, einem einfachen Bauernschrank, einem Stuhl und diesem Nachtschrank mit einem Radiowecker möbliert war.

Die Schublade war fast leer. Ein zerknicktes gelbliches Papier fiel mir als Erstes in die Hände. »Er sagte: Selig, die arm sind vor Gott; denn ihnen gehört das Himmelreich«, stand in einer krakeligen Schrift da. Mein Vater hatte mir nie einen Brief oder eine Karte geschickt, so wusste ich nicht, ob es seine Schrift war. »Selig die Trauernden; denn sie werden getröstet werden. Selig, die Barmherzigen; denn sie werden Erbarmen finden. Selig, die ein reines Herz haben; denn sie werden Gott schauen.«

Er hatte nicht wie meine Mutter eine Bibel in seinem Nachtschrank aufbewahrt, sondern ein paar Zitate aus der Bergpredigt, die ihm vermutlich Trost zugesprochen hatten.

Nur noch zwei weitere Dinge befanden sich in der Schublade: ein länglicher gelb schimmernder Stein, von dem ich sofort meinte, er habe meiner Mutter gehört und in ihrem Gemüsegarten in Schönow gelegen, und eine lange weiße Feder, die von einer Gans oder besser noch von einem Schwan stammen mochte.

Als ich vor der Tür Jolandes laute Stimme vernahm, schob ich den Stein und die Feder hastig in meine Hosentasche und schloss die Schublade.

Einen Moment später stürzte meine Schwester schluchzend ins Zimmer und warf sich unserem toten Vater förmlich zu Füßen.

Am Nachmittag, nachdem wir eine lange Liste erstellt hatten, wen wir alles von seinem Tod benachrichtigen mussten, fuhr ich allein zum See. Hier war mein Vater mit meinem Großvater gelegentlich gewesen, bevor sie nach Schönow umgesiedelt waren, und wenn ich mich recht erinnerte, hatte er hier schwimmen gelernt.

Es war später Samstagnachmittag, ein leichter Wind war aufgekommen, dichte Wolken verdunkelten den Himmel. Niemand war auf dem Deich zu sehen. Ich suchte mir eine besonders seichte Stelle, wo ich die Feder auf das Wasser legte und mit zarten Wellen davontreiben sah. Den Stein behielt ich in der Hand und platzierte ihn schließlich in eine hohle Birke, deren Wurzeln bis in den See reichten.

Nach unserer Nacht im Krankenhaus war mein Verhältnis zu Lucie wie zerbrochen, als hätte ich sie in einer Situation gesehen, in der ich sie nicht hätte sehen dürfen. Während sie sich nach wie vor mit Almut austauschte, zog sie sich von mir zurück. Ich fuhr sogar einmal zu ihrer Lehrerin, um mir einen Rat zu holen, doch außer dem Hinweis, Stimmungsschwankungen seien bei Mädchen in Lucies Alter normal, erhielt ich keinerlei Hilfe.

Am 30. Juni 1984, nachdem sie ihre Mittlere Reife erlangt hatte, verschwand Lucie dann. Sie wollte mit ihrer Freundin zu einem Open-Air-Konzert nach Schüttorf, aber am Montag, als ich von meiner Tour kam, war sie immer noch nicht zurückkehrt. Erst am Mittwoch erfuhr Almut, dass Lucie nach Dänemark getrampt war.

»Lucie hat mich im Salon angerufen«, sagte Almut. »Sie will Urlaub machen und sich überlegen, was sie danach macht. Zur Schule will sie nicht mehr gehen.«

Ich war so wütend, dass ich kein Wort herausbrachte. Warum hatte sie uns das nicht vor ihrer Abfahrt erzählt?

Almut sah mir meine Enttäuschung und meinen Zorn an. »Die Schule ist zu streng für Lucie«, sagte sie. »Unsere Tochter ist anders als wir – sie braucht ihre Freiheit.«

Den Sommer über meldete sich Lucie nur sporadisch. Meistens rief sie gegen Mittag im Salon an. Mit mir sprach sie kein einziges Mal.

Ich war so verzweifelt, dass ich wieder zu einer Wahrsagerin ging – zu derselben Adresse, zu der ich vor fast zwanzig Jahren nach Rosemaries Tod gefahren war. Die Frau, die sich Madame Rousseau genannt hatte, musste inzwischen gestorben sein. Die Frau, die mir öffnete, war jünger, ungefähr fünfzig. Sie trug eine Art Baskenmütze, unter der blond gefärbte Haare hervorsahen; ihr Mund war knallrot, und ihre Wangen waren bleich geschminkt.

»Sie haben einen Termin?«, fragte sie mit einer rauchigen Stimme.

»Nein, habe ich nicht. Ich brauche auch nur eine Auskunft. Es geht um meine Tochter. Sie ist …«

Die Frau winkte mich herein. Sie führte mich in einen Raum, der nicht vermuten ließ, dass Madame Rousseau in derselben Wohnung ihrem Gewerbe nachgegangen war. Keine Tücher mehr, die von der Decke hingen. Es sah wie das Sprechzimmer eines Psychologen aus: ein rotes Sofa, ein niedriger Glastisch und ein schwarzer Ledersessel, in dem die Frau Platz nahm. Sie nannte sich Brigitte Morel, wobei sie ihren Namen französisch aussprach. So viel Ähnlichkeit zu ihrer Vorgängerin musste offenbar sein.

»Wissen Sie Ihren Geburtsort und die genaue Zeit?«, fragte sie, noch bevor ich mich gesetzt hatte.

Ich war überrascht und antwortete: »Ich bin am 24. Dezember 1939 geboren, in Pommern, heute Polen, so gegen sieben Uhr am Abend, glaube ich.«

Sie nickte, dann lehnte sie sich zurück und schloss kurz die Augen. »Was möchten Sie wissen?«, fragte sie in einem sanften Flüsterton. Sie bewegte ihren Mund sehr auffällig, als wollte sie jedes Wort peinlich genau aussprechen; wie jemand, der Schauspielunterricht nahm, so kam es mir vor.

Ich sprach von Lucie, von meiner Verzweiflung, und während ich redete, griff sie nach meiner linken Hand. Madame Morel nahm sie, als wäre sie ein kleines, kostbares Tier, dem sie nicht weh tun wollte.

»Ich verstehe«, sagte sie. »Alles wird gut«, sprach sie flüsternd weiter, ohne den Blick von meiner Hand zu heben. »Vertrauen Sie Ihrer Tochter, vertrauen Sie sich selbst. Sie haben viele Schatten um sich herum, und Ihre Frau … Sie müssen mehr auf Ihre Frau sehen. Ihre Frau hinkt …«

Ich dachte zuerst, ich hätte mich verhört: Ihre Frau hinkt.

»Sie ist oft krank«, sagte ich.

Die Wahrsagerin nickte. »Wissen Sie denn, was Sie vom Leben wollen?«, fragte sie weiter, ohne mich anzuschauen.

Die Frage berührte mich. Was ich vom Leben wollte? Ich wollte eine Familie haben, Gesundheit, genug Geld zum Leben … War es das?

Madame Morel redete weiter. Von Schatten und von Luft, die man lernen müsse, in sich hineinzuholen – als gäbe es neben der gewöhnlichen noch eine andere, kostbare Luft, die man einatmen müsse, und während sie sprach, meinte ich, einen Gedanken von ihr aufzufangen, der ihr durch den Kopf schlich, den sie aber nicht aussprach. »Er wird viele Tote sehen und sterben im achtundachtzigsten Jahr.«

Einen Moment später klingelte es an der Tür. Ein lauter, tiefer Gong. Madame Morel blickte auf.

»Mein nächster Besuch«, sagte sie geschäftsmäßig und lächelte zum ersten Mal. Dann verlangte sie fünfzig Mark, die ich ihr nur widerwillig überreichte, weil ich, ganz anders als erhofft, nichts über Lucie erfahren hatte.

Vor der Tür schwor ich mir, nie wieder zu einer Wahrsagerin zu gehen.

Erst im Herbst kehrte Lucie zurück. Ich erkannte sie beinahe nicht, als sie vor der Tür stand: eine junge Frau mit kurzen blonden Haaren, einen Rucksack in der Hand und über der Schulter einen Gitarrenkasten.

»Hallo, Papa«, sagte sie in einem Tonfall, als hätten wir uns eine Woche zuvor zuletzt gesehen, und küsste mich auf die Wange.

Ich war so verblüfft, dass ich kein Wort herausbrachte, und dann bemerkte ich, dass sie nicht allein gekommen war: Ein junger Mann mit schulterlangen braunen Haaren stand hinter ihr, er behielt sie lauernd im Blick, als müsste er auf sie aufpassen.

»Das ist Martin«, sagte Lucie und deutete wie beiläufig hinter sich, bevor sie an mir vorbei ins Haus ging.

Martin nickte mir zu und folgte ihr, ohne ein Wort zu sagen.

Almut war über seine Anwesenheit keineswegs überrascht, sie schien auch gewusst zu haben, wann unsere Tochter zurückkehren würde.

Martin zog in eine kleine Kammer unter dem Dach, gegenüber von Lucies Zimmer. Er fiel dadurch auf, dass er so gut wie nicht redete, kaum ein Wort – außer »Guten Morgen«, »Danke«, »Bis später«.

»Du bist auch nicht gerade ein großer Redner«, sagte Almut zu mir, als ich mich darüber beschwerte. Ihr machte es nichts aus, dass der schweigsame Freund unserer siebzehnjährigen Tochter nun bei uns lebte.

Meistens waren Lucie und Martin auch verschwunden. Ich hatte keine Ahnung, was sie den ganzen Tag trieben. Gelegentlich sah ich Martin mit einem Zeichenblock herumlaufen, und einmal fiel mir eine Skizze in die Hände, auf der ein Hund mit einem Knochen im Maul auf einem Floss stand und Wolken nachblickte.

»Martin ist ein genialer Comiczeichner«, meinte Lucie. »So habe ich ihn auch kennengelernt – als er auf dem Festival Leute porträtiert hat. Er ist auch dabei, einen super Comic zu entwerfen – mit Hunden und Katzen, total witzig. Und wenn du willst, kann er dich auch mal zeichnen.«

Ich lehnte dankend ab. Schon der Gedanke, diesem Schweiger eine Zeitlang gegenüberzusitzen, machte mich nervös. Seine Zeichnungen aber brachten immerhin Almut dazu, auch wieder ihren Block hervorzuholen, was sie seit Jahren nicht mehr getan hatte, und ein paar Pflanzen aus unserem Garten zu zeichnen.

Im November, nachdem sie sechs Wochen zurück war, beschloss Lucie, Kindergärtnerin zu werden, eine Entscheidung, die mich völlig überraschte. Was hatte sie bisher mit Kindern zu tun gehabt?

»Lucie mag die kreative Arbeit mit Kindern«, sagte Almut. »Lieder singen, sich Spiele ausdenken – solche Sachen. Gefällt dir das nicht?«

»Ich will, dass Lucie glücklich wird«, sagte ich. Den Ärger in meiner Stimme bemerkte ich selbst. »Das ist alles.«

Plötzlich war ich der Störenfried im Haus. Die anderen drei schienen sich blendend zu verstehen. Als ich einmal früher nach Hause kam, standen sie in der Küche zusammen und kochten, vollkommen überrascht von meinem frühen Auftauchen.

»Vertrauen Sie Ihrer Tochter«, hatte die Wahrsagerin mir gesagt. Ich musste den Impuls unterdrücken, Martin und ihr nicht nachzuspionieren, heimlich ihr Zimmer zu durchsuchen oder ihnen im Dorf hinterherzulaufen.

Einmal jedoch konnte ich diesem Impuls nicht widerstehen. Ich hatte in Osnabrück in der Nähe des Bahnhofs gehalten, um noch auf der Bank Überweisungen abzugeben, als ich Martin sah. Er war allein und kam offenbar aus Bohmte, hatte den Regionalzug genommen. Er trug einen grünen Parka mit hochgezogener Kapuze; ich hatte ihn trotzdem an seinem leicht schlurfenden Gang erkannt und daran, dass er stets den Kopf gesenkt hielt, als müsste er irgendwelche bedeutsamen Dinge auf dem Pflaster entdecken.

Er schlug den Weg zur Stadt ein, bog dann jedoch ab, nicht Richtung Fußgängerzone, sondern am Busbahnhof Neumarkt vorbei in eine Seitenstraße. An der Art und Weise, wie zielsicher er sich bewegte, meinte ich schließen zu können, dass er diesen Weg schon häufiger gegangen war. Arbeitete er hier irgendwo? Oder kaufte er Utensilien, um seine Comics zu zeichnen?

Martin bog wieder ab, und dann steuerte er eine Kneipe an. Es war fünf Uhr am Nachmittag, eigentlich viel zu früh, um in eine Kneipe zu gehen. Seit sie zurück war, hatte Lucie zumindest in meiner Gegenwart keinen Tropfen Alkohol angerührt, und auch Martin hatte nicht einmal ein Bier in der Hand gehalten. Nur Almut hatte im Keller zwei neue Alkoholdepots angelegt, an denen sie sich häufig bediente, wie ich beobachtete.

Ich spähte durch ein braun gefärbtes Fenster in die Kneipe: ein schmaler, schlecht beleuchteter Schlauch. Gleich hinter der Tür begann die langgezogene Theke, an der drei, vier Männer auf Hockern saßen. Martin war im hinteren Bereich des Lokals verschwunden. Offenkundig gab es da einen größeren Raum mit Tischen und Spielautomaten.

Ich wandte mich bereits wieder ab, um zu meinem Wagen zu gehen, doch dann hielt meine Neugier mich zurück. Die Kneipe hieß »Pferdestall« – wurde im Hinterzimmer auf Pferde gewettet? Oder gab es einen geheimen Raum für Glücksspiele? Martin war, wenn er Almut nicht angelogen hatte, achtzehn Jahre alt, er war also bereits volljährig und durfte an Glücksspielen teilnehmen.

Als ein älterer, glatzköpfiger Mann die Kneipe verließ, hörte ich Schlagermusik herauswehen. Ich könnte so tun, als hätte ich mir nach dem Ende einer Tour ein Bier gegönnt und wäre aus Zufall in derselben Kneipe gelandet wie Martin.

Vorsichtig trat ich ein. Der Wirt, ein Mann mit glatten, fettigen Haaren und einem Kugelbauch, stand hinter der Theke, er trug über einem weißen Hemd eine schwarze Lederschürze. Er schaute mich wortlos und kein bisschen gastfreundlich an, während ich mich auf den ersten Hocker an der Theke setzte.

»Ein Bier, bitte«, sagte ich.

»Pils?«

Ich nickte.

Die drei Männer neben mir schwiegen, einer hatte einen winzigen Kalender vor sich liegen, den er anstarrte, als würde er Tage zählen. Ich blickte mich um. Martin war nicht zu sehen, aber hinter der Theke gab es tatsächlich einen Raum. Über der Schlagermusik hörte ich die Melodie von Spielautomaten, außerdem drangen Stimmen von einem Billardtisch. Gelegentlich war ein Schatten zu sehen – ein junger Bursche mit einem Queue in der Hand. Es war eindeutig nicht Martin, aber vermutlich hatte er sich hier zum Spielen verabredet. Erleichtert atmete ich auf. Keine Drogen, kein Glücksspiel, sondern nur eine Partie Billard.

Der Wirt warf einen Bierdeckel vor mich auf die Theke und stellte das Glas Bier darauf, dann zog er mit einem Bleistift, der hinter seinem Ohr geklemmt hatte, einen langen Strich auf dem Filz.

Er schaute mich an und streckte einen Finger in die Höhe. »Gleich«, sagte er vor sich hin, »gleich ist es wieder so weit. Dieser Junge ist ein verdammtes Genie.«

Fragend hob ich den Blick zu ihm. Hatte er mit mir geredet?

Der Mann neben mir sah von seinem Kalender auf. Offenkundig fühlte er sich angesprochen. »Gleich klingelt es wieder?«, fragte er.

Der Wirt nickte und wandte dann den Kopf, um zu lauschen. »Ich weiß nicht, wie der Junge das macht«, sagte er zu meinem Nachbarn. »Ich habe so etwas noch nicht gesehen. So etwas gibt es eigentlich gar nicht.«

Ich lauschte nun auch, während ich meinen ersten Schluck Bier trank. Jemand sang von der schönen Monika, ein Junge am Billardtisch rief etwas, und dann … Ja, dann vernahm ich ein lautes Scheppern, das ich zuerst nicht einordnen konnte.

Der Wirt nickte wieder. »Keine drei Minuten – neuer Rekord«, sagte er und wischte sich die Hände an einem Handtuch ab. »Die werden mir die Automaten abbauen, wenn es so weitergeht.« Nun sah er mich an, weil er mein Interesse registriert hat. »Er kommt, bestellt eine Cola und geht an den Automaten, und dann rattert es. Die Münzen fallen und fallen, alles, was die Schüler vormittags reingesteckt haben, kommt wieder raus.«

Das Scheppern der Münzen hatte immer noch nicht aufgehört. Ich begriff, dass er von Martin sprach. Martin war der Junge am Automaten.

»Einmal habe ich mich danebengestellt, habe zugeguckt, ob er da an dem Automaten herumhantiert«, sagte der Wirt, den Blick nun fest auf mich gerichtet, »aber nichts. Keine Tricks, kein Stoßen gegen dieses Blechding. Er wirft ein paar Münzen rein, und dann starrt er auf diese rotierenden Scheiben und weiß genau, wann er sie anhalten muss.«

Das Scheppern hatte aufgehört. Der Sänger besang immer noch eine unsagbar schöne Monika.

»Wie oft kommt der Junge hierher?«, fragte ich.

Der Wirt zuckte mit den Schultern. »Zwei-, dreimal die Woche. Er schleppt jedes Mal fünfzig oder sechzig Mark raus. Richtig verloren hat er noch nie.«

Ich trank mein Glas aus. Es war besser, wenn Martin mich nicht entdeckte.

»Noch eins?«, fragte der Wirt. Er war nun deutlich freundlicher und redseliger.

Ich schüttelte den Kopf und legte zwei Mark auf die Theke. Im nächsten Moment begann das Scheppern erneut.

Der Wirt stöhnte. »Nun ist der zweite Spielautomat dran«, sagte er. »Dann noch Nummer drei und vier.«

Ich warf einen Blick in den hinteren Raum, aber außer dem Lichtschein der Automaten war nichts zu entdecken. Wenn Martin noch ein paar Kneipen hatte, in denen er die Automaten leerte, brauchte ich mich nicht zu wundern, wovon er lebte. Er war ein Spieler, aber keiner, der an Pokertischen oder in einem Spielcasino hockte.

»Ist der Junge immer allein?«, fragte ich, bevor ich mich der Tür zuwandte und die Kneipe verließ.

Der Wirt nahm meine Münze von der Theke. »Immer«, sagte er, »und er sagt nie ein Wort. Nur: ›Eine Cola, bitte.‹«

Jetzt war ich absolut sicher, dass er von Martin sprach.

Ich gab meine Überweisungen in der Bank ab und ging noch mein Fahrtenbuch durch, als mich ein lautes Pochen aufschreckte. Ein dunkles Gesicht presste sich an das Fenster der Beifahrertür.

Martin stand da – seine Augen funkelten mich an.

Ich kurbelte das Fenster herunter. »Hallo«, sagte ich so freundlich ich konnte, »was machst du denn hier? Willst du mitfahren?«

»Herr Busch«, erklärte Martin ganz förmlich, »ich mag es nicht, wenn man mir nachspioniert. Wenn Sie etwas von mir wissen wollen, fragen Sie mich oder Lucie einfach. Lucie weiß immer genau, was ich tue. Klar?«

Sein Tonfall war unfreundlich und unverschämt. Ich wollte zuerst abstreiten, dass ich ihm gefolgt war, doch dann sagte ich lediglich: »Klar!«

Er zog wortlos den Kopf zurück, der Schatten seiner Kapuze fiel auf sein Gesicht. Ich sagte ebenfalls nichts mehr, sondern kurbelte das Fenster wieder hoch und startete den Motor.

Als wir uns am Abend in unserer Küche trafen, schauten wir uns kurz an, ein strenger, nicht freundlicher Blickwechsel, und keiner von uns erwähnte den Vorfall aus der Kneipe.

Vier Monate später zogen Lucie und Martin nach Osnabrück in eine winzige, ziemlich düstere Dachwohnung, von der aus sie den Dom sehen konnten. Zurück in unser Dorf kamen sie erst, als Almut bereits schwer krank und Lucie schwanger war.

39.

Cem hatte mich kein bisschen aufheitern können. In meinem Leben war es mir immer schwergefallen, mit Zurückweisungen fertigzuwerden. Dass der Spaziergang mit Verona so unfreundlich geendet hatte, bevor wir überhaupt losgegangen waren, setzte mir zu. Ich machte mir eine Flasche Wein auf, dann beugte ich mich wieder über meine Aufzeichnungen.

Als es an meiner Tür pochte, war ich froh, Lucie zu sehen.

»Vater«, sagte sie, ein Wort, das sie selten benutzte, »ich mache mir wirklich Sorgen um dich. Tim hatte dich zum Essen eingeladen, aber du bist nicht gekommen …«

»Tut mir leid …« Ich deutete auf meinen Esstisch. »Ich habe dringend ein paar Dinge notieren müssen und außerdem …« Ich war beinahe versucht, ihr von Verona und unserem unglücklichen Treffen zu erzählen.

»Musst du wirklich halbe Nächte an diesem Buch sitzen? Was sind das genau für Geschichten, die du aufschreibst? Ich kann mir da gar nichts vorstellen.« Plötzlich lächelte sie. »Weißt du noch, wie Mutter beim Tretbootfahren am Dümmer See ins Wasser gefallen ist? Oder wie Onkel Herrmann dir eine Säge zum Geburtstag geschenkt hat, weil er selbst eine brauchte? Er hat sie dann ja auch gleich mitgenommen.«

»Ja«, sagte ich, »ich erinnere mich, aber solche Geschichten schreibe ich nicht.«

Lucie setzte sich auf den zweiten Stuhl am Esstisch. »Bist du krank? Schreibst du deshalb alles auf?«, fragte sie ernst.

»Du glaubst, mein Buch ist so eine Art Testament?« Ich suchte ihren Blick. Mit ihren braunen Augen, die Almuts glichen, sah sie mich an – voller Unverständnis und Besorgnis. »Nein, ich bin nicht krank. Ich bin ein alter Mann, aber ich bin nicht krank.«

Meine Tochter schaute sich um. Ihr Blick wanderte zu dem Keyboard auf dem Sofatisch. »Kannst du dich nicht eine Weile ausruhen?«, fragte sie. »Nichts schreiben, sondern dich schonen?

Martin und ich haben uns überlegt, ob wir nicht zu dritt in Urlaub fahren sollen – an die Nordsee. Du magst doch das Meer.«

Kurz nachdem Almut gestorben war, waren wir zu viert einmal nach Sylt gefahren. Lucie liebte es dort, aber mir war es zu schick und teuer vorgekommen. Ich hatte mich überhaupt nicht wohl gefühlt.

»Ja, ich fahre gerne mit euch«, sagte ich, »aber erst wenn ich alles aufgeschrieben habe.«

Mein Telefon klingelte, der Festnetzanschluss. »Das wird Franz sein«, sagte ich. »Ich mache mir Sorgen um ihn. Das Gehen fällt ihm schwer, neulich ist er gestürzt und hatte eine Platzwunde am Kopf.«

Lucie erhob sich. Das Telefon klingelte weiter. »Wenn du das nächste Mal zu Mutters Grab gehst, würde ich gerne mitkommen«, sagte sie in einem Tonfall, der verriet, dass sie wusste, dass ich ganz gegen meine Gewohnheit schon seit vier Wochen nicht mehr auf dem Friedhof gewesen war.

»Gut«, sagte ich, »machen wir.« Dann griff ich hastig nach dem Telefon. Ich rief meinen Namen und ahnte, dass nicht mein Bruder, sondern Verona mir antworten würde.

Doch es war eine andere Stimme, die sich meldete. »Ich bin es«, sagte sie, »Merle Gabler, Ihre Klavierlehrerin. Sie kommen doch am Mittwoch um zehn Uhr, nicht wahr? Ich bin gerade dabei, meinen Wochenplan aufzustellen.«

Ich blickte Lucie nach, die zögernd das Zimmer verließ. »Ich habe jetzt ein Keyboard«, sagte ich, »aber ich habe noch nicht darauf gespielt, keinen einzigen Ton.«

Merle lachte, und in ihrem Lachen glaubte ich die Ähnlichkeit mit ihrer Mutter herauszuhören. »Haben Sie keine Angst. Wir werden an meinem Klavier üben, aber ich habe auch ein Keyboard, genauer gesagt, meine Tochter Lynn hat eines. Ich werde Ihnen ein paar Dinge zeigen. Also, Sie kommen in drei Tagen um zehn Uhr?«

Das war die letzte Gelegenheit, Nein zu sagen. »Ja«, erwiderte ich, »ich komme, aber Sie müssen sehr viel Geduld mit mir haben.«

»Ich habe Geduld«, sagte Merle. »Anders als mein Bruder Manuel, den Sie ja heute kennenlernen durften. Er ist der Superheld in unserer Familie, nun, da mein Vater tot ist. Meiner Mutter tut es sehr leid, wie er sich heute aufgeführt hat, aber das wird sie Ihnen noch selbst sagen.« Mit einem kurzen Gruß verabschiedete sie sich.

Erst nachdem ich aufgelegt hatte, hörte ich, wie meine Eingangstür zugezogen wurde. Lucie hatte gelauscht. Sie konnte sich keinen Reim darauf machen, was mit mir los war.

Aber das konnte ich selbst auch nicht.

Es war, als würde sich mein Leben auf den Kopf stellen. Hatte es mit dem Buch angefangen, mit dem Gedanken, ich müsse mein Leben aufschreiben? Oder mit der Idee, Klavier zu spielen?

Ich überlegte tatsächlich, Verona anzurufen. Ich hatte ihre Telefonnummer, nicht nur den Festnetzanschluss, sondern auch ihre Mobilnummer. Als ich sie mir dreimal angeschaut hatte, konnte ich sie schon auswendig.

In der Nacht hatte ich aufgeschrieben, wie ich zum zweiten Mal zu einer Wahrsagerin gegangen war, nachdem Lucie verschwunden war. Nun überlegte ich, wieder dorthin zu gehen.

»Nur Frauen gehen zu Wahrsagern«, hatte Paula gemeint, nachdem ich ihr damals davon erzählt hatte. »Ich habe noch nie gehört, dass Männer so etwas tun. Herwarth würde dich auslachen. Richtige Männer wissen immer, was zu tun ist.«

Richtige Männer …

Almut hatte ich nie von meinen Besuchen bei den Wahrsagerinnen erzählt; ihr hatte ich auch die meisten meiner Zweifel verheimlicht. Als meine Firma in Konkurs ging und ich nächtelang wach lag, verlor ich kein Wort darüber.

Am meisten hatte ich mich mit Paula ausgetauscht. Sie vermisste ich immer heftiger, je länger sie tot war. Nun, in dieser Sekunde hätte ich sie am liebsten angerufen und ihr von Verona erzählt.

Als ich mich umdrehte, sah ich Paula durch meinen kleinen Garten gehen. Bei ihren seltenen Besuchen hatte sie nie geklingelt, sondern war an der Garage vorbei durch das Gartentörchen gegangen, dann über den Rasen, vorbei an dem Kirschbaum und dem Ginster auf meine schmale Terrasse zu.

Nun bewegte sie sich wieder da entlang, eine schattenhafte Figur, und sie breitete sogar auf ihre typische Art die Arme aus. Vielleicht war das meine erste Erinnerung überhaupt an das Leben – wie ich auf unserem Hof in Schönow auf meine älteste Schwester zuwatschelte, die mit offenen Armen auf mich wartete und mich buchstäblich auffing.

Ich wandte den Blick ab. Nun begann ich nach einem Glas Wein bereits Dinge zu sehen, die nicht da waren.

Nein, registrierte ich. Jemand ging wirklich durch meinen Garten, eine hochgewachsene Gestalt in einem langen Mantel, die sich umsah wie ein Makler, als müsste sie feststellen, was dieses Häuschen mit seiner Umgebung wert war.

Für einen Moment hatte ich Martin in Verdacht, dass er jemanden von einer Bank losgeschickt hatte, um mein Haus zu taxieren, das Lucie und er ja erben würden, dann sah ich, wer diese Gestalt war.

Veronas Sohn steuerte auf meine Terrasse zu. Als ich mich entdeckt hatte, machte er mir ein Zeichen, die Tür zu öffnen.

Ich stand langsam von meinem Esstisch auf. Lediglich fünf Schritte durch mein Wohnzimmer waren es zur Terrassentür, doch war es auf einmal, als hätte ich Blei in den Beinen.

»Hallo«, rief Manuel, »schön haben Sie es hier, ein hübsches Gärtchen, und sehr ordentlich.«

Ich nickte. Was wollen Sie hier?, wollte ich ihm zurufen, doch ich brachte kein Wort heraus.

Veronas Sohn streckte mir die Hand entgegen; er war sehr groß, noch ein Stück größer als ich, wahrscheinlich über einen Meter neunzig. Sein Haar war blond, wurde jedoch schon ein wenig schütter, und seine Gesichtsfarbe zeugte davon, dass er Tennis oder Golf spielte.

»Ich dachte mir, ich suche Sie noch einmal kurz auf«, sagte Veronas Sohn. »Darf ich mich setzen?« Ohne meine Antwort abzuwarten, zog er sich einen meiner zwei Gartenstühle zurecht.

Ich setzte mich ebenfalls.

»Ich möchte Ihnen ein paar Dinge über meine Mutter sagen«, begann er. Er lächelte mich an. Er war Arzt, wenn ich Verona richtig verstanden hatte, er leitete nun die Klinik ihres Mannes, und so einen Tonfall schlug er nun auch an: er, der Erklärer, der es gewohnt war, dass man ihm zuhörte und jedes seiner Worte aufsog.

»Sie ist nicht ganz gesund, sie beginnt, Dinge zu vergessen. Im letzten Sommer hatte sie einen leichten Schwächeanfall, nichts Ernstes, und ihre Krebserkrankung haben wir unter Kontrolle. Die Veränderungen im Darm haben wir früh entdeckt. Allerdings …« Er kniff die Augen zusammen, das Zeichen, dass nun das Entscheidende kommen würde. »Woran sie aber wirklich leidet, ist ein Helfersyndrom. Sie fühlt sich gleich verantwortlich, wenn sie einen armen, notleidenden Menschen sieht. An der Seite meines Vaters hat sie sich um die Sozialarbeit in unserer Klinik gekümmert, hat Komitees geleitet, ihr Weihnachtsbasar war der größte in unserer Gegend. Und als Merle, meine Schwester, ihre Probleme bekam – wegen der Trennung und wegen ihres behinderten Kindes –, hat sie ihr schönes Haus aufgegeben und ist hierhergezogen. Meine Mutter ist aber keine fünfzig mehr. Sie muss sich schonen.« Er seufzte. »Sie verstehen?«, fragte er.

Ja, wollte ich erwidern, ich verstehe. Sie soll sich nun nicht auch noch um einen alten Mann kümmern, der in seinem Dorf in einem schlichten Häuschen sitzt und den ganzen Tag in seinen Garten starrt.

Stattdessen sagte ich: »Vielen Dank, dass Sie mir das alles erzählen. Aber nein, ich verstehe nicht. Ich bin mit Ihrer Mutter in einem Café gewesen, und wir wollten spazieren gehen. Wir haben Freude daran, und deshalb werden wir das auch wieder tun, wenn wir das wollen.« Ich erhob mich.

Manuel sah mich einen Moment irritiert an. »Ich wollte Ihnen das nur erklären«, sagte er. »Im Übrigen kümmere ich mich um alles, auch die finanziellen Belange meiner Mutter, obwohl Sie nun wieder hier wohnt.«

»Wie schön!«, sagte ich. »Ich geleite Sie zu meinem Gartentor. Es war auch sehr rücksichtsvoll von Ihnen, dass Sie mich nicht durch ein lautes Klingeln an der Tür aufschrecken wollten.«

An dem Tor reichten wir uns die Hand, ganz geschäftsmäßig. Seine graublauen Augen funkelten mich an. »Darf ich fragen, wie alt Sie sind? Schon über achtzig?«

»Nein«, sagte ich ein wenig spöttisch. »Nein, ich bin keine achtzig. Ich bin noch so jung, dass ich bei Ihrer Schwester Klavierunterricht nehme.«

Plötzlich erschöpft von dem Gespräch, schlich ich in mein Haus zurück. Ich ließ mich auf meinen Stuhl sinken und trank in hastigen Zügen ein zweites Glas Wein.

»Paula«, sagte ich laut, »hast du mitgekriegt, wie ich mit diesem aufgeblasenen Chefarzt geredet habe?«

Wäre sie da gewesen, hätte sie gewiss laut gelacht.

Nachdem Lucie ausgezogen war, hatte ich das Gefühl, dass die Dinge mir mehr und mehr entglitten. Almut füllte beständig ihre Alkoholverstecke auf, meine Firma, bei der ich nun schon so lange arbeitete, wurde erneut verkauft; nach der deutschen Einheit liefen die Geschäfte zwar für zwei, drei Jahre besser, aber dann standen wir plötzlich vor der Pleite. Noch mehr Entlassungen von älteren Mitarbeitern wurden geplant; ich war Betriebsrat, mich konnte man nicht einfach so vor die Tür setzen.

An einem Freitagmittag wurde ich nach Oldenburg ins Büro gerufen; ein Mann aus dem Vorstand war eigens aus den USA gekommen, um mit den Betriebsräten zu sprechen. Er hieß Henry Fox, ein drahtiger Amerikaner mit kahlrasierter Glatze, er sprach perfekt Deutsch. Wir plauderten eine Weile, über Fußball und Football. Warum den Amerikanern der deutsche Fußball viel zu langweilig sei. »Da passiert ja nichts«, meinte er, »ein Null-zu-Null ist für uns Amerikaner, als hätte da niemand gespielt.« Schließlich fragte er, was ich von der deutschen Einheit hielte.

Ich sagte, dass ich die Teilung immer für falsch und künstlich gehalten hätte, dann erzählte ich von meinem Besuch in Polen und dass auch Helena, meine ehemalige Kinderfrau, die nicht geflohen sei, sich gefreut habe, mich endlich besuchen zu dürfen.

Henry Fox nickte und lächelte, bevor er ein paar Papiere vor sich ordnete.

Ich wusste, dass nun der offizielle Teil kam.

»Ich will ehrlich sein, Herr Busch«, sagte er. »Ihre Generation wird im Westen nicht mehr gebraucht, im Osten vielleicht noch, aber nicht bei uns. Sie sind Betriebsrat, wir können Sie nicht entlassen, aber ich biete Ihnen hunderttausend Mark an, wenn Sie freiwillig gehen. Sagen Sie mir bitte bis Montag Bescheid.« Er stand auf und gab mir die Hand.

Als ich nach Hause fuhr, war ich entschlossen, dieses Angebot anzunehmen. Zu der angekündigten Abfindung besaß ich ein Haus und einen Bauplatz dahinter, der mittlerweile einiges wert war. Es war eine Gelegenheit, woanders noch einmal neu zu beginnen.

Ich wusste auch bereits wo.

In einem Urlaub hatte ich mich in das Örtchen Friedrichstadt verliebt, das in Nordfriesland an der Eider lag. Holländer hatten die Stadt im 17. Jahrhundert erbaut, deshalb gab es dort Grachten und hübsche Backsteinhäuser. Weil ihnen allen Religionsfreiheit gewährt worden war, hatten sie sich dort angesiedelt. Von unserer Ferienwohnung über einer Apotheke am Marktplatz hatten wir einen wunderbaren Blick auf die Giebelhäuser gehabt. Außerdem gab es in dem Städtchen alles, was man brauchte: einen Bahnhof, Geschäfte, Ärzte, und fast jedes Grundstück war von Wasser umgeben. Ein idealer Ort zum Leben, und das Meer lag auch in der Nähe.

Am Sonntag, während des Frühstücks, begann ich, Almut meinen Plan zu unterbreiten: ein Umzug nach Friedrichstadt, erst in eine Ferienwohnung, aber sofort würde ich mich auf die Suche nach einem Haus begeben.

Sie unterbrach mich bereits nach meinem dritten Satz. »Es geht nicht«, sagte sie. »Wir können Lucie nicht alleine lassen.«

Meine Tochter sah ich allenfalls einmal im Monat; jedes Mal hatte sie eine neue Frisur, blond, schwarz, einmal hatte sie sich ihre Haare flammend rot gefärbt, und sie schien auch merkwürdige Essgewohnheiten zu haben. Gelegentlich kam sie mir übergewichtig vor, dann wieder regelrecht abgemagert.

»Was ist mit Lucie? Ist sie schwanger?«, fragte ich.

Almut sah mich düster an. Ich wusste, woran sie in diesem Moment dachte – an ihre Schwangerschaft mit Rosemarie.

»Nein«, sagte sie, »aber mit Martin ist es nicht einfach. Neulich ist er ausgezogen, nun hat er seinen Job in dem Spielcasino aufgegeben und ist seit ein paar Wochen zurück, aber Lucie musste ihre Stelle wechseln. In dem katholischen Kindergarten kam sie nicht zurecht. Außerdem ist noch etwas anderes. Ist dir aufgefallen, wie dünn Anna geworden ist?«

Meine Schwiegermutter hatte sich sehr verändert, sie kam nur noch selten zu uns; sie pflegte das Grab ihres Mannes und saß ansonsten meistens allein zu Hause oder bekochte ihren Sohn Dieter, der fast jeden Tag bei ihr vorfuhr, um sich beköstigen zu lassen.

»Sie hat Leberkrebs«, sagte Almut und begann zu schluchzen. »Sie wird nicht mehr lange leben.«

»Seit wann weißt du das?«, fragte ich.

Sie sah mich an. »Seit einem Monat. Ich wollte es dir sagen, aber … ich konnte es nicht.«

Ich hatte nicht bemerkt, dass sie ein Geheimnis vor mir hatte, nur dass ihre Depots sich schneller leerten als in den Monaten zuvor, war mir aufgefallen.

Am Montag erklärte ich Henry Fox in einem Gespräch, das ungefähr dreißig Sekunden dauerte, dass ich sein Angebot nicht annehmen würde.

Er nickte, schlug mir auf die Schulter und sagte: »Ist okay. Bleiben Sie eben an Bord!«

Meine Schwiegermutter starb kurz vor Weihnachten. Die letzten Wochen verbrachte sie in einem Hospiz in Osnabrück, weil Almut sich nicht rund um die Uhr um sie kümmern konnte. Die Beerdigung mussten wir komplett bezahlen. Jeden Pfennig, den Anna, ordentlich, wie sie war, dafür zurückgelegt hatte, hatte Dieter sich von ihr geliehen, um seine Schulden zu bezahlen.

Zweimal fuhren wir danach noch an die Nordsee in Urlaub, doch um Friedrichstadt machte ich einen großen Bogen.

Teil VI

40.

Bevor Almuts Krankheit vollends ausbrach, fuhr ich einmal noch zu den Gänsen. Ich war mitten in der Nacht aufgeschreckt, weil ich geträumt hatte, Almut wäre ertrunken. Ich konnte ihr bleiches Gesicht, in dem die Augen geschlossen waren, in einem hellen Wasser treiben sehen. Solche Träume hatte ich sonst nie. Und überhaupt Wasser ... Almut hasste es zu schwimmen, sie war auch nicht mehr mit einem Boot gefahren.

Dann glaubte ich, dass der Traum etwas mit Alkohol zu tun hatte. War es nicht so, dass sie im Alkohol unterging, dass der Alkohol sie buchstäblich zu ertränken drohte?

Wir hatten uns häufiger darüber gestritten, dass sie zu viel trank. Sogar das Wort »Alkoholikerin« war mir schon herausgerutscht. Sie war an manchen Tagen nicht mehr in den Salon gegangen, hatte sich vernachlässigt, sogar ihre Haare, die sie sonst immer sorgsam pflegte. Ihre Blutwerte waren schlecht, ihr Diabetes war so schlimm geworden, dass sie noch mehr Tabletten nehmen musste.

Doch nach jedem Streit bekam ich immer wieder Mitleid mit ihr. Ihre Gesundheit war nie die beste gewesen. Als Kind hatte die Diphtherie sie aus der Bahn geworfen, dann hatten ständige Stirnhöhlenvereiterungen sie gepeinigt. In einer Nacht dann, nach einer sehr heftigen Auseinandersetzung, hatten wir gemeinsam um unser erstes Kind geweint. Dieser Schmerz saß immer noch in Almut, und er war viel tiefer als meiner. Rosemarie wäre nun eine erwachsene Frau, sie hätte die Schule abgeschlossen, hätte einen Beruf, einen Mann, vielleicht Kinder ...

Um mir Rat zu holen, war ich eines Abends spontan zu der Adresse der Wahrsagerin gefahren, obwohl ich mir eigentlich geschworen hatte, es nie wieder zu tun. Eine andere Frau hatte mir aufgemacht. Sie nannte sich Babette und sprach akzentfrei Deutsch, sie war barfuß, hatte ihre braunen Haare zu einem Turm hochsteckt und trug ein langes rotes Kleid, auf das dunkelrote Sonnen gestickt waren. Ich misstraute ihr gleich, als sie die Karten legte, und ahnte, dass ich nichts von ihr erfahren würde. Sie redete auch nur allgemeines Zeug, nichts, was mit Wahrsagerei zu tun hatte. Ich solle auf meine Gesundheit achten und darauf, mich nicht zur sehr in mich zurückzuziehen, sondern im Gespräch zu bleiben. Gleichzeitig wies sie mich darauf hin, meine innere Mitte zu finden, und zuletzt gab sie mir den Rat zu singen, mir einen Chor zu suchen; singen sei gut für mich. Hundert Mark kostete mich der nutzlose Besuch.

Zehn Gänse empfingen mich vor meiner Tour, die mich über Land nach Delmenhorst führen sollte, mit lautem Gekrächze, als hätten sie mich bereits seit längerem erwartet. Am See schien sich, seit er eingedeicht worden war, nie etwas zu verändern. Die Pappeln stemmten sich gegen den Wind. Die hohe Birke, unter der ich bei jedem Besuch meinen Großvater sitzen sah, duckte sich unter den dichten Wolken. Kein Mensch war zu sehen. Der Geruch von Regen lag in der Luft.

Die Gänse umringten mich am Wasser. Argwöhnisch schauten sie mich an.

»Müsste ich härter zu Almut sein?«, rief ich ihnen zu. »Wie bringe ich sie vom Alkohol weg? Ich hatte vor umzuziehen, in eine andere Stadt, aber sie will nicht mitgehen, auf keinen Fall.«

Wäre ich wie mein Großvater gewesen, hätte ich vielleicht einen Gedanken von den Gänsen auffangen können, so aber sah ich ihnen zu, wie sie allmählich das Interesse an mir verloren, weil ich kein Futter für sie mitgebracht hatte. Eine nach der anderen erhob sich, um über dem See eine Schleife zu fliegen.

»Ich werde ein neues Haus bauen«, sagte ich laut vor mich hin, »ein Haus ohne Treppen, und gleichzeitig werde ich uns eine kleine Wohnung am Meer mieten. Dann können wir entscheiden, wo wir leben wollen.«

Die letzte Gans, die bei mir geblieben war, schaute mich an, als hätte sie mich verstanden. Sie krächzte einmal auf, ihr Kopf ruckte wie in einem Nicken vor und zurück, dann watschelte sie langsam in Richtung Wasser. Sie schien die Außenseiterin der Gruppe zu sein.

Nach meiner Tour würde ich Almut von meinem Entschluss erzählen, überlegte ich mir.

Doch als ich zurückkam, war sie nicht da. Auch unser Auto stand nicht in der Einfahrt. Dagmar, ihre Freundin aus dem Salon, kam mit dem Fahrrad herüber. Offenbar hatte sie gesehen, wie ich durch das Dorf gefahren war.

»Almut hatte einen Unfall, nichts Ernstes, sie hat einen Laternenpfahl gestreift, aber sie ist zu einer Untersuchung in Ostercappeln im Krankenhaus.«

Ich spürte meinen Unwillen. Den Laternenpfahl gestreift … Almut hatte erst vor fünf Jahren ihren Führerschein gemacht. Neuerdings fuhr sie gerne unser Auto, einen weißen, unauffälligen Golf, aber in letzter Zeit hatte sie einen Linksdrall entwickelt. Es war so weit gekommen, dass ich ihr schon in das Lenkrad hatte greifen müssen, um einen Zusammenstoß zu verhindern. Immerhin war nicht von einem Totalschaden die Rede. Vielleicht war nur ein Scheinwerfer kaputt.

Ich war nicht darauf vorbereitet, dass Almut im Krankenhaus bleiben musste. Als ich in ihr Zimmer kam, schlief sie, und auch nachdem sie sich aufgerichtet hatte, war sie kaum fähig, mit mir zu sprechen.

Auf dem Gang fing mich ein Arzt ab, er hatte graue Haare und einen grauen, sehr gepflegten Dreitagebart und wirkte, als wäre er einem Fernsehfilm entsprungen. Er schüttelte mir die Hand und war viel freundlicher als die Ärzte, die ich aus Osnabrück kannte.

»Zum Glück hatte Ihre Frau keinen schweren Unfall, aber wir glauben, dass sie am Steuer einen leichten Schlaganfall erlitten hat. Hervorgerufen durch einen viel zu hohen Blutdruck. Der Wert lag bei deutlich über 200. Das ist viel zu viel. So können wir sie nicht entlassen.«

Er fragte mich nach der Telefonnummer unseres Hausarztes.

Als ich am Abend allein in der Küche saß, wusste ich, dass ein Abschnitt meines Lebens zu Ende war. Almut hatte am Steuer einen

Schlaganfall gehabt. Sie würde wahrscheinlich kein Auto mehr fahren können und würde noch mehr Medikamente verschrieben bekommen. Eine Stunde kauerte ich reglos da, dann nahm ich mir ein weißes Blatt Papier und malte ein Haus auf, den Grundriss eines einfachen Hauses für einen Mann und eine kranke Frau, die keine Treppen mehr steigen konnte und die ein einfaches Bad ohne Stufen und Kanten brauchte.

Als ich damit zufrieden war, rief ich Lucie an. »Deine Mutter ist im Krankenhaus«, sagte ich, »und ich habe beschlossen, ein neues Haus zu bauen, hinten im Garten. Wenn ihr wollt, könnt ihr, Martin und du, vorne wohnen, in unserem großen Haus.«

Sie sagte nichts darauf, nur einen Satz: »Ich habe immer Angst um Almut gehabt.« Lucie hatte seit langem aufgehört, uns Vater oder Mutter zu nennen.

In der Nacht konnte ich nicht schlafen. Das Bett neben mir war leer, eine Leere, die zu mir herüberstrahlte. Ich überschlug in Gedanken, was ich alles für ein einfaches Haus ohne Keller und Dachboden brauchte und wer mir beim Bau helfen könnte, und dann fiel mir das Gedicht von Celan ein, das Gisa mir vor vielen Jahren vorgelesen hatte: »Die Todesfuge«. Ich hatte es nie verstanden, hatte nur begriffen, dass es mit dem Untergang und der Vernichtung der Juden durch uns Deutsche zu tun hatte, aber war es nicht auch ein Gedicht über den Tod überhaupt, der uns erwartete? Wie lange würde Almut noch leben? Wie lange könnte ich noch bei ihr sein?

Am Morgen, nach knapp drei Stunden Schlaf, kamen mir diese Nachtgedanken falsch und sentimental vor. Almut hatte Diabetes und hohen Blutdruck, ihre angegriffene Gesundheit hatte mir immer Sorgen bereitet, aber wahrscheinlich würde man sie wieder in eine Kur schicken. Da könnte sie, ohne einen Tropfen Alkohol zu trinken, neue Kräfte sammeln.

Derselbe Arzt empfing mich, aber nun wirkte er eher besorgt als freundlich. »Ich habe mit dem Hausarzt Ihrer Frau telefoniert«, sagte er. »Stimmt es, dass Ihre Frau seit ihrer Jugend Nasentropfen nimmt und dass sie sich geweigert hat, sie abzusetzen?«

Ich nickte. Ja, Almut hatte immer ein Nasenspray zur Hand, aber von einer Weigerung, sie abzusetzen, wusste ich nichts.

»Fast alle Patienten, die an Bluthochdruck leiden«, fuhr der Arzt fort, »können relativ leicht mit Erfolg behandelt werden. Es gibt nur eine Ausnahme: Patienten, die schon viele Jahre süchtig nach Nasentropfen sind.«

Es dauerte ein paar Sekunden, bis ich die Worte des Arztes verstand. Nasentropfen waren gefährlich und keineswegs so harmlos, wie ich immer geglaubt hatte? Ein heißer Schauer überfiel mich. »Heißt das, sie wird mit diesem hohen Blutdruck leben müssen?«, fragte ich.

Der Arzt sah mich mit einem Ausdruck an, den ich für Resignation hielt. »Am besten kümmern sich die Kollegen im Marienhospital in Osnabrück um Ihre Frau, aber es wird ein ewiger Kampf sein, den Blutdruck unter Kontrolle zu halten. Und zudem …« Er blickte auf ein Papier mit Zahlenkolonnen vor sich. »… zudem machen uns die Nierenwerte ernste Sorgen. Ich schlage eine Überweisung vor, damit man Ihre Frau medikamentös neu einstellen kann.«

Komplett leer fühlte ich mich, ausgehöhlt und müde. Keine Kur, keine Erholung an der See, sondern ein Aufenthalt in dem Krankenhaus, in dem Almut unser erstes Kind auf die Welt gebracht hatte, das nach einem Tag gestorben war.

Der Arzt gab mir die Hand. »Ich habe schon schlimmere Nachrichten überbringen müssen«, sagte er, um mich aufzuheitern.

Almut saß auf ihrem Bett. Sie war bereits angezogen, ihr dunkler Blick verriet jedoch, dass sie von der Diagnose und der Einweisung ins Marienhospital schon wusste.

»Ich will hier raus!«, herrschte sie mich an. »Nach Hause – sofort!«

Als Erstes würde sie in den Keller gehen, dorthin, wo die Waschmaschine stand, und würde sich einen Schluck Cognac gönnen.

Dass ich sie kurz umarmte, ließ sie geschehen.

»Ich werde ein Haus für uns bauen«, sagte ich. »Ebenerdig, mit breiten Türen und schönen Fenstern. Hinten im Garten. Dort werden wir wohnen.«

In ihren braunen Augen glomm ein Licht auf. War es Interesse? War es Zorn? Ich glaubte, einen Gedanken zu erraten. »Ist es so weit mit mir gekommen?«, dachte sie. »Bin ich tatsächlich so krank?« Doch sie sagte nichts, sondern hakte sich bei mir ein, und wir gingen zu meinem Auto.

»Morgen«, sagte ich, »kommt der Golf aus der Werkstatt. Ich habe nur die Stoßstange erneuern lassen. Die Kratzer am Kotflügel sind geblieben.«

»Du hast recht, ich sollte nicht mehr fahren«, sprach sie laut vor sich hin, obschon ich nichts dergleichen gesagt hatte.

Es war schrecklich anzusehen, wie sie zu Hause einen Grund suchte, um in den Keller zu gehen. Schwankend, sich an Stühlen und Türklinken festhaltend, stieg sie hinunter. Ich überlegte, ihr zu folgen, konnte mich aber nicht von meinem Stuhl rühren. Ich kannte so etwas nicht: wenn einen die Sucht in den Klauen hielt und nicht mehr losließ. Niemand von meinen Geschwistern war süchtig nach Alkohol oder Nikotin, geschweige denn nach anderen Drogen. Ich spürte, wie sich Tränen in meinen Augen sammelten, aber ich hielt sie zurück. Jeden Handgriff Almuts konnte ich mir vorstellen, wie sie die Flasche hinter einem Stapel alter Handtücher hervorzog, sie mit zitternden Händen öffnete und einen schnellen Schluck nahm. Dann stützte sie sich auf der Waschmaschine ab, atmete tief durch, sie schloss für einen Moment die Augen, während sie dem Alkohol nachschmeckte, lauschte dann, ob ich mich näherte, und trank noch einen zweiten, längeren Schluck.

Hatte der Arzt ihr die Sache mit dem Nasenspray gesagt? Ich wusste es nicht.

Nach zehn Minuten kam sie wieder hoch. »Ich musste etwas nachsehen«, sagte sie vage. »Die Heizung tropft. Was ist mit einem neuen Haus?«

»Wir sprechen morgen darüber«, sagte ich. »Ich mache uns etwas zu essen. Hast du Appetit auf ein Omelett? Oder hat der Arzt dir Eierspeisen verboten?«

Später im Bett schob Almut sich an mich. Ich roch ihr Haar und spürte, dass sie mich anschaute. In ihren Augen war wieder ein winziges Licht. »Wir sind einen langen Weg zusammen gegangen«, flüsterte sie. »Es war nicht immer einfach, aber wir hatten uns, an jedem Tag.«

Es stimmte für mich nicht ganz, wenn ich an die Tage in meiner Kur dachte. Trotzdem nickte ich. »Ja«, sagte ich leise, »ein langer Weg, und er ist längst noch nicht zu Ende.«

Almut strich mir über das Gesicht. Dann schmiegte sie sich an meine Schulter und schlief ein.

Ich ging in Gedanken alles durch, was ich in der nächsten Zeit erledigen musste, aber ein anderes Bild drängte sich dazwischen. Plötzlich sah ich Almut vor mir, jung, mit schwarzen hochtoupierten Haaren und vornehm wirkend in ihrem weißen Mantel, wie sie neben der Kasse stand und mich, einen verwirrten Jüngling mit einem Strampler in der Hand, anlächelte. Von da ab waren wir eigentlich immer zusammen gewesen.

Dorle, die jüngste Tochter von Franz, war Architektin, sie half mir, das Haus zu planen. Sie baute mir auch ein kleines Modell aus Holz, damit Almut sich ein Bild machen konnte: Ein Schlafzimmer hatte das Haus, ein großes Bad, in das auch ein Rollstuhl passte, ein Wohnzimmer mit einer Kochecke und einem Zugang zum Garten, eine geräumige Diele und eine kleine Gästetoilette. Es gab keine einzige Stufe, keine Unebenheit.

Dann fragte ich meine Brüder ab; sie waren mittlerweile alle Rentner, doch niemand sagte, dass er mir nicht helfen könne. Herbert, der Maurer, Jolandes Mann, der mittlerweile zweiundsiebzig Jahre alt war, würde die Bauleitung übernehmen, und er würde wie selbstverständlich mitarbeiten, ein hagerer, wortkarger Mann, dem es immer noch nichts ausmachte, sich zwei Säcke Zement unter den Arm zu klemmen. In seinem Leben musste er weit mehr als zweihundert Häuser gebaut haben, eine ganze Siedlung könnte seinen Namen tragen – die Herbert-Moormann-Siedlung, zumeist alles Einfamilienhäuser aus rotem Klinker.

Im Frühjahr 2000, nachdem ich die Genehmigung bekommen hätte, würden wir mit dem Bau beginnen; es war beinahe wie vor knapp vierzig Jahren, als ich mit der Hilfe meiner Brüder das erste Haus gebaut hatte. Nur mein Vater fehlte.

Am 17. Dezember 1999, eine Woche vor meinem sechzigsten Geburtstag hatte ich meinen letzten Arbeitstag. Henry Fox, der nun die Firma überwachte und alle zwei Wochen aus den USA kam, hatte meine Kündigung mit einem harten Händeruck und einem knappen Okay aufgenommen. Die Abfindung würde für eine Weile reichen; in das neue Haus würde ich all meine Ersparnisse stecken, aber dann könnte ich das Vorderhaus vermieten. Es würde irgendwie gehen.

Almut nahm all meine Pläne wie aus der Ferne wahr. Sie konnte nicht mehr in den Salon gehen und bewegte sich meistens gestützt auf ihren Rollator. Ihre Nierenwerte waren so schlecht, dass eine Dialyse drohte. Immerhin trank sie nicht mehr. In einer nächtlichen Aktion hatte sie mir sämtliche Alkoholdepots verraten, von denen eines sich sogar in der Garage befunden hatte, und wir hatten jede Flasche feierlich in den Ausguss gekippt.

Die Einzige, die sich ganz abseitshielt, war unsere Tochter.

»Was ist mit Lucie?«, fragte ich, nachdem wir am Heiligen Abend meinen eher traurigen sechzigsten Geburtstag gefeiert hatten. Lucie war mit Martin nur für zwei Stunden vorbeigekommen, dann hatte sie gesagt, sie habe Fieber und müsse nach Hause.

»Sie kommt damit nicht zurecht«, sagte Almut. »Dass ich so krank bin und dass sie sich entscheiden muss, ob sie hierherziehen will.«

»Was ist so schwer daran?«

»Sie hat von etwas anderem geträumt«, sagte Almut. »Nicht von einem Haus in einem unbedeutenden Dorf namens Bohmte.«

»Wovon hat sie denn geträumt?«, fragte ich verärgert nach.

»Wovon haben wir geträumt?«, beantwortete Almut meine Frage.

Meine ersten Träume waren Albträume, hätte ich ihr beinahe gesagt, von einem Fuchs, der auf einem Waldpfad zwischen mir und der Welt stand.

»Lucie wollte Sängerin werden«, sprach Almut weiter, als ich schwieg. Ihre Augen fixierten mich, erforschten, welche Reaktion ich auf ihre Worte zeigen würde. »Zusammen mit Martin haben sie eine Band gehabt und Musik gemacht.«

»Was für Musik?« Ich war vollkommen verblüfft. Warum hatte ich nichts davon gewusst?

»Na, die Beatles haben sie nicht nachgespielt«, sagte Almut. »Martin ist ein richtiges Genie, was Maschinen angeht. Er hat Musik aus einem Computer gemacht, elektronische Klänge, und Lucie hat gesungen. Ich glaube, ein Bassist und ein Schlagzeuger waren manchmal auch dabei. Du hast dich dafür nicht interessiert. Du hast immer nur geguckt, ob deine Tochter sich die Haare nicht knallrot gefärbt hat oder nur wieder in schwarzen Sachen herumlief.«

Ich erinnerte mich, dass Lucie ein-, zweimal von einem Konzert gesprochen hatte, aber ich hatte gemeint, es handele sich um Aufführungen in ihrem Kindergarten.

»Warum hast du mir nichts gesagt? Hast du sie einmal singen gehört?«

Almut nickte. »Lucie wollte nicht, dass ich dir etwas sage. Sie meinte auch, sie wäre zu unsicher, wenn du sie auf einer Bühne sehen würdest.«

Ich fühlte mich beschämt. Kannte ich meine Tochter so wenig? Und was war mit ihr – was sah sie in mir? Einen strengen, unerbittlichen Vater, der sich eigentlich nicht für sie interessierte? Ich verstand die Welt nicht mehr.

»Und nun hat diese Band sich aufgelöst?«

»Schon vor einiger Zeit. Sie haben eingesehen, dass sie mit ihrer Musik kein Geld verdienen können«, sagte Almut. »Sie sind auch nicht oft aufgetreten, aber Martin hatte eine Zeitlang einen Keller gemietet, wo er seine Musik komponiert hat, und ich glaube, sie haben irgendwelche Bänder an Plattenfirmen geschickt. Einmal war Martin sogar in Köln und hat einem Plattenboss etwas vorgespielt.«

»Wenn sie hierherziehen würden, hätten sie einen Keller«, sagte ich, »und genügend Platz, um zu proben.«

»Wir müssen ihnen Zeit lassen«, sagte Almut, »und noch ist das kleine Haus ja auch nicht fertig.«

So hieß es fortan bei ihr: das kleine Haus.

Lucie zeigte sich im Winter höchstens zweimal im Monat. Sie machte eine Fortbildung, um einen Kindergarten leiten zu können, aber ich bekam mit, dass sie oft am späten Nachmittag mit Almut telefonierte. Von der Musik und der Band war nicht mehr die Rede.

Als Herrmann und ich Anfang März mit den ersten Bauarbeiten anfingen, indem wir die Bäume im Garten rodeten und die Büsche und den Gartenzaun entfernten, bekamen wir eine Postkarte von Lucie. Ich war über das Motiv erstaunt. Auf dem Bild auf der Karte waren sie und Martin zu sehen – eine Schwarz-Weiß-Fotografie. Lucie trug ein helles halblanges Kleid und er ein Jackett. Sie standen auf einer Treppe, vor einem Haus mit einem Rundbogen. Martin hatte sich sogar die schulterlangen Haare abgeschnitten, die mir nie gefallen hatten. Sie hielten sich an den Händen, ein wenig geziert, wie ich fand, und lächelten in Richtung Kamera.

»Warum schicken sie uns so eine Karte?«, fragte ich Almut.

Sie sah mich an. »Du hast den Text nicht gelesen?«

Dann erst las ich es: »Ihr Lieben, bei allerschönstem Frühlingswetter haben wir heute in Kopenhagen geheiratet. Herzliche Grüße – Martin und Lucie Blohm.«

41.

»Das Leben ist nicht fair«, sagte Paula. Wir standen auf der Bodenplatte des kleinen Hauses. Weiter, als diese Platte zu gießen, waren wir nach einem Monat nicht gekommen. Herbert hatte tatsächlich noch eine andere Baustelle, auf der er arbeiten musste. Ich hatte Steine und Mörtel für den nächsten Tag bereitgelegt, als sie überraschend mit ihrem weißen klobigen Mercedes vorgefahren war.

Paula nahm sich einen Stuhl und setzte sich mitten ins Haus. Dann tat sie etwas, das ich noch nie an ihr gesehen hatte: Sie zog eine Schachtel Zigaretten hervor und steckte sich eine an. Als ich sie fragend anschaute, hielt sie mir auffordernd die Schachtel hin. Ich schüttelte den Kopf.

»Nein«, sagte ich, »das Leben ist nicht fair. Hast du Ärger mit Herwarth? Läuft der Laden nicht mehr so gut?« Rüdiger, ihr jüngerer Sohn, war mit ins Geschäft eingestiegen, obwohl er sich mit seinem Vater überhaupt nicht verstand. Die beiden arbeiteten acht Stunden am Tag miteinander und wechselten allenfalls drei oder vier Sätze.

Paula sagte nichts. Wir hatten zuletzt wenig Kontakt gehabt. Einmal war sie wegen ihres Herzschrittmachers im Krankenhaus gewesen, wie ich von Franz wusste.

Sie rauchte geziert, inhalierte tief und blickte sich um, als würde das Haus schon stehen, als gäbe es die Mauern schon, die sie begutachten müsste.

»Damals, wenn ich mit Georg zusammen war, haben wir gemeinsam eine Zigarette geraucht, ein Zug für ihn, einer für mich. Immer nur eine Zigarette. Es hat mir gefallen. Ich habe nicht ein einziges Mal gehustet.« Sie war mager geworden, ihre Haut schimmerte ungesund grau. »Manchmal gehe ich heimlich zu seinem Grab. Seine Kinder haben einen schönen roten Stein für ihn ausgesucht. Ich glaube, auch die Häuser, die er entworfen hat, wurden mit solchen Steinen gebaut.« Ihr Blick wandte sich wieder mir zu, sie lächelte matt und warf die Zigarette vor sich hin. »Ich finde es gut, dass du an die Zukunft denkst und in deinem Alter noch ein Haus baust. Aber du bist ja auch der Jüngste von uns, der kleine Anton, der am liebsten schläft. Unsere halbe Flucht hast du damals verschlafen. Weißt du noch, wie du allein in dem Zug zurückgeblieben bist?«

Ich nickte. Almuts Gesicht tauchte am Wohnzimmerfenster des Vorderhauses auf. Sie wunderte sich darüber, was wir hier taten.

»Warum bist du gekommen?«, fragte ich. Ich hatte nie groß erraten können, was meine älteste Schwester dachte, aber plötzlich hatte ich die schlimmsten Befürchtungen.

»Das Leben ist nicht fair«, wiederholte sie, »natürlich nicht. Seit zig Jahren renne ich zu Ärzten, werde endlos untersucht, Herz, Blut, Urin, doch vor drei Tagen kam plötzlich ein richtiger Blutschwall aus mir heraus, helles, rotes Blut.« Sie verstummte, und ich begann zu frösteln, weil ich ahnte, was sie gleich sagen würde.

»Ich habe Darmkrebs, der schon gestreut hat, die Leber ist befallen. Morgen werde ich operiert. Dann wissen sie mehr.«

Ich zog Paula von ihrem Stuhl hoch und umarmte sie. Nichts konnte ich ihr sagen, kein Trost, kein So-schlimm-wird-es-nicht-Werden. Obwohl sie doch immer die große Schwester für mich gewesen war, war sie so viel kleiner als ich, fiel mir auf, sie reichte mir kaum bis zum Kinn, aber vermutlich war es auch mehr als fünfzig Jahre her, dass ich sie in den Armen gehalten hatte.

Eine Weile standen wir so da. Almuts Blick meinte ich noch in meinem Rücken zu spüren.

»Ich muss gehen«, sagte Paula dann und löste sich von mir. »Morgen um sieben Uhr muss ich im Krankenhaus sein. Du bist der Einzige außer Herwarth, dem ich es erzählt habe. Wünsche mir Glück.«

Mir fiel der Traum ein, den sie mir einmal erzählt hatte – dass sie bald sterben würde. Das war sechzehn Jahre her. Sechzehn Jahre, die einfach so verweht waren.

Als ich sie drei Tage später im Krankenhaus besuchte, war sie eine ganz andere geworden. Sie hockte im Bett, hielt eine Nierenschale in ihren zitternden Händen und spuckte Blut, als ich hereinkam. Da wusste ich es, in dieser einen Sekunde, in der ich voller Entsetzen über ihren Anblick in der Tür verharrte – sie würde ihre Krankheit nicht besiegen können.

Hastig nahm ich ihr die Nierenschale ab. Ich war wütend. Warum war keine Krankenschwester da, kein Arzt? Paula lächelte, ein leises, schwaches Lächeln, das einzige Gesunde schienen nur noch ihre großen weißen Zähne zu sein, die aus ihrem Gesicht herausleuchteten. Dann sollte ich ihr helfen, mit einem merkwürdigen gläsernen Apparat, in dem kleine Bälle hin und her sprangen, Atemübungen zu machen. Sie tat das mit dem heiligen Ernst, mit dem sie früher in Schönow den Hof gefegt hatte. Trübsinn überfiel mich. Niemand würde ihr helfen können.

»Weißt du, was ich möchte?«, fragte sie mich leise und mit einem verschwörerischen Blick zur Tür, als würde da jemand lauschen. »Könntest du in den kleinen Laden laufen und mir eine Tafel Schokolade holen, Milchschokolade, keine Nüsse?«

Ich eilte los, und dann beobachtete ich sie, wie sie zwei Stücke

Schokolade aß, als wäre es das größte Vergnügen der Welt. Sie schloss die Augen, leckte sich die Lippen wie ein kleines Kind.

»Sie haben nur ein wenig von meiner Leber herausgeschnitten«, sagte sie mit festerer Stimme, als hätte die Schokolade ihr Kraft für diese Nachricht verliehen. »Den ganzen Tumor konnten sie nicht entfernen, dann wäre kaum etwas übriggeblieben. In zwei Wochen, wenn ich mich erholt habe, beginnt die Chemotherapie.«

Diese Worte trafen mich mehr als Almuts Diagnose. Es klang endgültig und mit einem Unterton, als hätte meine Schwester beschlossen, nun das Sterben zu lernen.

Sterben muss man nicht lernen, hätte ich beinahe gesagt, das passiert jedem. Dann dachte ich, es ist die gleiche Krankheit, die meine Mutter damals befallen hatte; Paula war ihr ohnehin im Alter immer ähnlicher geworden.

Ich versuchte Worte zu finden, etwas, wie: Ich stehe an deiner Seite, wir alle in der Familie tun das, obwohl es sich nicht richtig anhörte, doch kaum hatte ich irgendetwas gestammelt, kam zu meinem Glück Paulas ältester Sohn herein – Arne, ein Schweiger, der in Berlin in einem Verlag arbeitete. Er küsste seine Mutter auf die Wange, bevor er mir die Hand schüttelte, dann sagte er: »Grüße vom Vater. Er kann nicht kommen, er hält die Luft im Krankenhaus nicht aus.«

Fast achtzehn Monate bauten wir an dem kleinen Haus. Almut sah uns gelegentlich vom Fenster im Wohnzimmer des Vorderhauses zu. Manchmal nahm sie auch ihren alten Zeichenblock hervor und machte eine Skizze, doch wie sich nach dem Schlaganfall ihre Handschrift verändert hatte, sahen auch ihre Zeichnungen nun kantiger und ungelenker aus. Ihre Nierenwerte hatten sich so sehr verschlechtert, dass sie einmal in der Woche zur Dialyse musste. Lucie und Martin zeigten sich auch einige Male auf der Baustelle. Martin mochte ein Computergenie sein, vom Hausbau jedoch verstand er gar nichts. Er hatte eine Anstellung bei einer Firma gefunden, die Kaffeeautomaten aufstellte und wartete, und als wir das Richtfest feierten, erklärte er mir, dass Lucie und er gerne ins vordere Haus einziehen würden. Ich spürte Lucies Blick, als ich ihm sagte, wie sehr ich mich darüber freuen würde.

Die meisten Arbeiten an dem Haus hatten wir selbst erledigt; ich fühlte mich so gut wie lange nicht mehr. Herbert war unser Chef, er hatte alle Arbeiten im Blick, und die Mauer zog er selbst, da saß jeder Stein. Ich hatte es immer gemocht, mit den Händen etwas zu erschaffen; für die Elektrik und die Heizung war ich zuständig; Herrmann kümmerte sich um die Fenster und Türen; nur für den Dachstuhl und die Fliesenarbeiten musste ich zwei Firmen beauftragen.

Das Dach deckten meine Brüder, Herbert und ich an einem Wochenende; es war ein beglückendes Gefühl zu sehen, wie leicht uns alten Männern die Arbeiten von der Hand gingen. Ich saß auf dem Dach, blickte über Bäume und andere Dächer, und einmal war es sogar, als würde ich in der Zeit zurückreisen, als wäre ich der kleine Anton, der in seinem Zuhause, in dem Gemüsegarten in Schönow auf einen Baum geklettert war, der ihm riesengroß vorgekommen war, um seine Welt zu betrachten.

Paula kam auch einige Male vorbei, sie hatte sich ein wenig erholt. Die Chemotherapie hatte sie arg mitgenommen, sie hatte weiter an Gewicht verloren, aber die Haare waren ihr nicht ausgefallen, was sie als das Zeichen wertete, dass es doch noch nicht so schlimm um sie stand.

Im Spätsommer war das Haus so gut wie fertig; ich war zufrieden, es entsprach mir in seiner Schlichtheit viel mehr als das große Haus, und einen kleinen Garten und Platz für eine Garage hatte ich immer noch.

Selbst Almut hatte sich von meiner Zufriedenheit anstecken lassen. Abends schaffte sie es manchmal sogar, einen Spaziergang zu machen, ohne Rollator, nur untergehakt an meinem rechten Arm. Es tat ihr zudem gut, Lucie zu beraten; wie sie das große Haus aufteilen und renovieren könnten. Mich brauchten sie dabei nicht.

»Ich soll es dir nicht sagen«, verriet Almut mir, als wir bereits unsere ersten Sachen für den Umzug packten. »Lucie möchte ein Kind, sie hat sich jetzt entschieden.«

»Und Martin?«, fragte ich.

»Er wollte immer ganz viele Kinder«, erwiderte Almut zu meiner Überraschung.

In der zweiten Septemberwoche begann ich mit den letzten Arbeiten im Haus. Die ersten Möbel hatten meine Brüder und ich schon herübergetragen. Der Fernseher lief bereits. Ich hatte früh begonnen hinüberzugehen und stand auf der Leiter, um im Wohnzimmer einen kleinen Kronleuchter aufzuhängen, als ich es auf dem Bildschirm sah: eine Aufnahme, die sich sofort in die Netzhaut brannte. In einen Turm in New York war ein Flugzeug hineingeflogen; aus dem Haus stiegen Rauch und Flammen auf, und dann schwebte ein zweites Flugzeug heran; es war beinahe ein schönes Bild, wie es scheinbar schwerelos durch den blauen Himmel glitt – geradewegs in den zweiten Turm.

Am 11. September 2001 zogen wir in das kleine Haus. Die wenigen Dinge, die wir noch brauchten – einen Teppich, einen Esstisch mit Stühlen, einen Schrank für das Bad –, musste ich allein besorgen. Almut war bereits zu schwach, um ein Möbelhaus zu betreten.

42.

Wenn ich ehrlich war, hatte ich erwartet, dass Verona mich anrufen würde, am Sonntagabend noch, nachdem ihr Chefarztsohn offenkundig abgereist war, doch mein Telefon blieb stumm. Ich kontrollierte sogar, ob es funktionierte und die Batterien aufgeladen waren.

Am Abend saß ich an meinem Esstisch und starrte in den Garten, als erwartete ich jemanden, aber nichts geschah. Niemand kam, kein Tier zeigte sich.

Erst später begann ich zu schreiben, und danach holte ich die letzten Zeichnungen hervor, die Almut angefertigt hatte – von mir, meinen Brüdern bei der Arbeit und unserem Hausbau, auch Lucie hatte sie gezeichnet: mit offenem Mund, kurzen struppigen Haaren, eine

Hand erhoben und zum Himmel zeigend. Harte, kantige Figuren waren wir, aber in jedem Strich meinte ich zu sehen, wie viel Anteil Almut an uns genommen hatte.

Selbst nachts in meinem Bett wartete ich auf einen Anruf. Was war mit Verona? Tat sie genau das, was ihr Sohn von ihr verlangte? Hatte sie sich vielleicht doch nur aus falscher Sentimentalität bei mir gemeldet? Gegen Morgen, als in der Morgendämmerung die Vögel zu singen begannen, schlief ich ein. Doch gleich mein erster Gedanke nach dem Aufwachen galt Verona. Ich würde sie nicht bedrängen, ein, zwei Tage würde ich ihr Zeit geben, oder nein, übermorgen würde ich zu ihrer Tochter zu meiner ersten Klavierstunde fahren und ihr einen Gruß an ihre Mutter ausrichten. Mehr würde ich nicht tun.

Mein Haus kam mir plötzlich klein und dunkel vor, als ich mir in der Küchenecke einen Kaffee kochte. Am liebsten hätte ich alles umgestellt; Möbel verrückt oder einfach beiseitegeräumt.

Schon gegen elf Uhr brach ich zu meinem täglichen Spaziergang auf. Montags herrschte bei Cem an der Tankstelle nicht viel Betrieb, zwei Rentner wollten ihre Autos waschen lassen, eine Frau mit einem Kleinkind im Arm stand an einer Zapfsäule. Cem hockte hinter seinem Schalter und blätterte in einer Sportzeitung, eine schwere Lesebrille auf der Nase. Er winkte, als er mich sah.

»Nachbar, so früh unterwegs?« Ohne dass ich ein Wort gesagt hatte, wandte er sich um und machte mir an seiner funkelnden Maschine einen Kaffee.

»Anton«, sagte er dann, »du siehst nicht gut aus, und du riechst, als hättest du eine ganze Wolke von Ärger um dich herum.« Sein Schnauzbart hüpfte auf und ab.

Wir gingen zu einem der Stehtische. »Verona hat ein Helfersyndrom«, sagte ich. »Hat ihr Sohn mir verraten. Er hat mich extra besucht deswegen.«

Cem lachte auf, ein wieherndes Lachen, bei dem er sich zurücklehnte – so ein Lachen hatte ich von ihm noch nicht gehört. »Was für ein fürsorglicher Sohn! Er wittert Gefahr. Anton, was bist du? Wie heißt dieses komische deutsche Wort? Ein Schürzenjäger? Oder noch schlimmer: ein Erbschleicher. Auch so ein schönes deutsches Wort.«

Wir lachten beide. Cem wieherte noch einmal los. Dann musste er kurz hinter seinen Schalter zurück, um einen der Rentner abzukassieren.

Meine gute Laune sackte sofort wieder in sich zusammen. Ich blickte zu den Zapfsäulen und stellte mir vor, dieser Chefarztsohn würde mit einem teuren BMW vorfahren, und beim Tanken gingen sein Wagen und er in Flammen auf – verschwanden einfach in einem Feuersturm. Ein lächerlicher Gedanke – ich wusste es selbst.

»Manchmal«, sagte ich zu Cem, als er mit einem Schokoriegel, den er mir hinschob, an den Stehtisch zurückkehrte, »kommt es mir vor, als bestünde mein Leben nur aus Verlusten. Erst die Heimat, dann meine Mutter, mein Vater …« Ich nahm den Schokoriegel, zog das Papier ab und biss kräftig hinein.

»Aber, Nachbar«, sagte Cem, »das geht doch jedem so. Ich habe in der schönsten Stadt der Welt gelebt – in Manisa. Es hat immer nach Rosinen gerochen, das Meer war nicht weit. Konnte es einen Grund geben, da wegzugehen? Nein, niemals. Wir waren fünf Kinder in der Straße, die alles zusammen gemacht haben, jeden Tag – Timur, Yasin, Fatih, Ahmet und ich. Und dann sagt mein Vater, dass er nach Deutschland gehen würde, um Autos zu bauen, und er würde uns nachholen. In drei Monaten. He …« Cem packte meinen Arm. »He, Nachbar, ich war sieben Jahre alt und habe Tag und Nacht geweint, ohne Pause, ehrlich, aber es hat nichts genutzt. Meine Freunde habe ich verloren – und in Deutschland habe ich nichts, keine Freunde, nur schlechtes Wetter und eine Sprache, die mir in den Ohren weh tut. Und kannst du dir vorstellen, wie Osnabrück für einen Jungen aussieht, der unter einem superblauen Himmel groß geworden ist?« Er schnaufte. »Aber jetzt sind wir hier«, sprach er weiter. »Ich besitze eine Tankstelle, ich habe freundliche Nachbarn wie dich und eine tolle Freundin. Und im Oktober fliege ich nach New York, zum ersten Mal nach Amerika, und laufe einen Marathon. Mit neunundfünfzig Jahren – ach, dann bin ich sogar schon sechzig.« Er stieß einen begeisternden Pfiff aus, der ihm selbst galt. »Kannst mitkommen, Anton. Ich kann jede Unterstützung gebrauchen. Ab Kilometer fünfunddreißig werde ich kurz vor dem Zusammenbrechen sein.«

Ich schüttelte den Kopf. Ich war bis auf eine allerdings höchst bedeutsame Ausnahme noch nie in meinem Leben geflogen.

»Anton«, sagte Cem, »ist übermorgen nicht deine erste Klavierstunde? Das wird bestimmt ein super Spaß. Ich sehe dich schon da herumklimpern, und dann weißt du auch, was mit Verona passiert ist. Hab Geduld. Vielleicht ist sie verreist? Oder sie braucht einfach ein paar Tage, um sich von ihrem schrecklichen Sohn zu erholen.«

»Vielleicht sollte ich wenigstens schon einmal mein Keyboard ausprobieren«, sagte ich.

Als ich bezahlen wollte, sagte Cem: »Geht aufs Haus. Bis morgen!«

Ich lief zurück, nicht ganz so bekümmert wie auf dem Hinweg. Ich würde zu Almuts Grab gehen, nahm ich mir vor, sobald Lucie aus dem Kindergarten gekommen war, und dann würde ich mich, statt zu schreiben, an das Keyboard setzen.

An meiner Haustür sah ich ein weißes Band flattern, nein, es war ein DIN-A4-Blatt, das jemand dort angeklebt hatte. Ich las die Worte »Tut mir leid, du warst nicht da« über einer Art Karikatur: eine Frau, die einen Blumenstrauß in der Hand hielt. Als ich noch einmal hinsah, entdeckte ich eine Nummer, die über die Blumen gemalt worden war: Veronas Mobilnummer.

»Wie schön!«, flüsterte es vor mir. Ohne dass ich ihn bemerkt hatte, stand Tim neben mir.

»Da war diese Frau in einem gelben Beetle. Ziemlich rasanter Fahrstil. Hat sie dir etwas an die Tür gepinnt?«

Ich nickte, während ich das Blatt behutsam abnahm.

»Opa«, sprach Tim weiter, »könntest du mir noch einmal mit fünfzig Euro aushelfen? Die Sache mit Mona beginnt zu laufen. Ich habe sie nach Osnabrück in einen Club eingeladen.«

Ich kannte das nur von Lucie und von Almut: lange, nicht enden wollende Telefongespräche. Selbst als unser Telefon noch fest installiert in der Diele hing, konnte Almut eine Stunde oder länger mit ihrer Kollegin Dagmar reden, die sie am Nachmittag noch im Salon gesehen hatte.

Doch mit Verona am Telefon kam es selbst mir vor, als würde die Zeit dahinfliegen. Sofort nachdem ich Tim hundert Euro gegeben hatte, wählte ich ihre Nummer. Sie war nach dem zweiten Klingeln am Apparat. Es schien, als hätte sie auf meinen Anruf gewartet.

»Tut mir leid, dass Manuel so unfreundlich zu dir war, Anton. Er glaubt, sich wie sein Vater aufführen zu müssen, als wäre es seine Pflicht, auf mich aufzupassen.« Veronas Stimme hörte sich jung und energisch an, und ein heiterer Unterton lag in ihr, als könnte sie über die kleinsten Dinge gleich in Lachen ausbrechen. »Außerdem hat er in vielen Dingen unrecht. Ich bin nicht vergesslich, wie er immer behauptet. Ich konnte von seinem Besuch nur nichts wissen, weil er mich immer auf Roberts altem Nokia anruft, das ich schon lange nicht mehr benutze.«

Ich erzählte ihr nichts davon, dass ihr Sohn mich aufgesucht und von ihrem angeblichen Helfersyndrom gesprochen hatte.

»Manuel hat sich schon immer an seinem Vater orientiert. Als kleines Kind ist er am liebsten mit einem Plastikstethoskop um den Hals herumgelaufen, und im Kindergarten hat er bei den Mädchen gesessen und die Puppen untersucht. Einen Heidenärger gab es, wenn er ihnen Arme und Beine herausgerissen hat, um zu sehen, wie er sie wieder einsetzen konnte.« Verona lachte. »Großer Gott, das ist fast fünfzig Jahre her! Robert war sein Leuchtturm, und deswegen ist er auch ein großartiger Arzt geworden, aber manche Ärzte sind so – sie fühlen sich wirklich wie Halbgötter. Hat mein Mann auch getan. Na, sonst hätte er wahrscheinlich seine Klinik gar nicht aufbauen können.«

»Und?«, fragte ich. »Was hast du bei alledem gemacht?«

»Ich wäre keine gute Ärztin geworden, das habe ich schon vor dem Physikum gemerkt, ich habe es dann doch geschafft – mit Ach und Krach und weil Robert mir geholfen hat. Aber als das erste Kind kam, habe ich aufgehört, dann kam das zweite, und ich habe mich um das Haus gekümmert, habe alles von Robert ferngehalten, damit er Karriere machen konnte. Langweilig, nicht wahr?«

»Nein«, sagte ich, »ganz und gar nicht.«

»Doch, im Nachhinein schon. Ich habe auch meinem Vater nachgeeifert, ihn, den großen stattlichen Mann im strahlend weißen Kittel, habe ich schon als Fünfjährige bewundert. Dabei hätte ich ganz andere Dinge tun sollen, statt Medizin zu studieren. Ich wäre vielleicht eine passable Pianistin geworden wie Merle. Oder Tierärztin. Ja, das wäre auch eine Möglichkeit gewesen. Maximilian, mein zweiter Sohn, ist nach Portugal gegangen, um Pferde zu züchten. Da lebt er immer noch. Er war das Gegenteil von Robert, er machte sich nichts aus Status und Geld, und wenn sein Vater nicht Arzt gewesen wäre, hätte er wahrscheinlich Veterinärmedizin studiert.«

»Wir hätten auch gerne drei Kinder gehabt, Almut und ich, aber unser erstes Kind ist nach einem Tag gestorben. Zum Glück haben wir dann doch gewagt, noch ein zweites zu bekommen. Nein, nicht ich – Almut hat es gewagt. Ich war viel zu feige dazu.«

Wir schwiegen ein paar Momente. Ich konnte durch mein schmales Küchenfenster sehen, dass Lucie auf das Haus zusteuerte, aber dann wieder abdrehte, als hätte sie bemerkt, dass ich mit dem Telefon am Ohr dastand.

»Anton«, sagte Verona zaghaft in die Stille hinein, die zwischen uns hin und her wogte, »ich würde gerne für dich kochen. Magst du morgen Abend vorbeikommen? Ich muss dich allerdings warnen, ich bin keine besonders gute Köchin, selbst das konnte Robert besser, aber ein paar Nudeln und einen passablen Nachtisch kriege ich schon hin.«

»Ich komme gerne«, sagte ich mit flatterndem Herzen, »und ich nehme an, dein großer Sohn steht nicht wieder überraschend vor der Tür.«

Verona lachte. »Bestimmt nicht. Er ist in Hannover auf einem Kongress oder zurück in Herrsching und heilt die Kranken dieser Welt.«

Der Umzug in das kleine Haus verlieh Almut neue Kräfte. Alles wurde ein wenig einfacher. Sie konnte sich mit dem Rollator allein bewegen; auch beim Duschen brauchte sie meistens keine Hilfe.

Ich übernahm das Kochen und verrichtete auch sonst alle Hausarbeiten. Dreimal in der Woche wurde sie nun zur Dialyse abgeholt. Eigentlich hätte sie eine neue Niere gebraucht, aber für eine Transplantation war sie zu alt, und wahrscheinlich hätte sie eine solche aufwendige Operation auch nicht überlebt. Fünf Stunden musste sie bei der Dialyse in einer Praxis in Osnabrück daliegen, eine Strapaze, an die sie sich nie richtig gewöhnte. Trotzdem gab ich die Hoffnung nicht auf, dass sich ihr Zustand nicht weiter verschlechtern würde. In einem Punkt aber blieb sie unbelehrbar: Wie sie früher den Alkohol vor mir versteckt hatte, verbarg sie ihr Nasenspray vor mir, das sie besonders morgens immer wieder heimlich benutzte. Ich ließ es geschehen. Die Tabletten schlugen an. Ihr Blutdruck war unter Kontrolle.

Bei gutem Wetter fuhren wir durch die Gegend. »Spaziertouren«, nannte Almut unsere Ausflüge, weil ich früher immer von meinen Touren gesprochen hatte. Wir bauten mit der Zeit ein Netz aus Anlaufstellen aus: bestimmte Eisdielen im Umkreis, in denen sie sich eine, manchmal zwei Kugel Vanilleeis gönnen konnte und ich Espresso trank. Ankum, Tecklenburg, Wehrendorf, Espelkamp – kleine, ruhige Orte. Manchmal holte ich dann den Rollstuhl aus dem Kofferraum, und ich schob sie durch ein paar Straßen.

Lucie war mit Martin ins große Haus gezogen. Drei Monate brauchten sie, um alles zu renovieren, obwohl das Haus eigentlich in einem guten Zustand gewesen war. Meine Hilfe bei der Renovierung lehnten sie ab. Nein, sie seien darauf eingerichtet, alles allein zu machen, ich hätte doch mit Almuts Pflege genug zu tun.

Als wir im Frühsommer von einer Spazierfahrt zurückkehrten, saß Lucie auf unserer Terrasse. Sie las ein Buch und sprang auf, als wir ins Haus kamen.

Ich war sofort beunruhigt. »Ist was mit Martin passiert?«

Lucie schüttelte den Kopf. »Keine Sorge. Alles in Ordnung.« Sie kochte einen Tee, den sie Almut und mir brachte. »Es ist endlich passiert«, sagte sie dann in einem feierlichen Tonfall. »Ich bin wieder schwanger. Fünfter Monat.« Sie strich sich sanft über den Bauch. Ich konnte da noch keine Wölbung erkennen.

Almut lächelte, und ich schrak zusammen, statt mich zu freuen. »Wieder?«, fragte ich. »Du warst schon einmal schwanger?«

Almut griff nach meiner Hand. »Anton«, sagte sie, »das ist eine alte Geschichte, an der wir besser nicht rühren sollten. Du hast damals nichts davon mitgekriegt. Aus gutem Grund!«

Lucie schaute nur ihre Mutter an. »Das Kind kommt Mitte September, aber ich darf nun nicht mehr im Kindergarten arbeiten. Ich kann euch also ein wenig zur Hand gehen.«

»Du brauchst uns nicht zu helfen – wir kommen gut zurecht«, sagte ich.

Warum erfuhr ich erst jetzt von der Schwangerschaft, die anscheinend mit einer Fehlgeburt geendet hatte? Und was hatte »aus gutem Grund« zu bedeuten?

Zornig nahm ich den Autoschlüssel und fuhr zu Paula. Es war der 30. Juni 2002. Die Straßen waren wie ausgestorben. Kein Auto, nirgends. Deutschland spielte gegen Brasilien – das Finale der Fußballweltmeisterschaft. Ich hatte keinen Sinn dafür. Konnte Paula mir erklären, warum Almut und Lucie diese Geheimnisse vor mir hatten?

Herwarth öffnete mir die Tür, überrascht und ein wenig verärgert, dass ich ihn mitten im Spiel störte, auch Arne, sein ältester Sohn, saß mit ihm vor dem Fernseher, den sie in einem winzigen Zimmer aufgestellt hatten.

Paula lag im riesigen Wohnzimmer in einem Pflegebett. Ich hatte sie seit drei Wochen nicht mehr gesehen und erschrak. Sie war geschrumpft, und sie hatte ein paar Jahre übersprungen. Da lag eine alte ausgezehrte Frau von mindestens achtzig Jahren, obwohl sie erst neunundsechzig war.

Müde gab sie mir die Hand, ihre Stimme klang krächzend. »Kleiner Anton«, sagte sie. »Wo kommst du her?«

Ich verstand ihre Frage gar nicht. Überraschte es sie so sehr, dass ich kam? Hilflos reichte ich ihr einen Plastikbecher mit Wasser, doch sie schüttelte nur den Kopf. »Wenn du mir einen Gefallen tun willst, dann koche mir einen Milchkaffee. Nichts anderes nimmt mein Magen mehr auf.«

Ich ging in die fremde Küche, suchte ein paar Utensilien zusammen. Im Hintergrund hörte ich die Geräusche des Fußballspiels. »Die Brasilianer sind überlegen, Ronaldo dringt schon wieder gefährlich vor das Tor«, rief der Kommentator.

Ich schaffte es, einen einigermaßen ordentlichen Kaffee hinzubekommen. Mühsam richtete Paula sich auf, um ihn zu trinken. Auf ihren Augen lag ein milchiger Glanz, als könnte sie gar nicht mehr richtig sehen. Sie trank vorsichtig und so langsam, als ließe sie die Tropfen einzeln über ihre Zunge gleiten.

»Ich werde endlich Großvater«, sagte ich, um etwas zu sagen. Meinen Ärger über Lucie erwähnte ich nicht. »Almut freut sich. Ihr geht es ein wenig besser.«

Paula nickte, während sie die Tasse in ihrer Hand balancierte.

Herwarth stieß einen Fluch aus. An der Geräuschkulisse aus dem Nebenraum meinte ich zu hören, dass Brasilien ein Tor geschossen hatte.

»Anton«, hauchte meine Schwester, so leise, dass ich sie kaum verstehen konnte. »Glaubst du, dass es die Hölle gibt? Dass Menschen nach ihrem Tod in die Hölle kommen, weil sie etwas Böses getan haben?« Mit vor Angst geweiteten Augen blickte sie mich an. Offenbar hatte sie sich, abgemagert und todkrank, wieder in dem Kinderglauben verfangen, mit dem wir aufgewachsen waren.

»Nein«, sagte ich. Ruhig nahm ich ihr die Tasse ab, die drohte, ihr aus den Händen zu gleiten. »Nein, die Hölle gibt es nicht. Das haben sich Priester ausgedacht, um Menschen Angst einzujagen, Und selbst wenn … Du hast bestimmt nichts Böses getan, um in die Hölle zu kommen.«

Paula sah mich mit ihren milchigen Augen an, forschend, als müsste sie herausfinden, ob ich die Wahrheit sagte. Dann schnaubte sie und flüsterte heiser: »Ehebruch – einmal habe ich Ehebruch begangen. Mit Georg.«

Ich drückte ihr die Hand. »Du warst immer für Herwarth da – mehr als er für dich.«

Sie nickte. Dann machte sie eine Handbewegung und deutete auf die Tasse. Ich hielt sie ihr an den Mund. Sie trank. Es war eine Qual, mit anzusehen, wie viel Mühe es ihr bereitete, ein wenig Kaffee zu sich zu nehmen.

»Ich könnte dir auch ein Stück Schokolade besorgen«, sagte ich.

Herwarth fluchte noch lauter, und der Kommentator rief wieder den Namen »Ronaldo«. Wahrscheinlich war ein weiteres Tor für Brasilien gefallen.

Paula schüttelte den Kopf. »Schön, dass du auch Großvater wirst«, sagte sie. »Du hast ja sehr an Opa Piening gehangen – Opa Piening mit den Gänsen.« Dann drehte sie den Kopf auf die Seite und schloss die Augen. Es waren die letzten Worte, die ich von ihr hörte.

Am nächsten Tag, morgens um fünf Uhr, als es zu dämmern begann, starb sie.

43.

»Jetzt ist es passiert«, sagte Cem. »Du hast ein Date. Vorher war es ein Kaffeetrinken, ein harmloses Wiedersehen nach vielen Jahren, aber jetzt ist es ganz sicher ein Date.«

»Ein Date?«, fragte ich.

»Ein Date ist eine Verabredung aus einem bestimmten Grund …«

»Ich weiß, was ein Date ist«, unterbrach ich ihn. »Mein Enkel hat neuerdings manchmal ein Date.«

»Und nun hast du auch ein Date.« Cem lächelte auf seine typische Art. Sein Schnauzbart hüpfte, seine großen Schneidezähne blitzten auf.

Ich hatte meinen täglichen Spaziergang erneut um eine Stunde vorverlegt. Zuvor war ich auf dem Friedhof bei Almuts Grab gewesen und hatte eine Rose in eine Vase gesteckt. Kurz hatte ich auch zu ihr gesprochen. »Liebe Almut, mein Buch ist bald fertig. Ich muss nur noch von uns schreiben, von unseren letzten langen Metern, die wir gemeinsam gehen mussten, bis du endlich erlöst warst. Keine einfache Sache, aber dann komme ich wieder.«

Cem trank ausnahmsweise einen Kaffee mit. »Bisher hast du alles richtig gemacht, Anton«, sagte er. »He, sie lädt dich zum Essen ein. Nach einem Treffen und einem halben Spaziergang. Respekt! Das kann nur bedeuten, dass du Eindruck gemacht hast, und irgendwie hat dir dieser Idiot von Sohn geholfen. Verona hat nun auch etwas gutzumachen.«

»Wir sind fast achtzig Jahre alt – Verona und ich.«

Cem stöhnte auf und verdrehte die Augen. »He, Nachbar, das hast du schon ein paar Mal gesagt, und klar, jünger wirst du auch nicht mehr. Aber weißt du was?« Er schaute mich herausfordernd an.

»Willst du mir wieder was von Clint Eastwood erzählen? Er ist ein berühmter Schauspieler, der bestimmt einen Leibarzt hat!«

»In meinem Dorf in der Türkei ist einer mit fast achtzig noch Vater geworden, okay, er war vielleicht eher Anfang siebzig, aber er hat die superjunge Frau seines Sohnes geheiratet, als der von einem Lastwagen überfahren worden war, und sie haben noch einen Sohn bekommen und waren richtig glücklich.«

»Schöne Geschichte«, sagte ich, »aber viel wichtiger: Was bringe ich heute Abend mit? Ich habe so etwas schon lange nicht mehr gemacht, eine fremde Frau besucht. Ach, eigentlich habe ich so etwas noch nie gemacht.« Ich spürte, dass ich wieder feuchte Hände bekam. »Und dann ist morgen auch noch die Klavierstunde. Großer Gott!«

Cem berührte mich am Arm. »Nachbar, bisher ist alles bestens gelaufen, glaube mir. Und was du mitbringst, ist ganz einfach: Blumen, einen noch schöneren Strauß, und ein paar Pralinen, nicht viele, acht oder zehn, auf keinen Fall mehr, dafür aber sehr ausgesuchte. Das hat Stil, wirst sehen.«

Gemeinsam suchten wir im Internet einen Blumenstrauß aus, den ich dann in Osnabrück abholen würde, und besondere, ziemlich teure Pralinen von Leysieffer fanden wir auch im Netz. Ich konnte sie direkt im Laden in der Innenstadt vorbestellen und in einen Geschenkkarton verpacken lassen.

Zu Hause wartete ich ab. Ich saß reglos in meiner Küche. Mein Blick flog immer wieder zur Uhr. Schreiben konnte ich nichts, lesen konnte ich auch nicht. Es war ein angenehmer, freundlicher Frühsommertag. Ich lauschte den Vögeln, die durch den Garten hüpften, und einmal sprang ein Eichhörnchen durch den Zaun, ein rötlicher Schatten, und verschwand sofort wieder. Sehr langsam rückte der Zeiger auf meiner Uhr vor. Ich hörte, wie Lucie mit ihrem Wagen aus dem Kindergarten zurückkehrte, und fürchtete schon, sie könne bei mir vorbeischauen, aber zum Glück ging sie sofort ins Haus.

Dann zog ich mich um, rasierte mich und brach auf.

Ich fuhr sehr vorsichtig. Der Blumenstrauß war wirklich sehr schön geworden, die Pralinen, die man mir abgepackt hatte, wirkten in einer goldenen Schachtel sehr edel.

Pünktlich um achtzehn Uhr stand ich vor ihrer Tür. »Verona Gabler« stand an dem Türschild. Zweite Etage.

Sie öffnete nach dem zweiten Klingeln. Leise Musik klang mir in dem edlen, holzverkleideten Treppenhaus entgegen, ein Geigenkonzert. Verona wartete in der Tür auf mich. Sie trug eine weiße Bluse und eine rote Leinenhose. »Anton«, sie küsste mich auf die Wange, »ich wusste, dass du pünktlich kommst.«

Ich reichte ihr die Blumen und die Pralinen, die sie mit hochgezogenen Augenbrauen betrachtete. Dann wandte sie sich hastig um. »O Gott – mein Essen – ich glaube, da brennt mir etwas an.«

Die Wohnung war sehr groß, erkannte ich, als ich ihr folgte, und irgendwie leer, als wäre Verona erst gestern eingezogen. Ein einsamer Kleiderständer in der Diele, dazu ein Bild – ein Familienfoto, wahrscheinlich Verona mit ihrem Mann und ihren drei Kindern. Es war zu dunkel, um es genauer zu erkennen. Auf dem Weg, über alte knarrende Dielen, kam ich an der geöffneten zweiflügeligen Tür eines Wohnzimmers vorbei, in dem ich außer einem weißen Sofa kein Möbelstück entdecken konnte.

»Ich habe eine besondere Art von Nudeln gemacht«, sagte Verona. »Maultaschen mit einer Tomatenfüllung, vegetarisch. Ich esse schon lange kein Fleisch mehr. War in Bayern nicht ganz leicht. Merle ist sogar Veganerin geworden, nachdem ihr Sohn auf die Welt gekommen war.«

Sie hatte recht gehabt; eine besonders gute Köchin war sie nicht. Die Soße zu den Maultaschen schmeckte wie ungewürzt, aber der Weißwein, von dem ich mir ein Glas gönnte, war vorzüglich.

»Du redest nicht viel, Anton«, sagte sie, »das war schon früher so. Aber du musst mir endlich etwas über dich erzählen – über deine Frau, deine Familie. Und was ist mit diesem Buch, das du schreibst?«

Erstaunlicherweise fiel es mir am leichtesten, über das Buch zu sprechen, über den Tag, als ich an meinem Esstisch saß, voller Trauer und Entsetzen darüber, wie viel Zeit seit Almuts Tod schon vergangen war, und dass mir aufging, dass ich diese Zeit gar nicht genutzt hatte. Die Menschen um mich herum hatten sich verändert, Lucie, Martin und Tim ganz besonders, nur ich scheinbar nicht. Nein, es stimmte nicht, ich war älter geworden, aber auf eine viel zu gewöhnliche, alltägliche Art und Weise. Nur den Fuchs in meinem Garten erwähnte ich nicht – dass er mich eigentlich dazu gebracht hatte, Papier aus der untersten Schublade meines Wohnzimmerschrankes zu holen und die ersten Worte zu notieren.

»Komme ich auch darin vor?«, fragte Verona. Wenn sie lächelte, legten sich ein paar tiefere Falten um ihren Mund und ihre Augen, aber wer nicht genau hinsah, hätte sie leicht für Mitte sechzig halten können.

»Ja«, sagte ich, »ich habe von diesem schrecklichen Moment auf der Kirmes geschrieben, als ich dich habe bezahlen lassen, weil …« Ich schaute sie an und zögerte. In ihren grünlichen Augen erkannte ich die sanfte Aufforderung weiterzusprechen. »… weil mein Vater niemals ein evangelisches Mädchen akzeptiert hätte. Dachte ich zumindest.«

Verona lachte auf. Sie hatte sich die Brille in ihr blondgraues Haar gesteckt, dann wurde sie plötzlich ernst. »Das war der Grund. Deshalb wolltest du nichts mehr von mir wissen, weil ich evangelisch war?«

Ich nickte und kam mir dumm vor.

Die Musik hatte schon vor einiger Zeit aufgehört zu spielen, fiel mir auf. In dem Wohnzimmer musste es eine Musikanlage geben. Es war auf einmal sehr still um uns.

Plötzlich stand Verona auf, energisch und fast ein wenig zornig, sie verließ die Küche und kehrte ein paar Momente später mit einem alten Foto zurück, das sie vor mich hinlegte.

Da waren wir – sie und ich, jung, unfassbar jung. Ich lächelte unsicher und hatte eine Hand auf ihre Schulter gelegt, aber so, als wagte ich nicht, sie zu berühren. Meine schwarzen Haare fielen mir in die Stirn, mein Mund sah aus, als wollte er lächeln, traute sich aber nicht. Verona hingegen lachte offen in die Kamera, viel selbstsicherer als ich, sie trug ein weißes, festlich aussehendes Kleid, ihre Augen leuchteten freudig, ihre blonden, gelockten Haare waren unterhalb der Ohrspitzen abgeschnitten, ganz abrupt, trotzdem sah sie wunderschön aus.

Woher hast du dieses Foto?, wollte ich sagen, doch dann fiel es mir ein. Obschon nur wir auf dieser Aufnahme zu sehen waren, sah ich die Spiegel im Hintergrund, in denen auch einige Schattenfiguren zu erahnen waren. Die Tanzschule – es war ein Foto aus der Tanzschule.

»Du warst umwerfend schön, Verona«, sagte ich leise, als wäre das ein Geheimnis, das ich nicht zu laut äußern dürfte.

»Und du warst ein guter Tänzer, Anton. Du hast viel besser getanzt, als du selbst geahnt hast. Ich habe mich jede Woche darauf gefreut.« Zum ersten Mal nahm ich wahr, dass sie ein Parfüm benutzte, und ich sah ihre Hand, sah, dass es eine alte Hand war, mit braunen Flecken. Trotzdem gefiel sie mir, besonders die ovale Form ihrer Fingernägel.

»Ich war immer eine Tänzerin«, sprach sie weiter. »Habe es geliebt. Nachdem du weg warst, habe ich erst meinen Bruder überreden wollen, mit mir zu tanzen, aber er ist dann zum Studium in die USA gegangen. Da ist Wolfram auch geblieben. Robert war dann leider überhaupt kein Tänzer. Beim Ärzteball, ja, sicher, da mussten wir hin und wieder auf das Parkett, aber mehr als einen langsamen Walzer kriegte er nicht hin. Deshalb wurde jeder Tanz bei ihm ein langsamer Walzer. Na ja …« Sie seufzte auf. »In Bayern, als wir das Haus gebaut haben, habe ich dann mit Eislaufen angefangen. Ich war richtig gut darin, bis ich mir mit Mitte fünfzig bei einem Sturz den Oberschenkelhalsknochen gebrochen habe. Da war es dann vorbei. Seitdem mache ich Yoga – jeden Morgen.«

Sie goss sich und, nach einem Blick auf mein Glas, auch mir noch Weißwein ein.

»Weißt du was, Anton?«, sagte sie dann. »Wir sollten auch tanzen. Jetzt – drüben in meinem Wohnzimmer.«

Ich hob sofort abwehrend die Hände. »Auf keinen Fall«, sagte ich. »Ich habe seit Jahren nicht mehr getanzt. Das letzte Mal beim sechzigsten Geburtstag meiner Schwester Jolande – das ist über zwanzig Jahre her.«

»Dann wird es ja wieder Zeit«, sagte Verona. Sie nahm meine Hand und zog mich von meinem Stuhl.

An ihrer Hand ging ich in das Wohnzimmer hinüber. Es war beinahe völlig leer, wie ich es mir gedacht hatte. Ein Raum von sicherlich vierzig Quadratmetern mit einem wunderbaren Ausblick auf hohe grüne Bäume, in dem ein Sofa, ein großer Flachbildschirm und ein schmales gläsernes Regal mit einem CD-Spieler und ein paar CDs standen. Nein, ganz in der Ecke, als würde es schon lange nicht mehr benutzt, drückte sich ein altes Klavier gegen eine weiße kahle Wand.

»Hier«, sagte Verona, während sie die Musik anschaltete, »habe ich bisher immer allein getanzt. Aber das ändern wir jetzt.«

Am 12. September 2002, einem Donnerstag, wurde Tim morgens um vier Uhr geboren. Lucie hatte sich das Krankenhaus in Ostercappeln ausgesucht. Im Marienhospital in Osnabrück hatte sie ihr Kind nicht auf die Welt bringen wollen. Almut verwandelte sich durch diese Geburt. Ihre Krankheit hatte unser Leben bestimmt – vom Morgen bis in den Abend. Ich musste ihr beim Waschen und Anziehen helfen. Das Frühstück bestand wegen ihres Diabetes meistens nur aus Tee und ein wenig Brot. Die Zeit, die sie bei der Dialyse verbrachte, konnte ich nutzen, um das Haus aufzuräumen und zu waschen. Abends musste ich ihr helfen, die Thrombosestrümpfe auszuziehen und sie zu kämmen. Das war immer ihre Gewohnheit gewesen, sich vor dem Schlafengehen ausführlich mit einer Bürste durch die Haare zu fahren. Nun aber, als Tim auf der Welt war, lebte Almut wieder auf.

Sie ließ es sich nicht nehmen, den Kleinen zu wickeln, und manchmal ging sie sogar allein mit ihm spazieren, nicht weit, bis zur Kirche und zurück, und es sah auch mehr aus, als würde sie sich am Kinderwagen festhalten, als dass sie ihn schob.

Lucie war froh um jede Hilfe. Sie war überaus erschöpft und erholte sich nur langsam. Über zehn Stunden hatte die Geburt gedauert, weil Tim falsch gelegen hatte. »Zum Glück wurde er nicht an dem Jahrestag geboren, an dem die beiden Türme des World Trade Centers eingestürzt sind«, sagte sie. Selbst Martin war eine Zeitlang zugänglicher. Kurz nach ihrem Einzug ins Haus hatte er sich von mir den Ersatzschlüssel erbeten, weil er ihn für den Notfall einem Freund übergeben wollte. Ein unmissverständliches Zeichen: Es ist nun unser Haus, du hast hier nichts mehr verloren.

Almut konnte Tim stundenlang ansehen, fast jeden Tag machte sie mit unserer alten Polaroidkamera ein Foto von ihm, das sie in unserer Küchenecke an eine Pinnwand klebte, als dürfte ihr nicht die kleinste Veränderung an ihrem Enkelsohn entgehen. Gelegentlich versuchte sie auch, ihn zu porträtieren, aber ihre Zeichnungen gefielen ihr nie. Sie begriff selbst, dass sie nach dem Schlaganfall ihre Fähigkeit zu zeichnen verloren hatte; die Skizzen sahen dem kleinen Tim überhaupt nicht ähnlich, sein Kopf wurde ein kastenartiges Gebilde, über einem Körper, der niemals wirkte, als würde ein lebendiges Herz in ihm schlagen.

Ich lernte in dieser Zeit die Sprache der Stille kennen. Nachts lag ich wach neben Almut und lauschte ihrem Atem. Ich meinte, an ihren Atemzügen zu erkennen, wie es ihr ging – ob sie ruhig schlief oder träumte oder Schmerzen hatte. Manchmal stockte ihr Atem auch, dann war die Stille wie eine schwere dunkle Decke, die auf mich fiel, und gelegentlich hörte ich das Knistern der Laken, wenn sie im Halbschlaf nach meiner Hand griff und sie drückte. Ich liebte das Gefühl von ihrer Hand in meiner, die Wärme, die von ihr ausging, und die Gewissheit, die ihr sanfter Händedruck vermittelte – dass wir nicht allein waren, trotz allem. Das waren kleine Momente des Glücks, das bei Licht meistens zerstob, unterging im Getriebe des Alltags, vor allem dann, wenn Almut niedergedrückt und am Ende ihrer Kräfte von der Dialyse zurückkehrte.

Tims ersten Geburtstag wollten wir in Lucies Garten feiern. Almut hatte es geschafft, einen Kuchen zu backen, mit einer Backmischung zwar nur, doch sie war sehr stolz darauf. Es war überhaupt das erste Mal gewesen, dass sie in der Küchenecke irgendetwas zubereitet hatte. Kochen war mein Part geworden, und dementsprechend karg sah unser Speiseplan aus.

Selbst Martin war früher von der Arbeit gekommen, er war bester Stimmung und neckte Almut, dass er fürchte, das erste Wort seines Sohnes werde nicht Papa oder Mama sein, sondern Oma.

Im August war es furchtbar heiß gewesen, doch ausgerechnet an Tims Geburtstag zogen Wolken auf; es sah nach Regen aus. Als er zu schreien begann, legte Almut ihn in den Kinderwagen, dann verkündete sie, ein paar Schritte gehen zu wollen. Besorgt schaute ich sie an, doch sie nickte mir zu. Alles in Ordnung, sagte ihr Blick. Auch Lucie musterte Almut, taxierte, ob sie sich einigermaßen sicher bewegte. Ich beobachtete, wie sie den Kinderwagen schob und kleine schlurfende Schritte dabei machte. So ging sie neuerdings, wie eine Neunzigjährige, die ihre Knie nicht mehr durchdrücken konnte. Ungelenk manövrierte sie den Kinderwagen durch die Gartenpforte, doch kaum hatte sie sich in Bewegung gesetzt, hörte Tim auf zu schreien. Ich meinte sogar, ein freudiges Glucksen von ihm wahrzunehmen.

»Ich begleite die beiden besser«, sagte Lucie und erhob sich von ihrem Terrassenstuhl.

Nein, wollte ich sagen, das ist wohl nicht nötig. Sehr weit wird Almut ohnehin nicht gehen, doch im nächsten Moment, während mein Blick ihr folgte, sah ich wie in Zeitlupe, dass Almut Schlagseite bekam, als wäre ein heftiger Sturm aufgezogen, gegen den sie sich vergeblich stemmte. Ihr Körper glitt nach links, wie ein Schiff, das langsam unterging, und mit ihr neigte sich der Kinderwagen. Offenbar hielt sie den Griff so fest umklammert, dass auch er sich auf die Seite legte.

»O Gott!«, rief Lucie. Dann waren wir auf den Beinen, eilten zum Gartentor, aber da war es auch schon passiert. Ohne einen Laut von sich zu geben, kippte Almut zur Seite. Sie riss den Kinderwagen mit sich. Der kleine Tim wurde samt Kissen auf den Asphalt geschleudert, und er, anders als seine Großmutter, tat seinen Schmerz in einem lauten Brüllen kund.

Während Lucie ihren Sohn versorgte, brachte ich Almut nach Osnabrück ins Krankenhaus. Ich war sicher, dass sie wieder einen Schlaganfall erlitten hatte, doch man konnte nichts feststellten – lediglich ein paar Hautabschürfungen, ein verdrehtes Knie und dass etwas mit ihrer Schilddrüse nicht stimmte. Man wollte in paar Tests machen. Als ich dieses Wort hörte – Tests, als wäre sie ein Apparat –, war ich aufs höchste beunruhigt. Es fanden sich einige Knötchen und Wucherungen an der Schilddrüse. Die Ärzte erklärten, man müsse die Schilddrüse entfernen, eine Operation sei unumgänglich. Ich hatte große Bedenken. Almut würde nach der Operation noch mehr Tabletten einnehmen müssen, doch schließlich stimmten wir zu.

Wenn ich ehrlich war, tat auch mir eine Pause gut. Almut würde sich im Krankenhaus erholen, glaubte ich, und ich konnte endlich ein paar Restarbeiten im Haus verrichten: Fußleisten anbringen, einen Haltegriff in der Dusche, eine Lampe auf der Terrasse, Dinge, zu denen ich nicht kam, wenn ich nach Almut sehen musste.

Als ich sie im Krankenhaus besuchte, ahnte ich, dass etwas schiefgegangen war. Sie setzte sich auf, sah mich an und fragte mit heiserer Stimme: »Wo bin ich eigentlich?«

»Im Krankenhaus in Osnabrück«, erwiderte ich. Das Wort »Marienhospital« sprach ich lieber nicht aus, um keine düsteren Erinnerungen zu wecken.

Sie verzog das Gesicht, ihre Augen fixierten mich. »Nein«, sagte sie und schüttelte wissend den Kopf. »Wir sind in einem türkischen Schlachthaus. Hier werden Schafe und Ziegen geschlachtet. Ich weiß es genau. Ich kann es hören und riechen.«

Ich widersprach, doch sie kniff ihren Mund wie ein altkluges Mädchen zusammen und tat so, als wollte ich sie hinters Licht führen.

Erst am nächsten Tag, als Lucie und der kleine Tim mich begleiteten, war Almut versöhnlicher gestimmt. Besonders Tim sprach etwas in ihr an, das weder Lucie noch ich in ihr erreichten. Sie wurde sanft und gleichzeitig wehmütig. Manchmal hatte ich den Eindruck, dass sie an Rosemarie dachte, dass Tims Anblick ein geheimes Bild in ihr anrührte, das Almut irgendwo tief in sich von unserer ersten Tochter aufbewahrt hatte.

Nachdem sie entlassen worden war, zeigte sich, dass die Operation noch eine andere fatale Wirkung hatte. Almut hatte sich mit einem Krankenhauskeim infiziert, der dafür sorgte, dass sie über Monate an Durchfall litt. Ganz langsam, durch einen bestimmten Speiseplan, der meine Kochkünste an ihre Grenzen brachte, schafften wir es, dass sie Nahrungsmittel wie Brot und Käse wieder einigermaßen verdauen konnte.

Unsere Spaziertouren, die kleinen Fluchten, die wir uns gegönnt hatten, waren nicht mehr möglich. Kein Gedanke daran, sich ins Auto zu setzen und irgendwohin zu fahren. Almut konnte allenfalls ein wenig durch den Garten gehen oder auf der Terrasse in der Sonne sitzen. Heimlich las sie in der Bibel, wohl weil sie glaubte, dass es mir nicht gefallen würde, da ich schon seit langem nicht mehr in die Kirche ging. Gelegentlich kam auch ihr Bruder vorbei. Dann saßen sie zu zweit da und schauten sich alte Fotoalben an, vertieften sich in eine Zeit, als sie noch Kinder gewesen waren. Dieter hatte wegen eines Lungenemphysems die Frührente beantragt, er wohnte in Osnabrück in einem Ein-Zimmer-Apartment und verdiente sich als Nachtpförtner in einem Hotel etwas dazu. Einmal war er zu mir gekommen und hatte sich Geld erbeten, er wolle noch einen letzten Versuch unternehmen, Jasmina, seine Frau, im Iran zu finden. Er nannte sie tatsächlich »seine Frau«. »Keinen Cent kriegst du von mir«, erwiderte ich ihm. »Jasmina ist seit über zwanzig Jahren verschwunden, und wenn sie dich hätte sehen wollen, hätte sie sich bestimmt einmal gemeldet.«

Erst im Frühjahr ging es Almut wieder etwas besser, aber immer wieder schien sie aus der Zeit zu gleiten. Sie sprach mich mit fremden Namen an, nannte mich häufiger Hansmann, was ich gar nicht verstand, oder sie erklärte, sie wolle nun in die Stadt oder in den Salon fahren, und einmal schwor sie, dass sie einen Urlaub gebucht habe – auf den Malediven, sie müsse sofort losfahren, leider ohne mich. Lag es an den Tabletten, oder versuchte sie, ihre Krankheit zu verdrängen? Ich brauchte immer eine Weile, um zu ihr durchzudringen und sie zu beruhigen.

Am schönsten waren unsere Abende, wenn ich etwas vorlesen sollte, Romane, die sie in ihrer Jugend gelesen hatte. Erich Kästners ›Das doppelte Lottchen‹ war ein Buch, das sie besonders liebte.

Einmal weckte sie mich mitten in der Nacht. Ich war sofort alarmiert. Hatte sie wieder Durchfall? Der Krankenhauskeim war nie ganz verschwunden.

Almut beugte sich über mich. »Ich habe einen Wunsch«, flüsterte sie mir verschwörerisch zu. »Ich möchte noch einmal auf den Apfelbaum klettern, der im Garten meiner Eltern steht.«

Das Haus war längst verkauft. Dieter hatte fast den gesamten Kaufpreis benötigt, um seine Schulden zu begleichen. Anderenfalls hätte er Privatinsolvenz anmelden müssen.

»Almut«, sagte ich, »du kannst nicht auf einen Apfelbaum klettern. Wir beide können das nicht mehr. Kinder klettern auf Apfelbäume, keine Erwachsenen.«

»Ich wünsche es mir aber«, sagte sie. »Noch einmal diesen besonderen Geruch einatmen. Kannst du das für mich tun?«

Sieh dich an!, hätte ich beinahe gesagt. Du bist krank. Du kannst dich nicht mehr alleine anziehen, ohne Rollator machst du keinen Schritt. Aber ich sah ihre braunen flehenden Augen, ihre Nasenflügel, die erwartungsvoll zitterten.

»Ja«, sagte ich. »Ich überlege mir etwas.«

Es gab neuerdings Klettergärten, in denen Kinder spielen konnten, aber selbst dazu wäre Almut in keinem Augenblick fähig gewesen. Ich dachte sogar daran, eine Hebebühne zu mieten, sie in ihrem Rollstuhl, den sie seit ihrer letzten Operation besaß, auf eine Plattform zu schieben und sie dann in das Geäst eines alten Baumes hochzufahren, doch wo hätte ich einen Platz finden können, wo so etwas möglich war?

Schließlich verfiel ich auf einen anderen Gedanken. Im Sommer, kurz vor Tims zweitem Geburtstag, als das Wetter besonders schön war und Almut eine gute Phase hatte, lud ich sie ins Auto. Ich hatte unseren alten Golf gegen einen silberfarbenen Mercedes eingetauscht, der fast neu war. Wir brauchten mehr Platz, sagte ich mir, für den Rollstuhl und den Rollator, aber es stimmte nicht. Ich hatte mir selbst etwas schenken wollen.

»Nun«, sagte ich, »kommt endlich meine Überraschung für dich.«

»Womit hat es zu tun?«, fragte sie neugierig. An ihren guten Tagen konnte sie wieder wie ein Kind sein, dann nahm auch ihre Stimme einen fragenden, mädchenhaften Klang an.

»Es hat mit Wiesen und Bäumen zu tun«, antwortete ich.

»Hast du meinen Wunsch, in einen Apfelbaum zu klettern, doch nicht vergessen?«

Ich nickte. »Aber es geht auch um Flüsse und Seen.«

»Es ist wirklich eine Überraschung«, sagte sie glücklich.

Ich lächelte sie an, obschon mir durchaus bang zumute war. Vielleicht überforderte ich sie. Aber ich hatte ihren Blutdruck kontrolliert, sie war einen Tag zuvor bei der Dialyse gewesen, und am Morgen hatte der kleine Tim ihr ein Bild gebracht, das er selbst gemalt hatte – ein wirres buntes Durcheinander, das Almut mit einer Freude erfüllte, die niemand sonst ihr schenken konnte.

Ich fuhr zu einem kleinen Flugplatz am Rand von Osnabrück. Für fünfzehn Minuten hatte ich einen Rundflug mit einer Cessna gebucht. Almut griff nach meiner Hand, als sie auf dem schmalen Rollfeld das Flugzeug entdeckte, vor dem uns ein korpulenter Mann in einem zu kleinen Khakihemd und einer kurzen Jeans erwartete, unser Pilot, der aussah, als hätte er eben in einer Kneipe noch Bier gezapft.

»Keine Sorge«, sagte ich ihr. »Wir fliegen nicht einmal um die Welt, aber wir wollen uns doch ein paar Bäume und Wiesen von oben ansehen.«

Mit ängstlichem Blick sah Almut mich an. Ich setzte sie in den Rollstuhl und schob sie auf die Cessna zu. Der Pilot hob grüßend die Hand. »Ich bin Jens«, rief er, »Ihr Captain.«

In der Cessna gab es hinter den beiden Sitzen für den Piloten und Kopiloten eine schmale Bank, auf die wir uns zwängten.

Als wären wir plötzlich in einem Film, drehte Jens, der Captain, sich um, nachdem er den Motor angelassen hatte, und streckte uns den Daumen entgegen.

Almut schmiegte sich an mich. Ich sah das Glück auf ihrem Gesicht. »Niemals«, sagte sie laut gegen den Motorenlärm, »hätte ich gedacht, dass ich so etwas noch erleben würde.«

Aus der gebuchten Viertelstunde wurde dann eine ganze, weil Almut nicht genug bekommen konnte, hinunterzuschauen auf die Straßenzüge mit den winzigen Autos, auf die Wälder und Wiesen und den Dümmer See, den wir auch überflogen und auf dem das Sonnenlicht reflektierte, als wäre er ein großer Spiegel, den jemand in die Landschaft gelegt hatte.

Ich war auch glücklich. Vielleicht, dachte ich, war das die beste Idee, die ich jemals für Almut gehabt hatte.

44.

Liebe Almut, ich komme allmählich an das Ende meiner Aufzeichnungen. Ich bin erschöpft von den Nächten, in denen ich viele Stunden geschrieben habe, doch gleichzeitig fühle ich mich so wach wie selten zuvor. Vor zwei Monaten und sechs Tagen habe ich mit meiner Geschichte angefangen. Es war der Fuchs im Garten, der mich dazu angetrieben hatte. Zweimal hatte ich bisher hier einen Fuchs gesehen, zum ersten Mal an dem Morgen, nach dem Lucie eingeschult worden war; beim zweiten Mal war es für mich die Ankündigung deines nahen Todes gewesen. Nun hatte sich wieder einer in den Garten geschlichen – zum dritten Mal. Diesmal war es Abend, ich saß an meinem Esstisch und blickte in den Garten. Fast glaubte ich, es wäre der Fuchs, der deinen Tod angekündigt hatte, aber das konnte natürlich nicht sein. Er verhielt sich allerdings ganz ähnlich, er stand auf dem Gras vor dem Kirschbaum und sah zu mir herüber, ruhig, ohne jede Angst. Ein wenig trippelte er auf der Stelle, als müsste er üben zu laufen oder als wollte er mir etwas mitteilen.

»Was willst du hier?«, rief ich ihm stumm zu. Ich war sicher, dass er mich im Blick hatte.

Er starrte mich an. »Was tust du, alter Mann?«, schien er mir zu sagen. »Trauerst du immer noch? Wartest du auf deinen Tod? Mehr hast du nicht zu tun? Was ist denn dein Leben gewesen?«

Ich klatschte in die Hände, und da riss er sein Maul auf, als würde er lachen, nein, er gähnte, dann drehte er sich um und trabte davon, sein buschiger Schwanz wippte auf und auf, und er verschwand hinter dem Ginsterbusch und zwängte sich unter dem Zaun hindurch.

Einen Moment später, Almut, stand ich auf, ging an den Wohnzimmerschrank und holte ein paar Blätter hervor. Ich schrieb den ersten Satz, sah, wie er unter meiner Hand auf dem weißen Papier Gestalt annahm, ohne eine Ahnung, wie der zweite und dritte und überhaupt die nächsten lauten würden.

Nun liegt der Tisch voller Blätter. Es ist tatsächlich ein Buch geworden. Doch es fällt mir schwer, unsere letzten Jahre zu beschreiben.

Als wir aus der Cessna stiegen, hatten Almut und ich einige der schönsten Momente unseres Lebens gemeinsam erlebt. Oft in den langen, bitteren Jahren, die folgten, erinnerte sie sich völlig unvermittelt daran und bedankte sich bei mir. »Anton, weißt du noch, wie die Segelboote auf dem See ausgesehen haben – ihre leuchtenden Segel und das Sonnenlicht, das auf dem Wasser um sie herumtanzte? Und unser Häuschen haben wir auch gesehen – es sah aus, als würde es sich unter dem Kirschbaum verstecken wollen. Und dann haben wir noch gesehen, wie ein Zeppelin am Himmel entlanggefahren ist – ganz weit weg von uns.«

Ich nickte dann jedes Mal und musste mit den Tränen kämpfen.

Im Jahr darauf hatte ich noch einmal daran gedacht, Jens, den Captain, anzurufen und unseren Flug zu wiederholen, doch dann musste ich einsehen, dass es nicht mehr ging, dass selbst ein kurzer Flug Almuts Kräfte übersteigen würde. Sie musste nun jeden

Tag zur Dialyse, die sie so sehr anstrengte, dass sie danach kaum noch im Rollstuhl sitzen und sich irgendeine Fernsehsendung anschauen konnte. Wie Flüche, die auf uns herabfielen, stellten sich weitere Krankheiten ein, so als würde eine die andere nach sich ziehen: Zuerst bereiteten ihr Gallensteine, die eine Operation nötig machten, heftige Schmerzen, dann wurde auch noch ihr Augenlicht schwächer. Der Augenarzt diagnostizierte einen Grünen Star, den man nicht mehr operieren konnte. Ich beschaffte eine Spezialbrille, die aber Almuts Sehkraft nur für ein paar Monate stärkte. Bald konnte sie nur noch Hell und Dunkel unterscheiden.

Schließlich, im fünften Jahr der Pflege, kam ein schwerer Dekubitus hinzu, ein Loch im Steißbein, das sich nicht mehr schloss. Jeden Morgen und Abend wurde Almut nun vom häufig wechselnden Personal eines Pflegedienstes versorgt. Ich schaffte es nicht mehr, Almut zu pflegen. Lucie versuchte mir zu helfen, so gut sie konnte, aber sie hatte die nervenaufreibende Leitung des Kindergartens. Zudem musste sie sich um den kleinen Tim kümmern, der eine Zeitlang kränklich war und zu Erkältungen neigte.

Manchmal war ich abends so müde, dass mir die Tränen kamen – vor Erschöpfung und aus Mitleid mit Almut. Wie viel Schmerzen konnte ein Mensch ertragen? Was konnte das Schicksal einem alles auferlegen? Wenn ich mich nicht schon längst von der Kirche entfernt gehabt hätte, hätte ich nun meinen Glauben endgültig verloren. Almut aber hielt unerschütterlich an ihrem fest. Mitunter, wenn sie im Sonnenschein in ihrem Rollstuhl auf der Terrasse saß, hörte ich sie leise beten oder mit jemandem reden, den nur sie sah.

Besonders schlimm wurde es, als sie nicht mehr richtig schlafen konnte, weil der Dekubitus sie so sehr quälte. Wir taten alles, um die Durchblutung zu fördern, rieben sie mit den verschiedensten Salben ein, besorgten eine besondere, luftgefüllte Matratze. Fast jede Stunde wurde sie umgebettet, doch es half alles nichts. Das Loch schloss sich nicht, wir konnten nur verhindern, dass es tiefer und noch größer wurde.

Um zur Dialyse zu gelangen, reichte auch kein Taxi mehr. Ein Spezialwagen mit einer Rampe fuhr jeden Tag gegen neun Uhr vor und brachte Almut nach Osnabrück. Gegen fünfzehn Uhr kehrte sie zurück, dann musste ich sie sofort ins Bett legen, damit sie sich ausruhen konnte.

Ich begann immer häufiger an den Tod zu denken. Irgendwann musste dieser geschundene Körper all seine Kräfte aufgebraucht haben. Doch wie genau würde Almut sterben? Sie selbst sprach lediglich in Andeutungen über den Tod. Einmal meinte sie, wir sollten auf ihrer Beerdigung nicht zu traurig sein. Außerdem würde sie sich ein Lied von Caterina Valente wünschen.

»Von Caterina Valente – auf der Trauerfeier?«, fragte ich, um ganz sicher zu sein.

Sie nickte. »Das Lied ›Spiel noch einmal für mich, Habanero‹«, erwiderte sie. »Zu diesem Lied haben wir vor vielen Jahren einmal getanzt, in Hunteburg im Pfarrsaal. Erinnerst du dich? Du warst ein guter Tänzer.«

»Ja«, sagte ich, »ich erinnere mich.« Obwohl es nicht stimmte. Ich hatte keine Erinnerung daran.

Ich versuchte eine Schallplatte mit diesem Lied zu beschaffen, um es ihr vorzuspielen, doch dann kam es mir zu sentimental vor, und ich kaufte ihr ein kleines Radio, das sie sich auf den Schoß legen konnte und das sie fortan ständig begleitete.

Immer schwächer kehrte Almut von der Dialyse zurück. Sie redete auch kaum noch mit Lucie und mir, verlor sich in fremde Welten, so schien es, denn sie nannte Namen und Dinge, von denen ich noch nie etwas gehört hatte. Gelegentlich fuhr ich mit in die Dialyse-Praxis, doch dann war auch ich den Rest des Tages so traurig und kraftlos, dass ich kaum noch etwas im Haus erledigen konnte.

»So kann das nicht mehr weitergehen«, sagte ich zu der Ärztin, als ich ein neues Rezept für Almut abholen musste. »Meine Frau schafft das nicht mehr.«

Ihre Hausärztin sah mich an, sie war Anfang fünfzig, trug eine immer gleiche Kurzhaarfrisur, und das Einzige, das sich in den über zwanzig Jahren, die wir sie kannten, an ihr verändert hatte, war, dass sie irgendwann begonnen hatte, ihre Haare schwarz zu färben, um ihre grauen Strähnen zu verbergen.

»Wenn Ihre Frau drei Tage nicht zur Dialyse geht, wird sie sterben«, sagte sie. »Sie können das mit ihr besprechen. Niemand kann sie zur Dialyse zwingen. Aber ich kann das nicht entscheiden.« Sie stand auf und gab mir feierlich die Hand, was sie noch nie getan hatte.

Ich spürte, wie sich mir die Kehle zuschnürte, und nickte wortlos. Wir hatten es selbst in der Hand, bedeuteten ihre Worte. Entscheiden Sie es!

Zwei, drei Tage ohne Dialyse brächten unweigerlich den Tod.

In der Nacht konnte ich nicht schlafen. Im Geiste redete ich mit allen Menschen, die mir einmal wichtig gewesen waren – mit meiner Mutter, meinem Vater, mit Paula, und selbst Selim, meinen Däumling, holte ich aus der Erinnerung hervor. »Was nur soll ich tun?«, fragte ich. »Ich kann Almut alles Leid ersparen, wenn ich mit ihr spreche und wir entscheiden, dass die Dialyse eingestellt wird.«

Ich hörte Almut neben mir wimmern, dann griff sie nach meiner Hand und drückte sie.

Einen Monat, sagte ich mir da, einen Monat noch, und es darf ihr auf keinen Fall schlechter gehen.

Aber auch wenn es zwischendurch bessere Tage gab – es ging Almut immer schlechter. Manchmal verlor sie alle Körperspannung, dann konnte sie nicht einmal mehr den Kopf halten und sank in einen Zustand, der einer Ohnmacht glich.

»Es ist genug«, flüsterte sie an einem Morgen, als ich sie zur Dialyse fertig machte. »Es ist genug.«

Das war der Tag, an dem ich abends zum zweiten Mal einen Fuchs in meinem Garten sah – er trippelte einmal zum Kirschbaum und lief dann zurück. Nur sehr kurz nahm ich seine Silhouette im grauen Zwielicht der Dämmerung wahr, aber ich war sicher, dass es sich nicht um eine der Katzen aus der Nachbarschaft gehandelt hatte. Nein, es war ein Fuchs gewesen.

Ich rief Lucie an. »Deine Mutter kann nicht mehr«, sagte ich zu ihr. »Wir müssen eine Entscheidung treffen.«

»In Ordnung«, sagte sie mit fester Stimme, dann nach einem kurzen Zögern: »Vater, ich bin auch dafür, dass sie nicht mehr zur

Dialyse geht. Es ist alles eine Qual für sie, die auch uns in den Abgrund reißt. Ich schlafe kaum noch – aus Sorge um sie und um dich.«

Am nächsten Morgen, nachdem der Pflegedienst gegangen war und ich ihr einen Tee gemacht hatte, sah Almut mich an, forschend und aufmerksam, als wäre sie gar nicht krank und blind – so, als hätte nun sie meine Gedanken gelesen.

»Wir sollten etwas tun«, sagte sie. »Ich möchte das alles nicht mehr – jeden Tag die Dialyse. Es hat keinen Sinn mehr.«

Ich reichte ihr den Tee und umfasste ihre Hände. »Wenn du zwei, drei Tage nicht zur Dialyse gehst, wirst du sterben. Dein Körper vergiftet sich. Du wirst ins Koma fallen und nicht mehr aufwachen.«

»Ja«, sagte sie. Ganz leicht bewegten sich ihre Finger unter meinen Händen. »Ich möchte endlich einschlafen. Ruhe haben.«

»Gut«, flüsterte ich. Laut vermochte ich diese Worte nicht auszusprechen. »Heute ist der letzte Tag – die letzte Dialyse.« Tränen liefen mir über die Wangen, aber ich konnte sie nicht wegwischen. Ich hielt Almuts Hände und begriff plötzlich, was sie dachte: Endlich versteht er es – endlich muss ich seinetwegen nicht mehr weiterleben.

Als sie am Nachmittag von der Dialyse kam, war sie viel weniger erschöpft als zuvor. Es war, als wäre ihr eine schwere Last von den Schultern genommen worden. Lucie gesellte sich zu uns, und am Esstisch besprachen wir ganz offen, was wir tun würden.

Almut hatte alles genau durchdacht. Die Dialyse wollte sie am nächsten Morgen selbst absagen, dann sprach sie über die Beerdigung. Sie wollte einen schönen hellen Holzsarg, der Pastor, ein Inder, der sie schon ein paar Mal besucht hatte und den sie mochte, sollte die Trauerfeier leiten, am Ende sollte ihr Lieblingslied von Caterina Valente gespielt werden, und dann zählte sie alle Leute auf, die wir einladen sollten. Sie dachte sogar an die Kosten. Sie hatte bereits ein wenig Geld für die Beerdigung zurückgelegt, den Rest sollte Lucie bekommen und für Tim anlegen.

Am Abend noch rief ich die Hausärztin an und unterrichtete sie von unserer Entscheidung.

»Ich komme morgen früh vorbei«, sagte sie, »und gebe Ihrer Frau eine Injektion, damit sie keine Schmerzen hat. Und …« Sie zögerte, ich hörte, wie sie nach Worten rang. »… Sie haben sich richtig entschieden.«

Wir ließen Almut keine Minute mehr allein. Entweder war ich bei ihr oder Lucie. Auch der kleine Tim kam, ein trauriger Siebenjähriger, der instinktiv begriff, was mit seiner Großmutter geschah. Er hatte Almut ein Bild gemalt, eine riesige, von bräunlichen Strichen zerteilte Sonne, die er »Sonnenberg« nannte. Diesen Berg müsse man nur hinaufsteigen, damit es einem immer gutgehe. Er legte Almut vorsichtig die Zeichnung auf den Bauch. Mit einem Lächeln griff sie danach und hielt sie fest. Später legten wir das Bild zu ihr in den Sarg.

Schon am zweiten Tag war zu spüren, wie ihr Körper sich veränderte. Ihre Hautfarbe wurde bleicher und gelblicher. Sie wollte auch nichts mehr essen, sondern nur noch dann und wann einen Schluck Wasser trinken. Schmerzen hatte sie keine; es begann sogar, eine ruhige Gelassenheit von ihr auszugehen.

»Führ mich nach Hause«, flüsterte sie einmal, als sie für einen Moment mit offenen Augen dalag. Ich war nicht sicher, ob sie mich meinte oder jemand anders, den sie um sich sah.

Dann am dritten Tag konnte sie nicht mehr sprechen, sondern nur noch hören. Ich sprach mit ihr, erzählte ihr Dinge, die mir in den Sinn kamen – wie wir uns kennengelernt hatten, sogar Rosemarie erwähnte ich und wie sehr es mir immer noch leidtat, dass ich kein Foto von unserem toten Kind gemacht hatte.

Am Ende blieb nur der leichte Druck ihrer Hand, und dann wurden die Zeiträume zwischen ihren Atemzügen länger und länger, bis sie gar nicht mehr einatmete.

Am 3. April 2010 um ein Uhr in der Nacht starb meine Frau.

45.

Zu Almuts Trauerfeier war die katholische Kirche bis auf den letzten Platz besetzt; es zeigte sich, wie beliebt und bekannt sie im Ort gewesen war. Nachdem der Pastor für sie gebetet hatte, ging ich nach vorne, um eine kleine Ansprache zu halten, neben dem Sarg und dem Bild der lächelnden Almut, und da geschah etwas sehr Seltsames; ich sah die Menschen vor mir, dicht gedrängt, Lucie, Martin, Tim, Dieter in der ersten Reihe, mit ernsten, traurigen Gesichtern, dahinter Dagmar, ihre beste Freundin, sowie Nachbarn und ehemalige Kolleginnen und Kundinnen aus dem Salon. Doch dann glaubte ich noch andere Menschen zu sehen: meinen Vater, Paula, meine Mutter, den großen Friedrich, der drei Jahre zuvor gestorben war, als wären sie auch anwesend und würden mir sehr wohlwollend zuhören.

Ich musste mich ein paar Mal schütteln, um dieses Bild loszuwerden, und als ich dann sprach, erfüllte mich unvermittelt Stolz, Stolz auf Lucie und mich, dass wir Almut so lange und so intensiv begleitet hatten. Sechsundvierzig Jahre waren wir verheiratet gewesen – mir kam es vor wie ein Fingerschnipsen, es war sehr viel passiert, und doch war die Zeit wie im Fluge vergangen.

Die Leere holte mich erst später ein – und eigentlich hatte sie mich nicht mehr verlassen. Bis zu dem Tag, als ich mit diesem Buch begann. Das Buch, das ich nun fast zu Ende geschrieben habe.

Gegen drei Uhr in der Nacht legte ich meinen Füller aus der Hand. Ich hatte meine Geschichte zu Papier gebracht, vieles hatte ich ausgelassen, an manches hatte ich mich lediglich so vage erinnert, dass ich es nicht notieren konnte.

Als ich im Bett lag, fühlte ich mich für einen Moment ganz klar und wach.

»Morgen, Almut«, sagte ich vor mich hin, »habe ich meine erste Klavierstunde, und dann gehe ich zu deinem Grab und beginne dir vorzulesen.«

Als ich erwachte, war es sieben Uhr. Licht flutete herein, die ersten Sonnenstrahlen. Sofort überfiel mich Nervosität. Um zehn Uhr hatte Merle, meine Lehrerin, mich einbestellt. Ich hatte noch keine Taste an meinem Keyboard gedrückt, hatte mich überhaupt nicht vorbereitet. Was hätte ich doch alles tun können? Ein Buch übers Klavierspielen lesen, mit Tim wenigstens ein wenig auf dem Keyboard klimpern. Erneut kam es mir wie eine vollkommen unsinnige Idee vor, Klavier spielen zu lernen.

Der Kaffee, den ich mir kochte, schmeckte fade. Ich sah, wie erst Lucie, dann Martin und Tim aus dem Haus gingen, alle drei missmutig und gehetzt. Dann stieg ich in meinen alten silberfarbenen Mercedes.

Es gab nur einen, der mir meine Nervosität ein wenig nehmen konnte.

Die Tankstelle hatte zum Glück schon geöffnet.

»Cem«, rief ich ihm zu, als ich seinen Schalterraum betrat, »ich brauche heute den stärksten Kaffee, den deine Maschine hergibt. Gleich ist es so weit – ich muss zu meiner ersten Klavierstunde.«

Irritiert blickte ich zu dem Schalter hinüber. Eine Frau mit langen blonden Haaren stand in einem blauen Overall da, eine echte Schönheit. Ihre blauen Augen funkelten mich an.

»Wo ist Cem?«, fragte ich entgeistert. Noch nie hatte ich die Tankstelle ohne Cem gesehen.

Die Frau lächelte, sie mochte Anfang vierzig sein, sicherlich keinen Tag älter. »Darf ich raten, wer Sie sind?«, sagte sie. »Sie sind der Schriftsteller, nicht wahr? Cem hat mir schon viel von Ihnen erzählt.«

»Nein, ich bin kein Schriftsteller«, erwiderte ich hastig, »ich war Elektriker, aber das ist schon lange her.«

»Sie schreiben ein Buch, oder nicht? Dann sind Sie doch ein Schriftsteller.«

Ohne dass ich ein weiteres Wort sagen musste, ging sie an die Kaffeemaschine. Als sie mir den Kaffee reichte, nickte sie mir zu. »Ich bin Nora. Ich vertrete Cem für eine Weile. Er ist beim Arzt – Gesundheitscheck wegen seines Marathons. Na, er ist ganz schön nervös deswegen. Liegt ein wenig hinter seinem Trainingsplan zurück, der Gute.«

Ich nahm dankbar einen Schluck Kaffee. Heiß und ein wenig bitter schmeckte er. Sie war Cems Freundin – ich war überaus überrascht.

»Sie sind auch nervös, nicht wahr?«, sprach sie weiter. »Eine erste Klavierstunde ist ja keine Kleinigkeit, aber Sie haben schöne Hände, keine Bauernhände. Das werden Sie hinkriegen.«

Ich sah auf meine Hände. Doch, wollte ich sagen, das sind Bauernhände. Meine Vorfahren waren nichts als Bauern.

»Bewegen Sie die Hände einmal.« Nora beugte sich ein wenig vor. »Tun Sie so, als würden Sie in der Luft Klavier spielen.«

Ich schaute sie an, dann hob ich meine Hände und bewegte die Finger, als gäbe es da irgendwo unsichtbare Tasten vor mir.

»Ich bin Ergotherapeutin – so habe ich auch Cem kennengelernt. Ihre Hände sind noch super beweglich, keine Anzeichen von Rheuma oder Gicht. Kann also losgehen mit dem Klavierspielen.«

Sind Sie immer so freundlich?, hätte ich sie beinahe gefragt. Ist Cem deswegen so gut gelaunt, weil er jeden Morgen neben ihnen im Bett aufwacht? Doch dann sagte ich nur: »Danke, dass Sie mir Mut machen. Heute Morgen habe ich gedacht, ich bin nur ein dummer alter Mann, der sich eingebildet, noch etwas zu lernen, was man am besten mit sieben Jahren anfängt.«

»Ja«, sagte sie lächelnd, »ein Rubinstein werden Sie nicht mehr, aber das muss ja auch nicht sein.«

Ich hatte keine Ahnung, wer Rubinstein war, ein berühmter Pianist wahrscheinlich, aber das war nun auch gleichgültig.

Ich bezahlte und stieg in meinen Wagen. Merle Gabler wohnte in Bad Essen. Ich würde wieder zu früh sein – eine meiner mir selbst lästigen Angewohnheiten, stets zu früh bei Verabredungen aufzutauchen, aus Angst, zu spät kommen zu können. Merle wohnte am Kirchplatz in einem sehr gepflegten Fachwerkhaus, wie es sie selbst in so einem Dorf kaum mehr gab. Ich lief einmal um den Platz, bevor ich bei ihr klingelte. Meine Nervosität hatte sich kein bisschen gelegt.

Die Frau, die mir die Tür öffnete, war Verona wie aus dem Gesicht geschnitten – blonde, halblange Haare, eine fein geschwungene Nase und grünliche, mandelförmige Augen.

»Herr Busch, kommen Sie herein!«, rief sie fröhlich. »Schön, dass es nun mit unserer ersten Stunde klappt.« Mit einer freundlichen Geste nahm sie mir meine Jacke ab, als hätte ich ein edles Restaurant betreten.

Ich reichte ihr die Hand, neigte sogar meinen Kopf ein wenig linkisch. Im Flur war es erstaunlich hell, dafür, dass das Haus sehr kleine Fenster hatte.

»Sie müssen keine Angst haben«, sprach Merle weiter. »Alle Schüler sind vor der ersten Stunde nervös, egal, ob sie sieben oder hundert sind.«

»Haben Sie schon einen Schüler gehabt, der hundert war?«, fragte ich.

»Nein, aber Sie sind nicht der älteste.« Merle führte mich in ein helles freundliches Zimmer, in dem nur ein schwarzes Klavier stand sowie ein Hocker und ein Stuhl daneben. An der Wand hing ein Bild – Merle mit einem etwa fünfzehnjährigen Mädchen und einem achtjährigen Jungen, der in einem Rollstuhl saß. Ein Mann war auf dem Foto nicht zu sehen.

»Das sind meine Kinder«, sagte Merle, die meinem Blick gefolgt war. »Lynn spielt auch gerne Klavier, und Jonas … Er ist seit der Geburt behindert, aber er hat ein Herz aus Gold. Thomas, meinen Exmann, finden Sie nicht auf dem Foto. Er ist Generalmusikdirektor in Osnabrück. Deshalb bin ich überhaupt hierhergezogen, aber dann haben wir uns getrennt. Nun …« Sie deutete auf die Klavierbank. »Nun wissen Sie ein paar Dinge über mich. Ich habe in München Musik studiert, ich bin eigentlich Lehrerin, aber nun gebe ich nur noch Privatunterricht. So kann ich mich besser um Jonas kümmern.«

Ich setzte mich auf den Hocker, ganz langsam, das Klavier vor mir. Ich spürte, wie mir der Schweiß ausbrach. Fast kam ich mir wie ein Kind vor, wie damals, als ich mich das erste Mal in eine Schulbank gedrückt hatte.

Merle rückte mit ihrem Stuhl ein Stück näher heran. Ich atmete ihren Duft ein, der Geruch von frischer Seife.

»Haben Sie schon einmal an einem Klavier gesessen?«, fragte sie.

»Nein, noch nie«, sagte ich. »Niemand in meiner Familie hat jemals ein Instrument gelernt.«

Ich starrte auf die Tasten, als hätte ich so ein Zusammenspiel von Schwarz und Weiß noch nie gesehen.

»Sie sind also der erste Klavierspieler der Familie Busch?« Merle neben mir lächelte, wie ich aus den Augenwinkeln bemerkte.

»Genau«, erwiderte ich. »Mein Großvater wäre gerne ein Geiger geworden, aber er war nur ein Gänsehirt.«

»Nun«, sagte Merle, »eine gute Voraussetzung haben Sie aber: Sie können tanzen – das hat mir meine Mutter verraten. Sie haben also einen Sinn für Melodik und Harmonik. Das Klavier ist das Instrument der Harmonie. Die Töne müssen zueinanderpassen, und jeder hört es sofort, wenn das nicht der Fall ist. Ein Klavier ist ein sehr logisches Instrument, es hat achtundachtzig Tasten, aber eigentlich muss man sich nur acht merken, denn diese acht wiederholen sich.« Merle strich mit ihrer rechten Hand über die Tasten, ohne sie zu berühren. Ich sah ihre Fingernägel, sie waren genauso perfekt oval geformt wie bei ihrer Mutter. »In der Mitte, so wie Sie sitzen sollten, haben Sie diese Taste vor sich.« Sie drückte eine Taste, und ein Ton erklang.

»Das ist das C. Die nächsten Tasten heißen D, E, F, G, A, H.« Merle schlug jedes Mal einen Ton an. »Das Ganze nennt man eine Oktave. Aber nun sind Sie schon an der Reihe. Legen Sie ganz ruhig Ihre rechte Hand auf die Tasten.«

Ich streckte meine Hand vor. Für einen Moment kam sie mir riesig vor, ein fremdes Tier, das gar nicht zu mir gehörte. Doch nein, was hatte Nora gesagt? Noch super beweglich, keine Anzeichen von Rheuma oder Gicht. Ich dachte an Almut – wenn sie mich doch hier so sehen könnte. Dann lächelte ich vor mich hin und schlug mit dem Daumen meiner rechten Hand den ersten Ton an, das C. Der Klang gefiel mir.

Teil VII

Das letzte Kapitel

Liebe Almut, eben bin ich auf dem Friedhof gewesen. Ich habe meine Papiere mitgenommen, die ich zuvor ordentlich geheftet hatte, und habe dir die ersten Seiten meines Buches vorgelesen, ganz leise, damit es niemandem auffiel. Ich bin wahrhaftig an ein Ende gelangt, eine lange Geschichte ist erzählt. Es hat mir gutgetan.

Ein paar Dinge sind nun auch zusammengefallen, ohne dass ich es gewollt habe. Gestern war meine erste Klavierstunde, heute ist der 27. Juni 2019. In vier Tagen jährt sich Paulas Todestag zum siebzehnten Mal. Ich werde auch an ihr Grab fahren und ihr ein paar Stellen vorlesen, in denen sie vorkommt.

Ich überlege, ob ich meine Aufzeichnungen von jemandem abschreiben lasse, damit auch andere sie lesen können – Lucie, Tim, Franz und Herrmann vielleicht. Und wie soll ich das Buch nennen? »Antons kleines, großes Leben«, habe ich zuerst gedacht, oder »Das Leben sei ein langes Lied«. Dann jedoch fiel mir ein, dass die erste Wahrsagerin mir einmal erklärt hatte, dass die meisten Menschen mehr als ein Leben führten, drei, vier, manchmal sogar sieben. Wie viele Leben hast du leben dürfen? Waren es drei oder vier? Deine Kindheit, die Zeit vor Rosemaries Tod, die Zeit mit Lucie danach und die Zeit, nachdem deine Krankheit ausgebrochen war?

Gleich werde ich zu Cem fahren. Ich habe Nora versprochen, ihm von meiner ersten Klavierstunde zu berichten. Stolz werde ich ihm erzählen, dass ich nun weiß, was ein Dreiklang und was eine Oktave ist und dass ich meine ersten Tonleitern gespielt habe – zuerst mit der rechten, dann sogar mit der linken Hand. Es klang alles ein wenig ungelenk und zittrig, aber es sind meine Hände gewesen, die diese Töne hervorgebracht haben. In der nächsten Woche werde ich meine zweite und dritte Stunde haben. Merle hat alles ordentlich in ein Buch eingetragen und mir einen Erinnerungszettel mitgegeben.

Noch gestern Abend habe ich endlich das Keyboard angeschaltet und eine halbe Stunde geübt: Handhaltung, die Bewegungen der Finger und dann die Tonleitern mit der linken und der rechten Hand.

Später am Nachmittag werde ich Verona abholen. Das Wetter ist schön, ein klarer blauer Himmel. Wir werden in ihrem gelben Beetle spazieren fahren. Sie weiß es noch nicht, aber ich werde sie bitten, am Dümmer See zu halten. Ich möchte ihr den Baum zeigen, unter dem – wie ich immer noch glaube – mein Großvater gelegen und seine Gänse gehütet hat. Vielleicht werden wir auch eine Schar Gänse beobachten können, und wenn ich besonders großes Glück habe, schicken sie mir einen Gedanken herüber.

Danach werde ich Verona zu einem Kaffee einladen, und vielleicht werde ich ihr auch mehr von dem Buch erzählen und dann … Ach, Almut, was wir dann machen werden, weiß ich noch nicht so genau. Wir werden sehen.

Nachwort und Dank

Einen Roman zu schreiben ist für jeden Autor ein Wagnis. Was dieses Buch betrifft, gilt das für mich ganz besonders, da es in manchen Passagen nicht nur meiner Phantasie entspringt, sondern auf wahren Begebenheiten beruht. Bei einem Verwandtschaftstreffen im Frühjahr 2015 übergab mir mein Onkel Alois Busch ein handgeschriebenes Manuskript. Er habe aus Trauer und auch, um dem Alleinsein zu entgehen, sein Leben aufgeschrieben. Ich bedankte mich für sein Vertrauen und begann, auf dem Weg von Osnabrück nach Berlin zu lesen. Sofort war ich gefangen von der Anschaulichkeit seiner Schilderungen. Ich erfuhr vieles über die Familie meiner Mutter, die bereits tot war und die über ihre Herkunft, ihre Kindheit und ihre Flucht nie viel gesprochen hatte. Damit andere in der Familie den Text lesen konnten, bat ich meinen jüngsten Sohn – gegen ein angemessenes Entgelt –, den Text abzuschreiben.

Damit, so glaubte ich, sei das alles für mich erledigt, doch bald spürte ich, dass mir einige Bilder des Textes nicht mehr aus dem Kopf gingen, und plötzlich, im Sommer 2017, hatte ich einen ersten Satz im Kopf, der mich fortan nicht mehr losließ. »Ich war fünf Jahre alt, als ich begriff, dass ich Gedanken lesen konnte.«

Ich nahm den Text wieder hervor, suchte meinen Onkel mit der Frage auf, ob ich seinen Text als Vorlage für einen Roman benutzen dürfte, und machte mich an die Arbeit.

Schnell wurde aus dem historischen Alois meine Figur Anton, die eigene Gedanken und Empfindungen entwickelte. Vieles im Originaltext konnte ich nicht verwenden oder musste verdichtet werden; etliches Erfundene kam hinzu, gestaltete sich aus und wuchs gewissermaßen in die den Roman umspannende Handlung hinein; auch manche Figuren, die bald wichtig wurden – wie etwa Gisa, Inga oder Jasmina –, hatten keine Vorlage im Text und sind ganz meiner

Vorstellung entsprungen. Doch immer wieder kehrte ich zum Originaltext zurück und folgte in vielen Zügen seiner Chronologie.

Die meisten Namen jedoch habe ich – auch um der Übersichtlichkeit willen – verändert, auch bei den Beschreibungen der Örtlichkeiten habe ich mir manche Freiheit erlaubt.

Danken möchte ich vor allem meinem Onkel für sein Vertrauen. Ohne seine Vorlage, ohne seine Beschreibungen mancher Details hätte ich diesen Roman nicht schreiben können.

Danken für ihren frühen Zuspruch möchte ich ebenfalls Franziska Günther und meiner Agentin Petra Eggers. Ebenso meiner Lektorin Karoline Adler, die schon nach den ersten Seiten an dieses Projekt geglaubt und sich dafür eingesetzt hat. Maike Kleihauer danke ich für ihr aufmerksames und umsichtiges Lektorat. Unterstützt bei der Recherche hat mich auch meine Cousine Ulrike Bode-Busch. Ihr bin ich besonders dankbar für die zum Teil historischen Fotos von Schönow/Jesionowo, die sie mir überlassen hat.

Mein Dank für ihre Anteilnahme und ihr reges Interesse gilt natürlich auch Michaela, Jan und Lars Rohn.